커먼웰스

COMMONWEALTH
by Ann Patchett

Copyright ⓒ Ann Patchett, 2016
Korean Translation Copyright ⓒ MUNHAKDONGNE Publishing Corp., 2019

This Korean edition is published by arrangement with ICM Partners, New York, N. Y.
through EYA (Eric Yang Agency), Seoul.
All rights reserved.

이 책의 한국어판 저작권은 EYA(Eric Yang Agency)를 통해
ICM Partners사와 독점 계약한 (주)문학동네에 있습니다.
저작권법에 의해 한국 내에서 보호를 받는 저작물이므로
무단 전재 및 무단 복제를 금합니다.

이 도서의 국립중앙도서관 출판예정도서목록(CIP)은
서지정보유통지원시스템 홈페이지(http://seoji.nl.go.kr)와
국가자료공동목록시스템(http://www.nl.go.kr/kolisnet)에서 이용하실 수 있습니다.
(CIP제어번호: CIP2019018266)

ANN
PATCHETT
COMMONWEALTH

커먼웰스

앤 패칫 장편소설

정연희 옮김

문학동네

마이크 글래스콕에게

1

앨버트 커즌스가 진을 들고 나타나면서 세례파티의 분위기는 딴 판으로 달라졌다. 픽스는 미소 띤 얼굴로 문을 열고, 미소를 거두 지 않은 채 그와 어떻게 아는 사이인지 곰곰이 생각했다. 앞쪽 포 치의 시멘트 바닥에 서 있는 사람은 지방검찰청에서 근무하는 앨 버트 커즌스였다. 픽스는 지난 삼십 분 동안 문을 족히 스무 번은 열어주었는데―이웃과 친구들, 교회 사람들, 베벌리의 여동생, 자 신의 형제들 전부, 부모들, 사실상 하나의 관할구 전체라 해도 될 만큼의 경찰들에게―커즌스는 그를 놀라게 한 유일한 존재였다. 두 주 전에 픽스는 아내에게 왜 세례파티에 아는 사람 전부를 초대 해야 한다고 생각하는지 그 이유를 물었고, 아내는 그에게 손님 명 단을 보려면 보고 그중 뺄 사람이 있으면 말해달라고 했었다. 그때 그는 그 명단을 보지 않았지만, 지금 이 순간 아내가 옆에 서 있다 면 바로 앞을 가리키며 이 사람, 하고 말했을 것이다. 앨버트 커즌스의 이름과 얼굴을 연결시킬 정도로밖에 그를 알지 못했으니 그가 싫어서는 아니었고, 그에 대해 모른다는 것이 그를 초대하지 않을 이유였다. 픽스는 문득 커즌스가 집에 찾아온 것이 어떤 사건에 대해 상의하기 위해서인지도 모른다는 생각이 들었다. 전에 그런 일이 있었기 때문이 아니라, 그것 말고 달리 설명할 방법이 없었기 때문이다. 손님들이 앞마당에서 서성거리고 있었는데, 픽스는 그들이 늦게 온 것인지, 일찍 떠나려는 것인지, 혹은 집안에 소방국장이 허용하는 것 이상으로 사람들이 바글거려서 밖에 피신해 있는 것인지 알 수 없었다. 그가 확실히 아는 것은 초대받지 않은 커즌스가 봉지에 술병을 담아 들고 혼자 나타났다는 사실이었다.

"픽스." 앨버트 커즌스가 말했다. 슈트 차림에 타이를 맨 키가 큰 그 지방검사보가 손을 내밀었다.

"앨," 픽스가 말했다. (사람들이 그를 앨이라고 불렀던가?) "여기까지 와주셔서 기쁘군요." 그가 손을 내밀어 힘껏 두 번 흔들고 놓아주었다.

"제가 너무 늦게 왔나보네요." 커즌스가 자기가 들어갈 공간은 없을 것 같다는 듯 집안에 모인 사람들을 둘러보며 말했다. 파티가 중반을 넘어선 것은 분명했다─삼각형 모양의 작은 샌드위치는 거의 동이 났고 쿠키도 절반만 남았다. 펀치 음료가 담긴 그릇 아래 테이블보는 분홍색으로 축축하게 물들어 있었다.

픽스는 그를 들어오게 하려고 옆으로 비켜섰다. "이제라도 오셨잖아요." 그가 말했다.

"오지 않을 수 없었지요." 하지만 그는 당연히 오지 않았을 것이다. 그는 세례파티에 가본 적이 없었다.

지방검찰청에서 근무하는 사람들 중 픽스가 초대한 사람은 딕 스펜서뿐이었다. 딕은 경찰 일을 하면서 야간에 로스쿨을 다녀 자신의 지위를 격상시켰지만, 다른 경찰들에게 자신이 더 잘났다는 인상을 주지 않았다. 딕이 어디 출신인지에 대해서는 의심의 여지가 없었기 때문에, 그가 경찰차를 몰건 판사 앞에 서건 그런 것은 중요하지 않았다. 한편 커즌스는 다른 모두—지방검사들, 국선변호인들, 문제 해결 전문가들—와 마찬가지로 자기들이 뭔가가 필요할 때는 꽤 친절하지만 경찰에게 술 한잔 하자고 말할 것 같지는 않은, 그렇게 한다 해도 경찰이 뭔가를 감추고 있다고 생각될 때만 그럴 것 같은 법조인이었다. 지방검사들은 금연을 결심했다면서 다른 사람의 담배를 피우는 사람들이었다. 거실과 식사실을 채우고도 공간이 모자라 뒷마당의 빨랫줄과 오렌지나무 두 그루 아래로 쏟아져나온 경찰들은 담배를 끊을 생각조차 하지 않았다. 그들은 레모네이드를 섞은 아이스티를 마셨고 항만노동자들처럼 담배를 피웠다.

　앨버트 커즌스가 가져온 봉지를 건넸고 픽스가 그 안을 보았다. 진이 든 병, 큰 병이었다. 다른 사람들은 기도 카드, 진주알 묵주, 흰 염소가죽 장정에 낱장의 가장자리가 금색으로 처리된 포켓 사이즈 성경을 가지고 왔다. 남자 다섯, 혹은 그들의 아내들이 돈을 모아서 산 푸른색 에나멜 십자가 목걸이도 있었는데, 십자가 한가운데에 작은 진주알이 박혀 아주 예쁜, 훗날을 위한 선물이었다.

　"이제 아들 하나 딸 하나가 되나요?"

　"딸만 둘이죠."

　커즌스가 어깨를 으쓱했다. "뭘 할 수 있겠어요?"

"한 가지도 못하죠." 픽스가 말하고 문을 닫았다. 아까 베벌리가 그에게 환기가 되도록 문을 열어놓으라고 말했는데, 결국 그것은 인간이 인간에게 정말로 비인간적일 수 있다는 걸 그녀가 얼마나 모르는지 보여주는 처사였다. 집안에 사람이 얼마나 많은지는 중요하지 않았다. 절대 문을 열어놓아서는 안 된다.

베벌리가 부엌에서 몸을 내밀었다. 그녀와 그들 사이에 서른 명은 족히 있었으나—멀로이 일가 전체, 디마테오 집안 전체, 남은 쿠키를 집어먹는 복사 몇 명—베벌리를 찾지 못할 리 없었다. 저 노란 드레스를 보면.

"픽스?" 그녀가 시끌벅적한 사람들보다 더 목소리를 높여 말했다. 커즌스가 먼저 돌아보고 그녀에게 고개를 까딱했다.

픽스는 반사적으로 허리를 더 곧게 폈지만 그저 그뿐이었고 그 순간은 지나갔다. "편히 즐겨요." 픽스는 그 지방검사보에게 그렇게 말하며, 여전히 재킷을 입은 채 미닫이 유리문 옆에 서 있는 한 무리의 형사들을 가리켰다. "여기 아는 사람들이 제법 많을 거예요." 그 말은 사실일 수 있었지만 그렇지 않을 수도 있었다. 무엇보다 커즌스는 이 파티를 주최한 사람을 몰랐다. 픽스가 돌아서서 사람들을 헤치고 지나갔고, 사람들은 어깨를 만지거나 악수를 하거나 축하의 말을 건네면서 그에게 길을 내주었다. 그는 어린아이들을 밟을까봐 조심했는데, 아이들 중에는 그의 딸인 네 살배기 캐럴라인도 있었다. 그애는 식사실 바닥에서 호랑이처럼 엎드린 채 어른들 발 사이로 기어다니며 뭔가 놀이 같은 것을 하고 있었다.

부엌은 아내들로 북적였지만, 모두 웃음을 터뜨리며 어찌나 시끄럽게 이야기를 나누는지 냉장고에서 그릇을 꺼내고 있는 이웃집 여자 로이스 말고는 아무도 도움이 되지 않았다. 베벌리의 가장 친한 친구인 월리스는 크롬 토스터의 반짝거리는 면을 보면서 립스틱을 덧바르고 있었다. 너무 마르고 너무 햇볕에 그은 월리스가 허리를 폈을 때 립스틱은 너무 짙게 발라져 있었다. 베벌리의 어머니는 아기를 무릎에 앉히고 아침식사용 식탁 앞에 앉아 있었다. 아기는 피로연을 끝내고 신혼여행을 떠나려고 드레스를 갈아입은 새 신부처럼, 레이스 달린 세례복을 벗고 목선을 따라 노란 꽃이 수놓이고 풀을 먹인 하얀 드레스로 갈아입은 채였다. 부엌의 여자들은 동방박사가 올 때까지 아기를 계속 즐겁게 해주는 것이 자신들의 임무인 양 아기를 두고 번갈아가며 법석을 떨고 있었다. 하지만 아기는 전혀 즐겁지 않아 보였다. 아기의 푸른 눈동자에 고단한 빛이 어려 있었다. 아기는 이 모든 것에 지쳤는지 허공의 어느 한 곳만 빤히 보고 있었다. 한 살도 채 되지 않은 여자아이를 위해 샌드위치를 만들고 선물을 받는 이 온갖 소란이 다 뭐란 말인가.

"참 예쁘게 생겼죠." 그의 장모가 손가락 뒤쪽으로 아기의 동글동글한 뺨을 쓸면서 누가 듣건 말건 그렇게 말했다.

"얼음," 베벌리가 남편에게 말했다. "얼음이 떨어졌어."

"얼음은 당신 동생 담당이잖아." 픽스가 말했다.

"그렇다면 걔가 제대로 일을 안 했네. 저 사람들 중 누구한테 얼음 좀 사와달라고 해줄래? 너무 더워서 얼음 없이 파티를 하긴 어렵겠어." 베벌리는 앞치마 끈을 목 뒤에서 묶었지만 허리에는 묶지 않았다. 옷에 구김이 가지 않도록 조심하려는 것이었다. 프렌치 트위스트 스타일로 올린 머리에서 빠져나온 노란 머리칼 몇 가닥이 눈앞에 흘러내려와 있었다.

"얼음을 가져오지 않았으니 적어도 여기 들어와서 샌드위치는 만들겠지." 픽스는 이 말을 하면서 월리스를 보고 있었지만, 월리스는 립스틱 뚜껑을 닫을 뿐 그의 말을 무시했다. 그는 누가 봐도 손 쉴 틈 없이 바쁜 베벌리에게 도움이 되려는 마음에서 그 말을 한 것이었다. 누구라도 베벌리를 보면 그녀가 파티 음식을 케이터링 업체에 맡길 사람, 다른 사람들이 쟁반을 나르는 동안 소파에 앉아 있을 사람이라고 생각할 것이다.

"보니가 한 공간에서 이 경찰들을 다 봐서 아주 행복한가봐. 샌드위치를 만들어야겠단 생각 같은 건 할 것 같지 않아." 베벌리가 말하고는 크림치즈 위에 오이를 얹다 말고 그의 손을 내려다보았다. "봉지 안에 뭐가 들었어?"

픽스가 진 병을 들어올렸고, 아내는 놀란 듯 그날 하루, 어쩌면 그 한 주 사이에 처음으로 그에게 미소를 지어 보였다.

"가게에 누구를 보낼지 모르지만 토닉을 사오라고 해요." 월리스가 갑자기 대화에 흥미를 보이며 말했다.

픽스는 직접 얼음을 사오겠다고 나섰다. 길 위쪽에 마켓이 있었고, 잠시 나가 있는 게 싫지 않았다. 동네는 비교적 조용한 편이었고, 마당에 파릇파릇한 잔디가 조밀하게 자란 단층집들이 질서 있게 들어서 있었다. 종려나무들이 늘씬한 그림자를 드리웠고, 오렌지꽃 향기가 그가 피우는 담배 냄새와 어우러져 그의 마음을 안정시켜주었다. 형제인 톰이 따라나섰고, 동행이 되어 함께 묵묵히 걸었다. 톰과 베티는 아이가 셋인데 모두 딸이었고, 톰이 소방관으로 일하는 에스컨디도에 살고 있었다. 픽스는 나이가 들고 자식들이 생기면 인생이 이런 식으로 흘러간다는 것을 깨닫기 시작하는 중이었다. 인생에는 우리가 예상하는 만큼 시간이 많지 않았다. 두 형제가 서로를 마지막으로 본 건 크리스마스이브에 부모님 집에서 모여 다 같이 미사를 드리러 갔을 때였고, 그전에 만난 건 아마 픽스 부부가 에런의 세례식에 참석하러 에스컨디도에 내려갔을 때였을 것이다. 빨간색 선빔 컨버터블 한 대가 지나가자 톰이 말했다. "저것 좀 봐." 픽스는 자신이 먼저 보지 못한 것을 아쉬워하며 고개를 끄덕였다. 이제 그는 자신이 원하는 뭔가가 지나가기를 기다려야 했다. 그들은 마켓에서 얼음 네 봉지와 토닉 네 병을 샀다. 계산대 청년이 그들에게 라임이 필요한지 물었고 픽스는 고개를 가로저었다. 6월의 로스앤젤레스였다. 라임을 마구 나눠줄 수는 없었다.

　마켓으로 출발하면서 시간을 확인하지는 않았지만, 픽스는 시간을 잘 알아맞혔다. 대부분의 경찰들이 그랬다. 떠난 지 이십 분, 많이 잡아도 이십오 분이었다. 모든 것이 바뀔 만큼 긴 시간은 아니었는데, 그들이 돌아왔을 때 집 앞문이 열려 있고 마당에는 아무도 없었다. 톰은 달라진 점을 눈치채지 못했고, 소방관이라면 그러는 게 당연했다. 연기 냄새가 나지 않으면 문제가 없는 것이다. 집안에는 여전히 사람들이 많았지만 이제 더 조용해져 있었다. 픽스는 파티가 시작되기 전에 라디오를 켜두었는데 처음으로 음이 몇 개 들렸다. 식사실을 기어다니던 아이들이 더는 보이지 않았고, 아이들이 없어졌다는 걸 알아차린 사람도 없는 것 같았다. 모든 관심이 열린 부엌문에 집중되었고, 키팅 형제가 얼음을 들고 그곳에 나타났다. 픽스의 파트너인 로머가 그들을 기다리고 있다가 머리를 약간 기울여 사람들을 가리켰다. "때맞춰 돌아왔네요." 그가 말했다.

그들이 떠나기 전에도 부엌은 사람들로 북적였지만, 지금은 그 세 배가 되는 사람들이 비좁게 들어와 있었고, 남자가 대부분이었다. 베벌리의 어머니는 어디에도 보이지 않았고, 아기도 마찬가지였다. 베벌리는 고기 써는 칼을 들고 개수대 앞에 서 있었다. 조리대 위에 가득가득 쌓여 자꾸만 미끄러지는 오렌지들을 베벌리가 반으로 썰면 LA 카운티 지방검찰청 소속의 두 법조인 딕 스펜서와 앨버트 커즌스—슈트 재킷을 벗고 타이를 풀고 셔츠 소매를 팔꿈치 위까지 걷어붙였다—가 반으로 자른 오렌지들을 금속 착즙기 두 개에 대고 비틀어 짜고 있었다. 그들의 이마가 벌겋게 달아오르며 땀으로 축축해졌고 벌어진 칼라는 거무스름해지기 시작했다. 그들은 이 도시의 안전이 오렌지주스를 만드는 일에 달리기라도 한 것처럼 일했다.

이제 일을 거들 준비가 된 베벌리의 여동생 보니가, 북적거리는 사람들 속 어딘가에 딕 스펜서의 똑 부러지는 아내가 와 있음에도 불구하고, 그의 얼굴에서 안경을 벗겨 행주로 닦아주었다. 땀이 차가려졌던 시야에서 해방된 딕이 픽스와 톰을 보고 얼음을 달라고 외친 것은 그때였다.

"얼음!" 보니가 외쳤는데, 말 그대로 얼음이었기 때문이고, 날씨가 지옥처럼 더워 얼음이라는 말이 그 어느 단어보다 기분좋게 들렸기 때문이었다. 그녀는 행주를 내려놓고 톰에게서 얼음 두 봉지를 받아 개수대 안에, 속을 파내 컵처럼 보이는 오렌지 껍질들 위에 두었다. 그리고 픽스에게서 얼음 봉지들을 건네받았다. 얼음은 그녀 담당이었다.

베벌리가 썰기를 멈추었다. "완벽한 타이밍이야." 그녀가 말하고는 자신의 페이스를 조절할 때라는 것을 안다는 듯 열린 비닐봉지 안에 종이컵을 넣어 적당한 크기의 얼음 세 조각을 노련하게 집어냈다. 그러고는 피처에 가득 든 술—반은 진, 반은 오렌지주스—을 작은 컵에 따랐다. 그녀는 한 컵 또 한 컵 계속 만들었고, 컵들은 부엌을 통과하고 문밖으로 빠져나가 기다리고 있는 손님들의 손에 쥐어졌다.

"토닉 사왔어." 픽스가 아직 자기 손에 들려 있는 봉지를 보며 말했다. 톰과 마켓까지 걸어갔다 오느라 분위기에 뒤처진 감이 있긴 했지만, 그것 말고 거북한 느낌은 없었다.

"오렌지주스를 쓰는 게 더 좋아요." 앨버트 커즌스는 보니가 만들어준 술을 비우는 시간만큼 일손을 멈추며 말했다. 보니는 조금 전까지 경찰들에게 흠뻑 빠졌던 마음을 지방검사 두 명에게로 옮겼다.

"보드카엔 그렇죠." 픽스가 말했다. 스크루드라이버를 만든다면. 모두가 아는 사실이었다.

하지만 커즌스는 자기 말을 믿지 않는 픽스를 향해 머리를 살짝 기울였고, 그 순간 베벌리가 남편에게 술을 건넸다. 누가 보더라도 그녀와 커즌스 사이에 어떤 코드가 작용한 것 같았다. 픽스는 컵을 쥐고 초대받지 않은 그 손님을 빤히 쳐다보았다. 지금 그의 집에는 그의 형제 셋과 로스앤젤레스 경찰국 소속의 신체 건장한 남자들이 수두룩하게 와 있었고, 문제 청소년들을 위한 토요 권투 프로그램을 개설한 신부도 와 있어서, 지방검사보 한 명을 쫓아내겠다고 하면 모두 그를 응원해줄 것이었다.

"건배." 베벌리가 낮은 목소리로, 건배를 제안하는 투라기보다는 명령조로 말했고, 픽스는 여전히 이의를 제기해야 한다고 생각하면서 종이컵을 들어올렸다.

조 마이크 신부는 긴 그늘을 차지한 채 키팅의 집 뒷벽에 등을 기대고 바닥에 앉아 있었다. 일반적인 경우에 입는 검은 바지, 즉 신부 바지를 입은 그의 무릎에는 주스와 진이 섞인 음료가 올려져 있었다. 네번째 컵인지 세번째 컵인지는 기억나지 않았지만, 양이 아주 적어서 신경쓰이지는 않았다. 그는 머릿속으로 다음주 일요일에 강론할 내용을 열심히 작성하고 있었다. 그는 신자들에게, 키팅의 집 뒷마당에 와 있지 않은 몇 명에게 오늘 이곳에서 오병이어의 기적*이 어떻게 일어났는지 말해주고 싶었지만, 강론에서 술과 관련된 내용을 충분히 뺄 방법이 보이지 않았다. 그는 자신이 목격한 것이 기적이라고 믿지 않았고, 그렇게 생각하는 사람도 없었지만, 예수의 시대에 어떻게 기적이 이루어졌는지에 대해서는 완벽한 설명을 보았다. 앨버트 커즌스가 세례파티에 큰 병에 든 진을 가져온 것은 틀림없는 사실이었지만, 그 술은 신부 앞 4피트도 떨어지지 않은 곳에서 춤추고 있는 사람들을 포함해 백 명이 넘는 손님들의 컵 전부에, 경우에 따라 몇 번이라도 다시 채워줄 만큼 많은 양은 아니었다. 그리고 열매를 무겁게 매달았다가 최근에 다 떨어낸 뒷마당의 발렌시아 오렌지나무 역시 여기 온 사람들 전부를 먹일 만큼 충분한 주스를 만들어내지는 못했을 터였다. 상식적으

---

* 예수가 떡 다섯 개와 물고기 두 마리로 오천 명을 먹였다는 기적적인 사건.

로 오렌지주스와 진은 어울리지 않는 조합이지만, 어쨌거나 세례 파티에서 누가 술을 기대하겠는가? 키팅 부부가 진을 주류 수납장에 그냥 넣어버렸다 해도 누구 하나 그들이 인색하다고 생각하지 않았을 것이다. 하지만 픽스 키팅은 그 병을 아내에게 주었고, 즐거운 파티를 열어야 한다는 압박감 때문에 몹시 지쳐 있던 아내는 그 술을 마시려 했고, 이왕 마실 거 맙소사 파티에 와준 사람들 모두에게 기꺼이 대접하려 한 것이다. 어느 모로 보나 이것은 베벌리 키팅이 이룬 기적이었다. 진을 가져온 앨버트 커즌스 역시 술을 섞을 것을 제안했다. 앨버트 커즌스가 조 마이크 신부 옆에 앉아, 자기가 버지니아 출신이고 로스앤젤레스에서 삼 년을 살았는데도 나무에 오렌지가 주렁주렁 열린 것을 보면 여전히 깜짝 놀란다고 말한 것이 채 이 분도 지나지 않았다. 버트―그는 신부에게 자신을 버트라고 불러달라고 했다―는 피처에 물을 붓고 얼린 농축액을 섞은 것을 마시며 자랐는데, 그 당시에는 몰랐지만 그것은 전혀 오렌지주스라고 부를 수 없는 것이었다. 지금 그의 아이들은 그가 어렸을 때 우유를 마시던 것처럼 아무 생각 없이 갓 짜낸 오렌지주스를 마셨다. 집 뒷마당 나무에서 직접 딴 오렌지를 짜서 만든 주스였다. 아이들이 더 달라고 컵을 들고 기다리는 동안 오렌지를 착즙기로 끊임없이 짜내야 하는 아내 테리사의 오른쪽 아래팔에 단단한 근육이 새로 자리잡는 것이 보였다. 아이들은 오직 오렌지주스만 원한다고, 버트가 그에게 말했다. 아이들은 매일 아침 시리얼과 함께 오렌지주스를 마셨고, 오후에는 간식으로 테리사가 터퍼웨어 아이스바 틀에 오렌지주스를 넣고 얼려 만든 아이스바를 먹었고, 저녁에는 그와 테리사가 얼음을 넣은 오렌지주스에 보드카나 버번, 진을 따라 마셨다. 아무도 이해하지 못하는 것 같았다—무엇을 넣는지가 중요한 게 아니라, 오렌지주스 그 자체가 중요하다는 사실을. "캘리포니아 출신들은 그것에 입맛이 맞춰져 그 사실을 잊고 있어요." 버트가 말했다.

"맞는 말이에요." 조 마이크 신부는 맞장구를 쳐주면서도, 그 자신이 오션사이드에서 자란 터라 이 남자가 오렌지주스에 대해 이렇게까지 장황하게 이야기하는 것이 잘 이해되지 않았다.

신부의 마음은 사막의 유대인처럼 방황했지만 강론 내용에 다시 집중하려고 애썼다. 베벌리 키팅은 주류 수납장으로 갔지만 세례파티 전에 수납장을 채워놓진 않아서, 그 수납장에서 찾아낸 것은 3분의 1이 남은 진 한 병, 거의 가득찬 보드카 한 병, 픽스의 형제인 존이 지난 9월 멕시코에서 가져왔지만 두 사람 다 마시는 방법을 정확히 몰라서 아직 따지 않은 테킬라 한 병뿐이었다. 그녀가 그 술병들을 부엌에 가져왔고, 그러자 집 양옆과 길 건너에 사는 이웃, 인카네이션 성당 근처에 사는 세 사람이 저마다 자신의 집으로 가서 주류 수납장에 뭐가 있는지 보겠다고 제안했다. 그 이웃들은 술뿐 아니라 오렌지도 가지고 돌아왔다. 빌과 수지는 집으로 달려가 오렌지를 따서 베갯잇 가득 담아 돌아왔고, 그들이 파티에 내놓은 것만으로는 어림없었기에, 다시 가서 베갯잇 세 장은 더 담아올 수 있다고 말했다. 이를 본보기로 다른 손님들도 각자 집으로 달려가 그들의 오렌지나무를 습격하고 식료품 창고 선반 높이 올려놓았던 술을 가져왔다. 사람들은 키팅의 집 부엌 식탁이 술집의 바 뒤쪽 벽처럼, 부엌 조리대가 과일 트럭처럼 보일 때까지 가져온 것을 풍성하게 쏟아냈다.

그것이 진정한 기적 아닌가? 예수가 성스러운 소매에서 뷔페 테이블을 차려내고 다 같이 물고기와 빵을 들자고 사람들을 초대한 게 아니라, 염소가죽 가방에 점심을 챙겨오면서 아마 제 가족이 먹을 양보다 조금 더, 하지만 군중을 먹일 만큼 충분하지는 않게 담아왔을 사람들이, 스승과 그 제자들이 보여준 본보기에 감화를 받아 주저함 없이 넉넉히 음식을 내놓은 것이다. 마찬가지로 세례파티에 온 사람들 역시 베벌리 키팅의 너그러움에, 아니면 노란 드레스를 입은 그녀의 자태에, 노란 드레스 안으로 사라지는 그녀의 목선과 옅은 색깔 머리를 틀어올리고 핀을 꽂아 드러낸 그녀의 매끈한 목덜미에 감화를 받았을 것이다. 조 마이크 신부는 술을 한 모금 홀짝였다. 그리고 다 먹은 뒤 남은 것을 그러모으니 열두 바구니가 되었던 것이다. 그가 테이블과 의자에, 그리고 땅바닥에 놓인 모든 컵을 둘러보는데, 컵 바닥에 한두 모금씩 남은 것들이 많았다. 남은 술을 전부 모아보면 얼마나 될까? 조 마이크 신부는 사제관에 가서 뭐가 있는지 보겠다고 하지 않은 자신이 옹졸한 사람처럼 느껴졌다. 그는 공동체의식에 참여할 기회를 갖는 대신, 신부가 얼마나 많은 진을 쟁여두고 있는지를 신자들에게 들키면 자기가 어떻게 보일지만 생각했던 것이다.

누가 그의 구두 앞쪽을 가볍게 톡톡 쳤다. 무릎을 내려다보며 컵의 내용물에 대한 묵상에 빠져 있던 그가 고개를 들자 그의 앞에 보니 키팅이 서 있었다. 아니, 그게 아니다. 그녀의 언니가 픽스 키팅과 결혼한 것이니, 그녀의 이름은 보니이고 성은 다른 것일 터였다. 보니 그리고 베벌리의 처녀 때 성.

"안녕하세요, 신부님." 그녀가 말했고, 그의 것과 같은 컵이 그녀의 엄지와 다른 손가락 하나 사이에 느슨하게 걸려 있었다.

"보니." 그는 자신의 목소리가 땅바닥에 앉아 진을 마시는 사람처럼 들리지 않게 하려고 조심했다. 하지만 그게 진인지 확신은 없었다. 테킬라일 수도 있었다.

"저하고 춤을 출 수 있으실까 해서요."

보니 아무개는 푸른색 데이지가 날염된 드레스를 입고 있었고, 아마도 오늘 아침 옷을 입을 때 자기는 서 있고 남자는 땅바닥에 앉은 상황을 고려하지 않아서일 테지만, 드레스 길이가 너무 짧아 신부는 시선을 어디에 둬야 할지 알 수 없었다. 그는 연습을 하지 않았으니 춤을 추지 않겠다고 뭔가 아저씨들이 할 법한 말을 하고 싶었지만, 그가 그녀에게 아저씨라고 불릴 만큼의 나이가 아닌데다 비록 그녀가 그를 파더*라고 부르긴 했어도 그녀의 아버지가 될 만큼 늙지도 않았다. 그러는 대신 그는 간단히 대답했다. "좋은 생각이 아닌데요."

좋은 생각이 아니라는 말에 보니 아무개는 엉덩이가 구두 뒤꿈치에 닿게 주저앉았는데, 자신과 신부의 눈높이가 가까워져 더 내밀한 대화를 나눌 수 있을 거라고 생각했을 뿐 드레스 단이 어디까지 올라갈지는 관심 밖이었다는 데 의심의 여지가 없었다. 속옷도 파란색이었다. 데이지와 잘 어울렸다.

"봐요, 죄다 결혼한 사람들뿐이에요." 그녀의 목소리 크기가 자신이 말하는 내용에 걸맞지 않게 너무 컸다. "저는 춤은 그저 춤이라고 생각하니까 결혼한 남자랑 춰도 상관없는데 다들 아내를 데

---

* 영어로 '아버지'라는 뜻의 'father'는 가톨릭 사제를 부를 때 쓰는 단어이기도 하다.

려왔어요."

"그리고 아내들은 춤에 의미가 있는 줄 아나봐요." 그는 이제 조심스럽게 그녀의 눈에 시선을 고정했다.

"정말로 그래요." 그녀가 슬프게 말하고는 곧은 적갈색 머리칼 뭉치를 한쪽 귀 뒤로 넘겼다.

조 마이크 신부가 일종의 계시를 받은 것은 그 순간이었다. 보니 아무개는 로스앤젤레스를 떠나야 한다. 그녀의 언니를 아는 사람이 아무도 없는 곳으로, 적어도 밸리로는 가야 한다. 언니와 나란히 세워놓지 않으면 보니도 완벽하게 매력적인 여자였기 때문이다. 두 사람을 붙여놓으면 보니는 경주마 옆에 선 셰틀랜드포니 같아 보였지만, 그 순간 그가 깨닫기로, 베벌리를 모른다면 '포니'라는 단어는 결코 떠오르지 않았을 터였다. 그는 보니의 어깨 너머로 진입로에서 베벌리 키팅이 남편이 아닌 어느 경찰관과 춤추고 있는 것을 보았는데, 그 경찰관은 정말로 운좋은 남자로 보였다.

"어서요." 보니가 간곡히 청하는 것과 생떼를 부리는 것 사이 어디쯤의 목소리로 말했다. "이곳에서 결혼하지 않은 사람은 우리 둘 뿐일걸요."

"가능성 있는 남자를 찾는 거라면 나는 해당되지 않아요."

"저는 그저 춤추고 싶은 것뿐이에요." 그녀가 말하고는 컵이 없는 쪽 그의 무릎에 자신의 빈손을 내려놓았다.

조 마이크 신부는 진정한 친절보다 외모의 미덕을 더 높이 평가한 자신을 이제 막 질책하기 시작한 참이라 마음의 동요가 일었다. 춤을 신청한 사람이 이 집 여주인이었다면 그가 잠시라도 외모에 대해 생각했을까? 그의 앞에 쭈그리고 앉은 사람이 속옷 색깔이 다

보이게 드레스 자락이 말려올라간, 양미간이 넓은 푸른 눈의 여동생이 아니라 베벌리 키팅이었다면—그는 미세하게 머리를 흔들며 생각을 멈췄다. 이런 생각은 곤란했다. 빵과 물고기로 생각을 되돌리려 해보았지만 잘되지 않자 그는 집게손가락을 들어올리며 말했다. "한 번만이에요."

보니 아무개는 그에게 감사의 뜻이 담긴 환한 미소를 지어 보였고, 조 마이크 신부는 자신이 이 순간 이전에 살아 있는 누군가를 이토록 행복하게 해준 적이 있었는지 생각했다. 그들은 컵을 내려놓고 서로 일으켜주려고 애썼으나 자세를 잡기가 까다로웠다. 완전히 일어서기도 전에 부둥켜안은 모양새가 되었다. 보니가 조 마이크의 목 뒤로 양손을 깍지 끼고 매달린 자세가 마치 그가 고해성사를 집전할 때 두르는 영대領帶의 모양새와 크게 다르지 않았다. 그의 손은 그녀의 허리에 어색하게 올려져 있었고, 그의 두 엄지는 그녀의 갈빗대가 굽어 내려간 좁은 곳에 닿아 있었다. 파티에 온 누군가가 그들을 지켜보고 있었더라도 그는 알아차리지 못했을 것이다. 사실 그는 세상이 베벌리 키팅의 여동생 머리칼에서 피어오르는 신비로운 라벤더 구름에 가려져 그들의 모습이 보이지 않을 거라는 기분에 사로잡혀 있었다.

진실은, 보니가 조 마이크 신부를 불러내기 전에 이미 다른 남자와 한 곡을 추었다는 것인데, 그 춤은 춘 것 같지도 않게 끝이 났다. 그녀는 열심히 오렌지를 짜고 있는 딕 스펜서에게 좀 쉬어야 한다고, 노조규약은 오렌지를 짜는 남자들에게도 적용된다고 말해 그를 잠시 끌어냈다. 딕 스펜서는 두꺼운 뿔테 안경을 썼는데, 그 덕에 똑똑해 보였다. 그녀가 웃으면서 몸을 두 번이나 기댔는데도 그녀를 거들떠보지 않은 픽스의 파트너 로머보다 훨씬 똑똑해 보였다. (딕 스펜서는 정말로 똑똑했다. 그는 또한 지독한 근시여서 용의자와 몸싸움을 하다 안경이 두어 번 벗겨졌을 땐 장님이나 다름없었다. 상대는 총이나 칼을 가졌을지 모르는데 자기는 그것을 볼 수 없다는 생각에 그는 야간학교와 로스쿨에 등록하고 변호사 시험에 수석으로 합격할 수 있었다.) 보니는 스펜서의 끈적거리는 손을 붙잡고 그를 뒤쪽 파티오로 이끌었다. 어느새 그들은 사람들과 부딪쳐가며, 큰 원을 그리면서 춤을 추고 있었다. 그녀가 두 팔로 그의 등을 끌어안자 셔츠 밑으로 그의 마른 몸이 느껴졌는데, 말랐기는 해도 멋지게 말라서 두 번 안긴다 해도 좋을 것 같았다. 또 한 명의 지방검사보인 커즌스는 더 잘생겼고 정말로 멋져 보였지만 그녀는 그가 자기 자신에게 빠져 있는 사람임을 알 수 있었다. 그녀의 품안에 있는 딕 스펜서는 다정한 사람이었다.

생각이 거기까지 미쳤을 때 그녀의 위팔을 움켜잡는 강한 힘이 느껴졌다. 그녀는 안경 너머 딕 스펜서의 눈에 집중하려고 무진 애를 쓰고 있었고 그 노력 때문에, 혹은 다른 뭔가 때문에 정신이 몽롱한 상태였다. 그녀는 그에게 바짝 붙어 있었다. 그래서 다가오는 여자를 보지 못했다. 그 여자를 봤다면 살짝 피할 시간이 있었거나 적어도 뭔가 둘러댈 핑계를 생각해냈을 것이다. 그 여자가 큰 소리로 빠르게 뭐라고 말했고, 보니는 몸을 빼며 조심스럽게 피했다. 바로 그렇게 딕 스펜서와 그의 아내는 파티에서 떠났다.

"가려고요?" 그들이 거실에서 스쳐지날 때 픽스가 말했다.

"가족을 잘 지켜보세요." 메리 스펜서가 말했다.

픽스는 소파에 앉아 있었고, 큰딸 캐럴라인은 그의 무릎 위에서 몸을 쭉 펴고 곤히 잠들어 있었다. 그는 자신이 딸을 보고 있는 것에 대해 메리가 칭찬한 거라고 오해했다. 어쩌면 그 자신이 설핏 잠이 들었었는지 몰랐다. 그가 캐럴라인의 작은 등을 가볍게 토닥여주었지만 아이는 꼼짝하지 않았다.

"커즌스를 도와줘요." 딕이 돌아보며 말하고는, 재킷도 입지 않고 타이도 매지 않은 채로 베벌리에게 작별인사도 하지 않고 아내와 함께 떠났다.

앨버트 커즌스는 파티에 초대받지 않았다. 그는 금요일에 법원 복도에서 어느 경찰과 이야기를 나누고 있는 딕 스펜서의 옆을 지나갔다. 커즌스는 그 사람을 몰랐지만 아마 여느 경찰이 친숙해 보이는 방식으로 친숙해 보였을 것이다. "일요일에 봅시다." 그 경찰이 말했다. 그가 떠난 뒤 커즌스가 스펜서에게 물었다. "일요일이라니요?" 딕 스펜서는 픽스 키팅에게 새로 아기가 태어나 세례파티가 있을 거라고 알려주었다.

"첫째인가요?" 커즌스는 저만치 멀어지는 파란 유니폼의 키팅을 바라보며 물었다.

"둘째예요."

"둘째한테도 그런 파티를 해주나요?"

"가톨릭 신자라면," 스펜서가 대답하고 어깨를 으쓱했다. "해주고도 남지요."

커즌스가 애초에 그런 파티에 초대 없이 가려고 작정했던 건 아니었지만, 그것이 아무 꿍꿍이 없는 질문이었다고 보기도 어려웠다. 그는 일요일을 싫어했고, 흔히 일요일이 가족끼리 보내는 날로 여겨지니 초대를 받는 것도 어려웠다. 평일에 그는 아이들이 일어날 때쯤 집에서 나갔다. 아이들 머리를 쓱쓱 긁어주고 아내에게 몇 가지 지시를 한 뒤 나가면 그만이었다. 한밤중에 퇴근하면 아이들은 잠들어 있거나 막 잠들려는 참이었다. 그는 아이들의 베개에 얼굴을 갖다대면서 아이들이 아주 소중하고 필요한 존재라고 생각했다. 월요일 아침부터 토요일 새벽까지 쭉 그렇게 생각했다. 하지만 토요일 아침이 되면 아이들은 잠들어 있으려고 하지 않았다. 캘과 홀리는 그날의 햇살이 비닐 재질의 롤스크린으로 완전히 침투하기도 전에 그의 가슴팍에 몸을 던졌고, 잠에서 깬 지 삼 분도 되지 않아 벌어진 일로 벌써 이러쿵저러쿵 다투었다. 아기는 언니 오빠가 일어나 움직이는 소리를 듣자마자 아기침대 난간을 넘으려고—새로 개발한 기술이었다—몸을 끌어올리기 시작했는데, 속도는 빠르지 않으나 끈기로 밀어붙였다. 테리사가 제때 붙잡지 못하면 아기는 바닥에 떨어질 터였다. 하지만 테리사는 이미 일어나 구토를 하고 있었다. 복도 욕실의 문을 닫고 수도꼭지를 틀어 구역질 소리가 새어나가지 않게 하려고 애썼지만 그 소리는 끊임없이 침실을 채웠다. 커즌스는 큰아이 둘을 던져버렸고, 아이들의 가벼운 몸뚱이는 침대 발치에 개어져 있는 이불 위에 엉키며 나동그라졌다. 아이들은 웃고 꽥꽥거리며 그에게 다시 달려들었지만 그는 아이들과 놀아주는 법을 몰랐고, 놀아주고 싶지도 않았다. 일어나 아기를 맡는 것도 하고 싶지 않았지만 어쩔 수가 없었다.

하루는 그렇게 시작되었고, 그러고 나면 테리사가 식료품점에 혼자 다녀오겠다거나 길모퉁이에 사는 사람들이 야외파티를 하는데 지난번에는 못 가봤다거나 그런 말을 했다. 아이들은 매 순간 소리를 질러댔다. 처음에는 한 명이 그러다가 곧 이중창이 되고 기다렸다는 듯 세번째 아이가 합세하면 두 명이 잠잠해져 다시 그 주기가 반복되는 것이다. 아기는 방의 미닫이 유리문에 머리를 곧장 박으며 나동그라져 아침을 먹기도 전에 이마가 찢어졌다. 테리사는 바닥에 앉아 아기에게 작은 반창고를 나비 모양으로 붙여주면서 이마를 꿰매야 할지에 대해 버트의 의견을 물었다. 버트는 피를 보면 늘 불편해져서 고개를 돌리며 아니, 꿰맬 필요는 없겠어, 하고 대답했다. 아기가 울자 홀리도 따라 울었다. 홀리는 자기도 머리가 아프다고 했다. 캘은 어디에도 보이지 않았다─그래도 여동생들이건 부모건 누가 소리를 지르면 대체로 달려왔다. 캘은 말썽이 일어나는 것을 좋아했다. 테리사가 손가락에 아기의 피가 묻은 채로 남편을 올려다보며 캘이 어디 있는지 물었다.

일주일 내내 커즌스는 매춘 알선업자, 아내를 구타한 남편, 좀도둑을 처리하느라 힘든 시간을 보냈다. 편견을 가진 판사들과 잠든 배심원들에게 최선을 다했다. 주말에는 로스앤젤레스의 온갖 범죄 사건들을 밀쳐두고 파자마 차림의 아이들과 최근에 임신한 아내에게 관심을 쏟을 거라고 혼자 다짐했지만, 토요일이 되면 그는 정오까지 간신히 버티다 월요일 첫 심리 전에 끝낼 일이 있어서 사무실에 가야 한다고 테리사에게 말했다. 재미있는 것은 정말로 사무실에 간다는 사실이었다. 두어 번은 맨해튼 비치에 가서 핫도그를 사먹고 비키니 상의에 짧게 자른 반바지를 입은 여자들에게 집적거려보았지만, 피부가 햇볕에 심하게 탄 걸 보고 테리사가 대번에 한소리했다. 그래서 그는 사무실로 가서 한 주 내내 함께 앉아 있는 그 사람들 사이에 앉아 있게 된 것이다. 그들은 서로에게 심각한 얼굴로 고개를 끄덕여준 뒤 토요일 오후 서너 시간 안에 어느 평일 하루보다 더 많은 일을 해냈다.

하지만 일요일에 또 그럴 수는 없었다. 아이들도, 아내도, 일도 싫었던 그는 초대받지 않은 세례파티에 대한 기억을 끄집어냈다. 테리사가 그를 쳐다보았고, 잠시 얼굴이 환해졌다. 서른한 살인데도 콧잔등에 난 주근깨가 뺨까지 퍼져 있었다. 그녀는 교회도 하느님도 그 어떤 것도 믿지 않았지만 아이들을 교회에 데려가고 싶다고 종종 말했었다. 온 가족이 함께 가면 아이들에게도 좋을 것이고, 이번 파티가 그 출발점이 될 수 있을 터였다. 그들 모두 함께 가면 좋을 것이다.

"안 돼." 그가 말했다. "일 때문에 가는 거야."

그녀가 눈을 깜박였다. "세례파티에?"

"그 사람이 경찰이거든." 그는 테리사가 그 경찰의 이름을 묻지 않기를 바랐는데, 바로 그 순간 그의 이름이 생각나지 않았기 때문이었다. "일종의 거래야, 알지? 사무실 전체가 가. 나도 예의상 가는 거고."

그녀는 그 아기가 아들인지 딸인지, 선물은 준비했는지 물었다. 질문이 끝나기 무섭게 부엌에서 우당탕 소리와 함께 금속 믹싱볼들이 와장창 떨어지는 소리가 들렸다. 선물에 대해서는 미처 생각하지 못했었다. 그는 주류 수납장으로 가서 진 한 병을 꺼냈다. 큰 병이었고 그 정도까지는 주고 싶지 않았지만 아직 뚜껑을 따지 않은 것을 보고 그것으로 결정했다.

그것이 커즌스가 픽스 키팅의 부엌에 들어와 오렌지주스를 만들게 된 경위였다. 이 순간 딕 스펜서는 금발 여자의 매력적이지 않은 여동생을 위로하는 상賞이 되어주기 위해 자리를 비우고 없었다. 그였다면 그 금발 여자에게 점수를 따겠다는 희망으로 믿음직스럽게 보이려고 그 자리를 고수했을 터였다. 로스앤젤레스에 있는 오렌지를 전부 짜라고 해도, 필요한 것이 그것이라면 그렇게 했을 것이었다. 아름다움의 발명지가 되어온 이 도시에서 그녀는 아마도 그가 대화를 나눠본 가장 아름다운 여자였을 것이고, 단연코 부엌에서 옆에 서본 가장 아름다운 여자였다. 핵심은 그녀의 아름다움이었고, 그 사실은 분명했지만, 거기에는 그 이상이 있었다. 그녀가 그에게 오렌지를 하나씩 건넬 때마다 그들의 손가락 사이에 작은 전류가 흘렀던 것이다. 그는 매번 그것을 느꼈고, 그 찌릿한 불꽃은 오렌지 자체만큼이나 생생했다. 유부녀를 어떻게 해보려 한다는 건 위험한 생각이었고, 그도 그건 잘 알고 있었다. 특히 그가 지금 있는 곳이 그 여자의 집인데다 그녀의 남편이 집에 있고 그 남편의 직업이 경찰이고 그 파티가 그 경찰의 둘째 아이 탄생을 축하하는 것이라면. 커즌스는 그 모든 사실을 알았지만, 퍼지는 술기운 때문인지 더 큰 힘이 작용하고 있다고 혼잣말을 했다. 아까 뒤쪽 파티오에서 대화를 나눈 신부는 그만큼 취해 있지 않았지만, 그 신부 역시 뭔가 예사롭지 않은 일이 일어나고 있다고 분명히 말했다. 예사롭지 않다는 말은 어떤 일을 계기로 모든 것이 달라질 수 있음을 의미했다. 커즌스는 컵을 잡으려고 왼손을 뻗다 말고 오른쪽 손목을 전에 테리사가 하던 식으로 돌렸다. 손에 경련이 일어나고 있었다.

픽스 키팅이 문간에 서서 커즌스가 무슨 마음을 품고 있는지 정확히 알고 있다는 듯 그를 지켜보고 있었다. "딕이 이제 저보고 맡으라고 하던데요." 픽스가 말했다. 그 경찰은 덩치는 크지 않았지만 근육이 탄탄하고 탄력이 아주 좋은 것이, 한번 붙어볼 싸움거리가 어디 없나 두리번거리며 하루하루를 보내는 게 분명해 보였다. 아일랜드 출신 경찰들은 모두 그랬다.

"당신은 이 파티의 주최자잖아요." 커즌스가 말했다. "여기 안에 처박혀 주스를 만들고 있을 필요가 없어요."

"당신은 손님이고요." 픽스가 칼을 집어들며 말했다. "바깥에 나가 즐거운 시간을 보내야죠."

하지만 커즌스는 사람들과 어울리는 성격이 아니었다. 만약 테리사가 이 파티에 그를 끌고 왔다면 그는 이십 분도 버티지 못했을 것이다. "내가 뭘 잘하는지는 내가 잘 알아요." 그가 말하고는 착즙기 뚜껑을 들어 금속 홈 깊이 낀 과육을 헹궈낸 뒤 본체 그릇에 담긴 내용물을 녹색 플라스틱 피처에 따랐다. 한동안 그들은 아무 말 없이 나란히 서서 일만 했다. 커즌스는 그 남자의 아내에 대한 몽상에 반쯤 빠져 있었다. 그녀가 그에게 몸을 기울여 손으로 그의 얼굴을 잡고 그가 그녀의 허벅지로 손을 뻗으려는 찰나, 픽스가 말했다. "알아낸 것 같아요."

커즌스가 공상을 멈췄다. "뭘 말입니까?"

픽스가 오렌지를 썰고 있었는데, 커즌스는 그가 칼을 밀어내듯 썰지 않고 몸 쪽으로 당겨 써는 것을 보았다. "차량 절도 사건이었어요."

"차량 절도 사건이 왜요?"

"내가 당신을 알게 된 거요. 당신이 여기 나타난 뒤로 계속 그걸 생각해내려 했어요. 이 년 전이었던 것 같군요. 그놈 이름은 기억 안 나는데 훔친 차들이 죄다 빨간색 엘카미노였어요."

지난달에 일어난 사건이 아니라면 커즌스는 특정한 차량 절도에 대한 구체적인 내용을 기억하지 못했고, 아주 바쁜 시기라면 그의 기억은 일주일 정도만 살아 있었다. 차량 절도 사건이 버터와 빵을 벌어주는 수단이었다. 로스앤젤레스에 차를 훔치는 사람이 없다면 경찰과 지방검사보는 하루종일 책상 앞에 앉아 살인 소식을 기다리며 허니문 브리지 게임이나 하고 있을 것이다. 차량 절도는 죄다 비슷비슷해서—발견 당시 차가 뒤집혀 있거나 절도 차량 부품상에게 넘겨진다—이번 사건이 다음 사건보다 더 기억에 남을 것도 없었지만, 빨간색 엘카미노만 훔친 놈이라면 달랐다.

"다고스티노." 커즌스가 말했고 이어서 그 이름을 한번 더 말했는데, 정작 자신도 그 특정한 기억의 선물이 어디서 왔는지 전혀 알 수 없었기 때문이다. 그날이 그런 날이었을 뿐, 설명할 길은 없었다.

픽스는 인정한다는 의미로 고개를 끄덕였다. "여기 하루종일 앉아 있어도 생각해내지 못했을 거예요. 하지만 그자가 기억납니다. 절도 행위를 하나의 차종에 한정하는 게 자기 급을 높이는 거라고 생각했죠."

커즌스는 잠시 그 사건 파일이 눈앞에 펼쳐진 것처럼 거의 투시력이 생긴 기분이 들었다. "국선변호인이 조사가 부적절했다고 주장했어요. 차들이 전부 창고 같은 곳에 있었다고요." 그는 오렌지를 이리저리 돌리던 것을 멈추고 집중하려고 애쓰면서 눈을 감았다. 하지만 사라져버렸다. "기억이 안 나는군요."

"애너하임."*

"그건 절대 기억해내지 못했을 거예요."

"거봐요, 그렇다니까요." 픽스가 말했다. "당신이 맡은 사건이었어요."

하지만 이제 모든 것이 사라져 커즌스는 사건의 결과조차 기억나지 않았다. 피고와 범죄에 대해 잊고 경찰이 누구였는지도 당연히 잊지만, 그는 권투선수가 누가 자신을 때려눕혔고 자기는 누구를 뻗게 만들었는지 알고 있는 것만큼이나 분명하게 평결 내용을 알고 있었다. "그자는 철창 신세를 졌죠." 커즌스는 자신을 믿어보기로 하고, 빨간색 엘카미노만 훔칠 만큼 멍청한 도둑놈이라면 수감됐을 거라고 믿으며 말했다.

픽스가 미소 짓지 않으려고 애를 쓰면서도 어쨌거나 미소 띤 표정으로 고개를 끄덕였다. 물론 그자는 수감됐다. 좀더 상상을 이어가보면 그들이 이 사건을 공동으로 맡았던 것이다.

"그러니까 당신이 그 형사였군요." 커즌스가 말했다. 그는 이제 픽스를 알아보았다. 형사들이 다 같이 갈색 슈트 한 벌을 마련해놓고 법정에 올 때 나눠 입기라도 하듯, 픽스도 똑같은 옷을 입고 있었다.

"체포만 했죠." 그가 말했다. "이제 곧 형사가 됩니다."

"이제 데스카드를 가졌군요?" 커즌스는 자기가 왜 이 남자에게 강렬한 인상을 주려고 하는지 이해하지 못하면서, 그에게 강렬한 인상을 주려고 그렇게 말했다. 초보 지방검사보이긴 해도 그는 경

---

* 로스앤젤레스 근방의 도시 이름.

찰의 점수가 어떻게 매겨지는지 알고 있었다. 하지만 픽스는 그 질문을 액면 그대로 받아들였다. 그가 손을 닦고 뒷주머니에서 지갑을 빼내 지폐 몇 장을 넘겼다.

"열네 명 남았어요." 그가 커즌스에게 명단을 건넸고, 커즌스는 받기 전에 손을 닦았다.

접힌 종이에는 열넷보다 더 많은 이름이 있었는데, 서른 명 가까이 되는 것 같았고, '프랜시스 엑세비어 키팅'이라는 이름이 맨 아래에 적혀 있었다. 이름들 중 절반은 가운데에 선이 그어져 있었는데, 그건 픽스 키팅의 순서가 다가오고 있다는 의미였다. "맙소사," 커즌스가 말했다. "이렇게 많이 죽었어요?"

"죽은 건 아니에요." 픽스가 명단을 다시 가져가더니 검은 선이 쭉 그어진 이름들을 확인했다. 그는 그 종이를 부엌 불빛 아래로 들어올렸다. "뭐, 두어 명은요. 나머지는 이미 승진했거나 전직했거나 떨어져나갔어요. 별 차이 없어요—명단에서 빠졌으니까."

교회 갈 때 입는 가장 좋은 드레스 차림에 모자를 쓰지 않은 나이가 지긋한 여자 둘이 열린 부엌문 틀에 서로 몸을 기댄 채 서 있었다. 픽스가 돌아보자 두 사람이 동시에 손을 흔들었다.

"바 아직 해요?" 더 작은 쪽이 말했다. 진지하게 말하려고 했는데 너무 재치가 넘쳤는지 그만 딸꾹질을 했고, 그러자 그녀의 친구가 따라 웃기 시작했다.

"우리 어머니예요." 픽스가 방금 그 말을 한 여자를 가리키며 말한 뒤, 옅어진 금발에 생기 넘치고 천진한 얼굴을 한 다른 여자를 가리켰다. "장모님이고요. 이쪽은 앨 커즌스예요."

커즌스는 두번째로 손을 닦고 한 사람에게, 그리고 또 한 사람에게 손을 내밀었다. "버트입니다." 그가 말했다. "숙녀분들은 뭘 드시겠어요?"

"남은 게 있다면 뭐든." 장모가 말했다. 그녀에게선 딸의 모습이 언뜻 보일 뿐이었다. 어깨를 뒤로 젖힌 형태와 긴 목 같은. 이것이 시간이 여자들에게 저지르는 범죄였다.

커즌스는 손 가까이 있는 버번 병을 집어 술을 섞은 음료 두 잔을 만들었다. "멋진 파티네요." 그가 말했다. "밖에 있는 사람들도 여전히 즐거운 시간을 보내고 있나요?"

"내 생각엔 다들 너무 오래 기다렸어요." 픽스의 어머니가 음료를 받으며 말했다.

"사돈은 병적이에요." 장모가 애정어린 목소리로 말했다.

"난 병적인 게 아니에요." 어머니가 말을 정정했다. "신중한 거죠. 누구나 신중해야 하고요."

"뭘 기다려요?" 커즌스가 두번째 잔을 건네며 물었다.

"세례식이요." 픽스가 말했다. "어머니는 아기가 세례를 받기 전에 죽을까봐 걱정하셨거든요."

"아기가 아팠어요?" 그가 픽스에게 물었다. 커즌스는 성공회 신자로 키워졌지만 일찌감치 종교를 버렸다. 그가 알고 있기로 성공회 신자의 아기는 죽으면 세례 여부와 상관없이 천국에 갔다.

"아기는 건강해요." 픽스가 말했다. "완벽합니다."

픽스의 어머니가 어깨를 으쓱했다. "그건 모르는 일이야. 아기 몸안에서 무슨 일이 일어나고 있는지 아무도 모른다고. 너도 그렇고 네 형제들도 그렇고 나는 다 한 달 안에 세례를 받게 했어. 내가 나섰지. 그런데 이 아이는," 그녀가 커즌스에게 주의를 돌리며 말했다. "한 살이 거의 다 됐어요. 대대로 입는 세례식 드레스도 맞지 않았다고요."

"그렇다면 그건 문제로군요." 픽스가 말했다.

그의 어머니가 어깨를 으쓱했다. 그러고는 술을 비운 뒤 뭔가 실수가 있었다는 듯 빈 종이컵을 흔들었다. 얼음이 다 떨어져 넣지 못한 것이다. 술 마시는 속도를 늦추는 유일한 것이 얼음이었다. 커즌스가 컵을 받아 다시 채워주었다.

"다른 사람이 아기를 데리고 있나봐요." 픽스가 어머니에게 말했는데, 질문이 아니라 사실 확인이었다.

"뭘 데리고 있어?" 그녀가 물었다.

"아기요."

그녀가 게슴츠레 눈을 감고 잠시 생각한 뒤 고개를 끄덕였지만, 입을 연 사람은 그녀가 아닌 다른 쪽, 즉 장모였다. "다른 사람이." 그녀가 자신 없는 목소리로 말했다.

"어째서 남자들은," 픽스의 어머니가 아기에 대해서는 관심이 없다는 듯이 말했다. "술을 만드는 일이라면 부엌에서 하루종일 음료를 섞고 오렌지를 짜면서, 음식 만드는 일에는 부엌 문지방도 넘지 않는지 모르겠어." 그녀의 시선이 바로 자기 아들을 향했다.

"저도 모르겠는데요." 픽스가 말했다.

그의 어머니가 이어서 커즌스를 돌아보았으나 그 역시 고개를 가로저을 뿐이었다. 두 여인은 마뜩잖은 표정으로 동시에 돌아서더니 손에 컵을 든 채 앞으로 약간 기울어진 자세를 하고서 다시 파티를 즐기러 갔다.

"일리 있는 말씀이네요." 커즌스가 말했다. 그 역시 샌드위치를 만드는 일이라면 절대 이곳에 들어와 있지 않았을 것이다. 하지만 그는 샌드위치를 먹고 싶다고, 하나 먹으면 좋겠다고 생각하면서, 자기가 마실 술을 한 잔 더 따랐다.

픽스는 칼로 오렌지를 써는 작업으로 되돌아갔다. 그는 신중한 사람이어서 천천히 썰었다. 취한 상태라고 해도 손가락을 자르지 않을 사람이었다. "아이가 있습니까?" 그가 물었다.

커즌스가 고개를 끄덕였다. "셋하고 3분의 1 있어요."

픽스가 휘파람을 불었다. "계속 바쁘군요."

아기를 쫓아다니느라 계속 바쁘군요, 라는 뜻이었는지, 아내랑 그걸 하느라 계속 바쁘군요, 라는 뜻이었는지 커즌스는 알 수 없었다. 어느 쪽인들. 그는 오렌지 껍질로 넘치는 개수대에 또하나의 오렌지 껍질을 내려놓았다. 그가 손목을 돌려 풀었다.

"쉬었다 하시죠." 픽스가 말했다.

"쉬었어요."

"더 쉬어요. 주스 만들어둔 게 있어요. 저 두 분이 바깥 상황을 알려주는 단서라면 대부분의 사람들이 당분간은 부엌을 찾지 않을 거예요."

"딕은 어디 있죠?"

"갔습니다. 자기 아내와 빠져나갔어요."

아무렴 그랬겠지, 커즌스가 생각했다. 그의 눈앞에 자기 아내의 모습이 번쩍 나타났고, 빽빽거리는 소리가 가득한 아수라장이 되었을 자신의 집이 떠올랐다. "그런데 지금 몇시죠?"

픽스가 손목시계를 보았다. 제라 페리고, 경찰이 가지고 있을 만한 것보다 훨씬 좋은 시계였다. 세시 사십오분, 두 남자가 어림잡아 추측한 시각보다 족히 두 시간은 더 지나 있었다.

"맙소사, 이만 가봐야겠어요." 커즌스가 말했다. 테리사에게 정오 전에 집에 올 거라고 말해둔 게 거의 확실했다.

픽스가 고개를 끄덕였다. "이 집에 있는 사람들 중 내 아내나 딸들이 아닌 사람은 누구나 돌아가야겠죠. 가기 전에 부탁 하나만 들어줘요—아기를 찾아주십시오. 누가 아기를 데리고 있는지 알아봐줘요. 지금 내가 나가면 모두 나한테 말을 붙이려 할 거고 한밤중이 되어야 아기를 찾을 수 있을 겁니다. 한번 휙 돌아봐주겠어요? 술 취한 사람이 아기를 의자 위에 내버려두지 않았는지만 확인해줘요."

"당신 아기인 걸 어떻게 알아보죠?" 커즌스가 물었다. 생각해보니 그는 파티에서 아기를 보지 못했고, 이 믹*들을 보아하니 틀림없이 많은 아기들이 있을 것이었다.

"갓난아기예요." 픽스가 말했고, 갑자기 그의 목소리는 커즌스가 바보라는 듯, 이것이 누군가가 경찰이 못 되고 법조인일 수밖에 없는 이유라는 듯 날카로워졌다. "예쁜 드레스를 입고 있는 아기요. 오늘이 그 아이 파티니까요."

커즌스에게 길을 내주느라 사람들이 이리저리 움직였고, 그를 밀어낸 뒤 통로는 다시 닫혔다. 식사실에는 큰 접시가 모두 비워져, 크래커나 당근스틱도 하나 없었다. 대화와 음악과 술 취한 웃음이 녹아들어 해독할 수 없는 하나의 소리 덩어리가 되었고, 이따

---

* Mick. 아일랜드인을 경멸조로 부르는 말.

금 거기서 어떤 단어나 문장이 또렷이 새어나왔다―그가 이야기하는 동안 내내 트렁크 안에 여자를 가둬뒀다지 뭐야. 그에게 보이지 않는 저 먼 복도 어딘가에서 한 여자가 그만! 그만! 하고 소리치며 숨이 멎을 듯 심하게 웃고 있었다. 아이들이, 많은 아이들이 보였는데, 그중 몇 명은 어른들의 무심한 손에서 컵을 낚아채 내용물을 쭉 들이켰다. 아기는 한 명도 보이지 않았다. 방이 몹시 더워서 형사들도 이제 재킷을 벗고 있었고 리볼버를 벨트에 꽂거나 견대를 하고 겨드랑이 아래쪽으로 꽂아 드러내고 있었다. 커즌스는 왜 아끼는 무리의 절반이 총을 가진 것을 보지 못했을까 생각했다. 그는 열려 있는 유리문을 통과해 파티오로 나가, 지금도 구름 한 점 없고 전에도 없었고 앞으로도 없을 다우니 교외로 쏟아져내리는 늦은 오후의 햇살을 바라보았다. 그는 자신과 친구가 된 신부가 돌처럼 가만히 서 있는 것을, 너무 오래 춤을 추다 선 자세로 잠들어버린 것처럼 그 여동생을 끌어안고 있는 것을 보았다. 남자들은 파티오 의자에 앉아 다른 남자들과 대화를 나누고 있었는데, 다수가 무릎에 여자를 앉히고 있었다. 여자들, 그가 본 여자들은 죄다 어느 시점엔가 구두를 벗어버리고 스타킹을 못 쓰게 만든 채였다. 그들 중 누구도 아기를 안고 있지 않았고, 진입로에도 아기는 보이지 않았다. 커즌스는 차고 안으로 들어가 전등 스위치를 올렸다. 고리 두 개에 사다리가 걸려 있고 깨끗한 페인트통들이 크기에 따라 선반에 한 줄로 놓여 있었다. 삽, 갈퀴, 감아둔 전기코드, 용구들이 놓인 작업대도 있었는데, 모든 것에 자기 자리가 있었고 모든 것이 자기 자리에 있었다. 깨끗한 시멘트 바닥 한가운데에 감청색의 깨끗한 푸조가 세워져 있었다. 픽스 키팅은 그보다 자식 수가 더 적고 시계는 더 좋고 차는 외제차에다 아내는 훨씬 예뻤다. 아직 형사도 되지 못한 남자가 말이다. 그 순간 누가 물어봤다면 커즌스는 그것이 수상하다고 말했을 것이다.

어쨌거나 프랑스제 차라는 이유만으로 섹시해 보이는 그 차를 정말 유심히 바라보기 시작한 순간, 그는 아기가 없어졌다고 했던 게 기억났다. 그러자 이제 막 걸음마를 시작한 자신의 아기 저넷이 생각났다. 어제 저넷이 아슬아슬하게 달리다 유리에 머리를 찧었고 멍이 든 곳에 여전히 반창고가 붙어 있었는데, 그는 자기가 저넷을 지켜보기로 했었다는 사실을 떠올리고 더럭 겁이 났다. 어린 저넷, 그는 저넷을 어디 뒀는지 도무지 기억이 나지 않았다! 테리사는 그가 아기 보는 데 젬병인 것을 알았어야 했다. 그녀는 그 문제에 대해 그를 믿어서는 안 되었다. 아기를 찾으려고 차고 밖으로 나왔을 때 심장이 그를 앞서가려는 듯 갈빗대를 툭툭 치기 시작했다. 그는 픽스 키팅의 파티에 온 모든 사람을 보았다. 그날의 올바른 질서에 대한 감각이 돌아왔고, 그는 잠시 어리석은 사람이 된 기분과 안도감을 동시에 느끼며 문을 잡고 서 있었다. 그가 잃은 것은 아무것도 없었다.

그가 다시 하늘을 올려다보니 햇빛이 달라지고 있었다. 픽스에게 그만 집에 가봐야겠다고, 그에게도 걱정할 아이들이 있다고 말할 것이다. 그는 안으로 들어가 먼저 욕실을, 그리고 두 개의 옷방을 보았다. 욕실에서는 다시 밖으로 나오기 전에 얼굴에 물을 끼얹었다. 복도 반대편에 문이 또하나 있었다. 집이 크지는 않았지만 오로지 문으로 만들어진 집 같았다. 앞에 있는 문을 여니 실내에 햇살이 흐릿했다. 롤스크린이 내려져 있었다. 여자아이 방이었다―분홍색 러그와 가장자리에 통통한 토끼들이 그려진 분홍색 벽지가 보였다. 그의 집에도 홀리와 저넷이 같이 쓰는, 이 방과 다르지 않은 방이 있었다. 구석에는 침대 두 개를 붙여놓은 곳에 어린 여자아이 셋이 자고 있었는데, 서로 다리를 포개고 머리칼에 손을 넣고 있었다. 그가 유일하게 보지 못한 건 기저귀 가는 테이블 앞에 아기를 안고 서 있는 베벌리 키팅이었다. 베벌리가 그를 보았고, 얼굴에 누구인지 알아보았다는 미소가 떠올랐다.

"누구신지 알아요." 그녀가 말했다.

그녀의 존재가 그를 놀라게 했다. 혹은 그녀의 아름다움이 그를 또다시 놀라게 했다. "죄송합니다." 그가 말했다. 그러고는 문에 손을 갖다댔다.

"당신 때문에 아이들이 깨지는 않을 거예요." 그녀가 아이들 쪽으로 살짝 고개를 기울였다. "아이들이 취한 것 같아요. 한 번에 한 명씩 데리고 왔는데 눈도 뜨지 않았어요."

그가 걸어가 아이들을 내려다보았다. 가장 큰 아이가 다섯 살도 되지 않은 것 같았다. 잠들어 있는 아이들의 모습을 보면 그는 자기도 모르게 흐뭇해졌다. "이 아이들 중 하나가 당신 아이인가요?" 그가 물었다. 세 아이 모두 애매하게 닮아 보였다. 하지만 누구도 베벌리 키팅과 닮은 것 같지는 않았다.

"분홍색 드레스를 입은 아이요." 그녀가 손에 쥔 기저귀에 집중하며 말했다. "나머지 둘은 아이의 사촌이고요." 그녀가 그에게 미소를 지어 보였다. "당신은 지금 음료를 만들고 있어야 하는 거 아닌가요?"

"스펜서가 갔어요." 그가 말했지만, 질문에 대한 답은 아니었다. 그는 마지막으로 가슴이 두근거렸던 게 언제인지 기억나지 않았다. 범인이나 배심원을 봤을 때는 아니었고, 기저귀를 든 여자를 봤을 때는 더더욱 아니었다. 그가 다시 말하기 시작했다. "당신 남편이 나한테 아기를 찾아달라고 부탁해서요."

베벌리는 기저귀를 다 간 뒤 아기 드레스를 매만져주고 아기를 테이블에서 들어올렸다. "자, 아기가 여기 있네요." 그녀가 그렇게 말하고는 아기 코에 코를 갖다대자, 아기가 방긋 웃으며 하품을 했다. "누가 이렇게 오래 깨어 있네." 베벌리가 아기침대 쪽으로 돌아섰다.

"아기를 잠시 픽스한테 데려갈게요." 그가 말했다. "눕히시기 전에요."

베벌리 키팅이 고개를 한쪽으로 살짝 기울이고 재미있다는 표정을 지어 보였다. "픽스에게 이 아이가 왜 필요해요?"

어두워진 분홍색 방, 그녀의 엷은 분홍색 입, 닫았는지 기억나지 않지만 닫혀 있는 문, 기저귀 버리는 통의 익숙한 지린내 위로 은은히 감도는 그녀의 향수 냄새, 상황은 그랬다. 픽스가 아기를 데려와달라고 했던가, 아니면 그냥 찾아보라고만 했었나? 어느 쪽이든 상관없었다. 그는 모르겠다고 대답한 다음 그녀에게 다가섰다. 그 자체로 빛의 원천인 그녀의 노란 드레스. 그가 두 팔을 뻗자 그녀가 그의 품으로 아기를 내밀며 다가섰다.

"그러면 아기를 데려가요." 그녀가 말했다. "아이가 있으세요?" 그때쯤 그녀는 이미 바짝 다가서 있었다. 그녀가 얼굴을 들어올렸다. 그가 아기를 한쪽 팔로 받쳤는데, 그 말인즉 그의 팔이 그녀의 젖가슴 밑에 닿았다는 말이다. 그녀가 이 아기를 낳은 지는 일 년이 되지 않았고, 그전에는 어땠는지 몰라도 그녀가 이보다 더 예뻤을 거라고는 상상하기 어려웠다. 테리사는 자신을 절대 가꾸지 않았다. 하나를 낳고 바로 또하나를 낳으니 불가능하다고 했다. 두 사람을 서로 소개해주고, 노력하면 어떻게 될 수 있는지 아내에게 보여주고 싶은 마음이 그에게 있었을까? 그런 생각은 하지도 마라. 그는 테리사와 베벌리 키팅이 만나는 것에는 전혀 관심이 없었다. 그는 반대쪽 팔로 그녀의 등을 감싸안고 뒤쪽의 잠긴 지퍼를 손가락으로 꾹 눌렀다. 그것이 오렌지주스를 섞은 진이 일으킨 마법이었다. 아기는 그들 사이에 떨어지지 않게 안겨 있었고, 그가 그녀에게 키스했다. 그날 하루는 그렇게 흘러가고 있었다. 그는 눈을 감았고, 부엌에서 그녀의 손을 스쳤을 때 손가락에 느껴지던 찌릿한 전류가 자신의 떨리는 등뼈를 훑어내릴 때까지 그녀에게 키스했다. 그녀의 혀끝이 그의 벌어진 이 사이에 가닿을 때 그녀의 반대쪽 손은 그의 등에 올려져 있었다. 그들 사이에 거의 알아차릴 수 없을 만큼의 미세한 이동이 있었다. 그가 그것을 느꼈고, 그녀는 뒤로 물러섰다. 이제 아기가 그에게 안겨 있었다. 아기가 빨개진 얼굴로 아주 잠깐 울었고, 작게 딸꾹질을 한 다음 커즌스의 가슴에 얼굴을 묻었다.

"우리 때문에 아이가 질식하겠어요." 그녀가 말하고 웃었다. 그러고는 아기의 예쁜 얼굴을 내려다보았다. "미안."

키팅의 딸의 가벼운 무게가 그의 품에 익숙하게 느껴졌다. 베벌리가 기저귀 테이블에서 부드러운 헝겊을 집어 그의 입을 닦아주었다. "립스틱." 그녀가 말한 뒤 몸을 기울여 그에게 다시 키스했다.

"당신……" 그가 말을 시작했지만 한 단어로 말하기에는 머릿속에 너무 많은 말이 떠올랐다.

"취했어요." 그녀가 말하고 웃었다. "취했고, 그것뿐이에요. 아기를 픽스에게 데려가요. 그이에게 내가 곧 아기를 데리러 가겠다고 말해줘요." 그녀가 손가락으로 그를 가리켰다. "다른 말은 하지 마요, 미스터." 그녀가 다시 웃었다.

바로 그때 그는 그녀를 처음 본 순간, 그녀가 부엌문 밖으로 몸을 내밀고 그녀의 남편을 부른 그 순간부터 알고 있었던 것을 깨달았다. 이것이 그의 인생의 시작이라는 것을.

"어서요." 그녀가 말했다.

그녀가 그에게 아기를 맡겼다. 그러고는 방 반대쪽으로 걸어가 잠든 아이들을 좀더 편안하게 눕혀주었다. 그는 그녀를 지켜보려고 닫힌 침실 문 앞에 잠시 더 서 있었다.

"왜요?" 그녀가 말했다. 그녀는 그를 유혹하려고 한 게 아니었다.

"대단한 파티네요." 그가 말했다.

"그러게요."

픽스가 커즌스를 보내 아기를 찾아달라고 한 건 한 가지 의미에서만 잘한 일이었다. 이 파티에 온 어느 누구도 커즌스를 모르기 때문에 그는 사람들을 뚫고 지나가기가 쉽다는 것. 그것은 사람들 모두 그가 걸어오는 쪽으로 고개를 돌리는 이 순간까지도 커즌스가 깨닫지 못했던 사실이었다. 막대기처럼 늘씬하고 피부를 가무잡잡하게 태운 여자가 그의 앞을 막아섰다.

"아기다!" 여자가 소리친 뒤 몸을 기울여 아기의 머리를 솜털처럼 뒤덮은 노란색 곱슬머리에 키스했고, 와인색 립스틱 자국을 남겼다. "어머나." 그녀는 자기가 왜 그랬는지 모르겠다는 듯 미안한 얼굴로 말했다. 그녀가 엄지로 자국을 닦으려고 하자 아기가 울음을 터뜨릴 것처럼 얼굴을 찡그렸다. "그러지 말았어야 했는데." 그녀가 커즌스를 보며 미소를 지었다. "픽스에게 내가 그랬다고 말하지 않을 거죠?"

그것은 하기 쉬운 약속이었다. 전에 이 가무잡잡한 여자를 본 적이 없었으니까.

"우리 아기 한번 볼까." 한 남자가 아기를 향해 미소를 지으며 커즌스의 등을 가볍게 두드렸다. 그들은 그가 누구라고 생각했을까? 아무도 그에게 물어보지 않았다. 딕 스펜서가 그를 아는 유일한 사람이었지만 이미 한참 전에 떠난 뒤였다. 그가 부엌까지 가는 길은 사람들이 여러 번 그를 멈춰 세우고 둘러싸면서 지체되었다. 어머, 아기다, 사람들이 부드러운 목소리로 말했다. 안녕, 아가, 예쁜 아가씨. 찬사와 다정한 말들이 그를 에워쌌다. 아기가 아주 예쁘다는 것을 지금 햇빛 속에 들어서서야 그는 볼 수 있었다. 피부가 하얗고 양미간이 넓은 게 엄마를 더 닮았다고, 다들 그렇게 말했다. 꼭 베벌리 같네요. 그가 품에 안은 아기를 추어올렸다. 아기가 자신이 아직 그의 품에 안겨 있는지 확인하려고 그 푸른 신호등 같은 눈을 떴다 다시 감았다. 그의 아기들처럼 이 아기도 그에게 안겨 있는 것이 편안한 것 같았다. 그는 아기 안는 법을 알았다.

"아기가 당신을 좋아하나보네요." 견대에 권총을 찬 남자가 말했다.

부엌에는 한 무리의 여자들이 담배를 피우며 앉아 있었다. 그들은 담뱃재를 컵에 톡톡 떨었는데, 할일이 다 끝났다는 표시였다.

남편들이 집에 돌아갈 시간이라고 말하기를 기다리는 것 말고 남은 일은 없었다. "안녕, 아가야." 그들 중 한 명이 말하자 모두 커즌스를 올려다보았다.

"픽스는 어디 있어요?" 그가 물었다.

그들 중 하나가 어깨를 으쓱했다. "모르겠어요." 그녀가 말했다. "지금 가야 해요? 아기는 내가 맡을게요." 그녀가 손을 내밀었다.

하지만 커즌스는 모르는 사람에게 아기를 맡길 생각이 없었다. "제가 찾아볼게요." 그는 그렇게 말하고는 물러섰다.

커즌스는 한 시간 내내 픽스 키팅의 집 주위를 빙빙 돌고 있는 기분이었다. 처음에는 아기를 찾느라고, 그다음에는 픽스를 찾느라고. 그는 뒤쪽 파티오에서 신부와 대화를 나누고 있는 픽스를 발견했다. 신부의 여자는 어디에도 보이지 않았다. 이제 밖에는 사람이 얼마 없었고, 어디를 봐도 사람들이 많이 줄었다. 오렌지나무 사이로 들어오는 햇살의 각도도 많이 낮아졌다. 그의 머리 위 높이 오렌지 한 알이 매달려 있었다. 주스를 만드는 난리통에 용케 남은 하나. 그는 아기가 떨어지지 않게 한 팔로 잘 안고 발끝으로 서서 오렌지를 땄다.

"맙소사." 픽스가 고개를 들며 말했다. "어디 갔었어요?"

"당신을 찾아다녔죠." 커즌스가 말했다.

"나는 줄곧 여기 있었어요."

커즌스는 자신을 찾으려고도 하지 않은 픽스가 어이없어 거의 코웃음을 칠 뻔했지만 더 좋은 말이 생각났다. "당신이 있는 곳이 우리가 헤어졌던 자리는 아닌데요."

픽스가 일어서서 감사의 말이나 인사치레 없이 아기를 받아 안

왔다. 옮겨지는 게 불편한지 아기가 조그맣게 소리를 냈지만, 이내 아버지의 품에 포근히 안겨 잠이 들었다. 커즌스의 팔은 이제 가벼워졌지만, 그는 그 느낌이 별로였다. 아주 별로였다. 픽스가 아기 이마에 묻은 자국을 보았다. "누가 아기를 떨어뜨렸나요?"

"립스틱 자국이에요."

"자, 이제," 신부가 의자를 밀고 일어서며 말했다. "나는 이만 가봐야겠군요. 삼십 분 뒤 성당에서 저녁식사로 스파게티를 먹을 예정이에요. 모두 환영합니다."

그들은 작별인사를 나누었고, 조 마이크 신부가 걸어가자 교구 신자들이 그의 뒤를 따라 꼬리를 물며 진입로를 걸어갔다. 성 패트릭*이 다우니를 통과하며 행진하고 있었다. 그들이 픽스에게 손을 흔들며 작별인사를 외쳤다. 밤은 아니었지만 완전한 낮도 아니었다. 파티가 길어져도 너무 길어졌다.

커즌스는 베벌리가 아까 말한 대로 아기를 데려가려고 나타나기를 잠시 더 기다렸지만 그녀는 오지 않았다. 그가 떠났어야 하는 시간도 이미 몇 시간 지나 있었다. "아기 이름도 모르고 있었네요." 그가 말했다.

"프랜시스Frances예요."

"정말인가요?" 그가 예쁜 아기를 다시 보았다. "당신 이름을 따서 지은 이름이군요."

픽스가 고개를 끄덕였다. "어렸을 때 프랜시스Francis**라는 이름

---

* 아일랜드의 수호성인.

** 발음은 같지만 Francis는 남자 이름, Frances는 여자 이름이다.

때문에 싸움을 많이 했어요. 동네에서 나보고 여자 이름이라고 한 마디씩 하지 않은 사람이 한 명도 없었어요. 그래서 딸 이름을 프랜시스라고 하지 않을 이유가 뭐냐, 하고 생각한 거죠."

"딸이 아니라 아들이었다면요?" 커즌스가 물었다.

"프랜시스Francis라고 했겠죠." 픽스가 말했고, 커즌스는 또다시 자기가 어리석은 질문을 했다는 기분이 들었다.

"첫애가 딸인 걸 보고 케네디의 딸 이름을 따서 지었어요. 괜찮아, 기다려보지 뭐, 그때는 그렇게 생각했지만 지금은……" 픽스가 딸을 내려다보며 말을 멈췄다. 두 딸 사이에 두 번 유산을 했고, 출산이 상당히 늦어졌다. 둘째를 낳은 것은 행운이라고 의사가 말해주었지만, 검사보에게 그 사실을 말하는 것은 의미 없는 일이었다. "이렇게 되었네요."

"좋은 이름이에요." 커즌스가 말했지만, 속으로는 기다리지 않은 게 행운이지, 하고 생각했다.

"당신은요?" 픽스가 물었다. "꼬마 앨버트가 집에서 기다리나요?"

"아들 이름은 캘빈이에요. 캘이라고 부르죠. 그리고 딸들은, 아니요. 앨버타라는 이름의 아이는 없어요."

"곧 아기가 태어난다고 했죠."

"12월에요." 그가 말했다. 커즌스는 캘이 태어나기 전 자신과 테리사가 어두운 밤중에 침대에 누워 서로 아기 이름을 하나씩 말하던 것을 떠올렸다. 이름 하나에 그녀는 초등학교 때 괴롭힘을 당하던 아이나 얼룩진 셔츠를 입고 엄지를 물어뜯던 아이를 떠올렸고, 또하나의 이름에 그가 자신이 한 번도 좋아한 적 없는 아이나 다른 아이들을 괴롭힌 아이를 떠올렸다. 하지만 캘이라는 이름이 나왔을 땐 둘 다 좋아했다. 홀리의 이름을 지을 때도 그런 식이었다. 어쩌면 시간이 더 적게 걸렸을 수도 있고, 침대에 누워 그녀의 머리가 그의 어깨에 놓이지 않고 그의 손이 그녀의 배에 올라가 있지 않았을지 몰라도, 그들은 함께 이름을 골랐다. 홀리는 누구의 이름을 딴 것이 아니라 부모가 그 이름이 예쁘다고 생각해서, 그 아이 하나만을 생각해서 지은 이름이었다. 그러면 저넷은? 저넷의 이름을 지으면서 이야기를 나누었는지는 기억이 나지 않았다. 그는 그 한 번만큼은 병원에 늦게 도착했고, 기억이 맞는다면 그가 병실 문을 열고 들어갔을 때 테리사가 저넷이야, 하고 말한 게 전부였다. 누가 그에게 물어봤다면 그 아이는 대프니가 되었을 텐데. 이번에 새로 태어날 아기의 이름을 지을 때는 의논을 해야 할 것이다. 그러면 뭔가 대화를 나눌 거리가 생기는 것이다.

"이번 아기 이름은 앨버트라고 지어요." 픽스가 말했다.

"아들이면요."

"아들일 거예요. 그럴 때가 됐어요."

커즌스는 아버지 품에 잠들어 있는 프랜시스를 보았다. 딸이 하나 더 태어나도 최악은 아니겠지만, 아들이면 앨버트라고 부를 것이다. "아들일 것 같아요?"

"그럼요." 픽스가 말했다.

그는 그 문제로 테리사와 의견을 나누지 않았고, 아기가 태어났을 때 대기실에 있다가 자기 이름을 따서 출생증명서에 앨버트 존 커즌스라고 써넣었다. 테리사는 남편의 이름이 마음에 썩 들었던 적이 없었지만 언제 그 말을 꺼낼 기회가 있었겠는가? 퇴원해 집에 돌아오자마자 그녀는 아기를 앨비Albie, 앨Al-비bee라고 부르기 시작했다. 커즌스는 그러지 말라고 했지만 그가 늘 집을 지키고 있는 것은 아니었다. 그가 뭘 할 수 있었겠는가? 못하게 막겠는가? 나머지 아이들은 그 이름을 좋아했다. 그들도 아기를 앨비라고 불렀다.

2

"그러니까 아빠가 앨비의 이름을 지었다는 거예요?" 프래니*가 말했다.

"내가 앨비 이름을 지은 건 아니지." 그녀의 아버지가 말했다. 두 사람은 간호사를 따라 길고 환한 복도를 걸어가고 있었다. "내가 앨비 이름을 지었다면 그런 멍청한 이름으로 하진 않았겠지. 그 아이가 일으킨 문제를 잘 추적해보면 이름 탓이 커."

프래니는 새아버지의 아들에 대해 생각했다. "거기엔 아마 그보다 더 많은 이유가 있을 거예요."

"내가 그애를 청소년 보호감호소에서 한 번 빼내준 거 알고 있었니? 열네 살 때 그애가 학교에 불을 지르려고 했잖아."

"기억나요." 프래니가 말했다.

---

* 프랜시스의 애칭.

"네 엄마가 전화해서 그애를 빼내달라고 부탁했어." 그가 자기 가슴을 가볍게 톡톡 쳤다. "네 엄마는 그게 부탁이라고 했어. 내가 네 엄마 부탁을 들어주는 것에 아주 관심이 많다는 듯이 말이야. 버트가 LA에서 알고 지내던 그 모든 경찰들을 떠올리면 그들이 왜 나한테 그 수고를 끼쳤는지 궁금하지 않을 수 없구나."

"아빠는 앨비를 도와준 거예요." 프래니가 말했다. "그애는 어렸고, 아빠는 그애를 도와줬어요. 거기 잘못된 건 전혀 없어요."

"그애는 어떻게 해야 불을 제대로 지르는 건지도 몰랐어. 그애를 빼낸 뒤 소방서에서 일하는 네 삼촌 톰에게 데려갔다. 그 무렵 톰은 다시 LA로 돌아와 있었거든. 내가 버트의 아들에게 말했어. '네가 아이들이 한가득 있는 학교를 불태우고 싶으면 이분들이 그 방법을 가르쳐줄 거야.' 그애가 나한테 뭐라고 했는지 아니?"

"알아요." 프래니가 말했지만, 앨비가 불을 질렀을 때 학교에 아이들이 한 명도 없었다는 것과 그가 불을 꽤 잘 냈다는 사실을 짚어주지는 않았다. 앨비를 위해 뭐라고 하건 간에, 그는 불지르는 방법을 알고 있었다.

"그애는 더이상 관심 없다고 말했어." 픽스가 걸음을 멈췄고, 그러자 프래니도 멈춰 섰다. 간호사도 걸음을 멈추고 그들을 기다렸다. "사람들이 지금은 그애를 그렇게 부르지 않지?" 픽스가 물었다.

"앨비라고요? 모르겠어요. 저는 늘 그렇게 불렀어요."

"저는 안 들을게요." 제니가 말했다. 간호사 이름은 제니였다. 명찰이 달려 있었지만 그것과 무관하게 그들은 그녀를 알고 있었다.

"듣고 싶으면 어떤 이야기든 들어도 돼요." 픽스가 말했다. "하지만 우리가 더 재미있는 이야기를 해야겠군요."

"오늘은 좀 어떠세요, 키팅 씨?" 제니가 물었다. 픽스는 화학치료를 받으려고 UCLA 메디컬센터에 온 것이었기 때문에 그건 그냥 사교적인 질문이 아니었다. 몸 상태가 좋지 않으면 집으로 돌려보내지고 그러면 치료 과정 전체가 알 수 없는 더 먼 미래로 미뤄진다.

"좋습니다." 그가 프래니의 팔에 팔짱을 끼며 말했다. "물위에 어린 빛 같은 기분이에요."

제니가 웃었고, 그들 셋은 복도를 벗어나 입에 디지털 체온계를 물고 머리에 헤드랩을 쓴 여자 둘이 있는 넓고 트인 방에서 걸음을 멈췄다. 여자들 중 한 사람이 새로 들어온 그들에게 고단한 표정으로 고개를 까딱했고, 다른 한 사람은 앞을 보고 있었다. 사탕 색깔의 간호사복을 입은 간호사들이 그들 주변을 이리저리 돌아다녔다. 픽스가 앉자 제니가 그에게 체온계를 건네고 팔에 혈압을 재는 커프를 감았다. 프래니가 아버지 옆 빈 의자에 앉았다.

"잠깐 이야기의 출발점으로 돌아가면, 아빠와 버트 아저씨는 앨비가 태어나기 전에 아저씨 아들 이름을 어떻게 지을지에 대해 이미 이야기를 나눴다는 거네요?" 프래니는 화재 이야기와 그 이후 아빠가 받은 전화에 대해 수도 없이 들었지만, 앨비의 이름에 대한 이야기가 나온 적은 없었다.

픽스가 체온계를 뺐다. "우리가 그 문제를 그후에 이야기한 건 아니었다는 거지."

"안 돼요!" 제니가 픽스를 가리키며 말했고, 픽스는 다시 체온계를 입에 물었다.

프래니가 고개를 가로저었다. "그냥 잘 안 믿어져요."

픽스가 제니를 올려다보았고, 그녀는 커프를 풀었다. "뭐가 잘 안 믿어져요?" 그녀가 그를 대신해서 물었다.

"전부 다요." 프래니가 두 손을 폈다. "아빠와 버트 아저씨가 같이 음료를 만든 것도 그렇고, 두 분이 이야기를 나눈 것도 그렇고, 엄마보다 아빠가 버트 아저씨를 먼저 알았던 것도 그렇고요."

"정확히 36.6도예요." 제니가 말한 뒤 체온계에 씌운 플라스틱 커버를 빼서 버렸다. 그러고는 주머니에서 밝은 분홍색의 긴 지혈대를 꺼내 픽스의 위팔에 묶었다.

"당연히 버트를 알고 있었지." 그는 마땅히 받아야 할 신임을 받지 못했다는 듯 말했다. "네 엄마가 그를 어떻게 만났을 것 같아?"

"모르겠어요." 그것은 그녀가 이제껏 물어볼 생각조차 하지 못한 질문이었다. 그녀의 기억 속에 버트 이전의 시간은 없었다. "월리스 아줌마가 소개해줬다고 생각했었나봐요. 아빠가 월리스 아줌마를 아주 많이 미워하셨잖아요."

제니가 아직 찔러도 괜찮을 만한 혈관을 찾아 손끝으로 픽스의 팔오금 부위를 꾹꾹 눌렀다.

"자기 발가락 사이를 주삿바늘로 찌르는 마약중독자들을 알았던 적이 있어요." 픽스가 향수 비슷한 감정에 젖어들며 말했다.

"간호사로 마약중독자를 기피할 이유가 하나 더 생겼네요." 그녀는 종잇장 같은 피부를 조금 더 톡톡 치다가 빙긋 웃고는 찌를 혈관 자리를 한 손가락으로 눌렀다. "자, 이제 들어갑니다. 따끔할 거예요."

픽스는 움찔하지 않았다. 어쨌거나 그녀는 바늘을 한 번에 찔러 넣는 데 성공했다. "오, 제니." 그녀가 허리를 숙였을 때 그가 그녀의 가르마를 내려다보며 말했다. "늘 당신이 해주면 좋겠어요."

"월리스를 정말로 그렇게 싫어하셨어요?" 제니가 물었다. 그러고는 주사기 끝에 고무 뚜껑이 덮인 유리병을 끼우고 그 속에 혈액이 채워지는 것을 지켜본 뒤, 이어 또 한 병을 채웠다.

"싫어했어요."

"월리스 씨가 안됐네요." 그녀는 바늘을 빼고 그 자리에 솜을 붙여주었다. "이제 저울에 올라가시면 저하고는 끝나요."

픽스는 저울에 올라섰고, 그녀가 손톱 하나로 금속 추를 톡 쳐서 뒤로 미는 것을 지켜보았다. 톡톡 아래로, 1파운드, 또 1파운드, 저울이 133파운드*로 맞춰질 때까지 내렸다. "부스트는 드시고 계시죠?"

기초검사라고 하는 것들이 끝나자 그들은 다시 그 복도로 나가, 의사들이 선 채로 컴퓨터나 전화기로 보고서를 읽고 있는 간호사실을 지나 더 멀리 걸어갔다. 그들은 화학물질이 똑똑 흘러내리는 비닐관을 매단 환자들이 리클라이너 소파에 기대 누워 있는 햇볕이 잘 드는 커다란 방으로 들어갔다. 누군가가 모든 텔레비전의 볼륨을 완전히 줄여놓았는데, 광고는 듣지 않아도 삑삑거리는 모니터의 불협화음은 들어야 한다는 의미였다. 제니가 프래니와 픽스를 구석에 놓인 의자 두 개로 이끌었다. 화학치료실이 얼마나 붐비는지 감안하면 그것은 선물이었다. 자기가 원하는 대로 움직일 기력이 있는 사람이라면 누구나 구석 의자를 선호했다.

"치료 잘 마치시고 좋은 하루 보내시길 바랄게요." 제니가 말했

---

* 약 60.3킬로그램.

다. 제니는 화학치료는 맡지 않았다. 차트를 준비하는 것까지가 그녀의 일이었고, 차트를 넘겨받은 간호사가 거기서부터 그의 치료를 맡았다.

픽스가 그녀에게 고맙다고 말하고 두 손을 이용해 리클라이너 소파에 몸을 밀어넣었다. 머리가 뒤로 젖혀지고 발이 올라가자 그는 순찰 후 긴 하루를 마치고 의자에 앉은 경찰이 내쉴 법한 작은 한숨을 내쉬었다. 그리고 눈을 감았다. 꼬박 오 분 동안 그가 전혀 움직이지 않자 프래니는 치료가 시작되기도 전에 그가 잠들어버린 거라고 생각했다. 대기실에서 잡지를 가져올 걸 그랬다고 생각하며 가끔 그렇듯 누가 두고 간 잡지가 없나 치료실을 둘러보는데, 그녀의 아버지가 다시 이야기를 시작했다.

"월리스는 좋지 않은 영향력을 미치는 사람이었어." 그가 여전히 눈을 감은 채 말했다. "늘 우리 부엌에 앉아 해방이니 자유연애니 떠들어댔지. 네 엄마에 대해 기억해야 할 건, 자기만의 개성이 없었다는 거야. 자기 옆에 앉은 사람이 누구건 그 사람이 되어버렸어. 미스 자유연애 옆에 앉으면 자유연애가 근사해 보이는 거야."

"1960년대였잖아요." 프래니는 아버지가 깨어 있는 것에 기뻐하며 말했다. "월리스 아줌마한테 모든 탓을 돌릴 수는 없어요."

"나는 내 맘대로 월리스를 탓할 거야."

어쩌면 그것도 나쁘지 않은 생각이었다. 월리스는 십 년 전에 대장암으로 죽었고, 자유연애니 해방이니 그렇게 떠들어댔어도 대학 3학년 때 결혼한 래리 곁을 떠나지 않았다. 래리는 그녀가 견뎌야 했던 힘든 과정 내내 인내심 있게 돌봐주었고―침상 목욕을 시키고 약을 챙겨 먹이고 배변주머니를 갈아주었다―그녀의 생명이 빠져나가는 것도 그렇게 지켜보았다. 래리와 월리스는 래리의 검안원 사업을 정리한 뒤 오리건으로 이사했다. 그들은 블루베리를 재배했고, 키우는 개들에게 엄청난 관심을 쏟았는데, 자식들이나 손자들이 찾아올 시간을 거의 내지 못했기 때문이었다. 월리스와 베벌리는 스물아홉 살 이후, 즉 베벌리가 버트 커즌스와 결혼하려고 버지니아로 떠난 뒤부터 각각 이 나라의 반대편에서 우정을 이어나갔고, 그래서 월리스가 인생 말년에 이사한 것은 그들에게 아무런 영향을 미치지 않았다. 로스앤젤레스건 오리건이건, 당신이 버지니아에 살고 있다면 뭐가 다르겠는가? 달라진 게 있다면 이사 후에 월리스가 래리와 개들 말고는 말할 상대가 없어져서 그들의 사이가 더 가까워졌다는 것이었다. 베벌리와 월리스는 이메일을 주고받았고 이제는 무료 장거리 전화도 했다. 그들은 몇 시간이고 통화했다. 서로 생일선물과 재미있는 카드를 보냈다. 월리스는 베벌리가 세번째 남편인 잭 다인과 결혼했을 때 오리건에서 알링턴까지 비행기를 타고 날아가 베벌리와 픽스가 결혼했을 때처럼 신부 들러리 대표를 맡았지만, 베벌리와 버트의 결혼식은 샬러츠빌 외곽에 있는 버트의 부모님 집에서 친구들 없이 가족끼리만 치러져서 그러지 못했다. 훗날 월리스가 병들었을 때 베벌리는 비행기를 타고 오리건에 갔고, 둘이 함께 침대에 앉아 제인 케니언*의 시를 소리 내어 읽었다. 그들은 살면서 그들을 당혹스럽게 만들었던 것들—대체로 자식들과 남편들—에 대해 이야기했다. 월리스는 픽스 키팅이 그녀를 좋아하지 않았던 것만큼이나 그를 좋아

---

* 1947~1995. 미국 시인으로 백혈병으로 사망했다.

하지 않았기 때문에. 그가 그녀의 잘못이 아니었을 수 있는 문제를 전부 그녀의 탓으로 돌려도 개의치 않았다. 살아 있을 때는 픽스의 비난을 어깨에 짊어졌다 해도, 월리스가 지금 그것 때문에 괴로워할 거라고 상상하기는 어려웠다.

"추우세요?" 프래니가 아버지에게 물었다. "담요 갖다드릴게요."

픽스가 고개를 가로저었다. "지금은 춥지 않아. 나중에 추워지겠지. 필요하면 간호사가 갖다줄 거야."

프래니는 거기 있는 환자들—갓 태어난 쥐처럼 머리칼이 없고 입을 벌린 채 잠든 여자, 손가락으로 아이패드를 톡톡 치고 있는 십대 소년, 조용히 의자에 앉아 책에 색칠을 하는 여섯 살짜리 여자아이 옆에 앉은 여자—어느 누구에게도 시선이 머물지 않게 하면서 간호사를 찾아 그 공간을 둘러보았다. 월리스는 화학치료를 어떻게 받았을까? 래리가 병원에 데려다주기만 했을까, 아니면 그녀와 함께 치료실에 앉아 있었을까? LA에 사는 아들들이 그곳을 찾아갔을까? 그녀는 잊지 않고 어머니에게 물어봐야겠다고 생각했다.

"오늘 좀 늦게 시작하네요." 프래니가 말했지만 그게 중요해서 그 말을 한 건 아니었다. 픽스는 먹지 않으려고 하겠지만 집에 수프와 빵이 준비되어 있었다. 마저리가 그들을 기다리고 있을 것이다. 그들은 〈제퍼디!〉를 볼 것이다. 프래니는 위층 손님방에서 잠을 잘 것이다.

"누가 자신을 독살시키도록 서두르지 마라. 그게 내 좌우명이야. 나는 여기 하루종일이라도 앉아 있을 수 있어."

"언제부터 그렇게 참을성이 많아지셨어요?"

"참을성 많은 환자."* 그가 그런 자신이 대견한 듯 말했다. "앨비하고는 연락하니?"

프래니가 어깨를 으쓱했다. "소식은 들어요." 프래니는 지금껏 살아오면서 앨비에 대해 너무 많은 이야기를 했기 때문에, 이렇게 하면 그것을 상쇄할 수 있다는 듯 지금은 그에 대해 전혀 말하지 않기로 마음먹고 있었다.

"버트는? 그 늙은이는 어떻게 지내고 있니?"

"잘 지내시는 것 같아요."

"연락은 자주 하고?" 픽스, 그 천진한 영혼의 소유자가 물었다.

"아빠하고 하는 것만큼은 안 해요."

"이건 시합이 아니야."

"맞아요, 아니에요."

"지금 결혼은 했어?"

프래니가 고개를 가로저었다. "혼자예요."

"세번째 여자가 있었잖아."

"잘 안 됐어요."

"그래도 약혼자가 있지 않았나? 그 세번째 여자 이후에?" 픽스는 버트가 세번째로 이혼한 이야기를 속속들이 알고 있었지만 그 이야기는 아무리 들어도 지겹지 않았다.

"한동안은요."

"그 약혼자하고도 잘 안 됐던 거고?"

---

* 원문은 'The patient patient'로, patient가 형용사로는 '참을성 있는'이라는 뜻이고 명사로는 '환자'여서 말장난을 한 것이다.

프래니가 고개를 끄덕였다.

"거참 안타까운 일이로구나." 픽스가 진심이라는 듯 말했고 아마도 진심이었겠지만, 그는 한 달 전에도 똑같은 질문을 했었다. 그리고 한 달 뒤에도 그는 늙고 병들어 지난번 대화가 기억나지 않는다는 듯이 다시 그 질문을 할 것이었다. 픽스는 과연 늙고 병들었지만 모든 것을 기억하고 있었다. 목격자를 계속 조사해—프래니가 어렸을 때 사물함에서 신분증 팔찌를 잃어버린 적이 있었는데 그때 픽스가 전화로 해준 말이었다. 프래니는 버지니아에서 전화 요금이 내려가는 다섯시 정각, 캘리포니아 시간으로 두시 정각에 전화를 걸었다. 아버지 직장으로 걸었다. 그전엔 직장으로 전화한 적이 한 번도 없었지만 아버지의 명함을 가지고 있었다. 그때 그는 형사였고, 아버지가 형사였으니 팔찌 찾는 방법을 알 거라고 생각한 것이다.

"주변에 물어봐." 아버지가 말했다. "누가 다른 교실로 이동했고 어디로 갔는지 알아봐. 소동을 일으킬 필요는 없어. 아무에게도 의심한다는 인상을 주지 말고 그 복도를 지나간 모든 아이와 이야기해보고 또 이야기해봐야 해. 그애들이 너한테 뭘 숨겼을 수도 있고 기억해내지 못한 게 있을 수도 있거든. 정말로 찾고 싶다면 시간을 들여야 해."

오늘 그를 맡은 간호사는 팻시, 어린아이 몸집이라 라벤더색 XXS 사이즈 간호사복이 너무 커서 헐렁하게 남아도는 베트남계 여자였다. 그녀가 복작거리는 방 저만치에서 이것이 파티이고 마침내 그와 시선이 마주쳤다는 듯 그에게 손을 흔들었다. "여기 계셨군요!" 그녀가 말했다.

"여기 있답니다." 그가 말했다.

그녀가 그에게 다가왔다. 검은 머리칼을 하나로 땋아 두 번 감아 올렸는데, 위급한 상황에서 쓰는 밧줄 같아 보였다. "좋아 보이시네요, 키팅 씨." 그녀가 말했다.

"인생에는 세 단계가 있지요. 청춘, 중년, 그리고 '좋아 보이시네요, 키팅 씨' 단계."

"모든 게 어디서 보는지에 달렸죠. 어르신이 해변에서 수영복을 입고 수건 위에 누워 있는 모습을 봤다면 좋아 보인다고 생각하지 않았을 거예요. 하지만 여기서는……" 팻시가 목소리를 낮추고 주위를 둘러보았다. 그러고는 그에게 가까이 몸을 숙였다. "여기서는 좋아 보이세요."

픽스가 셔츠 위쪽 단추들을 풀고 앞을 벌려 움푹 파인 가슴의 구멍을 드러냈다. "제 딸 프래니와 만났던가요?"

"네, 인사했어요." 팻시가 말하고 눈썹을 아주 조금 치켰다. 노인들은 잘 잊어요, 라는 뜻을 나타내는 보편적인 제스처였다. 그녀가 구멍을 깨끗이 하려고 커다란 생리식염수 주사기를 찔러넣었다. "이름을 전부 말해주세요."

"프랜시스 엑세비어 키팅."

"생년월일은요."

"1931년 4월 20일."

"그거 복권 당첨번호네요." 그녀가 말하고는 간호사복 상의 주머니에서 투명한 비닐백 세 개를 꺼냈다. "옥살리플라틴, 5FU, 그리고 여기 작은 건 구토방지제예요."

"그렇군요." 픽스가 고개를 끄덕이며 말했다. "꽂아요."

로스앤젤레스의 밝은 아침 햇살이 7층 창문 바깥에서부터 리놀륨 바닥에 비스듬히 비쳐들었다. 팻시는 치료 기록을 입력하려고 간호사실로 쌩하니 가버렸고, 픽스는 천장에 매달린 텔레비전에서 나오는 소리 없는 광고를 올려다보았다. 한 여자가 흠뻑 젖은 채 물방울을 뚝뚝 흘리며 폭풍우를 뚫고 걸어가고 있었고 그녀 주위로 번개가 화살처럼 내리쳤다. 그 순간 잘생긴 낯선 남자가 그녀에게 우산을 건넸고, 그러자 곧바로 비가 그쳤다. 거리는 이제 햇살이 한가득 내리쬐고 장미꽃이 만발한, 영국인 정원사가 사후세계를 표현했을 법한 표정으로 바뀌었다. 여자의 머리칼은 말라서 바람에 풍성하게 흩날리고 그녀의 드레스 뒤쪽에는 나비 날개 같은 것이 길게 달려 있었다. 모두가 소리를 줄여놓을 것을 예상하기라도 한 듯 광고를 만든 사람들이 화면 맨 위에 '의사에게 물어보세요'라는 말을 띄워놓았다. 프래니는 그 약이 우울증, 과민성 방광, 탈모에 먹는 것일지 모르겠다고 생각했다.

"내가 여기 오면 늘 누구를 생각하는지 아니?" 픽스가 프래니에게 물었다.

"버트 아저씨요."

그가 얼굴을 찡그렸다. "내가 너에게 버트나 그의 방화광 아들에 대해 묻는다면 그건 예의상 하는 대화라고 말할 수 있단다. 나는 그 사람들 생각을 하지 않아."

"아빠." 프래니가 말했다. "최근에는 누구 생각을 많이 하셨어요?"

"로머." 그가 말했다. "넌 로머를 기억 못하지?"

"못해요." 그녀가 말했다. 하지만 그녀도 그 이야기를 알고 있었다. 혹은 그 비슷한 이야기를. 그녀의 어머니가 오래전에 해주었다.

픽스가 고개를 가로저었다. "그래, 너는 로머를 기억하지 못할 거야. 그가 마지막으로 우리집에 왔을 때 너는 그의 무릎 위에 앉아 있었어. 그가 너를 여기저기 데리고 다녔지. 저녁을 먹으면서도 너를 내려놓지 않았어. 지금 기억하기론, 네 세례파티가 있고 두어 달 뒤의 일이었지. 너는 예쁜 아기였어. 프래니, 너는 사랑스러웠다. 모두 너를 두고 호들갑을 떨었고 그래서 네 언니가 몹시 화가 났지. 네가 태어나기 전엔 로머의 관심이 전부 캐럴라인한테 쏠려 있었거든. 캐럴라인도 그걸 무척 좋아했고. 로머가 이런 말을 했던 게 기억나. '캐럴라인, 이리 오렴, 여기 자리 많아.' 하지만 캐럴라인은 거기 앉으려고 하지 않았어. 캐럴라인은 네가 그와 같이 있는 걸 참을 수 없어했어."

"그랬던가요." 프래니가 말했다. 아무리 기억을 더듬어봐도 캐럴라인이 앉고 싶어했던 것은 아버지의 무릎밖에 없었고, 그건 그들이 이 나라의 반대편으로 이사한 뒤에도 마찬가지였다.

픽스가 고개를 끄덕였다. "아이들은 로머를 사랑했어. 모든 아이들이. 그는 늘 아이들을 차에 태워주고 사이렌을 울려주고 수갑을 갖고 놀게 해줬어. 지금 누가 그렇게 하면 사람들이 소송을 하려 들 거라고 상상되지 않니? 재미로 꼬마의 손을 백미러에 대고 수갑을 채운다면? 그러려면 아이들은 앞좌석에 올라서야 했고, 그걸 아주 좋아했어. 로머 덕에 경찰 평판이 좋았지. 그날 밤 우리집에서 저녁식사가 끝나고 그가 떠났을 때 나와 네 엄마는 로머에게 자기 자식이 없는 게 얼마나 안타까운 일인지에 대해 이야기했어. 우리는 그가 충분히 나이를 먹었다고 생각했거든. 그때 그 친구 나이가 스물여덟이었나, 스물아홉이었나?"

"결혼은 했었고요?"

픽스가 고개를 저었다. "여자친구가 없었어. 적어도 죽었을 때는 없었지. 해군에 있을 때 코가 부러져 모양이 엉망이 됐는데도 잘생긴 얼굴이었어. 다들 그가 스티브 매퀸을 닮았다고 했단다. 코 때문에 좀 과장된 말이긴 했지만. 네 엄마가 늘 보니하고 연결해주려고 했는데 내가 안 된다고 했어. 난 보니가 멍청하다고 생각했거든. 그 문제를 내 마음대로 하려고 했던 게 후회되는구나. 그러지 않았다면 이 세상에 신부님 한 분이 여전히 존재했을 텐데."

"게이였을지도 몰라요." 프래니가 말했다.

픽스가 고개를 돌렸고, 그의 얼굴 위로 그림자처럼 어리둥절한 표정이 지나갔다. 오해가 있었다고 생각하는 게 분명했다. "조 마이크는 게이가 아니었어."

"로머 아저씨 말이에요."

그 말에 픽스는 다시 눈을 감았고 그러고 한참 가만히 있었다. "네가 왜 그런 말을 하는지 모르겠다."

"그 말이 잘못된 건 없잖아요." 프래니가 말했지만 벌써 미안한 마음이 들었다. 한때 로스앤젤레스라는 도시에 아이들을 사랑하고 스티브 매퀸을 닮았지만 여자친구가 없었던 똑똑한 이성애자 경찰이 있었다. 다른 것이 가능했을지 모른다는 그녀의 생각은 중요하지 않았다. 동성애자였든 이성애자였든 로머는 거의 오십 년 전에 죽었다. 화학치료제 수액을 방금 매달았기 때문에 말을 하건 하지 않건 그들은 이 방에서 한 시간 반 동안 같이 앉아 있어야 했다. "죄송해요." 그녀가 말했고, 대답이 없자 그의 팔을 살짝 찔렀다. "죄송하다고요. 로머에 대해 얘기해주세요."

픽스는 잠시 시간을 두며 서운한 마음을 가슴에 담아두고 있을지 흘려보낼지 고민했다. 솔직히 말해서, 프래니가 베벌리를 닮았다는 사실에 그는 마음이 편치 않았지만, 프래니에게는 베벌리의 감각, 외모로 뭘 할 수 있는지에 대해 아는 감각은 없었다—프래니는 머리를 하나로 묶고 끈으로 묶는 바지를 입고 얼굴에는 챕스틱도 바르지 않았다. 그는 여기 사람들을 아는데, 가끔 치료받는 동안에 의사가 들르기도 했다. 프래니가 노력을 좀 해볼 수도 있었다.

그리고 그녀는 로머에 대해서도 아무것도 몰랐다. 프래니가 로머 수준의 남자와 가까웠던 것은 한 살 때 그의 무릎에 앉았던 것이 전부였다. 그녀가 젊었을 때 그렇게 좋아했던 늙은 남자, 눈이 멀 정도로 마음을 빼앗겼던 그 남자, 그리고 충분히 잘해주지만 자기 아이들을 키워줄 여자가 필요해서 프래니와 결혼한 게 틀림없어 보이는 그 남편이라는 남자까지—프래니는 남자 보는 눈이 없었다. 픽스는 딸들이 언젠가 로머 같은 남자를 만나기 바랐지만 그런 행운은 없었다. 그의 마음속에 이런 그림이 떠올랐다. 저녁 식탁 앞에서 그의 파트너가 프래니를 안고 있고 부엌의 베벌리는 식사 준비를 하는 대신 외식하러 나가려고 외출복을 입고 있다—눈을 계속 감고 있겠다고 마음먹기 충분했지만, 그 순간 독이 몸안을 통과하며 갑자기 종양을 덮치고 지나간 것처럼 한 번의 전류 충격이 식도를 지나가는 것이 느껴졌고, 픽스는 번번이 잊어버리는 그 사실이 떠올랐다. 이것이 자신을 죽게 만들 거라는 사실.

"아빠?" 프래니가 말했다. 그러고는 손을 정확히 그의 흉골 그 자리에 가볍게 올렸다.

픽스가 고개를 가로저었다. "베개를 하나 더 갖다줘."

그녀가 베개를 가져와 그의 등뒤에 받쳐주자 그가 이야기를 시작했다. 프래니는 그를 보려고 시카고에서 먼길을 왔다. 여기 오느라 남편과 아들들을 두고 왔다.

"로머에 대해 네가 알아둬야 할 건, 그 사람이 웃기는 개자식이었다는 거야." 픽스가 말했다. "로머와 같이 잠복근무를 나가는 것만큼 재미있는 일이 없었거든." 그는 자기 목소리가 작아지는 걸 깨닫고는 목을 풀고 이야기를 다시 시작했다. "로머가 해주는 웃기는 농담 때문에 사우스센트럴에서 새벽 네시까지 거지같은 차에 앉아 있는 게 기다려졌지. 나는 배가 아플 때까지, 그만하지 않으면 밤새 잠복한 게 헛수고가 될 거라고 말해야 할 때까지 웃고 또 웃었어."

프래니의 아버지는 작고 부서질 듯 보였다. 그의 암은 이제 간까지 전이되어 있었다.

골반에도 자국들이 있고, 척추에도 하나 있었지만,
그래도 로머는 잘생기고 아직 스물아홉 살이었죠.

로머라면 그것에 대해 이렇게 말했을 것이다.

"그러면 웃기는 농담 하나 해주세요." 프래니가 말했다.

픽스가 천장을 보며, 차 안 그의 옆에 앉은 로머를 보며 웃었다. 그는 그렇게 몇 분 동안 누워 있었고, 은색 화학치료제가 플라스틱 튜브에서 똑똑 흘러내려 그의 가슴팍에 있는 구멍으로 흘러들어갔다. 이윽고 그가 고개를 가로저었다. "이제 기억이 안 나."

그 말은 정확히 사실은 아니었다. 하나가 기억났다.

"그 여자가 집에 있는데 경찰이 문을 두드렸어요." 로머가 말했다. 처음 잠깐 동안 픽스는 그가 농담을 시작하려고 한다는 것을 몰랐다. 그것이 로머의 특징이었다. 상대는 절대 알아차리지 못한다는 것. "경찰이 개를 데리고 있었는데, 비글이었나, 비글보다 좀 큰 개였나, 그랬어요. 그 개가 우습게도 죄지은 표정인 거예요. 비글은 그 여자를 올려다보려고 하지만 그러지를 못해요. 눈도 못 맞추고, 거기 어디 동전을 떨어뜨린 것처럼 풀밭만 내려다봐요."

농담이었다. 운전은 픽스가 했고 차창이 내려져 있었다. 무전기에서 삑삑 숫자화된 암호로 지시가 내려오고 있었고, 픽스는 다이얼을 돌려 말과 숫자가 지직거리는 잡음으로 들릴 때까지 볼륨을 줄였다. 로머와 픽스가 특정한 장소로 이동하고 있었던 건 아니다. 순찰을 돌고 있었다. 동네를 둘러보고 있었다.

"경찰이 용기를 내서 간신히 말해요." 로머가 말했다. "어렵지만 해야만 하는 일이니까요. '부인, 이 개가 부인 개입니까?' 그가 말하죠. 여자가 그렇다고 대답해요. '저기, 말씀드리기 죄송하지만 사고가 있었습니다. 남편분이 사망하셨습니다.' 이제 어떤 일이 벌어질지 아시겠죠. 여자가 충격을 받아 울고불고 그러는 거요. 개는 여전히 여자를 보려고 하지 않아요. '하지만 부인,' 경찰은 이 얘기를 하고 싶지 않지만 어쩔 수가 없죠. '더 말씀드릴 게 있습니다.' 그가 이제 막 반창고를 떼어낼 참이에요. '현장에서 남편분 시신을 발견했을 때 그분이 알몸이었습니다.' 아내가 이 말을 반복해요. '알몸이었다고요?' 경찰이 고개를 끄덕이고 목을 큼큼 풀어요. '말씀드릴 게 더 있습니다. 부인. 차에 여자 한 명이 남편분과 함께 있었는데, 그 여자도 목숨을 건지지 못했습니다.' 아내가 무슨 소리를 내는데 작게 헉, 내뱉은 듯도 하고 그저 오, 한 것 같기도 해요. 그리고 경찰이 말을 마무리하죠. 선택의 여지가 없으니까요. '부인의 개가 그 차에 같이 있었습니다. 이 개가 유일하게 살아남은 것 같습니다.' 그러자 그 개가 자기도 같이 죽었더라면 좋았을걸 하는 표정으로 앞발을 내려다봐요."

픽스가 앨버라도 스트리트로 차를 돌렸다. 1964년 8월 2일이었고, 밤 아홉시가 다 된 시간이었지만 아직 완전히 어두워지지 않았다. 로스앤젤레스는 레몬과 아스팔트, 백만 대의 차들이 뿜어냈던 배기가스 냄새가 약하게 났다. 아이들이 보도에서 서로 밀치고 달아나면서 야단스러운 놀이를 하고 있었지만, 밤이 되면서 밤에 나타나는 사람들도 어슬렁어슬렁 등장하고 있었다. 비행청소년 패거리, 윤락가 여자, 채워질 수 없는 욕망을 품은 마약중독자들이 다 같이 거래가 일어나는 시장을 형성했다. 모두가 팔거나 사거나 훔칠 것이 있었다. 밤이 서서히 달아오르고 있었다. 아직은 매우 이른 밤이었다.

"이런 이야기는 꾸며내는 거지?" 픽스가 물었다. "지난 세 시간 동안 운전하면서 머릿속으로 꾸며낸 이야기야, 아니면 유머 잡지에서 읽은 걸 적당한 때 써먹으려고 기억해둔 거야?"

"이거 농담 아니에요." 이제 날이 거의 저물어 로머가 선글라스를 벗으며 말했다. "정말로 일어난 일을 이야기하는 거예요."

"자네한테 일어난 일이라고." 픽스가 말했다.

"아는 사람한테요. 아는 사람 사촌이요."

"개소리하지 마. 진지하게 묻는 거야."

"이제 입다무시고 어떤 반전이 있는지 들어보세요. 경찰이 여자에게 위로의 말과 함께 개 목줄을 건네고 그 자리를 떠나요. 개는 안으로 들어가야 하죠. 들어가면서 개는 자기 어깨 너머로 차에 올라타는 경찰을 돌아봐요. 여자가 문을 닫더니 다짜고짜 개를 다그치기 시작하는 거예요. '그이가 알몸이었다고? 차 안에서 알몸으로 있었다고?'" 로머의 목소리는 슬퍼하는 과부가 아니라 성난 아내의 목소리였다. "그러자 개가 문을 돌아보는데, 거기만 아니라면 이 세상 어디든 괜찮다는 절박한 눈빛이에요, 알겠죠?" 로머는 잠시 조수석 차창 밖을 바라보았다. 한 꼬마가 농구공을 팔 밑에 끼고 농구장에서 집으로 돌아가고 있었고, 모퉁이에는 한 남자가 술에 취했는지 마약에 취했는지 머리를 뒤로 젖힌 채 입을 벌리고 비를 기다리며 서 있었다. 로머가 다시 픽스를 보았을 때, 그는 비글, 비글 역사상 가장 슬프고 가장 죄의식에 시달리는 그 비글의 모습이었다. 로머이자 비글인 그가 고개를 끄덕였다.

"'그리고 그 여자도?'" 로머가 아내의 목소리를 흉내냈다. "'그 여자도 알몸이었단 거지?'"

그는 대번에 픽스를 거의 올려다보지도 못하는 비글로 되돌아갔다. 그리고 고개를 끄덕였다.

"'그렇다면, 둘이 뭘 하고 있었어?'"

그 순간을 떠올리는 것은 너무 고통스러운 일이라 비글인 로머에게는 지나친 질문이었지만, 그는 한쪽 엄지를 다른 한 손가락에 붙여 원을 만들고, 다른 손 검지를 그 안에 찔러넣었다. 픽스는 방향지시등을 켜고 경찰차를 길가에 세웠다. 그는 더이상 길을 보지 않고 있었다.

"'섹스를 하고 있었다고?' 아내가 묻죠."

로머가 슬프게 고개를 끄덕였다.

"'차 안에서?'"

비글이 눈을 감고 아주 느리게 다시 고개를 끄덕였다.

"'어디에서?'"

로머는 뒷좌석이었음을 표시하기 위해 턱을 4분의 1인치 들어올렸다. 그보다 더 슬픈 비글은 지금껏 존재하지 않았을 것이다.

"'그러면 넌 뭘 하고 있었어?'"

픽스는 펀치라인에 이르기도 전에 이미 웃음을 터뜨렸다. 로머는 상상의 운전대에 손을 올린 채 불안하게, 불안하지만 정말로 흥미롭게 룸미러를 통해 뒷좌석을 보았는데, 비글이 된 로머가 지켜보는 가운데 그의 주인이 다른 여자와 거기서 그 짓을 하는 걸 봤다는 뜻이었다.

"이런 이야기는 다 어디서 들어?" 픽스가 묻고는 잠시 이마를 운전대에 댔다. 로머는 절대 말해주지 않았지만, 픽스는 숨도 못 쉴만큼 심하게 웃었던 그 느낌이 기억났다. 그 순간 웃음소리, 빠르게 달리는 자동차 소리, 보이지 않는 어딘가에서 흘러나오는 요란한 라틴음악 소리 아래로 무전기가 끊임없이 뱉어내는 숫자들의 일제사격 속에서 일련의 숫자들이 또렷이 들려왔다—그들의 숫자였다. 볼륨을 거의 줄여놓고 있었는데도 로머와 픽스는 둘 다 그 소리를 들었고, 다행이라고 생각했지만 굳이 그 말을 할 필요는 없었다. 그날 밤은 그때까지 너무 조용했고 그 조용함에 그들은 몸이 근질거렸다. 그들은 로스앤젤레스에서 아무 일도 일어나지 않을 리없다고 믿었다. 그저 어떤 일이 아직 그들을 찾아오지 않은 것뿐이었다. 이제 불이 켜졌고 사이렌이 삐용삐용 비명을 질렀다. 로머가 방향을 말했고, 픽스는 순식간에 비워진 넓은 길의 중앙차선으로 급히 차를 몰았다. 보행자들이 일제히 시선을 경찰차에 붙박은 채 도로경계석으로 붙어 섰다. 두 경찰관의 몸속에서 그 시동이 걸리는 데 한 번도 실패한 적 없는 강렬한 흥분이 느껴졌다. 호출은 어느 집에서 일어났다는 소동 때문이었는데, 그 말인즉 이웃들의 귀에 거슬리는 고함을 질러대는 부부싸움이 일어났거나, 남편이 벨트로 아내를 구타했거나, 아이들이 지붕 위에 올라가 종려나무에 있는 쥐들을 BB총으로 쐈다는 뜻이었다. 무장 강도나 살인 사건이 아니었다. 대부분의 경우 사람들은 그저 당황한 상태였고, 누구든 경찰을 부른 사람이 모든 비난을 받았다. 하지만 가끔은 아니었다.

그들은 앨버라도 스트리트를 달리다 올림픽 불러바드로 접어들었고, 이어 토끼굴 같은 골목길로 들어섰다. 그들 앞에 오롯한 밤이 펼쳐졌다. 픽스가 사이렌은 껐지만 라이트는 켜놓아서 집집마다 커튼을 조금씩 열고 바깥을 빠끔 내다보면서 누가 곤궁에 빠졌는지, 모두 숨길 것이 적어도 하나씩은 있는 이 조용한 동네에 누가 경솔하게 경찰을 불러들였는지 궁금히 여길 터였다. 그들이 가고 있는 집은 어두웠다. 자기들 집에 경찰이 오고 있다는 것을 알면 사람들은 수고스럽더라도 일어나서 불을 끈다. 그것이 이런 일에 가동되는 표준적인 절차다.

"너무 늦었나본데요." 로머가 말했다. "벌써 자나봐요."

"깨우지 뭐." 픽스가 말했다.

그들이 두려워한 적이 있었던가? 픽스는 나중에 그 문제에 대해 다시 생각해볼 것이다. 그 이후의 세월에서 픽스 키팅은 두려움에 대해 모르는 것이 한 가지도 없었고, 결국 그는 두려움을 드러내지 않는 표정을 짓는 법을 배웠다. 하지만 로머와 함께했던 시절에는 걸어서 모든 문을 통과할 때마다 다시 그 문을 걸어나오리라고 확신했다.

그 집은 사각형 모양의 작은 정원이 있는 작은 상자 같은 집이었다. 거리의 여느 집과 같았지만, 항히스타민제 알약처럼 불타오르는 분홍색의 꽃들이 폭포수처럼 쏟아져내리는 부겐빌레아 산울타리가 있는 것만은 달랐다. "이게 어떻게 여기까지 와서 피었지?" 로머가 손으로 잎사귀를 쓸며 말했다. 픽스가 먼저 손마디로, 이어 손전등으로 문을 두드렸다. 차의 번쩍거리는 파란 불빛 속에서 그는 자신이 나무로 된 문에 작은 원들을 만들고 있는 것을 보았다. 그가 소리쳤다. "경찰입니다!" 하지만 집안에서는 이미 알고 있을 터였다.

"뒤쪽을 둘러볼게요." 로머가 말하고는 창문에 손전등 불빛을 비추고 휘파람을 불며 좁은 옆마당으로 들어갔다. 그러는 동안 픽스는 밖에서 기다렸다. 로스앤젤레스 하늘에 별은 보이지 않았다. 어쩌면 별이 나와 있었지만 도시에서 쏟아내는 너무 많은 불빛이 별빛을 가려버린 건지도 몰랐다. 픽스가 가냘픈 반달을 바라보는데 어두운 집에서 밝은 빛이 흘러나왔다. 로머가 포치 전등을 켜고 앞문을 열었다. "뒷문이 열려 있었어요." 그가 말했다.

"뒷문이 열려 있었다고." 픽스가 말했다.

"뭐라 그러셨어요?" 프래니가 물었다. 그녀는 잡지를 내려놓고 그의 어깨까지 담요를 덮어주었다. 담요에 대해서는 그의 말이 맞았다. 팻시가 그에게 담요 한 장을 갖다준 것이다.

"잠들었었나봐."

"베나드릴 때문이에요. 그게 나중에 가렵지 않게 해줄 거예요."

그는 그 전부를 꿰맞추려고 해보았다—이 공간, 이날, 그의 딸, 로스앤젤레스, 올림픽 불러바드를 바로 벗어난 곳에 있던 그 집. "뒷문이 열려 있고 앞문이 잠겨 있어. 그러면 잠시 멈추고 생각해 봐야 하지 않겠니?"

"아빠, 어느 집을 말씀하시는 거예요? 지금 아빠가 사는 집이요? 샌타모니카의 그 집이요?"

픽스가 고개를 가로저었다. "로머가 총에 맞은 날 밤에 우리가 들어갔던 집."

"저는 로머 아저씨가 주유소에서 총에 맞은 줄 알았는데요." 프래니가 말했다. 그녀의 어머니가 그들에게 그렇게 말해주었다. 그게 사십 년 전이었는지 그보다 더 전이었는지 몰라도, 그녀는 아직 그 이야기를 기억하고 있었다. 그녀의 어머니가 캐럴라인과 다툰 날이었다. 캐럴라인은 통금 시간을 넘기거나 버트에게 못된 말을 하거나 프래니를 코피가 날 만큼 세게 때릴 때마다 그 기회를 이용해 어머니 베벌리에게, 그녀가 정숙한 아내였다면 아버지와 헤어지지도 않았을 테고 그랬다면 이런 일은 하나도 일어나지 않았을 거라고 일깨워주었다. 베벌리가 픽스와 결혼생활을 이어갔다면 캐럴라인은 모범 시민이 되었을 거라고. 캐럴라인의 바른 행동은 전적으로 어머니 손에 달린 것이었는데 베벌리가 버트 커즌스와 달아나는 것을 선택하는 바람에 그 기회를 날려버렸으니, 자기 인생이 어떻게 풀려나갈지에 대해 어느 누구도 자기를 탓해서는 안 된다고. 지난 일이었다. 그들이 이 특정한 싸움을 한 시점은 두 딸이 로스앤젤레스에서 살았던 것보다 더 많은 시간을 버지니아에서 보낸 뒤였다. 하지만 자신의 인생이 달라졌을지 모른다는 이야기는 캐럴라인의 비장의 카드가 되었고, 그녀는 무슨 일이 있을 때마다 그 이야기를 꺼내들었다. 프래니의 기억이 그들 셋이 다 같이 차를 타고 학교에서 집으로 돌아오던 그때로 돌아갔다. 그녀와 캐럴라인 둘 다 세이크리드허트 학교의 교복인 격자무늬 스커트에 퍼머넌트 프레스 가공이 된 흰 블라우스를 입고 있었다. 하지만 캐럴라인이 무슨 짓을 해서 그 싸움이 시작됐는지, 이 싸움이 왜 다른 싸움보다 더 심각하게 느껴졌는지는 기억나지 않았다. 무슨 말 끝에 그들의 어머니가 로머 이야기를 꺼냈다.

"그 말이 맞아." 그녀의 아버지가 말했다. "올림픽 불러바드에 있는 걸프 주유소에서 총에 맞았지."

프래니가 의자에 앉은 채 몸을 숙여 아버지의 이마를 짚었다. 아버지의 머리칼은 그녀가 기억하는 한 오래전에 회색으로 세었지만, 지난번 화학치료 뒤 광채가 나는 하얀 솔처럼 변했다. 모두 아버지의 머리칼을 두고 한마디씩 했다. 그녀가 손바닥으로 그 머리칼을 쓸어넘겼다. "아빠가 지금 해주시려는 그 이야기 정말로 궁금해요." 듣는 사람은 없었지만 그녀는 목소리를 낮춰 말했다. 그 방에 그들에게 조금이라도 관심을 가질 사람은 아무도 없었다.

이야기에 늘 인색했던 픽스가 갑자기 그 이야기를 해주고 싶어 했다. 프래니가 이해해주기를 바라는 것이다. "그 집이 아주 작았기 때문에 그들을 찾아내는 데 시간이 많이 걸리지 않으리란 건 알고 있었어. 복도에 문이 세 개 있었지—두 개는 침실, 하나는 욕실. 이런 집들은 모두 같은 방식으로 지어졌어. 그들은 첫번째 침실에 있었단다. 아버지, 어머니, 아이들 넷. 어둠 속에서 침대 위에 모여 있었어. 천장등을 켰더니, 모두, 심지어 가장 어린아이까지 똑바로 앉아 있었어. 얻어맞은 사람은 아버지였어. 흔한 경우가 아니야. 대체로 얻어맞는 쪽은 아내인데, 이 남편은 고속도로가로 끌려나가 흠씬 얻어터진 꼬락서니였지. 입술이 찢어졌고 한쪽 눈은 이미 눈꺼풀이 내려앉았고 코는 만신창이가 되어 있었어. 그 남자 얼굴이 지금 너를 보는 것만큼이나 선명하게 보이는구나. 내가 그 집과 그 사람들을 터무니없이 많이 기억하고 있다는 게 놀라워—그들은 맨발이었는데, 모두 침대에 발을 올리고 있었어. 그들에게 질문을 시작했지만 아무것도 알아내지 못했어. 아무런 반응이 없었거든. 그 아버지가 한쪽 눈으로 나를 보고 있었고, 나는 그가 똑바로 앉아 있는 것 자체가 신기했어. 양쪽 귀에서 흘러나온 피가 목에 묻어 있었지. 침대 위 누구도 우리 말을 들은 것 같지 않았는데, 그게 아니었다면 나는 그가 얻어맞아 고막이 터져서 못 듣는 거라고 생각했을 거야. 로머가 무전을 쳐서 구급차와 더 많은 경찰을 요청했어. 나는 그들에게 계속 말을 시켰고 마침내 맏딸로 보이는, 열 살쯤 되어 보이는 여자아이가 부모님은 영어를 할줄 모른다고 하더군. 어머니와 아버지는 영어를 못하지만 아이들은 할 수 있다고. 딸 셋에 아들 하나였어. 아들은 일곱 살이나 여덟살로 보였어. 내가 말했지. '이 일을 저지른 사람, 그자는 어디 갔니?' 그러자 모두 다시 벙어리가 됐어. 그 여자아이는 자기 부모처럼 앞만 쳐다보고 있었어. 마침내 가장 어려 보이는, 그 당시 캐럴라인보다 더 커 보이지 않는 다섯 살쯤 된 여자아이가 더없이 분명하게 옷장을 바라봤어. 고개를 돌리지는 않았지만 너무나 분명했지. 그놈이 벽장 안에 있었던 거야. 더 큰 여자아이가 그애의 손목을 아프게 꽉 쥐었고 로머와 나는 돌아섰어. 로머가 옷장 문을 열었고, 거기, 그놈이 옷 속에 처박혀 있더구나. 그 수준의 사람들이 가지고 있는 종류의 작은 옷장이었고, 그들이 이 세상에서 가진 전부가, 그놈까지 포함해 그 안에 들어 있었어. 그자가 상황을 파악했지. 우리를 지나 달아날 수 없다는 걸 말이야. 그의 셔츠에 피가 묻어 있었고, 그의 손도 침대 위의 그 불쌍한 인간을 두들겨패느라 망가져 있었지. 그의 영어 실력은 자기가 이 꼴을 만들려고 찾아온 사람들보다 더 좋은 것 같지도 않았어. 그자가 벽장 안 드레스 주머니에 총을 찔러놓았더군. 아마 아무도 찾지 못할 거라고 생각해서 나중에 다시 와 가져갈 속셈이었던 거지. 바로 그때 지원 경찰이 도착했고 곧 구급차도 왔어. 그땐 미란다원칙 같은 것도 없어서 스페인어 하는 사람을 부를 일도 없었어. 침대 위 가족들은 이제 모두 바들바들 떨었고 아이들은 울고 있었어. 옷장 안에 있어서 그를 보지 않아도 될 때는 괜찮았지만 그가 다시 침실에 서 있는 것을 보고 모두 바짝 얼어붙은 것처럼. 그자의 이름은 메르카도였어. 나중에 알아낸 거지만. 이 나라로 밀입국하려고 돈을 빌렸다가 아직 그 빚을 충분히 갚지 못한 멕시코인들을 패는 게 그의 직업이었어. 조금이라도 돈이 있거나 돈에 손댈 수단이 있는 사람들은 누구도 그런 자와 얽히지 않았어. 가족들과 이웃들이 보는 앞에서 사람들을 패는 자들이었지. 그건 일종의 경고라서 그뒤로 일주일이나 이 주일이 지나도 돈이 들어오지 않으면 다시 찾아와 총으로 머리통을 쏴버리는 거야. 다 아는 사실이었어."

"깨어 있으시네요!" 팻시의 말소리에 프래니는 깜짝 놀랐다. 팻시는 이미 비어 있는, 가장 작은 구토방지제 비닐백을 떼어냈다. 수액을 다 맞으려면 아직 한참 멀었다. "좀 쉬셨어요?"

"좀 쉬었어요." 픽스는 그렇게 말했지만, 화학치료 때문인지 이야기 때문인지 혹은 둘 다 때문인지, 지친 모습이었다. 프래니는 팻시가 그런 모습을 알아차리지 못한 건가 궁금했지만, 한편으로 그는 이 방에 있는 다른 모두와 다를 바 없어 보였을 것이다.

팻시는 잠에 대한 이야기가 나오자 하품을 했고, 장갑 낀 작은 손으로 입을 가렸다. "언젠가 저도 저기 아무 의자에나 몸을 쭉 펴고 누울 거예요. 담요를 머리끝까지 덮고 잘래요. 불빛이 눈에 거슬리니까, 뭐, 다들 그러잖아요. 담요를 덮고 자는 사람이 저인지 누가 알겠어요?"

"나라면 모르겠죠." 픽스가 말하고는 눈을 감았다.

"목마르세요?" 팻시가 그의 무릎을 덮은 담요를 톡톡 쳤다. "물 좀 갖다드릴게요. 탄산음료를 원하시면 그걸 갖다드릴 수도 있고요. 콜라 드실래요?"

프래니가 괜찮다고 말하려는 찰나 픽스가 고개를 끄덕였다. "물이요. 물이면 돼요."

팻시가 프래니를 보았다. "당신은요?"

프래니가 고개를 가로저었다.

팻시가 물을 가지러 갔고, 픽스는 그녀가 가는 걸 지켜보려고 눈을 뜬 채 기다렸다.

"그래서 그다음엔 어떻게 됐어요?" 프래니가 말했다. 이것이 모든 의사가 치료에 대해 언급을 회피하는데도 아버지에게 화학치료를 받게 하면서 얻는 소득이었다. 그녀는 이 시간을 누렸고, 이 이야기들을 얻었다. 이것이 그녀와 캐럴라인이 교대로 로스앤젤레스까지 날아오는 이유였다. 전에는 아버지와 이렇게 오래 시간을 보낸 적이 없었기 때문이다. 모든 일을 도맡아 하는 마저리에게 휴식을 준다는 이유도 있었지만, 무엇보다 그가 가슴에 묻고 가져가버릴 이야기들을 들을 수 있었기 때문이다. 오늘밤 아버지가 잠들고 나면 프래니는 캐럴라인에게 전화를 걸어 로머에 대한 이야기를 해줄 것이다.

"그 집에 사람들이 가득 모였어 ─ 경찰에 구급대원까지 왔으니. 로머가 쓰레깃더미에서 봉투 하나를 찾아낸 뒤에다 생쥐를 그려서 가장 어린 여자아이에게 줬어. 부모와 함께 심각한 곤경에 빠졌던 게 분명하니까, 안타깝게 여겼던 거지. 아버지는 구급차에 실려 병원으로 옮겨졌고, 어머니와 아이들은, 맙소사, 누군가가 뒤처리를 할 거라 생각하고 아마 그대로 집에 두고 떠났을 거야. 지금도 몰라. 그들이 다시 생각난 건 이 년이 지났을 때였어. 우리는 그 메르카도라는 남자를 경찰서로 데려가 피의자 신문을 시작했어. 다 끝내니 새벽 한시였고 우리가 원한 건 그저 커피뿐이었지. 경찰서 커피는 부적절했어. 로머의 표현이었지 ─ '부적절.' 경찰서에 괜찮은 커피가 마련되어 있었다면 로머가 그 자리에서 바로 한 잔 마셨을 거라고 종종 생각했지만, 그런 생각을 하면 미칠 것 같은 기분이 들 뿐이지. 우리는 올림픽 불러바드에 있는 주유소로 갔어. 가깝지는 않았지만 갈 만한 거리였거든. 주유소를 운영하는 남자가 커피에 돈을 제대로 써서, 일하는 아이들에게 한 번 사용한 커피를 내다버리고 신선한 커피를 만드는 것의 중요성을 늘 가르쳤지. 사람들은 맛좋은 커피를 내리는 남자에게 기름을 사려고 몇 블록을 더

가곤 했단다. 주유탱크에 기름을 채워주는 사람은 없지만 염병할 카푸치노를 마실 수는 있는 요즘과는 달랐어. 주유소에 커피포트가 있고 커피 맛이 좋다면, 그게 바로 최고의 혁신이었지. 주유소 남자가 커피를 내리면 경찰들이 주차장에 둘러앉아 커피를 마셨고, 그러면 경찰이 있어서 더 안전하다고 느낀 사람들이 모여들었어. 그건 커피를 기반으로 만들어진 작은 생태계와 같았고, 우리가 간 곳이 바로 그런 곳이었지. 내가 운전을 했어. 운전을 맡은 사람이 밤새 운전을 하고 운전하지 않은 사람이 커피를 가져오던 터라, 로머가 안에 들어갔지. 그가 그 안에서 무슨 일이 일어나고 있는지 미처 보지 못했다고 생각할 수밖에 없어. 총에 맞았을 때 그는 8피트, 10피트쯤 문 안쪽으로 들어가 있었으니까. 나는 일지를 작성하느라 무슨 일이 일어나는지 보지 못했어. 총소리가 나서 고개를 들었더니 로머가 보이지 않는 거야. 내가 본 건, 현금등록기 뒤의 청년이 손바닥을 바깥으로 해서 두 손을 들고 있는 것과 그 메르카도라는 놈이 돌아서서 그 청년 역시 쏴버리는 장면이었어."

"잠깐만요." 프래니가 말했다. "메르카도라고요? 그 집에 있던 남자요?"

픽스가 고개를 끄덕였다. "내가 보기론 그랬어. 그 주유소도 당시의 다른 주유소와 별반 차이가 없었어—위쪽에 불이 환하게 켜진 수조 같은 모양새였지. 그래서 내가 아주 뚜렷이 볼 수 있었던 거란다. 라틴계, 스물다섯, 키는 170센티미터쯤, 흰 셔츠에 파란 바지, 셔츠에 묻은 피. 지난 두 시간 동안 내가 그 자식 얼굴을 마주하고 있었어. 그놈이 내 책상 앞에 앉아 있었다고. 나는 그놈을 알고, 그놈도 나를 알았어. 그놈이 창밖을 내다보고 거기 있는 나를 봤어. 그놈이 한 발을 더 쐈는데 그놈도 틀림없이 당황했던 게, 총알이 심지어 차를 맞히지도 못했어. 주유소 앞쪽 유리에 구멍을 낸 게 다였지. 메르카도가 문밖으로 달려나가 건물 뒤로 돌아갔어. 나는 차 소리는 들었지만 차를 보지는 못했다. 내가 건물 안으로 들어갔더니 로머가 바닥에 쓰러져 있었고." 픽스는 거기서 말을 멈추고 잠시 생각에 잠겼다. "음." 그가 마침내 말했다.

"네?"

픽스가 고개를 가로저었다. "그는 죽어 있었어."

"다른 사람은요? 그 주유소 직원이요."

"그 청년은 아마 한 시간 더 버텼을 거야. 수술을 받게 하기엔 충분한 시간이었지. 수술을 받다가 죽었어. 고등학생이었고, 여름 아르바이트로 일하던 거였어. 하는 일은 커피를 내리고 주유소를 열어두는 게 전부였고."

팻시가 물이 담긴 스티로폼 컵 두 개를 들고 돌아왔다. 컵에는 구부릴 수 있는 빨대가 꽂혀 있었다. "보기 전에는 원한다는 생각을 못하죠. 여기선 다 그래요."

프래니가 고맙다고 말하고 컵 두 개를 받아들었다. 팻시의 말이 맞았다. 프래니도 물이 마시고 싶었다.

"하지만 이상해요." 프래니가 아버지에게 말했고, 어머니가 차에서 해준 이야기에 이 이야기도 포함되어 있었던 것이 기억났다. 파트너가 총에 맞은 뒤 아버지의 정신이 이상해졌고 로머를 죽인 남자를 알아보지 못했다는 이야기. "메르카도가 경찰서에서 어떻게 빠져나왔어요? 아빠가 어디 갔는지 그 사람이 어떻게 알아냈고요?"

"그걸 뇌의 기이한 작용이라고 하더구나. 어쨌거나 그들이 나중에 나한테 그렇게 설명해줬어. 너무 많은 일이 일어나서 장면들이 뒤섞였다고. 한 용의자를 다른 용의자로 바꿔 생각했다고. 하지만 지금도 나는 말할 수 있어. 그게 내가 본 그대로라고. 내 파트너가 그렇게 죽었다고. 어떻게 그런 일이 일어났는지 모르지만, 그놈이 내 앞 15피트쯤 앞 불빛 아래 서 있었어. 우리는 서로 똑바로, 지금 네가 나를 보듯 쳐다봤어. 경찰들이 현장에 도착했을 때 나는 그놈 인상착의를 상세히 말해줬지. 제길, 그놈 이름까지 말해줬어. 하지만 호르헤 메르카도는 램파트* 유치장에 갇혀 있었어. 밤새 거기 있었어."

"로머를 죽인 그 남자는요?" 프래니가 말했다.

"내가 그놈을 보지 못한 걸로 결론이 났지."

"그러면 경찰은 그런 짓을 한 사람을 결국 찾아내지 못했어요?"

픽스는 빨대를 구부려 물을 마셨다. 식도협착 때문에 물 마시기가 힘들었다. 물이 티스푼의 4분의 1만큼씩 줄어갔다. "아니." 그가 마침내 말했다. "그놈을 찾아냈어. 경찰이 찾아냈지."

"하지만 아빠는 다른 사람을 지목했잖아요."

"경찰에 다른 사람을 지목한 거지. 배심원 앞에선 다른 사람을 지목하지 않았다. 경찰이 주유소 근처를 미친듯이 달려가는 차를 본 사람을 찾아냈어. 그들이 기어코 그 운전자를 찾아냈고, 그놈이 차창 밖으로 내던진 총도 기어코 찾아냈지. 누가 주유소에서 한 청년을 총으로 쐈다면 경찰은 그 사람을 찾으려고 진지한 노력을 기울이겠지. 하지만 주유소에서 경찰을 쐈다면, 그건 전혀 다른 이야

---

* 로스앤젤레스 경찰청을 다르게 부르는 말.

기야."

"하지만 목격자가 없었잖아요." 프래니가 말했다.

"내가 목격자였어."

"하지만 아빠는 방금 그 남자를 못 봤다고 했잖아요."

픽스가 그들 사이로 손가락 하나를 들어올렸다. "이날까지 내가 본 건 그놈이 아니었어. 내가 법정에서 바로 그놈 앞에 앉아 있었을 때에도 그랬고. 내 기억은 결국 바로잡히지 않았어. 정신과의사는 내가 그놈을 보면 기억을 해낼 거라고 했어. 하지만 나는 그자를 기억해내지 못했고, 그러자 의사는 시간이 지나면 그 일이 다시 떠오를 거라고, 어느 날 눈을 뜨면 그 일이 고스란히 되살아날지 모른다고 했어." 그가 어깨를 으쓱했다. "그런 일은 일어나지 않았지만."

"그런데 어떻게 아빠가 목격자가 돼요?"

"그들이 내게 그놈이 누군지 말해줬고, 내가 그렇다고, 그놈이 맞다고 대답했어." 픽스가 딸에게 고단한 미소를 지어 보였다. "그 문제로 걱정은 하지 마. 그놈이 맞았으니까. 네가 기억해야 하는 건 그놈 역시 나를 봤다는 거야. 그놈은 나를 쏘려고 하기 직전에 수조 밖을 내다봤어. 그놈은 내가 누군지 알고 있었어. 그놈이 로머를 쐈고, 그 청년을 쐈고, 자기가 그러는 걸 본 사람이 나란 걸 알고 있었어." 픽스가 고개를 가로저었다. "그 청년 이름이 기억나면 좋으련만. 장례식장에서 그의 어머니가 그 청년이 상당한 실력의 수영선수였다고 했어. '매우 전도유망했다'는 게 그 어머니의 말이었지. 내 인생에서 일어난 일의 절반은 기억하면 좋은 일이지만, 나머지 절반은 잊을 수 있다면 좋겠구나."

베벌리는 픽스와 헤어질 거라고 버트에게 이미 약속을 하고도 로머가 죽은 뒤 이 년 더 픽스 옆에 머물렀다. 픽스가 그녀를 필요로 했기에 머물렀던 것이다. 버지니아에서 학교 수업이 끝난 뒤 심한 다툼이 있었던 그날, 그녀는 길가에 차를 대고 캐럴라인과 프래니에게 자기가 그들의 아버지를 당장 떠난 건 아니었으니 그렇게 생각하는 건 그만해달라고 말했다. 한동안 곁을 지켰다고.

"마침내 로머를 머릿속에서 지워냈어." 픽스가 말했다. "오랫동안 그를 품고 다녔어. 그러다 어느 날, 잘 모르겠는데, 그를 내려놓았어. 그에 대한 꿈도 더이상 꾸지 않았어. 점심을 먹을 때마다 그가 뭘 먹고 싶어할지 생각하는 것도 그만두게 됐고, 차 안에서 옆에 앉은 사람을 보면서 그가 누가 아니라고 생각하던 것도 그만두게 됐지. 그것에 대해 죄책감이 들었지만, 솔직히 안도했다고 말해야겠구나."

"그런데 지금 다시 로머 생각이 나시는 거죠?"

"뭐, 당연한 거지." 픽스가 말했다. "전부 생각나." 그는 자신을 생명에 묶어두는 플라스틱 튜브 쪽으로 손을 들어올렸다. 그러고는 싱긋 웃었다. "로머는 이런 건 결코 하지 않아도 될 거야. 결코 늙지도, 병들지도 않을 테니까. 누가 그에게 물어봤다면 틀림없이 그도 늙고 병들고 싶었다고 말했을 거야. 우리 둘 다, 네, 부디 여든 살이 되면 암을 내려주세요, 하고 대답했을 거다. 하지만 지금은……" 픽스가 어깨를 으쓱했다. "이렇게도 저렇게도 생각되는구나."

프래니가 고개를 저었다. "아빠한테 더 나은 운명이 주어진 거예요."

"두고 볼 일이지." 그녀의 아버지가 말했다. "너는 젊어."

3

버트가 곧 그의 두번째 아내가 될 베벌리와 함께 차를 타고 캘리포니아에서 버지니아로 이동하기 하루 전날이었다. 버트는 토런스에 있는 집에 들러 첫 아내 테리사에게 그들과 같이 이사하는 것을 고려해달라고 제안했다.

"물론 우리와 같이는 아니야." 버트가 말했다. "짐도 싸야 하고 집도 팔아야 할 테니까. 그러려면 시간이 제법 걸린다는 거 나도 알아. 하지만 생각해보면, 버지니아로 돌아가지 않을 이유가 없잖아?"

한때 테리사는 버트가 노트르담대성당 저 높은 귀퉁이에 악마에게 겁을 주어 쫓아낼 목적으로 앉혀놓은 괴물 석상처럼 생겼을 때조차도 그가 세상에서 가장 잘생긴 남자라고 생각했다. 그녀가 그말을 하지는 않았지만 그의 어조가 변한 것으로 보아 그녀의 얼굴에 그 생각이 쓰여 있었던 게 틀림없었다.

"생각해봐." 버트가 말했다. "어쨌거나 당신은 로스앤젤레스로 와서 살고 싶어한 적도 없었잖아. 당신이 그렇게 한 건 오로지 나를 위해서였고, 당시를 상기시켜주자면, 엄청난 불평이 없지 않았지. 그런데 왜 지금은 여기 남겠다는 거야? 아이들을 당신 부모님 집으로 데려가 학교에 다니게 하면 되잖아. 적당한 때가 되면 내가 집 구하는 걸 도와줄 수 있고."

테리사는 그들이 최근까지 함께 쓰던 부엌에 서서 목욕가운의 허리띠를 단단히 조여 맸다. 캘은 2학년이었고 홀리는 유치원에 다니기 시작했고 저넷과 앨비는 아직 집에서 지냈다. 아이들이 버트가 디즈니랜드 놀이기구라도 되는 듯 그의 다리에 매달려 꽥꽥 소리를 질러댔다. 아빠아아아! 아빠아아아! 그는 드럼 치듯 아이들의 머리를 가볍게 쳤다. 박자를 넣어 톡톡 쳤다.

"당신은 왜 내가 버지니아에서 살기를 바라는데?" 그녀가 물었다. 그녀는 이유를 알고 있었지만 그 말을 그의 입으로 듣고 싶었다.

"그러는 편이 더 좋으니까." 그가 두 아이의 머리에 한 손씩 손바닥을 올린 채로 아이들의 사랑스럽고 헝클어진 머리칼에 시선을 내리꽂았다.

"부모가 서로 근처에 사는 게 아이들에게 더 좋으니까? 아이들이 아버지 없이 자라는 것보다 그게 더 좋으니까?"

"부탁이야, 테리사. 당신은 버지니아 출신이야. 하와이로 같이 가자고 하는 것도 아니잖아. 당신 가족 전체가 그곳에 살고 있어. 당신도 거기 가면 더 행복할 거야."

"당신이 내 행복에 대해 생각하다니 감동적이네."

버트는 한숨을 내쉬었다. 그녀가 그의 시간을 낭비하고 있었다.

그녀는 그의 시간을 존중해준 적이 없었다. "당신만 빼고 모두 앞으로 나아가고 있어. 그 자리에서 꼼짝하지 않고 버티는 건 당신뿐이야."

테리사가 퍼컬레이터에서 자기가 마실 커피를 따랐다. 한 컵을 더 따라 버트에게 내밀었고, 버트는 손짓으로 거절했다. "베벌리 남편한테도 같이 가자고 할 거야? 그래야 그 사람도 자기 딸들을 더 자주 볼 텐데? 그렇게 하는 게 그들한테 더 좋잖아." 둘 다 아는 친구에게 테리사가 전해듣기로, 버트와 곧 그의 두번째 부인이 될 미시즈 커즌스가 버지니아로 돌아가는 이유는, 버트가 새 아내의 남편이 자기를 죽이려고 할까봐, 그러고는 사고로 위장할 방법을 찾아내 영영 붙잡히지 않을까봐 두려워해서라고 했다. 첫번째 남편은 경찰이었다. 경찰, 어쨌거나 그들 중 일부는 그런 일에 능했다.

대화는 짧았고, 버트가 늘 그녀에게 하던 방식 그대로 짜증을 내는 것으로 끝났지만, 그것은 테리사 커즌스가 남은 삶을 로스앤젤레스에서 보내는 충분한 이유가 되었다.

테리사는 로스앤젤레스 카운티 지방검찰청 비서로 일하게 되었다. 어린아이 둘은 어린이집에 맡기고 큰 아이 둘은 방과후 프로그램에 보냈다. 지방검찰청 검사들은 버트가 다른 여자와 오랫동안 관계를 가지는 동안 그것을 숨겨준 것에 대해 작지만 집단적인 죄의식을 가지고 있었다. 이제 그가 떠나자 테리사의 이혼에 자기들 탓이 있다고 느낀 그들이 그녀에게 그 일자리를 제안했다. 그리고 얼마 되지 않아 그들은 그녀에게 야간학교에 다녀 법률사무원이 되는 게 어떻겠냐는 말을 꺼냈다. 테리사 커즌스가 지치고 화나고 부당한 상황에 처하긴 했어도 전혀 멍청하지 않다는 사실을 알게 된 것이다.

버트 커즌스는 지방검사보 월급이 얼마 되지 않았기 때문에 많지 않은 이혼수당과 양육비만 주면 되었다. 그의 부모 재산은 그의 재산이 아니었으므로 합의에 참작되지 않았다. 그는 학년이 끝난 시점부터 다음 학년이 시작되는 시점까지 여름 내내 아이들과 함께 지낼 권리를 요청했고, 그의 청구는 받아들여졌다. 테리사 커즌스는 기간을 두 주로 줄이려고 열심히 싸웠지만, 버트는 법조인이었고 그의 법조인 친구들은 판사와 친구였다. 그의 부모는 그래야 하는 상황이라면 영원히 그 사건을 법정에 두어도 될 만큼의 돈을 그에게 몰래 주었다.

테리사는 여름을 내주어야 한다는 말을 들었을 때 물론 욕설을 퍼붓고 울었지만, 자신이 이혼에 상응하는 카리브해 휴가를 받은 게 아닌가 조용히 생각했다. 그녀는 아이들을 사랑했고 그 사실에는 의심의 여지가 없었다. 하지만 사계절 중 한 계절을 목감기나 주먹싸움이나 그녀는 감당할 돈도 없고 차로 데리고 다닐 시간도 없는 발레 수업에 대한 요구를 다루지 않으며 지낸다는 것, 삶이 절벽에 손톱으로 매달린 것 같은 때에 직장에서 지각이나 조퇴를 할 때마다 끊임없이 양해를 구하지 않아도 된다는 것, 그렇게 매년 한 계절을 아이들 없이 지내는 것은, 그녀가 결코 인정하지 않더라도, 견딜 만한 일임을 그녀는 알 수 있었다. 토요일 아침이면 스키를 타고 슬랄롬 코스를 내려오듯 침대에서 그녀의 이쪽저쪽을 뛰어넘는 앨비 없이 시간을 보낸다는 생각은 매력이 없지 않았다. 틀림없이 가장자리에 검은 레이스가 둘러진 크림색 실크 네글리제를, 드라이클리닝을 맡겨야 하는 드레스 잠옷을 입고 잠들었을 버트의 두번째 부인의 이쪽저쪽을 앨비가 뛰어넘는다는 생각, 뛰어넘기를 하다 실제로 그 여자 위에 올라앉는다는 생각, 뭐, 그것도 괜찮을 것 같았다.

처음 몇 년 동안은 자기들끼리 보내기에 아이들 나이가 너무 어려서 같이 따라갈 사람이 필요했다. 어느 해에 베벌리의 어머니가 아이들을 데리고 비행기를 타면, 그다음해에는 베벌리의 여동생이 그 역할을 맡았다. 테리사 앞에 서면 보니는 미안하고 안타까운 마음에 눈도 제대로 마주치지 못했다. 보니는 신부와 결혼하면서 자신이 통제할 수 없는 온갖 것에 대한 죄의식을 경험할 수 있었다. 또 어느 해에는 베벌리의 친구 월리스가 보호자 역할을 했다. 월리스는 목소리가 컸고 아이들 모두에게 큰 웃음을 지어 보였다. 그녀는 연녹색 면 드레스를 입고 나타났다. 월리스는 아이들을 좋아했다.

"오, 꼬맹이들." 그녀가 커즌스 성을 쓰는 어린아이 넷에게 말했다. "비행기에 타면 우리가 땅콩을 다 먹어버리자." 월리스는 자신이 그날 우연히 버지니아로 가는 비행기에 타게 된 것처럼 행동했다. 자신과 아이들이 같이 타고 가면 재미있지 않겠느냐고. 월리스가 어찌나 분위기를 편하게 만드는지 테리사는 혼자 집에 돌아올 때까지 울 생각조차 하지 못했다.

돌아오는 비행기에는 테리사 쪽 사람들이 아이들과 동행했다. 어느 해에는 그녀의 어머니가, 또 어느 해에는 그녀가 좋아하는 사촌이. 버트는 아이들과 비행기에서 여섯 시간을 보내겠다고 용감하게 나서는 사람이 있으면 누구에게나 표를 사주었다.

하지만 1971년에, 아이들이 컸으니 자기들끼리 잘해낼 수 있을 거라고, 혹은 캘이 열두 살이고 홀리가 열 살로 둘이 충분히 컸으니 전적으로 아무것도 필요 없는 여덟 살짜리 저넷과 세상 모든 것이 다 필요한 여섯 살짜리 앨비를 감당할 수 있을 거라고 결정되었다. 공항에서 테리사는 버트가 보낸 비행기표를 건네며 버지니아로 가는 비행기에 아이들을 여행가방 없이 태웠다. 보나나 윌리스가 아이들을 데려갔다면 시도하지 못했을 대담한 작전이었다. 버트더러 다 알아서 하라고 하지 뭐, 하고 그녀는 생각했다. 아이들은 모든 것이 필요했다. 그가 칫솔과 잠옷부터 차근차근 처리해나가면 될 것이었다. 그녀는 아이들 아버지에게 줄 편지를 써서 홀리에게 맡겼다. 네 아이 모두 이를 깨끗이 닦아야 했다. 그녀가 알기로 저넷에게 충치가 있었다. 그녀는 아이들의 예방접종 기록서를 보내면서 앞으로 맞혀야 하는 모든 예방주사 옆에 일일이 체크 표시를 해두었다. 병원 약속을 맞추려고 직장에서 외출하는 상황을 계속 만들 수 없었다. 의사들은 늘 늦었고, 가끔 테리사가 다시 직장으로 돌아가기까지 몇 시간이 걸렸다. 버트의 두번째 아내 미시즈 커즌스는 직장에 다니지 않았다. 아이들을 데리고 쇼핑을 하거나 병원에 갈 시간이 충분히 있을 것이다. 홀리는 주사를 맞을 때마다 기절했다. 앨비는 간호사를 이로 물었다. 캘은 차에서 내리지 않겠다고 버텼다. 그녀가 캘과 씨름했지만 캘은 한쪽 발을 차문에 대고 뻗대며 나오지 않으려 했고, 그 바람에 지난번 예방주사는 맞히지 못했다. 저넷의 예방접종 기록서는 찾을 수 없었고, 그래서 저넷이 예방주사를 맞았는지 안 맞았는지 확신이 없었다. 테리사는 그 모든 것을 편지에 썼다. 베벌리 커즌스가 그녀의 가족을 원했다고? 그럼 해보라지.

아이들은 통로를 사이에 두고 앉았다. 남자아이들은 왼쪽에, 여
자아이들은 오른쪽에 앉았고, 각각 날개 모양의 어린이 조종사 배
지 세트를 받았는데 캘만 달기를 거부했다. 그들은 비행기에 탄 것
이, 그리고 여섯 시간 동안 직접적인 감독을 받지 않아도 된다는
사실이 기뻤다. 이 네 명의 커즌스 아이는 어머니를 떠나는 것이
싫었던 만큼—그들은 두말할 것 없이 어머니에게 충실했다—자
신들이 버지니아 사람이라고 생각했고, 가족이 서부로 이사한 뒤
태어난 가장 어린 두 아이조차 그렇게 생각했다. 커즌스의 아이들
은 모두 캘리포니아를 싫어했다. 그들은 토런스 통합 학군의 복도
에서 떠밀려 다니는 것 자체가 짜증났다. 매일 아침 그들을 태우
려고 길모퉁이로 오는 통학버스도 짜증났고, 앨비가 꾸무럭거려
서 어쩔 수 없이 늦었을 때 잠깐 삼십 초도 기다려주지 않는 버스
운전사도 짜증났다. 그들은 어머니를 무척 사랑했지만, 그들이 버
스를 놓치고 집에 돌아왔을 때 종종 울음을 터뜨리는 어머니도 짜
증났다. 이제 그녀는 직장에 지각을 하게 되는 것이다. 그녀는 공
포스러운 속도로 아이들을 학교에 데려다주면서 차 안에서 똑같
은 잔소리를 한바탕 또 했다—엄마는 일을 해야 하고, 아빠가 주
는 돈만으로는 살 수 없고, 그들이 빌어먹을 길모퉁이에 제시간에
도착할 만큼 책임감이 없다는 사실 때문에 직장을 잃을 수는 없다
고. 아이들은 앨비를 꼬집는 것으로 어머니의 잔소리를 차단했는
데, 앨비의 비명소리가 머스터드가스*처럼 차 안에 가득 퍼졌기 때
문이었다. 그리고 그들은 무엇보다 바로 이 순간 사방에 콜라를 쏟

아놓고 비행기 앞좌석을 발로 툭툭 차는 앨비가 짜증났다. 무슨 일이 일어났다 하면 다 그애 잘못이었다. 하지만 그들은 캘도 짜증났다. 어머니가 학교 끝나면 모두를 집에 데려와 간식을 만들어주는 것이 그의 책임이라고 일러두었기 때문에 그는 목에 집 열쇠가 매달린 지저분한 끈을 걸고 다녀야 했다. 캘은 그 일을 하는 것이 짜증나서, 거의 날마다 동생들을 집에 적어도 한 시간은 들어오지 못하게 밖에 세워놓고 보고 싶었던 텔레비전 프로그램을 혼자 보거나 머리를 식혔다. 집 옆에는 호스가 있었고 간이차고 밑은 그늘이었다. 동생들이 죽을 정도는 아니었다. 어머니가 퇴근하고 집에 돌아오면, 동생들은 현관에서 어머니를 맞으면서 폭정에 시달렸다며 고함을 질러댔다. 다들 숙제를 했다고 거짓말을 했지만, 홀리만은 늘 정말로 숙제를 했다. 가끔은 책상다리를 하고 간이차고 아래 앉아서 무릎에 책을 올려놓고 숙제를 했다. 선생들이 수북이 쌓아주는 긍정적인 강화가 홀리가 살아가는 목적이었기 때문이다. 그들은 홀리가 짜증났고, 성적이 좋다고 그녀가 우월감을 드러내는 것도 짜증났다. 정말로 그들이 짜증나지 않았던 유일한 존재는 저넷이었는데, 그건 그들이 저넷에 대해서는 아예 생각을 하지 않았기 때문이었다. 저넷은 침묵의 세계로 들어가버렸고, 어느 부모건 그 모습에 주목했다면 학교 선생이나 소아과의사에게 물어봤을 테지만, 알아차린 사람은 아무도 없었다. 저넷은 그것이 짜증났다.

그들은 좌석 등받이를 최대한 뒤로 젖혔다. 카드놀이용 카드와 진저에일을 달라고 했다. 그들은 자신들의 삶에 존재하는 유일한

---

* 화학전에 쓰이는 독가스.

두 곳인 캘리포니아와 버지니아에서가 아니라, 비행기라는 성역에서 한동안 마음껏 즐겼다.

캐럴라인과 프래니가 여름 동안 캘리포니아로 가서 지낼 때 픽스는 딸들과 함께 시간을 보내려고 일주일 휴가를 쓰곤 했다. 반면에 버트는 그의 아이들이 버지니아에 도착하면 이상하게도 직장에서 맡은 일이 두 배로 늘어났다고 베벌리에게 말했다. 버트는 지방검사보 생활이 스트레스가 너무 많다고 결론 내린 뒤 알링턴의 재산 및 신탁 법률회사로 옮겼다. 하필 아이들이 도착하는 바로 그날 새 유언장을 작성해야 하는 사람들이 그렇게 많아졌다고는 상상하기 어려웠다. 그는 그녀에게 스테이션왜건을 몰고 혼자 공항에 가라고 했다. 그가 직접 가서 데려오려고 했는데 막 떠나려던 참에 누구도 예상하지 못한 명령신청 때문에 공항에 갈 수 없어졌을뿐더러 집에서 같이 저녁식사도 할 수 없게 되었다고 했다. 베벌리는 전에도 공항에 가서 버트의 아이들을 데려온 적이 있지만, 사실 그때는 공짜 표로 그녀를 보러 오겠다고 친절히 나서준 자신의 어머니나 보니, 월리스를 데리러 간 것이었다. 누가 오건 비행기에서 내리는 모습을 보면 그녀는 정말로 기뻐서 아이들은 거의 눈에도 들어오지 않았었다. 그녀는 어머니나 여동생, 사랑하는 친구를 두 팔로 꼭 끌어안았고, 함께 목동이 되어 아이들을 이끌고 짐을 찾아 주차장으로 걸어갔다. 그건 고대할 만한 일이었다.

하지만 지금 이 순간 탑승교 한쪽 끝에서 혼자 아이들을 기다리면서 베벌리는 이상하게 몸이 마비되는 느낌이었다. 다른 승객들이 모두 내린 뒤 여자 승무원이 커즌스의 아이들을 데리고 내렸고 베벌리가 서명을 했다. 네 개의 작은 계단에 소년-소녀-소녀-소년이 서 있었다. 그 하나하나가 무표정한 눈동자를 한 망명자였다. 여자아이들은 게이트에서 실망한 표정으로 그녀와 포옹했고, 남자아이들은 뒤처져 짐 찾는 곳으로 걸어갔다. 앨비가 알아들을 수 없는 노래를 부르고 있었는데, 캘도 그러는 것 같았다. 하지만 둘은 그녀에게서 한참 뒤처져 있어서 확신할 수는 없었다. 공항은 재회한 행복한 가족들로 시끄럽고 복작거렸다. 그래서 그녀는 차분히 생각할 수 없었다.

그들은 수하물 찾는 곳에서 가방들이 빙빙 도는 것을 지켜보며 기다렸다. "이번 학년은 어땠어? 좋은 성적을 받았니?" 베벌리가 아이들에게 질문했지만 그녀를 쳐다본 사람은 홀리뿐이었다. 홀리는 읽기만 빼고 모든 과목에서 A를 받았고, 읽기에서는 A플러스를 받았다. 베벌리는 로스앤젤레스를 떠날 때 그곳 날씨가 좋았는지, 비행기에서 뭘 좀 먹었는지, 비행기에서 보낸 시간이 즐거웠는지 물었다. 홀리는 모든 질문에 대답했다.

"활주로에 비행기들이 밀려 있어서 게이트에서 빠져나오고도 출발이 삼십 분 지연됐어요. 우리는 스물여섯번째로 이륙했어요." 그녀가 작은 턱을 약간 들며 말했다. "하지만 뒷바람이 좋아서 조종사가 공중에서 대부분의 시간을 만회했어요." 양 갈래로 땋은 머리의 뒷가르마가 완전히 들쑥날쑥인 게 빗을 썼다기보다는 술 취한 사람이 손으로 쓱쓱 빗은 모양새였다.

남자아이들이 어슬렁어슬렁 반대쪽으로 걸어갔다. 캘이 세 곳 떨어진 컨베이어벨트에 올라타 휴스턴에서 날아온 가방들과 함께 돌아가는 것을 그녀가 순간적으로 목격했다. 그녀가 그를 본 그 순간, 캘이 다가오는 공항 직원에게 야단맞는 것을 피하려고 풀쩍 뛰어내렸다.

"캘!" 베벌리가 사람들 너머 저만치 있는 아이를 불렀다. 사람들이 많은 데서, 이렇게 멀찍이 떨어진 곳에서 야단칠 수가 없어서, 그녀는 이렇게 말했다. "가서 네 동생 데려와!" 하지만 캘은 자기 이름이 캘인 것과, 생판 모르는 이 낯선 사람이 자기와 마찬가지로 캘이라는 이름을 쓰는 또다른 누군가에게 무슨 말을 한 것이 아주 신기한 우연이라는 듯 그녀를 돌아보았다. 그러고는 다시 고개를 돌렸다. 저넷은 자신의 작은 숄더백 끈에 시선을 두고 그것만 응시하며 베벌리 옆에 서 있었다. 이 아이에게 검사를 받아보게 한 사람이 있었을까?

마침내 로스앤젤레스발 덜레스행 직항 TWA 항공편으로 도착한 모든 가방이 컨베이어벨트에 내려져 기다리던 여행자들의 손에 끌려 사라졌다. 이제 누가 찾아가기를 기다리는 짐은 없었다. 사람들이 흩어졌고, 멀리서 앨비가 칼처럼 보이는 무언가로 바닥에 달라붙은 껌을 떼어내려고 하는 게 보였다. 그녀는 고개를 돌렸다.

"저기," 그녀가 지금 시각과 알링턴으로 돌아가는 교통 시간을 계산하고 말했다. "내 생각엔 너희 짐이 오지 않은 것 같아. 문제될 건 없어. 사무실로 가서 서류를 작성하면 되니까. 수하물표는 가지고 있지?" 그녀가 홀리에게 물었다. 모든 질문은 홀리에게 곧바로 하는 것이 최선이었는데, 그애는 다른 사람의 마음에 들고 싶어하는 욕구를 타고난 것 같았기 때문이다. 홀리만이 유일하고 진정한 가능성이었다.

"수하물표는 없어요." 홀리가 말했다. 홀리는 피부가 새하얬고 머리칼은 짙고 곧았으며 얼굴에는 주근깨가 가득 퍼져 있었다. 그 애는 어른들은 매력적이라고 생각하고 아이들은 놀려댈 말괄량이 삐삐 같은 외모를 지니고 있었다.

"하지만 어느 시점까지는 가지고 있었겠지. 어머니가 수하물표 안 주셨어?"

홀리가 다시 대답했다. "우리는 짐이 없으니까 수하물표도 없어요."

"짐이 없다니 무슨 말이니?"

"짐이 하나도 없다는 뜻이에요." 홀리는 어떻게 그보다 더 분명하게 전달할지 알지 못했다.

"깜박 잊고 로스앤젤레스에 두고 왔다는 뜻이니? 잃어버렸어?" 베벌리는 어리둥절했다. 그녀는 캘을 찾았지만 보이지 않았다. 10피트마다 컨베이어벨트에 앉거나 올라서지 말라는 경고문이 있었다.

홀리의 입술이 살짝 떨렸지만 새어머니는 알아차리지 못했다. 홀리는 가방 없이 이곳에 오는 것이 꺼림칙했는데, 어머니는 그들의 아버지가 원한 거라며 그녀를 안심시켰었다. 그가 아이들이 뭐든 새것을―새 옷, 새 장난감, 약탈물을 담아 집에 가져올 새 가방까지―사용하기 원한다고 했다는 것이었다. 아마 아버지가 베벌리에게 말한다는 걸 깜박했을 것이다. "우리는 아무 짐도 가져오지 않았어요." 홀리가 조용히 말했다.

베벌리가 홀리를 내려다보았다. 혼자 문제없이 처리할 수 있을 거라고 하더니, 젠장, 몹쓸 버트 같으니. "뭐라고?"

홀리는 그 말을 어쩔 수 없이 한 번 하는 것도 끔찍했지만, 다시 하는 건 용서할 수 없을 만큼 싫었다. 홀리의 눈에서 눈물이 솟구처 주근깨 위로 줄줄 흘러내리기 시작했다. "우리는. 아무. 짐도. 가져오지. 않았어요." 이제 아버지와의 관계가 곤란해질 것이다. 게다가 아직 아버지를 보지도 못했다. 더욱 나쁜 것은, 아버지가 어머니에게 또 화를 낼 거라는 사실이었다. 아버지는 어머니에게 영원히 무책임한 사람이라고 했지만, 어머니는 그런 사람이 아니었다.

베벌리의 시선이 수하물 찾는 곳의 이쪽 끝에서 저쪽 끝까지 훑고 지나갔다. 승객들과 마중 나온 사람들이 점점 줄어들고 있었고, 남편의 두 아이는 보이지 않았고, 세번째 아이는 울고 있었고, 네번째는 자기 가방의 비닐 끈만 보고 있어 장애가 있을 가능성을 생각하지 않기가 어려웠다. "그러면 우리가 왜 반시간 동안 여기 수하물 찾는 곳에 서 있었던 거지?" 베벌리는 목소리를 높이지 않았다. 아직 화가 난 것은 아니었다. 화는 나중에 그녀가 이 문제를 다시 생각해볼 여유가 생겼을 때 솟구치겠지만 지금은 아니었다. 지금은 그저 이해가 되지 않았다.

"저도 몰라요!" 홀리가 소리를 질렀고 눈물이 줄줄 흘렀다. 홀리는 티셔츠 단을 끌어올려 코를 닦았다. "제 잘못이 아니에요. 아줌마가 우리를 이리로 데려왔잖아요. 저는 절대 짐이 있다고 말한 적 없어요."

저넷이 자신의 작은 가방 지퍼를 열어 안을 뒤지더니 언니에게 휴지를 건넸다.

매년 베벌리가 두번째로 공항에 갔다 오는 길은 더 별로였는데, 그건 늘 두번째가 더 나을 거라고 생각했기 때문이다. 그녀는 새

남편의 네 아이를 집에 두고(첫해에는 그녀의 어머니, 그다음해에는 보니, 그다음해에는 월리스, 그리고 지금은 캘에게 맡겨두었다. 어쨌거나 그들은 토런스에서도 자기들끼리 집에서 지냈고, 토런스보다는 알링턴이 더 안전했다) 다시 덜레스 공항에 가서 자신의 아이들을 데려와야 했다. 버트의 아이들은 여름 내내 동부로 와서 지냈고, 캐럴라인과 프래니는 짧은 두 주 동안 서부로 가서 지냈다. 한 주는 픽스와, 또 한 주는 그녀의 부모와 보냈다. 딸들에게 그들이 버지니아보다 캘리포니아를 얼마나 더 좋아하는지 일깨워주기에 충분한 시간이었다. 아이들은 비행기에서 터덜터덜 내렸는데, 비행기에 타고 있는 내내 우느라 완전히 탈수 상태에 빠진 모양새였다. 베벌리는 무릎을 꿇고 주저앉아 아이들을 끌어안았지만 아이들은 그저 유령 같았다. 캐럴라인은 아버지와 같이 살고 싶다고 했다. 캐럴라인이 애원을 하고 간청도 했지만 매년 거부되었다. 어머니에 대한 캐럴라인의 증오는 베벌리가 가슴에 꼭 끌어안았을 때 캐럴라인의 분홍색 캠프 셔츠*를 통해 뿜어져나왔다. 한편 프래니는 잠자코 서서 포옹을 견뎠다. 프래니는 아직 어머니를 미워하는 방법을 몰랐지만, 공항에서 울면서 아버지와 헤어질 때마다 그 방법을 알아내는 일에 그만큼 더 가까워졌다.

베벌리는 아이들의 머리에 키스했다. 캐럴라인이 그녀를 밀쳐내는데도 다시 키스했다. "너희가 집에 돌아와서 정말 기뻐." 그녀가 말했다.

하지만 캐럴라인과 프래니는 집에 돌아온 게 기쁘지 않았다. 전

───────────

* 깃이 V자이고 보통 가슴에 주머니가 두 개 달린 반소매 셔츠를 말한다.

혀 기쁘지 않았다. 키팅의 딸들이 알링턴에 돌아와 새 형제들과 다시 만나는 것은 바로 이런 엉망인 상태에서였다.

홀리는 확실히 다정했다. 여자아이들이 문을 통해 들어오면 폴짝폴짝 뛰며 정말로 손뼉을 쳤다. 홀리가 이번 여름에 거실에서 댄스 발표회를 한번 더 열고 싶다고 말했다. 하지만 그 아이는 목 부분에 작고 하얀 리본 장미가 달린 캐럴라인의 빨간 티셔츠를 입고 있었고, 그건 캐럴라인의 어머니가 딸이 떠나기 전에 너무 낡고 작으니 자선단체 헌옷 봉지에 담아두라고 일렀던 옷이었다. 홀리는 자선단체 헌옷 봉지가 아니었다.

캐럴라인은 이층 침대 두 개가 있는 더 큰 방을 썼고, 프래니는 동생이었기 때문에 침대 두 개를 붙여놓은 작은 방을 썼다. 두 자매는 애정이나 자매간의 우애로 연결된 것이 아니라 양쪽 침실에서 들어갈 수 있는 아주 작은 욕실로 연결되어 있었다. 9월 초부터 5월 말까지 두 여자아이와 욕실 하나는 그럭저럭 괜찮았으나, 6월에 캐럴라인과 프래니가 캘리포니아에서 돌아오면 홀리와 저 넷이 이층 침대 하나를 편하게 쓰고 프래니의 방은 남자아이들이 통째로 빼앗은 형세가 되었다. 한 방을 여자아이 넷이 쓰고 남자아이 둘이 다른 한 방을 쓰고, 그들 여섯이 공중전화부스 크기의 욕실 하나를 같이 써야 했다.

캐럴라인과 프래니가 그들의 짐을 가지고 계단을 올라갔다. 짐이란 끌고 올라가야 하는 것을 의미했다. 그들이 부부 침실의 열린 문 앞을 지나가는데, 캘이 더러운 양말을 신은 더러운 발을 베개에 올린 채 그들의 어머니 침대에 누워 볼륨을 최대로 높이고 테니스시합을 보는 모습이 눈에 띄었다. 그들은 그 침실에 들어가거나,

바닥에 발을 붙인 채라 해도 침대 위에 앉는 것이 절대 허용되지 않았고, 들어와서 봐도 좋다는 허락이 떨어지지 않고는 텔레비전을 볼 수도 없었다. 캘은 그들이 지나갈 때 화면에서 눈을 떼지도 않았고, 그들이 온 것을 알고 있다는 표시도 전혀 하지 않았다.

그들이 걸음을 멈췄을 때 홀리는 그들 뒤에 부딪칠 만큼 바짝 붙어 있었다. "우리 넷이 다 같이 하얀 드레스 잠옷을 입고 춤을 추면 좋겠다고 생각하는 중이었어. 괜찮겠니? 오늘 오후에 연습을 시작하면 돼. 너희가 관심 있으면 내가 안무 아이디어도 생각해뒀어."

여자아이 넷이 댄스 발표회를 한다지만, 실제로 보이는 것은 셋뿐이었다. 저넷이 행방불명이었다. 아무도 저넷이 사라진 걸 알아차리지 못했고, 프래니의 고양이 버터컵도 행방불명이었다. 프래니와 두 주 떨어져 있었으니 버터컵이 틀림없이 그녀를 반기러 문까지 나왔을 텐데 그러지 않았다. 버터컵, 그녀를 일상으로 돌아가게 해줄 생명선이 사라진 것이다. 베벌리는 아이들의 삶이라는 바다에 빠져 허우적거리느라 고양이를 마지막으로 본 게 언제였는지도 잘 기억나지 않았다. 하지만 프래니가 갑자기 온몸에 마비를 일으킬 듯 울음을 터뜨리자 베벌리는 정신이 번쩍 들어 집을 샅샅이 살피기 시작했다. 그리고 리넨을 넣어두는 옷방 안쪽 바닥에서 이불을 덮고 있는 저넷을 발견했다(저넷은 얼마나 오랫동안 사라졌던 걸까?). 저넷이 잠든 고양이를 쓰다듬고 있었다.

"쟤가 내 고양이를 가질 순 없어!" 프래니가 외쳤고, 베벌리는 허리를 숙여 저넷에게서 고양이를 뺏어왔다. 저넷은 잠시 버티다 내주었다. 그 시간 내내 앨비는 집안 곳곳 베벌리를 쫓아다니면서 다른 아이들이 '스트리퍼 사운드트랙'이라고 부르는 소리를 냈다.

붐 치카-붐, 붐-붐 치카-붐.

그들의 어머니가 걸음을 멈추면 사운드트랙도 멈췄다. 그녀가 한 걸음만 떼도 앨비는 여섯 살치고 묘하게 섹시한 목소리로 "붐" 하고 말했다. 그녀는 아이를 무시할 생각이었지만 얼마 지나자 참기 너무 심한 수준이 되었다. 마침내 그녀가 "그만 좀 해!" 하고 소리를 버럭 질렀지만, 아이는 그저 그녀를 멀뚱히 쳐다볼 뿐이었다. 커다란 갈색 눈에 갈색 머리칼이 자연스럽게 굽슬굽슬해서 아이는 꼭 만화 속 동물처럼 보였다.

"진지하게 하는 말이야." 베벌리가 숨을 고르려고 애를 쓰며 말했다. "그만해야 할 거다." 그녀는 합리적이고 부모다운 목소리로 말하려고 애썼지만, 그녀가 돌아서서 걸음을 채 떼기도 전에 작고 조용한 그 소리가 다시 들려왔다. "붐 치카-붐."

베벌리는 그애를 죽이고 싶다고 생각했다. 어린아이를 죽이고 싶다는 생각까지 한 것이다. 그녀의 손이 부들부들 떨렸다. 자기 방으로 들어가 문을 잠그고 자버리고 싶었지만, 딱딱 테니스공 치는 소리와 사람들의 함성이 복도까지 들렸다. 그녀는 머리를 방안으로 들이밀다 말고 문 앞에서 멈췄다. "캘?" 그녀가 울음을 참으며 말했다. "내가 지금 이 방을 써야겠는데."

캘은 움직이지 않았다. 꼼짝도 하지 않았다. 화면에 시선을 고정하고 있었다. "안 끝났어요" 하고 캘이 말했는데, 마치 그녀가 테니스시합을 한 번도 본 적이 없고 공이 움직이고 있으면 아직 시합이 끝난 게 아니라는 걸 모른다는 투였다.

버트는 텔레비전이 아이들에게 좋지 않다는 믿음을 가지고 있었다. 가장 해롭지 않은 쪽으로는 시간 낭비에 소음덩어리라고 보왔고, 가장 해로운 쪽으로는 두뇌 발달을 막을 수도 있다고 생각했다. 그는 테리사가 아이들에게 텔레비전을 그렇게 많이 보여주는 게 아주 큰 실수라고 생각했다. 그가 그러지 말라고 했지만 그녀는 양육 문제에 관해서든, 무엇에 관해서든 절대 그의 말을 듣지 않았다. 그게 그와 베벌리가 이 집에 텔레비전을 한 대만 두는 이유, 그 텔레비전을 아이들에게 개방되지 않는, 평상시 그녀의 아이들에게 개방되지 않는 그들의 침실에 두는 이유였다. 이제 베벌리는 텔레비전 플러그를 뽑아, 가족 중 누구도 전등을 켠 적이 없는 듯하지만 부동산 중개업자는 '가족실'이라고 불렀던 그곳으로 옮겨버리고 싶었다. 그녀가 복도를 걸어갔고, 앨비는 자신의 음악을 계속하며 안전한 거리에서 그녀를 따라갔다. 그애 어머니가 가르쳤을까? 누군가가 가르쳤을 것이다. 여섯 살짜리 아이들은 스트립클럽에 가지 않고, 그건 이 아이도 마찬가지였다. 베벌리가 여자아이들 방에 들어가니 홀리가 『리베카』를 읽고 있었다.

"베벌리 아줌마, 『리베카』 읽어보셨어요?" 베벌리가 방에 들어오자마자 홀리가 그 작은 얼굴에 더없이 밝고 해맑은 표정을 지으며 물었다. "댄버스 부인 때문에 무서워 죽겠지만 그래도 계속 읽을 거예요. 제가 맨덜리 저택*에 살게 됐다 하더라도 저는 아무렇지 않아요. 누가 저한테 그렇게 오싹하게 굴면 저는 거기 살지 않을 테니까요."

베벌리는 고개를 살짝 끄덕인 뒤 방에서 나갔다. 그녀는 원래 프래니의 방이지만 지금은 남자아이들이 쓰는 방에 가서 누워 있으

---

* 영국 소설가 대프니 듀 모리에가 쓴 소설 『리베카』에 등장하는 저택 이름.

려고 생각했지만, 그 방에서는 양말냄새, 속옷냄새, 감지 않은 머리 냄새를 떠올리게 하는 묘한 견과류 냄새가 났다.

다시 아래층에 내려가자 잔뜩 골이 난 캐럴라인이 부엌을 쿵쾅쿵쾅 돌아다니면서 아버지가 뭘 좀 먹게 자기가 브라우니를 만들어서 우편으로 보낼 거라고 말했다.

"네 아빠는 브라우니에 견과류 넣는 걸 좋아하지 않아." 베벌리가 말했다. 그러고는 왜 그 말을 했을까 생각했다. 도움이 되려고 그랬을 것이다.

"좋아해요!" 캐럴라인이 얼른 맞받아치려다가 조리대에 밀가루 반 봉지를 엎질렀다. "엄마가 아빠를 알았을 땐 그랬는지 몰라도 이제 엄마는 더이상 아빠를 몰라요. 지금은 뭐든 견과류 넣는 걸 좋아해요."

앨비는 식사실에 있었다. 부엌문을 통해 그 노래가 들려왔다. 한가지에 집중하는 그애의 능력은 놀라웠다. 프래니는 거실에서 고양이 앞다리를 잡아당겨 인형 드레스 소매에 넣으며 울고 있었는데, 어찌나 조용히 우는지 프래니의 어머니는 자신이 살면서 이 순간까지 해온 모든 것이 실수였다는 확신이 들 정도였다.

갈 곳도, 아이들을 피할 곳도 없었고, 저넷이 고양이를 내주고 나서도 나오지 않아 심지어 리넨 옷방에도 들어갈 수 없었다. 베벌리는 차 열쇠를 가지고 밖으로 나갔다. 등뒤로 문을 닫는 순간 그녀는 물속에 들어간 것처럼 답답했고, 폐에 여름 공기가 뜨겁고 견고하게 들어찬 느낌이었다. 그녀는 다우니에서 살던 집의 뒤쪽 파티오를, 오후에 자기는 바깥에 앉아 있고 캐럴라인은 세발자전거를 타고 있고 자기 무릎에는 프래니가 행복하게 앉아 있던 그때를,

정신이 혼미해질 만큼 짙었던 오렌지꽃 향기를 생각했다. 픽스는 그녀에게 공동 재산 절반을 떼어주고 양육비를 마련하기 위해 그 집을 팔아야 했다. 그녀는 왜 그가 그 집을 팔게 만들었을까? 버지니아에서는 어느 누구도 바깥에 앉아 있을 수 없었다. 집 진입로를 걸어가기만 했는데도 그녀는 모기에게 다섯 방을 물렸고, 물린 곳은 각각 1쿼터 동전 크기로 부어올랐다. 베벌리는 모기 알레르기가 있었다.

차 안이 섭씨 40도가 넘는 것도 예사였다. 그녀는 시동을 걸고 에어컨을 켜고 라디오를 껐다. 그러고는 집 앞쪽 창문을 내다보는 사람이 자신을 보지 못하도록, 녹색 비닐이 씌워진 탈 듯이 뜨거운 뒷좌석에 드러누웠다. 그녀는 자신이 간이 차고가 아니라 제대로 된 차고 안에 있었다면 지금 자살을 할지도 모르겠다고 생각했다.

캘리포니아의 공립학교는 버지니아의 가톨릭학교보다 학기가 조금 더 길어서, 베벌리와 버트는 그녀의 아이들이 떠나고 그의 아이들이 오기 전까지 둘만의 닷새를 보냈다. 어느 밤에는 저녁을 먹은 뒤 식사실 카펫에서 섹스를 했다. 편안하지 않았다. 베벌리는 버지니아에 온 뒤로 서서히 살이 빠져, 해부학 교실에서 일자리를 구할 수 있을 정도로 등골과 쇄골이 도드라져 있었다. 버트가 밀어 넣을 때마다 그녀의 몸이 4분의 1인치는 뒤로 밀리며 모 혼방 카펫에 닿은 피부가 쓸렸다. 러그 때문에 살갗이 탈 것 같았지만 그들은 오히려 더 대담하고 열정적으로 움직였다. 실수가 아니었어, 섹스가 끝나고 둘이 천장을 올려다보며 누워 있을 때 버트가 되풀이해서 말했다. 베벌리는 샹들리에에서 유리 크리스털이 빠진 곳 다섯 군데를 헤아렸다. 전에는 알아차리지 못했다.

"지금까지 우리 삶에 일어난 모든 일, 우리가 한 모든 일은 정확히 이미 일어난 그대로 일어나야 했어, 우리가 함께할 수 있도록."

버트가 그녀의 손을 잡더니 꼭 쥐었다.

"정말로 그렇게 믿어?" 베벌리가 물었다.

"우리는 마법처럼 특별해." 버트가 말했다.

그날 밤 그가 그녀의 척추를 따라 네오스포린 연고를 발라주었다. 그녀는 엎드린 자세로 잠들었다. 그것이 그들의 여름 휴가였다.

키팅의 아이들과 커즌스의 아이들에 대해 가장 주목할 만한 점은 이것이었다. 그들은 서로 미워하지도 않았고 부족 충성심 같은 것 또한 티끌만큼도 없었다는 것. 커즌스의 아이들은 친형제들과 함께 있는 것을 좋아하지 않았고, 키팅의 두 아이는 서로가 없이도 전적으로 잘 지낼 수 있었다. 네 명의 여자아이는 비좁은 방 하나를 함께 써야 한다는 사실에 화가 났지만 서로를 탓하지 않았다. 모든 것에 항상 화가 나 있는 남자아이들은 그렇게 많은 여자아이들과 함께 지내야 한다는 사실에 전혀 신경을 쓰지 않는 듯했다. 여섯 아이에게는 최상위의 한 가지 공통 원칙이 있어서, 서로를 미워할 가능성을 숱한 마이너리그가 펼쳐지는 맨 아래 층위로 보내버렸다. 그 원칙은 그들이 부모들을 좋아하지 않는다는 사실이었다. 그들은 부모들을 미워했다.

그 사실에 힘들어한 사람은 프래니뿐이었다. 프래니는 어머니를 한결같이 사랑했기 때문이다. 평상시에는 학교가 끝나고 오후에 이따금 둘이 같이 낮잠을 자기도 했는데, 그들은 두 개의 스푼처럼 꼭 붙어서 잠들고 같은 꿈을 꾸었다. 아침에 프래니는 닫힌 변기 뚜껑 위에 앉아 어머니가 화장하는 모습을 지켜보았고, 밤에도 어머니가 욕조에 몸을 담그고 있는 동안 닫힌 변기 뚜껑 위에 앉아 어머니에게 이야기를 하곤 했다. 프래니는 딸로서뿐 아니라 한 사람으로서도 자신이 어머니에게 사랑받는다는 사실에 안심했다. 하지만 어머니가 자신을 여섯 아이 중 넷째 이상으로 보지 않는 여름에는 그렇지 않았다. 그녀의 어머니는 앨비에게 짜증이 나면 아이들 모두에게 밖으로 나가라고 했고, '아이들 모두'에는 프래니도 포함되었다. 아이스크림도 밖에서 먹어야 했다. 수박—그것도 밖에서 먹어야 했다. 프래니가 언제부터 부엌 식탁에서 수박을 먹을 수 있는 신임을 잃었을까? 그것은 모욕이었고, 그녀에게 정당하지 않았다. 앨비는 바닥에 아이스크림을 흘리지 않고 먹을 수 없을지 몰라도 나머지는 완벽하게 그럴 수 있었다. 그들은 군말 없이 밖으로 나갔다. 밖으로 나가 문을 쾅 닫고 한 무리의 야생 개들처럼 뜨거운 보도를 가로질러 거리로 달려나갔다.

커즌스의 네 아이는 그들의 비참한 여름에 대해 베벌리를 탓하지 않았다. 그들은 자기들의 아버지를 탓했고, 아버지가 옆에 있었다면 그의 얼굴을 보며 그렇게 말했을 것이었다. 캘과 홀리는 베벌리의 행동을 용납할 수 없다는 내색을 전혀 내비치지 않았지만(어쨌거나 저넷은 아무 말도 하지 않았고 앨비는, 뭐, 앨비에 대해 누가 알겠는가) 캐럴라인과 프래니는 아연실색했다. 그들의 어머니는 평상시처럼 음식이 담긴 접시를 식탁에 내려놓지 않고, 부엌에서 그들을 나이에 따라 줄 세운 뒤 빈 접시를 들고 레인지로 오게 했다. 여름이면 그들은 문명화된 세계에서 떨어져나와 『올리버 트위스트』 앞부분에 나오는 고아원 장면 속으로 들어갔다.

7월의 어느 목요일 밤, 버트가 거실에서 가족 모임을 소집하고 다음날 아침에 애나 호수에 갈 거라고 선언했다. 하루 휴가를 냈고 파인콘 모텔에 방 세 개를 빌렸다고 말했다. 일요일 아침에 샬러츠빌에 가서 그의 부모를 찾아뵙고 집으로 돌아올 거라고 했다. "휴가야," 버트가 말했다. "다 이야기됐어."

아이들은 내일이 여느 하루와 같은 날이 아닌 다른 날이 될 거라는 생각에 막연하게 설레는지 눈을 깜박였고, 베벌리는 버트가 그중 어느 것도 미리 말해주지 않았기 때문에 눈을 깜박였다. 아이들은 베벌리가 버트와 눈을 마주치려고 애썼지만 결국 그의 시선을 붙잡지 못하는 것을 보았다. 모텔, 호수, 레스토랑에서의 식사, 그리고 말을 키우고 연못이 있고 지난여름엔 굉장한 흑인 요리사 어니스틴이 여자아이들에게 파이 만드는 법을 가르쳐줬지만 그들을 전혀 반기지 않는 버트의 부모가 사는 그 집으로 찾아가는 것. 만약 아이들이 부모에게 말할 기분이 내켰다면 그거 재미있을 거 같다고 말했을지 모르지만, 그들은 그럴 마음이 없었고, 그래서 하지 않았다.

다음날 아침은 늪지처럼 무더웠다. 새들은 에너지를 비축하려고 그러는지 조용히 있었다. 버트가 아이들에게 가서 차에 타라고 했지만 그게 말처럼 간단한 일이 아니라는 건 다들 알았다. 누가 앨비와 같이 앉을 것인지를 두고 보기 뭣한 싸움이 먼저 벌어질 터라, 모두 그 순간을 기다리며 진입로에 모여 서 있었다. 앞좌석은 평상시에는 늘 캐럴라인이나 프래니가 어머니와 함께 타는 자리였지만 지금은 부모가 앉아야 하니 선택지가 아니었다. 그러면 스테이션왜건에는 맨 앞의 뒷좌석, 중간 뒷좌석, 맨 뒤의 뒷좌석이 남왔다. 결국 아이들은 늘 성별이나 나이에 따라 짝을 지어 앉게 되었는데, 그 말은 곧 앨비와는 캘이나 저넷 중 하나가, 가끔은 프래니가 앉게 된다는 뜻이었다. 캐럴라인이나 홀리는 절대 같이 앉지 않았다. 앨비는 〈아흔아홉 병의 맥주〉를 열창했는데, 그 수가 줄어드는 순서가 제멋대로였다—쉰일곱 병, 일흔여덟 병, 네 병, 백네 병, 이런 식으로. 앨비가 차멀미를 할 것 같다며 그 말을 확인시켜주듯 켁켁 소리를 내면, 버트는 그러지 않으면 안 될 것 같은 기분에 번번이 주간고속도로 갓길에 차를 댔다. 저넷은 참지 못하고 결국 토를 하면서도 절대 그런 말을 입 밖에 내지 않았다. 출구 표시가 나올 때마다 앨비는 거기로 나가야 하는지 물었다.

"아직 다 안 왔어요?" 그는 그렇게 말하고 그 모든 것이 즐거운 듯 웃음을 터뜨렸다. 그러니 아무도 앨비와 같이 앉고 싶어하지 않았다.

그들이 진입로에 모여 서서 서로 떠밀기 시작할 때 버트가 구두상자 크기의 캔버스 가방을 들고 나왔다. 버트는 늘 짐을 아주 가볍게 꾸렸다. "캘," 그가 말했다. "네가 남동생 옆에 타."

"지난번에도 같이 탔어요." 캘이 말했다. 아무도 이 말의 진위를 몰랐고, 무엇보다 '지난번'을 이루는 요건이 무엇이란 말인가? 차에 탔던 지난번? 어디 놀러갔던 지난번? 하지만 그들은 한 번도 놀러간 적이 없었다.

"그러니까 이번에도 네가 같이 타." 버트는 뒤쪽에 가방을 던지고 문을 홱 닫았다.

캘이 주위를 둘러보았다. 앨비가 여자아이들 쪽으로 쌩 달려가 검지로 살짝 그들을 찌르자 그들이 비명을 질렀다. 캘의 마음속에는 여자아이 넷은 모두 뭉쳐진 채 흐릿하게 존재했다. 친여동생들, 새어머니가 데려온 여동생들, 그애들 중 하나를 골라 그 역할을 떠안기는 건 어려운 일이었다. 바로 그때 캘이 베벌리를, 자주색 줄무늬 티셔츠를 입고 길고 노란 머리칼을 말아 멋을 부린, 영화배우의 선글라스만큼 큰 선글라스를 쓴 그녀를 보았다. "아줌마보고 하라고 해요." 그가 아버지에게 말했다.

버트가 자신의 맏아들을, 그리고 자기 아내를 쳐다보았다. "뭘 하라고 해?"

"앨비하고 같이 타라고 하라고요. 뒷자리에 앉으라고 하세요."

버트가 손바닥으로 캘을 후려쳤다. 소리가 났지만 세게 때린 것은 아니었고 얼굴 옆을 비껴갔다. 캘은 실제보다 더 심하게 맞은 척하려고 뒤로 쿵 넘어졌다. 학교에서 더 세게 맞은 적도 있었으니, 이번에 맞은 건 그저 베벌리의 얼굴에서 핏기가 조금 가시는 것을 보는 정도였다. 그 짧은 순간에 캘이 본 것은 이것이었다. 베벌리는 버트가 누구 편을 들어줄지 몰랐다는 것, 애나 호수까지 가는 내내 뒷좌석에서 앨비와 같이 있는 자신의 모습을 그려봤다는 것, 그렇게 되었다면 그녀는 죽어버렸을 거라는 것이었다. 버트는 그런 말똥 같은 소리는 지긋지긋하다고 말했다. 그러고는 그들에게 차에 타라고 했다. 그들은 침통한 얼굴로 조용히 차에 탔고 베벌리조차 그랬다.

차도로 접어들자 버트는 차창을 열고 완만한 언덕이 이어진 길을 향해 팔꿈치를 내민 채 아무 말도 하지 않았다. 세 시간 뒤 애로헤드 식당에 도착했을 때 그는 모두를 줄 세운 뒤 번호를 붙여 말하게 했다. 캘이 하나, 캐럴라인이 둘, 홀리가 셋.

"우리가 무슨 빌어먹을 트라프 가족 합창단*인 줄 아나." 캘이 중얼중얼 내뱉었다.

프래니가 두려움과 설마 하는 마음이 뒤섞인 표정으로 캘을 올려다보았다. 그가 신의 이름을 헛되이 부른 것이다.** 큰일날 일이었다. "욕하면 안 돼." 프래니가 말했다. 욕은 나쁜 것이었고, 버트는 할 수 있어도 아이들은 절대 욕을 하면 안 되었다. 그녀의 생각은 확고했다. 여름방학 때조차 그녀는 세이크리드허트 학교의 여학생이었다.

아이들 중 가장 맏이이고 키가 큰 캘이 프래니의 머리에 오른손을 얹고 손가락을 구부려 아래로 죽 내리더니 그녀의 귀를 꽉 꼬집었다. 친여동생들 얼굴을 꼬집는 것만큼 세게는 아니었지만, 그럼에도 그가 대장 노릇을 하는 것이었다.

여자아이들 중 가장 맏이인 캐럴라인이 파인콘 모텔에서 누가 누구와 같은 침대를 쓸지 결정하기로 했고, 저녁식사 때 홀리와 같이 자겠다고 선언했다. 그 말은 프래니와 저넷이 같은 침대를 쓴다는 말이었다. 프래니는 저넷을 좋아했다. 그 문제로는 홀리도 좋았지만, 캐럴라인과는 같이 자고 싶지 않았다. 캐럴라인은 한밤중에 베개로 프래니를 질식시키려 들지도 몰랐다. 남자아이들은 다른 방에서 각자 침대를 썼다. 그날 밤 일곱시에 그들의 부모는 몸을 비틀고 하품을 하면서 이제 지쳤으니 자야겠다고, 아침에 재미

---

* 마리아 폰 트라프가 쓴 회고록 『트라프 가족 합창단』(1949)과 이를 바탕으로 만들어진 브로드웨이 뮤지컬이자 영화 〈사운드 오브 뮤직〉에 등장하는 가족을 일컫는다.

** 앞에서 캘이 말한 '빌어먹을'은 원문에서 'goddamn'이다.

있는 시간을 보내자고 말했다.

하지만 아침에 아이들에게 주어진 것은 여자아이들 방 밑에 밀어넣어진 쪽지였다. 커피숍에서 아침 먹으렴. 외상으로 달아두고. 우리는 늦잠을 잘 거야. 문은 두드리지 마. 어머니 글씨체였지만 마지막에 사랑해, 라든가 심지어 엄마가, 라는 서명도 없었다. 아예 서명이 없었다. 그들 스스로 알아서 움직여야 한다는 걸 보여주는 점차 산더미처럼 늘어나는 증거에 또하나의 문서가 보태진 것이었다.

파인콘 모텔의 길게 늘어선 연푸른색 문들은 모두 닫혀 있었고 창문에 달린 커튼도 죄다 드리워져 있었다. 방 앞에 주차된 차들에는 촉촉하게 이슬이 내려 있었는데 밤새 비가 내린 건지도 몰랐다. 여자아이들이 그들 방 오른쪽의 캘의 방 앞에 서서 문을 두드렸다. 캘이 문을 빠끔 열었다. 체인을 걸어놓은 채 한쪽 눈으로 홀리를 보았다. "아침 먹으러 갈 거야." 홀리가 말했다. "오든가 말든가."

캘이 문을 닫고 체인을 뺀 뒤 다시 문을 열었다. 그의 뒤로 더블침대에 앉아 만화를 보는 앨비가 보였는데, 두 발로 박자에 맞춰 매트리스 끝부분을 치고 있었다. 여자아이 중 누구든 그들 넷이 한방에서 침대 두 개를 나눠 써야 한다는 데 불평이 나오려 할 때마다 앨비와 같은 방을 쓰는 캘을 떠올렸다. 캘은 집에서도 앨비와 한방을 썼고 어쩌면 적응이 되었을 테지만 어쩌면 그렇지 않았을 수도 있었다.

"같이 가." 캘이 말했다.

캘의 생김새는 아버지를 본뜬 듯했다. 황갈색 머리칼과 황갈색 피부의 소년인 그는 여름이면 피부와 머리칼 모두 은은한 황금색을 띠었다. 캘은 아버지를 닮아 눈동자가 푸른색이었지만, 나머지 셋은 어머니를 닮아 색깔이 짙었다. 앨비는 주근깨가 있는 홀리와 약간 닮았지만, 홀리는 총명한 반면 앨비는 그렇지 않아서 두 사람 사이의 신체적 유사성은 지워졌다. 네 아이 모두 말랐지만 저넷은 너무 말라서 그들 중 누구와도 닮아 보이지 않았다. 그녀는 얼굴이 예쁘고 머리칼은 짙은 벌꿀색에 광채가 흘렀지만 결코 그런 말로 묘사되지 않았다. 저넷이 듣는 말은 팔꿈치와 무릎에 대한 것뿐이었는데, 그것도 문손잡이처럼 생겼다는 말이었다. 여섯이 모여 있을 때 그들은 가족이라기보다는 일일캠프에 참가한 아이들, 우연히 같은 길목에 동시에 내린 한 무리의 아이들 같았다. 그들의 관계를 나타내는 증거는 거의 없었고, 심지어 혈연으로 맺어진 형제들도 마찬가지였다.

"낮까지 주무신대." 홀리가 부모를 두고 말했다. 식당에서 그녀가 포크로 달걀을 빙빙 돌렸다.

"마침내 일어나시더라도 다시 낮잠을 자겠다고 말씀하실걸." 캐럴라인이 말했다. 그것은 사실이었다. 그들의 부모는 고열에 시달리는 어린아이처럼 낮잠을 잤다. 아이들 모두 고개를 끄덕였다. 캘은 칸막이 자리 창문 옆에 앉아 나머지 아이들을 외면한 채 길을 내다보고 있었다. 앨비는 케첩 병을 손바닥 평평한 쪽으로 탁탁 쳤고, 마침내 케첩이 그의 팬케이크 위로 쏟아졌다.

"뭐야," 캘이 말하고는 병을 낚아챘다. "역겨운 짓 안 하고 그냥 가만 앉아 있지는 못해?"

"이거 봐." 앨비가 말하고는 팬케이크를 들어올려 자기 얼굴 앞에서 케첩이 뚝뚝 떨어지게 했다.

저넷은 접시에 놓인 토스트 한 조각을 손가락 두 개로 꾹 누른 채 칼로 가장자리를 잘라냈다.

"난 부모님을 기다리며 하루종일 여기 앉아 있지 않을 거야." 캐럴라인이 말했다.

"그럼 우리가 뭘 할 수 있어?" 프래니는 달리 할 것이 없었기 때문에 그렇게 물었다. 모텔에 보드게임이 있는지 알아볼까? 카드놀이는 어때? 이제 겨우 일곱시, 아직 너무 이른 시각이었다. 해가 은쟁반에 놓여 그들의 테이블로 전달된 초대장인 양 식당 창문을 통해 들어왔다. 수영하기 좋은 날이 될 것 같았다.

"우리는 여기 호수를 보러 왔으니까 호수를 보러 가야 해." 캐럴라인이 여동생의 마음을, 혹은 그 마음의 반 정도를 읽으며 말했다. 그녀는 옷 안에 수영복을 입고 있었다. 모두 그랬다. 캐럴라인은 다른 아이들보다 훨씬 더 화가 나 있었다. 목소리에 줄곧 화가 배어 있었다. 하지만 다시 생각해보면 캘이 가장 화가 났을 것이고, 다만 다른 방식으로 드러난 것일 터였다.

저넷이 자기 토스트에서 눈을 들었다. "가자." 그녀가 말했다. 그것이 전날 알링턴을 떠난 이후 그녀가 처음 내뱉은 말이었고, 그렇게 상황이 정리되었다. 부모가 깨어나기를 기다릴 이유가 어디 있는가? 부모와 함께 밖에 나갈 때 아이들은 두 무리로 나뉘었다─캘과 캐럴라인과 홀리가 속하는 큰 아이들, 저넷과 프래니, 앨비가 속하는 작은 아이들. 큰 아이들은 마음대로 돌아다니고 구명조끼 없이 깊은 물속에서 수영하고 하이킹을 하면서 어른들의 시야에서 벗어나고 점심으로 뭘 먹을지 결정할 수 있었다. 작은 아이들은 가능하다면 나무에 묶어놓고 그릇 하나를 주면서 다 같이 먹게 했을 것이다. 작은 아이들은 결코 신임의 대상이 아니었다.

더 논의할 것 없이 여섯 아이는 이것을 기회로 삼는 편이 더 좋겠다고 결론 내렸다.

계산대에서 그들은 아침식사에 더해, 필요하면 점심까지 버틸 수 있도록 여섯 개들이 콜라 한 상자와 초코바 열두 개를 외상으로 구입했다.

"호수까지 얼마나 멀어요?" 홀리가 계산중인 여자 종업원에게 물었다.

"아마 2마일쯤 될 거야, 그보다 좀 안 되거나. 98번 도로를 다시 타면 돼."

"걸어가면요?"

종업원이 잠시 아이들을 찬찬히 살펴보았다. 이렇게 많이 모여 있으니 모두 정확히 같은 크기로 보였다. 프래니와 저넷은 나이로 따지면 삼십팔 일 차이가 났다. "부모님은 어디 계시니?"

"옷 입고 계세요." 캐럴라인이 따분해하는 아이 목소리로 말했다. "부모님은 우리가 다 같이 걸어가기를 바라세요. 모험이 될 거라고 하셨어요. 가는 길을 알아내는 것도 우리가 해야 해요."

나머지 아이들은 그토록 능숙하게 둘러대는 캐럴라인을 보며 환한 미소를 지었다. 종업원이 테이블에 까는 종이 한 장을 집어올려 뒤집었다. "걸어가려면 지름길이 있어." 그녀가 종이 한쪽 끝에 모텔을 나타내는 직사각형을 그리고('P'라고 표시했다) 반대쪽 끝에는 원을 그려 호수('L')를 나타냈다. 그 두 곳을 연결하며 그은 점선이 그들이 가야 할 길이었다.

주차장에서 캘은 스테이션왜건의 잠긴 문짝을 이쪽저쪽 열려고 해보았다. 프래니가 그에게 차에서 가져갈 게 있는지 묻자 그는

"그런 게 있어. 신경 꺼" 하고 말했다. 뭘 원하는지 모르지만, 그는 그것을 찾으려는 듯 손을 오므려 눈 주변에 대고 차창 안을 들여다 보았다.

"내가 차문을 딸 수 있어." 캐럴라인이 말했다. "네가 정말로 필요한 게 그거라면."

"거짓말쟁이." 캘이 굳이 캐럴라인을 쳐다보지도 않으면서 말했다.

"할 수 있어." 그녀가 말하고 이어 저넷을 가리켰다. "가서 옷장에서 철사 옷걸이 가져와."

그 말은 사실이었다. 그들의 아버지가 바로 이번 여름에 그 방법을 알려준 것이었다. 지난 주말 할아버지 할머니 집에 놀러갔을 때 조 마이크 이모부가 보니 이모의 차에 차 열쇠를 넣은 채로 문을 잠가버린 일이 있었다. 그때 그들의 아버지가 철사 옷걸이로 문을 따준 덕에 기술자를 불렀다면 들었을 조 마이크의 12달러를 절약해주었다. 딸들이 흥미를 보이자 픽스가 두 딸에게 직접 해보게 했다. 알아두면 좋을 거라면서.

"사람들이 하는 실수는 뭔가를 위로 당겨야 한다고 생각하는 거야. 그게 아니야, 아래로 내려야 해." 그가 말했다.

캐럴라인이 철사 옷걸이를 비틀어 펴기 시작했다. 그것이 가장 힘든 부분이었다.

"시간 낭비야." 캘이 말했다.

"누구 시간?" 홀리가 말했다. "그렇게 급하면 혼자 가." 그녀는 호기심이 생겼고, 캘도 호기심이 생겼다는 것을 모두 알 수 있었다.

앨비가 엉덩이를 이리저리 흔들고 붐붐 소리를 내면서 차 주변을 빙글빙글 크게 돌았다.

"조용히 해." 캘이 앨비에게 말했다. "아빠를 깨우면 아빠가 네 머리통을 떼어버릴 거야." 그제야 나머지 아이들도 그 차가 어느 방 앞에 세워져 있는지 깨닫고 입을 다물었다.

캐럴라인이 집게손가락으로 차창 아래쪽의 고무 띠를 조금 벌리고 옷걸이를 찔러넣는 동안 다른 아이들은 바짝 붙어 서서 지켜보았다. 캐럴라인은 잠금장치가 차마다 다른 건 아닌가 조금 걱정이 되었다. 그 스테이션왜건은 올즈모빌이었고 보니 이모의 차는 다른 것, 아마 닷지였을 것이다. 안이 들여다보이지 않는 상태에서 잠금 버튼 아래 10인치쯤, 아버지가 달콤한 자리라고 부른 그 지점을 향해 옷걸이를 밀어넣을 때 그녀의 혀끝이 입가로 옮겨갔다. 그 순간 느낌이 왔다. 철사가 잠금장치에 가닿은 것이다. 그녀는 그 자리에 철사를 걸고 싶은 유혹을 느꼈지만 애써 참았다. 그 자리는 그저 조금 튀어나온 곳일 뿐이었고 그녀는 배운 대로 옷걸이를 곧장 아래로 더 밀어넣었다.

잠금 버튼이 탈칵 올라왔다.

그것은 여자아이들 모두에게 승리를 의미했지만 비명을 질러서는 안 된다는 것을 그들은 기억하고 있었다. 캐럴라인은 옷걸이를 빼냈고 자연스러운 일이라는 듯 문을 열었다. 앨비조차 그녀의 허리에 팔을 둘렀다. "누나가 차문을 땄어!" 그가 말하고 시끄럽게 휘파람을 불었는데, 영화 속 갱스터가 내는 소리처럼 들렸다.

"맞아." 캐럴라인이 말하고 그 옷걸이를 그에게 그날 아침의 기념품으로 주었다. 앨비는 즉시 옆의 차로 가서 차창에 대고 옷걸이를 찔러넣기 시작했다. 오, 캐럴라인이 얼마나 모텔 전화로 아버지에게 전화를 걸고 싶어했는지! 그녀는 자기가 얼마나 잘해냈는지 아버지가 알아주길 바랐다.

캘이 남동생에게서 옷걸이를 받아 새로운 잠재력의 관점에서 그것을 찬찬히 들여다보았다. "어떻게 하는지 가르쳐줄 수 있어?" 그가 캐럴라인에게인 듯 옷걸이에게인 듯 말했다.

"이건 경찰들한테만 허용되는 거야." 프래니가 말했다. "그리고 경찰의 아이들. 아니면 범죄자가 돼."

"범죄자가 되지 뭐." 캘이 말했다. 그러고는 스테이션왜건의 앞좌석에 앉아 글러브 박스를 열었다. 그가 총 한 자루와 아직 따지 않은 5분의 1갤런 용량의 진 한 병을 꺼냈다.

차 안에 총이 있다는 사실은 오직 캘만 미리 알고 있었지만 그 사실에 놀라는 사람은 아무도 없었다. 그가 알게 된 것도 며칠 전 베벌리가 식료품점에 들어갔을 때 글러브 박스를 뒤져봤기 때문이었고, 그가 그것을 발견했다는 사실은, 가끔은 누구든 그저 보기만 하면 알 수 있다는 것을 입증해주었다. 하지만 캘을 포함해 모두를 놀라게 한 것은 버트가 그것을 차 안에 두고 내렸다는 사실이었다. 그렇다면 모텔방에도 한 자루 더 있는 것이 틀림없었다. 버트는 서류가방에, 침대 옆 테이블에, 사무실 책상 서랍에 총을 넣어두는 것을 좋아했다. 그는 자신이 교도소에 집어넣은 범죄자들에 대해, 사람 일은 결코 알 수 없다는 사실에 대해, 가족을 보호해야 한다는 점에 대해, 상대에게 선수를 빼앗기지 않을 거라는 점에 대해 즐겨 말했지만, 사실은 그저 총을 좋아하는 것이었다.

매혹적인 것은 진이었다. 그들의 부모가 이따금 술 한 잔을 즐길지는 몰라도, 그것이 반드시 술을 가지고 다닌다는 뜻은 아니었다.

그들은 전에 차에서 진을 본 적이 없었다. 그것은 뭔가 특별한 것이었다.

"가져가면 안 돼." 홀리가 부모의 방 문을 돌아보며 말했다. 그녀는 총과 진 둘 다에 대해 말한 거였다.

"무슨 일이 생길지 모르잖아." 캘이 말했다. 그가 초코바와 콜라가 들어 있는 갈색 종이봉지에 총을 넣었다. 저넷은 이미 그 봉지에서 콜라와 초코바 두 개를 꺼내 자기 가방에 넣어두었다. 그러고는 오빠에게 병을 받아 그 병에 붙어 있는 문장紋章을 조심스레 떼어내기 시작했고, 마침내 그것은 그녀의 작은 손가락에 굴복해 다시 붙여도 될 정도로 흠 없는 하나의 조각이 되어 떨어졌다. 그녀가 그것을 동전지갑에 넣고 병을 오빠에게 돌려주었다. 그들은 이제 호수로 출발했고, 캐럴라인이 지도를 챙겼다.

날씨는 그들의 예상보다 더웠지만 어제나 그제보다 더 덥지는 않았다. 하늘은 이미 하얗게 변해갔고 풍경 구석구석으로 흐릿함이 번지고 있었다. 홀리가 팔을 긁으며 모기에 대해 불평했다. 홀리는 새어머니처럼 모기에 유난히 예민했다. 종업원이 지름길이라고 말해준 들판, 모텔 건너편 들판의 풀은 그들의 허리 높이까지, 앨비의 가슴 높이까지 올라왔다. 하지만 그 속으로 들어가자 줄기에 점점이 피어난 노란 꽃이 보였다. "호수 보여?" 앨비가 물었다. 그는 베벌리가 사준 파란색과 노란색 줄무늬 셔츠에 온통 케첩을 묻혀놓았다. 그의 손이 끈적거렸다.

"멈춰." 캘이 말하고 손바닥이 하늘을 향하게 들어올렸다. 그들은 군인들처럼 일제히 섰다. "뒤로 돌아." 그가 말했고, 그들이 돌아섰다.

"저기 저 건물이 뭐지?" 캘이 길 바로 건너를 가리키며 남동생에게 물었다.

"파인콘." 앨비가 말했다.

"파인콘에서 호수까지 얼마나 멀다고 했지?"

고요한 가운데 차들이 쌩쌩 지나가는 소리가 들렸다. 풀밭 깊숙한 곳에서 귀뚜라미들이 날개를 비볐고 머리 위에서 새들이 울었다. "2마일쯤, 그보다 좀 안 될 수도 있어." 프래니가 말했다. 프래니는 자기가 받은 질문이 아닌 것을 알면서도 잠자코 있을 수가 없었다. 거기 서 있으려니 뭔가 불편했다. 마른 풀이 프래니의 정강이를 따끔따끔 찔렀다. 들판에는 길이 나 있지 않았다.

캘이 손가락으로 남동생을 가리켰다. 그가 전혀 아버지 같지 않으면서도 그토록 아버지와 닮아 보인다는 게 흥미로웠다. "앨비?"

"2마일쯤." 앨비가 말했다. 그러더니 편 손으로 풀을 획획 쳐냈고, 이어 팔을 낫처럼 이리저리 휘두르기 시작했다.

"그러니 이제 너도 우리가 도착하지 않았다는 것을 알 테고, 내가 호수를 볼 수 없다는 것도 알겠지." 캘은 다시 걸음을 옮기기 시작했고, 나머지도 풀을 헤치고 나아갔다. 들판은 멀리서 봤을 때보다 더 컸다. 잠시 후 파인콘도, 다른 어떤 것도 보이지 않았고, 그저 풀과 희끄무레한 하늘만 보였다. 몇몇은 자신들이 여전히 올바른 방향으로 가고 있는지 의심했다.

"다 왔어?" 앨비가 말했다.

"입 닥쳐." 홀리가 말했다. 아기 주먹 크기만한 귀뚜라미 한 마리가 마른 풀밭에서 튀어올라 홀리의 셔츠에 들러붙자 홀리가 비명을 질렀다. 프래니와 저넷이 무리의 왼쪽으로 옮겨갔고, 아무도 자기들을 보지 못할 거라고 확신하며 동시에 허리를 굽혔다. 그들은 서로 코가 닿을 만큼 바짝 붙어 있었고, 저넷이 프래니에게 미소를 지어 보이자 함께 다시 몸을 쑥 일으켜세웠다.

"이제 다 왔어?" 앨비가 두 발을 붙이고 앞으로 폴짝 뛰었지만, 밀집한 풀이 그의 전진을 방해했다. 그가 형을 돌아보며 말했다. "이제 다 왔어?"

캘이 다시 멈춰 섰다. "내가 너를 돌려보낼 수도 있어." 그가 아이들을 돌아보았다. 그들이 남긴 발자국이 풀밭에 길게 남아 있었다.

"여기가 어디야?" 앨비가 물었다.

"버지니아." 캘이 어른처럼 고단한 목소리로 말했다. "입 닥쳐."

"내가 총 들고 갈래." 앨비가 말했다.

"지옥에 간 사람들은 얼음물을 원한대." 캐럴라인이 말했다. 그녀의 아버지가 즐겨 쓰는 표현이었다.

"캘이 총을 가졌어." 앨비가 노래했고, 그 목소리는 탁 트인 풍경 속에서 놀랍도록 크게 들렸다. "캘이 총을 가졌어!"

그들은 다시 걸음을 멈췄고, 캘은 팔 밑에 낀 갈색 봉지를 더 추어올렸다. 난데없이 제비 두 마리가 날아와 그들을 휙 스치며 지나갔다. 앨비는 노래를 멈추지 않았다. 저넷이 가방에서 콜라 캔을 꺼냈다.

"그걸 마시기엔 너무 일러." 홀리가 말했다. 홀리는 그해에 걸스카우트에 입단했고 핸드북에서 생존 요령에 관한 장을 읽었다. "마지막 순간까지 버텨야 해."

저넷은 어쨌거나 캔을 땄다. 저넷이 마시는 것을 보며 그들 모두 목이 마르다는 결론을 내렸다. 일단 호수에 도착하면 콜라가 더 있을 것이다.

"캘이 총을 가졌어." 앨비가 외쳤지만 이번에는 한층 시들해진 목소리였다.

홀리가 고개를 들어 하늘을 보았다. 완전히 비어 있었다. 그들을 보호해줄 구름 한 점 없었다. "틱택 먹고 싶다." 그녀가 말했다.

캘이 잠시 생각한 뒤 고개를 끄덕였다. 그가 뒷주머니에 손을 넣어 우표 세 개만한 크기의 작은 비닐봉지를 꺼냈는데, 거기 알레르기 때문에 어머니가 그에게 갖고 다니게 한 베나드릴 알약이 들어 있었다. 그들 모두 풀을 밀치며 바닥에 앉았고 캐럴라인이 갈색 봉지를 열었다. 그녀는 매우 격식 있는 동작으로 총을 들어 자기 옆에 놓았고, 이어 콜라를 건넸다. 캘이 캐럴라인 뒤에 서서 모두에게 꽃분홍색 알약을 두 알씩 건넸다. "너한테는 한 알도 안 줘." 그가 앨비에게 말했다. "너는 오늘 엿같이 나를 괴롭히고 있어."

하지만 앨비는 손바닥을 위로 한 채 침묵의 요구를 계속했고, 마침내 캘이 한숨을 쉬고서 두 알을 건넸다.

"내가 필요했던 게 이거야." 홀리가 알약을 입으로 가져갔다가 엄지 밑에 숨기고 다시 손을 내리며 말했다. 그러고는 봉지에서 진을 꺼내 콜라처럼 꿀꺽꿀꺽 마셨는데, 마시면서 놀란 것 같았다. 아주 잠시 그녀는 마신 것을 거의 뱉어버릴 뻔했지만 간신히 입술을 붙이고 있었다. 그녀가 병을 여동생에게 건넨 뒤 팔다리를 뻗고 드러누웠다. "이제 호수까지 걸어가는 건 문제 없어." 홀리가 말했다.

진이 독한지 저넷이 기침을 했고, 몸을 기울여 자기 약을 앨비에게 주었다. "내 걸 먹어도 좋아."

앨비가 손바닥에 더해진 알약 두 개를 보았다. 이제 그는 네 알을 가졌다. 약의 분홍색은 밝은 햇살 속에서, 색깔을 거의 잃은 풀밭을 배경으로 너무도 선명했다. "왜 줘?" 하고 그가 말했는데, 수상쩍게 여겨졌던 것일 수도 있고 그러지 않았을 수도 있었다.

저넷이 어깨를 으쓱했다. "틱택을 먹으면 배가 아파." 그럴 법한 이야기였다. 저넷은 뭘 먹건 배가 아프다고 했다. 비쩍 마른 이유가 그것이었다.

프래니는 캐럴라인이 엄지로 알약을 손바닥에 다시 밀어넣고 고개를 뒤로 젖혀 콜라를 크게 꿀꺽 마시면서 어떻게 그 약을 삼키는 시늉을 하는지 지켜보았다. 캐럴라인은 늘 자신만만했다. 프래니는 캐럴라인이 실제로 진을 마시지 않은 것도 알 수 있었다. 병을 기울일 때 그녀의 입이 벌어져 있지 않았던 것이다. 하지만 병이 건네지자 프래니는 타협하기로 마음먹었다—진은 마시되 약은 손안에 감추는 것이다. 진을 마신 것이 그녀를 이렇게 놀라게 할 줄은 몰랐다. 진이 목구멍을 따라 내려가 가슴과 위를 타고 내려갈 때 그녀는 그 타는 감각을 쫓아갔다. 그 느낌은 태양처럼 뜨겁고 찬란하게, 그녀의 다리 사이에 자리를 잡았다—그 타오름이 일종의 신체적 투명함을 끌어내기라도 한 것처럼 아름다운 감각이었다. 그녀는 병을 앨비에게 건네기 전에 한 모금을 더 들이켰다. 앨비가 거의 대부분을 비웠다.

아이들은 기다림을 개의치 않았다. 아이들에게는 기다림이 전부였다. 바깥은 더웠고 콜라는 아직 차가웠다. 그저 잠깐 누워서 텅 빈 하늘을 바라보는 것, 아무것도 아닌 이야기를 쉴새없이 지껄이는 앨비의 목소리를 듣지 않아도 되는 것만으로 좋았다. 마침내 그들이 일어났을 때 캘은 빈 콜라 캔을 앨비의 다리 옆에 놓았다.

"그거 쓰레기야." 프래니가 말했다.

"나중에 주워 갈 거야." 그가 말했다. "얘를 찾으러 다시 와야 할 테니까."

그래서 그들 모두는 뜨거운 오전 태양 아래 베나드릴 네 알과 크게 꿀꺽한 진 한 모금만큼의 잠을 자게 될 앨비 옆에 그들이 마신 캔을 내려놓았다. 캘은 홀리와 새 여동생들에게서 나머지 약을 받아 비닐봉지에 넣고, 그걸 다시 주머니에 넣었다. 초코바가 녹기 시작했고 총은 햇볕을 받아 뜨거웠다. 그들은 그것들을 전부 다시 종이봉지에 넣고 호수로 향했다.

호수에 도착했을 때 그들 다섯은 부모와 함께 왔다면 허락받았을 만큼보다 더 멀리까지 헤엄쳤다. 프래니와 저넷은 동굴을 찾으러 갔다가 해안 작은 숲에서 서로 뚝 떨어져 서 있던 두 남자에게 낚시하는 법을 배웠다. 캘은 미끼 파는 가게에서 호호스 과자 한 봉지를 훔쳤는데, 아무도 보지 못했기 때문에 종이봉지에 든 총을 사용할 필요는 없었다. 캐럴라인과 홀리는 너무 지쳐 더는 올라갈 수 없을 때까지, 너무 지쳐 더는 수영할 수 없을 때까지, 높은 바위 위로 올라가 호수로 뛰어내리기를 반복했다. 모두 햇볕에 심하게 탔지만 아무도 수건을 챙겨오지 않았기 때문에 풀밭에 드러누워 몸을 말렸고, 몸을 말리는 게 지겨워지자 돌아가기로 결정했다.

그들의 타이밍은 결국 완벽했다. 앨비가 깨어나 있었는데 들판 그 자리에서 하릴없이, 울지 않으려 애를 쓰며 어리둥절한 표정으로 콜라 캔들 사이에 조용히 앉아 있었다. 그는 그들에게 어디 갔었는지, 자기는 어디에 있는 건지 묻지 않고 그들이 지나갈 때 그저 일어나 묵묵히 따라갔다. 앨비도 햇볕에 심하게 탔다. 오후 두

시가 막 지나 있었다. 무엇보다 굉장했던 건 그들이 파인콘에 돌아와 젖은 수영복을 입은 채로 여자아이들 방 침대에 가로로 누워 텔레비전을 보기 시작한 지 얼마 되지 않아 그들의 부모가 겸연쩍고 미안한 표정으로 방문을 두드린 것이었다. 그들의 부모는 자기들이 얼마나 오래 잤는지 믿을 수 없다고 했다. 그렇게 피곤했었는지 몰랐다고 했다. 그에 대한 보상으로 다 같이 나가 영화를 보고 피자를 먹자고 했다. 그들은 수영복이나 햇볕에 심하게 탄 흔적, 모기 물린 자국은 보지 못한 것 같았다. 커즌스의 아이들과 키팅의 아이들은 흔쾌히 용서한다는 듯 부모를 올려다보며 미소를 지었다. 그들은 하고 싶은 것을 다 했고, 가장 멋진 하루를 보냈다. 게다가 아무도 그들이 사라졌었던 걸 알지 못했다.

그 여름 내내 그런 식이었다. 그들 여섯이 함께한 매년 여름이 그런 식이었다. 그 나날이 늘 재미있었던 건 아니고 대부분의 나날이 재미있지 않았지만, 그들은 뭔가를, 진짜인 뭔가를 하고도 결코 들키지 않았다.

4

음악이 바뀌지 않았다. 두 시간짜리 테이프가 계속해서 똑같은 곡들을 내보냈다. 지배인은 노래가 다시 한 차례 돌기 전에 손님이 이미 돈을 지불하고 떠나거나 너무 취해 알아차리지 못할 거라고 생각했다. 술에 취하지 않고 주의력을 잃지도 않고 두 시간 넘게 바에 앉아 있는 사람이라면 조지 벤슨이 〈This Masquerade〉를 두번째로 부르고 있다는 걸 알아차렸을 것이다. 그건 반복되는 음악 때문에 힘들어하는 것은 그 바에서 일하는 사람들뿐이라는 뜻이었고, 그들 중 몇몇은 술에 취하지 않고 집중력을 유지해야 하는 그 기준을 맞추지 못해 일을 그만두었다. 종업원이라면 여덟 시간의 근무 동안 같은 테이프를 처음부터 끝까지 네 번 들어야 하고, 문 닫는 당번이 되면 네 번 반을 들어야 했다. 첫 달 근무가 끝났을 때 프래니는 프레드에게 그 이야기를 꺼냈다. 두 명의 야간 지배인 중 더 나은 쪽인 프레드는 바와, 더 크고 더 바쁘지만 수익은 더 적

124

은 호텔 레스토랑을 총괄했다. 그는 그녀에게 그 문제는 중요하지 않다고 했다.

"중요해요." 프래니가 말했다. "제가 완전히 돌아버리겠어요." 그녀는 몸에 잘 맞는 흰 블라우스에 소매가 없고 길이가 짧고 몸매를 날씬하게 잡아주는 검은색 원피스를 입고 있었다. 검은색 하이힐도 신었다. 곧은 금발을 하나로 느슨하게 땋은 그녀는 한때 자신의 모습이기도 한 가톨릭학교 여학생이 뮤직비디오에 나온 것처럼 보였다. 처음 이 일을 시작하기 전에 그녀는 유니폼의 치욕을 견뎌낼 수 있을지 자신이 없었지만, 막상 입어보니 유니폼은 신경쓰이지 않았다. 문제는 음악이었다. 프랭크 시내트라가 〈It Was a Very Good Year〉를 부르고 있었는데, 그 음악을 들으면 칵테일 잔들이 놓인 쟁반을 손에 받쳐든 그 상태로 로비 앞 회전문을 통과해 어두운 겨울밤 속으로 나가버리고 싶은 기분이 들었다.

프레드가 고개를 까딱했다. 그는 누군가의 아버지처럼 보이는 외모에 그녀에게 전혀 도움이 안 되는 답을 주었지만 가부장적이거나 상대를 무시하는 사람으로 보이지는 않았다. "내 말을 믿어요. 나는 여기서 오 년 가까이 일했어요. 당신도 익숙해질 거예요."

"저는 오 년이나 여기서 일하고 싶지 않아요. 익숙해지고 싶지 않아요." 잠시 야간 지배인의 눈동자에 희미하게 불편한 심기가 떠올랐다. 프래니가 재차 말했다. "다른 테이프 두어 개만 더 준비하면 안 돼요? 같은 가수들 것도 괜찮아요. 어떤 음악인지에 대해 불평하는 건 아니에요. 그러니까, 다른 음악이면 더 좋겠지만 제 문제는 그게 아니에요. 반복이 문제예요. 그 가수들이 다른 노래도 불렀잖아요."

"어디 테이프가 더 있을 거예요." 프레드가 창문 없는 작은 사무실을 흘끗 둘러보며 말했다. "하지만 테이프를 교체할 사람이 없어요."

"제가 하면 돼요."

그가 어수선한 책상을 밀며 일어나, 달래려는 듯 그녀의 어깨를 살짝 잡았다. 이곳 사람들은 모두 만지는 걸 아무렇지 않게 생각했다. 웨이트리스들은 근무가 끝나면 키스했고, 지배인들은 누구의 어깨에건 손을 올렸으며, 그릇 치우는 사람들은 제대로 팁을 받지 못하면 설거지하는 곳을 비집고 지나가면서 일하는 사람들의 엉덩이에 자기들의 엉덩이를 힘껏 부딪쳤다. 그리고 손님들, 맙소사, 손님들도 만지는 걸 좋아했다. 로스쿨에서 공부하던 이 년 동안은 그녀에게 손가락을 대는 사람이 하나도 없었고, 그런 곳이 로스쿨이었다. 처음 두 주를 무사히 넘기면 법적 책임이라는 개념을 이해하게 되는 것이다. 프레드와 이렇게 가까이 서 있으려니 그를 둘러싼 공기에서 매우 희미하지만 보드카 냄새가 났고, 프래니는 자기가 여전히 알코올 냄새를 맡을 수 있다는 사실이 놀라웠다. "좀 기다려봐요." 그가 확신에 찬 목소리로 말했다. "괜찮아져요."

프래니는 사무실에서 나와 좁은 복도를 터덜터덜 걸어서 요리사들이 기름에 전 붐박스로 불법 복제된 NWA* 카세트를 틀어놓고 있는 주방으로 갔다. 볼륨을 아주 줄여놓아서 달그락거리는 냄비들 소리 속에서 속삭임처럼 간신히 노래가 들렸다. 〈fuck da

---

* 미국의 힙합그룹으로 1987년부터 1991년까지 활동했다. 〈fuck da police〉는 NWA의 노래다.

police〉. 주방 남자들이 입을 벙긋거리고 고개를 까딱거렸는데, 모든 것이 지배인의 좁은 관용 범위 안에서였다.

"리틀 레이디." 제럴이 조리사들 사이에서 그녀를 불렀다. "부탁 좀 들어줘요. 레모네이드 좀 안 될까요." 그가 요리가 지글지글 익는 쿡탑 위로 손을 뻗어 픽업 창구를 통해 점보 사이즈 세븐일레븐 스티로폼 컵을 뚜껑과 빨대와 함께 건넸다.

"그럴게요." 프래니가 말했다. 그리고 컵을 받았다. 요리사들은 죄다 덩치 큰 흑인이었는데, 음식을 튀기는 사하라사막 같은 구역에서 죽지 않으려고 다들 아담한 몸집의 백인 웨이트리스들에게 의존해 바 음료수를 공급받아 마셨다.

"당신만 믿을게요." 제럴이 말하고는 스테이크용 생고기로 그녀를 가리킨 뒤, 그것을 자기 앞 뜨겁게 가열된 상판에 내려놓았다.

하지만 프래니는 레모네이드에 대해서도, 그가 설탕을 몇 봉지 더 넣는 걸 좋아하는지에 대해서도, 땀의 강물 속에 씻겨나가 지글지글 폭발하는 소리를 내는 쿡탑 위로 떨어져 사라지는, 몸에서 빠져나간 소금을 보충하기 위해 바에서 내놓는 프레첼이 필요하다는 사실에 대해서도 잊은 적이 없었다. 그녀는 주방에서 일하는 모든 남자들에 대해 그들 각각이 자기 컵에 무엇을 바라는지 알고 있었다. 프래니는 프로였다. 그녀는 열 명이 앉은 테이블 주문에서도 누가 케텔 원을 원하고 누가 앱솔루트를 원하는지 다 기억했다. 독신인 비즈니스맨이 그녀의 시간을 독점하지 못하도록 하면서 그의 기분을 맞추는 법도 알았다. 심야에 뺨을 때릴 듯 꽁꽁 얼어붙은 추운 시카고로 나서면서 칵테일 웨이트리스로는 별로여도 로스쿨 학생으로 뛰어났다면 훨씬 더 좋았을 거라는 생각을 하지 않은 적이 없었다. 그녀는 3학년 첫 학기 중간에(학기초에 가까웠지만) 로스쿨을 그만두었다. 결코 얻어내지 못할 로펌 파트너십 연봉에 입각해 엄청난 빚을 진 상태였다. 기술도 없고 자기 인생에서 책 읽는 것 말고 뭘 할지에 대한 생각도 없는 사람이 옷을 입은 채로 가장 돈을 많이 벌려면 칵테일 웨이트리스 말고 할일이 없었다. 그 시점에 그녀의 유일한 기준은 두 가지였다. 법률가가 되지 않는 것, 그리고 옷은 입고 있는 것. 검은 운동화를 신고 음식이 담긴 쟁반을 받쳐들고 돌아다니는 일반 웨이트리스 일도 해보았지만, 그것으로는 그녀의 쿠폰북* 최소 납입금을 지불할 돈조차 벌 수 없었다. 왜 그러는지는 모르지만, 어둡고 벨벳 플러시 천 같은 파머하우스 바에서 남자들은 종종 18달러짜리 계산서 위에 20달러 지폐 두 장을 놓고 갔다.

그녀는 스티로폼 컵에 얼음을 갈아 넣고 레모네이드를 채웠고, 바텐더 하인리히가 세상의 일곱 가지 슬픔에 대해 말하는 어느 손님의 이야기를 듣고 있는 모습을 보며 그 프로즌 슬러시에 쿠앵트로를 섞었다. 쿠앵트로 병은 바의 가장 끝, 탄산음료 두는 곳 근처에 있어서 가져오기가 제일 쉬웠고, 또 그녀는 그 맛이 레모네이드와 어울려 독특한 맛을 낸다고 생각했다. 그녀가 그 술값을 낼 수도 있었지만, 규정상 종업원들은 근무시간에 술을 살 수 없었고, 특히 칼을 다루거나 음식을 가열하는 남자들에게 술을 사주는 것은 허락되지 않았다. 제럴은 컵에 특별한 뭔가를 조금이라도 넣어

---

* 대출금에 대한 납입 기한과 납입 금액 등의 정보를 기입한 일종의 고지서를 모아 놓은 것.

준다면 언제든 10달러를 주겠다고 말했지만, 그녀는 그 돈을 받을 마음이 없었다. 그녀는 이것 때문에도 주방 조리사들 사이에서 일종의 신화적인 인물이 되었다. 반면 다른 웨이트리스들은 요리사들에게 음료 주문을 받았을 때 술 넣는 것을 종종 깜박했고, 기억했다면 절대 팁을 거부하지 않았다.

프래니는 음악을 차단하려는 노력으로 머릿속에서 불법행위법을 암기했다. 자기가 싫어하는 것을 자기가 경멸하는 것으로 덮어버리는 것이다. 공격의 성립 요건: 어떤 행위에 유해하거나 공격적인 접촉에 대한 염려를 일으키려는 의도가 있었을 때, 어떤 행위가 실제로 유해하거나 공격적인 접촉이 일어날지 모른다는 우려를 피해자에게 일으켰을 때. 밤이 느긋해지고 있었다. 진토닉의 썰물이 빠져나가고 저녁식사 후 음주를 즐기는 조용한 밀물의 시간이 되었다. 방으로 올라갈 만큼 취하지 않았다고 여긴 손님들은 작은 잔으로 브랜디나 시럽 같은 프란젤리코를 마셨다. 오늘밤은 프래니가 문 닫는 당번이었고, 지금은 그녀 혼자 남겨져 그 공간을 살펴보고 있었다. 두 사람씩 앉은 테이블 두 개, 바에 혼자 앉은 사람. 다른 칵테일 웨이트리스 두 명은 퇴근 시간을 기록한 뒤 이미 떠났다. 한 명은 전남편의 소파에서 잠든 아이를 데리러, 또 한 명은 여기보다 싼 바에서 파머하우스 웨이터와 술을 마시러. 두 사람 다 떠나기 전에 프래니에게 키스했고, 그러고는 서로 키스했다. 하인리히가 담배를 피우려고 주방 쪽 통로로 나간 것 같아, 프래니는 그 기회를 틈타 바의 반대쪽으로 가서 구두를 벗었다. 발가락을 뒤로 구부렸다가 검은 고무로 된 벌집 모양의 축축한 바 매트에 발을 문질렀고, 장식용 식재료 통에서 꺼낸 마라스키노 체리 세 알과 얇게

썬 오렌지 한 조각을 먹었다. 그렇게 같이 씹을 때 제일 맛이 좋았다. 그녀가 리언 포즌을 본 순간 하고 있었던 행동이 바로 그것, 화학물질로 변형된 과일을 입안 가득 넣고 있는 것이었다. 흘낏 쳐다보는 것으로 끝났어야 했겠지만, 그가 고개를 들었을 때 그녀는 고개를 돌릴 틈도, 그럴 마음도 없었다.

"안녕하세요." 그가 말했다. 리언 포즌, 그녀로부터 의자 두 개만큼 떨어져 앉은 그 남자가. 그는 짙은 회색 슈트 차림이었고, 흰색 셔츠는 칼라 맨 위 단추만 풀어져 있었다. 아마 타이는 접어서 주머니에 넣어두었을 것이다. 그가 손을 내밀고 그녀가 손을 내민다면 금방이라도 손가락이 닿을 것 같았다. 대체로 프래니는 바에 앉은 사람들에게 관심을 두지 않았다. 그들은 테이블에 앉지 않기로 선택한 사람들이었고 따라서 그녀의 책임이 아니었다. 그가 거기얼마나 오래 앉아 있었는지 그녀는 전혀 몰랐다. 십 분? 한 시간?

"안녕하세요." 그녀가 말했다.

"아까보다 키가 작아졌네요." 그가 말했다.

"제가요?"

"구두를 벗었군요."

프래니는 스타킹을 통해 뚜렷이 보이는, 발등 위 빨갛게 눌린 곡선을 내려다보았다. 그것은 그녀가 집으로 돌아가고 나서도 몇 시간 뒤까지 남아 있는 자국이었다. "네."

그가 고개를 끄덕였다. 그의 머리칼은 쇠 색깔의 회색이었고 양털 같았다. 그 머리칼을 빗어 누르느라 꽤나 애썼을 것이었다. "효과는 좋겠지만 얼마 안 가 발이 망가질걸요."

"익숙해져요." 프래니는 그 말을 해놓고 프레드를, 그가 익숙해질 거라고 했던 말을 떠올렸다. 지금 그녀는 리언 포즌과 마주보고 선 이 바에서, 세상에서 자신의 위치를 잡는 한 방법으로 음악에 귀를 기울였다. 루 롤스가 〈Nobody But Me〉를 부르고 있었는데, 그것이 흥미롭게 느껴진 것은 돌고 도는 곡들 중 프래니가 결코 지겹게 느끼지 않은 유일한 곡이기 때문이었다. 명사와 동사가 완벽하게 결합된 곡이었다. 내게는 나를 태워서 데려가줄 운전사가 없어요. 내게는 차를 내올 하인이 없어요.

리언 포즌이 얼음만 남은 잔에 손끝을 댄 채 고개를 까딱했다. 프래니는 그가 바로 앞에 앉아 있는데도 머릿속에서 이야기를 만들기 시작했다. 집에 돌아가자마자 『첫번째 도시』와 『셉티머스 포터』를 꺼내야겠다고 생각했다. 대학에 다닐 때 밑줄을 그었던 부분을 다시 찾아볼 것이다. 그러고는 쿠마를 깨워서, 바에서 리언 포즌을 만났고 그가 그녀에게 구두에 대해 물어봤다고 말할 것이다. 쿠마, 그는 어떤 일에도 관심을 보이지 않는 데 천재적이었지만 그 이야기를 속속들이 듣고 싶어할 것이고, 그녀가 이야기를 다 끝내면 다시 해달라고 할 것이다. 그 일이 일어나고 있는 지금 이 순간에도, 그녀는 자신이 파머하우스에서 리언 포즌을 만난 이야기를 오래도록 계속하게 되리란 걸 알고 있었다. 내가 시카고에서 로스쿨에 다니다 그만두지 않았다면 바에서 일하는 일은 아예 없었을 거예요. 그녀는 훗날 자신의 아버지와 버트에게 이렇게 말할 것이다.

하지만 리언 포즌은 아직 끝난 이야기가 아니었다. 그녀가 그에 대한 상상을 이어가는 동안에도 그는 여전히 그녀 앞에 앉아 그녀의 주의를 끌기를 기다리고 있었다. "왜 익숙해져야 하죠?"

"네?" 그녀는 대화의 흐름을 놓쳤다.

"구두요." 그는 사진과 똑같이 생겼다. 얼굴 전체를 차지한 듯한 코, 부드럽고 반쯤 감긴 듯한 눈. 그의 얼굴은 그의 얼굴을 그린 캐리커처, 〈뉴요커〉 서평 옆에 넣으려고 스케치한 얼굴처럼 보였다.

"글쎄요, 익숙해져야 해요. 신발도 유니폼의 일부고, 유니폼을 입어야 돈을 더 벌 수 있으니까요." 그리고 이 말은 하지 않을 참이었는데, 실컷 비웃어도 되지만, 유니폼은 폴리에스테르 소재라 세탁이 정말로 잘됐고 다림질을 할 필요도 없었다. 어떤 옷을 입고 출근할지 고민할 필요도 없었고, 그것은 가톨릭학교에 다닐 때 좋았던 점이기도 했다.

"불편한 구두를 신는 것 때문에 내가 팁을 더 줄 거란 뜻인가요?"

"그럴 거예요." 그녀도 이런 곳이 어떻게 돌아가는지 알 만큼은 충분히 오래 일했기 때문에 그렇게 말했다. "그래요."

그는 발을 억지로 하이힐에 밀어넣어야 하는 모든 여자의 고통을 느낀다는 듯 슬픈 눈빛으로 그녀를 바라보았지만, 어쩌면 그것은 그저 그가 대상을 바라보는 방식인지도 몰랐다. 그것이 묘하게 매력적인 효과를 냈다. "글쎄, 나는 아직 팁을 주지 않았지만, 만약 그게 이유라면 구두를 다시 신는 게 좋겠군요. 어떻게 되는지 보죠."

"저는 손님 담당이 아니에요." 그녀가 깊은 아쉬움을 느끼며 말했다. 리언 포즌, 바에서 일어나요! 여기 촛불이 일렁이는 작은 테이블에 앉아요. 빨갛고 둥근 가죽 의자에 편안히 있어요.

"내가 술을 한 잔 더 시키면 그렇게 될 수도 있죠." 그가 잔을 들어올려 외로워 보이는 얼음을 잘랑거렸다. "이름이 뭐예요?"

그녀가 이름을 말해주었다.

"프래니라는 이름을 가진 사람은 만나본 적이 없어요." 그는 그녀의 이름이 그에게 호의로 받아들여진다는 듯 말했다. "프래니, 스카치 한 잔 더 부탁해요."

그가 테이블에 앉아 있다면 술을 갖다주는 게 그녀의 일이었겠지만 바에 앉아 있을 때는 아니었다. 그들이 파머하우스 노조 조합원은 아니었지만 업무 구분은 철통같이 지켜야 했다. 그녀는 자신의 위치를 알고 있었다. "어떤 스카치요?"

그가 그녀에게 다시 미소를 지어 보였다. 두 번의 미소! "주는 사람 마음대로." 그가 말했다. "그리고 이걸 기억해요. 아마도 나는 굽 높이보다는 계산서 금액에 비례해서 팁을 주는 희귀종일 테니 최선을 다해봐요."

그녀가 막 왼발을 구두에 밀어넣는데 하인리히가 담배를 피우고 박하사탕을 먹은 뒤 산뜻해진 기분으로 바 모서리를 돌아 그들에게 다가왔다. 그가 리언 포즌에게 손가락 두 개를 들어올렸는데, 그들 관계가 너무 신성해서 언어를 초월한 것 같은, 굳이 질문을 말로 옮기는 수고 없이 한 잔 더 마실 준비가 되었느냐고 물어보는 듯한 제스처였다. 프래니는 그를 막으려고 서두르다 왼쪽 구두에서 발이 빠져 바텐더에게 거의 엎어질 뻔했고, 바텐더가 그녀를 붙잡아야 했다. 그가 스타킹을 신은 그녀의 발을 내려다보았다. 하인리히는 리언 포즌 혹은 그녀의 아버지와 엇비슷한 나이, 쉰을 넘기고 어두운 숲속처럼 알 수 없는 어디쯤의 나이였다. 그는 좀더 점잖은 시대의 사람이었다. 우선 그녀는 바 뒤에 용무가 없었고, 그녀도 그 사실을 알고 있었다. 거긴 그의 나라였다.

"부탁이 있어요." 그녀가 말했다. 그녀가 그의 품에 안긴 꼴이라, 조용히 말하기가 쉬웠다.

하인리히가 정중하게 양해를 구한다는 뜻으로 리언 포즌을 돌아보며 눈썹을 살짝 치켰다. 리언 포즌이 고개를 끄덕였다.

"따라와요." 하인리히가 말했다. 그리고 프래니를 긴 바의 끝으로, 높은 유리 선반 위의 큐라소와 판데르민트가 먼지를 떨어주기를 기다리는 곳으로 프래니를 데려갔다.

"저 사람 리언 포즌이에요." 프래니가 목소리를 낮추고 말했다.

하인리히는 고개를 끄덕였지만, 그 끄덕임이 나도 알아요인지, 그래서 하고 싶은 말이 뭐죠?인지는 알 수 없었다. 프래니는 하인리히가 독일어로 통화하는 것을 한 번 들은 적이 있는데, 그의 목소리는 모국어로 말할 때 더 힘차게 들렸다. 그는 어떤 언어로 책을 읽었을까? 책을 읽기는 했을까? 리언 포즌이 독일어로 잘 번역되었을까?

"제가 이분을 맡게 해주세요." 프래니가 말했다. "부탁이에요."

프래니의 피부는 매우 투명해서 롤스크린이라기보다는 창문 같은 역할을 했다. 그녀는 그릇 치우는 사람들에게도 그들 몫인 10퍼센트의 팁을 제대로 주고 바텐더들도 그만큼 배려하는 유일한 웨이트리스였다. 노란 머리칼과 투명하고 푸른 얼음 같은 눈동자, 하인리히는 늘 그녀에게 독일인 같은 데가 있다고 생각했지만 미국인은 결코 독일인일 수 없었다. 미국인은 잡종개였다, 죄다 그랬다. "당신은 바텐더가 아니잖아요." 그가 말했다.

"스카치를 따르면 돼요."

"당신은 테이블 담당이에요. 내가 어떤 손님에게 흥미를 느낀다고 해서 당신 테이블을 맡지는 않아요." 그는 그녀에게 얼마만큼을 요구할지 고민하고 있었다. 짧은 순간에 너무 많은 것이 그의 마음

을 스치고 지나갔다. 그들이 누구보다 먼저 창고로 숨어들 사이는
아니었다.

"부탁이에요, 하인리히. 제 전공이 영문학이었어요. 『네버모어』
의 첫 세 문단도 외울 수 있어요."

하인리히도 웨스트베를린에서 영문학을 전공했지만, 그의 주 분
야는 19세기 영국문학이었다. 장벽 너머에서는 그러는 것이 불가
능하다는 사실을 알면서 트롤럽*을 읽는 것은 얼마나 사치였던가.
그는 그런 책들이 과연 우리를 어디로 데려온 거죠? 하고 그녀에게 묻
고 싶었지만, 그러는 대신 그녀의 등뒤 양쪽 견갑골 사이로 손을
뻗어 길게 땋은 옥수수수염 같은 머리칼을 손으로 쓸어내렸다. 늘
해보고 싶던 것이었다.

상관없었다. 그 순간 그녀는 자기 머리칼을 잘라 그에게 기념으
로 줄 수도 있었을 것이다. 그녀는 바의 아까 그 자리로 돌아가 맥
캘란 25년산 말고 12년산 한 병을 내렸다. 그를 난처하게 만들 생
각은 전혀 없었다. 그녀가 새 잔에 새 얼음을 넣고 그 위에 스카치
를 따랐다. 병마다 끼워져 있는 은박을 입힌 스파우트**가 따르는
행위를 절대적인 즐거움으로 만들어주었다. 그것 덕분에 정확할
수 있었고 통제할 수 있었다. 아무도 이게 더 어려운 일이라고 그
녀를 설득할 수 없었을 것이다.

리언 포즌이 하인리히가 걸려 있는 와인 잔들을 내려 하나씩 정
성껏 닦고 있는 바 끝을 흘끗 쳐다보았다. "바텐더에게 뭘 해주기

---

* 앤서니 트롤럽(1815~1882). 영국 소설가로, 대표작은 『바세트셔 연대기』다.
** 술을 따를 때 일정한 양을 따를 수 있게 꽂아 사용하는 도구.

로 했어요?"

"아직 모르겠어요." 그녀가 냅킨과 잔을 내려놓았다.

"대가가 뭔지 꼭 확인하는 것. 그것이 우리가 함께한 이 시간의 교훈이 되겠군요." 그가 그녀를 향해 잔을 들어올렸다. 고마워요, 프래니, 그리고 굿나잇. 대화를 끝내야 할 때였고, 프래니는 이제 테이블로 가서 자기 일을 해야 한다는 것을 알았다. 하지만 떠나지 않았다. 그에게 책에 대해서나, 십이 년 전 『셉티머스 포터』를 출간한 뒤 뭘 했는지 물어보고 싶은 것은 아니었다. 그녀는 그의 밤을 망칠 생각이 전혀 없었다. 그저 거기 그의 앞에 서서 자기 삶을 더없이 분명하게 볼 수 있었고, 그렇게 본 그녀의 삶은 따분하고 힘들었다. 로스쿨에 간 것은 다른 사람들을 기쁘게 해주고 싶다는 생각에서 내린 끔찍한 판단 실수였다. 리언 포즌이 파머하우스 바에 왔던 그때, 그녀는 그 실수 때문에 디킨스 소설의 어떤 주인공처럼, 오프라 쇼에 나와 우는 처지가 된 사람처럼, 내세울 것 하나 없이 빚만 떠안은 상태였다. 그는 그녀가 따라준 술을 마시고 있었다. 그에게서 뿜어나오는 환한 빛, 그녀가 바 반대쪽에 서서 느낀 그 빛은 그녀가 쉽게 놓아버릴 수 있을 만큼보다 더 환했다. 공원에서 새들에게 매일 부스러기를 던져주다 어느 날 갑자기 공원 벤치 등받이에 나그네비둘기*가 앉아 있는 것을 발견하는 것과 같았다. 그런 일이 드물다는 것이 아니라, 불가능하다는 말이었다. 그녀는 그를 놀라게 해 쫓아버리는 갑작스러운 행동은 하지 않을 것이

---

* 여행비둘기라고도 하며, 1800년대에 번성하다가 지금은 멸종된 것으로 알려져 있다.

었다.

"여기 사세요?" 그녀가 말했다. 온 세상 사람들이 당신이 멸종되었다고 생각하는 건, 그녀가 나그네비둘기에게 물었다. 어떤 기분인가요?

그는 두꺼운 눈꺼풀을 들어 자신의 어깨 뒤로 실내를 바라보았다. "파머하우스에 사느냐고요?"

"시카고에요."

남녀 한 쌍이 들어와 단단히 껴입은 코트와 목도리와 모자를 벗고 스툴 두 개 옆의 바 자리에 앉았다. 빈 스툴이 이렇게나 많은데 왜 하필 그렇게 가까이 앉으려고 하는지 묻고 싶었다. 프래니가 선 곳에서 여자의 향수 냄새, 짙고 불쾌하지 않은 사향이 느껴졌다. 그 순간 그녀는 그들이 자기 바로 앞에 앉으려고 그랬다는 걸 깨달았다. 그녀가 바텐더였던 것이다.

"로스앤젤레스." 리언 포즌이 한참 고민하더니 말했다. "어느 관점에서 보느냐에 따라 다르지만."

"위스키사워 주세요." 남자가 그들이 입고 온 겨울옷을 옆 스툴에 쌓아올리며 말했다. 모 소재의 옷가지들이 대번에 미끄러지기 시작했고, 그가 코트 하나의 소매를 잡으며 여자 쪽으로 머리를 살짝 기울였다. "다이키리도요."

"스트레이트로 주세요." 여자가 장갑을 벗으며 말했다.

프래니는 그것이 자기 일이 아니라고 어떻게 말해야 할지 망설여졌는데 포즌이 그 방법을 알았다. "이분은 술을 섞는 일은 하지 않아요." 그가 그들에게 말했다. "스카치를 따를 수는 있지만 두 종류 이상을 섞으려면 다른 사람이 필요할 거예요." 그가 프래니를 보았다. "이러면 됐죠?"

프래니가 고개를 끄덕였다. 그녀는 거기 서 있음으로써 자신을 잘못 나타낸 것이다.

"위스키사워는 내가 만들어드릴 수 있어요." 그가 남자에게 말한 뒤 여자를 보며 고개를 가로저었다. "하지만 다이키리는 못 만들어요. 뒤쪽 어딘가에 틀림없이 믹스가 있을 거예요."

"저는 몰라요." 프래니가 말했다.

"저 독일인에게 부탁하세요." 리언 포즌이 커플에게 하인리히를 가리켜 보였다. 하인리히는 일부러 모른 척하며 바 저쪽 끝에서 여전히 잔을 닦고 있었다. "선물이 될 거예요. 저 사람 지금 기분이 좀 상했거든요."

"이곳에 대해 많이 아시네요." 여자가 말했다. 아주 늦은 시각이었다. 장갑을 벗은 그녀의 손에는 반지가 끼워져 있지 않았다.

"이곳에 대해서는 아니고요." 리언이 말했다. "그냥 바에 대해 아는 거예요." 그가 프래니에게 바텐더의 이름을 물었다. 개가 들을 수 있는 것보다 더 높은 주파수로 귀가 맞춰져 있는 하인리히가 자신의 이름을 묻는 소리를 듣고 행주를 내려놓았다.

"위스키사워 주세요." 남자가 다시 주문하기 시작했다.

그들이 주문을 마치자 하인리히가 칵테일 셰이커를 흔들며 멋진 기술을 선보였고, 그러자 그 한 쌍은 정말로 소지품을 챙겨 구석에 있는 작은 테이블로 옮겨갔다. 테이블은 프래니 담당이었지만, 말 없는 의사교환으로 하인리히가 그들의 음료를 서빙하고 테이블을 맡아 팁을 챙기기로 결정되었다.

"저는 로스앤젤레스에서 태어났어요." 그들이 다행히 자리를 옮긴 뒤 프래니가 말했다. 그 말을 하기까지 그렇게나 오래 기다려야 했기에 그녀는 그것이 대화 주제로 적절한지 자신이 없었다.

"하지만 거기서 빠져나올 만큼의 지각은 있었군요."

"저는 로스앤젤레스를 좋아해요." 로스앤젤레스에서 그녀는 늘 어린아이였다. 그녀는 투피스 수영복을 입은 채 푸른 바다을 스치며 마저리의 어머니 수영장을 이 끝에서 저 끝까지 헤엄쳤다. 뗏목 튜브에 반쯤 잠든 채 누워 있는 캐럴라인의 그림자가 프래니 위에 직사각형 구름처럼 떠 있었다. 그들의 아버지는 수영장 가장자리에 놓은 긴 의자에 드러누워 『대부』를 읽었다.

"우리가 시카고에 있고 지금이 2월이라 그렇게 말하는 거죠?"

"LA가 끔찍이 싫은데 왜 거기 사세요?"

"아내가 로스앤젤레스에 살거든요." 그가 말했다. "지금 그 문제를 해결하는 중이죠."

"그게 사람들이 시카고로 오는 이유예요." 프래니가 말했다. "아내에게서 벗어나기 위해서요." 그녀는 이혼법에 대해 생각하고 있었고, 자기가 손대지 않은 법률문제가 있다고 생각하다가 사실상 자기는 어떤 법률문제에도 손대지 않았다는 것을 떠올렸다.

"바텐더처럼 말하네요."

그녀가 고개를 가로저었다. "저는 칵테일 웨이트리스예요. 술을 섞는 건 못해요."

"당신은 술을 섞어 마실 필요가 없는 우리 같은 사람들에게는 바텐더예요. 스카치 한 잔 더 부탁해요. 처음 잔은 참 잘했어요." 그러고는 그녀가 방금 그의 앞에 와서 선 것처럼 그녀를 골똘히 바라보았다. "다시 키가 커졌군요."

"그게 제 팁을 올려줄 수도 있다고 하셨잖아요."

그가 고개를 가로저었다. "아니지, 그게 팁을 올려줄 수 있다는 말은 당신이 나한테 했어요. 그리고 그런 일은 없을 겁니다. 나는 당신 키가 얼마인지에는 솔직히 관심이 없으니까. 구두를 벗으면 술을 사죠."

리언 포즌은 언제 잔을 다 비웠을까? 놀라운 기술이었다. 계속 지켜보고 있었는데도 그녀는 전혀 알아차리지 못했다. 어쩌면 위스키사워가 만들어지고 있는 동안 그 일이 일어났을 것이다. 그때 그녀는 잠시 정신이 팔려 있었다. 프래니가 뒤쪽 카운터에서 스카치 병을 가져왔다. "저한테 술을 사주실 수는 없어요. 규정에 어긋나요."

리언이 몸을 앞으로 숙였다. "금지된 건가요?" 그가 조용히 물었다.

프래니가 고개를 끄덕였다. 잔에 든 얼음이 환해 보이고 크기가 줄어 있지 않아 그녀는 얼음을 바꿀 생각은 하지 못했다. 스카치를 얼마나 따를지도 측정하지 않고 그저 마시던 잔에 스카치를 더 따랐다. 은색 스파우트가 그녀에게 지나친 자신감을 불어넣어 병을 너무 높이 들고 따르는 바람에 바에 놓인 유리잔 옆에 스카치를 조금 흘렸다. 그녀는 실수를 닦아내고 깨끗한 종이냅킨 위에 잔을 내려놓았다. 사실 그녀는 유능한 바텐더가 아니었고, 한 가지 재료만 들어가는 술에 대해서도 마찬가지였다. "그러면 왜 시카고에 계세요?"

"혹시 분석가인가요?" 그가 재킷에서 담뱃갑을 꺼내고 흔들어 한 개비를 빼냈다.

"사람들에게 제 손님이 리언 포즌이었다고 말하면 그 사람이 시카고엔 무슨 볼일로 왔는지 물어볼 테니까요."

"리언 포즌?" 그가 말했다.

그것은 그녀가 생각해보지 않았던 가능성이었다. 그를 만난 적이 있었던 건 아니었다. 그녀는 책의 표지 사진들, 그것도 오래된 사진들을 통해 그렇게 추정했을 뿐이었다. "리언 포즌 아니세요?"

"맞아요." 그가 말했다. "하지만 당신은 인구통계학적으로 나를 알 만한 나이가 아닌데. 나를 알 거라고 생각 못했어요."

"유난히 친절한 칵테일 웨이트리스라고 생각하셨어요?"

그가 어깨를 으쓱했다. "고의로 접근했던 걸 수도 있겠군요."

프래니는 얼굴이 화끈 달아오르는 것을 느꼈는데, 보통 바에서는 그런 적이 없었다. 그는 그 말을 털어내려는 듯 손을 휘휘 저었다. "취소. 어리석은 생각이었어요. 당신은 똑똑한 여자니까 책을 읽었겠죠. 이제 리언 포즌에게 스카치를 따랐으니 나를 리오라고 불러요."

리오. 그녀가 리언 포즌을 리오라고 부를 수 있을까? "리오." 그녀가 시험하듯 말했다.

"프래니." 그가 말했다.

"당신이 리언 포즌이라서 그런 것만은 아니었어요." 그녀가 말했다. "리오 포즌. 저는 대체로 사람들에게 관심이 있어요."

"내가 왜 시카고에 있는지에 관심이 있다고요?"

어쨌거나 상황은 그녀의 의도대로 흘러가고 있지 않았다. "그렇다면, 관심 없는 걸로 해요. 저는 그냥 이야기 나누는 게 좋아요."

그가 잔을 들어올려 아주 조금, 예의를 갖추기 위해 맛만 보려는 듯 윗입술을 적시는 정도로 홀짝였다. "기자인가요?"

그녀가 자신의 가슴에 손을 올렸다. "칵테일 웨이트리스예요."
사실 프래니는 이를 닦은 뒤나 출근하기 전에 매일 욕실 거울 앞에
서 스스로 다짐하듯 말했다. 나는 칵테일 웨이트리스다. 연습 덕에
완벽해졌다. 그녀는 앞치마 주머니에서 묵직한 지포 라이터를 꺼
내 엄지로 튕겨 뚜껑을 열었다. 그가 몸을 앞으로 숙였다가 고개를
흔들며 다시 뒤로 젖혔다.

"아니, 담배를 보지 말고 나를 봐요. 담배에 불을 붙여줄 때는 그
사람의 눈을 봐야 해요."

그렇게 하는 게 거의 불가능할 것 같았지만 프래니는 그 말대로
해보았다. 리오 포즌이 그녀의 눈동자에 시선을 고정한 채 그녀 손
안의 작은 불꽃을 향해 몸을 기울였다. 그녀는 가슴이 요동치는 것
을 느꼈다.

"바로 그거죠." 그가 말하고 연기를 옆으로 후 불어 날렸다. "팁
을 더 잘 받는 방법은 그거예요. 구두가 아니라."

"잘 기억해둘게요." 그녀가 말한 뒤 라이터 뚜껑을 닫아 불꽃을
껐다.

"그러니까 나는 술을 마시려고 시카고에 왔어요." 그가 말했다.
"지금은 아이오와시티에 살고 있고요. 아이오와시티에 가봤어요?"

"로스앤젤레스에 사시는 줄 알았어요."

그가 고개를 가로저었다. "내 질문을 피해가지 말아요. 질문은
내가 했어요."

"아이오와시티에는 한 번도 못 가봤어요."

담배를 피웠으니 술맛이 더 나아졌는지 보려고 그가 또 한 모금
홀짝였고 명백히 나아진 것 같았다. "특별한 용무 없이 가는 곳은

아니에요. 옥수수를 재배하거나 돼지를 거래하거나 시를 쓸 때 아이오와시티로 가죠."

"제가 가보지 않은 이유가 그거네요."

그가 고개를 끄덕였다. "거기 바엔 학생들이 많아요. 학생들이 북적거리는 바에서 술을 마시는 건 내가 선택할 만한 일이 아니죠. 하지만 그게 진짜 문제는 아니에요." 그가 말을 멈췄다. 그리고 그녀의 말을 기다렸다. 리오 포즌은 희극의 조연배우 역을 좋아했다.

"진짜 문제가 뭔데요?"

"술에 넣는 얼음에 제초제가 약간 들어가요—제초제, 살충제, 내 생각에는 틀림없이 액상 비료 같은 거예요. 맛을 보면 알아요. 물론 바에서 쓰는 얼음만 그런 건 아니고 모든 물이 그래요. 프랑스에서 건너온 병에 담아 파는 물이 아닌 이상 다 그래요. 눈이 녹기 시작하는 봄에는 훨씬 더 심해진다고 들었어요. 농도가 더 진해지니까. 칫솔에서도 그 맛이 나요."

그녀가 고개를 끄덕였다. "그러니까 아이오와의 얼음에 화학약품이 들어 있어서 시카고로 술을 마시러 오는 거로군요."

"그리고 학생들 때문에."

"거기서 학생들을 가르치세요?"

그가 무심히 담배를 입에서 뗐다. "한 학기만. 실수였어요. 당시에는 큰돈인 것처럼 들렸지만 비용 대비 저울질을 해보면 큰돈이 전혀 아니에요. 그 누구도 계약서에 서명하기 전에 당신을 앉혀놓고 식수 상황에 대해 설명해주지 않거든요."

"집에서 얼음을 만드는 편이 더 쉽지 않아요? 프랑스 물을 써서요. 양치도 그걸로 하면 되고요."

"이론적으로는 그렇죠. 하지만 그걸 실행할 좋은 방법이 없어요. 바에 갈 때 얼음통을 가지고 가거나 집에서 혼자 술을 먹어야 하는데, 내가 그러진 않거든요."

"그러면 시카고로 와서 술을 드세요." 프래니가 그렇게 말했는데, 그녀는 그가 여기 있는 것이 좋았기 때문에 그의 이유가 무엇인지는 상관없었다. "벗어나는 것도 좋죠."

"이제야 말이 통하네요." 그가 손바닥으로 바를 탁 치며 말했다. "시더래피즈는 그 문제를 해결해주지 못해요."

"디모인도 그 문제를 해결해주지 못하고요."*

"다시 키가 작아졌군요."

"저보고 구두를 벗으라고 하셨잖아요."

"내가 구두를 벗으라고 해서 그렇게 했다는 말인가요?"

"벗고 있을래요."

그가 고개를 가로저었는데 감동했다는 뜻인지 실망했다는 뜻인지 그녀는 알 수 없었다. 그리고 그는 담배꽁초를 작은 유리 재떨이에 세게 비볐다. "작가가 되고 싶었던 적 있어요?"

"아니요." 그녀가 말했다. 그리고 이 말을 보탰을 것이다. "저는 그냥 독자가 되고 싶었어요."

그가 그녀의 손등을 쓰다듬었는데, 혹시 그가 필요로 할까봐 바위 그의 가까이에 두었던 손이었다. "그거 고마운 일이네요. 이렇게 멀리 와서 술을 마시는데 옆에 또다른 작가를 두고 싶지는 않거든요."

---

* 시더래피즈와 디모인 모두 아이오와주의 도시.

"한 잔 더 드려요?"

"당신은 정말 멋진 여자예요, 프래니."

문제는—그리고 그녀는 이 문제를 심각하게 생각했는데—프래니가 그를 보기 전에 리오 포즌이 바에 얼마나 오래 앉아 있었는지, 하인리히가 그녀에게 그를 빼앗기기 전에 그의 바텐더로 얼마나 오래 일하고 있었는지 그녀가 모른다는 사실이었다. 리오 포즌이 전혀 취한 것 같아 보이지는 않았지만, 그는 얼마나 많이 마셨는지에 상관없이 늘 그 상태로 보이는 사람이라고 프래니는 장담할 수 있었다. 어떤 남자들은 그랬다. 중간 단계 없이, 취하지 않은 상태에서 죽은 것이나 다름없는 상태로 옮겨갔다. "여기 호텔에서 묵으세요?" 그녀가 물었고, 목소리가 작아져 있었다.

그는 자비로움이 넘치는 얼굴로 고개를 아주 조금 옆으로 기울이고서 다음 말을 기다렸다.

프래니가 고개를 저었다. "오늘밤 그 상태로 차를 몰고 아이오와로 돌아가다 누구를 치기라도 하면 제가 교도소에 가게 될지 몰라서 여쭤본 거예요."

"당신이 교도소에 가요? 그건 공평하지 않은 것 같은데."

"일리노이주 법에 의하면 드램숍*에 민사상 책임이 있어요." 그녀는 진지하다는 것을 보여주려고 손을 들고 말했다.

"드램숍?"

"명칭을 개정해야 해요."

"드램숍에서 술을 따라주는 다른 사람들도 그 사실을 알고 있어

---

* 바 등 술을 파는 가게를 말한다.

요?"

로스쿨을 자퇴한 사람들만요, 그렇게 말하고 싶었지만, 그러는
대신 그녀는 고개를 끄덕였다.

"그렇다면 걱정할 것 없어요. 나는 엘리베이터만 타면 되니까."

프래니가 스카치 병을 다시 가져왔다. "엘리베이터에서 무슨 일
이 일어나면 그건 당신 책임이에요." 바로 그 순간 조명이 두 단계
어두워졌다. 하인리히는 늘 조명 강도를 한번에 확 낮춰 실내를 깜
깜하게 만들어버렸고, 그러면 그녀는 어둠 속으로 곧장 추락하는
느낌이 들었다. 그럴 때마다 프래니는 아주 잠시, 작지만 중요한
무언가가 자기 머릿속에서 터진 건 아닐까 생각했다.

"이거 신호네요." 리오 포즌이 천장을 올려다보며 말했다. "더블
로 부탁해요."

프래니는 스카치를 두 배로 담을 수 있는 더 큰 잔을 가져다놓은
뒤 구두를 신고 자기가 맡았던 두 테이블로 계산서를 가져갔다. 그
녀는 그들을 한참 전부터 방치해두다가 돈을 요구하는 것이 부끄
러웠지만, 두 테이블 모두 그녀를 괘씸하게 여기는 것 같지는 않았
다. 한 명은 신용카드를 건넸고, 두 비즈니스맨은 이상하리만치 많
은 액수를 현금으로 준 뒤 코트를 입으며 떠날 채비를 했다. 그녀
가 바에 돌아오니 하인리히가 마무리를 하며 장식용 식재료를 넣
는 스테인리스스틸 통에 랩을 씌워 마라스키노 체리를 냉장고에
넣고 있었다.

"저 사람들이 구두 때문에 팁을 주던가요?" 리오 포즌이 물었
다. 잔은 비워져 있었고, 그는 몸을 바 쪽으로 기울이고 있었다. 눈
은 어떤 것에도 초점이 맞춰져 있지 않았다.

"주던데요."

"얼마나?"

하인리히가 일하다 말고 고개를 들었다. 그것이 부적절한 질문이라고 해도 그는 상관하지 않았다. 아무도 팁에 대해 묻지 않기 때문에 그도 궁금했던 것이다.

그녀가 망설였다. "18달러요."

"계산서에 적힌 액수를 모르면 아무것도 알 수 없어요. 빈티지 몽라셰를 마셨을 수도 있는데, 그 경우라면 팁을 떼먹은 거죠."

"몽라셰는 아니었어요." 하인리히가 말했다.

프래니가 한숨을 쉬었다. 그녀는 자기에게 그 돈이 필요하다는 것을, 지금 대출 쿠폰북의 다음 쿠폰을 지불하기 위해 쿠마의 소파에서 자고 있다는 사실을 설명할 방법이 없었다. "22달러짜리 술이었어요."

하인리히의 입술에서 자기도 모르게, 실제로 얻어맞지는 않았지만 한 방 얻어맞았을 때 빠져나오는 공기 바람 같은 작은 소리가 새어나왔다.

"내가 직업을 잘못 골랐네요." 리오 포즌이 말했다.

하인리히가 미심쩍은 표정으로 그를 쳐다보았다. "손님이 그 일을 했다면 팁을 그만큼 못 받으셨겠죠."

"다른 테이블은 어땠어요?" 리오가 물었다.

프래니가 이쯤에서 그만, 이라는 뜻으로 손을 들어올렸다.

"나는 짐작도 못할 것 같네요." 그가 하인리히에게 말했다. 그러고는 주머니에 손을 넣어 신용카드, 사진, 현금, 접힌 영수증이 두둑하게 든 갈색 가죽 지갑을 꺼냈다. 그가 지갑을 바 위에 떨어뜨리듯 내려놓자 야구공이 글러브 안에 떨어지는 것 같은 부드러운 툭 소리가 났다. "여기," 그가 말했다. "전부 가져가요. 나는 산수를 못해서."

프래니가 금전등록기로 그의 술값을 합산한 뒤 작은 영수증을 접어 깨끗한 하이볼 잔에 넣었다. 그것이 파머하우스의 방식이었는데, 무엇보다 어떻게 그런 엄청난 액수가 나왔는지 일깨워주기 위해서였다. 나그네비둘기가 저녁 내내 벤치 위 그녀 옆에 머물러 있었지만 그런다고 어쩌겠는가? 가방에 넣어 집에 데려갈 수도 없고, 그 새가 제 갈 길을 가기를 기다리며 공원에서 잘 수도 없었다. 지금은 춥고 어두웠다.

리오 포즌이 한숨을 쉬고 지갑을 열었다. "도와주지 않을 건가요?" 그가 물었다.

프래니는 고개를 젓고 바를 닦기 시작했다. 산수도 문제의 일부여서, 취한 사람들일수록 비율 계산에 어려움을 겪기 때문에 실수를 하더라도 더 많이 주는 쪽으로 한다는 게 그녀의 짐작이었다. 한편으로는 그들이 술을 마신 게 창피해서 그녀에게 팁을 더 주는 것일 수 있겠다는 생각도 했었다. 아니면 그녀가 쫓아나와 18달러에 섹스를 제안하기를 바라는 심정으로 팁을 더 주는 게 아닐까 하는 생각도.

리오 포즌은 그의 계산서 위에 돈을 잘 올려놓은 뒤에도, 그의 잔과 냅킨이 다 치워진 뒤에도 계속 앉아 있었다. 파머하우스 호텔 바에는 다른 손님들은 모두 떠나고 없었다. 어쩌면 좋지, 그릇 치우는 남자가 테이블 위 모든 것이 잘 치워졌는지 확인하려고 레스토랑에서 건너왔다. 그가 리오 포즌의 등에 시선을 꽂고 있었다.

진공청소기를 돌릴 시간이었다.

프래니가 퇴근 시간을 기록한 뒤 코트를 입고 바에 돌아왔다. 그녀가 로스쿨에 입학했을 때 어머니가 사준 푹신한 롱코트였다. 어머니는 그것을 소매 달린 침낭이라고 불렀는데, 그 말이 맞았다. 그녀가 숱한 밤을 소파에 깐 담요 위에 코트를 올려놓고 잠자리에 들었기 때문이다. 그녀가 리오 포즌의 의자 옆에 가서 섰다. "저는 이제 가요." 그 일을 시작하고 처음으로 밤이 더 길었으면 좋겠다고 생각하며 그녀가 말했다. "오늘 정말 뜻깊은 시간이었어요."

그가 그녀를 보았다. "당신 도움이 필요할 것 같은데요." 그가 높낮이 없는 밋밋한 목소리로 말했다.

나그네비둘기가 공원 벤치 등받이에서 푸드덕 날아올라 그녀의 무릎에 내려앉으며 코트 앞섶 사이로 머리를 들이밀었다.

"하인리히를 불러올게요." 그곳에는 그들 둘뿐이었지만 그녀는 매우 조용한 목소리로 말했다. 그녀가 하인리히의 손님을, 유명한 소설가라 할지라도 맡지 말았어야 하는 이유가 이것이었다. 결국 손님은 여전히 그의 책임이 된다는 것. "하인리히가 선생님을 엘리베이터 앞까지 모셔다드릴 거예요."

그가 아니, 라는 뜻으로 고개를 흔들려다 말고 꼬리에 꼬리를 무는 생각에 잠긴 것처럼 고개를 약간 왼쪽으로 돌렸다. "그 독일인은 부르지 마요. 내가 필요한 건 그저……" 그가 말을 고르며 뜸을 들였다.

"뭐가 필요하세요?"

"안내."

"더 체격 좋은 사람을 찾아볼게요."

"당신한테 나를 운반해달라고 부탁하는 게 아니잖아요."

"그편이 더 낫겠어요."

"엘리베이터가 당신 가는 길에 있지 않아요?"

이런 부탁을 받는 것은 일종의 영예가 아니었을까? 이것은 그 이야기의 가장 흥미로운 부분이자 그녀가 말하지 않을 부분이었다—리오 포즌이 너무 취해 바 밖으로 혼자 걸어나갈 수도 없어서 그녀가 도와줘야 했다는 사실. 그것은 프래니가 내린 가장 현명한 결정은 아니었지만, 최악의 결정 순위에도 들어가지 않았을 것이다. 그리고 그들이 만나기 한참 전에 이미 그는 그녀를 위해 많은 것을 해주었다. 그 아름다운 소설들을 쓴 것이다. 그녀는 바에서 그의 손을 떼어 자기 어깨에 둘렀다. 그가 그녀에게 자기 무게를 실었다. "일어서요." 그녀가 말했다.

가끔 바의 높은 스툴에서 일어나 몸을 펴면 놀랄 만큼 키가 커지는 남자들이 있었다. 프래니의 어깨가 구둣굽 높이만큼 높아졌지만 그의 겨드랑이에도 미치지 못했다. 그는 그녀의 예상보다 더 많은 무게를 그녀에게 실었지만 그녀는 그를 버텨낼 수 있었다. "잠시 여기 서서 균형을 잡아요." 그녀가 말했다.

"당신 이런 일에 능숙한데요."

그녀가 그의 손을 옮겨놓다 실수로 자신의 왼쪽 가슴에 닿게 해버렸다. 하인리히는 지금 어디에 있지? 다행히 담배를 피우고 있나? 그는 이 일을 그녀에게 불리하게 이용할 수 있었고, 이 독일인에 대해서는 무엇이 그의 심기를 건드리는지 늘 알아내기 어려웠다. 프래니는 리오 포즌의 허리에 팔을 두르고 검은 빙산 같은 테이블 사이로 그를 데리고 나갔다.

"잠깐." 그가 말했다. 프래니가 걸음을 멈췄다. 그가 턱을 들어 올렸다. 뭔가를 기억해내려고 애쓰는 것 같기도 하고, 한 잔 더 달라고 말하려는 것 같기도 했다. "저 노래." 그가 말했다.

프래니가 귀를 기울였다. 텅 빈 공간에 테이프가 음악을 흘려보내고 있었다. 글래디스 나이트 앤드 더 핍스가 노래하고 있었다. 노랫말의 요점은 관계는 끝이 났고 어느 쪽도 잘못을 인정하지 않으려 한다는 것이었다. 그 노래를 처음 서른 번 들었을 때는 좋아했다. 그리고 더이상은 좋아하지 않았다. "저 노래가 왜요?"

리오가 프래니의 가슴에 놓여 있던 손을 들어 허공을 가리켰다. "내가 들어왔을 때도 저 노래였어요. 당신 없이 난 어떻게 살아야 할지 모르겠어요." 그가 흥얼흥얼 노래했다.

하인리히는 바가 서독과 같다고 즐겨 말했고, 프래니는 노동자에 대한 서독의 접근이 발전적이고 유연하다는 사실을 알고 있다. 하지만 로비는 동독의 통제하에 있어서, 누군가와 마주쳐도 결코 의심받지 않을 소비에트 스파이들이 득시글했다. "로비에는 가지 마요." 그녀가 처음 이곳에서 일하기 시작했을 때 하인리히가 말해주었다. "일단 로비에 가면 당신 혼자 알아서 해야 해요. 바는 당신을 구해줄 수 없어요."

그럼에도 불구하고 그녀는 자신이 그들을 모르는 만큼 그들도 자기를 모를 거라고 생각했다. 칵테일 웨이트리스 유니폼이 그녀가 무엇을 하는 사람인지 알려주겠지만 코트로 가려져 있었고, 구두도 호텔의 어떤 바보 같은 여자라도 신었을 법한 것이었다. 파머하우스의 로비는 굉장히 넓었고, 푹신하고 가장자리에 장식이 있는 거대한 소파들이 있었다. 어떤 것은 형태가 둥글고 페즈 모자처럼 생겨서, 가운데 샹들리에를 향해 높이 치솟은 부분이 있었다. 동양풍 카펫은 농구장을 덮을 만큼 컸다. 2층까지 뚫려 있는 천장은 아담과 하느님을 그리스신화의 별들로 대체한 소규모 시스티나 성당 천장화 같았다. 흘러다니는 구름 사이에 아프로디테와 무작위로 선정된 님프들이 그려져 있었다. 관광객들이 와서 탑처럼 쌓은 꽃 장식 앞에서 서로 사진을 찍어주는 그런 로비였다. 2월의 꽃 장식은 모란이었다. 새벽 한시에도 목적 없이 서성이는 사람들이 보였고, 그들을 도우려고 세련된 짙은 색 슈트 차림의 젊은 남녀가 대리석 카운터 뒤에 서서 기다리고 있었다. 적어도 바는 문을 닫았다. 하지만 프런트 직원들은 밤새 거기 서 있었다.

프래니가 올라가는 버튼을 눌렀고 그녀와 리오는 엘리베이터의 황동 문에 비친 자신들의 모습을 잠시 가만히 바라보았다. "당신은 나와 같이 있을 사람 같지 않네요." 그가 그들이 함께 만든 영화의 마법 속으로 빠져들며 말했다. 그들이 흔들리는 것을 보려고, 그는 몸을 왼쪽에서 오른쪽으로, 오른쪽에서 왼쪽으로 조금 흔들었다.

그녀가 속삭이는 목소리로 그에게 가만히 있으라고 말했다. 엘리베이터가 그들을 향해 내려오면서 숫자들—오, 사, 삼, 이—에 불이 켜졌고 이어 문이 스르륵 열렸다. "이제 가세요." 그녀가 말하고는 그가 혼자 타고 갈 수 있도록 그의 몸을 앞으로 옮기려고 해보았다. 하지만 희망적이지 않았다.

그는 자기 팔 아래의 그녀를 보았다. "내가 어디로 가요?"

"당신이 말한 대로 엘리베이터 안으로요." 하지만 그는 그녀에게 실었던 무게를 1온스도 덜어내지 않았고, 그녀는 그가 혼자 서 있지 못하는 것이 진짜라고 생각할 수밖에 없었다. 사실상 그녀는 그가 그녀 없이 엘리베이터 안으로 걸어들어갈 수 있을 거라고 생각하지 않았다. 리오 포즌은 아무 말이 없었다. 문이 닫히기 시작했고, 그녀는 쓰러질 듯 균형을 잡으며 한쪽 발을 밀어넣어 문을 다시 열었다.

"됐다." 그녀가 말했지만 그건 혼잣말이었다. "됐다, 됐다, 됐어요." 그녀가 두 몸뚱이를 힘겹게 엘리베이터 안으로 옮기자 문이 스르륵 닫혔다. "몇층이에요?"

"뭐가 됐어요?"

"몇층에 묵으세요?"

"모르겠어요." 그의 말은 한 단어 한 단어가 먼지 속으로 떨어지는 대포알처럼 무거웠지만 명확했다.

"이 호텔에 방이 있긴 해요?"

"틀림없이 있을 텐데." 그의 말에서 느껴지는 약간의 방어적인 어투가 그녀의 마음에 의심의 씨앗을 심었다.

다시 문이 열리기 시작했고 프래니는 닫힘 버튼을, 그리고 23층 버튼을 눌렀다. 24층까지 있었지만 거긴 펜트하우스였다. 24층에 가려면 엘리베이터 열쇠가 따로 필요했다. "주머니에 열쇠가 있어요? 주머니를 확인해보세요."

"나와 같이 있는 모습을 보이고 싶지 않은 거로군요?"

프래니는 리오 포즌을 엘리베이터 구석에 기대놓았고, 그 자세로 그는 균형을 아주 잘 잡았다. 그녀가 그의 슈트 안쪽과 바깥쪽 재킷 주머니를 모두 살피고 바지 주머니까지 살폈다. 그것은 여름에 그녀와 캐럴라인이 아버지와 함께 하던 놀이였다. 용의자에게 어떤 질문을 하는지, 몸수색을 어떻게 하는지, 차문의 잠금 버튼을 어떻게 여기는지. 픽스는 모든 것을 경찰 절차에 대한 학습 경험으로 보았다. 리오 포즌의 주머니에서 그녀는 잘 접은 손수건(다림질이 되어 있고, 이름의 첫 알파벳이 수놓이지는 않았다), 독서용 안경, 윈터그린 추출물이 함유된 라이프세이버스* 한 통(두 알이 없었다), LAX**행 항공편의 수하물표, 그리고 지갑을 발견했다. 이어서 그녀는 그의 지갑을 뒤졌다. 요즘 호텔 열쇠는 신용카드처럼 생겼다. 사람들은 더러 호텔 열쇠를 지갑에 넣어 다니곤 했다.

"이봐요." 리오가 금세 사라질 것 같은 작은 흥미가 깃든 목소리로 말했다. "나와 같이 있는 모습을 보이고 싶지 않은 거예요?"

엘리베이터가 겸손한 딩동 소리를 내며 도착을 예고했다. 문이 열리자 그들 앞에 23층의 어마어마하게 큰 엘리베이터 앞 공간이 나타났다. 23층에는 사방으로 앉을 자리가 있는 마름모꼴의 긴 소파와 10피트 높이의 거울, 옛날 집전화가 놓인 테이블이 있었다. 프래니가 5층을 눌렀다. "당신과 같이 있는 모습을 보이고 싶지 않아요."

그는 그녀가 빠뜨린 게 있는지 보려고 자신의 재킷 주머니를 가볍게 만졌다. "내가 골칫거리로군요."

"바에서는 저한테 돈을 무더기로 주는 쇼를 하셨고 이제 전 당신 방으로 가고 있네요. 칵테일 웨이트리스는 그걸로 해고될 수 있어요." 물론 그녀는 시카고대학교 학생법률지원실에 전화를 걸 수 있었고, 그곳에서는 법학 전공 3학년생들이 공짜인 만큼 그 수준

---

　* 미국 라이프세이버스사에서 제조하는 박하사탕의 상품명.
　** 로스앤젤레스 국제공항의 코드명.

의 무료 법률 자문을 제공하고 있었다. 거기 그녀의 친구들이 있었다. 그들이 그녀의 이름을 무료 법률지원 대상자 명단 맨 위에 올려줄 것이다. 호객 행위로 해고되더라도 자기가 한 모든 행동은 영문학 전공자라면 누구라도 했을 법한 일이었다고 해명할 수 있었다. 그녀는 그저 리오 포즌이 무사히 자기 방으로 돌아가는지 확인했을 뿐이었다(하지만 그것이 명쾌한 논거가 되는가? 많은 영문학 전공자들이 리오 포즌과의 섹스를 원하지 않았겠는가? 그녀는 그랬는가? 그 순간에는 아니, 아니었다. 아니, 원하지 않았다). 어쨌거나 대학의 최고 관심은 그녀가 일자리를 지키면서 대출한 학자금을 상환하는 데 있었다. 하지만 그 순간 그녀는 자신이 더이상 대학에 진 빚이 없다는 사실이 떠올랐다. 그녀의 대출채권은 이미 두 번 양도되어 지금은 노스다코타의 파머스 트러스트가 보유하고 있었다. 그녀를 이런 윤락 행위로 몰아넣은 것이 그 대출금이었다. 엘리베이터가 5층에 섰다가 다시 움직였다―문이 열리고 엘리베이터 앞의 똑같은 공간을 보여준 뒤 닫혔다. 그들은 다시 23층으로 올라갔다. 로비에서 누군가가 엘리베이터의 수상한 움직임을 지켜보고 있었을까? 그의 지갑에는 리언 에어리얼 포즌이라는 이름이 적힌 펜실베이니아 운전면허증, 아메리칸익스프레스 카드, 마스터카드, 비자 카드, 애드미럴스클럽* 카드, 패서디나 도서관 카드가 있었다. 프래니가 한 장씩 넘겨볼 때마다 나이를 먹어가는 빨간 머리 소녀의 학생 시절 사진 몇 장, 그녀가 펴보지 않은 접힌 영수증, 그리고 파머하우스 호텔 열쇠가 있었다. 빙고. 프래니는 찾아냈다.

---

* 아메리칸에어라인의 멤버십.

상쾌한 황록색에 호텔 이름이 지나치게 장식적인 글씨체로 인쇄된, 뒤쪽에 마그네틱 선이 있는 그 카드가 이 호텔의 어느 방으로 들어가는 문을 열어줄 것이다. "몇호실이에요?"

"812호."

문이 다시 열렸다. 안녕, 23층. 프래니가 8층을 눌렀다. "아까는 모른다고 하셨잖아요."

"아까는 몰랐어요." 그가 다른 곳을 보며 말했다. 엘리베이터를 타는 것이 그는 이제 괴롭게 느껴졌다. 엘리베이터는 멈추고 출발할 때마다 조금 출렁거리면서 빠르게 2인치쯤 올라갔다 다시 내려오며, 탑승자에게 이 박스가 케이블에 매달려 있다는 사실을 상기시켰다. 어쩌면 그는 그녀가 그들을 다시 단단한 땅으로 데려가도록 아무 숫자나 내뱉은 건지도 몰랐다. 문이 다시 열렸고, 그는 그녀 없이 움직여보려는 듯 힘겹게 앞으로 나아갔다. 그녀가 자신의 어깨에 다시 그의 팔을 둘렀다. 영하 30도에서도 인간의 생명을 유지하도록 만들어진 그녀의 코트 안은 더웠다. 얼굴에 땀이 차서 번질거렸다. 땀은 다리 뒤로 흘러내려 구두 안으로 들어갔다.

"당신이 직장을 잃지는 않을 거예요." 그가 말했다. 그의 목소리는 작았고 프래니는 그것이 감사했다. 술 취한 사람 모두가 그런 자제력을 보이지는 않았다. "우리가 친구라고 말할게요. 그게 우리 사이니까."

"사람들이 우리 우정을 인정할지 모르겠네요." 그녀가 말했다. 복도는 엘리베이터 앞 공간만큼 아주 넓었다. 이렇게 공간 낭비가 심한 것은 '구시대'의 사치였다. 전에는 위층에 올라와본 적이 없어서, 그녀는 지금 자신이 느끼는 것이 가택침입을 했을 때와 비슷한 기분일 거라고 상상했다. 복도는 언뜻 소멸점도 없어 보일 만큼 끝이 없었고, 벽에는 유명한 사람들의 가장 아름다운 시절 모습을 담은 흑백사진들이 나란히 걸려 있었다. 도러시 댄드리지, 프랭크 시나트라, 주디 갈런드. 끝없이 이어졌다. 프래니는 그들에게서 눈을 떼지 않았다. 안녕, 제리 루이스. 카펫은 노란색과 복숭아색과 분홍색과 녹색의 공작 깃털을 엮어 만든 것이라 색깔이 현란했다. 오래 내려다보고 있기가 힘들었고, 그녀는 술을 마시지 않은 상태였다. 그것이 스카치와 겨룰 만한 좋은 적수가 될 리 없었다. 복도에 룸서비스 테이블이 나와 있었다. 먹다 만 루벤 샌드위치, 흩어진 프렌치프라이, 가느다란 꽃병에 담긴 장미 한 송이, 은색 통에 뒤집힌 채 꽂혀 있는 와인 한 병…… 806, 808, 810, 812. 다 왔다. 프래니가 골반을 리오 포즌 쪽으로 밀어 그의 무게를 버티면서 카드키를 꽂고 내렸다. 작은 불이 빨갛게 두 번 깜박인 뒤 사라졌다.

"제길." 그녀가 조용히 말한 뒤 다시 시도했다. 빨간 불.

"내가 당신 집에 가면 어때요?"

"그렇게 할 수는 없어요."

"나는 소파에서 자도 돼요."

"소파에서는 내가 자요." 그녀가 말했다. 쿠마와 같이 자는 밤을 빼면 그랬는데, 그들 관계가 그런 성격의 것이 아니었기 때문에 같이 자는 밤은 많지 않았다. 그와는 친구였다. 그녀는 지낼 곳이 필요했다.

"1812." 그가 미세하게 자세를 펴며 말했다. "그게 방 번호예요."

그녀는 그를 그 아름다운 마름모꼴 소파로 데려갈 수도 있었다. 엘리베이터를 타는 것이 너무 힘들어졌을 때 쉬어 갈 수 있는 장소. 그곳은 충분히 넓었다. 그를 거기 두고 갈 수도 있었다. 내려가서 호텔 내부 전화로 프런트에 전화를 걸어 8층 소파에 한 남자가 잠들어 있는 걸 봤다고 말하면 되는 것이다.

"1812."

프래니가 고개를 가로저었다. "그 서곡을 생각하고 있거나 그 전쟁을 생각하고 있군요.* 당신 방은 1812호가 아니에요."

그는 그들 앞의 잠긴 문을 계속 바라보며 곰곰이 생각에 잠겼다. "내가 전쟁을 생각했던 걸 수도 있겠군요." 그가 말했다. "잠시 멈췄다 갈 수 있을까요? 좀 쉬어야겠어요."

"저도 그래요." 프래니가 말했다. 그녀가 기록했던 출근 시간은 네시 반이었다. 18층에는 가보지 않을 것이다. 어쩌면 2층부터 시작해 호텔의 모든 방에 카드키를 꽂아보는 게 좋을지도 몰랐다.

"당신 불안해 보이네요." 그가 말했고, 그의 목소리는 잠 속에서 위로 올라오는 듯했다. "전에 곤란한 일을 당한 적 있어요?" 그는 자기 무게를 그녀의 어깨로 옮겨 실은 데 대해서는 점점 더 편안해하는 것 같았지만 두 발을 땅에 딛는 것은 그만큼 잘하지 못해서, 그녀는 울퉁불퉁한 돌길로 그를 끌고 가는 느낌이었다. 프래니는 엘리베이터 앞 공간을 지나 계속 걸어갔다.

"지금이 곤란한 상황이에요." 그녀가 말했다. 그에게 한 번의 기회를 더 주고 떠날 참이었다. 그는 그녀를 탓하지 않을 것이다. 그녀를 기억하지도 않을 것이다. 그들이 복도에서 쓰러지면 두 사람

---

* 차이콥스키가 작곡한 〈1812년 서곡〉을 언급하는 것으로, 1812년은 나폴레옹이 러시아를 침공했던 해다.

다 그걸로 끝이었다. 그는 그녀보다 25센티미터는 더 컸고 무게가 36킬로그램은 더 나갔다. 그녀는 발목과 손목이 부러진 채 그의 밑에 깔릴 것이고, 새벽 세시에 문 밑으로 계산서를 밀어넣는 청년이 복도를 지나다가 거기 있는 그들을 발견할 것이다. 그녀는 건강보험에도 가입되어 있지 않았다. 821호 앞에 왔을 때 그녀가 자기 코트 주머니에서 카드키를 꺼내 밑으로 그었다. 빨간 불, 빨간 불, 그리고 초록 불. 잠금장치가 탈칵 소리를 냈고 그녀가 손잡이를 돌렸다. 821호. 그녀는 자신이 적어도 실수의 본질은 알고 있다는 사실에 짜릿한 전율을 느꼈다.

리오 포즌이 불을 켜두고 나올 생각은 하지 않았던 모양이었다. 프래니는 그를 침대로 끌고 가 모서리에 앉히고 램프를 켰다. 푹신한 헤드보드, 무거운 커튼, 유명한 소설가가 앉아 소설을 쓸 것 같은 모조품 고급 책상이 있는 예쁜 방이었다. 종합해볼 때 이 방의 목적이 오로지 술 취한 사람을 재우는 것이라면 지나치게 좋은 방이었다. 등받이에 코트가 걸쳐져 있는 푹신한 의자에 하룻밤 숙박을 목적으로 꾸린 가방이 놓여 있었다. 선량하고 자비로운 객실 청소원이 그들보다 먼저 와서 침대 이불을 정돈하고 하얀 베개와 하얀 시트를 펼쳐놓았다. 그녀가 킹사이즈 매트리스 한쪽 끝에 한 시간 누워 있으면 그 변화를 알아차릴 사람이 있을지 궁금해지는 너무나 유혹적인 포근한 잠의 덮개가 거기 있었다. 호객 행위로 해고된 뒤 베개에서 그녀의 머리카락이 발견되면 법률지원을 받기가 더 어려워질 것이다. "팔 좀 뒤로 해보세요."

리오 포즌이 몸을 앞으로 숙이면서 팔을 뒤로 뻗었고 그 자세로 그녀는 그의 슈트 재킷을 벗길 수 있었다. 그는 전에도 누군가의 도움으로 슈트 재킷을 벗어봤던 사람인 것이다. 그는 세상의 무게가 마침내 그를 붙잡은 것처럼 길고 고단한 한숨을 내쉬었다.

그녀는 그의 코트 위에 재킷을 내려놓고 구두를 벗기기 위해 허리를 숙였다. 리오 포즌은 잘 닦여 있지만 장갑처럼 부드럽게 마모된, 끈을 묶어 신는 아름다운 구두를 신고 있었다. 그녀는 밤중에 그가 걸려 넘어지는 일이 없게 구두를 침대에서 충분히 떨어진 곳에 두었다. 그러고는 그의 두 발을 바닥에서 들어올려 몸의 나머지 부분과 함께 침대에 내려놓는 동시에 그를 돌아눕혔다. 바지와 벨트에 대해서는 어떻게 해볼 생각도 하지 않았다.

"다음에는 알고 있을게요." 그가 그 부드러운 느낌 속으로, 서늘한 시트와 따뜻한 담요 속으로 포근히 빠져들며 말했다.

그녀는 그저 그를 다시 불러보려고 잠시 그의 어깨에 손을 올렸다. "잘 자요." 그녀가 말했다. 이제 다 끝났고 그가 안전하게 침대에 눕혀지자 다시 그를 사랑할 수 있었기에, 그녀는 베개처럼 부드럽게 말했다. 그녀가 그의 문제를 잘 처리한 것이다.

"잠깐 있다 가지 않을래요?" 창피한 내색은 없었고 그저 평온한 감정과 한 가지 부탁을 더 할 만큼의 시간 여유가 느껴질 뿐이었다. 프래니는 그것이 남자와 여자의 가장 큰 차이라고 생각했다. 그의 눈은 감겨 있었고 그 문장을 끝낼 때쯤 그는 이미 잠들어버려서, 그녀는 아무 말도 하지 않았다. 그녀가 침대 이불을 끌어올려 그를 덮어주고 램프를 끈 뒤 어둠 속에서 그와는 멀찍이, 멀찍이 떨어져 침대 모서리에 앉아 신발을 갈아 신었다. 그녀는 가방에 플랫슈즈를 넣어 다녔다. 일할 때 신는 구두는 호텔 카펫에서만 걸어 다녀 밑창이 새것이나 다름없었다. 오래 신을 구두였다.

***

누가 픽스 키팅과 버트 커즌스에게 서로 어떤 부분에 합의했는지 물어봤다면 두 사람 다 많은 내용을 떠올리지 못했을 것이다. 하지만 이 문제를 논의한 적이 없었음에도(어떤 문제도 논의한 적이 없었음에도) 캐럴라인과 프래니를 로스쿨에 보내기로 결정한 데에는 두 사람의 의견이 일치했다. 이 생각이 처음 자리잡았을 때 두 아이는 아주 어렸다. 캐럴라인은 중학생이고 프래니는 아직 인형을 가지고 잠들 나이였지만, 픽스와 버트는 따로 떨어진 막사에 있는 장군들처럼 미래에 대한 작전을 이미 짜두었다. 캐럴라인도 프래니도 미국사에는 아무런 관심이 없었다. 두 아이는 특별히 이성적인 사고를 타고나지 않았다. 서로에게 소리를 질러대는 에너지는 무한대였지만 토론 기술은 전혀 없었다. 다시 생각해보면 그 것은 두 남자가 각각 캐럴라인과 프래니에게서 무엇을 봤는지에 대한 문제가 아니라, 자기 자신에게서 무엇을 봤는지에 대한 문제였다.

버트는 가족의 모든 아이들에게 비슷한 기대를 품었다. 심지어 저넷에 대해서도 다행히 학교 공부를 끝까지 마친다면 적어도 등기조사 일은 할 수 있을 거라고 생각했다. 그는 모두에 대해 동일한 기대를 품는 것으로 자신이 공평하고 편애하지 않는 사람이라고 생각했고, 어떤 일을 실행해야 할 때가 되기 한참 전에 미리 계획을 세우면 적어도 어느 정도의 성공은 거둘 수 있을 거라고 생각했다. 결국 법은 커즌스 집안의 내력이었다. 버트의 증조부는 펜실베이니아 레일로드의 변호사였고 조부는 순회법정 판사였다. 버트의 부친, 빌이라고 불렸던 윌리엄 커즌스는 샬러츠빌 시내의 잘나가는 사무실에서 유한계급을 상대로 부동산법을 전문적으로 다루었는데, 주로 버지니아주의 농지를 구입한 뒤 용도가 변경되기를 기다렸다가 스트립몰*로 만들려는 친구들을 위해 계약서를 작성하는 일을 했다. 돈벌이가 잘되어 빌은 일찌감치 은퇴할 수 있었고, 그의 아내는 자식 없는 삼촌이 남긴 유산으로 커먼웰스** 지역 절반에서 유통되는 코카콜라를 병에 담는 권리를 손에 넣었다. 빌 커즌스는 자기 집 거실에 서서 앞창문으로 진입로에 늘어선 우아한 플라타너스나무들을 바라보며 세상은 아름다운 곳이니 절대 변해서는 안 된다고 생각했다.

버트는 법에 대한 기본 이해는 모든 성공한 삶의 초석이라는 제퍼슨주의의 신봉자여서, 아이들 중 하나가 간호사나 교사가 되고 싶다 해도 먼저 법학학위를 받아야 한다고 생각했다. 법에 대한 이해가 없는 사람이 실제로 똑똑하거나 흥미로울 수 있는가에 관한 그의 견해는 두 번의 결혼생활 모두에서 문제가 되었다.

픽스가 법을 대하는 관점은 좀더 단순했다. 그는 변호사가 돈을 잘 벌기 때문에 딸들이 변호사가 되기를 바랐다. 캐럴라인과 프래니가 스스로 돈을 번다면 그들이 어느 날 돈 많은 남자에게 가려고 그들과 결혼한 남자를 버릴 확률이 줄어들 것이다. 픽스는 역사는 되풀이된다는 믿음의 신봉자였고, 그 믿음을 다른 어떤 것인 양 꾸미려 하지 않았다. 만약 어떤 일이 한 번 일어났다면, 제기랄, 언제

---

* 상점들이 일렬로 늘어서고 그 앞에 주차장이 있는 쇼핑센터.
** 미국 켄터키, 매사추세츠, 펜실베이니아, 버지니아 네 개 주를 말한다. 모두 1776년 이전 영국의 식민지였던 곳으로 법이나 제도에 영국 관습법의 영향이 남아 있다.

든 다시 일어날 수 있었다.

캐럴라인이 열세 살이고 프래니가 열 살이었을 때, 픽스는 두 딸에게 각각 LSAT* 시험 대비용 캐플런 학습 가이드를 사주었다. 그것을 빨간색 박지로 싸서 보드게임, 토끼 인형, 수채화 물감 세트, 스웨터, 뮤직박스 두 개 등 마저리가 고른 일반적인 선물들과 함께 크리스마스 선물로 버지니아에 보냈다.

"좀 엉뚱하지만 나쁜 생각은 아니야." 프래니가 트리 밑으로 들어가버렸을지 모르는 선물을 찾아 구겨진 포장지들 속을 여기저기 뒤적거릴 때 버트가 프래니의 책을 집어들며 말했다.

"진심이야?" 베벌리가 말했다. 그녀는 바닥까지 내려오고 지퍼가 달린 진녹색 벨루어 로브를 입고 있었는데, 베벌리의 어머니가 직접 만들어 크리스마스 선물로 보낸 것이었다. 세상의 다른 어머니가 입으면 촌스러워 보였겠지만 베벌리가 입으니 놀랍도록 세련돼 보였다.

"한 달에 한 챕터씩 보면 그렇게 많지도 않아." 버트가 색인 부분까지 휙휙 넘겨보며 말했다. "내용을 이해할 필요는 없어. 지금 단계에서는 어휘에 익숙해지는 게 중요해. 하지만 이 학습 방식에 정말로 익숙해지면 언젠가 완벽한 점수를 받게 될 거야." 변호사들로 구성된 법률회사를 만들겠다는 자신의 계획을 아직 분명히 밝히지는 않았지만, 그는 픽스가 먼저 나서서 시작한 것이 좋은 출발점이라고 생각했다.

사슴 무늬의 빨간색 플란넬 파자마와 폭신한 양말 차림의 캐럴

---

* Law School Admission Test. 법학 전문 대학원 입학시험.

라인은 버트에게 그딴 소리 집어치우라고 대꾸하고 싶은 욕망과 그 선물이 아버지에게 받은 것이라는 사실 사이에서 갈등했다. 그녀는 나중에 버트가 없는 자리에서 그 책을 보기로 했다. 자신이 그 책을 보는 모습을 지켜보는 기쁨을 버트가 누리게 하고 싶지는 않았다. 한편 프래니는 할머니에게 선물받은 『브루클린에서 자라는 나무』*라는 하드커버 책을 막 펼치는 참이었다. 첫 문장부터, 페이지에 인쇄된 단어의 글꼴에서부터, 그녀는 자신이 크리스마스 휴가 동안 읽을 책은 LSAT 시험 준비서가 아니라 그 책이라는 걸 알 수 있었다. 하지만 그날 아침 그들의 아버지가 크리스마스를 즐겁게 보내라고 전화를 걸어, 세상에서 그들이 가장 보고 싶고 다 같이 있으면 좋았을 거라고 말했고(캐럴라인은 부엌에, 프래니는 버트와 어머니의 방 침대 옆 바닥에 각각 앉아 같은 선에 연결된 두 대의 전화로 통화했고, 두 아이 모두 그 말을 들으면서 울었다), 자신이 로스쿨에 들어갔다는 사실을 공표했다. 픽스 키팅은 1월부터 야간으로 사우스웨스턴 법학대학에 다닐 거라고 했다. 야간으로 다닌다는 것은 삼 년이 아니라 사 년이 걸린다는 의미였지만, 그건 괜찮았다. 딕 스펜서도 그렇게 했다. 딕이 그랬던 것처럼 더 일찍 시작했다면 좋았겠지만 인생을 후회로 낭비할 수는 없었다.

"내가 너희 나이 때 시작했더라면 지금쯤 수석 파트너가 되어 있었겠지." 그가 딸들에게 말했다. 어릴 때 나는 법률사무소 사환으로 여기저기 돌아다녔단다, 그들의 아버지는 아침마다 노래 부르듯 이

---

* 베티 스미스의 소설. 국내에서는 '나를 있게 한 모든 것들'이라는 제목으로 출간되었다.

말을 즐겨 했다. "이 세상 모든 시간이 너희 것이니 너희 둘은 공부만 하면 돼. 너희가 지금 시작하고 내가 지금 시작하면 내년 여름에 너희가 이곳에 왔을 때 다 같이 공부할 수 있을 거야."

그때는 크리스마스 휴가였다. 프래니는 그때도 공부하기가 싫었지만, 여름에도 공부만 하면서 시간을 보내고 싶지는 않았다. 그는 그해 여름 그들을 타호호湖에 데려가 큰 거룻배를 빌려서 배를 타다가 수영을 하게 해주겠다고 약속했었다. 그녀는 그 약속을 식탁에 둘러앉아 거대한 철자법 시험이나 다름없는 퀴즈 문제나 내고 맞히는 것과 바꾸지 않을 것이다.

하지만 전화를 끊었을 때 캐럴라인은 이미 지원서를 작성한 것과 다름없었다. 그녀는 팔 밑에 캐플런 가이드를 끼고 자기 방으로 가서 문을 닫았다. 그녀도 아버지와 함께 로스쿨에 갈 것이다.

프래니는 코를 풀고 눈물을 훔친 뒤 거실로 돌아갔다. 어머니가 밟히고 구겨진 종잇조각과 돌돌 말린 화려한 리본의 끝부분을 모아 쓰레기봉투에 담는 동안, 버트는 커피잔을 들고 소파에 앉아 명절 풍경을 응시하고 있었다. 크리스마스트리, 아름다운 아내, 벽난로에 타오르는 불꽃, 사랑스러운 의붓딸.

"아빠가 로스쿨에 갈 거래요." 프래니가 소설책을 들고 푸른색 안락의자에 편안히 앉으며 말했다. "그래서 우리가 공부하기를 원하셨나봐요. 우리도 아빠와 함께 학교에 다니면 좋겠다고 하세요."

베벌리가 일어섰다. 쓰레기봉투는 가득 채워져 있었지만 무게는 가벼웠다. "픽스가 로스쿨에 갈 거라고?"

버트가 고개를 가로저었다. "그러기엔 나이가 너무 많아."

"아니에요." 프래니가 설명할 수 있어 다행이라는 듯 말했다.

"딕 스펜서처럼 다니실 거래요." 프래니는 스펜서 부부를 좋아했다. 해마다 로스앤젤레스에 가면 스펜서 부부가 그들 모두를 로리스로 데려가 점심을 사주었다.

그 이름이 버트의 마음 한구석에 작은 종을 울렸다. 한때 경찰이었고 지방검찰청에서 근무한 딕 스펜서. 픽스의 집에서 열리는 세례파티에 같이 가자고 자신을 초대한 딕 스펜서. 프래니의 세례파티에.

"어느 학교에 가기로 했대?" 버트가 물었다. 그는 스펜서가 UCLA에 다녔던 것으로 기억했다.

"사우스웨스턴 법학대학이요." 프래니가 자신이 그 사실을 기억하고 있었다는 사실에 뿌듯해하며 말했다.

"맙소사." 버트가 말했다.

"글쎄." 베벌리가 눈앞에 흘러내린 노란 머리칼 한 가닥을 쓸어 넘기며 말했다. "나는 잘된 일 같은데."

"물론 그렇지." 버트가 말했다. "하지만 매일 밤 퇴근하고 로스쿨에 가면 정말 힘들 거야. 공부할 시간이 있을지조차 모르겠는걸."

프래니가 그를 보았다. 그녀의 노란 머리칼은 길고 약간 뻣뻣해 보였는데, 오늘 아침 얼른 내려와 선물을 풀어보려고 서두르느라 머리를 빗지 못했던 탓이었다. "아저씨는 로스쿨에 다니지 않았어요?"

"당연히 다녔지." 버트가 말했다. "나는 버지니아대학교에 다녔어. 야간은 아니었어. 일반적인 방식대로 했지."

"그러면 힘들지 않았겠네요." 프래니가 말했다. 그녀는 두 가지 일을 동시에 할 수 있는 아버지가 자랑스러웠다. 가톨릭학교의 수

녀들이 그녀에게 하느님은 더 힘들게 해내는 사람을 더 좋아한다는 믿음을 심어주었기 때문이다.

"그래도 충분히 힘들었어." 버트가 말하고 커피를 한 모금 홀짝였다.

캐럴라인은 공부에 도움이 될 거라고 생각해 간식으로 두 조각째 크리스마스 커피 케이크를 가지러 아래층으로 내려와 거실을 통과해 부엌으로 가고 있었다.

"네 아버지가 로스쿨에 다니실 거라며." 베벌리가 미소를 띠고 캐럴라인에게 말했다. "잘됐어."

캐럴라인은 어머니가 자신의 목에 신경독소를 묻힌 다트를 날리기라도 한 것처럼 뚝 멈춰 섰다. 그녀의 얼굴 표정이 공포와 분노 사이 어디쯤으로 변해갔다. 그들 모두 실수가 저질러졌으며 돌이킬 방법이 없다는 것을 알 수 있었다. "네가 말했어?" 캐럴라인이 자신의 모든 힘을 오롯이 프래니에게 돌리며 말했다.

"나는……" 프래니의 목소리가 작아지기 시작했고 어느새 들리지 않게 되었다. 그녀는 그 이야기를 해서는 안 된다는 걸, 비밀이라는 걸 몰랐다고 말하려 했지만 그 말은 그녀의 입안에서 말라버렸다.

"아빠가 이 사실이 알려지길 원했을 것 같니? 아빠가 전화했을 때 엄마와 아저씨한테 전해달라고 하지 않은 이유는 생각해봤어?" 캐럴라인은 프래니를 향해 잽싸게 두 걸음 걸어가 손바닥으로 동생의 앙상한 어깨를 탁 때렸고, 동생은 의자에서 떨어져 옆으로 풀썩 쓰러졌다. 맞은 팔과 떨어지면서 부딪힌 팔 모두 아팠다. 프래니는 캐럴라인이 정말로 자기에게 화가 난 거라고, 평소보다 훨씬 더 화가 난 거라고 생각할 수밖에 없었다. 캐럴라인이 사람들 앞에서 프래니를 때린 적은 거의 없었다.

"무슨 짓이야, 캐럴라인." 버트가 잔을 내려놓으며 말했다. "그만해. 베벌리, 캐럴라인이 프래니를 저렇게 때리게 두지 마."

크리스마스는 유난히 힘들어. 네 사람 모두 이 동일한 내용을 각기 조금씩 다른 문장으로 생각하고 있었다. 베벌리는 미세하게 그 장면과 먼 방향으로 몸을 기울였다. 어느 누구도 프래니가 다치는 것을 보고 싶어하지 않았지만, 사실 베벌리는 큰딸을 무서워했고, 그래서 피가 나지 않는 한 개입하지 않았다.

"나한테 뭐라고 하지 마요." 캐럴라인이 버트에게 그렇게 말했으나, 분노의 양에 비해 아주 작은 조각을 내뱉었을 뿐이었다. "이 고자질쟁이한테나 뭐라고 해요." 프래니는 이제 울고 있었다. 언니의 손찌검이 남긴 빨간 자국은 잠자리에 들 때쯤 자주색 멍으로 변할 것이다. 캐럴라인이 돌아서서 쿵쾅거리며 계단을 올라가는데, 모든 걸음이 한 대씩 후려치는 소리로 들렸다. 그녀는 케이크는 포기하고 공부해야 할 것이다.

픽스가 로스쿨에 다니기 시작하면서 그와 딸들의 대화는 불법행위법을 중심으로 흘러갔다. "팔스그래프 부인이 이스트뉴욕 롱아일랜드 레일로드 기차역 어느 계단 옆에 서 있었어."[*] 그는 대화하

---

[*] 1924년 8월 24일 미국 뉴욕주 롱아일랜드 기차역에서 일어난 사고로 팔스그래프 부인이 부상을 당해 롱아일랜드 레일로드를 상대로 손해배상 소송을 제기했는데, 항소법원에서 4 대 3으로 롱아일랜드 레일로드의 과실이 아닌 것으로 판결이 났다. 하지만 사건에 대한 두 판사의 논리가 서로 달라서 이 판결은 영미법상 중요한 판

듯이, 이웃 사람 이야기를 들려주듯이 말했다. 프래니는 이미 전화기를 내려놓고 『라브란스가의 딸 크리스틴』**을 읽으러 갔기 때문에 사실상 그는 캐럴라인에게만 그 이야기를 하고 있었다. 그들이 훗날 '로스쿨 여름'이라고 기억한 그 시절에, 픽스는 캐럴라인과 함께 식탁에 앉아 소송사건들에 대해 설명해주었다. 그는 그렇게 하는 것이 자신에게 도움이 된다고, 소송사건에 대해 딸들에게 설명하다보면 그것에 내재된 법을 습득하게 된다고 말했다. "사람들은 로스쿨이 사고하는 법을 배우는 곳이라고 하지만 그렇지 않아. 거긴 암기하는 법을 배우는 곳이야." 그가 손을 들어 손가락을 접으며 숫자를 헤아렸다. "과실, 불법행위에 의한 사망, 사생활 침해, 명예훼손, 범죄가 성립되지 않는 무단침입……" 캐럴라인이 받아 적었다. 프래니는 책을 읽었다. 프래니는 아버지가 로스쿨에서 공부하는 시간 동안 『데이비드 코퍼필드』와 『위대한 유산』, 제인 오스틴의 모든 소설들, 브론테 자매의 소설들, 결국에는 『가프가 본 세상』까지 읽어치웠다.

캐럴라인과 픽스 사이에는 늘 특별한 유대감이 있었지만, 사망자 규정에 대한 열 가지 예외를 토론하게 된 뒤로 그들은 더욱 가까워졌다. 캐럴라인과 픽스 둘 다 내용이 다섯 배인데다 도움이 될 만한 직관적 추론을 찾아보기 힘든 재산법만큼 따분한 것은 없다는 데 동의했다. 끝없는 반복과 기발한 암기법을 활용해 소송사건들을 헤쳐나가는 수밖에 없었다. 청약이란 무엇인가? 승낙이란

례 중 하나가 되었다.
** 1928년에 노벨문학상을 받은 시그리드 운세트의 삼부작 역사소설.

무엇인가? 계약이란 무엇인가? 제3수익자는 어떻게 만들어지는가? 재산법은 정신을 바짝 차리고 집중할 것을 요구했다.

"한 집안에 변호사가 두 명 나오면 좋지." 픽스가 저녁을 먹으며 프래니에게 말했는데, 캐럴라인과 자기 자신을 두고 하는 말이었다. "너한테 그 많은 책을 다 사주려면 누군가는 돈을 벌어야 할 테니까.

"공짜예요." 프래니가 말했다. "도서관에서 빌려 봐요."

"뭐, 그렇다면 도서관에 감사할 일이네." 캐럴라인이 말했다.

도서관에 감사할 일이네, 라는 말 속에 얼마나 많은 빈정거림이 내포될 수 있는지 생각하면 참 놀라웠다. 픽스가 웃음을 터뜨렸다가 곧 멈추었다. 프래니는 그가 정말로 웃으려고 했다고는 생각하지 않았다.

픽스는 로스쿨에 다니기 전부터 캐럴라인을 편애했다. 큰딸이었고, 이혼 전에 서로에 대해 알 수 있는 시간이 더 많았기 때문이었다. 버트에 대한 캐럴라인의 증오가 깨끗하고 하얀 불꽃처럼 타올랐기 때문이었고, 캐럴라인이 어머니의 인생을 비참하게 만들고 그 전부를 아버지인 자신에게 일러바치는 것에 비상한 노력을 기울였기 때문이었다. 픽스는 캐럴라인에게 마음을 편히 가지라고 말하면서도 그녀가 일러바치는 세세한 내용을 즐겼다. 그에게도 베벌리의 인생을 비참하게 만들 기회가 있었다면 좋았을 것이다. 캐럴라인은 픽스를 많이 닮았다—갈색 머리, 해변에 도착하기가 무섭게 황금빛으로 타는 피부. 프래니는 엄마를 너무 많이 닮았는데, 너무 섬세하고 너무 하얗고 부조화스러웠다. 너무 예뻤고, 한편으로는 전혀 예쁘지 않았다. 아버지가 아침 여섯시에 라켓과

캔에 든 새 테니스공들을 가지고 딸들을 식료품점 뒤 골목으로 데려갔을 때 캐럴라인은 연속으로 스물일곱 번 실수 없이 공을 쳐냈다. 탁, 탁, 탁, 그녀는 A&P 건물의 빈 뒷벽을 향해 직관적이고 우아하게 긴 팔을 휘둘렀다. 프래니는 최고로 잘한 것이 연속으로 세 번 친 것이었고, 그마저도 한 번뿐이었다. 하지만 캐럴라인과 프래니가 정말로 다른 점은 캐럴라인이 걱정을 많이 한다는 것이었다. 캐럴라인은 법과 테니스와 자신이 좋아하지도 않는 과목의 성적을 걱정했다. 그녀는 아버지가 어머니에 대해 하는 말을 걱정했고, 아버지가 말한 모든 것을 걱정했다. 하지만 프래니는 차로 돌아가 애거사 크리스티를 읽고 싶을 뿐이었다. 대체로 그들은 그녀를 내버려두었다.

캘리포니아주 변호사 시험 둘째 날을 마치고, 그들의 아버지는 버지니아에 있는 딸들에게 전화를 걸어 사람들이 얼마나 미쳤는지 말해주었다. 사람들이 자기가 쓰던 의자, 행운의 독서등을 시험장에 가져왔다는 것이었다. 어떤 사람은 너무 미신적이어서 친구를 데리고 와서 자기가 쓰던 책상을 같이 옮겼다고 했다. 미쳤어! 시험은 여름에 맥아더공원에서 경찰학교까지 달리기를 하듯 길고 힘들었지만, 그래서 연습을 하는 것이고 그렇게 해야 시험 볼 때 준비된 상태가 될 수 있다고 했다. 픽스는 준비된 상태였고 시험은 끝났다. 다 된 것이다.

프래니가 버트에게 말했다. 그의 서재로 들어가 문을 닫고 그 이야기를 했고 심지어 그러고도 목소리를 줄였다. "아빠가 변호사 시험을 보셨어요."

버트와 베벌리가 더이상 잘 지내지 않을 때에도, 캐럴라인과 버트는 한 번도 잘 지낸 적이 없었음에도, 프래니와 버트는 잘 지냈다. 버트는 그의 앞에 쌓여 있는 서류철에서 눈을 떼고 고개를 들었다. "합격하셨다니?"

"이제 막 시험을 보셨어요." 그녀가 말했다. "틀림없이 합격하실 거예요." 사 년 동안 휴가와 가진 돈을 희생하면서 일하고 공부하고 학교에 다닌 것 말고 아무것도 한 일이 없었다—당연히 합격이었다. 다른 결과는 있을 수 없었다.

버트가 고개를 저었다. "캘리포니아는 어려운 곳이야. 많은 사람들이 시험을 두 번은 본 뒤에야 합격해."

"아저씨도 두 번 보셨어요?"

버트는 모든 사람들 앞에서 틈을 보이지 않았고 자신만만했지만 프래니에게는 다정한 편이었다. 그가 거기 서 있는 그녀를, 그녀의 곧게 편 어깨를 보며 자신은 그렇지 않아 유감이라는 듯 고개를 저었다. 그리고 다시 자신의 일로 돌아갔다.

픽스는 합격하지 못했다.

마저리가 전화를 걸어 딸들에게 말해주었다. "처음에는 아무도 합격하지 못해. 내가 변호사들을 많이 아는데, 다들 잊어버리라고 하더라. 아빠는 다시 시험을 보시기만 하면 돼. 두번째 때는 다들 뭘 어떻게 하면 되는지 아니까. 두번째 때는 모든 게 분명해져."

"두번째도 시험이 똑같아요?" 캐럴라인이 궁금해했다. 캐럴라인은 울고 있었고, 손으로 송화기 쪽을 막아 우는 소리가 새어나가지 않게 하려고 애를 썼다.

"그렇진 않을 거야." 마저리가 망설이며 대답했다. "시험은 매번 다를 거야."

"그래서 아빠는 어떻게 하셨어요?" 프래니가 대화를 이어가는 것은 이제 자기 몫이라는 걸 깨닫고 연결된 다른 전화기로 말했다. "불합격인 걸 알고 어떻게 하셨어요?" 픽스는 시험 당일에 프래니와 캐럴라인에게 기도를 부탁했고 그들은 그렇게 했다. 그들은 세이크리드허트 학교 수녀들에게도 그를 위해 기도해달라고 부탁했다. 그럼에도 그는 합격하지 못했다.

"같이 우리 어머니 집에 갔고, 어머니가 아빠에게 맛있는 음식을 만들어주셨어."

"오, 잘하셨네요." 프래니가 말했다. 마저리의 어머니는 누구에게 무슨 일이 생기든 기분을 풀어줄 수 있는 사람이었기 때문이다.

"우리 어머니가 너희 아빠에게 진토닉과 미트로프를 만들어주셨어. 그리고 시험에 합격하지 못한 건 안타까운 일이지만 적어도 다시 볼 수 있지 않느냐고 말씀하셨어. 우리가 인생에서 경험하는 시험은 대부분 한 번밖에 기회가 없다고. 그 말이 아빠의 기분을 풀어준 것 같아."

두번째 시험을 위해 픽스는 색인 카드를 만들었다. 지인이 두번째 시험을 그렇게 준비해서 합격했다고 알려주었다. 그해 여름 픽스는 딸들에게 색인 카드를 보여주었다. 카드는 구두 상자에 주제별로 보기 좋게 정리되어 있었다. 카드가 천 장이 넘었다. 캐럴라인은 문제를 내지 않을 때를 빼고는 늘 그에게 문제를 냈다. 세차장 기계를 통과하면서도 문제를 냈다. 답을 말해줄 때는 자기 가슴 앞에 카드를 들어 보였다. "다른 사람의 소유인 토지를 점유하고 있는 사람이 일정한 보통법상의 요건을 충족하는 경우 토지에 대한 유효한 권리를 취득할 수 있다고 하는 원칙, 그리고 그 불법점유자는……"

　프래니는 차례로 이어지는 창문들 옆에 서서 차를 따라가며, 차가 천장에 매달려 차체를 때리는 헝겊을(연속적이고), 비눗방울을(적대적이고), 헹굼액을(공개적이고 악질적이며), 스프레이 왁스를(실제적인) 통과하는 것을 지켜보았다. 그녀는 세차에 온 정신을 쏟으려고 노력했지만, 그럼에도 불법점유를 구성하는 네 가지 요소를 귀 밖으로 밀어내기에는 충분하지 않았다.

　색인 카드는 훌륭했고 두번째 시험을 볼 때는 독서등도 가져갔지만 성과가 없었다. 이번에도 마저리의 어머니가 저녁식사를 만들어주면서 한번 더 보면 된다고, 부끄러워할 것 없다고, 많은 사람들이 그렇게 한다고 말해주었다. 그래서 픽스는 세번째로 응시했지만 그때도 합격하지 못하자 포기했다. 아무도 더는 로스쿨에 대한 이야기를 꺼내지 않았다. 하지만 캐럴라인과 프래니에 대해서라면 예외였다.

　캐럴라인이 로욜라대학교 졸업반 때 LSAT 시험을 칠 무렵 그녀의 캐플런 가이드는 접착테이프로 고정되어 있었고 세 가지 색깔로 줄이 그어져 있었으며 포스트잇이 덕지덕지 붙어 있었다. 수험생은 미신적인 족속이라, 캐럴라인은 스터디 그룹에서는 조심스럽게 개정판 가이드북을 봤지만 잠들기 전 기숙사 침대에서는 버지니아에 있을 때 아버지가 크리스마스 선물로 준 그 책을 봤다. 오랫동안 꾸준히 공부하면 만점을 받는다는 픽스와 버트의 공통 이론은 옳지 않은 것으로 판명되었다. LSAT의 만점은 180점이었다. 캐럴라인 키팅은 177점을 받았다. 3점을 어디서 잃었는지 몰랐지만 그녀는 그 사실에 대해 결코 자신을 용서하지 않았다.

*　*　*

　프래니가 리오 포즌의 방이 821호라는 사실을 기적적으로 추론 해내고 그를 방에 밀어넣은 뒤 아무에게도 들키지 않고 호텔에서 빠져나온 지 거의 두 주가 다 되었을 때였다. 그녀는 바에서 전화 한 통을 받았다. 여섯시 십분이라 모든 테이블에 손님이 앉아 있었 고 바의 스툴에도 빈자리가 없었다. 사람들이 북적북적 빈자리가 나기를 기다리면서, 자리에 앉은 사람들 뒤에서 손에 잔을 든 채 웃고 시끄럽게 이야기하고 있었다. 웨이트리스들 중 하나인, 전남 편과 이혼하고 아이가 하나 있는 켈리라는 이름의 여자가 프래니 의 등에 손을 올리고 프래니의 귀에 립스틱 바른 입술이 닿을 만큼 입을 바짝 댄 채 속삭였다. 이곳 사람들은 무엇을 하건, 심지어 뭔 가를 전달할 때조차 친밀했다. "전화 왔어요." 켈리가 말했고, 그 녀의 목소리가 소음을 뚫고 나왔다.

　프래니는 바에서 전화를 받아본 적이 없었다. 켈리는 늘 전화를 받았는데, 전남편과 베이비시터, 가끔 아기를 봐주는 자신의 어머 니로부터 오는 전화였다. 근무시간 동안 아기는 늘 뭔가 해결되지 않는 욕구와 맞닥뜨렸다. 프래니는 죽음을 맞았을지 모르는 사람 들을 마음속으로 전부 재빨리 훑었지만 추측해봤자 소용없다는 것 을 깨달았다. 바는 너무 시끄러웠다―목소리들이 서로 경쟁했고, 잔들이 끊임없이 부딪쳤고, 빌어먹을 테이프에서는 루서 밴드로스 가 흘러나오고 있었으니 그다음은 빙 크로스비라는 의미였다. 하 인리히가 손님과 대화를 이어가면서, 길에서 긁어모은 고약한 냄 새가 나는 썩은 고깃덩어리를 내밀듯 전화기를 옆으로 쑥 내밀었다. 그는 턱을 아래로 약간 내렸는데 못마땅함을 나타내는 간단한 표시였다. 그 뜻을 말로 전달할 필요는 없었다. 그녀가 소음을 차단할 수 있기라도 할 것처럼 손으로 한쪽 귀를 막았다.

"리오 포즌이에요." 그 목소리가 말했다.

"정말로요?" 그녀가 말했다. 잠시 시간을 두고 생각했다면 그렇게 말하지 않았을 것이다. 그녀는 그를 침대로 데려다준 이후 『첫 번째 도시』를 다시 읽었고, 그 때문에 그는 그녀의 마음속에 생생하게 자리하고 있었다. 프래니는 그가 그날 저녁에 있었던 일을 한 가지라도 기억할 거라고 생각하지 않았고, 기억한다 해도 그에게 연락을 받을 거라는 생각은 해본 적이 없었다. 리오 포즌이 전화할 수 있을 거라고 생각하려면 그녀가 어느 정도 자신을 크게 확대해 생각할 수 있어야 했는데, 프래니 키팅에게는 그런 자질이 없었다.

"좀더 일찍 전화하려고 했었어요."

"왜요?" 그녀가 물었다.

"내가 당신을 곤란하게 만들었으니까. 당신이 정말로 곤란한 상황에 빠졌는지 확인해보지 않았잖아요."

"아, 아무 일 없었어요." 그녀가 말했다. 그녀는 저만치 바에 눈길을 주며 거기서 술을 마시고 있는 사람들이 그가 만들어낸 등장인물들이라고 상상했다. 셉티머스 포터가 하이볼 잔을 들고 있고 그의 여자들이 소란을 피운다.

"잘 안 들려요."

"아무 일 없었다고 했어요. 여기 안이 정말 시끄러워요. 해피아워*

___

* 식음료 업장에서 하루 중 저렴한 가격이나 무료로 음료 및 스낵을 제공하는, 고객

176

거든요." 하인리히가 그녀를 응시하고 있었고, 그녀는 손으로 송화기를 막았다. "리오 포즌이에요." 그녀가 그에게 말했지만, 그는 그저 고개를 가로젓더니 시선을 돌렸다.

"금요일에 아이오와시티에 올 수 있어요?"

"아이오와에요?"

"파티에 가야 하는데, 당신이 좋아할 것 같아서요." 그가 잠시 말을 멈췄고, 프래니는 그가 전화하고 있는 곳의 소리를 들어보려고 귀를 기울였지만 바가 너무 시끄러웠다. 그녀는 자신의 불쌍한 귀에 수화기를 더욱 세게 눌렀다.

마침내 그가 다시 말하기 시작했다. "사실은 그게 아니고, 당신은 좋아하지 않을 것 같지만 당신이 와주면 내가 그 파티를 견딜 수 있을 것 같았어요. 호텔에 방을 잡아줄게요. 파머하우스 같은 곳은 아니지만 하룻밤 묵기엔 괜찮을 거예요."

"저는 차가 없어요." 프래니가 말했다.

"내가 버스표를 보내줄게요! 그러는 편이 더 좋아요. 여기 날씨는 아무도 모르거든요. 운전해서 오면 내가 걱정할 거예요. 버스를 타도 괜찮겠어요? 호텔 주소로 버스표를 보낼게요. 파머하우스 바, 프래니. 성이 뭐죠?"

저만치 그녀의 담당 테이블에서 한 남자가 잔을 들어 이리저리 흔들고 있는 것이 보였다. 그런 일이, 손님이 술을 요청하게 되는 일이 일어나서는 안 되었다. "키팅이에요. 저기요, 그만 가봐야 해요." 그녀가 그 잔에, 잔에 든 얼음이 사람들 머리 위의 빛을 어떻

이 붐비지 않는 시간대.

게 붙잡는지에 시선을 고정하며 말했다. "또 직장을 잃게 생겼어요. 버스를 탈게요."

프래니는 그날 근무 일정이 잡혀 있었지만 금요일 근무를 대신할 사람을 찾는 데는 전혀 문제가 없었다. 그 시간이 돈이 벌리는 때라서, 그날 밤을 포기하자마자 그녀는 놓친 것에 대한 상실감에 빠졌다. 버스푯값을 내거나 방값을 내지 않더라도 그곳에 가려면 대가를 치러야 했다.

"너랑 자고 싶어서 그러는 거야." 그 전화에 대해 이야기했을 때 쿠마가 프래니에게 말했다. 그녀가 일을 마치고 돌아왔을 때 그는 아직 깨어 있었다. 식탁에 책과 포스트잇을 산더미처럼 쌓아놓고서 그 앞에 앉아 있었다. 그는 백 개의 주가 달린 백 쪽 길이의 논문에 대한 논평을 한시바삐 마쳐야 했지만 프래니의 말을 듣고 살짝 침울해하는 것 같았다. 그는 프래니에 대해 생각할 여력이 없었고, 같이 잘 여력은 더더욱 없었다.

물론 쿠마의 말이 맞았지만—그게 아니라면 다른 주에서 칵테일 웨이트리스를 조달할 이유가 무엇이겠는가?—어쩐지 그렇게 느껴지지 않았다. 그녀에게 전화하기까지 리오 포즌이 두 주를 기다린 건 무엇을 의미하는가? 그녀를 잊으려고 했는데 그러지 못했다는 말 아닌가? 아이오와에 있는 칵테일 웨이트리스들은 유혹적이지 않다는 말 아닌가? "내 마음을 좋아하는 건지도 모르지." 그녀가 말하고는 자신의 유쾌한 어리석음에 웃음을 터뜨렸다. "나랑 있으면 즐겁다고 생각하는지도."

그는 논쟁을 끝내자는 듯 작게 어깨를 으쓱할 뿐 아무 말도 하지 않았다.

　리오 포즌을 만났던 그날 프래니는 자기가 예상했던 대로 쿠마를 깨워서 그 이야기를 했다. 그녀가 어두운 방에서 그의 침대로 올라가 그의 어깨를 흔든 건 새벽 두시가 다 되었을 때였다. "내가 누굴 만났는지 맞혀봐! 꼭 맞혀야 해!" 쿠마도 그 책들을 사랑했다. 만나고 얼마 되지 않았을 때 둘은 그 책들에 대해 이야기했다. 그녀가 커피를 내리려고 부엌에 간 동안 그는 그녀의 책장을 보고 있었고, 그녀가 컵을 들고 돌아왔을 때 그는 그녀의 책 『셉티머스 포터』를 꺼내 들고 있었다. 존 업다이크가 책장에 그대로 있었고 솔 벨로와 필립 로스도 그대로 있었다.

　"리언 포즌을 읽었어?" 그 책들이 그녀의 예전 남자친구가 두고 간 게 아니라는 걸 확인하려고 그가 물었다.

　프래니와 쿠마가 처음 만난 것은 그들이 시카고대학교에 입학한 지 얼마 되지 않았을 때였다. 그들은 불법행위법 수업 시간에 옆자리에 앉았고 같이 공부하기로 했다. 그리고 우정을 쌓을 시간이 곧 없어지리란 걸 깨닫지 못한 채 친구가 되었다. 프래니가 무일푼이 되어 그의 소파에서 잠을 자는 지금, 그는 그녀가 아이오와에 가는 것이 어떤 점에서 자신을 괴롭히는지 말하기 어려웠다. 시간 여유가 있었다면 자기가 상당히 좋아했을 여자가 다른 주에서 열리는 파티에 다른 남자와 간다는 사실 때문인지, 그도 그녀와 같이 가고 싶은 바람 때문인지, 그것도 아니면 그녀 대신 자기가 가고 싶다는 이유 때문인지.

　리오 포즌이 아이오와시티의 버스 터미널에서 그녀를 기다리고 있었다. 그는 검은 코트를 입고 회색 펠트 모자를 썼으며 그 자신이 어디론가 떠날 생각인 것처럼 벽의 플렉시 유리 밑에 끼워진 버스 시간표를 들여다보고 있었다. 프래니가 다가오는 것을 보며 그는 바에서 그녀에게 지어 보인 어떤 미소보다 더 크고 더 고마워하는 미소를 지었다.

"이런 일이 정말로 일어날 거라고는 생각하지 않았어요." 그가 말했고, 들쑥날쑥한 아랫니가 잠시 드러나 사랑스러우면서도 이상한 느낌을 주었다. 그가 악수를 하려고 손을 내밀었다. 그녀는 이것을 잊지 않고 쿠마에게 말해줘야겠다고 생각했는데, 만약 리오의 계획이 그녀와 자는 것이었다면, 그것이 그의 유일한 목적이었다면 그는 보자마자 그녀에게 키스부터 했을 것이기 때문이었다.

"편하게 왔어요." 그녀가 말했다.

"내 말을 못 알아들었군요." 그가 더없이 유쾌하게 말했다. "추워서 엉덩이가 떨어져나갈 것 같은 이곳에 앉아 시카고에서 오는 사람들이 버스에서 내리는 걸 지켜보면서, 그들 중 당신은 없을 거라고 생각했어요. 혹시 내가 시간을 잘못 알았을지도 모르니 시카고에서 오는 다음 버스도 확인하러 다시 왔을 거예요. 그리고 난 뒤에는 나 자신이 바보같이 느껴져서, 잘 모르는 사람에게 버스표를 보내고 내가 원한다는 이유로 그 사람이 버스에서 내릴 거라고 기대한다는 게 얼마나 어리석은 일이냐고 혼잣말을 했겠죠. 내 머릿속에서 그 모든 상황이 벌어지고 있었어요. 사실 나는 당신이 올 리가 없다고 생각해서 보란듯이 버스 터미널에 나가지 말아야지 하는 생각도 했어요."

"그랬다면 정말 난처했겠네요." 프래니는 그의 전화번호도, 주소도 모른다는 사실을 그제야 깨달으며 말했다.

그가 고개를 저었다. "오늘 남은 시간 내내 나 자신이 끔찍하고 바보 같고 늙었다고 느꼈을 거예요. 그러고는 학과장에게 전화해 상황이 이러저러하니 파티에는 갈 수 없을 거라고 말했을 거고요."

"그러면," 프래니가 그의 말을 전혀 이해하지 못하며 말했다. "제가 당신 계획을 망쳤나보군요."

"오, 그럼요. 망쳤어요! 당신이 오늘 하루 전체에 총을 쐈어요." 그가 손을 따뜻하게 하려고 두 손을 비빈 뒤 주머니 깊숙이 찔러넣었다. 버스 터미널은 그녀가 생각했던 것보다 더 좋았다. 바닥은 깨끗이 쓸어져 있었고, 대합실 벤치에서 자는 사람도 없었다. 하지만 2월 말의 매서운 바람이 휩쓸고 지나가는 중서부 대초원은 추위가 극심해서 바깥이나 안이나 춥기는 거의 마찬가지였다. 한 명 있는 승차권 판매원은 창구 안에서도 두꺼운 코트에 모자를 쓰고 장갑까지 끼고 있었다.

"먼저 호텔로 가서 기운 좀 차리겠어요? 좀 쉬면서?"

프래니가 고개를 저었다. "특별히 그럴 건 없어요." 그가 그렇게나 놀랐다는 사실이 이해가 되지 않았다. 프래니 키팅은 당연히 리오 포즌을 만나러 왔을 테니까. 그렇다면 문제는 그가 자신을 어느 정도로 리언 포즌으로 보는가, 라고 그녀는 생각했다. 그가 스스로를 유명한 소설가로 생각했다면 그녀가 여기 올 것을 알았을 테고, 자신을 그녀가 바에서 만난 누군가로 생각했다면, 뭐, 그의 말이 옳았다. 다른 어떤 상황을 생각해본다 해도 프래니가 바에서 만난 누군가를 만나기 위해 버스에 타는 일은 없었을 터였다. 그가 아닌 다른 사람이었다면 호텔방에 데려다주지도 않았을 터였다. 사실 그 생각을 하니 얼어붙을 듯 추운 버스 터미널과는 아무런 상관 없이 소름이 오스스 돋았다. 그럼에도, 그를 보았을 때 자신이 정말로 실수를 저질렀다는 그 익숙한 느낌은 들지 않았다. 그녀는 그저 리오를 보았고, 아이오와에 온 것이 기뻤다.

그가 그녀의 어깨에서 캔버스 가방을 가져갔다. 학교 다닐 때 교재를 넣어 다니던 가방이었다. 늘 무겁기만 했던 가방. 지금은 원피스 잠옷과 칫솔, 내일 갈아입을 옷, 버스에서 읽은 앨리스 먼로 단편집이 들어 있었다.

"오래 머물 계획은 없어 보이네요." 그가 말했다.

"하룻밤만 있을 거예요."

"그렇다면 더 어두워지기 전에 아이오와를 조금 구경시켜줘야 할 것 같은데."

"여기로 오는 버스에서 엄청 많이 봤어요. 여긴 일리노이주 같아요. 시카고를 제외한 일리노이주요." 버스로 오는 데 다섯 시간 반이 걸렸다. 먼로의 단편을 읽는 중간에 그녀는 이따금 끝없이 이어지는 눈밭에 부러진 옥수숫대 수십만 개가 삐쭉 솟은 것을, 늦은 오후의 햇살에 그루터기만 남은 옥수숫대가 눈 위로 긴 그림자를 던지는 것을 보았다. 그녀는 머리를 차창에 기댔다. 들판에 이어 들판, 또 들판이 나타났고, 장식적이고 무의미한 나무 같은 것에 낭비된 땅은 조금도 없었다.

"그렇다면 이미 다 알았겠네요." 그가 말하고는 주차장으로 나가는 큰 이중문을 가리켰다. "그 대신 저녁식사를 하러 가죠." 그들은 얼어붙을 듯 추운 공기 속으로 함께 들어갔고, 부드러운 눈발이 휘날려 최근에 삽으로 치운 보도를 덮기 시작했다.

땅에는 묵은 눈이 층층이 쌓여 있었고, 아직 그 자리를 떠나지 않은 주차된 차들, 봄까지 눈의 벅찬 무게를 견뎌낼 작고 강인한 관목들이 보였다. 얼어붙을 듯 추운 공기가 그녀의 코트와 씨름할 때 그녀는 자신이 부서질 듯한 느낌이 들었다. 시카고보다 더 춥지는 않았고 어쩌면 1도 정도 더 따뜻하겠지만, 그럼에도 부서진 유리벽으로 걸어들어가는 것 같았다. 그녀는 초기 정착민들이 천막을 덮어씌운 마차를 타고 더 나은 삶을 위해 대초원을 건너가는 장면을 상상했다. 그들은 왜 여기서 멈췄을까? 말들이 절뚝거렸을까? 봄이었을까? 너무 배가 고파서 마차를 세우고 이곳이면 충분히 멀리 왔지 않아? 하고 말했을까?

"이곳이 로스앤젤레스보다 더 나은 이유를 다시 말씀해주실래요?" 프래니가 물었다. 그녀는 그의 팔에 팔짱을 끼고 그에게 기대고 싶었다. 그는 바람을 막아줄 만큼 키가 컸다.

"아이오와에서 나는 누구와도 결혼한 사이가 아니니까."

"대부분의 다른 주에서도 그렇기를 바라야겠네요."

"내가 당신에 대해 좋아하는 게 그런 점이에요. 당신은 긍정적인 면을 봐요." 그가 그녀의 등에 손바닥을 올리고 얼마 전까지 간이식당이었을 것 같은 이탈리안 레스토랑으로 그녀를 안내했다. "시간이 많이 남은 줄 알았네요." 리오가 손목시계를 보며 말했다. "저녁식사를 할 시간은 없겠어요. 술 한잔 할 시간밖에 안 되겠는데. 술만 마셔도 괜찮겠어요? 음식은 나중에 많이 먹을 수 있을 거예요."

프래니는 그저 이 날씨를 벗어날 수 있다는 사실이 좋았다. 그들이 들어가자 문을 통해 들어온 바람이 테이블 위로 북극의 돌풍을 일으켰고, 식사하던 손님들이 고개를 들었다. 레스토랑에는 버스 터미널과 달리 열기를 내뿜는 난로가 있었다. "저는 괜찮아요." 그녀는 지퍼를 내려 코트를 벗고 목도리를 풀고 모자를 벗었다. 그녀는 밑창과 신발코가 고무로 된 부츠를 신고 있었다. 부츠 안은 누가 버린 테디베어의 펠트를 댔다. 겨울에 허영은 금물이었다.

바텐더는 예순을 넘겼을까 말까 한 여자로 굽슬굽슬한 금발을 새둥지처럼 머리 위에 틀어올렸고 가슴을 감싸는 임무를 거의 수행하지 못하는 검은 조끼를 입고 있었다. 왼쪽 가슴 쪽에 레이라는 이름이 둥글둥글한 필기체로 수놓여 있었다.

"오셨군요!" 레이가 말했다. "일하러 가기 전에 잠깐 들른 건가요?"

"그래야 할 것 같아서요." 리오가 말했다.

"퇴근하려고 했었어요." 그녀가 뾰족뾰족 말라붙은 마스카라 둥지 안에 자리한 눈동자를 반짝거리며 프래니에게 말했다. "하지만 그럴 수 없었죠. 뭘 마시겠어요, 아가씨?"

"같은 걸로요." 프래니가 리오 쪽으로 고갯짓하며 말했다. "그리고 브레드스틱과 물이 있으면 주시겠어요?"

"잘 생각했어요." 여자가 말하면서 뒤쪽 선반에서 스카치 한 병을 꺼냈다. "이걸 마시면 후끈해지죠. 아가씨가 이분을 소개할 건가요?"

"두 분 만난 적 없으세요?" 프래니가 어리둥절해서 물었다. 그 여자 바텐더가 그녀를 다른 누구로 착각한 것 같았다. 프래니가 손으로 옆에 있는 남자를 가리켰다. "리오 포즌 아세요?"

그 말이 리오와 바텐더 두 사람을 대단히 즐겁게 만들었는지 그들이 기분좋은 웃음을 크게 터뜨렸고, 그 웃음은 이 음울하고 작은 레스토랑의 바 한쪽 끝을 환하게 만들어주었다. "레이라고 해요." 바텐더가 말하며 리오에게 손을 내밀었고, 리오는 두 손으로 그 손을 잡고 흔들었다. 마음 맞는 친구 사이.

"레이가 나한테 얼음을 만들어줘요." 그가 말했다.

"지퍼백에 담아두죠." 레이가 바 밑 냉동실에 손을 넣어 굵고 검은 마커로 손대지 말 것이라고 써놓은 봉지를 꺼냈다. "이분은 아이오와가 자기를 나쁜 얼음으로 독살할 거라고 생각해요."

"저한테도 그렇게 말씀하셨어요." 프래니가 고개를 끄덕이며 말했다.

"내가 그렇게 말했어요?" 리오가 목도리를 풀고 힘들게 코트를 벗으며 말했다. 그는 이번에도 슈트를 입고 있었는데, 이번엔 진청색이었고 레지멘탈 타이*를 맸다.

"제가 선생님을 누구에게 소개해야 하나요?"

"오늘 낭독회에 참석하는 청중에게 소개해야죠." 레이가 말했고, 잔 두 개에 넣을 얼음을 하이볼 잔으로 두 번 퍼냈다. "거물 작가도 이 타운에서는 대단하게 여겨지지 않지만, 나는 근무가 없는 밤에 종종 가봐요. 여러 해 동안 갔죠. 그렇게 하면 내 고객들이 일할 때의 모습을 볼 수 있으니까요. 그런데 그들 모두 나한테 뭐라고 하는지 알아요? 이렇게 말해요. 레이, 책을 써야 할 사람은 당신이에요."

---

* 영국군 연대에서 매던 줄무늬 타이를 모티프로 한, 두 가지 이상의 색깔이 넓은 폭의 사선으로 내려오는 무늬의 타이를 말한다.

리오가 진심으로 동의하며 고개를 끄덕였다. "아무렴요."

레이가 그를 향해 미소를 짓고 다시 프래니에게 관심을 돌렸다. "가끔 낭독회에서 젊은 사람이 나이든 사람을 소개해요. 말이 나왔으니 말인데, 아가씨 신분증을 봐야 할 것 같은데요."

프래니가 가방을 뒤져 지갑을 찾아낸 뒤 바텐더에게 운전면허증을 건넸고, 바텐더는 바지 주머니에서 독서용 안경을 꺼내 정말로 그것을 살펴보았다. 그것은 프래니가 평소 하는 것 이상이었다. 프래니는 거의 누구에게도 신분증을 요구하지 않았고, 요구할 때에도, 신분증을 보여준다는 건 그 사람이 성인이 되었다는 사실과 마찬가지라고 생각했다.

레이가 볼 만큼 충분히 본 뒤 안경과 면허증을 리오에게 내밀었다. "이걸 봐요." 그녀가 말했다. "프랜시스는 거의 스물다섯 살이에요. 맹세컨대 나는 열일곱 살일 거라고 생각했어요. 나이를 먹으면 이렇게 된다니까요. 나 말고 모든 사람이 더 어려 보이기 시작해요."

리오가 안경을 받아들고 직접 보았다. "커먼웰스 버지니아?" 그렇게 말하고 면허증을 뒤집었는데, 아마 그녀가 장기 기증을 선택했는지 궁금해서였을 것이다. "로스앤젤레스 출신인 줄 알았는데."

"맞아요, 하지만 버지니아에서 운전을 배웠어요."

"이 아가씨가 당신 학생이 아니라면 당신이 이십 분 뒤 낭독을 하기로 되어 있다는 걸 모르겠군요. 이 아가씨는 누구죠?" 레이는 여전히 유쾌하게 말했지만 이제 리오만 보고 있었고, 리오는 계속 면허증을 보고 있었다.

"내 바텐더예요." 그가 넋이 빠진 채 말하고는 곧 정신을 차리고 레이를 올려다보며 미소를 지었다. "내 다른 바텐더."

프래니는 그의 말을 고쳐주지 않았다. 바 뒤의 여자는 프래니에게서 또다른 말을 듣고 싶어하는 것 같지 않았다. 레이가 잔 두 개에 듀어스를 따르고 그들 앞에 밀어주었다. "8달러예요." 그녀가 말했다. 브레드스틱과 물은 그녀의 관심 밖이었다. 사람들이 문 쪽에서 멀리 떨어져 따뜻한 바의 끝 쪽으로 모여들기 시작했고, 그녀는 그들을 맞으러 갔다.

리오 포즌이 10달러짜리 지폐를 바에 올려놓았다. 자신을 위해 집에서 얼음을 얼려 봉지에 담아 직장으로 가지고 오는 친구에게 방금 어떤 일이 일어났는지 알았다 해도 그는 내색하지 않았다. 그는 자기 술을 골똘히 들여다보고 있었다. "내가 낭독을 하고 나면 나를 위한 파티가 열릴 거예요. 의무 조항 중 하나지요. 의무 조항이 많진 않지만 계약서에 다 쓰여 있어요. 내가 다른 어떤 파티에 갈 필요는 없어요."

"나한테 그 낭독회에 대해 말해줄 생각이었어요?"

리오가 살짝 고개를 저었다. "내가 생각해보기로는 말할 필요가 없을 것 같았어요. 무엇보다 나는 당신이 정말로 시카고에서 버스를 타고 올 거라고 생각하지 않았고, 온다 해도 피곤해서 호텔방에서 쉬고 싶어할 줄 알았어요. 나는 새로운 장소에 가면 늘 피곤하거든요. 여행은 나를 피곤하게 만들어요. 새로움이 나를 피곤하게 만들죠. 나는 버스로는 이동하지 않아서, 당신이 오면 곧바로 침대에 누워야 할 거라고 생각했어요. 당신이 나보다 체력이 더 좋은 게 분명해요."

"낭독을 하는 동안 나를 호텔에 내버려뒀다가 나중에 파티에 데려간다 하더라도 누군가가 '낭독회 좋지 않았어요?' 하고 말할 거란 생각은 안 해봤어요?" 그녀가 그를 만난 적 없었대도 그녀는 갔을 것이다. 리언 포즌이 아이오와시티에서 낭독회를 한다는 걸 알았다면 혼자라도 버스를 타고 갔을 것이다. 쿠마는 그녀와 같이 갈 기회가 있었다면, 그건 결코 그가 할 법한 일이 아니지만, 법률 전문지 논평 편집자로서의 책임마저 버렸을 것이다. 그것이 리오 포즌이 이해하지 못한 점이었다.

"아니면 사람들이 이렇게 말했을 수도 있어요. '아휴, 지겹게 긴 낭독회였어요.' 그리고 말이죠, 나는 당신을 내버려둔 게 아니었을 거예요. 그 일을 겪지 않게 하려고 했던 거겠죠. 배려하기 위해서."

프래니는 미소를 지었고, 리오 포즌은 손목시계를 본 다음 목을 늘여 레이 쪽을 보았다. 그녀는 바의 반대쪽 끝에서 새 손님들과 웃고 있었다. 넓은 기둥 같은 그녀의 등이 그들을 정면으로 향하고 있었다. "당신은 프로잖아요. 급할 때 바텐더를 돌아보게 하는 가장 좋은 방법이 뭐죠?"

"데이트 상대로 낭독회에 데려가는 거요." 프래니가 말했다. "그건 언제나 통해요."

그가 새 소식을 물어보려는 것처럼 손목시계 앞면을 톡톡 쳤다. "가기 전에 한 잔 더 마시면 큰 도움이 될 것 같아서요."

프래니가 자기 잔을 그에게 밀어주었다. 정성스레 만든 얼음이 녹기 시작해, 프랑스의 오래된 샘에서 끌어올린 생수와 듀어스가 섞이며 맛이 부드러워지고 있었다. "사실 저는 술을 마시지 않아요." 그녀가 말했다. "오래전에 알아낸 요령이죠. 이렇게 하면 사람들이 저를 좋아해요."

리오가 그 잔을 바라보았고, 이어 프래니를 바라보았다. "오, 세상에." 그가 말했다. "당신은 마법사로군요."

5

낯선 자전거 한 대가 자전거를 세워두는 것이 금지된 그녀의 아파트 복도에 세워져 있었다. 물론 그 사실이 귀띔해주는 것은 아무것도 없었다. 식료품 봉지 끈이 그녀의 손목을 파고들었고, 4층까지 계단을 올라온 뒤라 코트와 부츠가 무겁고 덥게 느껴졌다. 저넷이 문을 열었고, 그녀의 남동생이 그녀의 아들을 무릎에 올려놓고 소파에 앉아 있는 것을 보았다.

"여기 봐! 여기 봐!" 그녀의 남편이 말했다. 포데는 흥분해서 비닐봉지를 받아줄 생각도 하지 않고 그녀를 끌어안기부터 했다. 베이비시터 빈투가 허겁지겁 달려와 저넷의 반대편 팔에서 봉지들을 어렵사리 빼낸 뒤 코트 벗는 것을 도와주었다. 그 두 사람은 그녀를 그렇게 윌리엄스버그의 여왕처럼 대했다.

"앨비?" 이 사람이 그녀의 남동생이라는 사실에는 의문의 여지가 없었지만, 소년을 보는 것과 남자를 보는 것은 과연 달랐다. 곱

190

슬곱슬하고 짙은 머리칼이 사랑스럽게 헝클어져 있던 앨비는 이제 머리칼을 굵게 한 가닥으로 땋고 있었는데, 하도 길어서 저넷은 마지막으로 본 뒤로 그가 머리칼을 자른 적이 있었는지 궁금했다. 그리고 저 광대뼈는 어디서 온 것인가? 매타포니 부족의 피가 어머니 쪽 DNA에 새어들어갔다는 소문이 있었다. 어쩌면 매타포니 부족이 커즌스의 막내에게서 되살아난 건지 몰랐다. 그가 그 역할을 하고 있는 것처럼 보였다. "우리 야성의 인디언." 그가 비명을 지르며 집안을 뛰어다닐 때 테리사는 그렇게 말하곤 했다. 지금 여기 그가 한 자루의 칼처럼 야윈 모습으로 조용히 나타난 것이다.

"서프라이즈." 앨비가 말했다. 그 말은 사실 그대로의 진술이었다. 내가 누나 집 거실에 와 있다니 놀라워. 누나는 내가 여기 와 있는 게 놀랍겠지. 그러고는 그가 목격한 것 중 가장 놀라운 사실을 덧붙였다. "누나한테 아기가 있구나." 아기 다요가 앨비의 땋은 머리를 밧줄처럼 잡고 있었다. 아기는 엄마에게 엄청나게 큰 웃음을 지어 보였는데, 엄마가 다시 돌아와 기쁘다는 것과, 이 이색적인 손님과 같이 있는 것이 무척 기쁘다는 것을 동시에 나타내는 웃음이었다.

"목도리도요." 빈투가 말한 뒤 저넷의 목에서 축축한 양모 목도리를 풀어냈다. 그리고 머리에서 모자를 벗기고 녹은 눈을 떨어냈다. 2월이었다.

저넷이 남편을 돌아보았다. "여기는 내 동생." 그녀가 동생이 방금 문으로 들어왔다는 듯 말했다. 거실에서 앨비를 보는 것이 오랫동안 소식이 끊겼던 형제를 공항이나 장례식장에서 마주친 것처럼 거의 우연한 일로 느껴졌다.

"길에서 만났어!" 포데가 말했다. "내가 퇴근하고 집에 오는데,

자전거를 밀면서 우리 건물에서 멀어지고 있더라고."

그 믿기 힘든 이야기를 확인해주려는 듯 앨비가 고개를 끄덕였다. "나를 쫓아왔어. 미친 사람인 줄 알았다니까."

"뉴욕이니까요." 빈투가 말했다.

그 좋은 소식이 포데를 파도처럼 덮쳤다가 쏟아져내렸다. 아직도 그때의 전율이 생생한 것 같았다. "하지만 내가 이름을 불렀잖아요, 앨비, 앨비! 미친 사람이라면 이름을 모르죠."

저넷은 그저 복도로 나가 오 분 동안 생각을 정리하고 싶었다. 방은 너무 좁았다. 앨비와 다요는 손님처럼 소파에 앉아 있었고, 그녀와 포데와 빈투는 서 있었다. 그들은 방금 안으로 들어온 걸까, 아니면 한동안 그녀를 기다리고 있었던 걸까? 그녀는 그들의 대화를 얼마나 놓쳤을까?

"네가 그냥 길을 걸어가고 있었다고?" 저넷이 앨비에게 말했다. 온 세상의 하고많은 거리 중에서 내가 사는 동네의 거리를?

"누나를 보러 온 거였어." 그가 말했다. "초인종을 눌렀어." 진짜라고, 정말 그랬다고 말하려는 듯 그가 어깨를 으쓱했다.

"하지만 엉뚱한 집 초인종을 눌렀어요." 빈투가 말했다. "이 집 초인종은 울리지 않았어요."

그러자 저넷이 남편을 돌아보았다. 어느 것 하나 말이 되지 않았다. "내 동생인 건 어떻게 알았어?" 그들 아파트에는 앨비 사진이 없었고, 포데가 그를 만난 적도 분명 없었다. 저넷은 동생을 마지막으로 본 것이 언제였는지 생각해보려고 애썼다. 그가 로스앤젤레스에서 버스에 올라탈 때였다. 그때 그는 열여덟 살이었다. 그로부터 세월이 한참 흘렀다.

포데가 웃음을 터뜨렸고, 빈투마저 손으로 입을 가렸다. "당신 모습을 봐." 그가 말했다.

그녀는 자기 대신 동생을 보았다. 그는 그녀를 확대한 모습이었다. 키가 더 크고 몸이 더 마르고 피부색이 더 짙었다. 거실에서 서아프리카 사람들과 비교될 때가 아니라면 그녀는 그들이 아주 많이 닮은 것 같지는 않았다. 다요가 자기 아빠와 베이비시터 말고 어느 누구도 닮지 않았는데 이 아파트에 저넷과 닮은 사람이 있다고 생각하니 좀 우스웠다. 밤에 빈투가 밝은 노란색 띠로 가슴팍에 다요를 솜씨 좋게 묶고서 문에서 그녀를 맞아줄 때 저넷은 정말? 이 아이가 내 아들이야? 하고 생각하지 않을 수 없었다.

"우리가 그렇게 많이 닮았어?" 그녀가 동생에게 물었지만 앨비는 대답하지 않았다. 그는 자기 머리칼을 잡은 앙증맞은 손가락을 떼어내려 하고 있었다.

"기다렸다가 행복해하시는 모습을 보고 싶었어요." 빈투가 저넷의 팔을 꼭 잡으며 말했다. "전 이제 갈게요. 가족끼리 오붓한 시간 보내세요." 그녀가 아기에게 몸을 기울여 머리 꼭대기에 입을 맞추고 또 맞추었다. "내일 봐요, 꼬마 총각." 그러고는 수수어로 뭐라고 덧붙였는데, 아기를 모국과 코나크리*에 연결하는, 급강하하는 새들의 짧막한 소리 같은 것이었다.

"같이 걸어갔다 올게." 포데가 말했다. "그러면 둘만의 시간을 가질 수 있잖아." 포데는 그들을 두고 나와야만 했다. 그였다면 그 좋은 기분을, 찾아온 가족을 보고 기쁨에 넘치는 마음을 한순간이

---

* 기니의 수도.

라도 더 담아둘 수 없었을 것이기 때문이었다. 그는 저넷의 코트를 입고 모자를 쓰고 목도리를 둘렀는데, 그것들이 거기 있었기 때문이었다. 포데는 자기 것과 그녀의 것을 구분하는 감각이 거의 없었다. "잘 있어, 잘 있어!" 그가 빈투를 기니까지 걸어서 데려다줄 것처럼 손을 흔들고 또 흔들며 말했다. 포데가 나갈 때는 별것 아닌 외출이라도 화려한 행사를 보는 느낌이 들었다.

"설명 좀 해봐." 문이 닫히자 앨비가 말했다. 두 사람의 발소리가 계단을 내려갔고, 그들 뒤로 생동적이고 우아한 프랑스어가 맴돌았다. 포데와 빈투는 둘이 있을 땐 프랑스어를 썼다. "저 둘이 사귀는 사이야?"

인정하기 싫었지만 그들이 나가니 비좁은 거실에 공간이 좀 생기고 숨도 더 잘 쉬어져 훨씬 좋았다. "포데는 내 남편이야."

"그러면 아내가 둘이야?"

"빈투는 베이비시터야. 둘 다 기니 출신이고, 둘 다 브루클린에 살아. 그게 둘이 사귄다는 말은 아니지."

"그 말을 믿어?"

저넷은 믿었다. "나를 화나게 만들 이유를 찾을 필요는 없어. 널 보는 것만으로 충분해. 엄마는 네가 어디 있는지 아셔?"

앨비는 그녀의 말을 무시했다. "그러니까 이 아이가 정말 누나 아기라는 거네." 그가 자신의 땋은 머리칼 길이만큼 팔을 뻗어 다요를 이리저리 흔들어주자 아기는 깔깔거리면서 펌프질하듯 다리를 위아래로 움직였다. "커즌스 노인들이 이걸 보고 뭐라고 할지 상상이 안 돼? 아기를 어니스틴에게 주라고 할 거야."

"어니스틴은 죽었어." 저넷이 말했다. 당뇨였다―처음에는 발을 잘라냈고 이어 눈이 멀었다. 그녀의 할머니가 해마다 한 번씩 보내는 크리스마스 편지에 어니스틴이 잃은 것들을 하나씩 써 보냈고, 마지막에는 그 가정부의 죽음을 알렸다. 저넷은 그때 이후 어니스틴에 대해 많이 생각하지 않았고, 갑자기 그녀의 얼굴이 선명하게 되살아오자 자신이 얼마나 신의 없는 사람이었는지 깨달았다. 어니스틴은 조부모의 집에서 저넷이 유일하게 좋아한 사람이었다.

그 소식을 듣고 앨비는 잠시 가만히 있었다. "또 누가 죽었어?"

다른 사람들도 죽었다. 당연히 죽었지만 앨비가 알 만한 사람은 떠오르지 않았다. 그녀는 고개를 저었다. 아기가 동생의 땋은 머리칼을 입에 집어넣기 시작하는 걸 보고 그녀는 아기를 받아갔다. 앨비가 자기 머리칼에 아기 침이 묻는 걸 좋아하는지 알 수 없었고, 그녀 자신이 아기 입에 그의 머리칼이 들어가는 걸 바라는지 역시 알 수 없었다. 그녀가 다요에게 손목을 내주자 아기는 이내 근질거리는 잇몸으로 그녀의 손목을 깨물기 시작했다. 아기의 이 몇 개가 그녀의 살을 파고들었다. 아기는 빨고 씹으면서 눈을 들어 그녀의 눈을 보았다. 그렇게 씹히면서 그녀는 마음의 안정을 되찾고 자신에게로, 이 방으로, 이 순간으로 되돌아왔다.

"아프리카 아기를 낳을 거면 적어도 이름은 좀 덜 아프리카 사람같이 지을 수 없었어?"

저넷이 손가락으로 아들의 플러시 천처럼 보들보들한 머리칼을 쓸었다. "사실을 말하자면, 내가 캘빈이라는 이름을 지었는데 내 입으로도 그 이름이 불러지지 않더라. 오랫동안 우리는 그냥 '아기'라고 불렀어. 포데가 다요라고 부르기 시작했고."

앨비가 자기도 모르게 허리를 폈다가 곧 아기의 눈을 들여다보기 위해 숙였다. "캘?"

"넌 어디 있었던 거야?" 저넷이 물었다.

"캘리포니아에. 이제 떠날 때가 됐어."

"줄곧 캘리포니아에 있었어?"

앨비는 그런 있을 법하지 않은 생각에 작은 미소를 지었고, 그 미소에서 그녀는 예전에 알았던 동생의 어떤 면을 보았다. "그럴 리가." 그가 말했다. 검은 스웨터 소매를 팔꿈치까지 걷어붙여서 그의 손목에 넓은 팔찌를 한 듯 몇 줄로 새겨진, 무늬 있는 띠 모양의 검은 문신이 드러나 있었다. 모든 것이 검은색이었다. 문신도, 스웨터도, 청바지도, 워크부츠도 그랬다. 저넷은 그가 눈 주변에 콜*을 바른 건지, 아니면 그저 속눈썹이 아주 짙은 것인지 궁금했다.

"그럼 지금은 여기 살아?" 그것은 질문이 아니었는데, 그러고 보니 질문은 하나도 없었다.

"몰라." 그가 손을 내밀어 손가락으로 다요의 턱을 만졌고, 아기가 다시 까르르 웃었다. "어떻게 될지 차차 알겠지."

그 순간 그녀는 소파 앞 그녀의 겨울부츠 신발코에서 약간 떨어진 곳에 더플백이 놓인 것을 보았다. 그를 너무 유심히 보느라 미처 보지 못했던 것 같았다.

앨비는 어떤 일도 자신의 뜻은 아니었다는 듯 어깨를 으쓱했다. "누나 남편이 나보고 지낼 곳을 찾을 때까지 소파에서 자도 된댔어."

커피 테이블이나 포테가 공부하는 하나뿐인 안락의자나 그들의

---

* 동양 일부 국가에서 여성들이 화장용으로 눈가에 바르는 검은 가루.

작은 식탁이 아니라면 소파밖에 없었다. 아기는 침실의 침대와 벽사이 비좁은 공간에 둔 등나무 아기침대에서 그들과 함께 잤다. 그녀가 한밤중에 화장실에 가려면 어찌어찌 담요 밖으로 빠져나와 침대 발치에서 기어내려와야 했다. 저넷이 소파에 앉았고, 이제 막기기 시작한 아기는 그녀의 품을 벗어나 바닥으로 내려가려고 팔을 뻗었다. 그녀가 아기를 내려주었다.

"내가 여기서 계속 살 거라는 말은 아니야." 앨비가 말했다.

그로서는 사과에 가장 가까운 말이었을 텐데, 그 순간 그녀는 깜짝 놀랐다. 그들에게는 그를 데리고 있을 방도, 시간도, 돈도 없고, 지난 팔 년 동안 사라져서는 자신이 죽지 않았다는 걸 알리는 엽서만 가끔 보냈을 뿐인 동생을 그녀는 아직 용서하지 않았는데도, 그럼에도 그가 떠난다는 생각을 하니 일어나 문을 잠가버리고 싶었던 것이다. 그가 지낼 곳이 필요하면서도 그녀에게나 홀리에게나 어머니에게 결코 전화하지 않았던 밤이 얼마나 많았을까? 지금 그가 그녀와 함께 있다는 건 뭔가가 달라졌다는 뜻이었다. 이제 아기는 더플백 지퍼를 붙잡고 어떻게 하는 건지 알아내려 애쓰고 있었다. "여기서 지내." 그녀가 말했다.

***

앨비와 저넷은 버지니아 출신이 아니었다. 둘 다 캘리포니아에서 태어났고, 그런 의미에서 두 사람은 한 팀이었지만, 둘 중 누구도 그 팀에 속하고 싶어하지 않았다. 저넷은 임신한 뒤, 그리고 포데와 결혼한 뒤 스물여섯 살에 처음으로 여권을 신청했다. 포데가 그녀를 기니로 데려가 그의 가족을 만나게 해주고 싶어했기 때문이었다. 그녀가 우체국에서 신청서를 작성하다 말고 멈춘 질문이 출생지였다. 그녀는 버지니아는 아님, 이라고 적고 싶었다. 버지니아는 아님, 그것이 그녀의 출생지였다. 캘은 앨비와 저넷이 태어난 주가 더 나쁜 주라고 그들에게 얄미운 소리를 했다. "실컷 구경해." 한번은 그들이 덜레스 공항에서 알링턴으로 가는 길에 캘이 그렇게 말했다. 서던캘리포니아에서는 절대 볼 수 없는 다차원적 색조의 초록 풍경이 지나갔다. "지금 공항에서 너희를 통과시켜준 건 너희가 어려서야. 아빠가 허가를 받아줬거든. 더 크면 공항에서 너희를 막고 비행기에 다시 태울걸."

"캘." 그들의 새어머니가 말했다. 이름만 불렀다. 그녀는 운전을 하고 있었고 그 이야기에 끼어들고 싶은 마음이 없었지만, 자신이 진지하다는 것을 보여주려고 고개를 돌렸다. 백미러에 커다란 재키 오나시스 선글라스가 번쩍 비쳤다.

"공항에서 아줌마도 돌려보낼 거예요." 캘이 차창으로 얼굴을 돌린 채 그녀에게 말했다. "조만간."

캘이 죽자 저넷과 홀리와 앨비에게 버지니아로 오라고 하는 말은 아예 없었다. 이따금 그들의 아버지가 비행기를 타고 로스앤젤레스로 와서 그들을 시월드나 노츠베리팜에, 그리고 웨스트할리우드에 있는, 저녁식사를 하는 동안 여자들이 벽을 따라 설치된 대형 수조에서 수영을 하는 레스토랑에 데려갔다. 하지만 지켜보는 사람 없이 끝없이 계속되던 커먼웰스의 여름은 끝이 났다. 물론 앨비는 화재 사건 이후 그곳으로 돌아가 비참한 한 학년을 보냈고, 홀리는 법문을 통해 얼마나 평화와 용서를 얻었는지 알아보려고 성인이 된 후 그곳으로 돌아가 이틀 밤을 지냈다. 하지만 저닛은 그 주와 그곳 사람들 모두를 마음에서 지워버렸는데, 그 대상에는 아버지, 양쪽 조부모, 친척 어른들, 몇 안 되는 사촌들, 새어머니, 새로 생긴 두 자매가 포함되었지만, 그들에게만 한정된 것은 아니었다. 모두 굿바이. 그리고 그녀는 진짜 가족으로 생각되는 범위를 테리사, 홀리, 앨비—그녀가 밤에 이를 닦을 때 토런스의 그 집에 그녀와 함께 있는 세 사람—로 한정했다. 재미있는 사실이지만, 그때까지도 그녀는 아버지가 가버린 정도를 완전히 이해하지 못하고 있었다. 그가 수년 전에 떠났고 놀이공원에서 하루를 보내기 위해서가 아니라면 영영 돌아오지 않는다는 사실을 이해하지 못했다. 앨비가 자기 방에서 혼자 자는 것처럼 어머니도 어머니의 방에서 혼자 잤다. 저닛에게는 감사하게도 홀리가 있었다. 그녀는 밤에 침대에 누워 홀리가 숨쉬는 것을 지켜보면서 앨비를 덜 미워하겠다고 혼자 다짐했다. 그가 무엇 때문인지 모르게 짜증을 부려도 그 역시 그녀의 동생이었고, 그녀는 그 한 가지 사실을 꼭 붙들고 놓지 않으려 했다.

하지만 그 시절은 감정적 자선을 베풀기에는 팍팍한 시간들이어서 숱한 밤을 다정하게 대하겠다고 결심하고 또 결심해도 저닛은 앨비를 다정히 대할 수가 없었다. 아버지 없이, 캘 없이, 서던캘리포니아에 남은 네 명의 커즌스 사람은, 그들이 그때까지 살아오면서 각기 어떤 사회적 능력을 습득했건 그 모든 게 한 소년이 벌에 쏘인 그 시기에 싹 씻겨나가기라도 한 것처럼 자기 안에 더욱 깊이 침잠했다. 그들의 어머니가 직장에서 학교로, 식료품점으로, 다시 집으로 이동하는 속도는 두 배로 빨라졌다. 그녀는 늘 도착하고 늘 떠나고 어디에도 머물지 못했다. 그녀는 자신의 가방도, 차 열쇠도 찾지 못했다. 저녁을 차리지도 못했다. 홀리가 거실 책상 서랍에서 유효기간이 끝난 수표 한 박스를 발견한 뒤 테리사 커즌스, 테리사 커즌스, 테리사 커즌스, 어머니의 서명을 연습했고, 마침내 정확한 필압으로 종이와 펜의 각도를 완벽히 잡아 쓸 수 있게 되었다. 위조술을 연마하는 홀리의 고된 노력은, 그들이 여전히 현장학습에 갈 수 있고 성적표를 학교로 다시 가져갈 수 있다는 것을 의미했다. 칭찬받을 만하다면 칭찬이 주어질 거라고 믿은 홀리는 그 훌륭한 결과물을 곧장 어머니에게 가져갔고, 테리사는 홀리에게 그것이 벌인지 상인지 말해주지 않고 고지서 지불하는 일을 맡겼다. 테리사가 가계를 꾸려나가는 데 능하지 않은 것은 가히 전설적이라, 그녀와 버트가 행복한 결혼생활을 하던 시절까지 거슬러올라갔다. 홀리가 수표장을 맡기 전에는, 우편함에 세번째 고지서와 공급 중단 경고장이 도착해도 어디에 뒀는지 순식간에 없어져서, 해마다 한두 번은 집안 전체가 암흑에 빠지곤 했다. 텔레비전을 고려하지 않는다면 전기가 끊어지는 것이 큰 상실로 느껴지지는 않아서, 저녁식사로 시리얼을 먹는 동안 식탁 한가운데에 촛불이 일렁이면 그들은 자신들이 아주 부유하고 서로 아주 많이 사랑한다는 생각에 빠져들 수 있었다. 하지만 변기 물을 내릴 수 없고 샤워 물이 나오지 않을 때, 음, 그것은 참기 어려웠다. 모두가 수도 요금은 제때 내야 한다는 데 동의했다. 열네 살이 다 된 홀리는 거의 모든 것을 잘했고, 산수도 잘했다. 그녀는 가사 시간(이 수업에서 비상시 수리하는 법과 저녁식사로 독창적인 캐서롤 요리를 만드는 법을 배웠다)에 배운 대로 수입과 지출의 균형을 맞추기 시작했다. 그들의 경제적인 상태가 재앙 수준임을 알게 되자 그녀는 셰퍼드 선생이 나중에 결혼하면 필요할 거라고 여학생들에게 가르쳐준 대로, 매주 기본 예산을 짜서 냉장고에 테이프로 붙여놓았다. 홀리가 빨간색 매직마커로 쓴 마지막 줄은 이것이었다. 우리가 쓸 수 있는 돈은 ___달러. 앨비조차 그것에 관심을 보였다.

저넷은 무엇을 했느냐 하면, 부엌에서 쓰는 발판사다리를 뒷마당으로 끌고 나가 나무에 낮게 매달린 오렌지를 땄고 그것을 들통에 담아 부엌으로 가져와 오래된 금속 착즙기로 주스를 만들었다. 고된 일이었지만 그렇게 한 것은, 오렌지주스 만들기는 예전에도 가족이 하던 일이었기 때문이었다. 밤중에 그들의 어머니는 냉장고에서 오렌지주스 피처를 꺼내 스크루드라이버를 만들어 마셨다. 그녀는 누가 오렌지주스를 만들 만큼 사려 깊은 행동을 했는지 단 한 번도 묻지 않았고, 저넷은 언니와는 달라서 당당하게 말하지 못했다. 어머니는 아직 상황에 반응하는 능력은 있었지만—피처에서 주스를 쏟으면 행주로 닦아냈다—호기심은 제로 수준이었다. 그녀는 캘 말고 어느 무엇에 대해서도 궁금해하지 않았다.

대체로 그녀는 캘에 대해 이야기하지 않았지만 그녀의 상태를 드러내는 작은 일들이 있었다. 이를테면, 전에는 식료품점에서 툼스톤* 냉동피자를 몇 상자씩 사오곤 했는데 이제는 냉동식품 코너 옆을 지나가기만 해도 그들의 어머니가 움찔하는 게 겉으로 드러났다. 캘이 소시지와 페퍼로니가 든 툼스톤 피자를 너무 많이 먹어서였을까, 아니면 그저 그 상표명을 참을 수 없었던 걸까? 그 이야

---

* '묘석'이라는 뜻.

기를 나눈 적은 없었다. 이제 그들은 배달을 이용했고 피자가 문앞까지 왔다.

그러던 어느 밤 그들 모두 피자를 먹으면서 텔레비전을 보고 있는데, 어머니가 늘 속에 품고 있던 이야기를 밖으로 꺼냈다. "캘에 대해 이야기해줘." 그때 그들은 자크 쿠스토*가 만든 옛날 프로그램을 보고 있었다. 그녀가 꺼낸 말은 어떤 것과도 상관없었다.

"캘에 대한 어떤 이야기요?" 홀리가 물었다. 그들은 어머니가 무슨 뜻으로 그 말을 했는지 정말로 알지 못했다. 그가 죽은 지 여섯 달이 넘은 때였다.

"그날 무슨 일이 일어났는지에 대해." 테리사가 말한 뒤 자기가 하는 말을 그들이 이해하지 못했을까봐 덧붙였다. "너희 할아버지 할머니 집에서."

그녀에게 그 이야기를 해준 사람이 아무도 없었나? 아버지가 자초지종을 말해주지 않았나? 모든 것이 홀리 몫이 되어버리는 것은 공평하지 않았지만, 또 그렇게 돼버렸다. 저넷은 자기 접시만 내려다보고 있었고, 앨비는, 음, 앨비도 그 이야기를 몰랐다. 어떻게 말할지 대본을 미리 만들어준 캐럴라인에게 홀리가 고마워한 것이 그때였다. 안 그랬다면 무슨 말을 해야 할지 몰랐을 것이다. 그녀는 어머니에게, 여자아이들이 집에서 캘보다 더 늦게 나온 건 프래니가 진드기 때문에 집에 돌아가 긴바지로 갈아입겠다고 했기 때문이라고, 할아버지 할머니 집의 부엌문에서 헛간으로 가는 길은

---

* 1910~1997. 프랑스 해양탐험가로 스쿠버를 발명했고 영화감독으로도 활약했다. 일찍이 텔레비전을 교육도구로 활용했다.

두 개가 있었다고, 캘과 여자아이들이 서로 다른 길로 갔기 때문에 캘을 발견한 건 돌아오면서였다고 말했다. 물론 어머니도 커즌스 집안의 그 집을 알고 있었다. 그녀와 버트는 그 집 앞쪽 포치에서 결혼식을 올렸고, 잔디밭에 텐트를 치고 그 아래 이백 명의 하객 앞에서 춤을 췄다. 현관 벽장에 지금도 크림색 가죽 장정의 결혼식 앨범이 보관되어 있었다. 그들의 아버지는 잘생긴 모습이었다. 그들의 어머니는 주근깨가 퍼진 하얀 얼굴과 잘록한 허리, 짙은 색 머리칼 때문에 동화 속에 나오는 신부, 어린 신부처럼 보였다.

"프래니가 바지 갈아입는 걸 너희가 기다려준 이유는 뭐였니?" 어머니가 물었다. "왜 그애 언니가 기다려주지 않았어?"

"캐럴라인도 기다렸어요." 홀리가 말했다. "우리 모두 기다렸어요. 여자애들은 다 함께 다녔어요." 그녀는 그들이 풀밭에 누워 있는 캘을 보았지만 처음에는 장난치는 줄 알았다고 말했다. 다른 여자아이들은 달려서 집으로 돌아갔고 프래니는 혹시 몰라서 캘 옆에 남았다고 했다.

"뭘 혹시 몰라?" 테리사는 남은 사람이 프래니였다는 사실이 탐탁지 않았다.

홀리는 다음 말을 하기 힘들었는데, 그녀가 아직 다른 결과의 가능성을 믿고 있던 시절이었기 때문이다. "혹시 깨어날지 몰라서요." 그녀가 말했다.

"내가 봤어." 앨비가 텔레비전 화면에서 눈을 떼지 않은 채 말했다. 예쁜 여자가 식빵에 피넛버터를 바르는 광고였다.

"너는 아무것도 못 봤어." 홀리가 말했다. 앨비는 여자아이들과도, 캘과도 같이 있지 않았다. 앨비는 잠들어 있었다. 그 점에 대해서는 모두가 분명히 알고 있었다.

"나는 누나들이 거기 오기 전에 그 자리를 떠났어. 누나들이 오기 전에 내가 전부 봤다고."

"앨비." 어머니가 말했다. 그녀의 목소리에서 공감하는 마음이 느껴졌는데, 그녀는 아들의 감정을 이해할 것 같았기 때문이었다. 그녀 역시 그 이야기에서 배제되어 있었다.

"너는 자고 있었어." 홀리가 말했다.

앨비가 몸을 획 돌려 홀리에게 포크를 던졌다. 누나의 심장을 뚫겠다는 듯 투창처럼 던졌지만 포크는 그녀의 어깨에 맞은 뒤 아무 사고도 내지 않고 튕겨나갔다. 앨비는 열 살이라 동작이 좀 어설펐다. "캘이 총에 맞았고 그걸 본 사람은 나뿐이야."

"앨비, 그만해." 어머니가 말했다. 그러고는 두 손을 머리칼 속에 넣었다. 아이들은 그녀가 물어본 것을 후회하고 있다는 사실을 알 수 있었다.

"전 괜찮아요." 홀리가 냉정하게 무시하듯 말하자 앨비는 머리에서 불길이 치솟는 것 같았다.

"헛간에서 네드가 쐈어!" 그가 소리쳤다. "그 아저씨가 아빠 총으로 캘을 쐈어. 차에서 가져온 그거, 캐럴라인이 차에서 꺼낸 그 총! 나는 봤지만 누나는 못 봤어. 왜냐하면 거기 있었던 사람은 나였으니까. 사람들은 내가 거기 있는 줄도 몰랐어."

그때쯤 저넛과 홀리 모두 울고 있었다. 그들의 어머니도 울고 있었다. 앨비는 그들이 밉다고, 그들이 밉다고, 그들은 거짓말쟁이라고 소리를 질렀다. 그 일은 그렇게 끝났다.

버지니아에서 보낸 8월의 엉망인 나날 중에서도 최악이었던 그날, 변호사가 되겠다고 이미 마음을 굳히고 있던 캐럴라인은 다른 여자아이들—홀리와 프래니와 저넷—역시 그 자리에 있었음에도 정확히 어떤 일이 일어났는지 그들에게 일러주었다. 그들이 말보다 빠르게 집으로 달려가고 어니스틴이 구급차를 부르고 그들이 어니스틴을 캘에게 데려간 다음의 일이었다. 그들의 할머니인 커즌스 부인이 구급차에 방향을 알려주려고 집에서 기다리는 동안 몸무게가 보통 사람보다 20킬로그램은 더 나가고 발에 맞지 않는 신발을 신은 어니스틴은 여자아이들과 함께 뒤쪽 들판을 통과해 달렸다. 캐럴라인은 그 모든 일이 일어나던 중 어느 시점에 머릿속으로 그 이야기를 꾸몄다. 언제 그럴 시간이 있었을까? 그들 모두가 달리고 있는 동안? 집으로 돌아왔을 때? 캘이 구급차에 실린 채 빙빙 돌아가는 불빛과 이유 없이 울부짖는 사이렌 소리(오, 하지만 그는 그것을 좋아했을 것이다)와 함께 빠른 속도로 멀어졌고, 조부모인 커즌스 부부는 차를 몰고 캘의 구급차를 쫓아 병원으로 갔다. 어니스틴은 앨비를 찾으려고 애썼으나 어수선한 와중에 앨비는 보이지 않았다. 그들의 아버지는 알링턴에 있는 법률사무소 주차장을 뛰어서 통과하고 샬러츠빌로 쏜살같이 차를 몰아 아들의 마지막 모습을 보았다. 아무도 베벌리가 어디 있는지 몰랐다. 캐럴라인이 나머지 여자아이 셋을 커즌스 부부의 집 2층 통로에 있는 욕실로 데려간 것이 그때였다. 그녀는 그들을 욕실로 밀어넣고 문을 잠갔다. 나머지 여자아이들이 집으로 달려갔다 다시 달려오는 동안 혼자 캘 옆을 십오 분 지켰기 때문인지 프래니는 울고 있었다. 오직 프래니만 캘이 죽었다는 걸 알고 있었다. 구급대원들조차 그를 처다보는 것밖에 더 할 수 있는 일이 없었지만 죽었다는 말은 입 밖에 내지 않았다. 캐럴라인은 여동생에게 입 다물라고 말했다.

"내 말 잘 들어." 그들이 언제는 캐럴라인의 말을 듣지 않았던 것처럼 캐럴라인이 말했다. 그녀는 그해 여름 열네 살이 되었다. 그녀의 목소리는 날카롭고 다급했다. 잘린 풀 조각이 그녀의 다리와 테니스화에 들러붙어 있었다. "우리는 캘과 같이 있지 않았어. 내 말 알아들어? 캘 혼자 헛간에 간 거야. 우리는 나중에 그리로 갔다가 풀밭 바로 그 자리에서 캘을 발견한 거고. 캘을 발견하자마자 곧장 집으로 달려가서 말한 거야. 우리가 아는 건 그것뿐이야. 누가 우리한테 물어보면 그렇게 말해야 해."

"왜 거짓말을 해야 해?" 프래니가 물었다. 어쨌거나 거짓말은 하면 안 되는 것인데, 거짓말할 게 뭐가 있는가? 복잡하게 만들지 않아도 그날 있었던 사실만으로 이미 충분히 엉망이지 않은가? 캐럴라인은 지금 처한 상황과 프래니의 어리석음이 몹시 속상해서 여동생의 얼굴을 있는 힘껏 세게 후려쳤다. 프래니는 손이 날아오는 것을 보지 못했고 맞을 준비도 하지 못한 상태여서 손찌검에 얼굴이 홱 돌아가 리넨 벽장문에 부딪혔다. 그들이 보는 앞에서 프래니의 왼쪽 관자놀이에 혹이 생겨 붓기 시작했다. 설명할 일이 하나 더 생긴 셈이었다.

캐럴라인은 그들을 조용히 시키려고 애쓰면서도 동생의 머리가 문짝에 만든 자국에 짜증이 났다. 그녀는 좀더 신뢰할 만한 두 사람인 홀리와 저넷을 돌아보았다. "우리는 당황한 표시를 내고 싶은 만큼 내도 돼. 사람들은 우리가 당연히 당황해할 거라고 생각할 거야. 하지만 우리가 당황했다면 그건 우리가 캘을 발견했기 때문이고 그 일이 일어났기 때문이지, 우리가 거기 있었기 때문은 아니야." 그 순간 캐럴라인은 자기들이 빠져나가는 유일한 길은 꼬리가 자라게 해서 그걸 흔들어 나무들 사이로 이동하는 거라고 말할 수도 있었을 테고, 그들은 그렇게 하라면 그렇게 했을 것이다. 캐럴라인은 그들의 과실에 대해 생각하고 있었고, 다른 누가 아니라 캐럴라인이었기 때문에, 그 일이 자신의 대학 입학에 영향을 줄지 모른다고 생각했을 것이다. 그녀는 가을에 고등학생이 될 예정이었다.

"무슨 일이 일어났는지 다시 말해봐." 테리사가 어느 저녁 저넷에게 말했다. 캘이 죽은 지 일 년이 넘게 지난 때였다. 대체로 가족들은 저넷에게 아무것도 묻지 않았다. 홀리는 길 아래 친구 집에서 공부를 하고 있었고, 앨비는 최근에 어울리게 된 한 무리의 소년들과 자전거를 타고 있었다. 저넷과 어머니는 보통 둘만 있는 경우가 거의 없었지만 그 순간만큼은 둘뿐이었다. 어머니는 잊고 있던 것이 또하나 생각났다는 듯 무심히 말했다. 내 립스틱 어디 있니? 전화건 사람 누구였어? 그런 말처럼.

저넷은 그날 욕실에서의 캐럴라인 모습이 여전히 보였고, 또박또박 지시를 내리는 소리도 여전히 들렸다. 관자놀이에 흘러내린 캐럴라인의 머리칼이 땀으로 축축해져 있던 것과 노란색 티셔츠가 칼라까지 흠뻑 젖어 있던 것도 떠올랐다. 하지만 캘의 모습은 더이상 보이지 않았다. 그의 얼굴은 일 년 만에 그녀에게서 슬며시 사라졌다. "저는 거기 없었어요." 저넷이 말했다.

"너는 거기 있었어." 저넷이 그 사실을 잊었다는 듯 어머니가 말했다.

"어떤 짓을 한 사람을 찾고 싶으면 같은 질문을 자꾸 반복해서 해야 해." 그들이 버지니아에서 지낸 어느 여름에 프래니가 저넷에게 했던 말이었다. 캘이 죽기 전 어느 해였다. 그것은 차문을 따는 것, 당사자 모르게 전화를 도청하기 위해 수화기를 해체하는 것과 더불어 프래니가 그녀에게 가르치려고 했던 경찰 기술 중 하나였다. "머지않아 누군가가 자기도 모르게 진실을 흘릴 거야." 프래니가 말했었다.

저넷은 어머니가 진실을 유도해내려고 하는 것인지 궁금했다.

"캘은 우리를 기다리는 데 싫증이 났어요." 그녀가 말했다. "캘이 혼자 말을 보러 가겠다고 했고, 우리가 따라잡기로 했어요."

"너희는 따라잡았어." 어머니가 말했다.

저넷이 어깨를 으쓱했다. 상황을 고려하면 어색한 제스처였고 무례했다. "너무 늦었어요." 마침내 어머니의 주근깨가 사라진 건 캘이 죽은 뒤였다. 주근깨마저 어머니를 버린 것 같았다. 저넷은 집중력을 잃지 않으려고, 이 모든 일이 일어나기 전에 어머니가 어떻게 생겼었는지 떠올리려 애를 쓰면서 어머니의 콧잔등에 시선을 고정했다.

"누가 앨비에게 그 약을 줬니?" 어머니가 물었다.

"캘이요." 저넷이 뭔가에 대한 진실을 말하는 게 얼마나 기분좋은지에 놀라며 말했다. "캘이 늘 그랬어요."

그날 그 모든 일이 일어나고 있던 중에 앨비가 사라진 사실에 신경쓴 사람은 어니스틴뿐이었다. 다락과 지하저장고를 살펴본 뒤 그녀는 앨비가 베벌리와 함께 갔을 거라고 말했다. 아무도 베벌리가 어디 있는지 몰랐다. 그녀는 아이들 조부모 소유의 차 한 대를 몰고 나가면서 아무한테도 알리지 않았다. 베벌리가 시내에 갔다면 앨비를 데리고 간 게 틀림없었다. 다른 날이었다면 베벌리가 앨비를 데리고 어딘가에, 어딘가에 간다는 생각만으로도 여자아이들이 웃음을 터뜨렸을 텐데도.

**

'자전거를 타는 못돼먹은 놈들', 토런스에 사는 이웃들은 그들을 그렇게 불렀다. 나중에는 그들 스스로 그렇게 부르고 다녔다. 그들이 잔디밭을 질러갈 때, 끽끽 브레이크를 밟는 차들 사이를 번개처럼 뚫고 지나갈 때, 카트 가득 물건을 실은 어머니들을 겁주는 즐거움을 누리려고 빠르게 작은 원을 그리며 식료품점 주차장을 휩쓸고 지나갈 때, 그들이 지나간 자리에 그런 말이 들려왔다. 사람들은 그들 때문에 죽을 뻔했다며 그들을 죽이고 싶어했고, 한편으로는 그들에게 죽임을 당할까봐 두려워했다. 매타포니 부족의 일원인 앨비, 부모는 국경 저쪽에서 태어났지만 자신은 이쪽에서 태어난 엘살바도르인 라울, 그리고 흑인 아이 둘이 있었다. 둘 중 더 작고 더 잘생기고 졸린 표정을 한 쪽이 레니였고, 다른 하나는 그들 넷 중에서 키가 가장 큰 에디슨이었다. 그들이 함께 자전거를 타기 시작한 것은 열한 살, 열 살일 때였다. 모두 아직 성가실 나이여서 어머니들은 그들이 오후에 집밖으로 나가서 놀기를 바랐다. 그들은 시작부터 위험한 아이들이어서, 운전자들이 운전대를 집 앞 잔디밭으로 홱 꺾을 수밖에 없게 차들 앞으로 끼어들었다. 어떤 차는 도로경계석을 뛰어넘어 곧장 전신주를 들이받았지만, 소년들은 그들의 상상 속 인디언들처럼 와와 소리를 지르며 계속 달려갔다. 그들이 거의 열두 살이 다 된 그해 여름, 어떤 차의 문이 예기치 못하게 열려 레니가 공중으로 붕 치솟는 사고가 일어났다. 나머지 셋은 늦지 않게 브레이크를 잡아 그들의 어린 친구가 푸른 하늘을 배경으로 체조하듯 구르는 것을 볼 수 있었다. 그 사고로 그는 죽었을 수도 있었다. 머리 쪽을 부딪치며 떨어졌다면 죽었겠지만, 오른손을 뻗어 몸을 버틴 덕에 손목만 부러졌고, 뼈가 피부를 뚫고 튀어나왔다. 그로부터 두 주도 지나지 않아 앨비가 사고를 당했다. 갑작스러운 폭우로 보도에 배어 있던 기름이 빠져나와 그가 탄 자전거를 휙 튕겨버렸다. 앨비는 어깨가 부러졌고 한쪽 귀가 찢어져 서른일곱 바늘을 꿰맸다. 에디슨과 라울은 남은 여름 동안 누구도, 심지어 그들 자신들도 겁주지 않으며 얌전히 페달을 밟아 공원 자전거 길을 돌았다. 에디슨이 앨비의 집에 와서 어두워진 거실의 리클라이너 소파 옆에 섰다. 앨비는 어깨 때문에 거의 여름 내내 리클라이너 소파에 앉아 있어야 했다.

"누구나 가끔 운 나쁜 여름을 보내게 돼 있어." 에디슨이 말했고, 그 말이 진실임을 아는 앨비는 같이 텔레비전 만화를 보면서 친구에게 코데인이 함유된 타이레놀 한 알을 주었다.

제퍼슨중학교를 졸업했을 때 앨비와 레니와 에디슨은 열네 살이었고 라울은 열다섯 살이었다. 그들은 키가 컸지만 아직 다 큰 것은 아니었다. 멀리서 보면 자전거를 타는 사람이 소년인지 성인 남자인지 분간하기 힘들었다. 그들은 너무 빠르게 달렸고 누가 누구보다 빠른지에 늘 신경을 곤두세웠기 때문에, 달리기 시합에서 선두를 차지하려는 선수들처럼 앞서거니 뒤서거니 미친듯이 선두를 바꾸었다.

중학교를 졸업한 뒤 '자전거를 타는 못돼먹은 놈들'은 이제 앨버트슨의 가게에서 사탕을 훔치기보다는 레디윕* 캔을 슬쩍해 운동복 상의의 캥거루 주머니에 집어넣는 일에 더 열중했다. 나중에 그들은 앨비의 침실 바닥에 공처럼 뭉쳐 앉아, 몸에 기분좋게 퍼지는 탄화플루오린을 소량 흡입하거나 종이봉지에 에어플레인 글루**를 넣고 냄새를 맡았다. 네 아이의 어머니들은 자기 아들이 그런 불량한 무리에 들어간 것에 실망했고, 테리사만 빼고 나머지 어머니들은 전적으로 다른 아이들 탓을 했다.

그들이 거의 열네 살이 다 된 어느 더운 여름날, 라울의 자전거 체인이 벗겨졌다. 그들은 집에서 제법 멀리 떨어진, 공업단지 뒤로 넓게 펼쳐진 들판 옆 좁은 측면도로***에 있었다. 라울이 자전거 옆에 쭈그리고 앉아 체인을 끼우는 동안 소년들은 기다렸다. 풀을 깎지 않은 들판에 키 큰 풀과 다양한 잡초들이 있었지만 모두 몇 달 전에 시들어 죽은 것 같아 보였다. 토런스는 그런 곳이었다. 앨비는 보도에 드러누웠는데, 바닥 온도는 그가 참을 수 있는 것보다 1도 정도 낮은 듯했다. 어깨에 느껴지는 온도가 기분좋았다. 그는 선글라스를 끼고 싶었지만 그들 중 선글라스를 가진 사람은 없었다. 그는 자신이 입은 긴바지의 커다란 단추가 달린 주머니에서 파란색 빅 라이터를 꺼냈다. 주머니에는 작은 파이프도 들어 있었는데, 그

---

* 간식으로 먹는 휘핑크림.
** 조립 모형을 붙이는 데 주로 사용되는 접착제.
*** 주택, 상점 등에 접근하기 쉽게 고속도로와 평행하게 만든 도로.

저 과시용이었고, 작은 나무로 된 몸통에 작은 메시 바구니 같은 것이 달린 형태였다. 마리화나가 떨어진 지도 오래되고, 홀리가 아기 봐주는 일을 해서 모은 돈을 슬쩍한 것도 다 쓴 지 오래라 더 살 수도 없었기에, 그는 약에 취하는 대신 팔을 높이 쳐들고 태양을 향해 라이터를 켰다.

"뭐하냐?" 레니가 물었다. 그는 아까 땅바닥에 앉으려고 해봤지만 보도가 너무 뜨거웠다. 앨비가 바닥에 누워 있는 것이 믿기지 않았다.

"불이 불하고 소통한다." 앨비가 심오한 말 같다고 생각하며 말했다. 그러고는 오른쪽으로, 들판을 향해 고개를 돌렸고, 마른 풀 위로 내려앉는 갈색 나방 두 마리를 보았다. 그 순간 그가 오른팔을 바로 아래로 쓱 내렸고, 빅 라이터의 불길이 치솟더니 풀밭에 옮겨붙었다.

이 들판은 불에 태워질 운명이었다. 앨비가 펄쩍 뛰어 자신의 자전거를 붙잡기 전에 손을 홱 치우고 보도 위를 두 바퀴 굴렀는데, 그러는 중에 불길이 그의 손목을 핥았다. 불은 쉭쉭 소리를 내더니 인간의 손이 셀로판지를 똘똘 뭉칠 때 나는 바스락 소리를 내며 황홀하게 타올랐다.

"젠장, 뭐야." 라울이 말하며 뒤로 굴렀다. "무슨 짓을 한 거야?" 그들은 자전거를 멀리 더 멀리 끌어낸 뒤 그곳을 빠져나가려고 한쪽 다리를 자전거 위에 걸쳐 올렸지만, 아무도 돌아서서 가지 못했다. 네 소년은 최면에 걸린 듯 그 자리에 얼어붙은 채 점점 커지는 이 기적의 짐승이 보도에 선 그들에게는 전혀 영향을 미치지 않으면서 풀이 있는 땅이면 어디든 게걸스레 먹어치우는 것을 지켜보았고, 그러는 동안 아주 야릇하고 오싹한 느낌이 피부로 덮쳐오는 것을 느꼈다. 불길은 지금껏 본 그 어떤 것보다 더 찬란한 모습으로, 그들의 허리만큼, 가슴만큼 솟구쳐올랐다. 오렌지색 종잇장 같은 것이 사막의 신기루처럼, 있다고 생각하면 없어지는 무엇처럼 허공에 걸려 물결처럼 일렁였다. 검은 연기가 구불구불 불길 위로 올라가면서 앨비가 만들어낸 이 지극히 사적인 일을 동네 사람들에게 선포했다. 불이야! 불이야! 불은 이미 풀밭 가장자리에서 사그라지기 시작했지만 그들은 공업단지 안에서 그렇게 외쳤다. 불은 아주 많은 것을 필요로 했다. 불이 더 많은 풀을 찾는다는 것을, 자신을 살아 있게 해주는 것이면 뭐든 찾는다는 것을 소년들은 알 수 있었다. 한순간 더 사는 것을 의미할 뿐이라 해도 불은 행복하게 그것들을 태우려 할 것이었다.

"여길 빠져나가야 해." 에디슨이 말했지만 그 말은 저거 보여? 라고밖에 들리지 않았다.

레디윕이니 홉입이니 마리화나니 다 잊어라. 자전거도 잊어라. 그 최초의 순간부터 그들이 원한 것은 오직 원시적인 불이었다. 멀리서 사이렌 소리가 들렸다. 어제였다면 그들은 자전거를 타고 그 소리가 나는 곳까지 달려, 음악 밴드를 추종하는 소녀 팬 무리처럼 현장까지 선홍색 소방차를 따라갔을 것이었다. 오늘 현장의 주범은 그들이었고, 그들은 거기서 빠져나가야 한다는 것을 알 만큼은 똑똑했다.

버지니아에서 보낸 어느 여름에 앨비와 캘에게 성냥 총 만드는 법을 처음 가르쳐준 사람은 앨비의 할아버지 커즌스였다. 필요한 장치는 스프링이 들어간 구식 빨래집게와 고무줄 두어 개, 오븐 점

화용 성냥 한 갑, 그리고 사포 한 장이 전부였다. 소년들은 이루 말할 수 없이 지루한 그 노인의 말을 집중해서 들으라는 지시를 받았고, 그 노인은 소년들에게 가족의 지혜를 나눠주라는 당부를 들었다. 성냥 총은 노인이 고안한 것이었다. 끊임없이 내린 비에 세상이 깊고 싱싱하고 본질적으로 불이 날 수 없는 상태가 되어 있던, 유별난 그해 여름, 버지니아에서 그것은 당연하게도 뭔가 다른 의미를 띠었다. 버지니아에서 사람들은 언젠가 공기가 장작을 태울 만큼 건조해지는 날이 오기를 바라며 차고에 장작을 쌓아놓았다. 총을 완성한 뒤 할아버지가 성냥을 총에 걸고 핑 쏘았고, 그것은 미사일처럼 아치 모양의 아름다운 불길을 그리며 앞쪽 포치로 날아갔다.

"절대로 헛간에서 하면 안 돼." 할아버지가 자신의 발명품을 그들에게 건네며 말했다. "사실, 너희끼리 있을 때는 절대 안 돼. 내 말 알아들었지? 너희가 성냥을 쏘는 건 내가 옆에 있을 때만이야."

캘은 시큰둥했다. 그는 기회가 있을 때마다 글러브 박스에서 아버지의 권총을 꺼내 청바지 속 무릎까지 오는 양말 안에 찔러넣은 뒤 뭉툭한 부분을 발목에 대고 반다나로 단단하게 묶고 다녔기 때문이었다. 캘은 그날 앞쪽 포치에서 할아버지가 빨래집게를 가지고 부산을 떠는 동안에도 발목에 총을 차고 있었다.

하지만 앨비에게는 총이 없었고, 그래서 그는 그 작은 화염방사기에 관심을 보였다. 그 덕에 그가 오 년 뒤 토런스에서 그날의 기억을 되살려 직접 만들어보았을 때 성공할 수 있었던 것이다. 그는 식탁에 필요한 재료들을 늘어놓고 패거리 각각에게 성냥 총을 만들어주었다. 에디슨의 집 뒷마당에서 풀밭에 종이타월과 클리넥스를 여러 간격으로 내려놓고 불태우는 연습을 한차례 한 뒤, 그들은 주류 가게 뒤에 산더미처럼 쌓아놓은 빈 박스들과 엑손 주유소 앞 죽은 관목 두 그루에 불을 질렀다. 일찍 일어난 날에는 이웃집 보도나 집 앞 계단에서 주인이 집어가기를 기다리고 있는 신문에 성냥을 쏘았다. 더 능숙해지자 자전거를 타고 달리면서 신문에 성냥을 쏘았다. 그들은 시내버스를 타고 선셋 스트립으로 갔고, 종려나무를 향해 성냥을 쏜 뒤 물러서서 그들의 머리 위 바싹 마른 종려나무 잎사귀에서 불길이 치솟을 때 쥐들이 허둥지둥 내려오기를 기다렸다. 그들은 쥐도 맞히려고 했지만 결코 성공하지 못했다. 쥐들은 빠른데다 특별히 불에 잘 타지도 않았다.

그해 여름에는 가뭄이 들고 바람이 많이 불고 도로변 곳곳에 스모키 베어*의 권고도 보였지만 그들은 내내 이것저것 불을 지르고 다녔다. 스모키는 무슨, 웃기지 마라 그래. 그들은 산불처럼 허술한 것에는 관심이 없었다. 정확한 것, 불길의 예술, 타오르는 신문지 한 장, 버려진 땅을 좋아했다. 그들은 셰리고등학교에 입학하고 처음 두 달 내내 성냥에 불을 켜고 다녔다. 가게를 털다가 걸린 일은 더러 있었지만, 방화광으로서는 붙잡히지 않는 데 탁월한 재능을 보였다. 적어도 그들이 학교에 불을 지를 때까지는 그랬다.

라울의 금요일 마지막 수업은 미술이었다. 한 주 수업이 끝나는 그 평화로운 시간에 그는 마음대로 그림을 그릴 수 있었고, 나무에 불을 뿜는 용을 세밀하게 그렸다. 교실을 나오기 직전, 종이 치

---

* 미국에서 산불에 대한 경각심을 일으키기 위해 제작한 홍보용 마스코트 곰을 말한다.

고 모두 미친듯이 백팩에 공책을 쑤셔넣은 직후에, 그가 허리를 숙이고 옆쪽 창문의 걸쇠를 돌려 열었다. 미술실은 학교 건물 지하에 있었고, 창문은 크고 지면 높이였다. 아무도 그쪽을 보고 있지 않아서 그가 그렇게 하는 것을 본 사람도 없었다. 그가 그렇게 한 것은 오로지 그럴 수 있었기 때문이었다. 미술을 가르치는 델토리 선생이 퇴근하기 전에 제자리로 돌려놓으면 되는 것이고, 선생이 그럴 생각을 하지 못한다면—델토리 선생은 바보이니 누가 알겠느냐마는—학교가 파한 뒤 수위가 대걸레질을 할 때 돌려놓으면 될 터였다.

"가서 확인하고 싶은 게 있어." 토요일 아침 라울이 다른 소년들에게 말했다. 특별한 일이 없었기 때문에 그들은 뭘 확인하고 싶은지 굳이 물어보지 않고 자전거에 올라탄 뒤 그를 따라 학교로 갔다. 그는 길을 향해 난 창문의 전망을 가로막는 낮은 산울타리 뒤로 그들을 데려갔고, 미술실 안을 들여다본 다음 유리창을 밀었다. 제대로 손을 갖다대지도 않았는데 창문이 쓱 열렸다. 앨비는 흥미로운 토요일이 될 거라는 기대에 부풀어 자전거 네 대를 산울타리 뒤로 끌어놓았고, 가장 덩치가 작은 레니가 먼저 창문을 비집고 들어갔다. 그는 안으로 들어가 몸을 똑바로 펴더니 유리창 너머 그들을 향해 웃고 손을 흔들었다. 그가 미술실 반대쪽 끝에서 더 크게 열리는, 또다른 세상으로 통하는 입구인 창문을 또하나 발견했다. '자전거를 타는 못돼먹은 놈들'이 한 명씩 안으로 미끄러져들어갔다.

그들의 삶을 비참하게 만드는 주범인 학교가 단지 오늘이 토요일이라는 이유만으로 지구상에서 가장 매혹적인 장소로 바뀔 수 있다는 사실에 설명 같은 건 필요 없었다. 왓 어 디퍼런스 어 데이 메이크스*, 앨비의 어머니가 여전히 그런 하루를 만들어낼 수 있던 시절에 부르곤 하던 노래였다. 트웬티포 리틀 아워스. 사납게 날뛰는 아이들 무리와 비통하고 패배감에 젖은 어른들이 없는 학교 복도는 넓고 조용했다. 머리 위에서 윙윙거리는 전등 불빛이 없는 공간에 햇빛이 벽을 타고 내려와 바닥의 리놀륨 타일을 가로질러 물웅덩이처럼 그들의 발 주변에 고였다. 에디슨은 나이가 들어서, 자신의 아버지만큼 나이가 들어서 그때 이곳에 다시 오면 어떤 기분일지 궁금했다. 그는 그것이 이런 것, 건물을 오롯이 자기 것으로 할 수 있는 것이라고 추측했는데, 훗날 다른 아이들도 이곳에 올 수 있다는 생각은 하지 못했기 때문이었다. 라울은 걸음을 멈추고 코르크판에 나란히 붙은 미술대회 우승자들의 그림을 보았다. 두 점이 그나마 괜찮았다. 선드레스를 입은 소녀를 목탄으로 그린 그림과 그릇에 담긴 배 두 개를 그린 작은 채색화였다. 둘 다 잘 그렸다는 평을 받았을 뿐 상은 잡지에서 작은 고층건물 사진들을 오려 붙여 하나의 고층건물로 만든 우스꽝스러운 콜라주 작품에 돌아갔다. 세상에는 늘 이렇게 사람이 많은데, 바보 같은—이 말은 아무리 자주 해도 부족하지 않겠지만—델토리 선생이 진짜 재능이 있는 학생을 알아볼 눈을 가졌는지 그는 궁금했다.

어느 시점에 레니가 사라졌던 모양이었다. 그들 중 누구도 그가 사라진 것을 알아차리지 못하고 있다가 복도 저 끝에서 그가 걸어

---

* '오늘 하루는 얼마나 특별한 날이 될 것인가'라는 뜻으로, 원래는 1934년에 멕시코 작곡가 마리아 그레베르가 스페인어로 쓴 곡이었으나, 〈What a Diff'rence a Day Makes〉라는 제목으로 리메이크되어 디나 워싱턴, 엘라 피츠제럴드 등 유명 재즈 가수들이 불렀다.

오는 것을 보았다. "얘들아," 그는 그들이 자기가 없어진 줄 알고 있었을 거라는 듯 팔을 흔들었다. "이리 와봐. 꼭 와봐야 해."

그들의 테니스화에서 나는 끽끽 소리가 복도에 울려퍼지자 앨비가 웃음을 터뜨렸고, 하나같이 닫혀 있고 하나같이 똑같이 생긴 끝없이 이어지는 사물함 앞을 지날 때는 그들 모두 웃음을 터뜨렸다. "여길 봐." 레니가 말하고는 남자 화장실로 들어갔다.

토런스 공립고등학교 신입생에게, 특히 아무리 노력해도 다른 남자아이들만큼 키가 자라지 않고 몸도 더 마른 레니에게 화장실만큼 무서운 곳은 없었다. 그는 되도록 화장실에 가지 않으려고 생각할 수 있는 모든 수단을 다 써봤지만, 어쩌면 그 생각을 너무 많이 해서 화장실에 가고 싶어지는 건지도 몰랐다. 하지만 어제까지만 해도 마약중독자 소굴처럼 지저분하고 위험하던 곳, 남자아이들의 땀과 똥과 오줌 냄새가 짙게 배어 있던 곳이, 남자아이들의 두려움이 콕 쏘는 악취를 뿜어내던 그 장소가 지금은 더없이 청결하게 바뀌어 있었다. 공립수영장처럼 클로록스 세척제 냄새도 희미하게, 심지어 상쾌하게 풍겼다. 사실 그 모든 정돈된 모습—한쪽에는 거울과 세면대, 반대쪽에는 녹색 금속 문이 달린 칸칸의 화장실이 있었다—은 평화롭게 대칭을 이루고 있었다. 칸막이 화장실과 세면대 사이의 공간이 어마어마하게 넓어서, 누가 작정하고 부딪쳐오는 게 아니라면 다른 아이들과 부딪칠 일도 없을 것 같았다. 그들은 처음으로 화장실 전체에 세 줄로 타일이 둘려 있는 것을 보았는데, 그 파란색 타일 세 줄에는 장식적인 목적 말고 다른 어떤 목적도 없어 보였다. 라울이 먼저 소변기로 가 오줌을 흘려보내면서 고개를 뒤로 젖히고 햇살을 보았다. "여기 언제부터 창문이 있었지?"

막을 사람이 아무도 없었기에 그들은 여자 화장실에도 가보았는데, 벽을 빙 두른 세 줄의 타일이 분홍색 색조라는 것과 세면대 옆에 소변기 대신 탐팩스 탐폰 자판기가 있고 그 표면에 흰색 에나멜을 긁어 나를 먹어라는 글씨를 새겨놓은 것만 달랐다. 누군가가 사포로 닦아 없애려다 실패한 것 같았다. 그곳은 어딘지 모르게 실망스러웠다. 여자 형제가 있는 앨비와 라울조차 뭔가 더 있을 거라고 생각했던 것이다.

학교에 있는 비품실은 교장실처럼 죄다 잠겨 있었다. 열려 있었다면 책상 서랍을 샅샅이 뒤져봤을 텐데 그러지 못해 아쉬웠다. 그들은 한 교실과 다른 교실에 있는 것을 모조리 바꿔치기할지, 몇 가지만 옮겨서 사람들이 자기가 미친 게 아닌가 고민하게 만들지 상의했지만, 결국 아무것에도 손대지 않기로 했다. 토요일에 학교에 있는 기분이 너무 좋아서, 다시 학교에 오고 싶어질 때 모든 것이 지금 이대로 있는 게 더 좋겠다고 생각한 것이다.

그러니 그들이 슬슬 떠나려던 때에 앨비가 미술실 쓰레기통에 성냥을 떨어뜨린 건 지각없는 행동이었다. 요즘 그는 주머니에 늘 성냥갑을 넣고 다니면서 한 손으로 성냥갑을 열고 성냥을 켜는 연습을 했다. 그러고 나면 성냥갑을 세게 흔들어 불을 껐다. 하지만 그때만은 다르게, 성냥을 켠 뒤 그들이 들어온 미술실 창문 근처 구석에 있는 쓰레기통에 성냥갑을 통째로 던져넣었다. 라울이 창문 걸쇠를 푼 것과 거의 같은 심리에서였다. 이유라 할 만한 게 없었다. 성냥을 켠 이유도 던져넣은 이유도 없었다. 이제는 나머지 아이들도 불을 붙인 성냥을 여기저기 던지고 다녔기 때문에 그애들에게 강한 인상을 주려고 그런 것도 아니었다. 우연히 들어간 곳이 미술실이었을 뿐 미술실이어야 할 이유도 없었다. 그리고 무엇보다 그들이 토요일에 학교에 간 이유도 전혀 없었다. 그 성냥을 받아낸 쓰레기통은 아이들이 던져넣는 거라고는 점수가 형편없는 쪽지 시험지뿐인 일반 교실 쓰레기통 열 배 크기에다 높이가 허리까지 오는 커다란 금속 쓰레기통이었다. 학교의 모든 것이 텅 비워지고 깨끗했으니 미술실 쓰레기통도 당연히 비워져 있어야 했겠지만, 쓰레기통 안에 넣는 녹색 비닐 쓰레기봉투 바닥에 구겨진 신문지 조각과 테레빈유에 담근 붓을 닦는 데 쓰는 기름 묻은 헝겊 몇 개가 남아 있었다. 쓰레기통에 지옥 입구처럼 불이 붙었고, 불길이 솟구쳐올라서 앨비는 발에 스프링을 단 것처럼 뒤로 풀쩍 물러섰다. 다른 아이들이 그 장면을 돌아보았다. 학기중 그 무렵 델토리 선생은 미술사의 가장 중요한 장면들을 슬라이드로 보여주었고, 미술실 실내를 어둡게 만들기 위해 이중 안감을 댄 오돌토돌한 녹색 폴리에스터 커튼을 달아놓았었다. 불길이 거기로 옮겨 붙었고, 그들의 부모만큼이나 나이를 먹은 그 커튼은 들판의 마른 풀보다 더 빨리 타들어갔다. 불길은 곧장 방음 타일을 붙인 천장으로 치솟아 소년들의 머리 위를 지나고 물감과 붓과 파스텔과 종이와 용해제가 화염병처럼 터지기를 기다리고 있는 미술실 반대편으로 옮겨갔다. 이 연기는 그들이 좋아한 야외의 연기와는 완전히 달랐다. 기름지고 유독하고 시커먼 연기, 잉크와 타르 사이 어디쯤의 것이었다. 그 연기가 그들을 향해 다가오면서 공기를 먹어치웠고, 투명한 오렌지색 불길이 커튼을 먹어치웠다. 이제 미술실 전체의 모든 구석에서 불길이 그들을 덮쳐오고 있었다. 들어올 때 그들은 창문

을 이용했지만, 돌아보니 창문은 더이상 빠져나갈 수 있는 출구가
아니었다.

전에는 실내에서 불을 질러본 적도, 구경한 적도 없어서, 그들은
야외에서 불을 지를 때 개발한 요령을 잘못 사용했다. 즉, 꼼짝하
지 않고 가만히 서서 지켜보기만 했는데, 논리인즉 그들이 불을 질
렀으니 불은 마땅히 그들을 존중해야 한다는 것이었다. 그 순간 학
교의 화재 경보가 울렸다. 그들은 그 경보음을 알았다. 소리가 너
무 커서 그들의 뇌 안에서 울려퍼지는 것 같았다. 그들은 모든 것
이 중단된다는 사실 때문에 화재 훈련을 좋아했다. 여자아이들은
가방을 들고 나가지 못해 늘 당황스러워했고, 아이들 모두 줄을 서
서 질서정연하고 신속하게 밖으로 이동했다. 그들은 경보음 때문
에 정신을 차렸다. 경보음이 그들을 구한 것이다. 반복된 훈련 덕
에 소년들은 그 순간 훈련받은 대로 행동했다. 몸을 낮추고 다 같
이 모여 문을 향해 달려간 것이다. 불이 내뻗은 손길에 앨비의 레
드배런 티셔츠가 붙잡혀 앨비는 등에 화상을 입었다. 복도에서는
에디슨이 불길을 떨쳐내다 손을 뎄다. 문을 향해 달려가면서 그들
은 이전에 보지 못했던 스프링클러가 길고 텅 빈 복도를 적시며 미
술대회 응모작들을 소멸시키는 것을 보았다. 그들은 옆문을 밀고
햇볕 속으로 달려나가 숨을 헐떡이고 기침을 하며 주차장 옆 풀밭
에 쓰러졌다. 심장이 빠르게 뛰었고 피부가 그을려 있었고 연기 냄
새가 피부에 배어 있었다. 앨비는 잠시 형을 생각했다. 캘에게도
죽어간다는 것이 이와 비슷했는지 궁금했다. 네 소년은 풀밭에 드
러누웠고 그들의 검어진 뺨 위로 눈물이 주룩주룩 흘러내렸다. 자
신들의 생명력에 몹시 상기된 나머지 그들은 움직일 수조차 없었

다. 그 직후에 소방관들이 그곳에서 그들을 발견했다.

앨비를 버지니아로 보내 베벌리와 버트의 집에 살게 한다는 것
은 테리사에게는 거의 불가능한 결정이었다. 분명 앨비에게는 아
버지가 필요했지만, 어느 아버지라도 다른 아버지가 더 나을 터였
다. 베벌리와 버트가 캘을 죽인 것은 아니었다. 조용한 마음속에서
는 테리사도 그 사실을 알고 있었다. 그들이 아이들을 꼼꼼히 챙기
지 못한 건 사실이었으나, 최근에 앨비가 일으킨 참사가 확인해주
듯 그러지 못한 것은 그녀도 마찬가지였다. 그럼에도 그들을 비난
하면 기분이 더 좋았다. 기분이 좋다는 게 아마 적절한 표현은 아
니겠지만, 거의 기분이 좋았다. 그녀가 버트에게 전화해서 물어볼
수도 있었다. "앨비 문제로 나를 비난하면 기분이 좋아? '기분좋
다'는 게 적절한 단어야?"

테리사가 확실히 아는 것은 자기가 둘째 아들을 계속 데리고 있
을 수 없다는 사실, 그리고 그애를 데리고 있겠다고 나서는 사람이
없으니 별다른 방법이 없다는 사실이었다. 결국 앨비는 알링턴으로
보내졌고, 그곳 사립학교에 적응하지 못하자 노스캐롤라이나에 있
는 기숙학교로, 이어 델라웨어에 있는 사관학교로 보내졌다. 토런
스로 돌아온 그해 여름, 그는 열여덟 살이었고 기숙학교가 그를 진
급시키지 않았던 점을 감안하면 고등학교 2학년이었다. 대학생이
된 홀리와 저넷이 집에 돌아와 있어서 앨비가 기억할 만한 그들의
친구들과 함께 앨비를 해변으로, 파티로 데려갔지만, 그는 소파에
모루처럼 들어앉아 텔레비전 게임 프로그램을 보면서 설탕이 두껍
게 발린 콘플레이크만 먹었다. 그의 대화는 하루에 모두 합해 스무

단어였다. 그는 단어 수를 셌다. 주류 수납장을 어떻게 정리해야한다는 원칙은 없었지만 그는 수납장을 왼쪽에서 오른쪽으로 훑어나갔다. 먼저 마시던 것을 다 비울 때까지는 결코 새 병을 따지 않았다.

그러던 어느 날 그가 에디슨의 전화를 받았다고 말했다. 옛친구가 샌프란시스코의 어느 클럽에서 밴드 장비 설치 일을 맡았다면서, 앨비는 그저 버스에서 앰프를 끌어내려 플러그만 꽂으면 된다고 했다는 것이다. 에디슨이 다른 남자들과 한 아파트를 나눠 쓰고 있어서 앨비는 바닥에 매트리스만 깔면 되었다. 앨비는 그 사실에 거의 흥분하는 것 같았고, 저넷과 홀리와 그의 어머니가 기억하기로 그는 무엇에든 그렇게 흥분한 적이 없었다. 뭔가를 들어 나르고 뭔가의 플러그를 꽂는 것은 앨비에게 적합한 일 같아서, 테리사는 샌프란시스코행 버스표를 사주고 피넛버터 샌드위치를 만들어주었다. 홀리와 저넷은 각각 모아둔 돈에서 100달러씩 그에게 주었다. 그는 더플백과 자전거를 버스 밑에 실었고, 저넷과 그녀의 언니, 그들의 어머니는 그가 창가 좌석에 앉을 때까지 가지 않고 기다렸다가 손을 흔들며 작별인사를 했다. 그는 다시 멀리 떠나고 있었다. 그는 또다른 누군가의 풀 수 없는 문제가 될 것이다. 그들은 속으로 안도하며 아득한 행복감을 느꼈다.

그날 밤 앨비가 이를 닦고 있는데 포데가 욕실로 들어왔다. 포데는 한 번 문을 두드린 뒤 안으로 들어와 문을 닫았다. 욕실은 성인 남자 둘이 편안히 서 있을 만큼 넓지 않았지만 대화를 나누기에는 좋은 장소였다. 앨비는 세면대에 바짝 붙어 섰고, 플란넬 파자마 바지에 흰색 티셔츠를 입은 포데는 접어놓은 수건과 목욕용 장난감과 팸퍼스 기저귀를 잔뜩 쌓아둔, 우유를 담는 플라스틱 상자 주변을 서성였다. "처남," 그가 말했다. "저기 말이죠. 이 말을 하고 싶어서요. 여기서 우리와 같이 지내요. 한 주건 일 년이건 평생이건 필요한 만큼 여기서 지내요. 우리는 처남을 환영해요."

앨비의 입에 칫솔이 들어 있어 아랫입술에서 민트향 거품이 줄줄 흘러내리는데도 누나의 남편은 그의 목덜미를 잡고 그의 이마에 자기 이마를 맞댔다. 부족 풍습인가? 진심이라는 표시인가? 통과라는 의미? 그가 누나에 대해 아는 것은 그들이 십대였을 때의 희미한 기억뿐이었고, 누나의 제정신이 아닌 듯 보이는 아프리카 남편에 대해서는 전혀 아는 것이 없었다. 이마에 이마를 맞댄 채 앨비는 고개를 끄덕였다. 어쨌거나 오늘밤 잠잘 곳이 필요했다.

포데가 싱긋 웃었다. "잘 생각했어요, 잘 생각했어요. 누나한테도 가족이 필요해요. 캘빈은 삼촌이 필요하고. 나한테는 남동생이 생기는 셈이죠. 나는 고향에서 아주 멀리 떨어져 살고 있어요."

"그럴게요." 앨비가 말했다.

"뭐든 나한테 말해요. 우리는 그렇게 하거든요. 이 집을, 처남 집을 둘러봐요. 뭔가 아주 바쁘게 돌아가는 것처럼 보일 거예요." 그가 고개를 가로저었다. "나는 뭘 하다가도 아주 잘 멈춰요. 처남이 이렇게, '포데, 그만해요. 여기 나하고 같이 앉아요' 하고 말하면, 내가 바로 올 거예요. 필요한 걸 말해요." 포데가 말을 멈추고 그를 다시 보았는데, 얼굴이 너무 가까워 초점을 맞추기 힘들었다. "앨비, 뭐가 필요해요?"

앨비는 곰곰이 생각했다. 그가 몸을 숙여 세면대에 치약 거품을

뱉었다. 머리가 쪼개질 것 같았다. "타이레놀?"

그 작은 요구에 포데의 얼굴이 환해졌다. 그의 치아, 안경, 넓은 이마. 빛을 반사할 표면이 아주 많았다. 그가 앨비 옆으로 손을 뻗어 약장을 연 뒤 두번째 선반을 가리켰다. "거기 타이레놀." 그가 자랑스럽게 말했다. "몸이 안 좋아요?"

"두통 때문에요." 앨비는 뭐가 있는지 눈으로 빠르게 훑었는데, 거의 대부분 타이레놀과 소아용 타이레놀, 귀와 눈과 코에 넣는 물약 같은 것들이었다.

포데는 세면대에 놓인, 공동으로 쓰는 작고 노란 컵에 물을 채워 그에게 건넸다. "곧 잠이 올 거예요. 자는 게 도움이 될 거예요. 집까지 먼길을 왔어요."

앨비는 네 알을 삼킨 뒤 고개를 끄덕였고, 거기에는 감사하다는 뜻과 잘 자라는 뜻이 모두 담겨 있었다. 포데도 대답으로 진지하게 고개를 끄덕였고, 욕실에서 나간 뒤 문을 닫았다. 저넷이 이 친절하기 그지없는 인간의 출신지를 말해주었는데, 젠장, 기억이 나야 말이지, 나미비아, 나이지리아, 가나? 그 순간 떠올랐다.

기니였다.

앨비는 아파트에 하루종일 앉아 있을 수가 없었다. 사실 누나 남편의 둘째 아내는 아니라지만 아기가 낮잠 자는 동안 그 역할을 할지도 모르는 빈투마저 따뜻한 격려의 말을 보태주었는데도 그랬다. 한 가지 이유는 그곳이 열대처럼 더웠다는 것이다. 라디에이터는 쉭쉭거렸고 누가 지하실에서 그것을 납 파이프로 죽어라 때리고 있는 것처럼 탕탕 소리가 났다. 빈투나 다요는 그 소리에 꿈쩍

하지 않았지만 앨비는 피부를 벗어버리고 싶을 지경이었다. 저넷과 포데가 그렇게 일찍 출근했다는 사실이 작은 놀라움이었다. 가습기가 그 작은 방에 끊임없이 물방울을 뿜어댔는데, 이 브루클린 테라리엄*에 소규모 사하라 기후를 재창조하려는 시도일 가능성이 컸다. "호흡기에 좋아요." 앨비가 일어서서 가습기를 끄려는 것을 보고 빈투가 웃으며 말했다. 비상계단으로 통하는 창문이 꼼짝달싹하지 않아, 그는 담배를 피우러 네 개 층만큼 계단을 내려갔다. 세번째로 담배를 피우러 내려갈 때는 자전거를 가지고 나가 부드러운 펠트 천 같은 눈 속으로 자전거를 달렸다. 한시쯤 되었을 때 그는 자전거로 서류 배달하는 일을 구했다.

그 일은 어느 도시에 가든 구할 수 있는 것이었기 때문에 그는 그게 인생이 자신에게 마련해준 유일한 직장 같았다. 이제 스물여섯 살이 되어 자신을 방화광이라 할 수도 없었고, 열네 살 이후로는 벽난로에 불을 지핀 적도 없었다. 언제부터 일할 수 있느냐는 질문에 그는 당장이라고 대답했고, 그날 하루 동안 맨해튼을 돌아다니며 지리를 탐색했다. 복잡한 곳은 아니었다.

"네가 정말 자랑스러워! 그리고 그건 네가 여기서 지낼 거라는 뜻이야. 놀러온 사람들은 시내에 나간 첫날에 일자리를 구하지 않거든. 집에 묵는 손님은 일자리를 구하지 않아. 이제 넌 여기 사는 거야. 여기 온 지 하루가 지났는데 이 도시가 네 것이 됐어."

저넷이 동생을 보며 미소를 지었다. 눈을 살짝 흘기는 저넷 특유의 작은 미소. 아프리카 사람들, 그녀가 그렇게 말하는 듯했다. 당신

---

* 식물을 기르거나 뱀과 거북 등을 넣어 기르는 데 쓰는 유리 용기.

들은 뭘 할 수 있지? 그녀는 아직 출근할 때 입었던 스커트와 스웨터 차림이었다. 임신했을 때 그녀는 생명공학 대학원 과정 2년차였다. 저넷은 결국 똑똑한 아이였던 것이다. 처음에는 낙태를 하려고 계획했었지만 그렇게 하는 대신 포데와 함께 그들이 일컫기로 '아기를 낳는' 급진적인 사회적 실험을 하기로 결심했다고 전날 그녀가 앨비에게 설명했다. 그리고 실험의 결과 그녀는 학교를 그만두고 필립스 현장 서비스 기사로 일하고 있었다. 퀸스에서 브롱크스까지 병원들을 돌아다니며 MRI 기계의 설치, 교육, 수리를 맡아 하고 있었다.

"장비 플러그를 꽂아주는 일을 해." 그녀가 높낮이 없이 말했다. "사람들에게 매뉴얼을 보여주고." 그녀가 어젯밤 앨비의 잠자리를 만들어주면서 설명하기로는 머리를 쓸 필요 없는 의미 없고 따분한 일이지만 적어도 포데가 NYU에서 공중위생학 박사 과정을 마치고 다요가 데이케어센터에 가서 지내도 괜찮은 나이가 될 때까지는 계속해야 한다고 했다. 다요 케어라고, 그곳을 그들은 그렇게 불렀다. "학교로 돌아가지 못한다면," 그녀가 소파 가장자리에 시트를 끼워넣으며 소곤거렸다. "난 자살을 하고 말 테니 급진적인 사회적 실험은 실패로 돌아가는 거지."

저넷이 빈투가 준비해놓고 간 저녁식사를 데우는 동안 앨비가 아기를 안고 있었다. 포데가 식탁을 차렸고 와인 한 병을 딴 뒤 그날 있었던 이야기를 들려주었다. "미국인은 아프리카인에게 예방접종을 해야 한다는 발상을 좋아하나봐. 〈뉴욕 타임스〉 1면 사진으로 지저분한 나이지리아 꼬마들이 예방주사를 맞겠다고 줄을 서 있는 모습보다 더 좋은 게 뭐가 있겠어? 하지만 뉴욕 엄마들은 자기 아이들에게 예방접종을 하는 건 구식이라고 생각해. 예방접종이 그렇게 자연적인 건 아니니까 예방보다 더 나쁜 일이 생길지도 모른다고 생각하는 거지. 대학 교육을 받은 여자들에게 아이들 예방접종에 대해 설득하고 말씨름을 하면서 하루를 보냈어. 의과대학에 가야겠어. 내가 의사가 아니라고 아무도 귀담아들으려고 하지 않아."

"나는 당신 말을 귀담아들을게." 저넷이 말했다. "의과대학에는 가지 마."

"한 여자는 전염병을 안 믿는다고 말했어." 그가 두 손으로 자기 얼굴을 가렸다. "끔찍해."

"뉴욕에는 홍역에 걸리는 아이들이 없어." 저넷이 그의 어깨를 토닥였다. "우린 홍역을 극복했다고."

저넷이 샐러드 채소를 씻었다. 포데가 알루미늄포일에 싼 식빵을 오븐에 넣었다. 그들은 그 작은 공간에서 서로의 길을 피해가며 일했다.

"그럼 당신의 하루에 대해 말해줘." 포데가 저넷에게 말했다. "좀더 나은 것을 생각해보자."

"병원 지하실에 있는 MRI 시연에 대해 생각해보고 싶어?"

포데는 잠시 가만히 있다가 싱긋 웃더니 고개를 저었다. "아니야, 됐어." 이어서 그는 또다른 기회가 있다는 사실이 몹시 기쁜 듯 처남을 돌아보았다. "내가 하려고 했던 말은…… 앨비, 우리에게 당신의 하루에 대해 말해줘요."

앨비가 품에 안은 조카의 무게를 다른 팔로 옮겨 실었다. 그리고 아기에게 말했다. "오늘 건물 네 곳에서 경비원들이 내 앞을 막아섰어. 신분증을 보여줬더니 올라가도 좋다고 했는데, 엘리베이터 앞에서 두번째 경비원이 또 막아서면서 올라갈 수 없다고 했어."

포데가 알겠다는 듯 고개를 끄덕였다. "이런 일이 백인에게는 아주 인상적인 거로군요."

"그리고 M16 버스에 치일 뻔했어."

"그만해." 저넷이 샐러드 그릇을 식탁 한가운데에 놓으며 말했다. "네 하루에 대한 이야기도 이제 그만."

"그러면 다요가 남네." 앨비가 말했다.

포데가 앨비에게서 아기를 받아 안았다. "다요. 이제 아빠에게 이야기를 해줄 수 있는 사람이 아무도 없네. 우리 아들, 말해줘요, 오늘 하루는 살아 있고 싶을 만큼 아름다웠나요?"

"삼촌." 다요가 말하고는 팔을 뻗어 앨비에게 돌아가려고 했다.

그렇게 오랫동안 아슬아슬하게 경계 안에 머물렀던, 가끔은 경계를 넘어버리기도 했던 앨비가 창밖을 내다보았다. 저 아래 무수히 많은 브루클린 아파트에서 환한 불빛이 흘러나오고 있었다. 그는 이것—가족과 함께 저녁을 준비하고 아기를 안아주고 그날 하루에 대해 이야기하는 것—이 사람들이 사는 모습인지 궁금했다. 그들에게 삶은 이런 것일까?

앨비의 자전거는 다른 많은 자전거의 부품들이 합체된 것이라 더이상 슈윈 자전거라고 부를 수 없었다. 소포와 공증된 보험 서류와 앞날이 촉망되는 작가들의 원고를 배달하는 게 그의 일이었다. 이따금 배달할 것이 계약서일 때는 기다려서 서명을 받아 애초에 부탁받은 곳으로 다시 가져가야 했다. 가끔 증인으로 서명을 요청받는 경우도 있었다. 뉴욕은 무한한 배달의 땅이었다. 늘 뭔가를 다른 곳으로 보내야 하는 사람들이 있었고, 하루는 그가 멈출 때까지 그렇게 계속되었다. 그는 버스들 앞으로, 택시들 사이로 끼어들면서 '자전거를 타는 못돼먹은 놈들'로 살았던 한때의 자신처럼 코네티컷에서 온 운전자들을 놀라게 했다. 관광객들은 그가 자신들을 향해 돌진하는 것을 보고 도로경계석에 바짝 붙어 섰다. 목적지에 다다르면 그는 자전거를 남동생을 둘러메듯 어깨에 둘러메고 엘리베이터에 탔다. 앨비는 아버지보다 키가 8센티미터쯤 더 커서 무척 큰 편이었지만 유별나게 큰 건 아니었다. 하지만 유별나게 말랐고, 그 때문에 더 커 보이는 착시를 일으켰다. 종종 안내데스크 사람들은 앨비가 황색 서류 봉투를 들고서 자전거를 어깨뼈 봉우리가 눌리게 둘러메고 다가오면 얼굴이 약간 해쓱해지곤 했다. 그는 검은 문신을 하고 숱 많은 검은 머리를 땋은 살아 있는 시체, 그들을 자전거 핸들 위에 태워가려고 다가오는 죽음의 사자 같았다.

"칼로리 섭취량을 높이는 걸 고려해야 해." 저넷이 저녁에 기운 빠진 모습으로 아파트로 들어오는 앨비를 보며 말했다.

"직업 재해야." 그가 말했다. 사실이기도 했고 아니기도 했다— 일하면서 그는 뚱뚱한 배달부들을 몇 명 보았다.

앨비는 돈을 벌었고, 내일 떠나야지, 모레 떠나야지 하는 동안 두어 달이 흘렀다. 그러다 방세와 커피와 와인과 다요의 교육비 혹은 저넷의 교육비 명목으로 번 돈의 절반을 저넷에게 주기 시작했다. 그리고 나머지 절반은 100달러짜리 지폐로 바꾼 뒤 접어서 더플백의 지퍼 달린 주머니에 넣어 보관했다. 그는 처음에 포데에게 돈을 주려고 했지만 포데는 쳐다보지도 않았다. 그래서 다음날 지하철역에서 누나를 기다렸다가 돈을 건넸다. 저넷은 고개를 끄덕인 뒤 주머니에 집어넣었다.

"언젠가 우리가 심리치료를 받아야 한다고 생각하지 않니?" 그들이 요구르트 가게, 구두 수선소, 가게 앞에 수선화를 담은 통을 내놓은 코리안 마켓을 지나갈 때 저넷이 말했다. 어쩌면 그녀는 그가 그 돈을 그녀의 심리치료비로 주고 있다고 생각했을 것이다. "우리가 심리적으로 굳건히 일어서게 되면 엄마와 홀리를 끼워 컨퍼런스콜*을 하면서 다 같이 심리치료를 받을 수 있을 거야." 앨비는 아직 어머니에게 연락할 준비가 되지 않았다고 저넷에게 말했지만, 저넷은 이미 어머니에게 그 사실을 알렸다. 그녀는 퇴근하면 거의 날마다 테리사에게 전화를 걸어 온갖 이야기를 쏟아냈다.

"아빠는 어떻게 지내?" 앨비가 물었다. 거리는 북적거렸고, 그는 걸으면서 그녀의 어깨에 팔을 둘렀다. 그도 이유는 몰랐다. 예전에는 전혀 하지 않던 행동이었지만, 그렇게 하니까 기분이 좋았다. 그들은 보폭이 비슷했다.

"장담하는데 아빠는 수년 동안 심리치료를 받았어. 지금쯤 틀림없이 심리치료가 끝났을걸."

"우리한테 컨퍼런스콜을 하자는 말도 없이?"

저넷은 고개를 가로저었다. "아빠한텐 그런 생각이 떠오르지도 않았을 거야."

앨비는 혼자 힘으로 일어서려고 브루클린에 온 것이었고, 어떤 면에서는 이제 일어섰지만, 술과 스피드볼**은 예외로 쳤다. 술은

---

* 세 명 이상이 하는 전화 회담.

엄격하고 일관되게 양을 제한해 마셨고, 스피드볼은 하루의 후반부를 버티게 해주었다. 담배는 고민거리도 되지 않았다. 나쁜 습관은 모두 관점의 문제라서, 과거의 렌즈를 통해 현재를 보았다면 누구라도 그가 지금 굉장히 잘해내고 있다고 말했을 것이다. 그는 돈을 충분히 모았지만 혼자 살 집을 찾아보지는 않았다. 포데와 저넷의 집은 우스꽝스러워 보일 만큼 좁았으나, 그들은 그가 절대 집을 나가면 안 된다고 느끼게 해주었다. 다요는 그가 문을 열고 들어오자마자 그의 다리를 붙잡고 두 발로 그의 한쪽 발 위에 올라서서는 넘어지지 않으려고 그의 딴딴한 종아리를 두 팔로 감싸안았다. "삼촌." 다요가 가장 좋아하는 단어였고 발음도 완벽했다. 아무리 말해도 부족한 듯했다. 자기 몸에 비해 너무 짧았지만 앨비는 소파를 좋아했다. 오후에 자전거를 타고 집으로 달려와서 빈투에게 자기가 아기를 공원에 데리고 나갈 테니 몇 시간 쉬라고 말하는 날들이 좋았다. 그 감정에 이름을 붙일 수는 없었지만, 늦은 밤 아파트 건물 앞 계단에서 맥주를 들고 자기를 기다리는 포데를 보는 게 좋았다. 언젠가는 그들을 떠나야 하겠지만, 그날이 올 때까지 그는 차이나타운에서 차가운 세서미누들을 사서 집에 가져올 것이고, 매일 아침 담요를 개어 소파 뒤에 놓을 것이고, 그들의 사생활을 지켜주기 위해 일주일에 며칠은 밤늦게 돌아올 핑계를 만들 것이고, 아주 늦은 시각에 들어오면서 그들을 깨우지 않으려고 열쇠를 아주 조용히 돌릴 것이다.

"어젯밤에 어디 있었어?" 저넷이 물으면 앨비는 생각할 것이다.

** 코카인에 헤로인, 모르핀 또는 암페타민을 섞은 마약.

나를 찾았었구나.

처음에 앨비는 그런 밤에 혼자 바나 영화관에 갔는데 뉴욕에서 즐기는 술이나 영화는 하루치 급여와 맞먹는다는 것을 즉시 깨달았다. 그는 문을 닫을 때까지 도서관에 있었고, 그뒤에는 크리스천 사이언스 리딩룸으로 가서 문이 닫힐 때까지 거기 있었다. 그러고 나면 읽고 있는 책의 수준과 마약이 흥분시키는 정도에 따라, 절대 문을 닫지 않는 빨래방에 가서, 죽은 나방들과 툭툭 돌아가는 건조기와 퍼져 있는 종이 섬유유연제 냄새 속에 앉아 있었다. 서류를 배달하는 출판사 안내데스크 직원들과 친해진 뒤에는 그들에게 무슨 책을 읽고 있는지 물었고, 그 덕에 그는 늘 읽을 책이 생겼다. 앨비가 서류를 가져가고 가져오는 곳들 중 선물을 주는 곳은 없었지만, 출판사 안내데스크 직원들은 죽음의 모습을 한 자전거 배달부에게라도 책 선물을 꺼리지 않았다.

"그 책에 대한 생각을 말해줘요." 누군가가 물으면 그는 보답으로 미소를 지어 보였다. 앨비의 미소는 눈부셨고, 그가 어린 시절에 한 치아교정의 기적은 그의 나머지 부분을 보면서 예상할 법한 것이 결코 아니었다. 그의 미소를 받은 안내데스크 직원들은 보답으로 선물을 받은 것처럼 느꼈다.

6월 초순의 자정을 넘긴 어느 밤에 앨비는 윌리엄스버그에 있는 빨래방에 갔다. 택시들은 여전히 빠르게 휙휙 지나갔지만 달리는 소리는 더 조용했다. 거리에 나온 사람들도 더 조용했다. 앨비는 하루 전에 시작한 소설을 읽고 있었고, 그 책에 빠져 시간 가는 줄 몰랐다. 그 책은 평소 받아 읽는 탐정소설이나 스릴러물보다 훨씬 더 좋았는데, 대체로 바이킹 출판사 안내데스크 직원이 더 좋은 책을 주는 것 같았다. 그녀는 그 주에 나온 책을 주기도 했는데, 꼭 그런 것만은 아니었다. 한번은 『데이비드 코퍼필드』를 주면서 그가 좋아할 거라고, 그가 디킨스를 읽고 그것에 대해 생각할 유형의 사람이라는 듯 그렇게 말했고, 그래서 그는 그 책을 읽었다. 그 책은 그가 버지니아에서 보낸 그해에 학교에서 읽혔던 책이었다. 그 수업을 듣던 다른 아이들처럼 그도 한 달 동안 『데이비드 코퍼필드』를 들고 다녔지만 책을 펴지도 않았었다. "내가 버지니아에 살 때 당신을 알았다면 그 과목을 통과했을 텐데요." 그가 그 책을 다 읽은 뒤 직원에게 말했다.

"버지니아 출신이에요?" 그녀가 물었다. 그녀는 그의 어머니와 나이가 비슷하거나 조금 더 어렸고, 똑똑하다는 것을 그는 알 수 있었다. 이런 대화는 이 분이나 삼 분을 넘지 않았지만 그는 그녀를 좋아했다. 앨비는 가야 할 곳이 있었고 데스크 전화기는 끊임없이 울렸다. 그녀가 전화를 걸어온 사람에게 잠시 기다려줄 수 있느냐고 묻고는 대답을 기다리지 않고 통화를 보류했다.

"거기 출신은 아니에요." 그가 말했다. "어렸을 때 잠깐 거기 살았어요."

"여기서 기다려요." 그녀가 말했다. "잠깐이면 돼요." 돌아온 그녀는 '커먼웰스'라는 제목의 페이퍼백 책을 그에게 주었다. "작년에 아주 잘나갔어요. 전미도서상을 받았고, 판매고가 지붕을 뚫을 정도였죠. 이 책 알아요?"

앨비가 고개를 저었다. 작년에 그는 샌프란시스코에 있었고, 그때 배달해서 번 돈은 헤로인에 탕진했다. 유성이 떨어져 동쪽 해안선을 완전히 없애버렸다 해도 그는 그 사실을 알지 못했을 것이었다.

그녀가 책을 뒤집어 뒤쪽에 실린 작은 사진 속 남자의 얼굴을 톡톡 쳤다. "십오 년 만에 쓴 책이에요. 그보다 더 오래 걸렸을 수도 있고요. 여기서는 모두 그에 대해 포기하고 있었거든요." 전화벨이 울렸다. 이제 모든 보류 버튼이 깜박이고 있었다. 다시 업무로 돌아갈 시간이었다. 그녀가 그에게 책을 건네고 손을 흔들어 작별 인사를 했다. 그는 고개를 약간 숙여 인사하고 떠나기 전에 미소를 지어 보였다.

돌이켜 생각하면서 그는 시작부터, 어쩌면 1장 중간부터 뭔가 있다는 걸 알았다고 말하겠지만, 모든 것은 돌이켜볼 때 분명해지는 법이다. 더 진실에 가까운 것은 그가 그 책에서 자신의 모습을 보기 한참 전에 그 책이 이미 그를 사로잡았다는 사실이었다. 아주 이상한 점은 무슨 내용인지 알기도 전에 그가 그 책을 아주 많이 좋아하게 되었다는 사실이었다.

그 책은 버지니아에 사는 두 이웃의 이야기였다. 한 가족은 그곳에 산 지 오래되었고, 다른 가족은 방금 그곳으로 이사했다. 그들은 진입로를 공유했다. 서로 잘 지냈다. 뭔가를 빌려가기도 했고 아이들을 봐주기도 했다. 밤이면 서로의 집 뒤쪽 데크에 앉아 술을 마시고 정치에 관한 이야기를 나누었다. 남편들 중 하나는 정치가였다. 아이들—모두 합해 여섯이었다—은 서로의 집을 자유롭게 드나들었고, 여자아이들은 서로의 침대에서 자곤 했다. 다른 문제들이 어디로 흘러가는지는 충분히 잘 보였지만, 비극적인 불륜에 대해서는 그렇지 않았다. 그리고 그 책은 그들이 짊어진 가늠할 수 없는 삶의 짐에 대한 이야기였다. 직장, 집, 우정, 결혼, 아이들.

그들은 그것들을 바라고 얻기 위해 노력했지만, 그 모든 것이 결국 행복은 어떤 형태로든 불가능하다고 결론을 내려버린 것 같았다. 아이들은 처음에는 분위기 있고 매력적이었지만 점차 똬리를 튼 뱀 같아졌다. 가장 큰 아이와 가장 어린 아이는 남자아이였고, 그 둘 사이에 여자아이 넷이 있었다. 정치가의 집에 여자아이 둘, 정치가와 사랑에 빠진 의사의 집에 여자아이 둘과 남자아이 둘. 그리고 또 한 명의 남편과 또 한 명의 아내. 가장 어린 아이인 그 아들은 참기 힘든 존재였다. 어쩌면 그것이 진짜 문제였다. 그 아이는 결코 극복될 수 없는 것의 상징 같았다. 두 연인은 결혼생활과 집과 직장을 유지하면서 둘만 있는 시간을 만들기 위해 쓸 수 있는 모든 수를 다 썼지만, 그들이 정말로 달아나고 싶어했던 것은 아이들, 특히 가장 어린 그 아이였다. 나머지 아이들은 그 아이와 너무 자주 붙어 지내야 했던 터라 그 아이를 떼어놓으려고 베나드릴을 먹였다. 가장 큰 아이가 벌침 알레르기 때문에 주머니에 베나드릴을 넣고 다녔던 것이다. 아이들은 그 아이에게 베나드릴을 먹여 빨래 바구니 안 잔뜩 쌓아둔 시트 밑에 처박아둔 채 성가신 존재 없이 자전거를 타고 수영장으로 갔다. 잠시 방해받지 않는 것, 그것이 모두가 바라는 것 아니던가?

앨비는 그 페이지에 엄지를 올린 채 책을 덮었다. 빨래방이 갑자기 춥게 느껴졌다. 그곳에 젊은 펑크족 두 사람이 있었다. 한 명은 남자인데 접착제 같은 것으로 머리를 빳빳하게 세웠고 다른 한 명인 여자는 코를 뚫어 안전핀 두 개를 찔러놓았다. 그들의 검은색 빨래가 세탁조에서 빙글빙글 돌아가는 동안 그들은 앉아서 담배를 피웠다. 여자가 앨비도 같은 부류라고 생각했는지 어정쩡한 미소를 지어 보였다.

그는 그것이 베나드릴인 것을 알고 있었을까? 그들은 그것을 틱택이라고 불렀지만 그는 그게 아니란 걸 알고 있었을까? 그는 침대 밑에서, 들판에서, 차 안에서, 소파에서 담요를 덮은 채 깨어나곤 했다. 버지니아 집 세탁실 바닥에서 시트에 파묻힌 채 깨어났다. 자기가 왜 잠이 든 적도 없는 곳에서 깨어났는지 그 이유를 알았던 적은 없었다. "네가 아기라서 그래." 홀리가 말했다. "아기들은 더 많이 자야 하거든."

그의 손이 차가웠다. 그는 배달 가방에 책을 넣고 자전거를 밀며 거리로 나섰다. 틱틱 바큇살 돌아가는 소리가 들렸고, 젊은 펑크족들은 그가 세탁물을 찾아가지 않는다고 생각하며 그를 지켜보았다. 그는 그 책의 다음 부분을, 읽지 않은 그 부분을 알고 있었다. 패트릭이라는 이름의 큰아들이 어떻게 죽는지를, 동생에게 약을 다 주어 정작 필요할 때 약이 한 알도 없었다는 것을. 심지어 그는 그것이 그 책이 말하려 하는 바가 아니라는 것도 알고 있었다.

앨비는 계속 자전거를 밀며 걸었다. 그가 덴마크 탐정소설에서 자기 모습을 보았던가? 세상의 종말 이후를 다룬 스릴러에서는? 그가 모든 것의 중심에 자기를 놓았기 때문에 이런 문제가 생겼을 가능성이 있는가?

그런 게 아니었다.

아파트로 돌아왔을 때는 거의 새벽 두시가 다 되어 있었다. 그는 침실로 들어가 저넷과 포데와 다요가 모두 깊이 잠들어 있는 침대 발치에 섰다. 그들의 잠재의식이 그가 지금 거기 산다는 것을 받아들여서 더는 그의 발소리를 못 듣는 것일 수도 있었고, 하루의 끝에 너무도 고단해서 그들의 침실에 누가 서 있건 세상모르고 잠든 것일 수도 있었다. 커튼이 내려져 있었지만 거실에는 빛이 있었다. 그곳은 뉴욕이었다. 어떤 것도 완전한 어둠에 빠지지 않았다. 다요는 침대에 똑바로 누워 그들과 함께, 그들 사이에서 자고 있었다. 저넷의 손이 다요의 가슴에 올라가 있었다. 다른 사람들이 잠든 모습을 지켜보는 것은 참기 어려운 일이었다. 그녀는 포데에게 무슨 일이 있었는지 말했을까? 죽은 오빠가 있다는 것은 말했겠지만, 그는 그 이상의 것을 알고 있을까? 앨비는 아무에게도 말하지 않았다. 같이 자전거를 탔던 아이들에게도, 아침에 같이 커피를 마셨던 배달 기사들에게도, 같이 마약을 했던 샌프란시스코의 엘사에게도. 그는 캘에 대한 이야기를 꺼낸 적이 없었다. 앨비는 누나의 한쪽 발에, 시트에, 담요에, 침대 이불에 손을 얹었다. 그가 그녀의 발을 꼭 쥐자 그녀는 잠든 채 발을 빼내려 했지만, 그는 그녀가 눈을 뜰 때까지 그렇게 잡고 있었다. 눈을 떴을 때 침실에 남자가 있는 것을 보고 싶어하는 사람은 아무도 없을 것이다. 저넷이 작게 켁 소리를 냈다. 그 순수한 공포의 소리가 동생의 가슴을 아프게 했다. 그녀의 남편과 그녀의 아들은 아무것도 모른 채 잠에 빠져 있었다.

"나야," 앨비가 속삭였다. "일어나." 그는 침실 문을 가리킨 뒤 거실로 나가 그녀를 기다렸다.

6

그해 여름 리오 포즌은 아마간셋에 집을 빌렸다. 바다가 보이지
않는 집이었다. 바다가 보이는 집을 감당하려면 완전히 다른 종류
의 책을 써야 했을 것이다. 그래도 홀이 넓고 방에는 햇볕이 잘 들
고 포치에는 낮잠 자는 침대 크기만한 벤치그네가 있고, 영국 청교
도 신자들이 나중에 더 풍성한 추수감사절을 기념할 수 있게 되었
을 때 식탁 몇 개를 이어붙여 만든 것 같은 거대한 식탁이 있는 부
엌이 딸린 아름다운 집이었다. 어느 배우가 소유한 집으로, 여름에
만 사용했는데, 그해 여름에 그녀는 폴란드에서 영화를 찍는다고
했다. 부동산 중개업자가 분명히 밝히길 절대 누구에게 빌려주는
집이 아닌데 그 배우가 리오의 열렬한 숭배자라고 했다. 사실 그녀
가 원하는 것은 『커먼웰스』가 영화로 만들어질 때 배역을 따내는
것이었다. 불륜 관계에 빠지는 그 의사 역을 원했고, 리오가 그녀
의 예쁜 물건들, 예쁜 사진들에 둘러싸여 자신을 생각해주기를 바

랐다.

숨김없이 말해야 한다는 생각에, 리오는 영화로 만드는 계약은 하지 않았다고 중개인에게 말했다.

중개인이 그 말에 멈칫했다. 영화 산업에 무지한 그녀조차 판권은 책 출간 전에 미리 낚아채는 거라는 사실을 알고 있었다. 아주 잠시 그녀는 『커먼웰스』의 영화 판권을 자신도 손에 넣을 수 있는지 궁금했다. "그건 걱정하지 마세요." 중개인이 말했다. "영화로 만들어지면 그때도 여전히 그 배역을 원할 테니까요."

리오는 『커먼웰스』가 슬롯머신을 뎅뎅 울리고 있을 때 저작권 대리인이 출판사에 팔아버린, 초안도 제대로 잡히지 않은 새 소설을 여름 동안 집필할 수 있길 바라며 그 집을 빌렸다. 그 집을 빌린 데는 프래니를 기쁘게 해주고 싶다는 바람도 있었다. 프래니에게는 거실의 커다란 거위털 소파에 누워 아무것도 할 필요 없이 하루 종일 책만 읽으면 된다고, 아니면 자전거를 타고 해변으로 가서 책만 읽으면 된다고 이미 말해두었다. "모래, 파도, 해변의 장미." 그가 손가락으로 그녀의 매혹적인 머리칼 한 가닥을 집었다가 놓으며 말했다. 저녁을 먹은 뒤 밤에는 둘이 함께 포치에 앉아 있을 테고, 그는 그날 쓴 모든 것을 그녀에게 읽어줄 것이다. "나쁜 휴가가 될 것 같지는 않아."

하지만 나쁜 휴가가 되고 말았다. 그들이 너무 늦게 깨달은 문제는 화려한 집 그 자체였다. 언덕 꼭대기에 자리잡아 오후의 산들바람을 즐길 수 있고 집 부지를 둘러싼 큰 산울타리 덕에 프라이버시가 지켜지는 그 집. 넓은 잔디에 흩어져 자라는 과일나무들은 길고 혹독했던 겨울 때문에 꽃피우는 시기가 늦어져, 6월 초순인데도 벚나무가 진홍색 꽃봉오리를 잔뜩 매달고 있었다. 수요일마다 오는 정원사가 화려한 무질서를 자랑하는 각양각색의 화단을 관리했고, 같은 날 페루 출신의 남자가 거름체를 가져와 수영장에서 벚꽃 봉오리들을 걷어냈다. 다섯 개의 침실은 경사진 지붕창을 하나의 테마로 삼아 그것을 조금씩 변주한 형태로 꾸며놓았다. 침실 창 쪽에는 자리를 따로 내서 폭신한 이불을 깔아두었고, 네 조각 켜기법으로 가공한 오크 목재 바닥에는 실을 꼬아 만든 러그를 깔아놓았다. 리오 포즌은 중개인에게 자신이 찾는 것은 그보다 훨씬 작은 집이라고 말했지만 그녀는 그의 의견을 묵살했다. "지금 이 제안을 생각하면 더 작은 집이 더 비싼 셈이라니까요." 그녀가 말했다. "공정한 시장가로 빌린다면 이 집 가격이 얼마나 할지 상상도 못하실 거예요. 안 쓰는 방은 문을 닫아놓으면 되고요."

　여름철 아마간셋의 자연이 빈 침실을 싫어하지만 않았어도, 특히 집주인이 배우이고 빌려 쓰는 사람이 소설가만 아니었어도, 문제는 그 방법으로 풀렸을 것이다. 사람들이 그 집으로 놀러오고 싶어했다. 보초를 고용하고 총을 들려 그 집의 순찰을 시켰어야 할 그의 편집자 에릭이 가장 먼저 전화를 걸어 도시를 벗어나서 새 책에 대한 리오의 생각을 같이 의논하면 정말 좋을 거라고 제안했다. 에릭은 교통 혼잡을 피해 목요일에 올 수 있지만 아내인 마리솔은 그날 밤 오프닝 행사에 참석해야 한다고 했다. 마리솔은 금요일에 씩씩하게 지트니 버스를 타고 오면 된다면서.

　마리솔도? 리오는 잠시 갸우뚱했지만 곧 모든 것에 유쾌하게 동의했다—그래요, 그래요. 모두 즐거운 시간을 보낼 수 있겠군요. 그는 전화를 끊고 앞에 놓인 노란 리갈패드*를 보았고 이어 창밖을 내다보았다. 비가 오고 있었다. 그는 벚나무로 리갈패드를 만든 사람이 있었을까 궁금해하며 한동안 앉아 벚나무를 바라보면서 감탄했다. 그러고는 아래층으로 내려가 프래니에게 점심 먹으러 같이 시내로 가겠는지 물었다.

"에릭이 온다니 잘됐어." 리오가 프래니에게 말했다. 비가 조금씩 내렸고, 그들은 사흘 연속 점심을 먹은 카페의 야외 천막 아래 앉아 있었다. 기분이 더없이 상쾌했다. "에릭한테 당신 일자리를 구해달라고 부탁할 수 있을 거야. 당신은 정말 훌륭한 편집자야. 그 사람이 아무리 해도 못 따라갈 만큼. 내가 그걸 언급하겠다는 건 아니고."

프래니가 고개를 저었다. "부탁하지 마요."

종업원이 지나갔고, 리오는 자신의 빈 와인 잔 가장자리를 살짝 만졌다. 두시를 넘긴 아주 늦은 점심이었다. "내가 부탁하지 않아도 그 사람 스스로 알아낼 거야. 내가 그냥 당신이 일자리를 찾는다는 말을 흘리는 거지. 아니면 마리솔에게 이야기해볼 수도 있고."

"에릭은 나를 알아요." 그녀가 말했다. "나를 고용할 마음이 있다면 내가 어디 있는지 안다고요." 물론 에릭은 리오와 프래니가 뉴욕에 살지 않는다는 것을, 사실 어느 곳에도 한 번에 네 달 이상 살지 않는다는 것을 아마 알고 있을 것이다. 그래서 일정한 일자리를 구하기가 힘들었다. 어쨌거나 프래니는 자신이 편집자가 되고 싶은지 확신이 없었다.

"에릭이 디너파티에서 봐서 당신을 알긴 하지. 지금까지 당신과

진솔한 시간을 보낼 틈이 없었어. 이번 방문이 아주 잘 풀릴 것 같은 이유가 그거야."

에릭은 목요일 오후에 도착했고 집에서 저녁식사를 하고 싶다고 했다. 그 주에 매일 밤 외식을 한데다 집에서 이야기하는 게 훨씬 편할 거라면서. 에릭은 어느 모로 보나 강단 있는 남자, 한때는 푸른색 눈동자가 더할 나위 없다는 말을 들었을 작은 체구의 러너였다. 프래니는 에릭을 보면 푸른색 외에 다른 것은 보이지 않았다. 그가 애정어린 손길로 난간을 만지면서 계단을 올려다보았다.

리오가 프래니를 보았다. "그래도 괜찮겠지, 응?"

그 순간 깨달았어야 했지만 프래니는 그러지 못했다. 그녀는 한 번의 저녁, 하룻밤이면 될 거라고 생각했다. 프래니는 부엌으로 가서 스테이크 굽는 법을 묻기 위해 파머하우스의 제럴에게 전화를 걸었다. 지금쯤 그는 막 근무를 시작했을 것이다. 파슬리를 다지고 있을 것이다.

"리틀 레이디," 그가 말했다. "얼른 돌아와요, 제길. 아무도 내 컵을 제대로 채워주지 못하는 거 알잖아요."

프래니가 웃었다. "바에서 당신 레모네이드를 만들려고 내 여름을 포기하라고요? 우리 친구하기로 하고, 여기 나 좀 도와줘요."

제럴은 지금 매니저의 사무실에 서 있었고, 매니저가 그를 쏘아보고 있었다. 요리사들은 절대 전화를 받지 않았다. 그가 그녀에게 고기에 올드베이를 조금 발라 재워두라고 했다. "조금만 발라요. 그 염병할 양념은 스테이크용이 아니니까." 그러고는 아스파라거스와 구운 감자의 기초로 그녀를 안내했다. "샐러드하고 케이크는 사서 먹어요. 거기 누구한테 돈 있잖아요. 모든 걸 혼자 하려고 하지 마요."

프래니는 식료품점, 정육점, 빵집에 갔다. 주류 가게에 가서 와인을 고르고 스카치와 진도 많이 샀다. 집에 돌아와 실어온 것을 차에서 내렸다. 리오와 에릭은 같이 시내에 가지 않는 것에 대해 양해를 구하며 먼저 소설에 관한 이야기를 나누겠다고, 일부터 끝내놓겠다고 했었다. 리오가 담배를 피워도 괜찮은 곳으로 정한 집 측면의 유리벽 포치에서 그들의 웃음소리가 들렸다. 크고 호탕한 웃음이었다. 프래니는 친절을 베풀려는 마음에서 얼음을 넣은 잔 두 개와 맥캘란 한 병을 가지고 나갔다. 짧게 자른 반바지에 플립플롭, 무늬 없는 흰 티셔츠, 해변의 옷차림이었다. 그녀는 스물아홉 살이었다. 그들은 소꿉장난을 하고 있었다. 그녀가 안주인 역할이었다.

"에릭, 이 아가씨 좀 보겠어요?" 리오가 의자에 앉은 채로 그녀의 골반을 팔로 감싸 자기 쪽으로 끌어당기며 말했다. "이 여자는 꿈인 걸까요?"

"꿈이라." 에릭이 말한 뒤 프래니에게 얼음을 넣은 큰 잔에 펠레그리노나 페리에를 줄 수 있겠는지 물었다.

프래니가 탄산수를 사오길 잘했다고 생각하며 고개를 끄덕였다. 그녀가 부엌으로 돌아갔다. 그들은 새 소설이 아니라 체호프에 대해 이야기하고 있었다. 에릭은 체호프의 새 번역서를 열 권짜리 전집으로 내면 사서 읽을 시장이 있을지 궁금해하고 있었다. 그녀는 그들이 어느 단편을 재미있다고 생각했을지 궁금했다.

페미니스트로서, 프래니는 그들이 나서서 도와줄 가능성을 기대할 수 없는 상황에서 자신이 왜 목요일 밤에 리오와 에릭의 저녁식사를 차려냈는지 먼저 자문해야 했지만, 다음날 도시에서 온 마리솔이 수놓인 리넨 튜닉에 빨간색 리넨 스카프 차림으로 유리벽 포치에 앉더니 자기에게 정말 필요한 것은 화이트와인 한 잔, 혹시 있으면 맛좋은 샤블리 한 잔이라고 말했을 때는 누가 목에 고무총을 쏜 것처럼 멍한 느낌이 들었다. 프래니가 먼저 마리솔에게 무엇을 갖다줄지 물었고, 마리솔은 다른 사람도 담배를 피우고 있다는 사실에 전율을 느끼고 담배를 찾아 가방을 뒤지면서 그렇게 대답했던 것이다. 그것에 무슨 문제가 있었는가?

"여기 정말 멋져요!" 마리솔이 미소를 띤 채 프래니의 손에서 잔을 받아가며 말했다. "내가 아는 사람 중에 리오처럼 운좋은 사람은 없다니까요."

전날 밤과 거의 똑같은 이유로, 그날 밤에도 저녁식사를 하러 나가지 않기로 결정되었다. 마리솔이 벚나무를 가리켜 손짓했다. "이런 곳을 두고 시내로 간다고요? 지트니 버스에서 만난 그 모든 사람들과 같이 저녁을 먹어요? 절대 안 될 일이죠." 마리솔은 소호에서 갤러리를 운영하고 있었다. 배우의 집에서 지낸다는 생각, 배우의 귀뚜라미 소리를 듣는다는 생각 자체가 매혹적이었다.

프래니는 표정에 감정을 드러내지 않았고, 리오는 문제가 무엇인지 스치듯 알아차렸을 뿐이었다. 그가 기분좋게 한바탕 웃음을 터뜨리며 손뼉을 쳤다. "어제저녁에 먹은 것과 정확히 같은 걸로 하면 돼. 어제저녁 식사는 완벽했어. 같은 걸 다시 먹으면 돼. 그러면 문제가 안 되겠지, 어때?" 그가 프래니에게 말했다.

"마리솔은 고기를 먹지 않아요." 에릭이 그가 지을 수 있는 가장 멋진 미소를 지어 보이며 말했다. 에릭과 마리솔은 리오와 나이가 엇비슷해서, 예순을 막 넘긴 것 같았다. 그들은 존스홉킨스에서 피부과 레지던트 과정을 마쳐가는 아들 하나와, 집에서 아기를 키우는 딸이 하나 있었다.

"생선은 먹어요." 마리솔이 걸스카우트 선서를 하듯 손을 들며 말했다. "사실은 채식주의자지만 사교적인 자리에서 생선은 먹는답니다."

그들 세 사람은 고리버들 의자에 놓인 부드러운 상아색 방석에 둥지를 틀고 앉아 천진하고 기대에 찬 표정으로 프래니를 보았다. 제럴에게 또 전화를 할 수는 없었다. 그는 그녀에게 바보 천치라고 할 것이다. 생선 요리를 하려면 어머니에게 전화를 걸어야 했다. "다른 건요?" 그녀가 물었다.

에릭이 고개를 끄덕였다. "아삭한 게 있으면 좋을 것 같네요. 견과류나 크래커, 믹스 같은?"

"바 스낵이면 되겠네요." 프래니가 말한 뒤 열쇠를 찾으러 부엌으로 갔다.

리오와 프래니의 사이는 이런 식이 아니었다. 오 년 동안 지속된 그들 관계의 바탕에는 존경과 상호불신이 깔려 있었다. 그 모든 시간을 보낸 뒤에도 리오는 프래니가 자기와 함께라는 사실을 믿지 못했다. 그가 이 시점에 차지할 만한 어떤 여자보다 프래니가 더 젊고(단지 그보다 어리다는 것이 아니라 젊은 연령대였다) 더 아름다워서 그런 것만은 아니었다. 그녀는 그가 한 손 한 손 잡고 올라가 다시 자신의 일을 하게 해준 밧줄 같은 존재였다. 그녀는 전류, 전기 불꽃이었다. 프래니 키팅은 생명이었다. 프래니의 경우, 그녀에게 리언 포즌이라는 이름을 말하는 것은 안톤 체호프의 이름을 말하는 것과 같았고, 그런 그를 침대 위 자신의 옆에서 찾을 수 있었다. 시간이 지나도 그 놀라움은 사라지지 않았다. 더욱 중요한 것은, 그녀가 자기 삶에서 아무 의미를 발견하지 못했을 때 그가 그녀의 삶에서 의미를 발견했다는 사실이었다.

그들에게 문제가 없다는 말을 하려는 것은 아니다. 미래란 언제나 알 수 없는 것이지만, 현실적으로, 서른두 살의 나이 차이 때문에 어느 시점에는 끝날 운명인 미래라는 문제가 있었고, 엄밀히 따지면 리오가 아직 결혼한 상태라는 사실에 기인하는 과거라는 문제가 있었다. 로스앤젤레스에 사는 그의 아내가 미래의 저작권료를 떼어 받기 위해 이혼을 지연시키고 있었는데, 그것은 그가 책을 출판한 뒤로 얼마나 많은 시간이 흘렀는지를 고려하면 감동적일 정도로 낙관적인 요구였다. 리오는 어떤 작품이건 자기가 아직 쓰지 않은 작품에 대해서는 권리를 넘겨주지 않겠다고 잘라 말했다. 그런데 그가 낸 책이 이미 베스트셀러가 되었던 것이다. 상당한 액수의 선인세는 벌써 다 벌어주었고, 상금이 들어왔고, 널리 외국에서도 팔려나갔다. 그들이 저작권료 수익을 놓고 새로운 국면에 들어섰을 때 그의 아내는 입장을 양보하지 않기로 한 자신의 믿음이 옳았음을 다시 한번 변호사에게 확인해주었다.

이 시점에 리오는 부자가 되어 있었어야 마땅했지만, 그는 생계 유지를 위해 여러 돈 많은 기관에서 명성 높은 작가에게 제안하는 방문 작가 자리를 계속 수락해야 했다. 그런 자리들을 맡다보면 새 책을 쓰는 게 거의 불가능했다. 그랬다, 어마어마한 액수의 돈이 생겼지만, 하나의 강물로 시작한 그 돈은 곧 숱한 지류로 흘러들어 갔다. 그에게는 이미 완전히 이혼해 과거의 일이 되었으나 상당한 액수의 위자료를 지급한 전처가 있었고, 두번째 전처가 되었어야 할 아내에게 다달이 돈이 빠져나갔다. 그 아내에게 들어가는 돈이 엄청났다. 첫번째 결혼에서 태어난 딸은 돈보다 훨씬 많은 것이 필요했지만 그런 욕구를 표현하는 가장 쉬운 방법이 돈이었기 때문에 늘 돈을 요구했다. 두번째 결혼에서 태어난 두 아들—한 명은 케니언대학 2학년, 다른 한 명은 로스앤젤레스의 하버드웨스트레이크고등학교 2학년이었다—은 그와는 말도 하지 않으려고 했다. 그들의 등록금은 그들이 원하는 모든 것과 더불어 리오가 감당해야 할 몫이었다.

프래니는 자신의 삶을 이해하기 위해 고민할 시기가 지났다는 것을 알았지만, 리오가 담요를 놓지 않는 아이처럼 그녀에게 매달려 있었고, 솔직히 자기가 가장 존경하는 사람에게 필요한 사람이 되는 것, 없어서는 안 될 존재라는 말을 듣는 것은 아주 기분좋은 일이었다. 그것은 무엇을 공부하고 싶은지도 모르면서 대학원에 지원하는 것보다 이루 말할 수 없이 더 좋은 일이어서, 그녀는 예쁜 드레스를 입고 스탠퍼드나 예일에서 열리는 교수 만찬에 그와 함께 가곤 했다. 이따금 그녀는 그들이 노스레이크쇼어 드라이브에 마련해둔 아파트에 살면서 파머하우스로 돌아가 두어 달 일을 하기도 했다. 리오가 학자금을 모두 상환해주어 이제 걱정이 없었지만, 그녀는 직접 돈을 버는 생활이 그리웠다. 어쨌거나 친구들을 만나는 것이 좋았다. 파머하우스는 언제든 그녀를 받아주었다.

"이건 미친 짓이야." 리오는 술을 아주 많이 마신 뒤 전화를 해도 괜찮은 시점을 한참 넘겨 그녀에게 전화를 걸어 말했다. "당신이 웨이트리스 일을 하겠다고 나는 혼자 여기 있어? 오늘밤에, 아침에 일어나자마자 제발 공항에 가서 비행기를 타. 내가 표를 보내 줄게." 그가 표를 보낸다는 말은 그들 사이의 농담 같은 것이었지 만 이 경우에는 농담이 아니었다.

"당신은 괜찮아질 거예요." 프래니는 이런 대화에서 중요한 말 은 하지 않기로 마음먹고 있었다. 내일이면 그는 어떤 말도 기억하 지 못할 테니까. "이게 나한테 좋아요. 나도 가끔은 일을 할 필요가 있어요."

"당신은 줄곧 일을 해왔어! 온 세상이 그 일에 실패했지만 당신 은 나한테 끊임없는 영감을 일으켰어. 내가 월급을 줄게. 수표에 써서 줄게. 그건 젠장, 당신 책이야, 프래니. 그게 당신이라고."

물론, 그 책을 쓰던 당시에 그는 그렇지 않다고 말했다. 그녀가 해준 이야기는 그의 상상력을 위한 도약점일 뿐이라고 했다. 그녀 의 가족 이야기가 아니라고. 누구도 거기서 그들을 보지 못할 거 라고.

하지만 그들이 그 안에 있었다.

그들의 나이 차이, 그에게 별거중인 아내가 있다는 것, 그가 그 녀의 가족에 관한 소설, 집필에 매달려 있을 때는 그녀에게 그저 짜릿한 전율을 일으켰지만 최종적인 형태를 갖추자 구역질을 일 으킨 그 소설을 썼다는 사실만 빼면, 프래니와 리오의 사이는 아주 좋았다. 그녀가 그 소설에 대해 그를 시샘한다는 말이 아니었다. 그것은 탁월한 소설이었다. 그녀가 자초한, 리언 포즌의 탁월한 작 품이었다.

하지만 누군가가 목록을 만든다면, 프래니는 문제로 인정하지 않는다 해도 짚고 넘어갈 만한 또다른 문제가 있었다. 프래니가 술을 마시지 않는다는 것. 그녀가 그것을 아무리 가볍게 넘겨버리려 해도 리오는 그녀의 금주를 하나의 판단으로 느꼈다. 그들이 친구들과 함께 있을 때에도 그는 그 점에 주목했고, 시내에서 함께 점심을 먹으며 그가 피노그리 세 잔을 거하게 마신 뒤 그녀가 운전석 쪽으로 가는 것을 보면서도 그 점에 주목했다. 그가 혼자 지내고 그녀가 나라 반대편에 있을 때에도 그는 그것에 주목했다. 그녀가 말해주기로는, 오래전에 사고가 났었는데 자신의 음주운전 때문에 난 것이었고 그래서 술을 끊은 것이라고 했다. 그는 기회가 있을 때 그 문제를 몇 번 더 꺼냈지만 이야기가 늘 그녀가 로스쿨에 간 부분으로 흘러가는 것을 느꼈다. 그는 프래니가 공부를 마치러 돌아가지 않는 것이 큰 기회를 놓치는 거라고 믿었다.

그가 다시 말을 꺼냈다. "그 자동차 사고에서 누구를 죽였어?"

"죽이지는 않았어요."

"누가 다쳤어? 개를 쳤나?"

"아니요."

"당신이 다쳤어?"

그녀는 깊은 한숨을 내쉬고는 읽고 있던 책, 요제프 로트의 『라데츠키 행진곡』을 덮었다. 그가 추천해준 책이었다. "이 문제는 그냥 넘어가면 안 돼요?"

"당신 알코올중독이야?"

프래니가 어깨를 으쓱했다. "내가 아는 한은 아닌데요. 아마 아닐걸요."

"그런데 왜 한잔하면서 내 술친구가 되어주지 않는 거지? 집에서 마시는 건 괜찮잖아. 내가 운전해달라고 부탁할 일도 없고."

그러면 그녀는 그 논쟁을 끝내는 가장 좋은 방법이 키스라는 듯 몸을 숙여 그에게 키스했다. "당신의 그 좋은 머리를 그런 데 쓰다니." 그녀가 다정하게 말했다. "싸워볼 만한 더 좋은 걸 생각할 수 있을 거예요."

프래니는 부엌으로 가서 버지니아에 사는 어머니에게 전화를 걸었다. "저녁식사로 네 사람이 먹을 생선 요리를 해야 돼요." 그녀가 말했다. "망치면 안 되고요."

"외식하면 안 돼?" 어머니가 물었다.

"안 될 것 같아요. 이 집이 호텔 캘리포니아처럼 돼버렸거든요. 사람들이 이 집 문으로 들어오면 다시 나가려고 하질 않아요. 내가 요리를 하는 게 아니라면 나도 똑같이 느낄 것 같고요."

"네가, 요리를." 어머니가 말했다.

"그러니까요."

"그 배우 옷방은 살펴봤어?"

프래니가 크게 웃음을 터뜨렸다. 그녀의 어머니는 곧바로 핵심을 찌를 수 있는 사람이었다. "에트로 비키니들, 앙증맞은 실크 슬립 드레스가 한가득 있고, 새털처럼 가벼운 긴 캐시미어 스웨터도 엄청 많고, 신발도 여태 본 적이 없는 것들이에요. 이 여자 새끼손가락 사이즈인가봐요. 모든 게 믿을 수 없을 만큼 작다니까요."

"신발 사이즈는 몇이야?"

"7*이요." 프래니가 샌들 한 짝에 발을 집어넣으려고 해보았지만

---

* 240밀리미터.

신데렐라의 못난 언니 꼴이었다.

"내가 가면 네가 음식 만드는 걸 도와줄 수 있을 텐데." 어머니가 말했다.

프래니가 미소를 짓고는 한숨을 쉬었다. 어머니는 발이 작았다. "사람이 더 오는 건 안 돼요. 지금은 누가 오는 게 문제라고요."

"난 손님이 아니잖아. 나는 엄마야." 어머니가 가볍게 말했다.

잠시 프래니는 그렇게 되면 얼마나 좋을지, 어머니가 소파 반대쪽에 앉아 책을 읽고 있다면 얼마나 좋을지 생각했다. 대개는 프래니가 혼자 버지니아의 집으로 가거나, 프래니가 시카고의 바에서 일할 때 어머니가 찾아오거나 했다. 리오와 그녀의 어머니가 같이 만난 적이 몇 번 있었는데, 서로 차갑고 정중했다. 그녀의 어머니가 리오보다 나이가 더 적었다. 어머니도 『커먼웰스』를 읽었고 자신이 의사인 것을 다행으로 여겼지만, 아예 등장하지 않았다면 더욱 다행으로 여겼을 터였다. 베벌리는 리오 포즌이 진심으로 딸의 이익을 우선시한다고 믿지 않았다. 리오와 함께 술을 마실 때 그녀가 그 이야기를 꺼낸 적이 한 번 있었다. 그들의 휴가가 완벽한 것이 되려면 프래니의 어머니는 필요하지 않았다.

"제발요." 프래니가 말했다. "생선 요리 하는 법만 알려주세요."

어머니는 전화기를 내려놓고 해산물 차우더를 만드는 레시피를 가져왔다. "평생 너는 내가 가르쳐준 걸 한 적이 없지만 내가 가르쳐주는 대로 하면 엄청난 성공을 거둘 거야."

그리고 오, 어머니의 말이 맞았다. 그들은 열광했고 칭찬을 쏟아냈다. 에릭과 마리솔은 맨해튼에서 이보다 더 맛있는 음식은 먹어볼 수 없을 거라고 말했다. 프래니의 어머니는 승도복숭아로 샐러드를 어떻게 만드는지, 치즈 비스킷은 어느 브랜드를 사는 게 좋은지 등 모든 것을 알려주었고, 프래니도 손님들만큼 감동했다. 하지만 리오는 이번에도 그녀와 함께 식료품점에 가지 않았고, 그들 중 누구도 부엌에 와서 피망 써는 걸 도와주겠다고 나서지 않았다. 그리고 저녁식사가 준비되었다고 알려주려고 그녀가 포치에 나왔을 때, 체호프의 또다른 재미있는 단편 이야기에 열을 올리고 있던 에릭은 기다려달라는 뜻으로 손을 들어올렸다. 이야기가 끝나기까지 거의 십오 분이 걸리는 바람에 프래니는 삼 분만 익혀야 하는 새우를 걱정하지 않을 수 없었다. 식사가 끝나자 손님들은 감사의 말을 엄청나게 쏟아냈는데, 정말 더는 다정할 수 없을 정도였다. 에릭은 접시를 들어 개수대에 옮겨넣기 전에 푸른색 리넨 셔츠의 소매를 걷어붙이는 시늉을 했지만, 딱 거기까지였다.

리오의 대리인인 애스트리드가 토요일 아침 그 집으로 전화를 걸어왔다. 그녀의 비서가 전날 리오와 전혀 무관한 일로 에릭의 사무실에 전화를 걸었다가, 통화 도중 에릭이 아마간셋에 있는 리오의 집에 가 있다는 말을 들은 것이다. 애스트리드는 새그하버에 집이 있었다. 여름이면 목요일 밤마다 새그하버로 와서 월요일 아침에 돌아가곤 했다. 그들은 정말로 그녀를 만날 일이 없을 거라고 생각했던 걸까? 애스트리드는 그들이 그날 오후 아마간셋에 도착할 거라고 말했다. '그들'에는 그녀의 담당 작가들 중 한 명인, 그녀의 집에서 두 주 동안 지내면서 몇 번의 최종 수정 작업에 매달려 있는 앞날이 촉망되는 청년이 포함되어 있었다.

"주소를 알려줄게요." 리오가 체념한 듯 말했다.

"바보 같은 말씀 마세요." 그녀가 말했다. "그 집 주소는 모두가 알아요."

"애스트리드예요?" 에릭의 얼굴에 약간 실망한 표정이 떠올랐다. 그는 토요일 신문의 십자낱말풀이를 하고 있었다. 면도를 하지 않았지만 할 생각도 없는 것 같았다.

"나한테 물어보지도 않던데요." 그렇게 말했지만 리오는 애스트리드를 좋아했다. 에릭이 그녀를 좋아하지 않는다는 건 그녀가 자기 일을 잘하고 있다는 증거였다.

"저기 점심 사러 가네요." 에릭이 말했다.

마리솔이 빨간색 수영복과 챙이 넓은 모자 차림으로 계단을 내려왔다. "수영장에 가려고요." 그녀가 말했다.

"애스트리드가 온대." 에릭이 말했다.

마리솔이 걸음을 멈추고 선글라스를 썼다. "새그하버에 살잖아. 여기서 묵고 갈 것 같진 않은데."

프래니는 브리지햄프턴으로 차를 몰고 갔고, 만들어진 음식을 파는 터무니없이 비싼 고급 식품점에서 점심거리를 구입해 차에 싣다가 문득 아무도 떠나지 않을 거라는 사실을 분명하게 깨달았다. 그녀는 바로 다시 들어가 저녁에 먹을 것도 샀다. 리오가 신용카드를 주었다. 두 끼 식사를 합쳐 어마어마한 액수가 나왔다. 그녀가 집에 돌아오니 애스트리드가 윤기 흐르는 검은 머리칼에 노란색 리넨 바지를 입은 하얀 피부의 조너스라는 젊은 작가를 데리고 와 있었다. 그는 다른 모두가 먹은 것을 합친 양보다 두 배 더 먹었다. 프래니는 내일 점심때 먹을 음식이 남지 않을 거라는 슬픈 사실을 깨달았다.

"체호프를 왜 재출간하려고 하세요?" 젊은 작가가 허브를 가미

한 닭가슴살과 레몬에 조린 연어 요리 둘 다를 자기 접시에 가져가 며 말했다. "그 대신 좀더 대담하게, 젊은 러시아 작가들의 작품을 출판해보는 건 어때요?"

"아마도 내가 러시아의 출판사에서 일하지 않아서겠지요." 에릭 이 자기 잔에 와인을 따르고 마리솔의 잔도 더 채워주었다. "아, 그 리고 나는 러시아어를 할 줄 몰라요."

"조너스가 러시아어를 할 줄 알아요." 애스트리드가 아들을 자 랑스러워하는 어머니처럼 말했다.

"카니에시나."* 조너스가 말했다.

애스트리드가 고개를 끄덕였다. "조너스는 항명자들에게 관심 이 많아요."

"항명자는 없어요." 리오가 말했다. "러시아가 1970년대에 문을 열고 모두 내보냈으니까요."

"그 항명자들이 제 연구 분야예요." 조너스가 말했다. "제 말을 믿으세요. 러시아에는 여전히 억압받는 유대인들이 많아요."

"그렇다면 나는 항명자들을 연구한 미국인의 글 대신 그들에 관 해 쓴 젊은 러시아 작가의 글을 출간해야 하지 않나요? 그게 더 대 담한 행동 아닙니까?"

"제 책은 출판하지 마세요."

에릭이 그 만족스러운 생각에 미소를 지었다. "무승부로 하죠? 체호프는 내 연구 분야고, 항명자는 당신 분야고. 우리 둘 다 알 만 큼 알잖아요."

---

* '물론'이라는 뜻의 러시아어.

"그거 쿠스쿠스예요?" 마리솔이 오이와 토마토가 든 샐러드를 가리키며 프래니에게 물었다.

"이스라엘식이에요." 프래니가 요리를 건네며 말했다. "이게 좀 더 커요."

고급 식품점에서 프래니가 느꼈던 예감은 결국 옳았다. 저녁식사 시간이 다가오는데도 리오와 손님들은 집 곳곳에 놓인 각양각색의 소파에서 빈둥거리고 있었다. 조너스는 원고에 매달린 듯 보였는데, 적어도 무릎에 종이 뭉치를 잔뜩 놓고 입에 연필을 물고 있었다. 그가 점심 먹는 자리에까지 원고를 가져왔다는 사실은 좀 이상했다. 수영장에서 돌아온 에릭은 두 시간 전만 해도 더 먹는 게 불가능할 것 같았는데 다시 배가 고파질 것 같다고 시인했다. 적어도 술은 마셔야 할 것 같다고.

리오가 고개를 들고 미소를 지었다. "이제 그럴 생각이 생겼군요."

프래니가 요리를 하지는 않았지만 음식을 데우고 접시에 담아 내가는 것은 해야 했던 아주 긴 저녁 시간이 끝난 뒤, 지나치게 많은 와인을 소비하고 식사 후 음료로 배우의 칼바도스와 소테른 화이트와인까지 급습한 뒤("프래니, 우리가 뭘 훔치는지 기록해둬." 리오가 식료품 저장실 선반을 뒤지며 말했다. "잊지 않고 다시 채워두고 싶어.") 모두 담배를 피우러 옆쪽 포치로 어슬렁어슬렁 옮겨가자, 주신 바쿠스가 성대한 연회를 연 자리로 보이는 식사실에 프래니 혼자 남았다. 그녀는 숨을 들이마시고 접시를 치우기 시작했다.

키가 큰 젊은 소설가가 부엌까지 그녀를 따라왔다. 그녀는 잠시 그가 도와주러 온 거라 생각했지만 곧 그저 흥미가 생겨서 온 거란 사실을 깨달았다. 그는 이제 안경을 쓰고 있었는데, 아까 그가 원고를 보면서 안경을 쓰고 있었는지 아닌지 잘 기억이 나지 않았다.

"나는 크노프 출판사와 계약했어요." 그가 와인 잔을 집어 행주로 감싸 잡으며 말했다. "앙트르 누*, 나는 FSG와 계약하고 싶었어요. 대학에 들어간 뒤로 늘 FSG에서 책을 내고 싶었지만……" 그가 프래니를 보며 어깨를 으쓱하고는 싱크대에 몸을 기댔다. "……알다시피."

"그 출판사에서 원하지 않았나요?" 그녀가 물었다.

조너스는 자존심이 상한 것 같았다. "돈 때문이죠." 그가 말했다. "FSG에 정말로 돈이 있었던 적이 없다는 건 모두 알아요."

프래니가 접시를 행구는데 리오가 들어왔다. "여기 있었군요!" 그가 젊은 소설가에게 말했다. 그는 두 팔을 크게 벌리고 있었고 한 손에는 하이볼 잔이 들려 있었다. "당신에게 나무를 보여주고 싶었어요." 그는 술을 마실 때 이따금 고래고래 소리를 질렀고, 지금 창문을 다 열어놓은 터라 프래니는 동네 사람들에게 그 소리가 들리지 않을까 생각했다.

"나무요?" 조너스가 말했다. 개수대 가까이 있었던 탓에 그의 안경이 약간 뿌예져 있었다.

리오가 젊은 남자의 어깨에 팔을 두르고 그를 데려갔다. "같이 가서 봅시다. 밤하늘이 아름다워요."

"진심으로 하는 말이에요, 리오?" 프래니가 그들의 등에 대고 소리쳤다. "나무라고요? 그게 당신이 생각해낼 수 있는 최선이에요?"

---

* '우리끼리 하는 말인데'라는 뜻의 프랑스어.

애스트리드는 그날 그 집에서 밤을 보내지 않았으나 어쨌거나 그 젊은 작가는 머물렀다. 조너스는 술을 마시면 차멀미를 한다고 했고, 그가 술을 마신 것은 틀림없는 사실이었다. 그는 집을 둘러본 뒤 전반적인 상황이 여지없이 피츠제럴드 소설이라며, 그토록 비슷하다면 자고 가는 것도 포함되어야 할 거라고 말했다. 초대가 연장되었다면 함께 남았을 애스트리드가 내일 점심때쯤 그를 데리러 오겠다며 먼저 나섰다.

프래니는 앞면이 유리로 된 그릇장에 배우의 덴마크제 자기 그릇을 마지막 하나까지 다시 넣어놓고 아연 상판을 닦고 쓰레기를 내놓은 뒤 일손을 멈추고서 자신이 얼마나 잘했는지 점검했다. 손님들이 사흘간 고된 노동을 떠안겼지만 그것은 그녀에게 익숙한 일이었다. 요리는 그렇지 않았지만 잔을 채우고 재떨이를 비우고 뭔가를 정리하고 가져오고 대화의 조용한 청중이 되는 일은 그랬다. 내일이 일요일이니, 일요일에는 끝날 것이다. 프래니는 자신이 자랑스럽게 느껴졌다. 썩 잘해낸 것이다. 리오는 그녀가 그의 친구들에게 보여준 모든 친절에 고마워할 것이다.

모두가 달걀 요리를 요구하면서도 원하는 조리법은 달랐던, 숙취가 남은 아침식사 이후, 리오는 이제 일을 하겠다고 선언했다. 그는 캔버스 토트백에 리갈패드, 펜, 스카치, 체호프 두 권(에릭이 그를 설득해 새 판본에 서문을 써주겠다는 확답을 받아냈다. 물론 그의 소설 집필이 끝난 후에 말이지만)을 넣고 잔디밭을 가로질러 뒤쪽의 방 하나로 된 작은 오두막으로 걸어갔다. 작은 책상과 1인용 침대 하나, 푹신한 의자, 오토만과 플로어램프가 있어 정확히 그 목적으로 지어진 장소라고 쉽게 상상할 수 있었다. 리오가 글을 쓰지 않았으니 글을 쓰는 목적은 아니었고, 그 집의 황홀한 불길에 이끌려 날아드는 나방들의 무리를 피하는 목적으로.

"일을 하겠다니 다행이네요." 에릭이 프래니에게 말했다. 그는 두 손으로 커피잔을 들고, 해변에 선 여자가 고래잡이배가 사라진 수평선의 한 지점을 바라보는 것처럼 리오가 사라진 방향을 아쉬운 듯 바라보고 있었다. "우리가 힘을 실어줘야 해요. 계속 써나갈 수 있게 반드시 도와줘야 해요. 그가 또 탄력을 잃게 할 수는 없어요."

프래니는 리오가 지금 쓰고 있는 책이 없으니 탄력을 잃을 일도 없다는 말은 하지 않았다. 그녀는 리오가 그에게 무슨 말을 했는지 궁금했다. "리오는 그럴 거예요." 그녀가 애매하게 대답했다. "모든 게 잠잠해지고 조용해지면요." 그녀는 그에게 어떤 지트니 버스를 타고 도시로 돌아갈 생각인지 물어볼 수 있을까? 프래니는 에릭을, 그의 길고 굽슬굽슬한 회색 머리칼을, 머리 위에 올려 쓴 안경을 보았다. "언제 지트니 버스를 탈지 알려주세요." 그녀가 말했다. "거기까지 태워드릴게요. 너무 지체하면 일요일이라 줄을 서야 할 수도 있어요."

마리솔이 고개를 가로저었다. "금요일에 탄 걸로 충분해요. 일요일은 상상할 수 없어요." 그녀가 남편을 쳐다보았다. "당신은 언제 돌아가?"

에릭이 팁을 계산할 때처럼 고개를 뒤로 젖혔다 내렸다. "화요일? 아마 화요일에. 확인해봐야 해."

마리솔이 고개를 끄덕인 뒤 신문에서 스타일에 관련된 페이지를 빼냈다. "그러면 나는 하루 더 있어야겠네. 내가 당신보다 하루 늦게 왔으니까."

조너스가 녹색 트렁크 수영복과 티셔츠를 입고 부엌에 왔다. "지금 커피 한 잔 마실 수 있을까요?" 그가 아침햇살에 눈을 찡그리며 말했다. "수영을 하러 가려고요."

프래니는 하고 싶은 말이 아주 많았지만, 바로 그 순간 작가의 트렁크 수영복을 보고 깜짝 놀라 그것에 주의가 쏠렸다. "수영복은 어디서 났어요?"

조너스가 자신을 내려다보았다. "이거요? 기억 안 나는데. REI 건가?" 티셔츠를 입고 밝은 햇살 속에 선 그는 스무 살도 되어 보이지 않았다.

"당신 거예요? 여기 올 때 가져왔어요?"

이제 그들 모두 그녀를 쳐다보고 있었다.

"여기 올 때 가져왔어요." 그가 말했다. 그러고는 두 손가락으로 천을 잡아당겼다. "괜찮아 보여요?"

"다른 옷을 가져왔다고요?"

질문의 맥락을 알아차리고서 그는 미숙하게 방어하며 여주인인 그녀에게 맞섰다. "차멀미 때문에요. 그리고 밤에 차 타는 걸 좋아하지 않거든요. 애스트리드가 이 집이 크다고 했어요."

그들이 도착했을 때 프래니는 마켓에 있었다. 그가 여행가방을 들고 온 것을 보지 못했던 것이다. 그가 떠날 계획이 아니라면 그의 침대 시트를 빼는 것도 그녀의 몫이었다. 전화벨이 울리기 시작했고, 조너스는 혼자 알아서 하겠다는 제스처로, 자기 커피를 따라 들고 뒷문으로 나갔다.

"아빠와 통화하고 싶어요." 전화기 너머 목소리가 말했다.

"에어리얼?"

답이 없었지만, 리오에게 자식이 셋인데 둘은 아들이고 요즘은 딸 하나만 아버지와 대화를 하니, 여자가 전화를 걸어 아버지를 찾는다면 그 대답은 당연히 에어리얼이 맞는다는 것이었다.

"잠시만 기다려요." 프래니가 말했다. "지금 뒤쪽에 나가 계세요. 가서 모셔올게요."

에릭이 에어리얼의 전화 용건이 어떤 성질의 것인지 묻는 표정을 지어 보였으나 프래니는 무시했다. 그녀는 벗나무 아래를 걸어, 셔츠를 벗은 조너스가 머리 옆에 커피를 놓고 이미 다이빙보드에 누워 있는 수영장을 지나 젖은 잔디밭을 걸어갔다. 오두막 문 앞에 도착했을 때 그녀는 문을 두드리지 않았다.

"에어리얼 전화예요." 그녀가 말했다.

리오는 두 손으로 체호프 책을 들고서 침대에 가로로 누워 있었다. 그가 프래니를 올려다보며 미소를 지었다. "일하는 중이라고 전해줄래? 내가 다시 전화한다고 얘기해줘."

"그렇게는 못해요." 프래니가 말했다.

"지금 그애하고 이야기할 수 없어."

"뭐, 나도 못하겠으니 당신이 직접 부엌에 가서 전화를 끊는 게 좋겠어요."

그녀는 오두막에서 나와 더 뒤쪽으로 걸어갔다. 산울타리에 틈이 있는 것을 알고 있어서 그 길로 갔다. 이웃집 마당을 통과하고 진입로를 걸어가서 거리로 나섰다. 플립플롭이 그녀의 발을 찰싹찰싹 때렸다. 자전거, 모자, 돈이 좀 있으면 좋겠다고 생각했지만, 한편으로는 혼자 있는 것 말고 세상에서 원하는 것은 아무것도 없었다. 프래니는 이제껏 경험해온 모든 불편함이 자기 스스로 초래

한 것이라고 믿지 않을 수 없었다. 그녀가 자기 인생에 대해 뭔가를 했더라면 아무도 그녀에게 카푸치노를 만들어달라고 하지 않았을 것이다. 그녀가 자기 인생에 대해 뭔가를 했더라면 그들에게 카푸치노를 만들어주면서도 그것이 자기 일이 아니라고 생각했을 테니 기꺼운 마음으로 했을 것이다. 커피를 내려준다 해도 그것은 자기가 너그럽고 도와주기 좋아하는 사람이기 때문일 것이다. 다른 사람에게 친절을 보이면서도 자기가 예쁘장하게 생긴 웨이트리스에 지나지 않는다는 생각에 끊임없이 시달리지 않아도 되니 기분이 좋을 것이다. 서른이 다가오면서 그녀는 어떻게 하면 뮤즈 이상이 될 수 있을지, 혹은 지난번 로스앤젤레스에서 아버지를 만났을 때 들은 "유부남의 애인이 되는 게 직업은 아니지"의 이상이 될 수 있을지 그 방법을 알아내고 싶었다.

그녀의 아버지는 『커먼웰스』를 읽지 않았지만 언니는 읽었다.

"그 책에 특별히 명예훼손이라고 할 만한 건 없어." 캐럴라인이 프래니에게 말했다. "교묘하게 잘 감췄던데."

"언니가 〈타임스〉에 서평을 쓰지 않아줘서 고마워."

"나라면 다르게 말하겠어. 나는 그 책을 재미있게 읽지 않았지만 그를 고소하지는 않을 거야."

"언니는 그 책에 제대로 등장하지도 않잖아."

캐럴라인이 웃었다. "어쩌면 그게 거슬렸는지도 모르겠네. 어쨌거나 내가 소송을 한다면 가족 전체를 끌어들여서 집단소송을 할 거야."

"그렇다면," 프래니가 말했다. "그게 우리를 다시 모이게 하는 한 가지 방법이 되겠네."

프래니가 지금 얼마나 캐럴라인을 그리워하는지 생각하면 재미있었다. 서로 미워하며 자란 만큼 그들 사이에는 기묘한 애정이 슬며시 자라 있었다. 프래니와 캐럴라인은 같은 이야기를 모두 알고 있었다. 캐럴라인은 실리콘밸리에서 특허법과 관련된 일을 했다. 그보다 더 힘든 일은 없었다. 그녀는 워턴이라는 이름의 소프트웨어 디자이너와 결혼했다. 워턴은 그의 성이었지만 이름이 유진이었기 때문에 아무도 그를 워턴 말고 다른 이름으로 부르지 않았다. 프래니는 워턴이 언니를 부드럽게 만들어주었다고 믿었다. 그가 캐럴라인을 웃게 만들었다. 자랄 때 프래니는 언니가 어떤 일에건 웃는 걸 본 적이 없었다. 적어도 프래니 앞에서는 웃지 않았다. 캐럴라인과 워턴이 낳은 아기의 이름은 닉이었다.

리오가 스탠퍼드에서 강의를 한 그 학기에 프래니와 캐럴라인은 같이 많은 시간을 보냈다. 캐럴라인은 프래니에게 로스쿨로 돌아가라고 여전히 잔소리를 했고, 프래니는 그런 잔소리가 애정에 기반한 것이라고 믿었다.

"내 말 믿어." 캐럴라인이 말했다. "학교가 끔찍이 싫은 건 나도 알아. 변호사로 일하는 게 끔찍할 수 있다는 것도. 하지만 조만간 너도 뭔가를 해야 해. 네가 뭔가 하나를 찾아볼 생각이라면 그 일이 최고야. 여든 살 생일도 구인 광고를 읽으며 보내게 될 거라고."

"꼭 불행한 결혼을 시키려고 나를 설득하는 것처럼 들려."

"하지만 그게 불행한 결혼이어야 할 이유는 없지. 왜 그걸 못 봐? 법학학위를 받아서 주거 차별을 위해 싸우든가, 아니면 출판사에 취직해서 저자를 위한 계약서를 써."

프래니가 미소를 지으며 고개를 가로저었다. "내가 찾아볼게"가 프래니가 언니에게 한 말이었다.

하지만 그녀는 찾아내지 못했고, 지금 사랑하는 남자와 그의 친구들을 피해 아마간셋 시내를 걷는 중이었다. 프래니는 진열창으로 가게 안을 들여다보았고, 벤치에 신문이 있는 게 보이자 거기 앉아 그 전부를 읽었다. 벌꿀을 머금은 듯 부드러운 햇살을 느끼며, 그녀는 더 머물고 싶어하는 손님들을 거의 용서할 수 있을 것 같은 기분이 들었다. 그녀는 그들이 점심을 만들어달라고 부탁할 시간을 확실히 넘길 때까지 기다렸다. 그리고 혹시나 리오를 만날 수 있기 바라며 둘이 좋아한 레스토랑 앞을 지나갔다. 마침내 그녀는 돌아가기로 했다. 달리 할일이 없었다. 들키지 않게 슬그머니 침실로 올라갈 계획이었지만, 그들이 옆쪽 포치에서 그녀를 보고 손을 흔들었다.

"프래니, 당신 없이 우리가 어떤 하루를 보냈는지!" 리오는 그녀가 나갔던 것이 혹은 돌아온 것이 하나도 이상하지 않다는 듯 말했다.

새그하버에서 다시 온 애스트리드가 고개를 끄덕였다. "내가 점심식사로 샌드위치를 사와야 했어요. 셔벗은 아직 좀 남았어요."

"그리고 에릭과 내가 시내에 가서 저녁거리를 사왔어요." 마리솔이 말했다.

"누가 시내에 한번 더 다녀와야 할걸요." 에릭이 말했다. "이걸로 충분하지 않아요."

프래니가 포치에 있는 그들을 올려다보았는데, 롤스크린의 베일과 그들 뒤에서 비스듬히 비쳐드는 햇살과 그들과 그녀를 갈라놓은 노란 백합 무리 때문에 더 온순하게 보였다. 동물원에서 호랑이를 보는 것과 다르지 않았다.

"홀링거가 전화했어." 리오가 말했다. "엘런과 함께 도시에서 이리로 오고 있다고. 한 시간 정도면 도착할 거라는데."

"홀링거?" 애스트리드가 말했다. "저한테는 말씀 안 하셨잖아요. 선생님이 여기 계신 걸 그분이 어떻게 알았을까요?" 존 홀링거는 애스트리드의 의뢰인이 아니었다. 그의 소설 『일곱번째 이야기』가 『커먼웰스』를 물리치고 퓰리처상을 받았는데, 애초에 그들 사이에 정확히 우정이라 할 만한 것이 존재하지 않았음에도, 두 사람 다 그 사실이 그들의 우정에 아무런 영향을 미치지 않았다는 듯 과장된 연출을 했다.

마리솔이 그럴 리 없다는 듯 손을 한 번 휘저었다. "한 시간은 아닐걸요. 그분은 늘 늦으세요."

존 홀링거가 저녁을 먹으러 온다고 하면 프래니가 정신을 못 차릴 만큼 좋아했을 시기가 있었겠지만 그 시절은 지나갔다. 이제 홀링거와 그의 아내는 식탁에 자리를 두 개 더 준비해야 한다는 의미 이상은 아니었다. 그렇게 되면 조너스와 애스트리드가 절대 떠나지 않을 것을 전제로 모두 합해 여덟 명이 되었다.

"오늘 어땠어요?" 에릭이, 프래니가 눈에 띄지 않았던 것을 그제야 기억해냈다는 듯 그녀를 흘끗 내려다보며 말했다. "좋은 하루였나요?"

프래니는 어리둥절해서 손차양을 하고 그를 올려다보았다. "그럼요." 그녀가 말했다. 그들은 그 말을 끝으로 그녀를 대화에서 해방시켜주었다.

부엌의 긴 나무 식탁에 박스 여섯 개와 아직 녹색 껍질을 벗기지 않은 옥수수 여섯 자루가 놓여 있었다. 그 순간 갉작거리는 소리가 들리더니 갑자기 박스 하나가 쓱 앞으로 움직였다.

리오가 부엌에 들어와 그녀 뒤에 섰다. "홀링거 일은 미안해." 그가 그녀의 옆얼굴에 키스하며 말했다. "물어보지도 않더라고. 곧 도착한다고 알리려고 전화한 거였어. 이번 여름에 캔자스 한복판에 있는 모텔에 방을 빌릴 걸 그랬어."

"그래도 우리를 찾아냈을 거예요."

"나는 오두막에 숨어 하루를 보냈으니 모두 내가 소설을 쓰고 있다고 생각했을 거야. 당신은 어디 갔었어?"

"박스에 뭐가 들었어요?" 프래니는 물론 박스 안에 뭐가 들었는지 정확히 알았지만 그렇게 물었다.

"마리솔이 바닷가재 요리를 해먹으면 재미있을 거라고 생각했나봐."

프래니가 그를 돌아보았다. "그분 채식주의자라고 하지 않았나요? 요리할 줄은 안대요?"

"그게 과학 실험은 아니잖아. 그냥 물에 넣어. 저기," 그가 그녀의 어깨에 두 손을 얹고는, 그러고 있으면 본인이 아주 용감해 보인다는 듯 그녀를 똑바로 쳐다보며 말했다. "이 말을 하고 싶지 않지만 그래도 해야 해. 에어리얼이 며칠 와서 지내겠대."

많은 일이 가능했지만 프래니와 에어리얼이 같은 집에 있는 것은 가능한 일이 아니었다. 뉴욕에 갔을 때 프래니는 에어리얼을 생각해서 그래머시 공원을 둘러싼 동네 전체를 피해다녔다. 행동반경을 겹치게 하지 않는 것. 그것이 그들이 서로를 존중하는 유일한 방법이었다. "내가 여기 있는 걸 알면 에어리얼이 오지 않으려고 할 텐데요." 프래니가 말했다. "내가 전화를 받았어요."

"이 집에 정말로 와보고 싶은 것 같아. 내가 몇 달 전에 실수로 말해버렸거든. 그때는 우리가 이 집을 빌릴 거라고 생각하지 않았어. 휴가 보낼 곳이 필요하대."

프래니는 갉작거리는 소리가 자꾸 신경이 쓰였다. 이제 보니 박스들이 현미경으로 봐야 보일 만큼 미세하게 식탁 위를 가로지르며 움직이고 있었다. 어둠 속에 갇힌 바닷가재 한 마리 한 마리에 대한 생각이, 에어리얼 포즌이 아마간셋에 온다는 생각만큼 고통스럽게 느껴졌다. 그런 것이거나, 아니면 그녀가 일종의 감정전이를 경험하고 있는 것이었다. 리오가 그녀의 시선을 좇아 식탁을 바라보았다.

"내가 조용한 바다 밑바닥을 허둥지둥 달려가는," 그가 달아나려고 애쓰는 슬픈 박스들을 내려다보며 말했다. "한 쌍의 집게발이었더라면."*

"리오, 에어리얼은 나를 싫어해요. 이미 분명한 사실이잖아요."

리오는 파리한 억지 미소를 지었다. "글쎄, 어쩌면 이번 여름에 그애가 당신을 더이상 미워하지 않게 돼서 우리 모두 잘 지내게 될지도 모르지. 조만간 그렇게 돼야 하고."

"언제요?" 프래니가 물었다. 언제 나를 더이상 미워하지 않게 될까요?가 아니라—프래니는 그 질문에 대한 답은 알고 있었다—언제 온대요?의 의미로.

그는 한숨을 쉬고 그녀를 그의 품에, 그 넓고 따뜻한 문학의 가

---

* T. S. 엘리엇의 시 「J. 앨프리드 프루프록의 연가」의 한 구절.

슴에 끌어당겼다. "아직 모른데. 아마 내일, 어쩌면 화요일에. 모든게 잘 정리되면 오늘밤에라도 올 수 있다고 했지만, 오늘밤에 대해선 걱정하지 않아도 될 것 같아."

"버튼을 데려온대요?" 버튼은 에어리얼의 딸, 리오 포즌의 네 살배기 손녀이자 유일한 손주였다.

리오가 놀라서 그녀를 쳐다보았다. "당연히 버튼을 데리고 오지."

당연히. "또다른 사람은요?"

리오는 냉장고로 가서 점심식사 때 다 비우지 않은 피노그리 한 병을 찾아냈다. 그가 남은 와인을 조리대 위에 놓인 잔에 따랐다. "아마 남자친구도 올 거야. 이름이 헤릿이라는데. 네덜란드인 같아. 헤릿의 계획은 아직 모른다고 했어. 잘 보이고 싶은 사람이 옆에 있으면 행동을 더 조심하겠지."

"내가 차와 케이크와 아이스크림을 먹고 나면, 이 순간을 위기로 밀어붙일 힘이 생길까?" 프래니가 바닷가재들에게 물었다.

"무슨 뜻으로 한 말이지?" 리오가 물었다.

프래니가 고개를 가로저었다. "아무 뜻 없어요. 그게 다음 행이잖아요."

"그건 다음 행이 아니야." 그가 말하고는 와인 잔을 들고 포치로 나갔다.

프래니는 가방에 가위를 챙겨넣고 박스 여섯 개를 차로 가져갔다. 프래니는 자신이 무엇에든 재능이 없다고 느꼈지만, 다른 사람들이 가능하다고 생각하는 만큼보다 더 많이 옮기는 것은 아주 잘했다. 바닷가재들이 박스 안 어두운 모서리로 묵직하게 미끄러지면서 허우적거리는 게 느껴졌다.

"도와줄까요?" 조너스가 그녀를 보고 잽싸게 다가오며 말했다. 그는 수영장에서 돌아오는 길이었고, 가슴과 등이 고르지 않게 타 있었다.

"다 했어요." 그녀가 차문을 열기 위해 박스를 내려놓으며 말했다.

"시내에 가세요?"

"다시 시내로요." 그녀가 뒷좌석 바닥에 자신의 승객들을 잘 내려놓았다—한 쪽에 세 박스씩.

"얼른 들어가서 셔츠 가지고 나올게요." 기회가 생겼다는 사실에 그가 낯빛을 밝히며 말했다. "시내에 볼일이 있거든요. 같이 가줄게요."

그녀는 괜찮다고, 뭐라고 설명을 하려다가 그냥 고개를 끄덕였다. 그녀는 그가 들어가고 부엌문이 닫힐 때까지 기다렸다. 그리고 십 초 더 기다렸다가 차에 올라타서 출발했다.

프래니와 리오는 이따금 침대에서 그가 그녀의 등에 손을 올린 채 감상적으로 이야기하는 게 아니라면 결혼에 대해 말하지 않았다. 한다 해도 미래와 과거가 없다면 그들이 얼마나 빨리 결혼했을지에 대한 것뿐이었다. 그들이 절대 이야기하지 않는 것은 현재의 방해 요소, 즉 리오의 딸이었다.

대체로 프래니는 에어리얼에 대해 생각하지 않으려고 최선을 다했다. 리오와의 관계가 시작되던 무렵 그녀는 에어리얼과 몇 차례 만났지만 만남은 번번이 재앙이었다. 리오의 딸을 좋아하겠다는 큰 뜻을 품은 적은 없었지만 언젠가 그녀에 대해 미미하게라도 연민의 정을 느낄 수 있기를 바랐다. 그 목표를 위해 프래니는 에어리얼의 이야기가 나올 때마다 아버지를 생각하는 연습을 했다. 픽스가 불쌍한 마저리는 밀어두고 딸인 자신보다 더 젊은 누군가를 데리고 나타났다고 상상했다. 픽스가 좋아하는 칵테일 웨이트리스와 친해져 주말 동안만이 아니라 오 년 동안 이어지는 관계를 맺었다고 상상했다. 그가 잠복근무를 할 때 모텔에서 그를 기다리는 것 말고는 혼자 먹고살 수단이 전혀 없는 칵테일 웨이트리스와 사랑에 빠진 아버지. 상황을 그런 식으로 생각하면 에어리얼이 자신에 대해 품은 용암 같은 분노를 견디기 더 쉬웠다. 단순한 진실은 프래니는 누가 자기를 싫어하는 것을 견디지 못한다는 사실이었다. 세이크리드허트 학교가 그것에 대한 마음의 준비를 시켜주지 않았고, 대학도 그것에 대한 마음의 준비를 시켜주지 않았다. 로스쿨은 그녀를 강인하게 만들기 위해 최선을 다했지만, 그녀가 로스쿨에서 어떻게 했는지 보라.

프래니는 물가에서 두 블록 떨어진 곳에 주차할 곳을 발견했다. 그리고 들통과 낚싯줄을 가진 낚시꾼들을 지나, 서로 손을 잡고 있는 관광객들을 지나, 부두 끝으로 박스 여섯 개를 옮겼다. 그녀는 바닷가재들이 깊은 바다에서 살기를 바랐다. 내일 다른 누구의 통으로 기어들어갈 만큼 멍청할지라도, 방사되고 얼마 되지 않아 바로 해변으로 올라오는 일은 없길 바랐다. 그녀는 상자 여섯 개를 한 줄로 늘어놓고 그것들을 열었다. 부두의 크리스마스. 갑각류의 크리스마스. 지금 그것들은 끓인 뒤의 색깔인 선명한 붉은색이 아니라 얼룩덜룩한 검은색과 녹색이었다. 여전히 기운이 넘쳤고, 소금기 있는 물이 가까워지자 더욱 활기를 얻어 조바심을 치며 집게발을 이리저리 움직였다. 바닷가재이다보니 그것들은 자기들이 어떤 상황을 모면했는지 절대 알지 못할 것이다. 아마 어떤 것도 결코 알지 못할 것이다. 프래니는 가위를 꺼내 박스 안에 손을 집어넣고 집게발을 다치게 하거나 자신의 손가락을 잃지 않으려고 최대한 애를 쓰면서 집게발을 묶은 넓은 고무줄을 잘랐다. (각각 첫번째 고무줄은 쉬웠지만 두번째는 힘들었다.) 다 마친 뒤 박스를 기울여 한 번에 한 마리씩 바닷속으로 떨어지게 했다. 그것들은 바닷물에 철썩철썩 기분좋은 소리를 내며 부딪치고는 보이지 않는 곳으로 가라앉았다.

프래니가 필요한 식료품을 모두 싣고 다시 집으로 왔을 때는 늦은 오후였다. 그녀는 앞쪽 포치 문 옆에서 누군가와 대화를 나누고 있는 리오를 흘끗 보았다(저녁식사로 아홉 명? 이 정도 양이면 된다). 나머지는 보이지 않았는데 그들이 어디 있는지 누가 알겠는가. 뒤쪽에 미끈한 은색 아우디가 세워져 있는 걸 보니 홀링거 부부가 이미 도착한 모양이었다. 프래니는 그들을 만나기 전에 샤워를 했더라면 얼마나 좋았을까 생각했지만, 그건 있을 수 없는 일이었다. 그녀는 박스와 봉지를 부엌으로 옮기기 시작했다. 세번째로 옮기는데 리오가 검은 머리를 길게 땋은 키가 큰 젊은 남자와 함께 부엌으로 들어왔다.

"프래니." 리오가 말했다.

프래니는 절반은 리큐어, 절반은 와인인 무거운 박스를 들고 있다가 식탁에 내려놓았다. 차에 아직 두번째 와인 박스가 있었다. 손을 떨지 않으려고 그녀는 박스 위에 계속 손을 올려놓고 있었다. 그를 본 첫 순간에 그녀는 자신이 한 일이 무엇이었는지, 자신의 것이 아닌 것을 내어준 게 얼마나 심각하고 잘못된 일이었는지 정확히 알 수 있었다. 당시에도 그 사실을 알았지만 그녀는 신경쓰지 않았었다. 리오가 그녀에게 귀를 기울인 방식, 그녀에게 그토록 많은 질문을 하고 전부 다시 이야기해달라고 한 그 방식 때문이었다. 그때까지 그녀의 인생에 그의 관심의 빛에 견줄 만한 것은 아무것도 존재하지 않았었다.

"맙소사." 앨비가 말했다. "하나도 안 변했네."

그는 그녀가 상상했음직한 모습보다 더 키가 컸고 더 말랐다. 그는 소매 없는 티셔츠에 주머니가 많이 달린 큼직한 바지를 입고 있었다. 팔은 검고 근육이 탄탄했으며 손목에 문신이 있었다. 그는 그녀가 동생으로 아는 사람이기도 했고, 한 번도 만난 적 없는 누군가이기도 했다. "너는 안 그래." 프래니가 말했다.

그녀는 조만간 그가 나타날 거라고 생각하지 못했던가? 책이 나오고 처음 몇 달 동안은 길모퉁이가 나올 때마다 그가 나타날 거라고 예상했었지만 시간이 흘렀다. 그러고 나서 그에 대해 잊었던가? "우리를 어떻게 찾았어?"

"이 사람을 찾았지." 앨비가 리오를 가리키며 말했다. "알고 보니 세상에서 가장 찾기 쉬운 사람이더라고."

"그 사실을 안다는 건 기분좋은 일이로군요." 리오가 말했다.

"누나에 대해서는 생각하지 않았어." 앨비가 프래니에게 말했다. "하지만 말이 되는 것 같네. 누군가는 이야기를 해줘야 했을 테니까."

그들은 마구간에 가서 말을 빗겨주려고 했었다. 그들이 말을 빗겨주고 칸막이 몇 곳의 배설물을 치우면 보통 네드가 오후 동안 교대로 암말을 타게 해주었다. 하지만 그들은 앨비 때문에 성질이 났다. 그가 어떻게 했기에 그토록 참기 어려웠을까? 이제 그의 앞에서 있으려니 프래니는 그 이유가 기억나지 않았다. 어쩌면 앨비는 아무 잘못도 하지 않았을 것이다. 주위에 말들이 있을 때 누군가는 그를 지켜봐야 했는데 어쩌면 아무도 그 일을 하고 싶어하지 않았을 것이다. 그들은 그에게 괴물이라고 했지만 그는 괴물이 아니었고, 사실 그에게 끔찍한 면은 전혀 없었던 것이다. 그가 어린 꼬마라는 게 유일한 문제였다.

"앨비 입냄새가 지독해." 프래니가 선언하듯 말했다. 그리고 그를 돌아보았다. "오늘 아침에 이는 닦았어?"

그렇게 공이 굴러가기 시작했다. 홀리가 몸을 숙여 남동생의 얼굴 앞에서 킁킁 냄새를 맡았다. 그녀가 눈알을 옆으로 굴렸다. "틱택 좀."

캐럴라인이 캘을 보았다. "그러는 게 좋겠어. 얘가 절대 이를 닦지 않을 거라는 거 알잖아. 우리가 여기 온 뒤로 한 번도 닦지 않았을걸."

캘이 주머니에서 작은 비닐봉지를 꺼냈다. 거기 네 알이 있었고, 그는 그 네 알을 앨비에게 전부 주었다.

"다 줘?" 앨비가 물었다.

"입냄새가 나니까." 캘이 말했다. "이걸 먹지 않으면 말들이 놀랄 거야."

바로 그때 저넷이 방에서 나갔다. 그녀는 어디 가는지 말하지 않았고 나머지 아이들은 그녀를 기다려야 한다고 말했다.

"나도 가고 싶어!" 앨비가 말했다.

프래니가 고개를 가로저었다. "어니스틴이 우리보고 같이 다녀야 한다고 했어."

그들은 앨비가 잠들 때까지 기다렸다. 결코 그렇게 오래 걸리지는 않았다. 캘이 앨비를 세탁실로 옮겨 바닥에 내려놓고 수건들로 덮어두었다. 일요일이라 어니스틴은 푸짐한 저녁식사를 준비하고 있었다. 그녀는 일요일에 빨래를 하지 않았다.

그리고 이십 년이 지난 지금, 만나본 적 없는 누군가가 쓴 소설에서 자신이 대부분 잠을 잔 것으로 묘사된 하루에 대해 읽은 앨비가 이곳 배우의 여름 별장에 와 있는 것이었다. 프래니는 고개를 저었다. 그녀의 손이 차가웠다. 전에는 이렇게 차가웠던 적이 없었다. "미안해." 그녀가 말했다. 그 말의 부피감이 느껴지지 않자 그녀는 다시 한번 말했다. "이런 말 아무 의미 없겠지만 미안해. 내가 끔찍한 실수를 했어."

"어떻게 그게 당신 실수야?" 리오가 말했다. 그가 박스 안에 손을 넣어 비피터 한 병을 꺼냈다. "한잔할 생각인데, 누구 같이 마실 사람?"

"내가 그 책을 절대 보지 않을 거라고 생각했어?" 앨비가 물었다. "그러니까, 어쩌면 맞는 추측일 수도 있겠네. 이렇게 오래 걸렸으니까."

"당신이 오기 전에 내가 먼저 설명하려고 했어." 리오가 잔에 진을 조금 따르며 말했다. "작가들은 여러 곳에서 영감을 얻어요. 절대 어느 한 곳에 한정되지 않아요."

프래니는 리오가 잔을 들고 손님들과 담배를 피우러 다시 포치로 돌아가기를 간절히 바라면서 그를 쳐다보았다. "우리한테 잠시만 시간을 줘요." 그녀가 그에게 말했다. "이건 당신 문제가 아니에요."

"당연히 내 문제지." 리오가 말했다. "내 책이잖아."

"나는 이 상황이 아직 잘 이해가 안 돼." 앨비가 프래니를, 이어 리오를 가리키며 말했다. "이 사람이 어떻게 내 인생에 대해 알아 낸 거야?"

"그건 당신 인생이 아니에요." 리오가 말했다. "내가 설명하려고 하는 게 그겁니다. 그건 내 상상이에요."

앨비가 채찍처럼 팔을 휘둘렀고, 그의 손이 리오의 어깨로 가 그를 밀었다. 리오가 깜짝 놀라 바닥에 잔을 떨어뜨렸고, 잠시 그 공간에 진의 깔끔한 냄새가 진동했다.

"당신은 내가 왜 여기 왔는지 이해하지 못하는군?" 앨비가 말했다. "내가 당신을 죽이지 않으려고 얼마나 참고 있는지 전혀 모르나본데. 정말로 죽일지도 몰라. 당신이 나를 만들어낸 거라면, 여기 있는 내가 위험을 두려워할 인간이 아니란 것도 잘 알 텐데."

프래니가 리오에게 다가서서 그의 팔을 두 손으로 잡을 것이 분명해 보이는 상황이었지만, 그녀는 그러는 대신 앨비를 돌아보았다. 그녀가 잘못을 저지른 대상은 앨비였다. 그녀가 리오와 함께 그에게 잘못을 저지른 것이었다.

"내 말 들어, 가서 이야기하자." 그녀가 앨비에게 말했다. "밖에 나가서 나하고 이야기해."

리오가 한 대 후려 맞은 것처럼 벌게진 얼굴로 비틀비틀 물러섰다. 리오—키는 더 작고 덩치는 더 크고 나이는 앨비의 두 배보다 더 많았다—는 나중에 맹세코 한 대 맞았다고 말할 것이다. 하이볼 잔이 그의 발 옆으로 굴렀지만 기적적으로 깨지지 않았다. "경찰을 부르겠소." 그가 말했다. 그는 자신의 고르지 않은 숨소리를 들었다.

"아무도 경찰은 부르지 않아요." 프래니가 말했다.

"당신 도대체 무슨 말을 하는 거야?" 리오가 말했다.

마리솔이 문을 밀어 열며 부엌에 들어왔고, 에릭이 뒤따라 들어왔다. "프래니, 내 바닷가재는 어디 있어요?" 그녀가 물었다.

처음에 프래니는 그녀가 무슨 말을 하는지, 그녀가 왜 아직 이 집에 있는지 생각나지 않았지만 곧 떠올랐다. "나가요." 그녀가 말했다. 시선은 앨비에게 고정한 채였다.

"그 바닷가재가 얼마짜리인지 알기나 해요?"

에릭이 아내의 어깨를 잡았다. "거실로 돌아가." 그가 말했다. "손님이 와 있잖아."

"우리도 손님이야!" 마리솔은 에메랄드그린 색깔의 실크 시프트 드레스를 입고 납작한 금목걸이를 하고 있었다. 홀링거 부부가 오니까 저녁식사를 위해 그런 옷차림을 한 것이었다. 누군가는 동의하지 않을지 모르지만 홀링거만이 포즌보다 더 크게 이름을 내걸 수 있는 거물이었다. 홀링거는 커리어에서 더 일관된 모습을 보여주었고 더 큰 상들을 수상했다. 저녁거리가 정돈되지 않은 채 박스째로, 쇼핑백째 식탁에 놓여 있었다. "당신이 차에 싣는 걸 조너스가 봤다던데요. 바닷가재가 뭐 잘못됐어요?"

앨비가 프래니를 돌아보았다. "저 사람들 밑에서 일해?"

프래니가 앨비의 팔을 놓고 그의 손을 잡았다. "가자."

"이 사람 누구예요?" 마리솔이 말했다. 이 일에 조금도 상관이 없고 애초에 초대되지도 않은 마리솔이.

"제 남동생이에요." 프래니가 말했다.

"이 사람은 젠장, 당신 남동생이 아니야." 리오가 말했고, 그의 큰 목소리는 창문을 통과하고 잔디밭을 가로질러 저멀리 뻗어나갔다.

프래니는 그날 아침에 가방을 챙기지 않고 집에서 나오는 실수를 했지만, 실수를 다시 하지는 않았다. "여기 그대로 있어요." 그녀가 리오에게 말했다. "다 괜찮을 거예요."

앨비가 진 병을 집어들었다.

"당신 이 사람과 함께 못 가." 리오가 말했다.

"우리가 지금 나가지 않으면 난 앨비를 저녁식사에 초대할 거예요. 그리고 2층 손님방에서 재울 거예요, 괜찮겠어요?"

"저기 말이지," 에릭이 말했다. "우리가 손님들에게 술을 좀 갖다주면 어떨까? 마리솔, 당신이 코르크마개 따개와 잔을 좀 가져와. 우리 다 같이 앉아 술을 마시는 건 어때요. 당신이 진을 가졌군요." 에릭이 앨비에게 고갯짓을 한 뒤 프래니를 돌아보았다. "홀링거 부부가 여기 와 계세요. 당신이 시내에 갔을 때 오셨어요. 나가서 인사드려요."

에릭은 그날 저녁을 다시 디너파티로 만들려 애쓰고 있었다. 그 순간 프래니에게 그 생각이 떠올랐다. 그는 당연히 앨비가 누구인지 모를 것이고, 그녀에 대해서도 리오의 여자친구라는 것 이상은 모를 거라는 생각이. 리오가 입버릇처럼 프래니가 자기 영감의 원천이라고 했을 때 아무도 그 말뜻이 문자 그대로라고 생각하지 않았으니까. 이사를 와서 서로 옆집에 살게 된 두 부부와 그들의 끔찍한 아이들의 이야기, 에릭이 아는 한 그것은 소설의 플롯 이상은 아니었다. 프래니는 리오에게 가서 그를 안심시키고 싶었지만 마리솔이 이미 부엌문을 열어놓고 있었다. 앞쪽 현관에서 흘러나오는 목소리들이 모두에게 들렸다. 아주 많은 목소리들! 안녕하세요! 안녕하세요! 차문이 열리고 닫히는 소리, 웃음소리, 아버지를 부르는 에어리얼의 목소리.

***

베벌리나 버트가 지금 이야기한다면, 그들은 자신들이 이혼한 것은 캘이 죽은 뒤였다고 말할 것이다. 물론 그게 사실이고, 그들은 그때 이혼했지만, 이 경우 '뒤'라는 말에는 오해의 소지가 있다. 그 단어는 죽음과 이혼을 원인과 결과처럼 연결시켰다. 베벌리와 버트가 아이의 죽음 때문에 각자 분리된 슬픔의 길을 걷다가 더는 서로에게 돌아갈 길을 찾지 못한 여느 부부인 것처럼. 그것은 사실이 아니었다.

버트는 여섯 아이를 농장에 두고 어니스틴과 그의 부모에게만 맡긴 채 떠난 것에 대해, 그의 어머니 차를 몰고 샬러츠빌로 가서 〈해리와 톤토〉를 연달아 두 번 본 것에 대해 베벌리를 비난했다. (두 번 볼 계획은 없었지만 극장이 텅 비고 조용하고 시원했다. 그녀는 영화가 끝난 뒤 크레딧이 다 올라갈 때까지 울었고, 흘러내리는 마스카라 때문에 곧장 로비로 가느니 그냥 그곳에 남기로 했던 것이다.) 그는 정말로 그녀가 아이들을 한순간도 놓치지 않고 지켜봐야 한다고 생각했는가? 그는 만약 그녀가 방에서 또 한 권의 책, 또 한 권의 잡지를 다 읽고 낮잠을 한번 더 잔 다음 누가 봐도 지겨워 죽을 것처럼 지겨웠던 그날 오후에 집을 지키고 있었다면 아이들과 함께 마구간에 가서 말에게 빗질을 해줬을 거라고 생각했는가? 진실은 그녀가 알링턴에서도 아이들을 자기들끼리 내버려두었다는 것, 자신이 돌아버리지 않기 위해 아이들을 그렇게 방치했다는 것이었다. 적어도 농장에는 감독하는 어른이 있었다. 그의 부모는 그들의 땅에서 일어난 일에 아무런 책임이 없었는가? 어니스틴은? 어니스틴에게 아이들을 돌보는 것이 그녀의 일이라고 말을 하진 않았지만, 베벌리는 어니스틴에게 아이들을 맡겼다. 어니스틴은 베벌리와 버트와 버트의 부모를 다 합친 것보다 더 부모로서의 감각이 있었고, 아이들이 마구간까지 반 마일 걸어가는 것은 괜찮다고 생각했다.

버트는 자기가 스테이션왜건을 타고 알링턴에 일하러 간 그 주 동안 베벌리와 아이들이 시골의 자기 부모 집에서 지내야 한다고 고집을 부리지 말았어야 했다. 아이들이 마구간에 갈 때 누가 따라가야 한다고 생각했다면 자기가 아이들 곁을 지키며 직접 따라갔어야 했다. 베벌리는 그의 부모 집에서 손님으로 지내기를 바라지 않았다. 그의 부모는 아이들에게 그들의 훌륭한 어머니에 대해 끊임없이 물었다―테리사는 어떻게 지내니? 테리사는 요즘 뭘 하며 지내니? 너희 어머니가 여기 와서 우리와 함께 지내겠다면 우린 늘 환영이라는 걸 알면 좋겠구나.

아이들도 버트의 부모 집에서 지내고 싶어하지 않았다. 그들은 지난여름에 파인콘 모텔에서 묵을 때 훨씬 더 행복한 시간을 보냈다. 버트의 부모 집에서는 뒷문에서 신발을 벗고 수건으로 발을 닦아야 했다. 그들은 어떤 경우에도 거실에 있는 것이 허락되지 않으므로, 하는 수 없이, 누가 현관에 들어오는 소리만 들려도 거실을 전속력으로 통과하는 과감한 행동을 놀이 삼아 해야 했다. 자기로 만든 영국인 신사와 그의 울프하운드* 인형이 소파 옆 작은 테이블에서 떨어져 박살이 났다.

버트의 부모도 그들이 그곳에서 지내는 것을 내켜하지 않았다. 두 사람이 이 길고 매우 이례적인 방문을 제안한 것은 아들이 보고 싶기 때문이었지, 아들의 아이들이나 그의 두번째 아내, 혹은 그 아내의 아이들이 보고 싶기 때문이 아니었다. 그런데도 버트는 가버렸다.

어니스틴도 그들이 오는 것을 원하지 않았다. 원했을 리 없었다. 그들이 온다는 것은 먹일 입이 여덟 개(버트가 떠난 뒤에는 일곱 개) 더 늘고 빨래가 무더기로 쌓이고 놀이를 만들어내고 싸움을 뜯어말리고 집주인들을 달래야 한다는 걸 의미했다. 어니스틴의 어깨에 가장 무거운 짐이 떨어졌지만 그녀는 불평 없이 혼자 그 부담을 견뎌냈다.

버트가 알링턴으로 돌아간 것은 대체로 주중에는 그의 법률사무원과 불륜 관계를 이어갈 장소를 찾는 것이 돈도 많이 들고 실행에 옮기기도 어렵고 자극을 일으킬 만한 위험한 일이었기 때문이다. 린다 데일(두 개의 이름을 붙여 하나의 이름이 된 것이어서, 그녀는 린다라고만 부르면 대답하지 않았다)이 한 번쯤은 자기도 보통 사람들이 하듯 레스토랑에서 함께 저녁식사를 하고 진짜 침대에서 잠을 자고 한밤중에 일어나 비몽사몽 잠든 상태로 사랑을 나누고 다음날 아침 샤워중에 다시 사랑을 나누는 것을 해보고 싶다고 말했다. 버트는 까다롭고 요구가 많고 아주 젊은 린다 데일에게

---

* 원래 늑대 사냥을 할 때 부리던 키와 몸집이 아주 큰 개.

미칠 만큼 빠져 있지는 않았지만, 사무실로 전화를 건 그에게 그녀가 이런 말을 했으니 그가 어떻게 하겠는가? 농장에 그대로 남아 있겠는가?

그의 어머니가 캘에게 일어난 일을 알리려고 전화했을 때 그는 사무실에 있었다. 그는 단숨에 차에 올라타 제한속도를 깡그리 무시하며 살러츠빌에 있는 병원까지 두 시간 거리를, 어느 부모라도 그랬겠지만, 한 시간 반 만에 도착했다. 집에 돌아가 집안을 정리할 시간은 없었다. 거기까지 생각하지 못했다.

이따금 베벌리와 버트는 그들의 관계를 파괴한 것이 무엇이었는지 잘 기억하지 못했다. 베벌리가 그의 불륜 사실을 알았을 때, 그녀의 어질러진 침대에서 낯선 빨간 팬티가 튀어나온 것을 보고 울음을 터뜨렸을 때 버트는 아연실색했다. 아이의 죽음이 불륜을 이겼다. 아이의 죽음이 모든 것을 이겼다. 베벌리는 그 논리를 가까스로 받아들일 수 있을 뿐이었다. 고통과 상실에 순위를 매길 수 있다면 분명히 버트가 이겼고, 지금은 그들이 결혼을 지키기 위해, 남은 아이들을 위해 협력할 시간이었다. 하지만 결국 상황을 받아들이는 것과 용서한다는 것은 같지 않았다. 그들은 작은 끈으로 그들의 관계를 묶고 계속 버텨나갔지만, 캘이 죽은 뒤 결혼생활이 육 년 가까이 더 이어졌음에도 그들 중 어느 쪽도 그것을 그런 식으로 기억하지 않았다. 그들은 각자가 혼자 겪은 슬픔이 그들을 훨씬 더 일찍 갈라놓았다고 말할 터였다.

베벌리와 버트의 결혼이 파국을 맞은 것을 캘의 탓으로 돌리는 것은 옳지 않겠지만, 그 탓을 앨비에게 돌리는 것도 옳지 않았다. 앨비가 캘리포니아에서 그곳으로 왔을 무렵 그 부부의 감정 자원은 이미 너무도 고갈되어, 그로서는 그들이 벼랑 끝에서 더 나아가는 것을 지켜보기만 하면 되었을 뿐 뭔가를 더 할 필요가 없었다. 결국 그가 왔다는 단순한 사실로 충분했던 것이다. 캘이 죽고 오년 두 달 이십칠 일 만에, 앨비는 토런스의 셰리고등학교 미술실 쓰레기통에 불붙은 성냥갑을 던져넣었다. 테리사가 버트에게 전화해 그 화재에 대해 말했다. 통화 내내 지친 눈물을 흘리며 앨비가 청소년 보호감호소에 구금되어 있다고 말했다. 버트는 전화를 끊은 뒤 베벌리더러 전남편에게 전화해 그 아이를 빼내달라고 부탁해달라고 했다. 그 문제는 그렇게 처리해두고, 버트는 테리사에게 그녀가 얼마나 무능한 어머니인지 말하려고 다시 전화를 걸었다. 토요일 아침인데도 그녀는 그들의 하나뿐인 아들이 자전거를 타고 어디에 갔는지 몰랐단 말인가? 그는 그녀가 제공하는 가정은 적절하지도 않고 안전하지도 않다면서 앨비를 자신에게 보내는 것 외에 다른 선택은 없다고 말했다. 버트는 베벌리가 저녁식사로 스트로가노프를 만들려고 양파를 볶고 있는 부엌에서 전화로 이런 대화를 했다. 그녀는 팬을 올려놓은 불을 끄고 천천히 캐럴라인의 침실로 올라갔다. 큰딸이 대학에 가느라 집을 떠난 뒤로 그녀는 종종 캐럴라인의 방에 들어가 숨었다. 버트는 그 방에 가서 그녀를 찾을 생각은 하지 못했다.

물론 테리사가 받아칠 말은 많았지만 전남편의 터무니없이 잔인한 말의 핵심에는 한 가지 단순한 진실이 존재했다. 그녀가 앨비를 무사히 키워낼 수 없다는 것. 버트가 그것을 해낼 거라고 생각하기는 어려웠지만, 다른 친구들, 다른 학교, 이 나라의 반대편이 앨비에게 더 나은 기회를 제공할지도 몰랐다. 월요일 아침에 교장이 전화를 걸어, 수사가 끝날 때까지 앨비와 나머지 아이들에게 정학 처분이 내려졌고 수사 결과 유죄로 판명되면(토요일 아침에 그들이 불타는 건물에서 달려나가는 모습이 목격되었고 그들이 불을 냈다고 자백했다는 점을 고려하면 가능한 이야기였다) 퇴학 조치가 내려질 거라고 알려왔다. 화요일에 그녀는 버트에게 다시 전화했다. 앨비를 비행기에 태워 보내겠다고 말했다.

거의 열다섯 살이 다 된 앨비는 뒤쪽 파티오까지 걸어가 여행가방을 내려놓고 흰색 철제 의자에 앉아 담배에 불을 붙였다. 아버지는 스테이션왜건의 맨 안쪽에서, 박스처럼 만들어 자전거에 씌운, 여기저기 테이프를 붙인 커다란 판지를 뜯어내느라 여전히 씨름하고 있었다. 버트는 덜레스 공항에서 앨비를 차에 태워 오는 길에 오늘밤 저녁식사 때 베벌리가 집에 없을 거라는 말을 이미 해두었다. 베벌리는 화요일 밤마다 커뮤니티칼리지에서 프랑스어 수업을 들었고, 그뒤에는 같이 수업을 듣는 친구들과 저녁을 먹으며 프랑스어 회화를 연습했다. "새엄마는 자신을 찾으려고 노력중이야." 아버지가 말했고, 앨비는 차창 밖을 내다보았다.

"그러면 그애가 어떻게 공항에서 집으로 오지?" 베벌리가 데리러 가지 않겠다고 선언했을 때 버트가 물었다. 그리고 자신이 직접 나섰다.

버트는 자전거를 포장한 박스를 해체한 뒤 크리스마스 아침인 것처럼 자전거 바퀴를 굴려 차고 밖으로 가지고 나왔다. 그는 이것봐! 새것 같은데! 하고 말할 생각이었지만, 그러는 대신 아들 앞 테이블에 놓인 담뱃갑을, 그리고 더욱 절망적인 빨간색 빅 라이터를 보고 말았다. 자전거에 받침다리가 없는 것 같아서 그는 파티오 의자에 자전거를 기대 세웠다.

"너는 라이터를 가지고 있으면 안 될 텐데." 버트가 말했지만, 말이 의도했던 것보다 더 질문처럼 나와버렸다.

앨비가 영문을 모르겠다는 듯 그를 쳐다보았다. "왜 안 돼요?"

"네가 그 빌어먹을 학교를 불태웠잖아. 네 엄마가 불을 금지하지 않았다는 거야?"

앨비는 아버지의 순수하고 거대한 어리석음에 미소를 지었다. "저는 학교를 불태우지 않았어요. 미술실에 불을 질렀죠. 그건 사고였고 학교엔 새 미술실이 필요했어요. 학교는 이미 다시 개방됐고요."

"그렇다면 내가 일러두지. 너는 불은 뭐든 금지야. 방화도, 담배도 안 된다는 뜻이다."

앨비가 담배를 한 모금 길게 빨았다. 그러고는 예의바르게 고개를 돌려 옆으로 연기를 뿜었다. 무엇보다 그는 예의를 지켜 집밖에서 담배를 피웠다. "불은 하나의 원소예요. 물이나 공기와 같아요."

"너는 한 가지 원소에 대해 금지야."

"가스난로는 써도 돼요?"

그들 둘 다 테이블에 놓인 라이터를 보고 있었다. 버트가 라이터를 집으려고 손을 뻗는 순간 앨비가 그를 똑바로 쳐다보며 홱 낚아채 자기 손에 쥐었다. 그 순간이었다. 버트는 아들을 때릴 수도 있었고, 때리지 않을 수도 있었다. 앨비는 담배를 내려 들고 눈을 부릅뜬 채 얼굴을 들었다. 버트가 자세를 바로 하며 뒤로 물러났다. 그는 자기 아이들을 때린 적이 없었다. 지금도 때리지 않을 것이다. 캘을 몇 번 손바닥으로 쳤던 일이 그의 백일몽 속에서 끊임없이 반복되어 나타났다.

"집안에서는 피우지 마." 버트가 말하고 안으로 들어갔다.

앨비가 집을 올려다보았다. 어렸을 때 왔던 집이 아니었다. 전에 본 적 있는 어떤 집도 아니었다. 버트와 베벌리는 앨비가 지난번에 버지니아에 왔을 때와 지금 사이의 어느 시점에 이사를 하고도 홀리와 앨비와 저넷에게 그 사실을 알려주지 않은 것이다. 홀리와 앨비와 저넷이 다시 이곳에 올 거라는 생각을 어느 누구도 하지 않았으니 굳이 말할 이유가 있었겠는가? 하지만 그의 아버지는 공항에서도 새집에 대해 말하지 않았다. 잊어버린 걸까? 앨비가 알아차리지 못할 거라고 생각했을까? 이 집은 앞쪽에 세로 줄무늬 기둥이 있는 핏빛 빨간색의 벽돌집으로, 샬러츠빌 외곽에 있는 조부모의 집과 비교하면 아들뻘이었다. 조경에 신경을 많이 써서 그로서는 뭐가 뭔지 알 수 없는 식물과 나무가 무성했고, 모든 것이 질서정연하고 깔끔했다. 겨울을 대비해 수영장 가장자리에 이미 방수포를 덮어놓은 것이 보였다. 그가 파티오에서 창문 안을 들여다보니 부엌이 보였는데, 천장에 고정한 선반에 고급 구리냄비들이 걸려 있었다. 하지만 일어서서 문을 열고 부엌으로 들어간대도 그는 어느 쪽으로 가야 할지 알 수 없을 것이다. 어느 침실에서 자야 할지 알지 못할 것이다.

캐럴라인은 지금쯤 대학에 갔을 테고, 앨비가 추측해보기로 명절에 그녀를 집으로 초대할 친구들이 많을 터였다. 어쩌면 그녀는 캠프 지도자나 정부 인턴처럼 여러 분야를 아우르는 여름 일자리를 구해서 집에 오지 않을 수도 있고 공중전화를 사용할 수 없을지도 몰랐다. 캐럴라인은 늘 이 집을 나가면 다시 돌아오지 않을 거라는 점을 분명히 했었다. 어느 기준으로 보나 나쁜 계집애였지만 어린 시절 여름에 그들이 벌인 그 모든 전복적인 행위를 조직한 사람이기도 했다. 캐럴라인은 그들 모두를, 특히 친여동생을 싫어했지만, 뭔가를 해결하는 사람은 그녀였다. 철사 옷걸이로 스테이션 왜건의 잠금 버튼을 열어 글러브 박스에서 총을 꺼내던 그녀를 떠올리며 앨비는 고개를 저었다. 그는 평생 캐럴라인만큼 누군가를 숭배한 적이 없었다.

그렇다면 이곳에는 프래니만 남아 있을 것이다. 오 년 전 여름, 버지니아에 오는 것이 중단된 뒤로 두 사람을 보지 못했지만 그는 프래니를 또렷이 떠올리기가 더 어려웠다. 그녀가 가족 중 그와 나이가 가장 비슷했던 것을 고려하면 이상한 일이었다. 그는 그녀가 늘 고양이를 데리고 다녔던 것을 기억했고, 그래서 그의 기억 속에서 프래니와 고양이는 하나로 융합되어 있었다. 귀엽고, 자그마하고, 누구든 기쁘게 해주려 하고, 금세 잠들고, 늘 누군가의 무릎에 기어올라가려고 하는 모습.

교외 전체에 비쳐든 햇빛이 금색으로 변하고 찬 공기가 팔을 따끔따끔 찌를 때까지 앨비는 내내 뒤쪽 파티오에 앉아 담배를 피웠다. 집에 들어가 아버지에게 자기가 어디에서 자면 되는지 묻고 싶지 않았다. 여행가방을 뒤져서 친구들이 돈을 모아 작별 선물로 사준 대마초가 넉넉히 든 봉지를 찾아야겠다고 생각했지만, 이미 그날 치 뻔뻔함은 도를 넘긴 것 같았다. 공짜 성냥이 넘쳐나는 세상에서 라이터를 압수당하는 것은 그렇다 쳐도 대마초만큼은 누구에게도 뺏기고 싶지 않았다. 자전거를 타고 새 동네를 돌아다니면서 뭐가 어디 있는지 익힐 수도 있었겠지만 그는 가만히 앉아 있었다. 한번 움직여볼까 하는 생각이 들었을 때 프래니가 진입로로 들어와 차를 세웠다.

그녀는 소매를 걷은 흰색 블라우스에 파란색 격자무늬 스커트를 입고 무릎양말과 새들슈즈를 신고 있었다. 가톨릭학교 여학생의 보편적인 복장이었다. 그녀는 깡말랐고 피부색이 하얗고 머리는 뒤로 넘겼다. 일어서서 담배를 땅에 버리는 아주 짧은 순간, 앨비는 그들 사이에 호의가 존재하는지 확신이 서지 않았다. 프래니는 백팩을 땅에 떨어뜨리고 팔을 벌리며 곧장 그에게 다가왔다. 프래니, 두꺼운 벽 너머에 사는 그를 안아준 사람이 아무도 없었다는 사실을 모르는 그녀가 그를 힘껏 안아주었다. 그녀는 따뜻하고 강했고 기분좋은 여자 땀냄새를 희미하게 풍겼다.

"집에 온 걸 환영해." 그녀가 말했다. 딱 그 말만.

앨비가 프래니를 보았다.

"여기 밖에 있으래?" 그녀가 여행가방을 내려다보며 물었다. "적어도 차고 안에 들어가 있으면 안 돼?"

"여기 밖이 좋아."

프래니가 집을 보았다. 버트의 서재에 불이 켜져 있었다. "그러면 같이 여기 밖에 있자. 뭘 갖다줄까? 배고프겠다."

앨비는 배고파 보였다. 커즌스 집안의 모든 아이들이 지닌 불안해 보이는 마른 체격에서뿐 아니라, 그의 퀭한 눈에서도 허기가 느껴졌다. 앨비는 비단뱀이 그러듯 돼지 한 마리를 통째로 먹어치울 수 있을 것처럼 보였고, 그렇게 해도 허기는 다스려지지 않을 것 같았다. "솔직히 말하면, 뭘 좀 마셔야 할 것 같아."

"뭐든 말만 해." 프래니가 말했다. 그녀는 반쯤 집을 향해 돌아섰다. 마음은 벌써 어머니가 탐탁지 않게 여기는, 몰래 비축해둔 세븐업에 가 있었다.

"진."

그녀가 앨비를 돌아보며 미소를 지었다. 목요일 밤에 진이라니. "네가 와서 기쁘다는 말 했던가? 아마 아직 안 했을 거야. 네가 와서 기뻐. 나하고 같이 들어갈래?"

"좀 있다가." 그가 말했다.

프래니가 들어간 사이 앨비는 하늘을 보았다. 귀뚜라미 같은 것이 귀청을 찢을 듯 시끄럽게 울어대는 소리가 들렸고 머리 위로 동물들—참새? 박쥐?—이 휙휙 돌아다니고 있었다. 그는 더이상 토런스에 있지 않았다.

잠시 후 프래니가 얼음과 진이 반쯤 채워진 잔 두 개를 들고 팔 밑에 세븐업 한 병을 낀 채 돌아왔다. 그녀가 자기 잔에 음료를 따르고 손가락으로 휘휘 저은 뒤 그를 쳐다보며 세븐업을 흔들었다.

"그건 패스." 그가 말했다.

"진짜 남자네." 그들은 영화에서 그러듯, 그녀의 여자 친구들이 파자마 파티 때 집에 보관된 것을 조심스럽게 조금 슬쩍해서 그러듯, 가볍게 잔을 부딪쳤다. 프래니는 술을 마셔본 적이 있었고, 집에서도 아니고 등교일 전날도 아니고 앨비와 마신 것도 아니었지만, 규칙을 깨도 좋은 날이 있다면 바로 오늘이었다. "건배."

그녀가 맛을 보고 얼굴을 조금 찡그렸지만 앨비는 그저 한 모금 홀짝인 뒤 싱긋 웃었다. 그가 또 한 개비에 불을 붙였다. 진과 아주 멋지게 어울렸기 때문이었다. 아무 말 없이 그저 앉아 있는 것만으로 그들은 지난 시간을 따라잡는 것 같은 느낌이 들었다. 너무 많은 일이 일어나고 너무 많은 시간이 흘러서 그 순간 그것을 말로 옮기기가 벅찼다.

시간이 좀 지나자 버트가 밖으로 나왔다. 그는 거기 프래니가 있는 것을 보고 행복해하는 것 같았다. 그가 프래니의 옆얼굴에 키스했고, 진 냄새는 구름처럼 피어오른 담배 연기에 쫓겨나 있었다. "네가 집에 온 걸 몰랐구나."

"우리 둘 다요." 프래니가 웃으며 말했다.

버트가 차 열쇠를 잘랑거렸다. "피자를 사올 생각인데."

프래니가 고개를 저었다. "엄마가 저녁을 준비해뒀어요. 전부 냉장고에 있어요. 제가 데울게요."

버트는 놀란 듯 보였지만 이유를 말하기는 어려웠을 것이다. 베벌리는 늘 저녁을 직접 준비했다. 그가 앨비의 여행가방을 들었다. "너희 꼬맹이들은 이제 안으로 들어가라. 바깥이 점점 추워지는구나."

그들 셋은 밤의 깊은 어둠이 내려앉을 때 안으로 들어갔다. 프래니와 앨비가 잔과 담배와 라이터를 챙겨 앨비의 아버지를 뒤따랐다.

7

"그러니까 너와 그 늙은 유대인을 헤어지게 만든 게 버트 커즌스의 아이였다는 거지?" 픽스가 말했다. 그들은 차창을 다 내리고 샌타모니카로 가는 길이었다. 영화를 보러 가는 중이었다. 캐럴라인이 운전을 했다. 뒤에 앉은 프래니가 두 좌석 사이로 몸을 기울였다.

"나는 어째서 그 부분을 못 들었지?" 캐럴라인이 말했다.

"그 사람을 제발 '늙은 유대인'이라고 부르지 말아주실래요?" 프래니가 아버지에게 부탁했다.

"미안." 픽스가 손을 들어 심장 쪽에 대며 말했다. "그 늙은 술꾼. 하느님이 그의 영혼을 시온에서 쉬게 하시길. 내가 하고 싶은 말은, 모자를 벗고 그 아이에게 경의를 표한다는 거야. 그 아이가 결국엔 내 존경을 받게 됐구나."

프래니는 앨비에게 전화를 걸어 그 소식을 전하는 상상을 했다.

"제가 그날 밤 그 집을 나와 다시는 돌아가지 않은 건 아니에요. 우리는 여름 내내 아마간셋에서 지냈어요." 에어리얼과 그녀의 참기 힘든 네덜란드인 남자친구와 슬픈 표정의 어린 버튼도 감당해야 했고, 길고 끔찍했던 여름 내내 손님들을 견뎌야 했다. 리오와 프래니의 종말은 가득 메워진 객석 앞에서 상연되었다. 이십 년도 더 지난 일이었지만 그녀는 그때의 완전한 고통을 아직도 생생히 떠올릴 수 있었다.

"하지만 따지고 들면 그게 그거였어, 그렇지?" 픽스가 말했다. "그 아이가 타이어에 못을 박은 거야."

캐럴라인이 고개를 저었다. "앨비가 타이어에 못이 박혀 있단 사실을 밝혀낸 거죠." 그녀가 말했고, 프래니는 언니의 평가가 적확한 것에 놀라 웃음이 나왔다.

"로스쿨에 계속 다녔어야 했어." 프래니가 말했다. "그랬으면 나도 언니만큼 똑똑했을 텐데."

캐럴라인이 고개를 가로저었다. "그건 가능하지 않아."

"차선을 옮겨." 픽스가 손가락으로 가리키며 말했다. "신호등에서 좌회전이야." 픽스는 무릎에 토머스 브라더스 도로 지도를 올려놓고 있었다. 그는 프래니가 휴대폰에 영화관 주소를 찍어넣지 못하게 했다.

"그 영화를 만드는 데 이렇게 오래 걸릴 수 있다는 거 알았어?" 캐럴라인이 백미러를 흘끗 보더니 뒤따라오는 포르셰를 따돌리기 위해 잽싸게 속도를 올렸다. 살면서 하게 되는 다른 많은 것들과 마찬가지로 캐럴라인은 운전도 월등히 잘했다.

"그럴 수 있지. 리오는 자기가 죽을 때까지는 뭐든 시작되는 것을 막으려고 영화 판권을 팔지 않았거든. 그의 아내가 같이 일하기 쉬운 상대였을 거라고는 상상할 수 없고." 내털리 포즌. 십오 년 전 리오가 사망했을 때에도 그녀는 여전히 싸움을 포기하지 않고 기적적으로 그와 결혼한 상태를 유지하고 있었다. 그녀는 그 시절 내내 그의 아내였고 그는 죽었지만 지금도 그의 아내였다. 프래니는 장례식에서 딱 한 번 그녀를 보았는데, 프래니가 상상했던 것보다 훨씬 체구가 작았고, 리오와 닮았으나 아버지의 얼굴을 절반씩만 물려받은―한 명은 코 위쪽이 닮았고, 다른 한 명은 코 아래쪽이 닮았다―두 아들을 양옆에 거느리고 유대교 회당 맨 앞줄에 앉아 있었다. 에어리얼은 어른이 다 된 버튼과 자신의 어머니, 즉 리언 포즌의 첫번째 아내와 함께 유대교 회당 반대쪽에 앉아 있었다. 행사 안내지에 에릭의 이름이 관을 드는 영예로운 사람으로 올라가 있었으나 그 무렵에는 그도 관 무게의 6분의 1을 감당하기엔 너무 늙어 있었다. 그가 프래니에게 연락해 리오의 사망 소식을 알려주었고, 지나간 그 모든 시간을 고려할 때 그것은 사려 깊은 행동이었다. 그녀는 그다음 책, 리오가 늘 쓰기로 되어 있던, 오래전에 선인세를 받은 그 책에 대해 물어보았다. 에릭은 아니, 아섭게도, 그 책은 쓰지 않았다고 말했다.

그들 모두 그곳에, 세월에 마모된 모습으로 와 있었다. 에릭과 마리솔, 애스트리드, 홀링거 부부, 그리고 열두어 명―그 여름 내내 세상 모든 사람들이 그랬을 것처럼 그와의 친분을 주장하며 찾아온 손님들. 프래니는 뒤에서, 리오의 예전 학생들과 골수팬들과 옛 여자친구들로 이루어진 뒤쪽의 어중이떠중이 무리에 섞인 채 벽에 기대서 있었다. 내털리 포즌은 남편을 로스앤젤레스에 묻겠다고 결정하는 것으로 자신의 원한에 영원성을 부여했다.

"그 아내 말인데," 픽스가 말했다. "우리가 어떤 상황을 좋은 쪽으로 생각하려고 한다면 그 아내에게 감사해야 해."

"리오의 아내요?"

픽스가 고개를 끄덕였다. "그 여자가 이 모든 일에서 칭송받지 않은 영웅이야."

"어째서요?" 이날은 픽스의 생일, 여든세번째 생일이었고, 그는 뇌에도 암세포가 전이되어 있었다. 프래니는 최선을 다해 노력하고 있었다.

"그 여자가 돈을 더 받아내려고 핏불테리어처럼 버티지 않았다면 리오 포즌은 자유로워졌을 거야."

"아." 캐럴라인이 고개를 끄덕였다. 그녀는 머리 색깔을 어렸을 때 머리 색깔처럼 따뜻한 빨간 색조의 갈색으로 염색했고, 일주일에 세 번씩 필라테스를 하러 갔다. 그녀는 어머니를 본받아 자기 관리를 잘했다. 캐럴라인이 동생 같아 보였다.

"무슨 말씀을 하시려는 건지 잘 모르겠어요." 프래니가 말했다.

픽스가 싱긋 웃었다. 그가 아는 한 캐럴라인은 이런 것을 놓치는 법이 없었다.

"리오가 이혼할 수 있었다면," 프래니의 언니가 설명했다. "너와 결혼했을 거야."

"우리 딸 프래니," 아버지가 힘겹게 몸을 돌려 프래니를 쳐다보며 말했다. "그게 네가 피해갈 수 있었던 유일한 총알이었을지도 모른다는 거야."

프래니와 캐럴라인은 어느 쪽 부모건 둘이 한꺼번에 찾아가는 건 인력 낭비라는 데 일찌감치 동의했다. 이혼한 부모가 각각 나라 반대편에 살고 있고 남편들의 부모가 일정한 날짜만큼의 가족 휴가를 요구하는 상황에서, 프래니와 캐럴라인은 그 문제를 극복하기 위해 그들의 짐을 나누었다. 그들 사이에는 아주 많은 휴가, 개인 연차, 비행기표, 가지 못한 학예회, 무단결근이 자리했다. 두 자매가 인생 후반부에 서로에게서 어떤 애정을 발견하게 되었든지 간에 그 애정이 상대를 찾아가는 형태로는 나타나지 않았다. 프래니가 베이에어리어*에 간 적이 있으니 로스앤젤레스도 마음만 먹으면 갈 수 있는 거리였다. 앨비가 지금 베이에어리어에, 캐럴라인이 사는 곳에서 두 시간 거리에 살고 있었다. 캐럴라인의 맏아들 닉이 노스웨스턴대학교 졸업반이어서, 적어도 캐럴라인과 워턴이 부모를 위한 주말 프로그램이 있을 때 그쪽으로 오면 프래니가 그들 셋을 만나러 에번스턴까지 운전해서 갈 수 있었다. 캐럴라인에게 아이가 둘 더 있었는데, 그 두 딸에 대해 프래니는 전혀 신경쓰지 않고 지냈고, 거의 마찬가지로 캐럴라인 역시 프래니의 두 아들을 신경쓰지 않았다. 프래니가 오래 키우긴 했어도 라비와 애밋은 사실 프래니의 친자식이 아니었다. 프래니가 결혼할 때 딸려온 자식들이었고, 아무리 다르게 느끼려고 애를 써도 캐럴라인은 그 아이들에게 온전한 가족 자격을 부여할 수가 없었다.

이 모든 이야기는 평소 같았으면 프래나 캐럴라인이 픽스의 생일을 축하하기 위해 굳이 로스앤젤레스까지 올 필요가 없었다는 걸 말하기 위함인데, 두 사람이 과감히 그 방식을 바꾼 것은 픽스

---

* 샌프란시스코만 연안 지역을 말함.

가 종양 전문의가 예상한 기한을 넘겼기 때문이었다. 이번 생일이 그의 마지막 생일이 될 것이고, 그 사실은 조수석을 흘끗 보기만 해도 분명해 보였다. 그래서 이날을 기념하기 위해 두 자매가 합의 사항을 깨고 캘리포니아에서 만난 것이었다.

"그러면 이 중요한 날에 우리가 뭘 하면 좋을까요?" 캐럴라인이 전날 밤에 물었다. "하늘 끝까지라도 갈 수 있어요."

그들 넷은 픽스와 마저리가 은퇴 후 마침내 다우니를 떠나 옮겨 온 샌타모니카의 집 그의 서재에 앉아 있었다. 그 집은 기적적으로 구한 것이었는데, 해변에서 두 블록 떨어져 있다는 것만 빼면 전혀 멋지지 않았다. 사십 년 전 픽스는 파산법원에서 근무하는 판사와 포커를 치는 한 경찰을 알고 지냈다. 그가 그 집이 경매에 나올 거라는 정보를 갖고 있었다. 픽스가 마침내 마저리에게 결혼하자고 말한 것이 그때였다. 그녀가 최근에 오하이오에 사는 친척 아주머니로부터 물려받은 유산을 계약금으로 쓰면 될 것이었다. 그 집을 사서 이십 년 정도 임대하다 그들이 은퇴할 무렵에 그 집의 실제 소유주가 되는 것이었다.

"프러포즈예요?" 마저리가 말하며 그 제안을 받아들였다.

"그러면 그 모든 일에서 아빠가 한 일은 뭐였어요?" 여러 해가 지나고 마침내 그 이야기를 다 들은 뒤 프래니가 마저리에게 물었다. 픽스와 마저리는 딸들이 찾아올 때마다 그들을 태우고 샌타모니카의 집 앞을 지나갔다. 그들은 차 안에서 그 집을 가리키며 그것이 그들의 것이고 언젠가 거기서 살 거라고 말했다. "돈을 가진 사람이 아줌마였는데 왜 아빠와 결혼하셨어요? 혼자 저 집을 사서 임대할 수도 있었잖아요."

"네 아빠는 해변의 집을 원했고 나는 네 아빠와 결혼하길 원했으니까." 마저리는 그 말이 어떻게 들렸을지 생각하며 웃었다. 그녀가 고쳐 말했다. "네 아빠도 나와 결혼하길 원했어. 그걸 깨닫기까지 시간이 좀 걸렸을 뿐이지. 결국엔 모두가 원하는 걸 얻었다고 생각하는 게 난 좋구나."

마저리는 방금 픽스의 PEG 튜브에 영양수액을 꽂는 일을 마쳤다. 여든셋이라는 그의 늙은 나이에 비하면 그녀는 일흔다섯의 젊은 나이였다. 하지만 마저리는 남편이 먹기를 그만둔 시점에 자신도 먹는 걸 그만둔 것 같았다. 어깨뼈가 스웨터를 걸어놓은 철사 옷걸이처럼 튀어나와 있었다.

"영화 보러 가자." 픽스가 말했다. "낮에 다 같이 프래니의 영화를 보자."

"픽스." 마저리가 고단한 목소리로 말했다. "그 이야기는 이미 끝냈잖아요."

"제 영화라니요?" 프래니가 물었으나, 그녀는 물론 아버지가 무슨 이야기를 하는 건지 알고 있었다. 그는 그것을 그녀의 책이라고 불렀다.

"네 남자친구가 우리에 대해 쓴 그거 말이야. 나는 그걸 내 인생에 관한 영화를 볼 기회가 생긴 것으로 생각하거든." 픽스는 그 생각이 더없이 만족스러운 것 같았다. "그 책은 안 읽었어. 그 개자식에게 내 돈을 주고 싶지는 않았거든. 하지만 이제 그는 죽었고 그 돈이 그의 아내에게 갈 테니까, 난 괜찮아. 게다가 네 엄마 역을 맡은 여자가 영 별로라는 평을 신문에서 읽었어. 내 생각에는 그게 정말로 네 엄마를 분통 터지게 만들 거다."

마저리가 가녀린 손을 들어올렸다. "나는 빠져요. 당신은 딸들하고 즐거운 하루 보내고 와요. 돌아오면 먹을 수 있게 나는 여기서 컵케이크를 만들게요." 몇 시간의 자유는 한 달 치 연금만큼 가치가 있었다.

"오, 아빠," 캐럴라인이 말했다. "집에 있으면서 우리 발톱을 펜치로 뽑는 게 더 재미있지 않겠어요?"

『커먼웰스』가 출간되었을 때 프래니는 자기 몫의 죄의식과 두려움에 시달렸지만, 그 시절이 찬란했다는 것은 결코 부인할 수 없었다. 출판사에서 마련한 라그르누유에서의 오찬, 리오가 무대로 불려나간 시상식, 주문에 걸린 듯 보이는 청중에게 그가 밤이면 밤마다 책을 읽어주고 그들이 테이블 앞에 줄서기를 기다리던, 사람들이 리오에게 다가와 그의 작품이 어떻게 자신들의 삶을 바꾸어놓았는지 간증하듯 늘어놓던 그 끝없던 북투어. 그는 다시 유명해졌고, 다시 빛의 세상으로 돌아왔으며, 날마다 다른 호텔방에서 사랑을 나누면서 양손으로 그녀의 머리를 잡고 그녀에게 그 공을 모두 돌렸다. 그는 그녀를 떼어놓고 돌아설 수 없었다. 그는 그녀를 사랑했고 그녀에게 고마워했고 그녀를 필요로 했다. 다른 누가 아니라 리오 포즌이 그렇게 했다. 그러니 그녀가 희생한 많은 것들에도 불구하고 그녀는 보상을 받은 것이다.

그러나 지금 그 영화를 본다면 가족에 대한 배신 이상의 것이 되살아날 터였다. 그의 두번째 아내에 의해 팔려나간 대로, 그 영화는 오래전 파국을 맞은 그들의 관계와 프래니가 사랑한 남자의 외로운 죽음도 다루었다.

리오가 책을 쓰고 있던 당시에 프래니는 『커먼웰스』와 함께 살아간다는 게 어떤 것인지 잘 알지 못했고, 책을 읽었을 때는 이미 손을 쓸 수 없게 늦어버렸다. 하지만 영화는 또다른 문제였다. 영화가 아직 만들어지지 않았을 때였다. 프래니는 리오에게 판권을 넘기지 말아달라고 간청했다. 그런 약속이 상당한 경제적 손실이 된다는 것을 알았지만, 그럼에도 그녀는 원고를 손에 쥔 채 그에게 간곡히 부탁했다.

리오에게는 프래니가 태양이자 달이자 모든 반짝이는 마지막 별이었기에 그는 가로 5인치 세로 3인치 크기의 카드에 판권을 써서 그녀에게 주었다.

> 프랜시스 엑세비어 키팅에게,
> 그녀의 스물일곱번째 생일을 기념하여
> 나의 끝없는 사랑과 감사의 표시로
> 지금 이 순간 그리고 영원히
> 『커먼웰스』의 영화 판권을 드립니다.
> 리언 에어리얼 포즌

나중에 그들이 연락을 거의 끊고 지내고 그녀가 그에게 돈이 필요하지 않은지 의심하던 시절에도 그는 그 약속을 지켰다. 그가 죽은 뒤 그녀는 누구에게도 그 약속에 대해 말하지 않았다. 그녀가 누구에게 말할 수 있었을까? 그의 아내? 그런 색인카드로는 변호사들의 함대를 물리칠 승산이 없다는 걸 그녀는 잘 알고 있었다. 비이성적이지만, 그녀는 그들이 그녀에게서 그 카드를 빼앗으려 할지 모른다는 생각까지 했다.

"싫어요." 프래니가 말했다. 아니, 그녀가 보고 싶은 것은 영화가 아니었다. 더욱이 아버지와 언니와 샌타모니카 AMC3 극장을 메운 백 명의 낯선 사람들과 함께 팝콘을 먹으면서는 아니었다.

픽스가 웃으면서 리클라이너 소파 팔걸이에 손바닥을 탁 쳤다. "맙소사, 너희 둘 어린 소녀 한 쌍이 된 거야? 영화에 너희를 다치게 할 건 아무것도 없어. 이 쥐덫 같은 틀에 갇힌 채 죽어가는 남자가, 잘생긴 영화배우가 자기 모습을 연기하는 걸 보고 싶어할 수 있다는 걸 너희가 이해해줘야지. 그리고 어쨌거나 그 이야기는 지나간 일이야. 내일까지 용기를 키워봐. 내 생일이니까, 우리는 영화를 보러 갈 거다."

캐럴라인이 주차를 했고 프래니가 트렁크에서 휠체어를 내렸다. 픽스는 오래전에 운전을 그만두었지만 차를 팔려고 하지 않았다. 운명에는 늘 역전의 가능성이 있어서, 치료 과정이 다 끝나갈 때쯤 치료제가 발견될지도 모르고, 암에 잠식된 몸의 부위가 회복될 수도 있었다. 희망은 삶의 피와 같은 것이라고, 픽스는 말했다. 그리고 차는 다른 어떤 것과도 바꿀 수 없었다. 크라운빅토리아, 경찰에서 구입한 경찰 표시가 없는 예전 경찰차였다. 필요하다면 시속 140마일로 달릴 수 있는 능력 때문에 프래니는 그 차를 배트모빌이라고 불렀다. 그가 140마일로 달려봤다는 건 아니지만, 무엇이 가능한지 아는 것만으로도 기분이 더 좋아진다고 그는 말하곤 했다.

프래니가 차문을 열고 바닥에 놓인 아버지의 두 발을 들어 조심스럽게 바깥쪽으로 돌렸고, 이어 팔을 잡았다. "셋을 셀게요." 그녀가 말했고, 그가 탄력을 얻기 위해 몸을 이쪽저쪽 흔드는 동안 둘이서 같이 셋까지 셌다. 도난당한 페라리를 따라잡을 수 있었던 차이지만 그를 일으켜세우지는 못했다. 프래니가 차에서 아버지를 끌어냈고 그가 일어선 순간 캐럴라인이 휠체어로 그를 받았다. 한 달 전만 해도 픽스는 그 사실에 저항했다. 한 달 전에는, 여러 번 넘어지고 나서도 보행보조기를 사용하지 않겠다고, 마저리만 잡겠다고 고집을 부렸다. 하지만 이제 그것은 지난 일이 되었다. 이제 그는 프래니가 그의 발을 발판에 올리는 대로 내버려두었다. 그리고 고맙다고 말했다.

아마간셋 집의 주인이었던 그 배우는 영화에서 줄리아 역을 맡고 싶어했다. 프래니의 어머니 역을 하고 싶어했다는 말이다. 그녀는 프래니가 자신의 침대에서 자신의 이집트산 면 시트를 깔고 잠을 잔 실제 인물인 것은 당연히 몰랐다. 리오는 그들의 관계가 끝난 것에 대해 앨비를 탓했다. 앨비가 그들을 찾아내지 못했다면 그들은 영원히 함께 행복했을 거라고 믿었다. 하지만 캐럴라인의 말이 맞았다. 타이어에 못을 박은 사람은 앨비가 아니었다. 못은 이미 거기 박혀 있었다. 하지만 리오가 그들의 문제를 무고한 사람의 탓으로 돌린다면 프래니도 그 배우와 빌어먹게 우스꽝스러운 그 집에 탓을 돌릴 수 있었다. 어느 누구도 그런 집을 소유할 만큼, 심지어 그런 집에 들어가 살 만큼 많은 돈을 가져서는 안 되었다. 그 수영장은 길고 깊었고 전혀 수영장처럼 보이지 않았다. 1800년대에 지어졌다가 폭풍우가 몰아칠 때 날아간 샷건하우스*의 토대처럼 보였다. 수영장은 샘물로 채워졌다. 누구도 그 기원에 대해

---

* 방 뒤에 다른 방이 연결되는 식으로 지어진, 폭이 좁은 직사각형 형태의 집.

정확히 몰랐는데, 샘물에 대해서도, 수영장에 대해서도 그랬다. 어쨌든 둘 다 배우의 집보다 더 오래 거기 있었다. 그것은 시작에 불과했다. 동쪽 벽을 뒤덮은 장미넝쿨은 경사진 지붕으로 영역을 넓혀 사방으로 뻗어가며 큰 뭉치로 뒤엉켰고, 기적처럼 풍성한 꽃들을 피워냈다. 흰색, 빨간색, 색조가 족히 여섯 가지는 될 분홍색 장미꽃들이 폭풍처럼, 긴 여름 내내 한 종이 시들 때쯤 다른 종이 절정을 이루며 차곡차곡 꽃을 피워올렸다. 흩날린 꽃잎이 잔디밭에 여름 내내 카펫처럼 깔려 있었다. 그리고 침실에는 클림트 그림이 걸려 있었다. 크기는 작아도 논쟁의 여지 없이 진품이었고, 그림 속 여자는 배우의 조상이라고 해도 될 만큼 배우와 닮아 보였다. 여름 별장에 누가 클림트를 걸어놓는가? 그들을 지치게 만든 것은 그 집이었다고 프래니는 믿었다. 어느 누구도 그런 상황을 피할 수는 없었다. 그 배우는 예외겠지만. 그들의 관계가 끝나고 한참 뒤 어느 밤, 리오가 프래니에게 전화를 걸어 그 배우가 저녁식사를 하자며 그를 아마간셋으로 초대했다고 말했다. 그가 영화는 만들어지지 않을 거라고 말했는데도 배우는 영화에 대해 논의하고 싶다고 했다.

"아무튼 오세요." 그녀는 그렇게 말했다.

"냉장고에 있던 그 샴페인들 다 기억나?" 리오가 전화로 프래니에게 물었다.

프래니는 그 샴페인을 기억했다.

"음, 우리가 그걸 마셨어." 케임브리지에 있는 그의 아파트에서 리오가 한숨을 내쉬었다. "아무 일도 없었어. 그게 당신한테 하고 싶었던 말이야. 끝내 나는 그 여자와 위층으로 올라갈 수 없었어. 거긴 여전히 우리의 침실이었어, 프래니. 나는 그럴 수 없었어."

영화 산업의 기준으로 보자면 그 배우와 어떻게든 배역을 따내려고 했던 그녀의 시도는 이제 오래된 역사가 되었다. 영화 산업이 그녀에게 가졌던 낭만적 관심은 끊어진 지 오래였다. 그녀는 이미 어머니 역도 맡을 수 없었다. 예순이 된 그녀는 동화 속 마녀 역을 하기에도 너무 늙었다. 그녀에게 주어지는 것은 몇 안 되는 노부인 역이나 이따금 원로 상원의원 역, 그리고 평이 좋은 케이블 연속극의 냉혹한 CEO 역이었다. 샌타모니카 영화관의 조명이 어두워졌을 때 프래니가 만족해야 했던 것은 그 사실이었다. 그 아름다운 배우가 어딘가에서 〈커먼웰스〉를 볼 테고 자기가 줄리아 역을 따내려고 얼마나 애를 썼는지 떠올릴 거라는 사실.

하지만 그것은 결국 어떤 위안도 되지 않았다.

프래니와 캐럴라인은 아버지와 함께 어둠 속에 앉아 엉뚱한 생각 하나를 동시에 하고 있었다. 그들의 실제 어린 시절을 담은 영화를 보는 게 더 나빴을까? 그들이 바닥 분수 사이를 뛰어다니거나 자전거를 타고 프레임 안팎을 드나들 때 버트가 슈퍼8 카메라*를 들고 안토니오니**처럼 그들을 쫓아다니던 여름이 있었다. 홀리는 꼿꼿한 막대기 같은 골반으로 훌라후프를 돌렸다. 앨비가 셔츠를 벗어던지며 그녀 앞으로 뛰어들었다. 카메라 반대쪽에서 그들에게 뭔가 재미있는 것을 해보라고 소리치는 버트의 목소리가 들렸다. 하지만 돌이켜보면, 그들은 어린아이들이었고 그 자체로 매력적이었다. 어쩌면 그 필름이 어머니 집 다락에 보관해둔 상자나

---

* 1965년 이스트먼 코닥사가 출시한 8밀리미터 필름 카메라.
** 이탈리아의 거장 영화감독 미켈란젤로 안토니오니(1912~2007)를 말한다.

버트의 집 차고에 있는 캐비닛 바닥 어딘가에 있을 것이다. 프래니가 다음에 버지니아에 갈 때 그 테이프를 찾아 프로젝터로 돌려볼 수 있을 것이다. 그렇게 하면 그들은 진짜 캘이 달리는 모습을 다시 보고 그를 연기한 뚱한 소년에 대한 기억은 지워버릴 수 있을 것이다. 실제 삶을 찍은 필름이 단연코 이보다 더 나았을 것이다. 재앙 같았던 그들의 어린 시절 전체를 매 순간 뒤에서 기록하는 카메라가 있고 그 최악의 순간이 모두 보존되었다 해도, 낯선 사람들이 그들의 삶을 복제한 이 엉터리 시도를 지켜보는 것보다는 훨씬 나았을 것이다. 홀리와 저넷은 홀리도 아니고 저넷도 아닌 한 명의 소녀로 붕괴되고 합쳐져, 말다툼을 하고 나면 쿵쿵 걸어가 문을 쾅 닫아버리는 끔찍한 인물로 바뀌어 있었다. 언제 홀리와 저넷이 그런 행동을 했던가? 물론 아역 배우들은 실제 아이들을 연기하려고 노력하지 않았다. 그들은 그 책이 실제 인물과 관련 있다는 사실을 몰랐을 테고, 어쨌거나 그 책을 읽지도 않았을 것이다. 영화가 보기 고통스러웠던 건 일치하는 것이 전혀 없었기 때문이었을까, 아니면 가능할 법하지 않지만 어떤 것들은 일치했기 때문이었을까? 이따금 두 가족이 교환하는 미세한 잔인함 속에 익숙한 느낌이 번쩍하고 지나갔다.

"그건 당신이 아니야." 프래니가 그 책을 다 읽었을 때 리오가 말했다. "당신은 어디에도 없어." 그는 돈이 생기기 전에 그들이 살았던 시카고의 작은 아파트, 그가 작업실로 사용하는 작은 침실에 앉아 있었다. 그는 울고 있는 그녀를 무릎에 앉히고 머리를 쓰다듬어주었다. 그녀는 끔찍한 판단 실수를 저질렀고, 그는 그것을 영원하고 아름다운 것으로 바꿔버렸다. 그것이 타이어에 박힌 못이었다. 어쩌면 그것도 아닐 수 있었다. 그녀가 그 책을 읽은 사실도 그가 그 책을 쓴 사실도 아니고, 시간을 한참 거슬러올라가 아이오와에서의 어느 날 프래니가 샤워를 하고 있는데 이를 닦던 리오가 치약을 뱉고 샤워 커튼을 조금 연 다음 "당신이 말해준 그 새남자 형제에 대한 이야기를 구상하고 있어"라고 한 그것이었다.

그 순간 떨어지는 물줄기 속에서, 샴푸가 목으로 흘러내리는 가운데, 벌거벗은 그녀가 생각했던 것은 리오 포즌이 그녀의 말을 귀기울여 들었다는 것, 그가 캘의 죽음을 더 깊이 생각해볼 가치가 있는 것으로 받아들였다는 사실이었다. 그가 물속에 손을 넣어 비눗물이 묻은 그녀의 작은 가슴 주변에 손가락으로 원을 그렸다.

그녀가 샤워를 하면서 미처 생각하지 못했던 것은, 언젠가 쉰두 살이 되어 자신이 미소를 지으며 묵인한 결과가 스크린에서 펼쳐지는 것을 지켜봐야 한다는 사실이었다. 캘의 역을 맡은 아이는 아직 죽지 않았으나 곧 그 순간이 올 것이다. 앨비 역을 맡은 아이는 나머지 아이들이 준 약을 몇 번 먹었고, 캐럴라인 역을 맡은 아이는 카메라가 그들 쪽을 향할 때마다 프래니 역을 맡은 아이를 때리거나 꼬집었다. 게다가 그 영화는 아이들에 대한 것도 아니었다. 그것은 한 가정의 어머니와 또 한 가정의 아버지에 대한 것, 그들이 어떻게 밤에 진입로를 사이에 두고 서로를 바라보는가에 대한 것이었다. 프래니의 어머니 역을 맡은 여자는 멍하니 먼 곳을 바라보면서 손으로 긴 금발을 자꾸 쓸었는데, 그것은 불륜에 대한 자신의 무거운 마음과 싸우고 있다는 증거였다. 그녀는 예쁜 몸매에 맞춘 듯한 푸른색 수술복을 입고 있었다. 영화에서는 어머니를 끌고 가려는 손들이 아주 많았다. 병원, 그녀의 아이들, 그녀의 연인인

이웃, 그녀의 친구인 그의 아내까지. 오직 무력한 남편만이 그녀에게 아무것도 요구하지 않는 듯했다. 그녀가 부엌 한복판을 가로지를 때 남편은 스크린 가장자리에서 움직이며 아이들이 음식을 먹은 접시를 치웠다. 누군가가 그녀를 또다시 불러내고 있었다.

"그만 됐다." 픽스가 낮은 목소리로 말했다. 그는 혼자 영화관에서 걸어나갈 생각인 것처럼 반쯤 몸을 일으켰지만 그의 발은 아직 발판 위에 올려져 있었다. 그가 장애인 좌석 앞의 넓은 공간으로 고꾸라지려는 순간 캐럴라인이 자리에서 벌떡 일어나 그를 붙잡으며 그가 넘어지는 것을 몸으로 막았다. 어둠 속에서 그들은 끈적거리는 바닥에 한쪽 무릎과 양손을 짚은 채 몸을 일으키려고 애썼다. 프래니가 두 팔로 아버지의 가슴을 감싸안았지만 그는 버둥거리면서 그녀를 밀어내려고 했다.

"혼자 일어날 수 있어!" 그가 말했다.

영화를 보던 사람들의 시선이 일제히 그들을 향했다. 아무도 그들에게 조용히 하라는 말을 하지 않았다. 스크린의 장면이 바뀌어 있었다. 이제 캘 역을 맡은 아이가 한낮에 이웃집들을 지나 거리를 달려가고 있었고, 남동생이 그를 따라잡으려고 애쓰면서 뒤에서 달리고 있었다. 그 장면이 나오는 동안은 관객이 소음의 진원지가 휠체어에 앉은 노인이라는 것을 알아볼 만큼 충분한 빛이 있었다. 그리고 그를 일으켜세우려고 애쓰는 두 여자가 있었다. 그들이 그 영화 자체라는 사실을 아는 사람은 아무도 없었다.

"여기서 나가." 픽스가 말했고, 그의 목소리는 비통했다. "나가!" 그들이 다시 그를 휠체어에 앉혔지만 그의 두 다리는 여전히 비틀려 있었다. 그가 프래니를 발로 찼으나 그녀는 그의 두 발을 다시 발판에 올렸다. 캐럴라인이 휠체어 뒤로 갔고 프래니는 그들의 가방을 챙겼다. 엄밀히 말해서 아버지를 데리고 달린 건 아니었지만 그들은 가능한 한 빠른 속도로 이동했다. 프래니가 서둘러 가서 카펫이 깔린 긴 복도로 통하는 문을 열었다. 이어 그들은 팝콘 판매대 위로 미친듯이 깜박이는 네온 무지개를 지나고 갈색 폴리에스테르 조끼를 입은 십대 검표원들을 지나 로비를 통과했다. 뼹! 이중 유리문을 통과해 밖으로 쑥 나가자 견디기 힘든 햇빛 홍수가 쏟아져내렸다.

"빌어먹을!" 픽스가 주차장을 향해 소리를 질렀다. 한 어머니가 아이 둘을 데리고 그들 쪽으로 오다가 걸음을 멈추고 잠시 생각을 하더니 다른 쪽으로 갔다. 프래니가 웃음을 터뜨렸고 곧 얼굴을 두 손에 묻었다. 캐럴라인은 허리를 숙이고 아버지의 어깨 곡선에 머리를 댔다.

"아빠, 생일 축하해요." 그녀가 말했다. 그러고는 그의 목에 살짝 키스했다.

"빌어먹을." 픽스가 다시 말했지만 이번에는 한풀 꺾인 목소리였다.

"그러게요." 프래니가 말하고는 그의 반대쪽 어깨를 쓰다듬었다. "빌어먹을."

영화관에서 나온 뒤 그들은 해변으로 갔다. 프래니와 픽스는 반대했다. 그들은 피곤하니 집으로 돌아가고 싶다고 말했지만 운전대를 잡은 사람은 캐럴라인이었다.

"그걸 아빠 생일의 추억으로 남길 수는 없어." 그녀가 액셀러레이터를 톡톡 밟아 이 차가 무엇을 할 수 있는지, 그녀 자신이 무엇을 할 수 있는지 상기시키며 말했다. "그 영화를 내 눈에서 지워버리고 싶어. 우리는 바다를 보러 갈 거야."

"앨터몬트를 타고 가." 그가 말했다. 영화관 주차장에서 고래고래 욕설을 내지른 것이 그에게 남은 힘의 전부였던 것처럼 목소리의 힘이 반쯤 빠져 있었다.

"지금 해변으로 가면 우리가 아빠를 죽일지도 모른다는 생각은 해봤어?" 프래니가 캐럴라인에게 말했다.

픽스가 싱긋 웃었다. "그렇게 죽으면 좋겠구나. 해변에서 내 딸들 옆에서 죽고 싶어. 조 마이크를 불러서 병자성사를 해달라고 해야겠다."

"조 마이크는 이제 신부가 아니잖아요." 캐럴라인이 말했다.

"나를 위해서라면 해줄 거야."

두번째로 아버지를 차에서 끌어내려니 더 힘이 들었다. 그는 그들에게 도움이 될 만큼 여력이 없었다. 하지만 프래니와 캐럴라인이 어찌어찌 해냈다. 해변에 대해서는 당연히 캐럴라인이 옳았다. 샌타모니카는 거의 모든 나날이 아름다웠지만 그날은 그 하루가 더이상 영화관에서 전개되지 않는다는 사실 덕에 대부분의 다른 날보다 더 아름다웠다. 픽스가 크라운빅토리아에 영구 장애인 카드를 걸어놓아서 빈 주차 공간이 없는 곳에서 굉장히 좋은 자리를 찾을 수 있었다.

"장애인 구역에 차를 세운 사지 멀쩡한 놈한테 200달러짜리 딱지를 끊는 것." 픽스가 고개를 가로저었다. "너희는 절대 모를 즐거움이지."

프래니가 바람에 날려온 모래로 버석거리는 보도에서 휠체어를 밀었다. 그들은 그 전부를 가슴에 담았다. 갈매기와 파도, 비키니 입은 여자들, 서핑용 반바지를 입은 남자들, 목조탑에서 신처럼 그들을 내려다보는 안전요원들. 너무 아름다워서 태닝로션 광고라도 찍어야 할 것 같은 젊은 사람들, 지켜보는 사람 없이 배구를 즐기는 영원한 청춘. 사람들은 개들을 데리고 달렸고, 스노콘을 먹었고, 침대 시트 크기의 밝은 무늬 수건에 드러누워 몸을 태웠다.

"다 뭐하는 사람들인지 궁금하지 않아요?" 캐럴라인이 놀라워하며 말했다. "오늘은 목요일이에요. 저 사람들은 직업이 없나?"

"내 생일을 축하하려는 모양인데." 픽스가 말했다. "내가 저 사람들 모두에게 하루 휴가를 줬어."

"저 아이들은 왜 학교에 가지 않았을까요?" 캐럴라인이 자꾸 형태가 바뀌는 모래밭에서 들통을 든 아이들 대여섯 명이 분주하게 돌아다니는 것을 보며 말했다.

"내가 너희를 해변에 데려가곤 했는데 기억나니?" 픽스가 물었다.

"해마다 그러셨죠." 프래니가 말했다.

픽스가 파도를, 밝은 노란색 보드를 타고 물위를 미끄러지는 작은 형체들을 바라보았다. "저기에 여자들은 보이지 않는구나." 픽스가 말했다.

"여자들은 수건을 깔고 누워 있어요." 프래니가 말했다.

픽스가 고개를 가로저었다. "그건 옳지 않아. 나라면 너희한테 서핑을 가르쳤을 거다. 너희가 여기서 나와 같이 살았다면 내가 서핑을 가르쳐줬을 거야."

캐럴라인이 손을 뻗어 손가락으로 아버지의 머리칼을 빗어주었다. 어렸을 때 그녀가 원한 것은 오로지 아버지와 같이 사는 것이었지만 어느 누구도 그 소원을 들어주지 않았었다. "아빠는 서핑을 할 줄 몰랐잖아요."

픽스가 곰곰이 생각해보더니 파도를 향해 천천히 고개를 끄덕였다. "수영도 썩 잘하진 못했지." 그가 말했다.

그들은 분홍색과 빨간색의 용 모양 연을 들고 있는 한 소년을 지켜보았다. 연은 빠르게 수직으로 올라가 빙글빙글 큰 원을 그리다 땅으로 곤두박질쳤다. 그들은 비키니를 입은 여자 둘이 롤러블레이드를 타고 그들을 지나가는 것을 지켜보았다. 그들의 긴 다리가 픽스의 무릎을 거의 스칠 뻔했다.

"너희 엄마는 그렇지 않았어." 픽스가 여전히 서퍼들에게 시선을 고정한 채 말했다.

프래니는 무엇에 대한 말인지 알아듣지 못했다. 롤러블레이드 타는 여자들 말인가? 하지만 캐럴라인은 알아들었다. "엄마는 정형외과 의사가 아니었잖아요?"

"너희 엄마는 그보다 나았어. 그뿐이야. 너희 엄마를 옹호하려는 건 아니지만, 너희가 이건 알아주면 좋겠구나. 너희 엄마는 영화에서 너희 엄마를 연기한 그 여자 같지 않았다."

두 자매는 휠체어를 사이에 두고 서로를 쳐다보았다. 캐럴라인이 머리를 옆으로 살짝 기울였다.

"아빠," 프래니가 말했다. "그 사람들 누구도 우리 같지 않았어요."

"맞아." 픽스가 말하고는 이해해주어 기쁘다고 말하는 듯 그녀의 손을 쓰다듬었다.

그들은 차로 돌아왔고, 캐럴라인과 프래니 둘 다 휴대폰을 확인했다. 영화를 보느라 꺼두었다가 이후의 여파로 깜박 잊고 다시 켜지 않았던 것이다.

"나도 휴대폰이 있었으면 좋았을 걸 그랬구나." 픽스가 말했다. "그러면 나도 너희 모임에 끼는 건데."

"토머스 브라더스 도로 지도 확인해주세요." 캐럴라인이 끝없이 이어지는 업무상의 문자메시지를 엄지로 내려 읽으며 말했다.

프래니에게 문자 두 통이 와 있었는데, 하나는 수표장이 어디 있는지 묻는 쿠마의 문자였고 또하나는 '전화 좀 해줘!!'라고 적힌 앨비의 문자였다.

"잠시만요." 프래니가 말하고 다시 차에서 내렸다.

앨비는 신호음이 울리자마자 전화를 받았다. "아직 LA에 있지?"

그들은 일주일인가 이 주일 전에 이메일을 주고받았다. 그녀가 아버지의 생일에 맞춰 이곳에 올 거라고 말해줬었다. "지금 바다 앞에 서 있어."

"어려운 부탁인데, 그 빌어먹을 영화가 이번주에 개봉한다고 나한테 알려주지 않은 데 대해 누나가 나한테 빚진 걸 갚는다 쳐."

"그거 보지 마." 프래니가 말했다. 꼬마는 여전히 용 모양 연을 날리고 있었다. 바람이 꼭 알맞게 불었다.

"우리 엄마가 아프셔. 사흘 내리 심하게 아픈데, 병원에 가시려고 하질 않아. 괜찮다고 하면서도 동시에 아프다고도 하시거든. 내가 보기엔 괜찮지가 않은 것 같아. 내가 오늘밤에 갈 수 있지만 지금 바로 병원에 가야 하지 않나 걱정돼서. 엄마의 이웃들과 통화할 수는 없고, 엄마의 가장 친한 친구도 지금 다른 도시에 있어. 엄마는 결코 사교적이라고 할 만한 사람이 아니고, 사교적이라고 해도 나한테 그런 이야기는 안 하시니까. 그래서 내가 할 수 있는 일이 많지 않아. 정말로 엄마한테 문제가 없을 수도 있는데 구급차를 보내서 엄마를 까무러치게 하고 싶지도 않고." 앨비가 잠시 말을 멈추고 숨을 들이마셨다. "누나가 가서 엄마가 어떤지 좀 봐줄 수 있나 해서. 저넷은 뉴욕에 있고, 홀리는 젠장, 스위스에 있잖아. 내가 엄마한테 전화해서 누나가 갈 거라고 말하면 돼. 엄청 화를 내시겠지만 그렇게 하면 적어도 문은 열어주실 거야."

프래니는 크라운빅토리아를 돌아보았다. 그 차라면 날아갈 수 있었다. 그녀는 앞좌석에 앉아서 마치 약속 시간에 늦은 두 사람처럼 차창 너머로 자신을 빤히 쳐다보고 있는 아버지와 언니를 보았다. "물론이지." 그녀가 말했다. "주소를 알려줘. 가보고 네가 와야 할지 전화로 알려줄게."

전화선상에 정적이 흘렀고, 프래니는 자기 전화기가 꺼진 건 아닌지 생각했다. 깜박하고 충전을 시키지 않을 때가 많았다. 그때 앨비의 목소리가 다시 들렸다. "오, 프래니." 그가 말했다.

"너희 엄마는 그 영화에 대해 모르시는 거지?"

"엄마는 그 책에 대해서도 모르셔." 그가 말했다. "소설이 뭔가를 숨기는 데 최악의 장소는 아니더라고."

앨비가 아마간셋행 기차를 탄 건 이십 년도 더 전의 일이었다. 그는 떠나기 전에 그 책을 다 읽고 저넷에게 주었다. 그는 기차역에서 배우의 집까지 3마일을 걸었고, 그의 삶이 어떻게 다른 사람의 손안에 들어갔는지 알아내기 위해 문을 두드렸다.

리오와의 논쟁이 있은 뒤 프래니와 앨비는 에어리얼과 버튼을 보지 않고 뒷문으로 빠져나왔다. 그들은 뒤쪽 오두막까지만 갈 생각이었고, 가는 길에 뒷마당에서 존 홀링거를 지나쳤다. 그는 완전히 구겨진 여름 슈트 차림으로 담배를 피우고 있었다. 그는 밤의 아름다움을 음미하고 있었다. "이곳 참 근사하지 않아요?" 그가 감탄하며 그들에게 말했다.

프래니와 앨비는 오두막 전등을 꺼둔 채 술병을 주고받으며 진을 마셨다. 아무도 그들을 찾으러 그곳에 오지 않았지만, 애초에 찾아볼 생각을 전혀 하지 않았을 가능성이 컸다. 그러는 대신, 리오와 손님들은 잔디밭 저만치 유리벽 포치에 앉아 담배를 피우면서 홀링거 부부가 가져온 진을 마셨을 것이다. 리오는 난데없이 격분해서 나타난 프래니의 미친 옛 남동생에 대해 불평을 늘어놓았을지 모르지만, 그가 무엇 때문에 그렇게 화났는지에 대해서는 말하지 않았을 것이다.

"저넷한테 네가 여기 온다고 말했어?" 프래니가 그에게 물었다.

"아니, 안 했어." 앨비가 어둠 속에서 고개를 가로저었다. "저넷은 나하고 같이 오고 싶어했을 거야. 정말 그를 죽이려 들었을걸."

"그 사람 잘못이 아니야." 프래니가 말했다. 진의 화끈한 느낌은 기분좋고 친숙했다. 그녀는 그동안 자신이 필요한 때를 대비해 이렇게 술 마시는 것을 아껴둔 것이었음을 깨달았다. "내 잘못이야."

"그래." 앨비가 말했다. "하지만 난 저넷이 누나를 죽이게 놔두지는 않아."

"딱한 사정이 좀 생겨서 어디 좀 빠르게 다녀와야 할 것 같아요." 프래니가 다시 차에 올라타며 말했다. 그녀는 캐럴라인과 아버지에게 상황을 설명했다. "먼저 집에 둘 다 데려다준 다음 나 혼자 가보고 올게요. 오래 걸리진 않을 거예요."

"방금 통화한 게 앨비였니?" 픽스가 물었다.

"그애였어요."

"어쩜!" 캐럴라인이 말했다. "서로 연락하고 지내는구나." 캐럴라인마저 깊은 인상을 받은 것 같았다.

특별할 것은 없었다. 프래니와 앨비는 친구였다. 그녀는 쿠마와 함께 그의 결혼식에도 갔다. 냉장고에 앨비의 딸 샬럿의 사진도 붙여놓았다. 그들은 거의 매년 서로의 생일도 챙겼다.

"글쎄, 내가 네 언니 마음은 모르겠다만 집에 나를 내려줄 건 없어." 픽스가 말했다. "테리사 커즌스를 못 본 지 한참 됐거든."

"언제부터 테리사 커즌스를 아셨어요?" 캐럴라인이 물었다. 여자아이 넷은 여름에 그들 모두 모이면 밤에 이층 침대에 자리를 잡고서, 캐럴라인과 프래니의 아버지가 홀리와 저넷의 어머니와 결혼하면 얼마나 완벽할지에 대해 말하곤 했다. 그러면 모든 게 안정을 찾을 터였다.

"앨비가 학교를 불태웠을 때. 내가 그 이야기 해주지 않았던가? 너희 어머니가 나한테 전화해서 그애를 보호감호소에서 빼달라고 부탁했지. 내가 너희 어머니 부탁을 들어주는 일을 하는 사람이라도 되는 것처럼 말이다."

"그 부분은 우리도 알아요." 캐럴라인이 말했다. "테리사 아줌마 부분을 이야기해주세요."

픽스가 고개를 가로저었다. "그때를 생각하면 참 놀라워. 보호감호소 사람들이 그애를 나한테 넘겨준 것 말이다. 그들은 내가 누군 지 몰랐어. 나는 그저 내 배지를 보여주고 앨버트 커즌스를 데려가 려고 왔다고만 말했지. 이 분 뒤 나는 그 아이 서류에 서명을 했고 그애를 넘겨받았어. 지금은 그들도 그때처럼 하지는 않을 거라고 생각해. 적어도 청소년을 그렇게 하지는 않을 거야. 그애 패거리에 속한 아이가 두셋 더 있었다고 기억하는데, 둘은 흑인이고 하나는 멕시코인이었어. 데스크 담당 경사가 그애들도 같이 데려가겠느냐 고 물었지."

"그애들은 어떻게 하셨어요?" 프래니가 말했다. 그 이야기를 그 렇게 여러 번 들었는데 그 재미있는 부분 전체가 빠진 것을 어떻게 이제야 알게 됐을까?

"그애들은 그냥 뒀어. 그 아이 하나도 원한 게 아니었으니 그 넷 을 모두 데려갈 생각은 당연히 없었지. 그애를 병원으로 데려갔던 건 기억나. 티셔츠에 불이 붙었던 등 쪽에 화상을 입었었거든. 병 원에서 그애한테 입고 있으라고 수술복 상의를 줬는데도, 그애한 테선 여전히 연기 냄새가 났어. 차에 탔을 때 차창을 내려두라고 했지."

"냉정하시네요, 아빠." 캐럴라인이 말했다.

"냉정하다니. 내가 그애를 구한 거야. 그애를 꺼내준 게 나였다 고. 내가 너희 삼촌 톰이 있는 소방서로 그애를 데려갔어. 그때 네 삼촌의 근무지가 LAX에서 빠져나오면 있는 웨스트체스터였어. 나 는 숯구덩이 냄새를 풍기는 버트 커즌스의 아이와 함께 공항 교통 체증에 갇혔지. 그애랑 톰이 방화에 대해 툭 터놓고 이야기를 나눴 어. 너희 삼촌이 어린 시절에 방화범이었던 거, 항상 뭔가를 태워버리곤 했던 거 너도 알지. 다시 말하지만, 삼촌은 학교는 아니고 그저 공터나 아무도 관심을 두지 않는 작은 것들을 태웠어. 많은 소방관들이 불을 지르다 일을 시작하지. 먼저 불내는 법을 배우고, 그다음에 끄는 법을 배우는 거야. 톰이 앨비에게 전부 설명해줬고, 내가 그애를 다시 토런스로 데려갔어. 빌어먹을 하루를 온종일 차에서 보내야 했다."

"그때 테리사 커즌스를 만나셨군요." 캐럴라인이 말했다.

"그때 테리사 커즌스를 만났어. 좋은 여자였던 걸로 기억해. 정말 힘든 일을 겪었을 텐데도 품위를 유지하고 있었지. 하지만 그 여자가 낳은 아이, 그앤 늑대였어."

"지금은 착해졌어요." 프래니가 말했다.

"착해졌다고 해야지. 그애가 네 약혼을 깬 걸 알게 됐으니. 너하고 그 유대인……" 픽스가 손을 들어올렸다. "아참, 또 그 말을 했구나, 미안, 그 술꾼. 그애가 이제 자기 어머니 걱정을 다 하는구나."

"약혼은 안 했었어요." 프래니가 말했다.

"프래니," 캐럴라인이 말했다. "앨비가 받아야 할 공은 받게 하자."

"토런스의 예전 그 집인가?" 픽스가 물었다.

프래니가 그에게 주소를 읽어주었다.

그가 고개를 끄덕였다. "같은 집이구나. 내가 가는 길을 알려주마. 일반도로만 타도 갈 수 있어."

모든 이야기가 아빠와 함께 사라지겠군요, 프래니는 눈을 감으며 생각했다. 제가 듣지 못한, 기억하지 못할, 제대로 알았던 적 없고, 곁에 없어서 알지 못한 모든 것들이. 토런스에 이르는 모든 길이.

버지니아에서 여섯 아이는 침실 두 개와 고양이 한 마리를 공유하고, 서로의 접시에서 음식을 가져가 먹고, 욕실 수건을 내 것 네 것 가리지 않고 사용했지만, 캘리포니아에서는 모든 것이 분리되어 있었다. 홀리와 캘과 앨비와 저넷은 픽스 키팅의 집에 초대받은 일이 없었고, 마찬가지로 캐럴라인과 프래니도 테리사 커즌스가 사는 곳을 본 적이 없었다. 버트와 테리사는 버트가 로스앤젤레스 지방검찰청에서 일하기 시작한 1960년대에 토런스에 집을 샀다. 시내에서 너무 멀지도 않고 해변에서도 너무 멀지 않았다. 침실이 세 개였는데, 하나는 버트와 테리사, 또하나는 캘, 마지막 하나는 홀리의 것이었다. 저넷과 앨비가 태어나면서 모두가 침실을 공유했다. 그 집은 그들이 처음으로 장만한 집, 원대한 삶의 출항을 계획한 항구였다. 결국 테리사만 남고 모두 떠났다. 처음에는 버트가, 그리고 캘이, 이어서 앨비가, 홀리가, 그리고 마지막으로 저넷이 떠났다. 저넷이 말문을 열기 시작한 것은 대학에 들어가기 전 테리사와 단둘이 살던 그 마지막 해였다. 그들은 즐거운 시간을 보냈고 서로에게서 웃음을 끌어냈고, 그 사실에 두 사람 모두 놀랐다.

사실 이야기가 결국 그렇게 불행하게 흘러가지는 않았다. 테리사가 지방검찰청에 하루 또 하루, 한 해 또 한 해 출근을 계속하는 동안 토런스는 발전했다. 돈이 생기는 대로 떠나버리는 지역이었던 그 동네가 주목받기 시작했고 곧 융성하게 발전했다. 테리사는 잡지에서 본 배치도대로 바위 화단에 다육식물 정원을 가꾸었다. 데크를 증축했다. 아들들이 쓰던 방을 서재로 바꾸었다. 부동산 중개인이 집을 팔 생각이 있느냐고 묻는 편지를 손글씨로 써서 우편함에 넣어두었고, 그녀는 그 편지를 재활용함에 버렸다. 테리사는 법률사무원으로 일하는 게 좋았고 그 일을 잘해냈다. 변호사들은 그녀에게 로스쿨에 가라고 늘 말했지만—그녀가 그들 대부분보다 더 똑똑했다—그녀는 전혀 원하지 않았다. 그녀는 일흔두 살이 될 때까지 카운티를 위해 계속 일했고, 결국 그 주를 파산 상태로 몰아넣게 될 넉넉한 캘리포니아 연금을 받으며 은퇴했다. 오래전에 다른 직장으로 옮긴 변호사들이 테리사의 퇴임 파티에 와서 그녀를 위해 잔을 들었다. 그들은 조금씩 돈을 보태 그녀에게 시계를 사주었다.

일 년에 한 번씩 그녀는 저넷과 포데와 아이들을 보러 뉴욕에 갔다. 그녀는 그들을 사랑했지만 뉴욕은 그녀에게 위압적인 곳이었다. 캘리포니아 사람들은 그들의 집과 차와 잔디에 익숙했다. 그녀는 느긋한 생활이 그리웠다. 돈을 모아 비행기표를 사서 선禪센터에서 지내는 홀리를 보러 스위스에 갔다. 열흘 동안 그녀는 살아 있는 자식들 중 맏이인 홀리 옆 방석에 앉아 숨쉬는 것 말고는 아무것도 하지 않았다. 테리사는 어느 정도까지는 호흡을 좋아했으나, 그 이후에는 침묵에 압도되었다. 그녀는 딸들의 인생을 곰 세 마리가 사는 오두막에 들어간 골디락스의 관점에서 생각했다. 너무 뜨겁거나 너무 차가웠고, 너무 딱딱하거나 너무 부드러웠다. 그녀는 그런 견해를 혼자 간직했고, 무엇보다 그 견해가 비판적으로 보이는 것을 바라지 않았다. 앨비가 일 년에 두세 번 토런스에 왔다. 그녀가 손봐야 할 것의 목록을 만들면, 그가 차고 문에 새 모터를 달거나 온수 난방기의 물을 빼는 등 하나씩 표시하며 처리했다. 자질구레한 일을 전전하며 근근이 살다보니, 앨비는 필요하다면 뭐든 다 할 수 있는 사람이 되어 있었다. 요즘 그는 자전거를 만드는 월넛 크리크라는 회사에서 일했다. 그는 그 일을 좋아했다. 크리스마스에는 어머니가 그와 그의 딸, 아내와 함께 트리 주변에 둘러앉아 같이 시간을 보낼 수 있도록 어머니에게 비행기표를 보냈다. 이따금 팝콘과 벽난로와 끝없이 이어지는 고피시 카드놀이에 가슴이 벅차오르면 테리사는 화장실에 간다고 핑계를 대고 잠시 세면대 옆에 서서 울었다. 그러고는 얼굴을 씻고 다시 잘 닦은 뒤 산뜻한 모습으로 거실로 돌아갔다. 그것은 그녀가 줄곧 바랐지만 한순간도 기대하지는 못하던 것이었다.

테리사는 버트가 떠난 뒤 몇몇 변호사들, 두어 명의 경찰들과 사귀었지만 그들 중 누구도 유부남은 아니었다. 그것이 그녀의 원칙이었고 결코 깨지 않았다. 퇴근 후 술 한 잔도 하지 않았다. 원하는 건 그것뿐이라고, 그들이 한결같이 그렇게 말했는데도. 저넷이 대학에 들어갔을 무렵 테리사는 하고많은 사람 중에 국선변호인인 짐 첸을 사랑하게 되었고, 카운티 법원 옥외 주차장에서 그에게 심장마비가 오기 전까지 십 년 동안 만났다. 주차장 곳곳에 사람들이 있어서, 그가 쓰러지는 것을 보고 911을 불렀다. 자기 아이들이 어렸을 때 구명 교육을 받은 적이 있었던 어느 비서가 구급차가 올 때까지 심폐소생술을 실시했지만, 이따금 잘해낸 모든 행동들이 아무것도 하지 않은 것만큼 쓸모없을 때가 있다. 인생이 상실의 연속이라는 것을 테리사는 그때쯤 알고 있었다. 다른 것들, 더 나은 것들도 있었지만 상실은 땅 그 자체처럼 단단하고 의지할 수 있는 것이었다.

지금 그녀는 자신의 뱃속에 도사린 그것 때문에 배를 움켜잡았다. 부들부들 떨다가 통증이 물러나면 숨을 쉴 수 있었다. 사흘 전 그것이 시작되었을 때 의사를 찾아갈 만큼의 지각이 그녀에게 있었다면 직접 운전해 갈 수 있었겠지만, 아무것도 먹지 않고 사흘을 보내고 나니 너무 기력이 없어서 어디에도 운전해 갈 수가 없었다. 포데가 의사였으니 그에게 전화를 걸어 어떻게 할지 물어볼 수도 있었겠지만, 나라 반대편에 사는 그를 성가시게 하지 않고도 그녀는 그들의 대화를 충분히 상상할 수 있었다. 그는 그녀에게, 친구에게 전화해서 병원에 가라고, 그럴 시간도 없다면 구급차를 부르라고 말할 것이다. 그녀는 그중 어느 것도 하고 싶지 않았다. 너무 피곤해서, 욕실에 가고 부엌에 물을 마시러 가고 다시 침대로 돌아올 수 있다는 게 다행으로 여겨졌다. 그녀는 여든두 살이었다. 이번 복통을 계기로 아이들은 그녀에게 대답을 들으려고 할 것이다. 그녀가 이 집에서 계속 혼자 살 수 있을지, 앨비의 집 근처 북쪽 어딘가의 요양 시설로 옮겨야 하지 않을지. 저넷에게 갈 수도 없었다. 사람들은 브루클린에 사랑을 하거나 소설을 쓰거나 아이들을 낳기 위해 가지 늙으려고 가지 않았다. 선센터에서 죽는다면 정신적인 면에서 이점이 있겠지만 홀리에게 갈 수도 없었다.

그러다 둘째 날이 되자 어쩌면 이 통증이 무엇이건 더 큰 방식으로 자신의 미래에 대한 답을 제시할 것이라는 생각이 떠올랐다. 그녀를 죽일 것처럼 느껴지는 이 통증이 실제로 그녀를 죽일지도 몰랐다. 맹장이 아직 그녀의 뱃속 어딘가에 있고, 캠핑에 간 학생들이 맹장염으로 죽기도 한다는 사실을 생각하면, 그녀의 맹장이 이 인생 게임의 후반에 폭발하려고 그 오랜 세월을 기다렸는지도 몰랐다. 그렇다면 최악은 아닐 것이다. 그렇지 않은가? 복막염? 주차장에서 사랑하는 짐 첸이 가버린 것처럼 그렇게 빨리는 아니겠지만, 그럼에도 가능한 이야기였다. 좀 나아졌을 때 그녀는 금고 열쇠, 자동차 소유권 증서, 유언장을 찾았다. 미래를 철저히 부인하는 사람만이 평생 법률업에 종사하고도 괜찮은 유언장을 쓰지 않으려 할 것이다. 그녀는 자신이 가진 모든 것을 셋으로 나눴다. 오래전에 돈을 다 치른 집은 가격이 서서히 상승하고 있었고, 저축한 돈이 좀 있었다. 아이들이 학교를 졸업한 뒤로 그녀는 자신이 번 돈을 쓰지 않았다. 그녀는 모든 것을 부엌 식탁에 펼쳐놓고 편지를 쓰기 시작했다. 그녀는 단연코 자살은 하지 않을 생각이었기 때문에 그 편지가 유서처럼 보이는 것은 원하지 않았고, 집에 와보는 사람이 누구건 차 열쇠와 시신 이상의 것을 발견해야 한다고 생각했다. 구입할 식료품 목록을 만들 때 쓰던 메모지가 보였다. 맨 위에 화분 안에서 춤추는 발랄한 데이지들이 가로로 한 줄 있고, 그 밑으로 알아보기 힘든 흘려 쓴 글씨체로 'Things To Do'라고 쓴 분홍색 글자들이 있었다. 그녀는 'Things To Do'라고 쓰인 메모지를 사는 것이 얼마나 바보 같은 일인지 미처 생각지 못했었고, 아무 무늬 없는 하얀 종이를 찾아볼 기력도 없었다. 통증이 다시 날뛰기 시작하자 다시 침대로 가서 눕고 싶었다.

　　몸이 좋지 않아.
　　혹시 몰라서.
　　　　사랑하는 엄마가

　그 정도면 충분했다.
　셋째 날, 좀 몽롱한 상태로 내린 결론이긴 하지만 아주 현명했던 그 계획에 앨비가 유일한 방해자가 되었다. 그는 그녀의 상태를 확인하기 위해 틈만 나면 전화를 걸었는데, 그녀가 자신의 상황을 어떻게 설명하는지는 그의 전화가 통증 주기의 어느 시점에 걸려왔는지와 모든 면에서 연관되었다. 전화를 받지 않은 적도 몇 번 있었다. 수화기를 든다는 생각 자체를 감당할 수 없었다. 하지만 그때 그녀는 전화를 받았고, 그가 그녀에게 일어나서 앞문을 열어두라고 했다. 프래니 키팅이 그녀를 보러 올 거라고 했다.

"프래니 키팅이?"

"아버지를 보러 거기 와 있대요. 가서 엄마가 어떤지 봐달라고 부탁했어요."

"내가 어떤지 보러 와줄 사람들은 있어." 테리사가 말했지만 그 말은 심지어 스스로에게도 안쓰럽게 들렸다. 물론 친구들이 있었지만, 그녀는 집에 있으면서 죽음에 대한 실험을 하기로 결정한 것이었다.

"당연히 엄마한테 친구들이 있겠죠. 하지만 엄마가 그분들한테 전화하기를 기다리려니 제가 지쳐서요. 가서 문을 여세요. 금방 도착할 거예요."

테리사는 전화를 끊고, 버지니아에 살 때 그녀의 어머니가 모텔 코트라고 불렀던, 앞에 지퍼가 달린 면 로브를 입은 자기 모습을 내려다보았다. 그녀는 사흘 내리 그 옷을 입고 있었는데, 잠을 설치고 땀을 흘린 탓에 완전히 구겨져 있었다. 그녀는 이 모든 일이 시작된 뒤로 목욕을 하지도, 이를 닦지도, 거울을 보지도 않았다. 프래니 키팅이 이 집에 오는 것은 베벌리 키팅이 이 집에 오는 것과 같지 않았지만, 그 순간 테리사는 마음속에서 그 둘을 구분하기가 어려웠다. 베벌리 키팅, 베벌리 커즌스가 되었다가 지금은 베벌리 아무개인 여자. 버트와 헤어진 뒤 다시 결혼했다는 말을 저넷에게 전해 들었지만 그것 말고는 기억나지 않았다. 베벌리 아무개는 바라보면 스르르 힘이 풀릴 것처럼 아름다워서, 오십 년이 지난 지금도 그 생각을 하면 가슴이 쓰라렸다. 베벌리는 여름이 지나고 아이들이 가져오는 사진들 속에 언제나 존재했다. 수영장에서 놀거나 그네를 타는 아이들을 찍기 위해 셔터를 누르는 순간에 마침 그곳을 지나가던 카트린 드뇌브가 우연히 프레임 안에 들어간 것처럼. 그녀는 베벌리 키팅의 아름다움을 생각하면서 죽고 싶지는 않았다. 베벌리는 테리사보다 나이가 적었는데, 차이가 많이 나지는 않았지만 그 사실은 중요했다. 베벌리는 아직 여든도 되지 않았을 것이다.

통증이 파도처럼 밀려와 그녀를 덮쳤고, 그녀는 똑바로 서 있기 위해 리클라이너 소파 등받이를 잡아야 했다. 통증은 골반 깊숙이 자리잡은 채 위에서 아래로, 허리 이쪽에서 저쪽으로 옮겨갔다. 자궁암일까? 골수암? 그런 게 이렇게 빨리 나타날 수 있나? 문을 열어주지 않으면 키팅의 딸은 아버지에게 연락할 것이다. 앨비는 그녀가 아버지를 만나러 왔다고 말했다. 그도 지금쯤 늙었겠지만, 경찰 친구를 불러 문을 따고 들어오게 할 수 있을 것이다. 그것이 경찰들의 방식이었다. 생각이 떠오르면 곧장 망치를 집어드는 것. 두피에 땀이 송골송골 맺히는 것이 느껴졌다. 짧은 회색 머리칼이 순식간에 흠뻑 젖을 것이다. 그녀는 리클라이너 소파를 잡은 손을 놓고 앞문으로 걸어갔다. 걸음을 옮길 때마다 머릿속으로 개자식, 개자식, 하고 욕설을 내뱉었다. 홀리가 가르쳐준 대로 주문을 외듯 그 말을 읊조리며 호흡을 진정시키는 중심점으로 사용했다. 앞문을 활짝 열고 방충문의 잠금 고리도 풀었는데 손놀림이 빠르지는 않았다. 그리고 옷을 갈아입고 얼굴에 물을 끼얹으려고 느릿느릿 다시 걸어갔다. 구강청결제가 있었으면 했다. 이를 닦을 만큼의 기력은 없는 것 같았다.

오 분도 되지 않아 목소리가 들렸다. "커즌스 부인?" 그리고 오 초 후 그 목소리는 좀더 친근해졌다. "테리사?" 방충문 열리는 소리가 들렸다.

"잠시만." 그녀는 운동복 바지를 끌어올리고 운동화에 발을 집어넣은 뒤 수건으로 머리를 쓱 닦았다. 아팠다. 머리칼이 너무 짧았지만 누구한테 잘 보이겠는가? 저넷은 그녀가 화학치료를 받고 나온 사람 같아 보인다고 했다. 홀리는 비구니 같아 보인다고 말했다. 앨비는 그녀의 머리칼에 대해 아무 말도 하지 않았다.

"프래니예요." 그 목소리가 말했다.

"알고 있어, 프래니. 앨비가 말해줬어." 테리사가 눈을 감고 기다리면서 개자식에 숨을 들이쉬고 개자식에 숨을 내뱉었다. 그것이 좀 도움이 되었다.

그녀가 거실로 돌아와 보니, 금발과 흑갈색 머리, 두 사람이 있었다. 금발은 노골적으로 느껴질 정도로 꾸미지 않아, 하나로 묶은 회색 머리칼에 전혀 화장기가 없는 얼굴로 목에 끈으로 매는 면 상의를 입고 있었다. 흑갈색 쪽은 더 세련됐지만, 솔직히 둘 다 두 번 쳐다볼 외모는 아니었다. 어느 쪽도 홀리나 저넷만큼 예쁘지 않았다. 테리사는 순전히 의지력만으로 입을 벌리고 미소를 머금었다.

"이쪽은 제 언니 캐럴라인이에요." 금발이 말했다. "우리가 여기 온 걸 언짢아하지 않으셨으면 좋겠어요. 앨비가 걱정 많이 했어요."

"결국 그애는 걱정이 많은 아이였어." 테리사가 말했다. 숨을 헐떡이지 않으려고 애썼다. "우릴 그렇게 걱정시켜놓고 이제 딴사람이 되어서 이렇게 걱정을 하다니 신기하지."

"그렇게 되기도 하는 것 같아요." 캐럴라인이 말했다.

테리사가 그들을 한참 바라보았다. 사진도 아주 많이 봤고 이야기도 아주 많이 들었다. 캐럴라인은 공격적인 쪽이었고 프래니는 온유한 쪽이었다. 둘 다 가톨릭학교에서 좋은 성적을 받았지만 캐럴라인이 더 똑똑했다. 프래니는 더 다정했다. "생뚱맞게 들릴지 모르겠다만, 내가 전에 너희를 만난 적 있었니?" 그들 중 하나는 로스쿨을 졸업했고 다른 하나는 중간에 그만두었다. 어느 쪽이 어느 쪽이었는지 기억나지 않았지만, 쳐다보는 것만으로 확실히 알 수 있었다.

"캘의 장례식에서요." 프래니가 말했다. "그날 한 번이었을 거예요."

테리사가 고개를 끄덕였다. "그때였다면 나는 기억 못하겠구나."

"몸은 좀 어떠세요?" 캐럴라인이 물었다. 단도직입적으로 용건을 말했다. 권위가 느껴졌다. 테리사는 거짓말을 하면 캐럴라인이 다가와 자기 배를 손으로 찔러볼 것 같은 기분이 들었다.

"계속 아팠어." 그녀가 의자에 손을 짚으며 말했다. "하지만 좋아지고 있어. 지금은 괜찮아진 것 같아. 내 나이가 되면 힘이 든단다. 작은 일 때문에 쓰러질 수도 있고."

"병원에 가보지 않으실래요?" 프래니가 물었다.

병원에 갈 생각이었다면 벌써 갔겠지, 테리사가 생각했다. 하지만 심술궂게 말하고 싶지는 않았다. 이 아이들에게는 아무 잘못이 없었다. 앨비가 그들에게 가봐달라고 부탁한 것이다. 그들의 잘못이 아니었다. "안 가." 그녀가 말했다.

똑똑한 쪽이 눈을 살짝 찌푸렸다. "저희가 여기 있잖아요. 병원까지 모셔다드릴 수 있어요. 밤 열한시에 구급차를 부르려면 훨씬 힘들 거예요. 이런 말씀 드리기 뭣하지만 안 좋아 보이세요." 합리적인 주장을 펴는 여자. 이미 파트너 변호사가 되었을 것이다.

"내 나이 여든둘이야." 테리사가 말했다. 얼굴에 땀이 맺히는 게 느껴졌다. "좋아 보이지 않은 지 오래됐지."

"그러면 안 가시려고요?" 캐럴라인이 물었다. 변호인의 조언에도 불구하고 피고가 병원 이송 제안을 거부했다고 기록하시오.

"내 아들이 아무것도 아닌 일로 너희를 이 먼 데까지 오게 해서 미안하구나. 나한테 먼저 물어봤다면 너희한테 연락하지 말라고 했을 거야." 그들이 일 분 안에 떠난다면 그녀는 다시 앉을 수 있었다. 쓰러질 수 있었다. 침대로 돌아가지는 못할 테고, 거실 소파가 그녀가 바랄 수 있는 전부였다.

"알겠어요." 프래니가 말했다. "하지만 아버지가 차에 계세요. 아주머니한테 인사하고 싶으시대요. 저희 아버지와 인사만 하시면 혼자 계시게 두고 저희는 갈게요."

"차에 픽스가 있다고?"

프래니가 고개를 끄덕였다. "오늘이 아버지 생신이에요. 여든세살 생신이요. 저희가 여기 온 이유가 그거예요." 프래니는 잠시 기다렸지만 테리사는 어떤 제안도 하지 않았다. 그녀는 다 밝히기로 마음먹었다. "식도암이에요. 많이 안 좋아요."

"거참 안됐구나." 테리사는 픽스 키팅을 좋아했다. 화재가 일어났던 그 끔찍한 날 단 한 번 만났을 뿐이지만 그녀는 그를 아주 친절한 사람으로 기억하고 있었다. 열네 살의 분노를 침묵으로 뿜어내던 앨비가 자기 침실로 들어가 문을 쾅 닫았을 때, 그녀와 픽스는 부엌에 같이 앉아 술을 마셨다. 냉장고에 신선한 오렌지주스가 있어서 그녀가 그들 둘이 마실 스크루드라이버를 만들었다. 그는 그녀의 잔에 자기 잔을 부딪치며 그녀의 눈을 똑바로 쳐다보고서 연대 책임이니까요, 하고 말했다. 그녀는 그 말이 세상에서 가장 격조 있는 말이라고 생각했다.

"들어오시라고 해." 테리사는 그렇게 하면 시간이 얼마나 더 걸릴까, 음료를 마시겠느냐고 물어봐야 할까, 그런 생각을 하며 말했다. 그런 일은 불가능할 터였다.

캐럴라인이 고개를 가로저었다. "저희는 오후 내내 밖에 있었어요. 절대 아빠를 계단 위로 끌어올릴 수 없을 거예요."

앞문까지 짧게 세 걸음이고, 그 양쪽에 앨비가 작년에 그녀를 위해 설치한 장식적인 철제 난간이 있었다. 만약 테리사가 계단을 내려간다면 다시 올라오지 못할 것이다. "내가 안부 전하더라고 말씀드려." 그녀가 말했다.

"아빠는 곧 돌아가실 거예요." 프래니가 말했다.

나도 그래, 테리사는 그렇게 말하고 싶었다. 그녀는 그의 딸들을 번갈아 쳐다보았다. 갑자기 그들이 2인조가 되어 그녀를 잡아가려는 것처럼 보였다. 착한 경찰인 딸, 못된 경찰인 딸. 그들은 어디로도 가지 않을 것이다. 통증의 파도가 배꼽 아래에서 또 한 차례 솟구쳐올라왔다. 친절하게 응대하느라 거기 너무 오래 서 있었다. 그녀는 손가락을 의자 등받이에 깊이 묻으며 눈을 감고 입으로 숨을 쉬려고 해보았다.

"제가 아주머니 가방을 챙기고 문을 잠글게요." 프래니가 말했다. "부엌에 가방 있죠? 가방에 보험 카드 같은 게 다 들어 있나요?"

테리사가 그렇다는 표시로 고개를 아주 조금 움직였고 그러는 사이 다른 한 명이 다가와 그녀를 두 팔로 감쌌다. 동작이 부드러웠지만 명백히 그녀를 일으켜세우고 있었다.

"걸을 수 있으시겠어요?" 캐럴라인이 물었다.

그녀는 그 계단을 수도 없이 오르내렸지만 지금은 〈북북서로 진로를 돌려라〉에서 러시모어산의 가파른 면을 바라보는 에바 마리 세인트가 된 기분이었다. 키팅의 딸들이 양쪽에서 그녀를 붙잡아 세웠다. 그녀는 몸집이 줄어들기 전에도 체구가 큰 여자는 아니었고, 그녀의 아이들처럼 키가 크지도 않았다. 자신이 그들에게 짐이 된 것처럼 느껴지지는 않았다. 누가 봐도 강인한 여자들이었다. 하는 일이 노인을 훔치는 것인 양, 그들은 그녀를 납치해 미끄러지듯 잔디밭을 지나갔고, 불안하지만 프로페셔널하게 그녀의 발을 들어올리면서 동시에 몸의 방향을 바꾸어 차의 뒷좌석에 태웠다. 그들은 그녀가 움직이지 못하게 하려고 안전벨트를 매주었는데, 그녀는 뭐든 배에 닿으면 아팠기 때문에 순간적으로 비명을 질렀고, 그러자 그들이 다시 풀어주었다.

"테리사 커즌스," 픽스가 앞좌석에서 말했다. "다시 만나게 됐군요."

"아빠," 캐럴라인이 말했다. "어디로 가면 되는지 말해주세요."

테리사는 캐럴라인의 목소리에서 다급함을 느꼈다. 단순히 그녀를 병원에 데려가는 게 문제가 아니라 즉시 가야 했다.

픽스가 토런스 메모리얼 메디컬센터로 가는 방향을 알려주었다. 심지어 그는 토머스 브라더스 도로 지도를 집어들지도 않았다. 모든 페이지가 근육 기억으로 남아 있었다.

통증이 조금 잦아들자 테리사는 주변이 시야에 들어왔다. 차 뒷좌석에 앉게 된 것과 계획이 틀어진 것에 한숨이 나왔다. 어쩌면 죽는다는 게 그녀가 떠올릴 수 있는 최선의 생각은 아니었을지도 몰랐다. 이날을 보라. 서던캘리포니아의 아름다운 또 하루를. "생일 축하해요." 그녀가 픽스에게 말했다. "유감스럽게도 건강이 좋지 않다고 들었어요."

"암이죠." 그가 말했다. "당신은요?"

프래니가 휴대폰으로 통화하고 있었다. "너희 어머니를 차에 태웠어. 지금 병원에 가는 중이야."

"모르겠어요." 테리사가 말했다. "맹장 파열 아닐까요?"

캐럴라인이 액셀러레이터를 꾹 밟자 크라운빅토리아는 경주마처럼 쑥 달려나갔다.

"지금 통화하는 게 앨비니?" 픽스가 말했다. "나 좀 바꿔줘."

"아빠." 프래니가 말했다. 그녀의 아버지가 뒷좌석을 향해 손을 내밀고 있었다. 테리사가 픽스의 손을 잡고 아주 가볍게 힘을 주었다.

"앨비, 아빠가 너하고 통화하고 싶으시대."

"누나 아버지가?" 그가 물었다.

프래니가 아버지에게 전화기를 건넸다.

"아들?" 픽스는 어디서 힘이 솟았는지 좀더 활기찬 목소리로 말했다. "네 어머니가 여기 우리하고 같이 있어. 우리가 가서 치료를 받게 할 테니 걱정하지 마라."

"고맙습니다." 앨비가 말했다. "이제 저를 두 번 구해주신 거네요."

"의사들이 원인을 철저히 밝혀낼 때까지 우리가 곁에 있으마. 우리가 병원 문 앞에 어머니를 내려놓고 떠날 거라는 생각은 하지 않으면 좋겠어."

"친절도 하셔라." 테리사가 차창 밖으로 이웃집들이 휙휙 스쳐가는 것을 보며 말했다.

"제가 지금 가야 할까요?" 앨비가 물었다.

픽스가 뒷좌석에 앉은 테리사를 깃털 없는 작은 새를 보듯 쳐다보았다. 둥지에서 보도로 떨어져 아직 숨은 붙어 있지만 속이 투명하게 들여다보이고 모든 부분의 각도가 틀어진 작은 새. "우리가 너를 아침에 만나면 어떻겠니? 다시 전화하마. 이걸 어떻게 끊지?" 그가 모두에게 들리게 마지막 말을 하고는 빨간색 버튼을 눌렀다.

"우리 아이들은 다 착하네요." 테리사가 픽스에게 말했다. "온갖 걱정을 다 떠안기더니 결국 모두 잘 자랐어요." 이제 그녀는 그의 상태가 얼마나 안 좋아 보이는지에 충격을 받았다. 정말로 암은 악마의 악수였다.

캐럴라인이 응급센터 입구에 차를 댔다. 프래니가 테리사를 태울 휠체어를 가지러 안으로 들어갔고, 캐럴라인은 트렁크에서 아버지를 태울 휠체어를 꺼냈다. 캐럴라인과 프래니는 힘을 합쳐 두 사람을 차에서 끌어내렸다. 테리사 쪽이 더 쉬웠다. 그녀는 눈을 꼭 감고 입술을 앙다문 채 아무 말도 하지 않았다. 아주 가벼웠다. 픽스는 지금 통증이 상당한데다 팔다리가 뻣뻣해져 있어서 밖으로 빼내기 힘들었다. 누구도 이렇게 긴 하루를 예상하지 않았기 때문에 로탭*을 가져오지 않은 것이다. 스스로 몸을 추스르려고 애를 쓰는지, 그는 피곤할 때 하듯이 한쪽 늑골에 한 손을 대고 있었다. 프래니는 아버지를 다시 샌타모니카로 데려갈 수 있도록 응급실에서 약을 한 알 구할 수 있을지 궁금했다. 아마 안 될 것이다. 캐럴라인과 프래니가 테리사와 픽스를 태운 휠체어를 밀어 아이라이너를 진하게 그리고 목선이 깊이 파인 티셔츠를 입은 젊은 라틴계 여자가 앉아 있는 접수 데스크로 데려갔다. 여자는 휠체어를 이쪽저쪽 한 번씩 쳐다본 뒤 다시 이쪽 휠체어로 시선을 돌렸다. 금 십자가가 풍만한 가슴골 저 아래를 가리키고 있었다.

"두 분 다요?" 그녀가 물었다.

"여자분만요." 프래니가 말했다.

캐럴라인이 주차를 하려고 밖으로 나갔다. "마저리 아줌마에게 전화해서 컵케이크를 냉장고에 넣어두라고 할게요."

"내가 당신 생일을 망쳤군요." 테리사가 그의 아내를 기억해내며 외쳤다.

픽스가 한동안 그들 중 어느 누구도 듣지 못한 진짜 웃음을 한바탕 웃었다. "당신이 내 여든세번째 생일을 망쳤다고요? 이건 진심인데, 당신은 그래도 돼요."

"보험 카드는요?"

테리사의 가방을 들고 있던 프래니가 지갑을 봐도 괜찮겠느냐고 물었다. 구겨진 클리넥스, 집 열쇠, 민트 롤이 나왔다. 더 깊숙이

---

* 진통제의 일종.

뒤졌다. 지갑 안에 메디케어 카드, 추가로 가입한 블루크로스블루실드 건강보험 카드, 그리고 운전면허증이 있었다. 그녀가 아직 운전을 하던가?

"이름은요?" 여자가 기억해서 하는 질문은 하나도 없이 컴퓨터 화면에 뜬 그대로 질문을 읽어내려갔다.

"아이들이 자랄 때 늘 여기 왔었어요." 테리사가 그 순간 꿈에서 깨어난 듯 주위를 둘러보며 말했다. "찢어진 걸 꿰매러, 편도선이 부어서, 귀가 아파서. 하지만 아이들이 떠난 뒤로는 올 일이 전혀 없더군요. 아이들이 없으니 응급실에 올 일도 없었어요. 유방암 검사를 하러 오거나 아픈 친구의 병문안을 온 적은 있지만 응급실에 온 적은 한 번도 없었던 것 같아요."

"카드에 다 쓰여 있어요." 프래니가 여자에게 말했다.

"캘이 벌에 쏘였을 때도 여기로 데려왔어요." 테리사가 말했다.

"캘은 버지니아에서 벌에 쏘였어요." 픽스가 도움이 되려고 말했다.

"환자에게 물어보는 게 규정이에요." 여자가 말했다. "그래야 저희가 판단하는 데 도움이 돼요."

프래니가 여자를 보고, 이어서 테리사를 보았다. 여자가 한숨을 쉬더니 타이핑을 시작했다.

"처음 벌에 쏘였을 때 여기 왔어요."

"캘이 그때 말고도 벌에 쏘인 적이 있었던 걸 제가 몰랐나봐요." 프래니가 말했다. 캘의 장례식이 있던 날 아침에 버트는 버지니아 집 거실에 아이들 모두를 모이게 했다. 그는 아이들에게 캘이 벌에 쏘였지만 살아나지 못했다고 말했다. 그는 아이들을 위로하려고 그 말을 한 것이었다. 그래야 아이들이 그를 살려내기 위해 뭔가 할 수 있는 일이 있었을 거라는 생각을 그만둘 테니까. 그럼에도, 물론 그들은 그를 살릴 수도 있었을 것이다. 그들은 앨비의 입을 다물게 하고 싶을 때마다 베나드릴을 전부 앨비에게 주라고 캘을 떠밀던 것을 그만둘 수도 있었을 것이고, 그들이 함께 있지 않을 때 앨비에게 약을 주지 말라고 캘을 설득할 수도 있었을 것이었다. 그러면 그 약이 필요했을 때 그가 몇 알을 가지고 있었을 것이다. 그가 쓰러졌을 때 쓰러진 척하는 거라고 생각하고 모른 척 반시간 내버려두는 대신 그에게 가봤을 수도 있었을 것이다.

"그때 그애한테 알레르기가 있다는 사실을 알았어요." 테리사가 말했다. "그때가 처음이었어요."

"그때 캘이 몇 살이었어요?" 캐럴라인이 물었다. 그녀가 그들 뒤에 서 있었다. 그들은 그녀가 돌아온 줄도 몰랐다. 캐럴라인은 자기 아이들을 생각하고 있었다. 아이들 모두 벌에 쏘인 적이 있었던가? 그녀가 기억을 더듬었다.

테리사가 눈을 감았다. 그리고 기억 속에서 아이들을 키순으로 세워 나이를 계산했다. "일곱 살이었겠네. 앨비가 걸음마를 떼는 시기였으니 딸들은 세 살, 다섯 살이었을 거고. 그게 맞을 거야. 캘과 홀리는 뒷마당에서 놀고 있었고, 어린아이들은 내가 집안에서 데리고 있었지. 내 배로 낳은 네 아이, 정말 뿌듯했어. 너희는 아이가 있니?"

"셋 있어요." 캐럴라인이 말했다. "아들 하나 딸 둘이요."

"아들 둘이요." 프래니가 말했다.

"하지만 친자식은 아니지요." 픽스가 말했다.

"캘이 벌에 쏘였다는 거죠." 캐럴라인이 대화의 방향을 되돌리려고 말했다.

"복용중인 약은요?" 라틴계 여자가 물었다.

프래니가 다시 테리사의 가방을 뒤져 욕실 세면대에서 찾은 약병 두 개를 꺼냈다. 리시노프릴과 레스토릴.

테리사가 데스크에 놓인 오렌지색 플라스틱 병들을 보고 프래니를 보았다.

"물어볼 것 같아서요." 프래니가 대답했지만, 약을 챙겨온 건 도를 넘는 일일 수 있었다. 그녀라면 누가 자기 약장을 살피는 걸 원하지 않았을 터였다.

"딸들에게 늘 철저하라고 가르쳤죠." 픽스가 말했다.

"가장 가까운 가족은요?"

그들이 서로 쳐다보았다. "앨비일걸요, 아마도." 프래니가 말했다.

"이 지역에서요?" 여자가 자판 위에 손가락을 올린 채 말했다.

"아, 그러면 저예요. 프랜시스 메타." 그녀가 여자에게 자기 전화번호를 알려주었다.

"관계는요?"

"의붓딸이에요." 프래니가 말했다.

"잠깐." 픽스가 말했다. 그는 테리사와 자기 딸이 실제로 어떤 사이인지 그 관계를 일컫는 정확한 단어를 찾으려고 머릿속으로 따져보았다.

"맞아요." 캐럴라인이 여자에게 말했다.

접수대의 여자는 작성을 마치고 그들에게 어디서 기다리면 되는지 알려주었다. "곧 간호사가 환자분을 모시러 올 거예요."

"한시가 급해요." 캐럴라인이 자신이 전달할 수 있는 가장 직접적인 방식으로 그녀에게 말했다. "많이 아프세요."

"잘 알겠어요." 여자가 말했다. 속눈썹이 짐처럼 무거워 보였다. 금방이라도 잠들 것처럼 보였다.

프래니가 테리사를, 캐럴라인이 아버지를 각각 밀어 텔레비전에서 가능한 한 멀리 데려갔다. 바깥은 아직 밝았다.

"이제 다들 집으로 돌아가야죠." 그들이 구석에 자리를 잡자 테리사가 말했다. "내가 여기 있으니, 사람들이 와서 나를 데려갈 거예요. 내가 달아날 걱정은 하지 않아도 돼요."

"제가 아빠를 집에 모시고 갈게요." 캐럴라인이 말했다. "그리고 다시 와서 프래니를 데려가면 돼요."

"길이 너무 막혀." 픽스가 말했다. "우리가 여기 같이 있으면서 끝까지 지켜보는 게 좋겠어. 내가 아프면 여기서 언제든 받아줄 테니까. 나는 토런스가 좋아. 이곳에 경찰들이 많이 살았지."

"이야기 마저 해주세요." 프래니가 테리사에게 말했다.

픽스가 대신 대답했다. "한번은 이런 사건을 맡은 적이 있었어. 한 남자가 차창을 내린 채로 신호에 걸려 멈췄는데 벌이 날아들어 그 사람을 쏘았어. 그게 다였어. 그의 발이 브레이크에서 떨어져 차가 곧장 교차로로 돌진했고, 다른 차가 그 차 측면을 들이받았지. 아마 그 시점에 그는 이미 죽어 있었을 거야. 부검이 끝날 때까지 아무도 무슨 일이 일어난 건지 몰랐어. 내가 며칠 뒤 다시 현장으로 갔는데, 정확히 말해서 벌을 찾으러 간 건 아니었고, 그저 둘러보고 싶어서 간 거야. 그 신호등 바로 앞에 병솔나무가 있었고, 거기 뭔가 잔뜩 우글거리고 있었어. 절반이 벌이었지."

테리사가 그 이야기가 더없이 적절하다는 듯 고개를 끄덕였다. "캘이 뒷마당에서 집안으로 들어왔는데 죽은 사람처럼 하얬어. 그 작은 얼굴이 기억나는데, 잔뜩 겁을 먹은 표정이었지. 나는 정말 홀리 때문에 그런 거라고 생각했어. 그애들이 늘 갈퀴나 빗자루를 들고 서로 쫓아다녀서 홀리한테 무슨 일이 생겼다고 생각한 거야. 내가 말했어. '캘, 홀리는 어디 있니?' 그리고 홀리를 찾으려고 그 애를 두고 마당으로 나가려는데, 그애가 공포스러운 고음의 소리를 지르기 시작했어. 바늘구멍으로 공기를 빨아들이려고 하는 것처럼 말이야. 그앤 나를 멈춰 세우려고 팔을 들더니 곧바로 뒤로 넘어졌어. 입술이 부어 있었어, 손도. 그애를 일으켜세우려고 갔더니 셔츠에 벌 한 마리가 붙어 있었지. 벌이 바로 바로 거기에, 살인을 하고 현장을 맴도는 사람처럼 붙어 있었어."

"그런 일이 일어나곤 하죠." 픽스가 말했다.

캐럴라인이 손을 뻗어 동생 손을 잡았다. 어느 누구도 그렇게는 결코 생각해보지 않았을 것이다. 그들은 끔찍한 이야기를 듣고 있었고, 그뿐이었다. 프래니가 자기 손가락으로 캐럴라인의 손가락을 감쌌다.

"그 벌이 아니었다 해도 그애는 일곱 살에 죽었을 수도 있어. 어쨌거나 나는 무슨 일이 일어났는지 정확히 파악했지. 번개처럼 일어나서 문밖으로 나갔어. 그애를 차에 싣는 데 이 초도 걸리지 않았을 거야. 알겠지만, 병원까지는 멀지 않고, 그 당시엔 도로에 차가 지금의 반만큼도 없었어. 나는 그애한테 계속 천천히, 천천히 숨쉬라고, 호흡에 집중하라고 말했어."

"나머지 아이들은 어떻게 하고요?" 캐럴라인이 물었다.

"집에 두고 왔어. 문을 닫지도 않았던 것 같아. 무슨 일이 있었는지 말하자 버트가 엄청 화를 냈어. 그때 나는 죽을 만큼 무서웠지만 나 자신이 정말 자랑스럽기도 했어. 내가 캘의 목숨을 살렸으니까! 버트가 말했지. 아이들을 그렇게 자기들끼리만 두면 안 된다고. 그애들도 같이 태웠어야 했다고. 하지만 버트는 거기 없었고, 어쨌든 그는 내가 형편없는 엄마라고 생각했어. 내가 그 아이들을 모두 불러모아 차에 밀어넣고 갔다면 캘은 죽었을 거야. 의사가 나한테 그렇게 말했어. 벌에 쏘이는 게 캘에게 얼마나 위험한 일인지, 다음번에 이런 일이 또 일어나면 얼마나 더 위험할 수 있는지 말했어. 하지만 사내아이를 평생 집안에서 키울 수는 없잖아. 적어도 캘 같은 남자아이는. 나는 늘 그애한테 약을 가지고 다니라고 일렀고, 집에는 에피네프린 주사약과 주사기도 준비해뒀어. 하지만 버트는 자기 부모 집에 에피네프린을 챙겨 가지도 않았어. 그분들이 주사를 놓을 줄이나 알았을지 그것도 의심스럽긴 하지. 아무도 캘이 약을 가지고 다니는지 확인하지 않았어." 테리사가 고개를 가로저었다. "하지만 버트를 탓하지는 않아. 예전에는 그랬지만 지금은 아니야. 정말 필요한 건 정말 필요할 땐 절대로 없으니까. 나는 그 사실을 알고 있어. 그 일은 그애가 나하고 우리집에 있을 때 일어났을 수도 있었어."

"누군가를 보호한다는 건 불가능하죠." 픽스가 말하며 손을 휠체어 너머로 뻗어 그녀의 손을 잡았다. "사람들을 안전하게 지켜준다는 건 우리 스스로 다짐하는 이야기예요."

"버트는 뒤쪽에 있는 오렌지나무들을 자를 거라고 맹세했어. 꽃이 피면 늘 벌들로 가득했으니까. 아들에게 그런 짓을 한 게 그 나무들인 것처럼 그 나무들에 대해 화를 냈어. 하지만 며칠 뒤 그 일을 까맣게 잊었단다. 우리 모두 그랬지."

그녀가 말을 멈추고 그들이 지금 있는 그곳을 둘러보았다. "그 당시에 응급실은 병원 건물 뒤쪽에 있었어. 이제 훨씬 좋아졌네. 전부 새거야."

CAT 촬영과 검사 하나를 마친 뒤 의사가 그들에게 뭔가를 말하려고 밖으로 나왔다. "커즌스 씨?" 그가 픽스에게 말했다.

"저는 아니고요." 픽스가 말했다.

그의 대답에 의사는 조금도 개의치 않는 것 같았다. 소식을 전하기 위해 나온 것이니 이야기를 계속할 뿐이었다. "커즌스 부인의 구불창자 쪽에 곁주머니 농양이 있는 것 같습니다. 항생제로 가라앉히고 편안한 상태를 유지할 수 있게 처방을 내릴 거예요. 밤 동안 백혈구 수치와 체온을 지켜볼 겁니다. 금식을 하고 아침에 다시 검사해서 상태가 어떤지 볼 거고요. 이렇게 아픈 지 오래됐습니까?"

캐럴라인이 프래니를 보았다. "아마 사흘쯤이요?" 프래니가 대답했다.

의사가 고개를 끄덕였다. 그리고 들고 다니는 파일에 기록한 뒤, 그녀를 병실로 옮겼다고 말하고는 양해를 구하고 자리를 떴다. 의사는 그들이 그녀를 그렇게 방치한 거라고 생각할 것이다. 그렇게 아프고 늙은 여인을 왜 더 빨리 데려오지 않았는가? 해명하려 해봤자 의미 없는 일이었다.

"암은 아니에요." 그들이 작별인사를 하러 왔을 때 테리사가 키팅 가족에게 말했다. "그래도 이곳에서 밤을 보내야 할 것 같아요." 그녀는 심장 모니터를 달고 있었고 손등에는 수액 주사가 꽂혀 있었다.

"다행이에요." 픽스가 말했다. 그녀가 그렇다는 것이 그는 기뻤다.

"어머나." 테리사가 주사가 꽂혀 있지 않은 손을 이마에 갖다대며 말했다. "암. 미안해요. 그 말은 하지 않았어야 했는데. 지금 모르핀을 맞고 있어서, 제정신이 아닌가봐요."

픽스가 그런 건 아무렇지 않다고 말하려는 듯 손을 약간 흔들었다.

"좀 이따 밤에 어떠신지 보러 다시 올게요." 프래니가 말했다.

테리사는 그러지 말라고 했다. "앨비와 통화했어. 아침에 곧장 올 거야. 나는 그때까지 쭉 잠만 잘 거고. 솔직히 말하면 몹시 피곤하구나. 그리고 어쨌거나 너희가 이곳에 온 건 나 때문이 아니라 너희 아버지와 함께 있기 위해서잖니. 내가 여러분의 하루를 절반이나 빼앗았네요."

"하루를 다 썼다면 더 좋을 뻔했어요." 캐럴라인이 말했다. "나중 절반이 그전 절반보다 단연코 더 좋았거든요."

"당신이 잠들 때까지 우리가 여기서 기다릴 수 있어요." 픽스가 기사도 정신을 발휘하고는 싶지만 자신이 없는 목소리로 말했다. 그는 휠체어에 너무 오래 앉아 있었다. 집으로 돌아가 리클라이너 소파에 앉아야 했다. 기분 전환 삼아 누군가를 병원에 데려오는 것, 자기 상태보다 테리사의 상태를 먼저 생각하는 것이 그는 기분 좋게 느껴졌다. 하지만 통증이 너무 오래 방치되어 있었다. 야구방망이로 때려 맞은 것처럼 통증이 되살아났다.

"이제 눈이 감기네요. 여러분이 문 앞에 이를 때쯤 나는 잠들어 있을 거예요." 그녀가 휠체어에 앉은 픽스를 보며 웃었고, 곧 말한

대로 눈을 감았다. 픽스 키팅과 결혼했어야 했다고, 잠의 부드러운 팔이 그녀를 감싸안을 때 그녀는 그 생각을 하고 있었다. 픽스 키팅은 좋은 남자였다. 하지만 그는 지금 아팠고 그녀도 아팠다. 그런데 그녀가 어떻게 그를 보살필 수 있지?

캐럴라인과 프래니가 픽스의 휠체어를 밀고 엘리베이터로 갔다. 그들이 지금 와 있는 곳은 병원 건물의 다른 구역이었다. 응급실을 통해 들어왔다가 일반 병실에 오려고 세상 반대편으로 옮겼기 때문이었다. 밖으로 나오니 앞서 보지 못했던 풍경이 펼쳐졌고, 그래서 캐럴라인이 차를 찾는 데 시간이 좀 걸렸다. 그들이 휠체어를 다시 트렁크에 넣고 주차장 출구를 찾았을 때 픽스는 앞좌석에서 잠들어 있었다. 프래니가 샌타모니카 집 주소를 휴대폰에 찍어넣는데도 내버려둔 채로.

캐럴라인도 프래니도 한참 동안 아무 말이 없었다. 어쩌면 그들은 아버지가 그들의 대화를 듣지 않는 게 확실해질 때까지 기다리고 있었을 것이다. 하지만 왜? 그들이 무엇을 했길래? 픽스의 머리가 머리받침에 닿았다. 그리고 입이 벌어졌다. 아주 약하게 코를 골지 않았다면 그들은 그가 죽은 게 아닐까 의심했을 것이다.

"테리사 아줌마가 캘이 하얗게 질린 얼굴로 이상한 소리를 냈다고 했을 때 말이야." 캐럴라인이 말했다.

프래니가 고개를 끄덕였다. 쿠마의 장남 라비는 천식을 앓았다. 여름에 위스콘신에 있는 호수에서 흡입기를 찾느라 그녀가 라비의 백팩을 샅샅이 뒤진 적이 있었다. 그애가 낸 소리가 캘이 죽기 직전에 냈던 그 소리였다. 숨쉬기의 반대가 아니라면, 적어도 숨쉬기의 바로 끝인 그 쌕쌕거리는 고음.

"그때 내가 하던 생각을 떠올리기가 참 힘들어." 캐럴라인이 말했다. "캘은 이미 죽어 있었지만 그럼에도 나는 그때 뭔가를 할 수 있을 것 같았어. 나는 우리가 앨비에게 베나드릴을 줬던 사실을 아무도 알지 못하게 할 수 있었어. 차에 그 총을 되돌려놓을 수 있었어. 그런데 캘은 왜 그 빌어먹을 총을 가지고 있었던 거야?" 캐럴라인이 프래니를 돌아보며 말했다. "누가 차 안에 총을 두고, 십대아들이 그걸 자기 다리에 묶고 다니는 걸 모를 수가 있지? 그리고 나는 왜 그걸 신경썼던 걸까? 캘은 죽었지만 그 총은 그 일과 전혀 상관이 없었어. 거대한 나무가 쓰러져 집을 폭삭 내려앉게 했는데 무슨 일이 일어났는지 아무도 모르게 하려고 나뭇잎을 줍고 있었던 격이지."

"우리는 어렸어. 우리가 뭘 하는지 전혀 몰랐다고."

"내가 상황을 더 악화시켰어." 캐럴라인이 말했다.

프래니가 고개를 가로저었다. "언니가 더 악화시킬 수 없는 일이었어. 그보다 더 나쁠 수는 없었으니까." 그녀가 앞쪽 좌석에 이마를 댔다.

"내가 아줌마에게 말했어야 했나봐."

"뭘 말해?"

"모르겠어. 캘이 혼자가 아니었다는 거. 그애가 죽을 때 우리 모두 거기 함께 있었다는 거."

"홀리와 저넷도 거기 있었지만 그애들도 아줌마한테 결코 말하지 않았어. 하지만 누가 알겠어, 어쩌면 말했을지도 몰라. 우리는 테리사 아줌마가 버지니아에서 일어난 일에 대해 뭘 알고 있는지 전혀 모르잖아."

"아줌마가 이번 주말에 영화를 보러 가지 않는다면 말이지."

"언니의 죄책감은 내 죄책감에 비하면 아무것도 아니야." 프래니가 말했다. "언니의 죄책감은 어림도 없어."

캐럴라인과 프래니는 아버지의 여든세번째 생일을 그냥 보내고 말았다. 테리사의 집에 갈 때까지만 해도 교통 상황이 그럭저럭 괜찮았는데 토런스에서 해변으로 돌아갈 때는 차들이 꼼짝도 하지 않아서, 어두워지고도 한참 뒤에 집에 도착했다. 그들이 베푼 친절함의 결과는 픽스가 휠체어에 앉은 채 너무 오랜 시간을 보냈다는 것과 차에 탄 채 너무 오랜 시간을 보냈다는 것이었다. 통증은 그의 발과 손, 얼굴 뼛속에까지 퍼졌지만, 몸의 중심에 도사린 하얗고 뜨거운 통증에 비하면 아무것도 아니었다.

"그냥 가서 자게 해줘." 딸들이 픽스를 집에 데리고 들어왔을 때 그가 마저리에게 말했다. 그에게 말할 기력이 얼마 남아 있지 않아서 그녀는 그의 목소리를 들으려고 허리를 숙여야 했다. "못 견디겠어." 그가 말했다. 그는 셔츠를 벗으려고 잡아당기고 있었다.

마저리가 단추 푸는 것을 도와주었다. 병이 진행되면서 픽스는 원기를 잃었다. 예상치 못한 상황에서 그를 버텨줄 완충장치가 없었다. 밖에 나가 너무 오래 있었던 탓에 그는 온몸의 뼈가 삐걱거리는 것처럼 아팠다.

"테리사 커즌스와 같이 있었다고?" 마저리는 아버지를 사우스센트럴*로 데려가 마약을 하게 했다고? 하고 말할 때 쓸 법한 어투로 프

---

* 로스앤젤레스의 빈곤한 지역.

래니에게 말했다.

"우리가 영화관에서 나온 직후에 그 아주머니 아들이 전화를 했어요. 아주머니가 병원에 가야 한다고요." 프래니가 말했다.

프래니가 먼저 했어야 하는 일은 픽스를 집으로 데려오는 것이었다. 앨비가 전화했을 때 그들은 사실상 집 근처에 있었지만, 그때는 결정을 내리는 사람이 픽스가 아니라 자기라는 사실이 떠오르지 않았었다. "이렇게 오래 걸릴 줄 몰랐어요."

캐럴라인이 작은 숟가락에 사과 소스를 담고 거기 로탭을 넣어서 아버지에게 주었다. 그 약은 그렇게 먹어야 더 삼키기 쉬웠다.

"그분한테도 가족이 있지 않아?" 마저리는 픽스가 그녀의 어머니 집으로 자기 딸들을 데리고 가 수영을 시키던 그 첫 순간부터 그의 딸들을 늘 인내심 있게 대했다. 하지만 알지도 못하는 누군가의 딱한 사정 때문에 죽어가는 아버지를 이끌고 거기까지 간 것은 그를 죽이려고 한 것이나 마찬가지였다.

"있어요." 프래니가 말했다. "하지만 아무도 여기 살지 않아요. 아빠도 그분을 만나고 싶다고 말씀하셨고요."

"네 아버지는 그분을 몰라. 그런데 왜 만나고 싶어하겠니?" 마저리가 그의 구겨진 속옷 상의의 어깨 쪽을 손으로 폈다. "침대로 데려다줄게요." 그녀가 그에게 말했다.

프래니가 언니를 보았다. 두 사람은 마저리가 픽스의 휠체어를 밀고 간 뒤에도 여전히 서재에 서 있었다. "내가 오늘 망칠 만한 일이 더 있으면 말해줘."

"네 잘못이 아니었어." 캐럴라인이 말하고 손으로 얼굴을 비볐다. 두 사람 다 아무것도 먹지 못했지만 먹고 싶지도 않았다. "몰랐잖아. 그리고 어쨌거나 우리는 가야 했어. 우리 셋 다. 우리는 그 일로 아줌마한테 빚을 졌어. 마저리는 잘 이해하지 못하겠지만, 실수였다 해도 우린 테리사 아줌마한테 진 빚이 있는 거라고."

프래니가 언니에게 고단한 미소를 지어 보였다. "오, 사랑하는 언니." 그녀가 말했다. "외동인 사람들은 어떻게 할까?"

"우리가 그걸 알 필요는 없지." 캐럴라인이 말했다.

캐럴라인은 워턴에게 전화로 잘 자라는 인사를 하려고 프래니와 같이 쓰는 침실로 올라갔다. 프래니는 쿠마에게 전화하기 위해 뒷마당으로 갔다.

"수표장은 찾았어?" 프래니가 물었다.

"찾았어. 하지만 여섯 시간 전에 내가 물어봤을 때 문자를 보내줄 수도 있었잖아."

"정말이지 그럴 수가 없었어." 그녀가 하품을 했다. "오늘 여기당신이 있었다면 당장에 내가 불쌍하다고 어쩔 줄 몰라했을걸. 아들들은 축구 연습 마치고 집에 잘 돌아왔어?"

"아직 못 봤어." 쿠마가 말했다.

"나 힘들게 하지 마. 지금 감당할 수 있는 상태가 아니야."

"라비는 샤워중이야. 애밋은 컴퓨터로 숙제를 하는 척하고 있는데 내가 지켜보지 않으면 끔찍한 비디오게임을 해."

"지금 당신이 지켜보고 있어?" 프래니가 물었다.

"응." 남편이 대답했다.

마저리가 부엌 창문을 톡톡 치며 그녀에게 들어오라고 손짓했다.

"이제 끊어야겠어." 프래니가 말했다.

"당신 돌아오는 거지?"

"당신이 걱정하지 않아도 되는 것 한 가지가 그거야." 그녀가 말하고는 전화를 끊었다.

"아버지가 너보고 들어와서 잘 자라는 인사를 해주면 좋겠다고 하시는구나." 마저리가 고단해 보이는 얼굴로 말했다. "아직 깨어 있으시다니 믿을 수가 없어."

"언니가 그 방에 있어요?"

마저리가 고개를 저었다. "너랑 이야기하고 싶으시대."

프래니는 아버지를 계속 깨어 있게 하지 않겠다고 약속했다.

마저리는 1인용 침대 두 개를 붙이고 그 위에 킹사이즈 담요와 침대보를 깔아 하나의 침대처럼 보이게 만들어놓았는데, 픽스 쪽은 병원 침대였다. 상체를 어느 정도 일으킨 채로 있는 것이 가슴 통증에 더 도움이 되고 침을 삼키기도 더 쉬워서 그는 그렇게 잠을 잤다. 프래니는 그 상태로 누워 있는 아버지를 보았다. 엷은 푸른색 파자마를 입고 천장을 응시하는 아버지.

"문을 닫아." 픽스가 말한 뒤 침대 위 그의 옆자리를 톡톡 쳤다. "우리끼리 비밀 이야기가 있어."

그녀가 아버지 옆으로 가서 앉았다. "아빠를 억지로 토런스에 모시고 가서 죄송해요." 프래니가 말했다. "아빠 생각을 했어야 할 시간에 앨비와 테리사 생각을 하고 있었어요."

"마저리 말은 귀담아들을 것 없다." 픽스가 말했다.

"마저리가 아빠를 보살피고 있어요. 애초에 우리가 테리사의 집에 가야 했던 이유가 그거잖아요. 그 아줌마한테는 자신을 돌봐줄 마저리 같은 사람이 없다는 거."

"이 분 동안 그 이야기는 잊어라. 우린 심각한 대화를 할 거야.

내 말 잘 들어줄 수 있겠니?" 침대에 기대 누운 픽스는 유난히 텅 비고 작아 보였다. 껍데기만 남은 아버지.

"침대를 조금 더 위로 올려줘." 그가 말했다. 프래니가 그렇게 해주자 그가 "좋아. 됐어. 이제 침대 옆 테이블 서랍을 열어봐라" 하고 말했다.

크고 깊고 긴 서랍으로, 십자낱말풀이 책, 봉투, 캘리포니아의 멋진 하이킹 코스를 소개하는 페이퍼백 안내서, 키플링 시집, 손의 악력을 키워주는 운동기구, 흩어진 동전, 빅스베이퍼러브 연고, 묵주가 들어 있었다. 그녀는 묵주를 보고 놀랐다. "제가 뭘 찾으면 돼요?"

"안쪽에 있어."

프래니가 서랍을 더 열어 종이 뭉치를 뒤적거렸다. 거기 총이 있었다. 물어볼 필요도 없었다. 그녀가 총을 꺼내 무릎 위에 놓았다. "알겠어요." 그녀가 말했다.

픽스가 손을 뻗어 그녀의 손을 잡았고, 이어 그 총을 잡으며 미소를 지었다. "마저리가 내게서 은퇴하면 모든 것을 반납한다는 약속을 받아냈지. 해변으로 이사하면 더이상 총은 안 된다고. 그래서 마저리한테는 말하지 않았어."

"알겠어요." 프래니가 아버지의 손 위에 손을 올렸다. 종잇장처럼 얇은 피부 아래 뼈의 미세한 구조가 느껴졌다. 그녀는 박쥐 날개를 만지는 게 꼭 그런 느낌일 거라고 상상했다.

"38구경 스미스 앤드 웨슨. 이건 내가 오래, 아주 오랫동안 쓰던 총이었다."

"기억나요." 그녀가 말했다.

"그 총 없이는 집밖으로 나가지 않았지."

"제가 아빠 대신 이 총을 갖고 있길 원하세요?" 프래니는 어떻게 그렇게 할지 확실한 방법을 몰랐다. 여행가방 안에 넣어 갈 수는 없었다. 비행기에 가지고 탈 수도, 쿠마와 아들들이 있는 시카고 집으로 가져갈 수도 없었다. 그녀는 그 총을 원하지 않았다. 하지만 해결할 방법이 틀림없이 있을 것 같았다.

"내 힘으론 더는 그걸 집어들 수 없어." 그가 말했다. "너무 무거워. 서랍에서 꺼낼 수도 없어. 별의별 생각을 다 해보지만, 그렇게 되리라는 생각은 해본 적도 없었어."

소녀 시절에 그녀와 캐럴라인은 여름이 되면 경찰학교 사격장으로 가서 종이 표적을 맞히곤 했다. 그것이 세상에서 프래니가 캐럴라인보다 더 잘하는 유일한 것이었다. 그녀는 총을 쏠 줄 알았다. 종이 표적을 가까이 당기면 픽스의 친구들이 모여들어 프래니의 솜씨에 감탄하곤 했다. "이 아이를 입학시켜!" 하고 경찰들이 말하면, 분명한 눈과 차분한 손을 가진 프래니가 활짝 웃었다.

"그건 걱정하지 마세요." 프래니가 말했다.

"나를 쏠 수 있겠니, 할 수 있겠어?" 아버지가 물었다.

"로탭 효과가 나타나고 있어요, 아빠. 어서 주무세요." 그녀는 총에서 아버지의 손을 떼어내고, 몸을 숙여 이마에 입을 맞췄다.

"약효가 나타나고 있으니 내 말을 잘 들어야 한다. 우리가 더 이야기를 나눌 시간은 없어. 우리 둘만 있을 시간은. 내가 총을 집어들 수 없다는 건 너 말고 아무도 몰라. 아무도 그 생각은 하지 못할 거야. 많은 경찰이 이런 마지막이 오면 자기 자신을 쏘지. 그건 전혀 잘못된 게 아니야."

총은 그녀의 무릎에 무겁게 놓여 있었다. "나는 아빠를 쏘지 않아요."

그러자 그는 입이 벌어진 채로 그녀를 보았다. 안경을 쓰지 않은 그의 눈이 백내장 때문에 흐릿해 보였다. 일곱 살이던 여름에 셔츠 위로 벌이 기어다닐 때 캘이 테리사를 바라보던 눈빛도 저랬을까? 캘이 죽으면서 프래니를 보던 눈빛도 저랬을까? 그녀는 기억나지 않았다.

"네 도움이 필요해. 네 도움이, 프래니. 마저리가 약을 멀리 치워 둬서 나는 약이 어디 있는지 몰라. 안다고 해도 일어나질 못하니 가지러 갈 수 없고. 어느 약을 먹어야 하는지도 모르고. 마저리는 내가 자동차라도 되는 양 이 영양제 튜브에 계속 수액을 흘려넣지. 내가 스스로 총을 쐈다 하더라도 아무도 신경쓰지 않을 거야."

"제 말을 믿으세요. 다들 신경쓸 거예요. 저는 신경써요."

"마저리와 캐럴라인이 내일 식료품점에 갈 텐데 그때 너는 나랑 같이 남는 거야. 장갑을 두 개 껴, 1회용으로. 하나를 긴 뒤 그 위에 겹쳐 껴. 내 손에 그 총을 쥐여주고 네 손으로 내 손을 잡아."

프래니가 아버지의 손을 자기 손으로 덮었다. 못 들은 척하며 로텝이나 통증에만 신경쓸 수는 없었다. "아빠."

"그립이 바깥쪽을 향해야 해. 목을 향하는 게 아니라, 빗겨가게. 내 말 알아듣겠니? 내가 바로 여기 있으면서 너와 같이 해나갈 거야. 같이 한 단계 한 단계 밟아나갈 거야. 그걸 내 턱 바로 밑에 대고 있어. 그리고 뒤로 살짝 기울이면 돼, 20도쯤. 쏠 준비를 마치면 네 몸을 뒤로 젖히고. 그러면 다치지 않을 거야."

왜 캐럴라인에게 부탁하지 않는 거죠? 그녀는 그것을 알고 싶었다. 그가 더 총애한 딸은 캐럴라인이었다. 그가 신뢰한 딸은 캐럴라인이었다. 하지만 캐럴라인은 그의 말을 들으려고 하지 않을 것이다.

"저는 할 수 없어요." 그녀가 말했다.

"총알이 날아가면 손을 놔. 총이 어디로 떨어지든 그냥 둬. 장갑을 벗어서 네 호주머니에 집어넣어. 가서 거울을 보고 얼굴에 묻은 게 없는지 확인한 다음 911에 전화를 걸어. 너는 그것만 하면 돼. 아무도 네가 한 일이라고 생각하지 않을 거야. 그리고 그건 네가 한 게 아니라 내가 한 거야. 너는 나를 도와주는 거고. 네가 불쾌한 경우를 당하게 하지는 않을 거야." 그의 눈이 감기고 있었다. 눈꺼풀이 아래로, 위로, 다시 아래로 내려갔다.

"불쾌한 경우를 당하게 될 거예요." 그녀가 말했다. 어머니와 같이 살면서, 이 나라의 반대편에 살면서, 버트의 집에 살면서, 그녀는 늘 자신이 아버지를 실망시키는 기분이었다. 지금 이 순간에도 그 기분이 오롯이 살아나, 아버지를 쏘지 않는 게 또 한번 그를 실망시키는 일이라는 생각이 잠시 들자 기분이 묘했다.

"사람들은 일이 잘못될까봐 두려워해." 픽스가 눈을 감은 채 말했다. "경찰도 일이 잘못될까봐 두려워해. 우리는 문 반대쪽에서 우리를 노리는 게 뭘까 생각하며 그리로 찾아가지. 그 뭔가는 바깥에도 있고, 벽장 안에도 있어. 하지만 그게 그런 식은 아니야. 로머에게 일어났던 일, 그건 이례적인 일이었어. 이 지구상에 사는 사람들 절대다수의 경우, 자기를 죽일 요소는 이미 자기 안에 있어. 내 말 이해했지, 그렇지, 프래니?"

"이해했어요." 그녀가 말했다.

그가 손을 내밀어 그녀의 손을 다시 한번 쓰다듬었다. 그녀의 손

348

과 그 총을. "내가 너한테 너무 많이 의지하는구나." 그가 말했다. 그의 입이 마지막 생각을 말하려는 듯 벌어졌지만 그는 곧 잠에 빠져들었다.

아버지의 침대 모서리에 앉아 프래니는 권총에서 탄약을 뺐다. 탄약을 빼고, 청소를 하고, 다시 넣는다. 그것이 그들이 어렸을 때 받은 교육의 전부였다. 그녀는 약실에 있던 탄약 여섯 개를 청바지 앞주머니에 넣고 총은 셔츠 아래 허리띠 뒤쪽에 쑤셔넣었다. 요즘 바지 허리가 몸에 꼭 맞았는데, 이번만은 그 사실이 기뻤다.

그녀가 서재로 돌아오니 캐럴라인과 마저리가 〈만찬에 온 사나이〉라는 영화를 보고 있었다. 휠체어에 앉은 몬티 울리가 조연들에게 폭군처럼 행동하는 장면에서 캐럴라인이 음소거 버튼을 눌렀다.

"아버지는 어떠셔?" 마저리가 물었다.

"잠드셨어요." 프래니의 한쪽 등에 금속이 눌리는 차가운 감촉이 느껴졌다. 방에 총을 가지고 들어오면서 그 사실을 알리지 않는다는 게 터무니없게 느껴졌지만, 마저리는 그 총에 대해 알 필요가 없고 그의 요구에 대해서도 알 필요가 없다고 프래니는 생각했다. 캐럴라인에게는 아침에 말하겠지만, 오늘밤 더 말해야 할 건 아무것도 없었다. 한 번의 대화도 더 없을 것이다. 프래니는 침대로 가서 책을 읽겠다고 말했다.

그날 밤, 총은 여행가방에 넣고 탄약은 양말에 넣은 뒤 프래니는 홀리에 대한 꿈을 꾸었다. 서로 얼굴을 본 뒤로 오랜 세월이 지났지만, 꿈속의 홀리는 여전히 열네 살이었고 짙은 색의 곧은 머리칼을 양 갈래로 땋았으며 비쩍 마른 상체의 하얀 피부가 드러나게 노란색 배꼽티를 반쯤 위로 묶어 입었다. 여전히 주근깨가 퍼진 그대로에 치아교정기를 한 소녀였다. 그들은 다시 버지니아에, 버트의 부모 집에 있었고, 집 건물과 마구간 사이 긴 들판을 걸어가고 있었다. 홀리가 커먼웰스의 역사와 한때 매타포니강의 강둑을 따라 살았던 매타포니족 인디언들에 대해 설명하느라, 늘 그랬듯 끝도 없이 이야기를 늘어놓고 있었다. 그녀는 매타포니족이 제2차와 제3차 앵글로-포우하탄 전쟁에서 영국인들과 싸웠다고 말했다.

"바로 여기였어." 그녀가 두 손을 내밀며 말했다. "우선 그들의 수가 많지 않았고, 두 번의 전쟁을 치르고 영국인들이 들여온 온갖 질병들이 퍼지는 사이에 매타포니족 대부분이 죽었어. 캘이 화살촉을 찾아다니던 거 기억나? 우리 할아버지 책상에 화살촉이 잔뜩 담긴 접시가 있었는데 할아버지는 우리한테 하나도 주지 않으려고 했어. 그걸 모으고 있다고 하셨지. 무엇 때문에 모으고 있었을까? 폭동을 일으키려고?"

프래니는 풀이 자란 푸른 언덕 비탈을 내다보았다. 마구간을 지나면 얕은 연못이 있었다. 더운 날이면 말들이 그 안에서 걸어다니는 걸 좋아했고, 밑에 질퍽한 배설물이 두껍게 깔려 있었지만 그들도 가끔 용감하게 들어갔다. 왼쪽으로는 저멀리 들판 가장자리에 테를 두른 듯 서 있는 나무들이 보였고, 커즌스 부부가 다른 사람에게 임대한 가장 오른쪽 땅에는 건초가 쌓여 있었다. 그녀는 그 모든 아름다운 풍경을 시야에 담으려고 애썼다―풀, 햇살, 나무들, 계곡 전체. 캘이 죽은 곳이 여기였다. 홀리와 캐럴라인과 저넷이 무슨 일이 일어났는지 깨닫고 어니스틴을 데려오려고 들판을 가로질러 집으로 가면서, 혹시 캘에게 도움이 필요할지 모르니 캘 옆에 있으라고 캐럴라인이 프래니에게 말했던 곳. 캐럴라인은 왜 그녀에게 남으라고 했을까?

"그때 네가 총을 챙겼어, 기억나?" 홀리가 말했다. "그날 밤 늦게 네가 그걸 캐럴라인에게 갖다줬어."

캘의 눈은 감겨 있었고 입은 여전히 공기를 들이마시려고 애쓰는 것처럼 벌어져 있었다. 입술이 두껍게 부어 있었고, 혀가 입 밖으로 빠져나오고 있었다. 프래니는 그를 굽어보고 집 쪽을 돌아보고 다시 그를 내려다보았다. 그러다 그 총이 생각났고, 그의 바지 밑단을 끌어올렸다. 총이, 양말 안에 쑤셔넣고 종아리께에서 빨간색 반다나로 묶은 총이 거기 있었다. 어니스틴이건 커즌스 사람들이건 누가 그녀를 구하러 오건 총을 발견해서는 안 된다는 사실이 프래니의 머릿속에 박혀 있었다. 그것 때문에 그들 모두 곤란한 상황에 처할 수 있었다. "내가 그걸 왜 가져왔는지 모르겠어." 그녀가 말했다. 그녀는 정말로 몰랐다.

홀리가 고개를 가로저었다. "너는 그걸 거기 둘 수 없었어. 우리 모두 그 총에 강박적으로 사로잡혀 있었어. 우리는 그것만 생각했어."

프래니는 반다나를 풀고 조심스레 총을 자신이나 캘 쪽이 아닌 다른 곳을 향하게 한 뒤 아버지가 가르쳐준 대로 탄약을 뺐다. 그녀는 반바지 앞주머니에 탄약을 넣고 약실이 열린 리볼버를 햇빛 쪽으로 쳐든 뒤 실린더를 회전시키고 태양을 향해 총구를 들여다보면서 안이 비었는지 확인했다. 총을 다시 빨간 반다나에 싸서 묶었지만 마땅히 둘 만한 데가 정말로 없었다. 허리춤에 집어넣으려고 했지만 그렇게 하면 당연히 표시가 났다. 마침내 프래니는 근처 어느 나무 뒤에 총을 숨기기로 했다. 모두 가버렸을 때 혼자 그리로 돌아가서 총을 찾아 집으로 가지고 오면 될 것이었다. 저넷에게 같이 가자고 한 다음 저넷의 가방에 총을 넣어 가지고 올 수도 있었다. 저넷은 늘 가방을 들고 다녔기 때문에 아무도 수상하게 여기지 않을 것이었다. 그녀는 걱정할 다른 것이, 캘이 아닌 다른 걱정거리가 있다는 사실에 기뻐했던 기억이 났다.

프래니가 마구간을 쳐다보았다. "나는 늘 내가 잘못했다고 생각했어."

"어떻게 했다면 잘한 일이 됐을까?" 홀리가 프래니의 허리에 팔을 둘렀다. "우리는 어떤 일이 일어나고 있었는지 전혀 몰랐어. 캘이 벌에 쏘인 것도 몰랐잖아."

"우리가 몰랐어?"

"나중에 알았지. 그날 밤 아빠가 병원에서 돌아왔을 때 알았어. 하지만 그전엔 짐작도 못했어."

"나는 여기가 참 좋았어." 프래니가 전에는 깨닫지 못했던 그 사실을 말했다.

홀리는 놀란 듯 보였다. "그랬어? 나는 여기가 싫었어."

프래니가 그녀를 보았다. 홀리는 아주 예쁜 소녀였다. 프래니는 왜 그걸 알지 못했을까? 이제 그녀는 홀리를 친자매로 생각했다. "그런데 왜 돌아왔어?"

"잘 지내고 있나 확인하려고." 홀리가 말했다. "우리는 늘 붙어 다녔잖아. 기억 안 나? 우리는 용맹한 어린 부족이었어."

"들어봐." 프래니가 위를 올려다보며 말했다. "저 새소리 들려?"

홀리가 고개를 내저었다. "네 전화벨 소리야. 그 얘길 해주러 왔어. 너는 걱정할 것 없어."

"새에 대해서?" 프래니가 물었지만 홀리는 사라진 뒤였고 방은 다시 어두워져 있었다. 새소리는 여전히 들렸다.

"전화 받아." 캐럴라인이 반대쪽 침대에서 말했다.

방안은 전화기 불빛만 빼면 어두웠다. 한밤중에 전화로 좋은 소식을 듣는 경우는 없었지만 프래니는 전화기를 집어들었다. "여보세요?" 프래니가 말했다.

"메타 부인?" 목소리가 말했다. 여자 목소리였다.

"그런데요?"

"저는 닥터 윌킨슨입니다. 토런스 메모리얼 메디컬센터에서 전화드리는데요. 메타 부인, 유감스럽게도 새어머니가 돌아가셨습니다."

"마저리가 죽었다고요?" 프래니가 벌떡 일어나 앉았다. 잠이 번쩍 깨는 소식이었다. 그게 어떻게 가능하지? 마저리가 언제 병원에 갔지? 캐럴라인이 침대에서 내려와 그들 사이에 있는 테이블 위의 램프를 켰다. 죽게 될 사람은 한 명뿐이었고, 그 사람은 그들의 아버지였다.

"뭐?" 캐럴라인이 말했다.

"커즌스 부인 말입니다." 의사가 말했다. "오늘 새벽 네시 조금 지나 간호사실에 커즌스 부인의 심장 모니터의 경고음이 울렸어요. 소생술을 시도했지만 성공하지 못했습니다."

"커즌스 부인이요?"

"테리사 아줌마가 돌아가셨다고?" 캐럴라인이 말했다.

"유감입니다." 의사가 다시 말했다. "병세가 깊으셨어요."

"잠깐만요," 프래니가 말했다. "무슨 말씀을 하시는지 잘 이해가 안 돼요. 제 언니한테 말씀해주시겠어요?"

프래니가 캐럴라인에게 전화기를 넘겼다. 캐럴라인은 어떤 질문을 하면 되는지 알 것이다. 침대 옆 테이블의 디지털시계가 새벽 4:47을 알리고 있었다. 그녀는 앨비가 알람을 맞춰놓았다면 지금쯤 깨어 있을지 궁금했다. 그는 어머니를 보려고 로스앤젤레스로 오는 이른아침 비행기를 탈 텐데.

8

    은퇴를 육 개월 앞두고 테리사는 선센터에서 지내는 홀리에게 가보려고 스위스행 비행기표를 샀다. 뭔가 기대할 만한 일을 만들기 위해 그렇게 한 것이었다. 은퇴를 할지 말지 확신이 없었던 만큼이나 그녀는 오래 사랑했던 직장에서 비실비실한 늙은이가 되는 것 역시 두려웠다. 세월이 흐르면서 그녀는 많은 사람이 오고가는 것을, 부상하고 추락하는 것을, 책상에서 짐을 챙겨 상자에 넣는 것을 지켜보았다. 조만간 그녀도 그래야 한다면, 문밖으로 떠밀려 나가느니 먼저 떠나는 것이 더 좋지 않겠는가? 일흔두 살이니 또 다른 인생을 찾아낼 시간을 갖는 게 마땅할 텐데, 그렇다고 그녀가 그 의미를 정확히 알고 있는 것은 아니었다. 취업 연계 강의를 듣거나 마당을 더 잘 가꿀 수 있을 거라고 생각했다. 스위스에 갈 수도 있겠다고 생각했다.

    퇴임 파티가 끝나고 두 주 뒤 그녀는 손목에 예쁜 금시계를 차고 가방에 비행기표를 넣은 뒤 공항에 가려고 택시를 불렀다.

홀리는 더이상 집에 오지 않았다. 홀리가 처음 스위스로 간 건 이십오 년 전이었고, 한 달 동안 머물 계획이었다. 그녀는 여섯 달 뒤에 돌아왔는데, 영구 비자를 신청하기 위해서였다. 회사에서 휴직 처리를 해주었지만 이제 공식적으로 스미토모 은행을 그만두었다. 홀리는 버클리에서 경제학을 전공했고, 젊은 나이에 직장에서 실력을 인정받았다. 그녀는 그 기간 내내 비워두고 있던 아파트 임대차계약도 포기했다. 가구도 팔았다.

"사랑하는 사람이 생겼니?" 어머니가 물었다. 홀리가 정신이 빠져 있거나 눈시울이 촉촉해지고 식욕을 잃는 등 모든 고전적인 신호를 보이고는 있었지만, 테리사는 딸이 정말 누군가를 사랑하고 있다는 생각은 하지 않았다. 홀리는 짙은 색 머리칼을 두피 가까이 바짝 깎았다. 얼굴은 씻는 것이 전부여서, 테리사는 오랜만에 처음으로 딸의 얼굴에 약간 남은 주근깨를 보았다. 테리사는 부엌 식탁에 같이 앉아 커피를 마시면서도 자신의 맏딸이 납치를 당한 것은 아닌지, 컬트 집단에 세뇌되어 거기서 허락해준 대로 자신이 가진 것을 정리할 시간만큼 몸만 집에 와 있으면서 다른 모두를 착각에 빠뜨리는 건 아닌지 두려웠다. 하지만 홀리에게 컬트 집단에 빠졌느냐고 물어보기는 어려웠다.

"사랑하는 사람은 없어요." 홀리가 어머니의 손을 잡고 꽉 쥐며 말했다. "그런 건 아니에요."

홀리는 가끔 집으로 돌아오곤 했는데, 처음에는 일 년에 한 번씩, 그러다 이삼 년에 한 번씩 돌아왔다. 테리사는 버트가 비행기표를 사주는 건 아닌지 의심스러웠지만 물어보지 않았다. 얼마의 시간이 지나니 작은 물방울이 떨어지듯 띄엄띄엄하던 가끔씩의 귀가도 바짝 말라버렸다. 홀리는 더이상 미국으로 돌아오고 싶지 않다고 했는데, 가족보다는 나라를 놓아버리겠다는 뜻인 것처럼 말했다. 그리고 스위스에서 더 행복하다고 했다.

테리사는 자신의 아이들이 행복하기를 간절히 바랐지만, 그들이 왜 그 행복을 토런스 가까이에서 찾을 수 없는지는 이해하지 못했다. 아이들 중 하나가 먼저 가버렸으니 나머지 셋이 똘똘 뭉칠 수도 있었겠지만 그 반대의 일이 일어난 것 같았다. 캘의 죽음이 아이들 각각을 각자의 먼 구석으로 보내버린 듯했다. 아이들 모두 보고 싶었지만, 가장 보고 싶은 건 홀리였다. 아이들 중 가장 수수께끼 같지 않은 아이가 홀리였고, 이따금 밤중에 그녀의 침대로 기어들어와 이야기하고 싶다고 말한 것도 그 아이뿐이었다.

엄마, 언제든 저를 보러 오셔도 돼요, 홀리는 어머니가 불평할 때마다 늘 그 말을 써 보냈다. 처음에는 느린 항공우편으로, 그뒤 다행히 젠도조 토잔이라는 이름의 선센터에 컴퓨터가 생긴 이후로는 이메일로 보냈다. 테리사는 그곳의 실제 이름이 아무리 해도 잘 외워지지 않아 프린터로 뽑아 보는 편이 더 나았다.

스위스에 가면 나는 뭘 하지? 어머니가 답장을 보냈다.

저하고 같이 앉아 있어요. 홀리가 답을 보내왔다.

물어볼 수 있는 게 많지 않았다. 그녀는 브루클린에서 저넷과 포데와 그들의 아이들과 함께 앉아 있었다. 앨비하고도 그녀의 거실을 포함해 여러 장소에서 같이 앉아 있었다. 긴 세월이 지나면서 테리사도 불교와 명상에 대해 의심하는 단계를 넘어섰다. 그녀가 홀리를 만난 그 시간들에 홀리는 여전히 홀리였다. 직장에 다닐 때는 가지 않을 좋은 평계가 충분히 있었지만, 일을 그만두고서는 너무 늦었고 시간이 너무 많이 걸리고 비행기표 가격이 너무 비싸고 연결 항공편 갈아타기가 너무 두렵다는 것 말고는 스스로에게 할 수 있는 말이 없었다. 그중 어떤 이유도 딸을 만날 기회를 놓칠 만큼은 아니었다.

로스앤젤레스에서 파리까지의 비행 시간은 열두 시간이었다. 테리사는 카트가 좁은 통로를 지나갈 때마다 공짜 와인을 받아 마셨고, 창문에 기대 설핏설핏 잠을 잤고, 『잉글리시 페이션트』를 읽으려고 애썼다. 비행기가 샤를드골 공항에 착륙했을 때 그녀는 스무 살은 더 늙은 것 같았다. 검사들은 살인자나 마약왕에 대한 재판을 대서양을 건너는 비좁은 비행기의 일반석에서 진행하자고 주장해야 한다. 거기에서라면 어둡고 조용한 방의 부드러운 침대에 대한 약속을 대가로 어떤 용의자건 어떤 범죄라도 자백할 것이다. 비행기에서 내린 그녀는 뻐근한 몸으로 느릿느릿 삶의 강물로 섞여들어갔다. 사람들이 휴대폰으로 통화하며 순한 개를 끌고 가듯 기내용 가방을 끌고 갔고, 그들 모두 확신에 찬 듯 걷고 있어서 그녀는 그들을 따라가면 안 된다는 생각을 미처 하지 못했다. 그녀는 머리가 너무 복잡해서 제대로 생각을 할 수 없었고, 안내 데스크를 보고 마침내 정신이 번쩍 들어 현실로 되돌아와서야 비로소 연결편 출발 게이트가 셔틀버스를 타고 가야 하는 다른 터미널에 있으며 루체른행 항공편 출발이 세 시간 지연되었다는 사실을 알게 되었다.

테리사는 안내 데스크의 눈부시게 잘생긴 프랑스 남자가 형광펜으로 칠해준 지도를 받아들고 왔던 방향으로 되돌아가기 시작했다. 비행기를 타고 오느라 발이 부어서 지금 신고 있는 신발보다 한 사이즈 더 크게 느껴졌다. 누군가가 나타나 그녀를 게이트까지 데려가줄 거라고 기대한 건 아니었지만, 그녀가 오십 년 전 마지막으로 이 공항에 왔을 때 어땠었는지를 떠올리지 않을 수 없었다. 그때 그녀는 아주 다른 상황에 처한 다른 사람이었다.

버트가 신혼여행으로 테리사를 파리에 데려갔었다. 정말 깜짝 놀랄 일이었다. 그는 호텔을 예약했고 은행에서 프랑으로 환전을 했고 테리사의 어머니에게 딸의 여행가방을 꾸려달라고 부탁했다. 결혼식 다음날 아침에 그들이 비행기를 탈 수 있도록 그의 부모가 덜레스 공항까지 데려다주었지만, 그녀는 여전히 어디로 가는지 모르는 채였다. 그녀는 버지니아대학교에서 프랑스문학을 전공했지만 자신의 나라를 떠나본 적이 없었다. 강의실 밖에서 프랑스어를 써본 일이 없었다.

그녀는 중앙홀의 작은 카페에서 걸음을 멈추고 흰색 플라스틱 의자에 풀썩 앉아 카페오레와 크루아상을 주문했다. 아주 쉬웠다. 할일은 없고 시간만 많았다. 그래서는 안 된다는 것을 알면서도 그녀는 신발 뒤쪽에서 발꿈치를 빼냈다. 발이 빵 반죽처럼 팽창해 다시 신발 안에 밀어넣지 못하게 될 것이었다. 그녀는 이십대 이후 처음으로, 큰 키에 모래 빛깔 금발, 짙푸른 눈동자를 가진 버트 커즌스가 얼마나 잘생긴 남자였는지에 대해 생각했다. 매일 아침 그녀는 그가 눈뜰 때마다 그 눈동자를 바라보며 놀라곤 했다. 그의 집안은 크로이소스*만큼 부자라고, 그의 할머니가 즐겨 말했다. 그의 부모는 그가 대학을 졸업하자마자 그에게 작은 녹색 피아트를

---

* 기원전 6세기 리디아 최후의 왕으로 큰 부자였다고 알려져 있다.

사주었다.

　그들이 만났을 때 그는 버지니아대학교 로스쿨 2학년으로, 그 학년에서 가장 우수한 학생이었고, 그녀는 대학교 3학년이었다. 1월의 눈 내리는 어느 아침 그녀는 급히 강의실로 가다 빙판에 발이 미끄러졌고, 세게 넘어지면서 주변에 책과 종이가 흩어졌다. 폐에서 얼음 같은 공기가 훅 빠져나왔다. 너무 놀라 등을 대고 누운 채로 그녀는 자신을 향해 사뿐히 떨어지는 눈송이를 바라보는 것 말고 아무것도 할 수 없었는데, 그 순간 몸을 숙인 버트 커즌스가 그녀의 시야에 들어왔다. 그가 도와줘도 되겠느냐고 물었다. 네, 괜찮아요. 그가 그녀를 일으켜세워주었다. 낯선 사람이 그녀를 두 팔로 일으켜세운 뒤 학교 보건소에 데려다주었고, 다음 수업을 빠지고 그녀의 발목에 붕대가 감기는 동안 기다렸다. 일 년이 지난 뒤 그는 그녀에게 결혼하자고, 로스쿨을 마치면 같이 캘리포니아로 가고 싶다고 말했다. 캘리포니아에서 변호사 시험을 칠 것이고, 아무도 그들을 모르는 곳에서 새 삶을 시작할 것이다. 그는 부동산 매매 계약서를 쓰면서 하루하루를 보내는 게 아니라 진짜 법률가로 일할 것이다. 그리고 그는 아이들을 원한다고, 아주 많은 아이들을 원한다고 말했다. 자신은 외동으로 자라서 형제들 말고 아무것도 바라는 것이 없었다고. 테리사는 버트와 자기 손가락에 끼워진 예쁜 반지를 번갈아 쳐다보며, 그를 아주 많이 사랑하니까 틀림없이 자기 온몸에서 빛이 날 거라고 생각했다. 일흔둘이 된 지금 크루아상 끝부분에 딸기잼을 펴 바르면서 자기가 그를 얼마나 사랑했는지 떠올리려니 마음이 편치 않았다. 마음속에 그 생각을 담고 있을 수조차 없었다. 그녀는 버트 커즌스를 사랑했고, 그에게 익숙해졌고, 실망했고, 시간이 더 지나 그가 어린 네 아이를 두고 그녀를 떠난 뒤에는 생의 모든 힘을 다해 그를 미워했다. 하지만 스물두 살에 샤를드골 공항에 있었을 때는 그를 사랑하는 마음이, 그를 사랑하지 않게 될 수도 있다는 모든 생각을 차단해버렸다. 그들은 짐을 찾으러 가면서 손을 잡았고, 반짝거리는 은색 컨베이어벨트 옆에서 함께 기다렸다. 그리고 그는 누가 보건 말건 그녀에게 깊고 진한 키스를 했다. 그들은 결혼했고, 그곳은 파리였기 때문이다.

테리사는 공항 카페에서 자신의 테이블 옆을 지나가는 모든 사람들을 바라보며 그들 중 몇 명이 신혼여행을 떠나고 몇 명이 사랑에 빠져 있고 몇 명이 훗날 더이상 사랑하지 않게 될지 생각했다. 진실은 그녀가 버트에 대해 어느 정도 잊었다는 사실이었다. 오랜 시간이 걸렸지만, 아이들에게 아버지의 안부를 아예 묻지 않고 지나가는 해가 많았다. 단순히 그녀가 그를 생각하지 않기 때문이었다. 그녀는 버트를 잊을 만큼, 그가 일으킨 그 모든 사랑과 분노가 사라질 만큼 충분히 오래 살았다. 캘은 여전히 그녀와 함께였고 짐 첸도 함께였지만, 버지니아에 버젓이 살아 있는 버트는 사라지고 없었다.

커피와 휴식으로 원기를 되찾은 테리사는 신발에 발을 고통스럽게 쑤셔넣고 느린 걸음으로 게이트까지 걸어갔다. 어쩌면 스위스에서 영원히 살 수도 있을 테고, 어쩌면 불교 신자가 될 수도 있을 것이다. 하지만 다시 이 짓을 하는 것은 상상할 수 없었다.

예전에 청소용구실로 썼던 부엌 계단 아래 작은 방에 컴퓨터가 있어, 어머니가 파리에서 타고 오는 항공편 상황을 미리 알아볼 수 있었을 텐데도 홀리는 굳이 그러지 않았다. 루체른 공항의 항공편 도착 안내판 앞에 선 뒤에야 그녀는 비행기가 세 시간 연착인 것을 알게 되었다. 솔직히 그녀가 공항에 갈 일이 자주 없기는 하지만, 어떤 바보가 몇 시간 거리를 운전해야 하는데 도착 시간도 확인하지 않는가? 누가 차를 가져가건 전화기도 가져가는 것이 규칙이었기 때문에, 그녀는 미하일에게 문자메시지를 보내 상황을 설명했다. 그녀는 그가 괜찮다고 할 것을 알고 있었다. 그가 그들은 차를 쓸 일이 없다고 말했지만, 그럼에도 그녀는 차를 너무 오래 쓰는 것은 공동체에 불편을 끼치는 일이라고 느꼈다. 지금 전광판에서 알려주는 시간이 사실상 정확하다면 그들은 두시 전에는 돌아가지 못할 것이었다. 그녀는 어머니에게 파리에서 기차를 타라고 말했었다. 파리에서 루체른까지는 아무도 비행기를 타지 않았다. 기차로 오면 금방이었다. 하지만 어머니는 공항에서 기차를 타고 리옹역으로 이동해 루체른으로 오는 기차를 찾아봐야 한다는 사실에 절망했다. 시차로 인한 피로와 짐을 생각하면 그러는 게 어려울 수도 있었다. 홀리가 기차를 타고 파리로 가서 어머니를 데려올 수도 있었지만 그런 제안을 하지는 않았다. 그만큼 오래 밖에 나와 있고 싶지는 않았다.

　홀리는 아침에 해야 하는 부엌일을 일찌감치 다 끝냈다. 감자 10파운드를 씻고 껍질을 벗겨 깍둑썰기를 한 뒤 차가운 소금물에 담가놓는 일이었는데, 그 일을 하는 동안에도 매 순간 현재에 머물러 있으려고 노력했다. 그리고 어머니가 묵게 될 손님방에 가서 수건, 세면대 옆에 두는 작은 수건, 침대 옆에 놓는 물병과 잔이 준비되어 있는지 점검했다. 그녀는 공항에 오기 위해 아침 명상을 일찍 끝내겠다고 양해를 구한 뒤 다른 사람들의 방석들 사이로 가능한 한 조용히 빠져나왔는데, 지금 와서 보니 그럴 필요가 전혀 없었다. 계속해도 되었던 것이다. 이 일에 대해 어처구니없을 만큼 조바심을 친 것을 보며 그녀는 자신이 어머니가 오는 것을 원치 않았다는 사실이 정말로 문제는 아닐 수 있겠다고 생각했다. 모든 생각을 떠오르는 대로 판단 없이 두면서 생각을 바라보고 놓아주는 것의 중요성을 알았지만, 그녀는 이 생각을 눌러버리는 것이 가장 좋을지도 모르겠다고 결론 내렸다.

홀리는 뉴스 판매대에서 토블론 초콜릿을 사고 누가 두고 간 신문이 없는지 대합실 주변을 살폈다. 그녀의 삶에서 빠져 있는 두 가지가 초콜릿과 뉴스였다. 그리고 섹스. 섹스도 빠져 있었지만 공항에서 그것을 찾지 않을 만큼의 지각은 있었다. 그녀는 〈르마탱〉과 〈블리크〉(하지만 그녀의 독일어 읽기 실력은 별로였다)를 발견했고, 경이롭기 그지없게도 〈뉴욕 타임스〉 화요일판 전체를 발견했다. 갑자기 마음이 진정되었다. 공항에서 신문 세 종, 토블론과 함께 세 시간을 보낸다는 생각은 기적과 같은 것이었다. 그녀는 토블론의 은박지를 벗긴 뒤 초콜릿 한 조각을 깨물어 혀에 올려 녹이면서 〈뉴욕 타임스〉의 과학면을 읽었다. 태즈메이니아산 주머니곰들이 구강암으로 죽어가고 있었다. 러닝슈즈를 신지 않고 달리는 게 더 좋다고 여겨지는 이유가 제시되었다. 도심에서 가난하게 사는 아이들이 천식을 앓을 가능성이 전쟁 지대에 사는 아이들이 천식에 걸릴 가능성과 비슷하다고 했다. 그녀는 그 정보를 가지고 무엇을 할 수 있을지 생각해보았다. 서로 물어뜯다가 암을 퍼뜨리는 것 같은데 어떻게 멈춰야 주머니곰을 구하지? 천식에 걸린 아이들에 대해서는 거의 아무것도 느끼지 못하면서, 태즈메이니아에 사는 작고 잔인한 유대목 동물에 대해서는 왜 걱정하는 거지? 달리기를 하지 않으면서 달리기에 대한 기사는 왜 다 읽었으며, 지열 에너지에 대한 기사는 왜 건너뛰었을까? 그녀는 정확히 얼마나 얕은 사람이 되었지? 그녀는 신문을 접어 무릎에 놓고 잠시 그 정보에 대해 생각하며 앉아 있었다. 그녀는 젠도조 토잔을 좀더 자주 떠나야겠다고, 어쩌면 영원히 떠나야겠다고 생각했지만, 진입로 끝 우편함보다 더 멀리 가는 걸 본 적이 없는 쇼반처럼, 한편으로는 어떤 상황에서도 떠나지 않아야겠다고 생각했다.

캘리포니아에서의 삶을 떠올릴 때면, 모든 것을 누가 자기보다 더 적게 가졌는지 혹은 많이 가졌는지, 누가 더 예쁜지, 누가 더 똑똑한지, 누구의 인간관계가 더 좋은지(대체로 모두가 그랬다), 누가 더 빨리 승진하는지의 관점으로 바라보았던 게 기억났다. 은행 사람들이 그녀를 충분히 칭찬해주었지만, 그녀보다 더 선호하는 사람들이 늘 존재하는 것 같았다. 그녀는 끊임없이 어떻게 더 잘할지, 더 제대로 해낼지 알아내려고 애썼고, 그러다 밤에 이를 갈기 시작했다. 왼쪽 뺨 안쪽의 부드러운 부위를 구멍이 날 정도로 씹었고, 엄지에서 피가 날 때까지 큐티클을 물어뜯었다. 그녀는 어느 내과 전문의를 찾아가 자신의 문제를 이야기한 뒤 입안을 보여주었다. 의사가 펜라이트를 비추어 그녀의 혀와 치아 부근을 들여다보고 그녀의 손을 보더니 명상을 제안했다. 혹은 그가 그렇게 말했다고 그녀는 생각했다. "명상이 필요한 것 같군요."

그 말을 듣자마자 홀리는 심장이 정확히 그 순간을 기다리고 있었던 것처럼 가슴이 부풀어오르는 것을 느꼈다. 마침내! 그녀의 심장이 그녀에게 말했다. 드디어! "명상은 어디에서 배울 수 있어요?" 그녀가 물었다. 입속에 그 단어를 담는 것만으로 기쁨이 샘솟았다.

의사는 그녀가 정말로 미쳤는지 모르겠다는 표정으로 그녀를 쳐다보았다. "약물치료라고 했어요."* 그가 다시, 이번에는 더 천천히 더 크게 말했다. "불안을 가라앉히는 약물치료가 필요해요. 아티반 처방전을 써드리겠습니다. 복용량은 차차 조절해보죠. 어떤 약이 듣는지 같이 알아봅시다."

하지만 홀리는 접수 직원에게 도합 20달러를 낸 뒤 흰색 처방전 종이를 쓰레기통에 버렸다. 의사가 자기도 모르게, 어떻게 하면 나을 수 있는지 알려준 것이다. 그 시점에 그녀는 명상이란 것이 무엇을 수반하는지 정확히 몰랐지만 알아내면 된다고 생각했다. 그녀는 책을 몇 권 읽었고, 운전하면서 카세트테이프로 법문을 들었고, 수요일 밤과 토요일 아침에 하는 좌선 모임을 찾아냈다. 아침에 은행에 출근하기 전에 일찍 일어나 집에서 좌선을 하기 시작했다. 여섯 달 뒤 수요 모임에서 알게 된 몇몇 사람이 주말 명상에 같이 가자고 제안했다. 그다음엔, 버클리 바로 북쪽에 있는 영성센터에서 일주일 동안 묵언 명상을 했다. 거기서 코르크 게시판에 붙어 있는 젠도조 토잔에 관한 안내를 보았다. 그녀는 의사의 말을 잘못 알아들었던 그 처음에 느꼈던 것과 마찬가지로 심장이 점점 크게 뛰는 것을 느꼈다. 꽃들이 흐드러진 완만한 산자락에 자리한 샬레** 사진

* 명상은 meditation, 약물치료는 medication으로, 홀리가 의사의 말을 잘못 들은 것이다.
** 스위스 산간 지방에서 주로 짓는 지붕이 뾰족한 목조 주택을 일컫는 말.

을 보며 그녀는 저기가 내가 있을 곳이야, 하고 생각했다. 그러고는 안내책자를 꽂은 압정을 빼냈고 안내책자는 그녀의 손안으로 들어갔다.

이런 일들이 홀리에게 일어났던 것이다. 때때로 그녀는 인도받는다고 느꼈고, 그것을 캘의 덕으로 돌렸다.

캘이 죽고 여러 해 동안, 홀리는 캘과 서로 더 가깝게 지내지 못했던 것에 대한 후회(물론 다른 것들에 대한 후회도 있었다) 때문에 마음이 편치 않았다. 하지만 스위스에 온 뒤로 그녀는 스트레스 많은 생활을 해나가야 했던 당시 상황에서 열다섯 살 소년과 열세 살 소녀였던 그들이 썩 잘해냈다는 것을 깨닫기 시작했다. 그들은 서로에게 소리를 질렀지만 앙심을 품지는 않았다. 서로 떠밀기는 했어도 때리거나 꼬집지는 않았다. 서로 쿠션을 던지기는 했어도 접시를 던지지는 않았다. 홀리는 잘난 체하지 않으면서 캘의 숙제를 고쳐주었고, 어린 시절 그녀의 반짝거리는 기억 중에 이런 것도 있었다. 학교 복도에서 여자아이 하나가 홀리의 묶은 머리채를 잡고 또하나는 셔츠 칼라를 잡고서 홀리를 사물함에 밀어넣으려고 할 때 캘이 소리를 질러 쫓아낸 것이다. "못된 계집애들 내 동생한테서 떨어져." 그의 말에 못된 계집애들은 주춤주춤 뒤로 물러나다가 눈물을 흘리며 복도를 뛰어갔다. 그가 옥박지르고 겁주어 그 아이들의 정신을 쏙 빼놓았던 것이다. 모두를 돌보는 것을 자신의 일로 삼았던 홀리였는데, 그 황금 같은 한순간에는 보호를 받았다. 자신의 오빠에게.

맏이들인 홀리와 캘이 힘을 합쳐 앨비와 저넷을 돌봤고, 동생들이 더 어렸을 때는 불이나 칼 근처에 가지 못하게 막았다. 협력이라 말할 수는 없지만, 그들은 어머니도 돌봤다. 가능할 때마다 어머니의 짐을 덜어주려고, 어머니가 힘든 일을 겪지 않게 하려고 노력했다. 홀리가 현재의 삶에서 캘의 존재를 더 많이 느낄수록, 그녀는 그가 자신을 돌봐주었고 용서했다는 것을 더 잘 알 수 있었다. 자신을 둘러싼 단순한 아름다움에 눈을 열어둔 채 삶을 더 고요하게 만들수록 그녀는 그의 말을 더 잘 들을 수 있었다. 그렇다고 비정상적인 방식으로 그의 말을 듣는 것은 아니었고, 그들이 둘러앉아 정치를 논하는 것도 아니었다. 그것은 오히려 기분좋은 느낌이었다. 젠도조 토잔에서는 거기에 도달하는 것이 충분히 쉬웠지만, 여기 루체른 공항에서도 그것은 가능했다. 그녀는 대부분의 사람들이 영적 잠재력을 온전히 쓰지 않고 산다고 믿었다. 사람들은 상품과 서비스와 정보와 경쟁이 폭격처럼 쏟아지는 어수선한 마음 상태로 살았다. 진정한 행복이 그들의 발등에 올라와 있어도 알아보지 못할 터였다. 그녀가 버클리에, 스미토모 은행에, 로스앤젤레스의 어딘가에 있을 때는 오빠의 말을 듣는 것이 거의 불가능했지만, 스위스에서는, 그가 와본 적도 없는 이곳에서는 더 잘됐다.

홀리는 다시 신문을 보았다. 브로드웨이 연극에 대한 기사를 읽었다. 어느 책의 서평을, 아이오와에서 일어난 홍수에 대한 특집 논평을 읽었다. 아프가니스탄 여성들이 처한 곤경에 대해 읽었다. 그녀는 초콜릿 절반을 먹은 뒤 나머지는 나중에 먹으려고 가방 안에 넣었다. 그리고 시간을 확인한 뒤 일어나 자리를 옮겼고, 가족들, 손글씨로 쓴 안내장을 든 운전사들과 함께 서서 기다렸다. 테리사가 자신을 향해 걸어오는 것을 보면서—저렇게 작다니! 저렇게 많이 늙었다니! 그때 이후로 얼마나 됐을까? 십 년? 그보다 더 오래?—그녀는 거대한 파도처럼 사랑이 밀려오는 것을 느꼈다. 그것은 자신의 사랑이자 오빠의 사랑이었다. 그녀가 두 팔을 내밀었다. "오, 엄마." 홀리가 말했다.

깜짝 놀랄 만한 변화에 대해 누구부터 말해볼까? 당연히 홀리부터 시작해야 할 것이다. 짧게 자른 검은 머리에 언뜻언뜻 회색 머리칼이 보이고 버켄스탁 신발에 양모 양말을 신은 홀리는 찬란하게 빛났다. 보안구역 반대쪽에 바글거리는 그 모든 사람들, 분간할 수 없게 하나의 덩어리를 이룬 그 모든 사람들, 그리고 그 순간 찾았다! 홀리였다. 다른 사람들과는 완전히 달라 보여서 누구라도 그녀를 보지 않기가 어려웠을 것이다. 테리사가 그녀의 품에 안겼을 때 그들은 서로 한 번도 떨어져 있지 않았던 것 같은 기분이었다. 테리사는 홀리가 태어난 날 간호사가 병실로 들어와 그녀의 품에 완벽한 아기를 안겨주었던 벅찬 기억이 아직도 생생했는데, 그 아기가 지금 이렇게 아름다운 여인이 된 것이다. 테리사가 홀리의 목에 입을 맞추고 딸의 흉골 쪽에 뺨을 갖다댔다. "오래 기다리게 해서 미안해." 그녀는 그렇게 말하면서도 그 세 시간에 대한 말인지, 이곳에 오기까지 그 긴 세월에 대한 말인지는 스스로도 알지 못했다.

"기다리면서 즐거운 시간 보냈어요." 홀리가 어머니의 머리를 손으로 쓸어넘기며 말했다. 그러고는 어머니의 휴대용 여행가방과 핸드백을, 별것 아닌 것처럼, 테리사를 둘러메라고 해도 쉽게 그랬을 것처럼 어깨에 홀렁 둘러멨다. 그녀는 테리사에게 묻지도 않고 곧장 화장실로 갔고, 테리사는 화장실을 이용했다. 홀리는 언제나 이런 아이였다. 책임감 있고, 결정을 내리고, 말하지 않아도 배려

하는 사람. 테리사가 수하물 찾는 곳에서 가방을 가리키자 홀리가 집어내며 웃었다.

"캘리포니아 사람처럼 짐을 꾸려오셨네요!" 짐을 적게 꾸려온 게 몹시 재미있는 모양이었다. "저도 그래요."

"캘리포니아 사람들이 짐을 어떻게 꾸리길래?" 테리사는 농담을 알아듣지 못하면서도 웃고 있었고, 아주 큰 웃음이어서 몇 년 동안 드러낼 일 없었던 치아가 다 드러났을 게 틀림없었다.

홀리가 어머니의 바퀴 달린 검은색 가방을 들어올렸다. 신중하게 꾸린 작은 가방. 그것은 그들 앞에서 빙빙 돌아가고 있는, 굵은 고무밧줄을 감아 보강한 몸체가 딱딱한 밝은 분홍색의 큰 가방들에 대한 각주 같았다. "유럽 사람들은 집에 다시는 돌아오지 않을 것처럼 짐을 싸요. 제 생각엔 전쟁과 관련 있는 것 같아요."

9월의 첫날인데도 공기가 환하고 차가웠다. 그녀가 로스앤젤레스를 떠날 때 온도는 섭씨 35.6도였다. 홀리가 코트 입는 것을 도와주었다. 테리사는 무엇보다 코트를 챙겨왔다는 사실이 자랑스러웠다. 집 거실에서 코트를 입었다 벗은 뒤 앞문을 잠그고 택시를 타러 갔다가, 다시 집에 들어와 코트를 입고 나왔던 것이다. 이제 주차장에서 멀리 알프스산맥이 보였다. 비행기에서도 그 산맥을, 그 눈 덮인 봉우리들을 봤었다. 알프스. 그녀는 코트를 더 단단히 여몄다. 테리사 커즌스가 평생에 알프스를 보게 될 거라고 누가 생각했겠는가?

홀리가 몰고 온 젠도조 토잔의 시트로앵은 자동차라기보다는 수프 캔 같았다. 커브를 돌며 기어를 저속으로 바꿀 때는 부실한 금속이 달달거렸고, 변속레버는 바닥에서 쑥 올라온 긴 막대 형태였다. 로스앤젤레스의 405번 도로에서라면 지나가는 SUV의 역바람만 맞아도 우그러질 것 같은 차였지만, 위태로운 산길에서는 다른 모든 양철 캔들과 같게 느껴졌다. 그 차들은 복잡한 거리에서 스쳐지나가는 사람들처럼 서로 부딪쳐도 큰 피해를 입히지 않을 것 같았다. 아무도 자기 몸을 아끼려고 돈을 더 쓰지 않았고, 경쟁을 없애버릴 일상의 탱크를 만들지도 않았다. 이 안에서 그들은 모두 함께였다. 산등성이의 아찔한 비탈로부터 그들을 분리하는 가드레일 역시 생명을 구하기 위해 마련된 것 같지는 않았지만, 그런들 뭐가 다르겠는가? 어쨌거나 모두 죽을 것이다. 그들 모두. 선센터—그곳 이름이 무엇이건 간에—에 도착하지도 않았지만 테리사는 이미 자신이 핵심에 다다르고 있다고 느꼈다. 누가 에어백을 필요로하겠는가? 세상에 대한 장벽이 되는 강화 철제 구조물은? 테리사는 차창을 내렸고—손잡이를 돌려서 내렸다!—환한 스위스의 공기를 들이마셨다.

"정말 아름다워." 그녀가 말했다. 그들은 산등성이를 뚫어 만든 바위 터널로 들어갔다. 빛에서 어둠으로, 이어서 소나무숲으로.

"좀더 두고 보세요." 그녀의 딸이 말했다.

"할말이 있단다, 홀리. 나는 지금까지 이해하지 못했어. 그러니까, 네가 행복하면 된다고 생각하면서도 늘 마음 한편에 토런스가 뭐가 문제지? 하는 생각이 있었어." 그들은 길 한쪽에 있는, 털이 북슬북슬하고 굽은 뿔이 왕관처럼 보이는 산양 두 마리를 스쳐지나갔다. 그것들은 하이디와 할아버지가 자기들을 다시 산으로 데려다주기를 기다리는 게 틀림없어 보였다. 테리사가 홀리를 쳐다보았다. "누가 토런스에서 살고 싶어하겠니?"

"토런스는 아무 문제 없어요." 홀리가 말했지만, 어머니로부터 긍정적인 말을 듣자 기분이 아주 좋아졌다. "하지만 여기가 더 조용해요. 저한테 더 잘 맞아요."

"브루클린에서 포데와 아들들과 함께 사는 저넷 생각이 나는구나. 그애는 그곳의 온갖 소음과 작고 비좁은 공간을 좋아하는 것 같아. 그애를 붙잡아주는 게 그거 같아. 그리고 앨비는, 늘 짐을 들고 어디론가 떠나고 새로운 것을 찾지. 아마 그게 그애한테 더 잘 맞는 것 같고. 지금은 뉴올리언스에 있어."

"가끔 저한테 이메일을 보내요." 홀리는 갑자기 동생들에 대한 그리움에 젖어들며 그렇게 말했고, 그들 모두 어머니와 함께 한방에 앉아 있으면 좋겠다고 생각했다.

"그거 좋은 소식이구나."

"엄마는요?"

"나 뭐?" 테리사가 그들 뒤로 물러나는 경치를 한번 더 보려고 목을 빼서 돌아보며 말했다.

"토런스에서 지내는 게 좋으셨어요? 그곳이 좋은 선택이었어요?"

그들은 이제 숲을 통과하고 있었다. 몸통 아래쪽에 이끼를 모피처럼 두른 나무들이 더 굵고 더 높이 자라며 하늘빛을 뚫고 나아가려 하고 있었고, 숲 바닥에는 양치류가 뻗어 있었다. 무대 디자이너가 급류 주변에 설치해놓은 것처럼 보이는 어마어마하게 큰 바위와 돌도 있었다. 마법에 홀린 숲을 보여줘요! 연출자는 틀림없이 그렇게 말했을 것이다.

"너희 아버지가 베벌리와 떠나면서 나한테 다 같이 버지니아로 이사하자고 했었단다. 그래야 우리가 가까이 살 수 있다고. 솔직히 그건 생각도 안 해봤어. 어쩌면 그렇게 했어야 했는지도 몰라. 그렇게 했다면 너희한테 더 좋았을 거야. 난 그저 그걸 받아들일 마음이 생기지 않았어."

"그런 바보 같은 말은 처음 들어봐요." 홀리가 말했고, 잠시 어리석게 길에서 시선을 돌려 어머니를 빤히 보았다. "아빠가 그런 말을 했었는지 몰랐어요."

"그리고 캘이 죽고 나서." 테리사가 어깨를 으쓱했다. "음, 너도 기억하지. 캘이 죽고 나서 나는 당연히 버지니아로 이사할 생각이 없었어. 하지만 솔직히 그애를 그곳에 묻은 게 괴로웠다. 내가 할 수 있는 일은 그저 나 자신 안으로 추락하지 않고 한 걸음 한 걸음 앞으로 나아가는 거였지. 내 인생을 바꿀 생각은 하지 않았어. 내 인생은 이미 바뀌어 있었으니까. 나는 헤쳐나가야 할 뿐이었지."

"잘 헤쳐나가셨어요." 홀리가 기어를 2단으로 바꾸었다. 그들은 트럭 뒤에서 오르막을 달리고 또 달렸다.

"우리 모두 그랬을 거야. 각자 자신만의 방법으로. 스스로는 그러지 못할 거라고 생각하지만 그 순간에도 우리는 그렇게 하고 있어. 우리가 여전히 살아 있다는 것. 내가 결국 깨달은 건 그거였어. 나는 여전히 살아 있다는 것. 너와 앨비, 저넷이 여전히 살아 있다는 것. 그리고 우리가 영원히 살지는 못할 테니 그 사실을 붙들고 뭔가를 해야 한다는 것."

테리사가 홀리의 손에 자기 손을 얹었고, 변속레버가 달달 떨리는 것이 손 밑에서 느껴졌다. "내가 하는 말 잘 들어. 나는 이런 이야기를 절대 하지 않으니까."

"스위스잖아요. 스위스에 오면 사람들이 그렇게 돼요." 홀리가 그 말을 곱씹어보느라 잠시 말을 멈췄다. "스위스가 저한테 그렇게 했다고 하는 편이 맞겠네요. 실제로 제가 여기서 만난 사람들 대부분이 아주 조용했거든요."

테리사가 미소를 지으며 고개를 끄덕였다. "그래, 잘됐어. 나도 좋구나."

젠도조 토잔은 자르넨이나 툰에 있지 않고 그 두 도시 사이의 어디쯤, 마을이 아닌 곳에, 키 큰 풀과 푸른 꽃들 속에 있었다. 그곳은 산비탈에 높이 지어진 큰 샬레를 사용하고 있었다. 그 샬레는 원래 취리히 출신 어느 은행가의 시골 별장이었다. 그와 그의 아내와 다섯 아이는 여름에 이곳 호수에서 수영을 했고, 겨울에는 스키를 탔으며, 그 중간에는 자르넨이나 툰이나 취리히에 사는 누구에게도 알리지 않고 일곱 식구 모두 둥근 방석에 앉아 눈을 감고서 마음을 씻었다. 상쾌한 산 공기가 그들의 폐를 씻어주는 것처럼 꼭 그렇게. 그 가족의 아이들, 그 아이들의 아이들, 앞으로 태어날 그 집안의 모든 아이들이 언제라도 와서 지낼 수 있다는 합의하에, 그들은 그 집을 위탁 업체에 맡겨 젠도조 토잔으로 만들었다. 그 가족의 넷째 딸인 카트리나가 지금 칠십대였고, 어렸을 때 잠을 자던 뒤쪽 작은 침실을 쓰면서 그곳에 살고 있었다. 카트리나 말고도 열네 명의 사람이 그곳에 상주했다. 일 년에 두 번, 셔틀버스를 빌려 툰에 있는 여관에서 그곳까지 왕복 운행하며 명상회를 개최했지만 대부분의 수입은 지팡이에서 나왔다.

그곳 거주자들 모두 지팡이를 깎는 일이나 유통하는 일에, 즉 기술이나 영업에 어떤 식으로든 기여한다고, 그들은 즐겨 말했다. 지팡이는 특히 자신들이 결코 스위스에 오지 않을 것임을 알고 있는 미국이나 호주의 명상가들이 많이 찾았다. 나무나 칼 다루는 재주가 전혀 없는 홀리는 회계를 맡았다. 그녀는 손잡이에 물고기 모양이 조각된 스위스 소나무로 만든 긴 막대기에 매겨지는 값에는 사실상 상한선이 없다는 사실을 알게 되었다. 오리엔티어링*의 기초를 아는 사람도 이제 더는 없는 것 같았지만, 물고기 등에 5유로짜리 나침반을 끼워넣으면 값이 두 배였다. 그들은 로잔에 있는 목재소에서 나무를 구입했는데, 독일에서 더 싸고 더 마음에 드는 목재를 구할 수 있었음에도, 지팡이의 막대만큼은 스위스산을 유지하기로 결정했다. 웹사이트에 그렇게 되어 있었다. 스위스에 거주하는 명상가들이 스위스 소나무를 깎아 만든 스위스제 지팡이라고. 매일 명상과 공동체 일과 이후 몇 시간은 지팡이를 만드는 일에 바쳤다. 폴이 나무를 막대 모양으로 깎으면 렐리아가 조각칼로 기본적인 물고기 형태를 잡았고, 이어 하일라가 비늘을 깎는 섬세한 작업을 했다. 이 지팡이들이 얼마 안 되는 기부금과 더불어 그 집을 유지하고 세금을 내고 식탁에 치즈와 빵을 차려냈다. 지팡이를 구입하겠다는 대기자가 여덟 달은 밀려 있었다. 이곳에서 지내겠다는 대기자 명단은 있으나 마나 한 것으로 여겨질 만큼 길어져서 책상 서랍에 넣어둔 채 아예 잊고 지냈다.

"다행히 비어 있는 손님방이 있어요." 어머니가 가파른 나무 계단을 올라갈 때 홀리가 손을 잡아주며 말했다. 어머니도 언젠가 지팡이의 도움을 받을 날이 올 것이다. 바람은 언제고 누구든 쓰러뜨

---

* 자연에서 지도와 나침반을 이용해 목적지에 빨리 도착하는 것을 겨루는 경기.

릴 수 있었다. "사람들이 방문객으로 와서 한 달 묵으면 떠나려고 하지 않아요. 손님방이 세 개 있는데 늘 스케줄이 뒤죽박죽이에요. 사람들이 머물고 더 머물고 하다보니까요. 그들은 우리 중 하나가 떠나면 자리가 생길 거라고 생각해요."

샬레를 빙 둘러, 수정처럼 맑은 세상 위로 넓은 목조 포치가 있었다. 도끼로 대충 잘라 만든 무거운 나무 의자들이 수행자가 경치를 감상하며 쉴 수 있도록 사방에 흩어져 있었다. 알프스는 초콜릿 포장지에 그려진 알프스처럼 보였다. 타지 사람들을 매혹하기 위해 이상적으로 만들어진 풍경처럼. 테리사는 그 풍경으로부터, 희박한 공기로부터, 자신이 정말 이곳에 왔고 지금 여기 있다는 사실로부터 걸음을 멈추고 숨을 돌려야 했다.

"이게 너한테 도움이 됐구나." 그녀가 살짝 숨을 할딱거리며 말했다.

홀리는 거기 서서 어머니의 눈으로 모든 것을 다시 바라보았다. "사실, 제가 여기서 누가 나가기를 기다리는 동안 한 사람이 실제로 죽었어요. 제가 캘리포니아로 돌아가 직장을 그만둔 게 그때였죠. 필리프라는 프랑스인이었어요. 오래전 여기 사람들이 돈이 다 떨어져서 이곳을 포기해야 할 것 같다고 걱정할 때 그 사람이 이 지팡이 아이디어를 냈어요. 다정하고 노련한 사람이었죠. 제가 지금도 그 사람 방을 쓰고 있어요."

"다른 사람들의 엄마들도 오니?" 테리사는 경쟁적으로 들리지 않게 하려고 조심해서 말했지만 기분은 정확히 그랬다. 자신이 무척 자랑스러웠다.

"가끔요. 엄마가 생각하는 것만큼 많이는 아니고요."

침실의 침대를 보자마자 테리사는 낮잠을 잤다. 그리고 홀리는 저녁식사와 법문과 그날의 마지막 좌선이 있기 전에 어머니에게 최선을 다해 명상에 대해 집중 강의를 해주었다. 숨을 들이쉬고 내쉬고, 호흡을 쫓아가고, 판단 없이 생각이 올라오고 가는 대로 내버려두는 것. "그냥 그렇게만 하시면 돼요." 그녀가 마침내 말했고, 그 설명이 이롭기보다는 해롭게 작용할까봐 두려웠다. "아주 간단해요."

그렇게 테리사는 이웃과 함께 아침에 파워워킹을 할 때 입던 운동복을 입고 딸의 옆 방석에 앉아 눈을 감았다.

처음에는 많은 생각이 일어나지 않았다. 그녀는 왼쪽 무릎 통증에 대해 생각했다. 이어, 이곳의 다른 사람들이 좋아 보인다는 생각이 떠올랐다. 그녀는 자신이 마이클이라고 불렀던 러시아인 미하일이 마음에 들었다. 그가 이곳을 운영한다고 했던가? 그는 그녀를 아주 따뜻이 맞아주었다. 그들 모두 홀리처럼 머리를 짧게 자르고 있었다. 그러지 않을 이유가 뭔가? 그런들 어때서? 이곳에는 잘 보여야 할 사람이 없었다. 홀리가 이곳에서 행복하다는 건 알았지만, 이게 진짜 삶일까? 테리사의 나이가 되면 홀리는 어떻게 할 것인가? 그들이 그녀를 돌봐줄까? 그 점에 대해 이 집에서 자랐다는 그 나이든 여자에게 물어볼 수 있을 것이다. 이곳을 집으로, 한 가족의 가정으로 상상해보라. 이 집을 유지하기 위해 얼마나 많은 고용인들이 필요했을까? 그녀의 양쪽 다리에 감각이 없어졌다.

그 순간 그녀는 하던 생각을 멈추었다. 잡생각! 고속도로 가에서 쓰레깃더미를 뒤지다 껌을 싸는 은박지가 나타날 때마다 그것에 홀려 동작을 멈추는 것처럼, 테리사는 정처 없이 흘러가는 자신의 마음에 충격을 받았다. 호흡 한 번에 마음을 가다듬었지만, 곧 그녀는 그들이 저녁때 먹은 콩 샐러드를 생각하기 시작했다. 어린 시절 이후 보지 못했던 분홍색 콩이 들어가 있었다. 그 콩을 뭐라고 불렀는지 기억이 나지 않았다. 그녀의 어머니는 콩을 물에 담그기 전에 잘 골라내라고, 작은 돌을 잘 가려내라고 말했고, 그녀는 너무 꼼꼼하게 살피다 흥미를 잃어 결국 골라낸 콩에 골라내지 않은 콩을 엎어서 모든 것을 망쳐버렸다. 그녀의 가족 중 돌을 씹은 사람이 있었을까?

한 번의 호흡? 그것을 잘해내지 못한 걸까? 한 번의 들숨은 생각의 방해 없이 해낼 수 있을까? 해보았다. 그거다. 됐다. 허리가 아팠다. 예고 없이 머리가 앞으로 숙여지면서 한순간 그녀는 까무룩 잠이 들었다. 그녀는 꿈을 꾸고 있던 개나 돼지처럼 작게 놀란 소리를 냈다. 그러고는 다시 똑바로 앉아서 자기를 본 사람이 없나 보려고 살짝 눈을 떴다. 그리고 마치 그들의 흐트러지지 않은 맑은 마음을 볼 수 있기라도 하듯, 옆에 앉은 사람들과 딸의 평화로운 얼굴을 돌아보았다. 자신이 부끄러웠다.

좌선이 끝나자 홀리가 그녀를 일으켜주었다. 모두 그녀에게 다가와 악수를 청하고 살짝 포옹했다. 그들은 홀리를 무척 좋아했다. 테리사가 여기 온 것이 매우 기쁘다고 했다.

"명상에 대한 걱정은 하지 마세요." 눈동자가 빙하 호수처럼 잔잔한 캐럴이라는 이름의 여자가 말했다. "처음에는 뭐가 뭔지 잘 알 수 없을 거예요."

"전 이곳에 오기 전에 꽤 여러 해 동안 혼자 명상을 했어요." 지팡이 장인 폴이 말했다. "여기서 명상한 게 평생 처음이신 거죠?

그렇다면 첫 달리기를 올림픽에서 하는 것과 같아요." 그가 그녀의 어깨를 토닥여주었다. "자신을 자랑스럽게 여기셔야 해요."

테리사는 손님방의 1인용 침대에 누워 잠들지 못하고 말똥말똥 천장을 바라보았다. 간격이 고르게 벌어진 치아처럼, 크라운몰딩에 규칙적으로 V자형 무늬가 새겨져 있었다. 그녀가 지구 반 바퀴를 날아온 것이 이것 때문이었나? 앉아 있으려고? 그녀는 평생의 절반을 책상 앞에 앉아 지냈다. 차 안에, 비행기 안에 앉아 있었다. 그녀가 무슨 생각을 할 수 있었겠는가? 그저 딸이 보고 싶었던 거다. 버트도 홀리를 보러 이곳에 왔을까? 버트도 앉아 있었을까? 왜 그걸 물어볼 생각을 하지 못했을까? 거대한 달에서 흘러나오는 빛이 그녀의 작은 방에 홍수처럼 쏟아져 벽에 색칠을 하고 침대를 휘덮었다. 그녀는 로스앤젤레스 지방검찰청에서 일하는 동안 자신도 작게 기여하여 교도소로 보낸 여자와 남자, 대부분이 남자였던 그들 모두를 생각했다. 그녀가 서류를 준비해 기소되게 한, 그래서 그들이 좁은 침대에서 밤을, 침묵 속에 낮을 보내도록 만든 그 모든 사건들을 생각했다. 전에는 그들이 어떻게 되었는지 왜 한 번도 궁금해하지 않았을까? 그 세월 동안 그녀의 책상을 거쳐간 사건은 수백 건에 달했다. 수천 건이었을 것이다. 그들은 지금 지역 교도소 감방에 기거하면서 천장을 바라보며 마음을 비우려고 애쓰고 있을까?

테리사의 하루하루는, 하루에 세 번씩 이렇게 흘러갔다. 다른 사람들과 함께 줄을 서서 명상실로 들어가고, 누군가가 푸른색 세라믹 난로에 석탄을 때면 다 같이 진녹색 방석에 둥그렇게 둘러앉았다. 그리고 미하일이 시작을 알리는 작은 징을 치기를 기다리는 것이다. 미친 짓이었다. 홀리가 그녀를 그토록 자랑스럽게 여기지 않았다면 그녀는 그만두었을 것이다―다른 사람들이 내면의 평화를 찾는 동안 『잉글리시 페이션트』를 들고 2층 발코니로 나가거나 높이 자란 풀 사이를 혼자 걸어다녔을 것이다. 딸은 그녀의 팔에 팔짱을 끼고 다녔고, 그녀 곁에 있으려고 방석을 더 가까이로 끌어왔다. 그곳에서 지내는 사람들이 두 사람을 깊은 존경의 눈빛으로 바라보는 것을 보면―부엌에서, 식사할 때, 명상 시간에(이따금 테리사가 슬쩍 눈을 떠보면 다른 사람들이 즉시 눈을 감았다)―다른 어머니들은 찾아오지 않고, 찾아온다 하더라도 같이 좌선을 하지 않는 것이 거의 확실했다.

테리사는 좌선을 계속했다.

렐리아가 자기정의自己定義를 놓아버리는 것에 대한 법문을 진행했다. 어린 시절에 나한테 있었던 일 때문에 나는 이것을 할 수 없어요. 나는 수줍음이 많아서 이것을 할 수 없어요. 광대가, 버섯이, 북극곰이 두려워서 나는 그곳에 가지 못했어요. 사람들이 자기인식에서 비롯한 부드럽고 집단적인 웃음을 웃었다. 테리사는 명상 시간에 토런스에서 온 칠십대는 근본적으로 불교에 맞지 않는다는 내면의 독백을 이어가던 중이어서 그 법문이 도움이 되었다. 머리칼이 없어서 가녀린 골격이 더욱 아름답게 돋보이는 예쁘장한 하일라가 그녀를 데리고 산책을 나가 지나가는 길에 있는 모든 식물과 나무의 이름을 말해주었다. 저멀리 아이벡스* 한 마리가 보였다. 하일라가 두 손바닥 사이에 노간주나무 가지를 넣고 비비더니

---

* 뿔이 길고 굽은 산악 지방 염소.

지팡이 손잡이 안에서 물고기를 발견해낼 수 있는 그 손을 벌려서 테리사에게 냄새를 맡아보게 했다. 하일라는 오 년 전에 어머니가 돌아가셔서 지금 몹시 외롭다고 테리사에게 말했다. 그러고는 샬레로 돌아가면서 테리사의 손을 잡았다. 그래 좋아, 테리사는 생각했다. 오늘 내가 네 엄마가 되어줄게. 그들은 부엌으로 돌아가 파이를 만들 사과를 썰었다.

"내 머리칼 좀 잘라줘." 그녀가 저녁 먹기 전에 홀리에게 말했다.

"정말로요?" 홀리가 몸을 기울여 어머니의 머리칼을 만졌다. 숱이 많은 회색이었는데 테리사는 더 나은 방법이 떠오르지 않아 단발로 자르고 옆머리를 머리핀으로 찔러서 넘기고 있었다.

"나도 그 머리 모양에 점차 익숙해졌어. 어쨌거나 그렇게 하면 나도 이곳에 더 잘 어울릴 것 같고." 다시 출근할 상황이었다면 테리사는 그렇게 하지 않았을 것이다. 직장에서라면 그 머리 모양은 화젯거리가 되었겠지만, 집에 돌아가면 그것은 새로운 삶의 신호가 될 것이다. 동네 사람이 그녀를 보면, 식료품점 계산대 직원이 그녀를 보면, 이제 그녀가 달라졌다는 걸 알게 될 것이다.

홀리가 아래층 욕조에 둔 작은 플라스틱 통에서 전기 이발기를 가져왔다. 그녀는 어머니를 데크로 데리고 나가 목에 수건을 두르고 핀을 꽂았다. 그들 모두 서로의 머리칼을 잘라주었다. 직접 할 수도 있었지만 한 달 정도마다 머리에 다른 사람의 손이 닿는 건 기분좋은 일이었다.

"진심이세요?" 홀리가 이발기를 켜기 전에 물었다.

테리사는 진심이라는 걸 확인해주는 의미로 고개를 한 번 끄덕였다. "스위스에 있으니까."

그리고 그녀의 머리칼이 잘려나갔다. 숱 많은 회색 머리칼이 뭉텅 뭉텅 잘려 폭풍우 구름이 흩어지듯 그들의 발 주변에 떨어졌다. 다 끝낸 뒤 홀리는 자신이 얼마나 잘했는지 보려고 이리저리 살폈다.

"어때 보이니?" 테리사가 웃으며 말한 뒤 벨벳 같아진 머리를 손으로 쓸었다.

"저 같아 보여요." 홀리가 말했고, 그것은 사실이었다.

이따금 밤중에 홀리가 손님방으로, 자신이 이십 년 전 처음 도착해서 잠을 잤던 바로 그 방으로 찾아왔다. 홀리는 그 방에 있는 게 좋았다. 테리사는 작은 침대에 딸의 자리를 만들어주려고 몸을 움직여 최대한 자기 자리를 좁혔다. 그렇게밖에 공간이 나지 않았기 때문에 두 사람은 모로 누워 이야기를 나누었다. 오랜 세월 어느 누구와도 침대에서 대화를 나누지 않은 두 여자가 서로 이야기를 했다.

"여기 계속 있을 생각이니?" 테리사가 그들의 어깨 위로 담요를 끌어올리며 물었다. 얼어붙을 듯 추운 밤이었다. 홀리는 마흔다섯이었고, 이곳에서의 삶이 아주 아름답기는 해도, 그녀가 다른 뭔가를, 남편이나 직장을 원하게 될 수도 있으니 그것에 대해 생각해야 했다.

"이곳에 영원히 있지는 않을 거예요." 홀리가 말했다. "그럴 것 같지는 않아요. 하지만 어떻게 떠날지 그걸 알아내는 건 먼 이야기 같아요. 운명이 어느 날 도조 문을 열어젖히고 '홀리! 때가 되었다!' 하고 말해주길 기대하는지도요."

"그런 일이 생기면 나한테 연락해." 그녀의 어머니가 말했다.

"눈이 내렸을 때 이곳이 얼마나 예쁜지 보셔야 해요."

그들은 잠시 말이 없었다. 어쩌면 둘 다 거의 잠들었을 때 홀리가 말했다. "여기 계속 있을 생각 해본 적 있으세요? 엄마가 이곳 손님방에서 머물다가, 우리 생각엔 떠날 것 같은데 스스로는 절대 떠나지 않는 그런 사람이 될 수도 있잖아요."

테리사는 어둠 속에서 미소를 지었고, 이곳을 떠나는 자신의 모습을 정확히 그려볼 수 없다는 사실을 깨달았다. 그녀는 홀리의 허리에 팔을 둘렀고, 딸의 몸이 자기가 만든 것이어도 지금은 자신에게서 완전히 분리된 무엇이라는 생각이 들었다. "그럴 것 같지는 않아." 그녀가 말했고, 둘은 곧 다시 잠들었다.

선센터에서 지내기로 한 열하루 중 여덟번째 날, 테리사는 아침 명상을 하러 가서 홀리 옆에 앉아 눈을 감았고, 맏아들을 보았다. 그 모습이 아주 뚜렷해서 그 시간 내내 그가 그 방에 그녀와 함께 있었던 것처럼 느껴졌다. 평생 그녀가 있었던 모든 방에 그도 함께 있었는데 지금까지는 그저 잘못된 방향을 바라보고 있었던 것처럼 느껴졌다. 꿈을 꾸거나 유체이탈 경험을 하는 것이 아니었다. 그녀는 자기가 여전히 샬레에 있다는 것을, 여전히 앉아 있다는 것을 알았지만, 동시에 캘과 그애의 여동생들과 함께였다. 키팅의 딸들인 캐럴라인과 프래니도 함께 있었다. 그녀는 그들 다섯이 버트 부모의 집 부엌문을, 자신이 버트와 사귈 때나 결혼식을 계획하면서 수도 없이 드나들던 그 문을 통해 나가는 것을 보았다.

요리사인 어니스틴이 아이들에게 마구간에서 네드를 성가시게 하지 말고 그가 시키는 대로 하라고 당부하고, 여자아이들이 네, 그럴게요, 하고 대답한다. 그녀가 냉장고 맨 아래 칸에서 시든 당근 반 자루와 작은 사과 두 개를 꺼내 저넷에게 주고, 저넷은 그녀에게 감사의 미소를 지어 보인다. 어느 누구도 저넷에게 뭔가를 준 적이 없었다. 캘은 이미 포치 저만치 가 있다. 그는 어니스틴에게 아무 말도 하지 않는다. 여자아이들을 기다리지 않는다.

"캘!" 어니스틴이 방충문 너머로 소리쳐 말한다. "남동생은 어디 있니?"

그는 걸음을 멈추지 않는다. 돌아보지 않는다. 등을 보인 채 어깨를 으쓱하고 두 손을 들어올린다. 캘, 테리사는 말하고 싶다. 대답해! 하지만 그녀는 말하지 않는다. 그녀는 지금 삼십오 년 전 일어난 어느 하루의 일을 바다 건너에서 지켜보고 있다. 그의 행동을 바로잡아줄 수 없다. 결과를 바꾸지 못한다. 그녀에게는 앉아서 지켜보는 것이 허용될 뿐이고, 그것은 기적 같은 일이다.

그들 다섯이 집 뒤쪽 아스팔트 진입로를 걸어가 곧 흙길로 접어드는데, 그 길 끝은 도로가 아니라 바퀏자국이 있는 좁은 길 두 개다. 두 길 사이에 풀이 자라 중앙 분리대가 만들어졌다. 홀리와 캐럴라인이 뭐라고 이야기하고 저넷과 프래니가 듣는다. 캘이 저만치 앞서 있고, 여자아이들은 따라잡기 위해 이따금 종종걸음치며 빠르게 걷는다. 그들은 그와 함께 있지 않고 그들끼리 있고 싶다. 하지만 다섯 명 모두 서로 충분히 가깝다는 느낌을 갖고 있다. 캘은 아버지처럼 키가 크고 금발에 눈동자가 푸른색이고, 피부색은 바깥에서 여름을 보내 까무잡잡하다. 얼굴 표정이 분노로 이글거리는 것 같은데, 생각해보면 늘 그렇다. 그는 버지니아에 있는 것이 싫고, 여동생들, 키팅의 딸들, 새어머니, 할아버지 할머니와 같이 있는 것이 싫다. 말의 털을 빗질하는 것도 싫고, 파리나 모기에게 물어뜯기는 것도 싫고, 똥과 건초의 고약한 냄새를 맡으며 서 있는 것도 싫다. 하지만 그것 말고 할 만한 더 나은 것이 없다. 열다섯 살이 힘든 게 그것이다―생각해낼 수 있는 모든 것이 죄다 싫다. 날이 덥지만 그는 UCLA 티셔츠와 리바이스 청바지를 입고 있다. 캘이 긴바지를 입었다는 것은 그가 또 총을 가졌다는 의미다. 아이들 모두 그 사실을 안다.

캘이 반다나로 다리에 총을 묶고 다녔다고, 저넷이 테리사에게 말해주었다. 오래전 토런스의 집에서 둘이서만 살게 된 그해에 저넷이 어머니에게 모든 것을 말해주었다. 홀리와 앨비가 없는 자리에서 저넷은 캘이 죽은 날에 대해 마음놓고 이야기할 수 있었다. 앨비를 재우기 위해 그들이 어떻게 베나드릴을 다 써버렸는지, 그들이 어떤 길로 마구간에 갔는지, 그들이 죽어가는 캘을, 거리가 충분히 가까워지면 그들을 때리는 장난을 치려고 그러는 거라고 생각하며 어떻게 그냥 내버려두고 갔는지를. 그리고 그 장난에 속아넘어가지 않았다는 걸 그에게 보여주려고 풀밭에서 데이지 목걸이를 만들며 한참을, 한참을 기다렸다는 것을. 저넷이 그 모든 이야기를 해주었지만 그때 테리사는 보지 못했다. 예전에는 아무것도 보지 못했다.

목소리가 여자아이들 중에서, 학교 전체에서 가장 예뻤던 홀리가 팔을 흔들며 노래하기 시작한다. "교회로 갈 거예요, 그리고 우리는……"*

"결혼할 거예요." 캐럴라인과 프래니가 같이 부른다.

---

* 딕시 컵스가 1964년에 불러 유명해진 노래 〈Chapel of Love〉의 가사로, 결혼식 당일 신부가 느끼는 행복과 흥분을 노래한다.

"교회로 갈 거예요. 그리고 우리는……"

"결혼할 거예요." 캐럴라인과 프래니. 저넷은 처음에 노래하지 않지만 지금은 입술을 달싹거린다.

"아, 나는 당신을 정말 사랑해요. 그리고 우리는……"

"이 분 동안만 입 좀 닥쳐줄래?" 캘이 걸으면서 돌아보고 부탁한다. 그는 이제 그들보다 한참 앞서서 노랫소리가 크게 거슬리지 않을 만큼 멀리, 키 큰 풀숲에 떨어져 있지만, 노랫소리는 여전히 거슬린다. "그 부탁이 그렇게 들어주기 어려워?"

그게 아들의 마지막 말이다.

"결혼할 거예요." 이제 저넷마저 목청을 높여 따라 부르며 그들넷이 합창을 하는데, 갑자기 캘이 그들을 향해 돌진한다. 그가 정말 화가 났는지 장난을 치려는 건지 알 수 없지만, 여자아이들은 비명을 지르며 흩어져 네 방향으로 달린다. 누구든 한 명은 붙잡을 수 있을 테니 정하기만 하면 되는데, 그가 멈춘다. 무슨 일인가가 일어나 그의 목에 날카로운 통증이 느껴지고, 그의 친여동생들과 친동생이 아닌 여동생들이 그의 주위로 원을 그리며 달린다. 그가 걸음을 멈추고 손을 가슴 위 목 아래쪽 근처에 갖다댄다. 스위스에서 방석 위에 앉아 있는 테리사는 목이 죄어오고 숨통이 막히는 것 같다. 그녀가 그를 지켜보고 있기에, 그녀가 바로 그이기에. 여자아이들이 노래하며 달리고 있고, 그녀는 여자아이들이 멈춰주면 좋겠다. 그도 여자아이들이 멈추길 바라지만 그 말을 할 수가 없다. 벌이 아직 그의 목덜미에 붙어 기어다닌다. 그게 느껴지는데도 그는 벌을 쳐서 쫓아버릴 수가 없다. 그는 쓰러지고 있다. 풀밭으로, 그곳만은 아닌 더 먼 어딘가로 쓰러진다. 여자아이들의 목소리는 피의 파도에 휩쓸려나가고, 그의 심장은 두근거리고, 여자아이들의 티셔츠 색깔이 희미해지고, 태양과 하늘과 풀이 아득히 사라진다. 혀가 입안 가득 커진다. 그가 주머니에 손을 넣어 마지막 남은 베나드릴을 찾으려고 하지만, 남았다 하더라도 자신의 손을 찾을 수 없다. 그는 빙글빙글 중력의 모든 힘에 이끌려 뒤로 곧장 넘어지고, 땅이 세게 부딪쳐오며 벌을 땅속에 박아넣는다. 그 순간 그는 마지막 공기, 마지막 햇빛을 받아들인다. 그는 열다섯 살, 열 살, 이어 다섯 살이다. 그는 한순간이다. 그가 그녀에게 다시 날아온다. 그는 다시 그녀의 것이다. 그녀는 그가 자기 품으로 돌아올 때 가슴에서 그의 무게를 느낀다. 그는 그녀의 아들, 그녀의 사랑하는 아이이고, 그녀는 그를 다시 받아들인다.

9

테리사 커즌스가 죽은 뒤의 크리스마스에도 픽스는 여전히 살아 있었다. 불가능했지만 사실이었다. 이번이 그의 마지막 크리스마스가 될 수 있었지만, 따지고 보면 지난 두 번의 크리스마스 역시 그의 마지막 크리스마스였고, 지난 추수감사절도 그의 마지막 추수감사절이었다. 프래니는 이번 명절에 쿠마와 아들들을 또 두고 떠나고 싶지 않았고, 그들을 데리고 샌타모니카로 가고 싶지도 않았다. 그건 너무 우울한 일이었다. 프래니와 캐럴라인은 아버지가 곧 죽는다는 생각에 매년 점점 소홀히 대했던 어머니 또한 신경써야 했다.

"아빠만 걱정할 수는 없어." 캐럴라인이 어머니의 남편을 생각하며 말했다. 어머니는 이제 프래니에게보다 캐럴라인에게 더 많은 이야기를 털어놓고 있었다. 그것이 오래 사는 것의 기쁨이었다. 어떤 일들은 그냥 그런 식으로 풀려갔다. 캐럴라인과 어머니는 아주 가까워졌다.

"지금 동전 던지기를 할 거야." 캐럴라인이 전화기 너머에서 말했다. "너는 그냥 나를 믿으면 돼."

"믿어." 프래니가 말했다. 그녀가 캐럴라인보다 더 믿는 사람은 없었다.

"앞면이 나오면 크리스마스에 네가 아빠한테 가고 뒷면이 나오면 내가 가는 거야." 결정은 결국 이런 식이었고, 한순간 기대감이 고조된 정적이 흐른 뒤 새너제이에 있는 캐럴라인의 부엌 식탁에 동전이 땡그랑 떨어지는 소리가 들렸다.

기상 조건이 좋지 않아—눈이 내렸고 칠흑같이 어두웠다—프래니와 쿠마와 아들들을 덜레스 공항에 내려놓아야 할 비행기가 착륙 전 사십오 분 동안 선회비행을 했다. 열네 살인 라비와 열두 살인 애밋은 지금 렌터카 뒤쪽에 앉아, 귓구멍 깊숙이 이어폰을 꽂은 채 서로 엇박자로 고개를 까딱거리고 있었다. 아이들은 비행기가 활주로에 내려앉을 때 빙판을 미끄러진 것이 아무렇지 않은 모양이었고, 그것과 마찬가지로 사고와 빙판과 얻어맞은 개처럼 엉금엉금 교외로 돌아가는 차들과 제시간에 도착하려고 발을 동동 구르는 명절 여행자들과 어디론가 달아나려고 필사적인 명절 여행자들로 가득한, 알링턴으로 가는 주간고속도로 역시 아무렇지 않은 듯했다. 프래니는 저녁식사를 미루지 말라고 말하기 위해 어머니에게 전화를 걸었다. 얼마나 늦어질지 도저히 알 수 없었다.

"필요한 만큼 늦어도 괜찮아." 어머니가 말했다. "상황이 안 좋아지면 우리는 어니언딥을 먹으면 되니까." 그녀는 늘 짭조름한 것을 좋아하는 라비를 위해 어니언딥을, 단것을 좋아하는 애밋을 위해 캐러멜 케이크를 준비했다.

"어머니가 꼭 어니언딥을 먹어본 것처럼 말씀하셔." 프래니가 전화를 끊은 뒤 쿠마에게 말했다. 그녀가 차를 아주 조금 앞으로 이동시키는 동안 쿠마는 업무상 받은 마지막 이메일을 처리하고 있었다. 쿠마는 거대 기업 마틴 앤드 폭스의 기업 인수 및 합병 부서에서 일했다. 아내가 눈앞을 가리는 눈발을 통과하는 동안에도 그는 악의적인 기업 인수로부터 고객을 지켜내기 위한 계획을 세우고 있었다. 만약 봄베이에 사는 그의 어머니를 보러 가는 길이었다면 그녀가 운전하지 않았을 터였다.

"난 당신 어머니가 뭐든 드시는 걸 본 적이 없어." 쿠마가 휴대폰 화면에 불이 날 정도로 양쪽 엄지를 움직이며 말했다. "그게 당신 어머니가 여신인 걸 입증해주는 최고의 증거지."

베벌리와 잭 다인은 결혼 당시 둘 다 육십대로, 그녀는 육십대 초반, 그는 육십대 후반이었다. 쿠마는 프래니의 어머니를 잭 다인의 아내로만, 알링턴 자동차 매매업의 여제로만 알아서, 그녀를 행복하고 권세 있는 사람으로, 보석으로 장식된 화려함의 원천으로 여겼다. 쿠마는 그의 장모가 과거로부터 자유로운, 현재의 순간을 사는 사람이라고 믿었고, 그 선물에 대한 대가로 베벌리는 그를 아들처럼 사랑했다.

잭 다인의 집은 한때 펜실베이니아 출신의 4선 상원의원의 것이었다. 담장과 대문이 있었지만 대문은 열려 있었고, 담장에는 소나무 가지들을 걸고 중간 중간에 대형 화환을 걸어서 크리스마스 장식을 해놓았다. 넓은 원형 진입로에 차들이 세워져 있었다. 모든 창문의 모든 전등이 켜져 있었고, 높은 나뭇가지에 꽂아둔 전등도 켜져 있었다. 눈이 빛을 반사해 세상을 밝혔다. 그들은 차에서 그 집 앞쪽의 긴 창문을 통해 거대한 인형의 집에 모여든 인형들처럼 가득 들어찬 사람들을 모두 볼 수 있었다.

"우리를 위해 파티를 연 거예요?" 애밋이 뒷좌석에서 물었다. 할머니의 집에서는 뭐든 가능했다. 남은 주차 공간이 진입로 끝의 몇 자리뿐이라 그들은 가방을 뒤쪽에서 힘겹게 끌면서 눈밭을 걸어갔다.

"메리 크리스마스!" 베벌리가 문을 활짝 열며 말했다. 그녀는 먼저 애밋을, 이어 라비를 안아준 뒤 한 팔에 한 명씩 둘을 한꺼번에 끌어안았다. 베벌리는 일흔여덟 살이었지만 다른 누구의 예순다섯에 견주어도 뒤지지 않았다. 여전히 날씬하고 금발이지만 결코 너무 지나쳐 보이지는 않는 감각을 지녔다. 엄청난 미인으로 살아온 삶의 증거가 여전히 뚜렷했다. 그녀의 등뒤로 집안에 불빛과 소나무와 샴페인 잔들이 넘쳐났다. 거실에 놓은 크리스마스트리는 가장 높은 가지가 천장에 닿았고 온통 다이아몬드와 분홍색 사파이어로 덮여 있는 것만 같았다. 집안의 반대쪽 어딘가에서 누군가가 피아노를 치고 있었다. 여자들이 웃고 있었다.

"파티를 할 거라는 말씀은 안 하셨잖아요." 프래니가 말했다.

"우리는 크리스마스이브에 늘 파티를 해." 베벌리가 말했다. 그녀는 세련된 빨간색 드레스에 세 줄짜리 진주 목걸이를 하고 있었다. "여호와의 증인 신자들처럼 포치에 서 있지 말고 이제 집안으로 들어오겠니?"

쿠마와 프래니가 가방을 끌어 안으로 옮긴 뒤 어깨와 머리칼에 묻은 눈을 떨어냈다. 적어도 쿠마는 슈트를 입고 있었다. 공항에 가는 길에 그를 회사에서 바로 태워 왔다. 하지만 프래니와 아들들은 매무새가 흐트러진 여행자들과 다름없어 보였다. 손님들이 음식을 잔뜩 쌓은 접시를 들고 돌아다니는 것을 본 아이들은 가방을 내려놓고 뷔페를 찾아 곧장 식사실로 향했다. 아이들은 늘 허기져 있었다.

"오늘은 크리스마스이브가 아니잖아요." 프래니가 말했다.

"매슈의 가족이 이번 크리스마스에 베일로 스키를 타러 갈 거래. 그래서 내가 파티를 앞당겼어. 이렇게 하는 편이 모두에게 더 편할 것 같아서. 정말이지 앞으로는 매년 22일에 이 파티를 할까 생각중이야."

"하지만 우리한테 말씀 안 해주셨잖아요."

쿠마가 허리를 숙여 베벌리의 뺨에 키스했다. "정말 아름다우세요." 그가 화제를 바꾸었다.

"프래니!" 중년을 넘긴 체격 좋은 남자가 빨간색 새발격자무늬의 버튼업 조끼를 입고 다가와 지나치게 열광적인 포옹으로 프래니를 가로챈 뒤 그르렁거리는 소리를 내며 그녀를 앞뒤로 흔들었다. "내가 좋아하는 여동생 잘 지냈어?"

"캐럴라인이 없으니까 저러는 거야." 베벌리가 말했다. "캐럴라인에게 어떻게 하는지 네가 봐야 하는데."

"캐럴라인이 저한테 무료로 법률 자문을 해줘요." 피트가 말했다.

"명절 동안 고소를 당하시면 제가 기꺼이 도와드리죠." 쿠마가 말했다.

피트가 돌아서서 쿠마를 보더니 누군지 기억해내려고 애썼다. 마침내 모든 것이 꿰맞춰졌는지 그의 얼굴이 기쁨으로 환해졌다. "그랬지." 그가 프래니에게 말했다. "그도 변호사란 걸 내가 잊었어."

"메리 크리스마스, 피트." 프래니가 말했다. 그녀는 분명 이날 저녁 어느 시점에 울음을 터뜨릴 것이다. 문제는 얼마나 오래 참아낼 수 있는가였다.

"피트네 가족이 케이티와 새로 태어난 아기를 보러 뉴욕에 간대." 베벌리가 말했다. "케이티가 아기를 낳았다고 내가 말했던가?"

"뉴욕의 크리스마스라." 피트가 웃었고, 프래니는 그의 치아를 보며 인간의 치아 크기로 깎아놓은 코끼리의 엄니, 상아를 떠올렸다. 그는 작은 크리스털 컵으로 에그노그를 마시고 있었다. "상상이 가? 물론 그렇겠지. 너는 도시 여자니까. 아직 시카고에 사니?"

"짐부터 풀게 얘들을 위층으로 올려보내자." 베벌리가 피트에게 말했다. "곧 다시 내려올 거야. 방금 비행기에서 내렸어."

하지만 그 순간, 도약하는 수사슴을 작은 바늘땀으로 확실히 표현해낸 자수 조끼를 입은 잭 다인이 그쪽으로 왔다. 잭은 언제나 키 크고 어깨가 벌어진 우람한 남자였지만, 지금은 아내보다 더 커 보이지 않았다. "이 예쁜 아가씨는 누구지?" 그가 프래니를 가리키며 물었다.

베벌리가 남편에게 한쪽 팔을 둘렀다. "잭, 프래니예요. 내 딸 프래니. 기억하죠?"

"당신하고 닮았어." 잭이 말했다.

"그리고 이쪽은 쿠마. 기억해요?"

"이 친구가 가방을 가져다놓으면 되겠네." 잭이 그에게 가보라는 손짓을 하며 말했다. "이제 가보게. 이 가방들을 2층으로 가지고 올라가."

쿠마가 미소를 지었는데, 어떻게 그럴 수 있는지 신기했다. 그는 마음이 넓은 남자였고, 마침 아들들은 그 자리에 없어서 그 장면을 보는 것을 피할 수 있었다.

"잭," 프래니가 새아버지의 떨리는 팔에 손을 갖다대며 말했다. "쿠마는 제 남편이에요."

하지만 쿠마는 빠져나갈 출구를 놓칠 생각이 없었다. 그는 가능한 것을 잡아채는 사람이었다. "네, 어르신." 그가 말하고 고개를 까딱했다. 그리고 균형감과 힘으로 용케 그 모든 짐을 들어올리는 불가능한 위업을 이루어냈다. 아들들의 더플백은 가슴에 대각선으로 둘러멨다.

"부엌을 통해서 가게." 쿠마가 휘감아 올라가는 형태의 계단을 향해 한 걸음 옮기자 잭이 말했다. 짐 때문에 넘어질 뻔했지만 그럼에도 그는 돌아서서 가방들을 부엌으로 가져갈 수 있었다. 하인을 부리던 시절에 하인들이 이용했을 법한 좁은 계단이 뒤쪽에 있었다.

"저치들은 파티 한복판을 뚫고 지나가도 된다고 생각하는 것 같아." 잭이 쿠마의 등을 눈으로 좇으며 프래니에게 말했다. "늘 주시해야 해."

"저 사람은 제 남편이에요." 프래니가 말했다. 울컥 목이 메었던가? 그녀의 목안에서 몹시 이상한 감각이 느껴졌다.

잭이 그녀의 손을 토닥였다. "예쁜 숙녀에게 어떤 음료를 갖다줄까."

"저는 괜찮아요, 잭." 프래니는 동전 던지기에서 자기가 이긴 거라고 생각했었다. 캐럴라인의 식탁에 동전이 떨어지는 소리가 들리고 캐럴라인이 프래니에게 버지니아로 가서 크리스마스를 보내라고 했을 때, 프래니는 자신이 더 나은 쪽을 가진 거라고 생각했다. 이제 프래니는 죽어가는 아버지를, 거의 죽은 것과 다름없는 아버지를 자신이 얼마나 그리워하는지 깨달았다.

"에그노그를 좀 가져다주마." 잭 다인이 말하고는 돌아서서 다시 사람들 속으로 걸어갔다.

"더 나빠지셨어요." 피트가 자기 아버지를 눈으로 좇았다. "못 알아차리셨을까봐 말씀드리는 거예요. 훨씬 더 나빠지셨어요. 아직 불을 지르진 않으셨죠?"

"왜 그런 말을 하니?" 베벌리가 물었지만 목소리에는 생기가 없었다. 그녀는 잭 다인을 사랑했다. 아니 그가 아직 그녀가 아는 누군가였을 때 그를 사랑했다. 한편 그의 아들들은 종종 그녀가 줄 수 있는 것보다 더 많은 관심을 요구했다.

"조만간 그러실 테니까요." 피트가 말했다. 그는 더 나은 대화 상대를 찾아 사람들을 훑었다. "매슈!" 그가 손을 들어 자신의 동생을 향해 흔들었다. "여기! 프래니가 집에 왔어."

매슈 다인의 조끼는 검정색이었고, 손목에 찬 금시계에 작은 빨간색 크리스마스 장식이 달려 있었다. 유리공 하나로 그는 다른 어떤 사람들보다 더 크리스마스 분위기를 풍겼다. 프래니는 잭 다인의 크리스마스 파티에 오는 남자들은 조끼를 입어야 한다는 사실을 잊고 있었다. 그곳을 휙 둘러보다가 그 테마가 떠올랐다. 여자는 빨간색, 남자는 조끼. 매슈가 두 손으로 프래니의 두 손을 잡고 그녀의 뺨에 키스했다. "문에서 세 걸음도 더 못 들어왔구나." 그가 묵직한 목소리로 말했다.

프래니는 매슈를 가장 좋아했다. 모두 그랬다. "릭은 어디 있어요?" 그녀는 사람들을 뚫고 계단까지 가기 전에 일단 세 형제를 모두 만나는 게 좋겠다고 생각하며 말했다.

"릭은 어떤 일 때문에 기분이 상했어." 베벌리가 말했다. "오지 않을 거라고 하던데."

"올 거예요." 매슈가 말했다. "로라 리와 딸들이 이미 와 있거든요."

나는 세인트아이브스에 가는 길에 일곱 명의 아내를 둔 남자를 만났어요. 아내들은 각각 일곱 개의 자루를 가졌고, 각각의 자루에는 일곱 마리의 고양이가 들어 있었어요.* 프래니는 그들이 제대로 외워지지 않았다. 다인의 아들들, 오십대에 들어섰지만 사람들은 여전히 그들을 그렇게 불렀다. 아들들을 기억하는 데는 어려움이 없었지만 그들의 아내들과 두번째 아내들은 헷갈렸다. 아이들도 어떤 경우에는 두 세트로 분류되어 다 커서 결혼한 아이들, 그리고 아직 어린 꼬마들로 나뉘었다. 아기 고양이들, 고양이들, 자루들, 아내들. 다인의 가족들 중에는 프래니를 좀 애매한 여자 형제, 사촌, 딸, 고모로 여기는 사람들도 있었다. 뉴욕에 사는 케이티 다인이 아기를 낳았다. 그녀가 모든 방향으로 뻗어나간 모든 선을, 결혼에 의해 수수께끼처럼 연결된 모든 사람들을 알 수는 없었다. 잭 다인의 첫번째 아내 페기는 이십 년도 더 전에 죽었지만, 페기 다인의 자매들은 그들의 남편들과 아이들과 아이들의 배우자들과 아이들 부부의

---

* 영어권의 전래동요로 이런 식으로 노랫말이 계속 이어진다.

아이들과 함께 여전히 해마다 파티에 초대되었다—소중한 손님들로! 그들은 해마다 나타나 한때 그들 자매의 것이었던 그 집에 서서 베벌리가 직접 만든 카나페를 먹으며 바뀐 것들의 목록을 읊어 댔다—새 소파와 페인트 색깔을 바꾼 거실, 벽난로 위에 놓은 새들의 그림. 그것은 폐기의 기억에 대한 모독이었다. 물건의 배치가 달라지는 것은 그들이 참을 수 있는 정도를 넘어서는 일이었다.

손님들 사이에 베벌리의 딸이 도착했다는 이야기가 퍼지기 시작했다. 그녀를 아는 사람들은 그녀를 몹시 보고 싶어했고, 모르는 사람들도 그녀에 대해 들은 이야기가 아주 많았다. 매슈가 그녀에게 몸을 숙이고 귓가에 속삭였다. "달아나."

프래니가 어머니에게 키스했다. "금방 돌아올게요." 그녀가 말했다.

그녀는 부엌을 지나갔다. 흑인 둘이 검은 바지와 흰 셔츠, 조끼에 타이를 맨 차림으로 은색 쟁반에 햄 비스킷을 쌓고 있었고, 또 한 남자는 은으로 된 아주 큰 서빙 접시 한가운데에 있는 컷글라스 칵테일 소스 볼 주변에 삶은 새우를 가지런히 놓고 있었다. 그녀가 부엌을 지나가는데도 그들은 하던 일에서 고개를 들지 않았다. 그녀를 보았다 해도 그들은 아무 말도 하지 않았을 것이다. 그녀는 뒤쪽 계단을 올라가 자신과 쿠마가 이곳에 오면 늘 자는 방으로 갔다. 다인의 아들들 모두 타운에, 그들 소유의 아름다운 집에 살았기 때문에 크리스마스에도 방 걱정은 없었다. 잭 다인이 은퇴하면서 그의 제국은 셋으로 나뉘었다. 매슈에게는 도요타를, 피트에게는 스바루를, 릭에게는 폭스바겐을 넘겼다. 릭은 게으른데다 심성도 곱지 않아 종종 매슈가 도요타를 가져간 것이 공평하지 않다고 말했다. 어느 누구도 도요타와 경쟁 상대가 되지 않았다. 릭은 형에 대해 특히 도요타 프리우스를 부러워했다.

프래니가 조용히 문을 여니 남편이 어둠 속에서 침대 이불 위에 누워 있었다. 재킷과 타이는 옷장 안에 걸려 있고, 구두는 침대 밑에 넣어져 있었다. 쿠마는 로스쿨에 같이 다니던 시절에도 늘 정리 정돈을 잘했다. 그녀는 코트와 스카프를 바닥에 툭 떨어뜨리고 발에서 스노부츠를 잡아 뺐다.

"나 자신이 참 딱한 것 같아." 그가 배 위에 손을 포개 올리고 눈을 감은 채로 조용히 말했다. "당신이 딱하다는 생각이 더 먼저지만."

"고마워." 그녀가 말했고, 널찍한 매트리스 위를 기어 그의 옆에 가서 누웠다.

그가 그녀를 한 팔로 감싸안고 그녀의 머리칼에 키스했다. "다른 부부라면 지금 사랑을 나눌 텐데."

프래니가 웃으며 그의 어깨에 얼굴을 갖다댔다. "그 부부는 아이들이 언제 불쑥 들어올지 모르는 그런 부부가 아니지."

"그 부부는 다른 인종이라는 이유로 자기가 연 파티에서 사위를 총으로 쏴버리는 장인이 없는 부부고."

"그건 미안하게 됐어." 프래니가 말했다.

"불쌍한 당신 어머니. 당신 어머니도 딱하다는 생각이 들어."

프래니가 한숨을 쉬었다. "나도 알아."

"당신은 파티에 가봐야지." 그가 말했다. "나는 당신과 그 자리에 다시 갈 만큼 용감하지 않지만 당신은 가야 해."

"나도 알아." 그녀가 말했다.

"우리 아들들에게 나한테 먹을 걸 좀 갖다달라고 말해줄래?"

프래니가 눈을 감고 그의 가슴팍에 얼굴을 댄 채 고개를 끄덕였다.

쿠마가 자신의 뜻대로 한다면, 그들은 매년 추수감사절 전에 피지로 떠났다가 새해가 시작되고 크리스마스 장식들이 치워질 때까지 집으로 돌아오지 않아야 했다. 그들은 물고기와 함께 수영하고 파파야를 먹으며 해변에 누워 있을 것이다. 그러다 세월이 흘러 피지가 싫증나면 발리나 시드니로, 혹은 어디든 자음과 모음의 수가 같은* 볕이 좋은 모래 해변으로 가는 것이다.

"학교는 어쩌고?" 프래니가 물었다.

"한 학년에 육 주 동안은 홈스쿨링을 해도 되지 않아? 육 주를 다 채우지도 못할 거야. 주말과 명절 공휴일을 빼면."

"일은 어쩌고?"

쿠마는 그녀를 휙 쳐다보았고, 이어 그의 짙은 눈썹이 아래로 내려갔다. "그냥 같이 공상의 세계에 좀 빠지자." 그가 말했다.

쿠마의 첫 아내 사프나는 애밋이 태어나고 나흘 뒤, 크리스마스 시즌이 절정으로 치닫고 있던 무렵의 진주만 습격 기념일**에 죽었다. 애밋이 지금 열두 살이니 그게 얼마나 오래전 일인지 기억하기 쉬웠다. 사프나는 쿠마보다 열 살 더 어렸다.

"자기가 십 년은 더 친절해." 그는 그녀의 생일에 그렇게 말하곤 했다. "자기가 십 년은 더 너그러워." 그건 사실이었다. 사프나가 삶에서 드러낸 기쁨을 보면 복잡한 사람 같지 않았지만, 사실 그

---

* Fiji, Bali, Sydney 모두 각각 같은 수의 자음과 모음을 가졌음을 말한다.

** 12월 7일로, 국가 공휴일은 아니다.

녀 또한 어느 누구만큼 복잡한 사람이었을 것이다. "행복에 어리석음이란 없어." 그녀는 그렇게 즐겨 말했다. 그녀는 남편을 사랑했고, 아들들을 사랑했다. 그녀는 미시간 북부를 벗어나 시카고로 오면서 무척 좋아했다. 그들의 삶은, 아무리 바쁘고 얼어붙을 듯 추워도 즐거운 삶이었다. 그녀는 둘째 아이를 무사히 출산했다. 그들 모두 함께 집에 있었다. 두 살 반이었던 라비는 낮잠을 자고 있었다. 사프나는 아기를 품에 안고 소파에 앉아 있었다. 그녀가 쿠마를 똑바로 바라보며 말했다. "그게 가장 이상한 일이야." 그리고 눈을 감았다.

부검 결과 심장의 유전적 이상—롱 QT 증후군—이 밝혀졌다. 그녀의 상태가 얼마나 심각했는지 고려할 때, 그녀가 라비를 낳은 뒤 죽지 않은 것이 오히려 놀라운 일이었다. 하지만 어떤 사람들은 죽지 않았다. 어떤 사람들은 자신들이 어떤 운명을 비껴갔는지 모르는 채 한평생을 살았다. 사프나의 어머니를 검사해보자 같은 유전자가 발견되었다. 사프나의 자매도 그랬다.

"이 지구상에 사는 사람들 절대다수의 경우," 픽스가 말했었다. "자기를 죽일 요소는 이미 자기 안에 있어."

아내가 죽은 지 채 일 년이 되지 않았을 때 프래니가 파머하우스에서 쿠마의 테이블로 다가와 무엇을 마실지 물었다.

"맙소사," 그가 믿지 못하겠다는 듯 그녀를 올려다보며 말했다. "아직 여기서 일하는 건 아니겠지."

쿠마, 그녀는 생각했다. 어떻게 쿠마를 잊고 있었지? "가끔 일해. 주말에만." 프래니가 말한 뒤 허리를 숙여 그의 뺨에 키스했다. "시카고대학교 법률도서관에서 일하는데 보수가 엄청 짜. 게다가 나는 여기를 좋아하니까."

쿠마는 그곳에서 고객을 만나 저녁식사를 하러 가려고 기다리는 중이었다. "너한테 일자리를 제안할게." 그가 말했다. "월요일에 시작하면 돼. 네 직장 두 개를 합친 것보다 더 많이 벌 수 있어."

프래니가 웃었다. 쿠마는 변하지 않았다. "하는 일이 뭔데?"

"실사." 그가 그 자리에서 할일을 만들어냈다. "합병을 위한 재정 기록을 수집해주면 돼."

"나는 로스쿨을 마치지 않았어."

"로스쿨에서 네가 어디까지 공부했는지는 내가 잘 알지. 우리는 믿을 수 있는 사람이 필요해. 이게 네 면접이야. 자, 내가 너를 고용했어."

짙은 회색 슈트 차림의 키가 큰 흑인 남자가 테이블로 다가오는 것을 보고 쿠마는 그를 맞으려고 자리에서 일어섰다. "우리 회사에서 새로 일하게 된 동료예요." 쿠마가 그 남자에게 말하며 손을 내밀어 프래니를 가리켰다. "프래니 키팅. 아직 키팅*이야?"

"프래니 키팅입니다." 그녀가 말하고 그 남자와 악수했다.

나중에 쿠마는 그 자리에서 모든 것을 결정했다고 말할 것이다. 프래니와 결혼할 것이고, 그렇게 함으로써 풀리지 않는 문제를 제외한 모든 문제를 해결할 거라고. 그들이 어렸을 때 그는, 그녀를 사랑했다―그녀가 그의 아파트에서 지낼 때에는 그렇지 않았을지 몰라도 적어도 그녀가 리오 포즌과 함께 떠난 뒤로는 그랬다. 그녀가 자유로운 상태라면 다시 사랑하지 않을 이유가 없었다. 문제는

---

* 미국에서는 결혼하면 대체로 남자의 성을 따르므로 아직 결혼하지 않았느냐는 말.

시간이었다. 애밋이 태어났을 때 사프나의 부모가 라비를 봐주러 미시간에서 왔는데, 일 년이 다 된 지금도 아직 그의 집에서 살고 있었다. 그의 하루에는 직장과 아이들 사이에서, 삶과 엄청난 슬픔의 무게 사이에서 잠식되지 않은 순간이 없었다. 그의 천재성은 프래니와 사귀는 대신 그녀를 고용한 것에 있었다. 어쨌거나 그녀와 연애를 할 마음은 없었다. 그는 그녀와 결혼하고 싶었다. 그녀가 그의 법률회사에 출근한다면 그들은 매일 만날 수 있었다. 엘리베이터에서, 혹은 서류를 주고받으면서, 자연스럽게 서로의 이야기를 나눌 수 있을 것이다. 아이들과 자신의 인생을 그녀에게 맡기기 전에 그는 자신의 아이디어가 생각했던 것만큼 좋다는 것을 확실히 알 수 있을 것이다.

이제 됐어, 그녀에게 명함을 건네고 작별인사를 하면서 그는 이제 다 됐다고 생각했다.

그토록 긴 세월이 지난 뒤에도 바에서는 여전히 같은 테이프를, 아니면 그 이전의 테이프와 놀랍도록 비슷한 테이프를 틀고 있었다. 프래니는 그 음악이 예전에 자신을 얼마나 괴롭혔는지 생각하며 웃었을 것이다. 그녀는 더이상 그 음악이 들리지 않았다. 하지만 쿠마와 그의 고객이 바에서 나가고 그의 명함을 앞치마 주머니에 넣으면서, 그녀는 마음 안쪽에서인 듯 어렴풋이 엘라 피츠제럴드의 노랫소리를 들었다.

내가 잊으려고 그토록 애쓰는 사람이 있어요.
당신도 누군가를 잊고 싶지 않나요?*

어머니의 집 어둠 속에 누워, 프래니는 사프나가 살아 있는 세상을 상상하려고 해보았다. 아마 프래니와 쿠마는 다시 만났겠지만, 어느 날 서점에서 마주쳐 웃으며 인사를 나누고 각자 가던 길을 갔겠지만, 그녀는 그와 결혼하지 않았을 것이고 그의 아들들이 그녀의 아들들이 되지도 않았을 것이다. 사프나가 살아 있는 것을 가정하는 것은, 베벌리가 픽스와 결혼생활을 유지할 수 있었을 거라고 가정하는 것과 같았고, 그렇게 되면 잭 다인도 없고 다인 집안의 새오빠들도, 버지니아에서의 크리스마스 파티도 없다는 말이 되었다. 하지만 그러면 마저리도 없는 것이고, 마저리가 픽스에게 선사한 그토록 엄청난 사랑의 혜택을 생각할 때 그것은 끔찍한 손실이었다. 하지만 버트가 테리사 곁에 계속 머물렀다면, 오십 년 뒤 늦지 않게 병원에 가야 한다고 테리사를 밀어붙여 그녀의 생명을 구할 수 있었을 것이다. 캘은 버트 부모의 집 마구간 근처 키 큰 풀숲에서 그를 기다리고 있던 벌을 피할 수 있었을 것이다. 그는 몇 년 더 살 수 있었겠지만, 또다른 벌이 또다른 어딘가에서 그를 찾아내지 않았을 거라고 누가 말할 수 있겠는가? 캘이 살아 있었다면, 앨비는 자신을 버지니아로 가게 만든 방화 사건을 일으키지 않았을 것이고, 어쨌거나 버트가 캘리포니아에 계속 살았을 것이므로 버지니아에 갈 일도 없었을 것이다. 침대 이불 위 남편 옆에서 반쯤 잠든 채로 프래니는 과거라는 정박지 없이 펼쳐지는 미래의 길은 어떤 것도 그려볼 수 없었다. 버트가 없었다면 프래니는 로스쿨에는 절대 가지 않았을 것이다. 영문학으로 석사학위를 받았을 테니

---

* 〈It's all right with me〉의 노랫말.

쿠마를 만날 일은 아예 없었을 것이다. 파머하우스에서 일하면서 시카고에 살지도 않았을 테고, 따라서 그 옛날 바에 앉아 그녀의 구두에 대해 이야기한 리오 포즌을 만날 일도 결코 없었을 것이다. 그곳에서 프래니의 삶이 시작됐다. 그녀가 몸을 숙여 리오의 담배에 불을 붙여주면서. 어쨌든, 얻거나 잃을 수 있었던 그 모든 것들 중에서 리오를 만나지 못했을 거라는 생각은 그녀가 견딜 수 없는 확실한 한 가지였다.

쿠마의 숨소리가 깊고 느려지자 그녀는 조심스럽게 일어나 여행 가방 안에서 더듬더듬 드레스와 구두를 찾아 어둠 속에서 옷을 갈아입었다.

그녀가 뒤쪽 계단을 내려와 부엌으로 들어가니 어머니가 아침식사를 하는 식탁에 혼자 앉아서 쟁반에 프티푸르를 예쁘게 담고 있었다.

"엄마 대신 이런 걸 해줄 사람들이 있잖아요." 프래니가 말했다.

어머니가 고개를 들더니 고단한 미소를 지어 보였다. "잠시 숨어 있는 거야."

프래니가 고개를 끄덕이고 그녀 옆에 앉았다.

"이 파티는 머릿속으로 생각할 땐 늘 괜찮은 아이디어 같지만," 베벌리가 말했다. "실제로 하면 늘 왜 하는지 알 수 없게 돼."

다른 방에서 손님들이 말하는 소리가 들렸다. 흥겹게 떠드는 목소리는 에그노그와 샴페인 기운에 힘입어 더욱 커졌다. 피아노 연주자가 더 빠른 곡을 연주하고 있었고, 〈열이틀 동안의 크리스마스〉를 재즈로 연주하는 것 같았지만 확신은 없었다. 열이틀, 프래니는 생각했다. 자기라면 그 다섯 개의 금반지*에 이르기도 전에 자살했을 거라고.

베벌리가 상자에서 마지막으로 남은 작고 네모난 케이크를 꺼냈다. 분홍색과 노란색과 흰색으로 된 케이크 각각에 설탕으로 만든 장미가 왕관처럼 올려져 있었다. "릭이 결국 왔어." 그녀가 그 네모난 케이크를 마름모꼴로 돌려놓으며 말했다. "지금 술을 마시고 있어."

"매슈가 릭이 올 거라고 했죠."

"나는 그애들이 모이면 감당이 안 돼." 베벌리가 말했다. "한 명씩 보면 괜찮아. 대체로 괜찮아. 하지만 다 같이 모일 때는 뭔가 논의할 걸 들고 와. 그애들은 미래에 대해 생각이 너무 많아. 내가 잭과 어떻게 할 건지, 내가 이 집을 어떻게 할 건지, 그런 거 말이야. 크리스마스 파티 화제로 어떤 게 적절한지 감이 없는 것 같아. 미래에 어떤 일이 생길지는 나도 모르잖아. 나한테 왜 계속 그걸 묻는지 모르겠어. 너는 미래에 대해 생각하는 게 있니?"

프래니가 갓 부화한 병아리 색깔 같은, 옅은 노란색 프티푸르 하나를 집어 한입에 먹었다. 그렇게 맛있지는 않았지만 생긴 것이 예쁘니 상관없었다. "없어요." 그녀가 말했다. "전혀요."

베벌리가 딸을 보았고, 그녀의 얼굴에 떠오른 표정은 순수한 사랑이었다. "나는 딸 둘을 원했어." 그녀가 말했다. "너와 네 언니.

---

* 노랫말에 의하면, 사랑하는 사람에게 선물을 받는데, 첫번째 크리스마스 날에는 배나무에 앉은 자고새 한 마리를 받고 둘째 날에는 다른 종류의 선물 두 개와 첫째 날 받은 것을 받고, 계속 그런 식으로 이어지다 다섯째 날에는 다섯 개의 금반지와 그 앞의 것들을 받고, 마지막 열이틀째에는 열두 명의 북 치는 소년과 그 앞의 것들을 모두 받는다.

내가 가진 것이 정확히 내가 원했던 거였지. 다른 사람들의 자식들은 너무 힘들어."

어머니가 그렇게 예쁘지 않았다면 그 어떤 일도 일어나지 않았겠지만, 예쁘다는 것이 어머니를 탓할 일은 아니었다. "저는 나가 볼게요." 프래니가 말하며 일어섰다.

어머니가 작은 케이크가 담긴 접시를 내려다보았다. "이걸 색깔별로 나눠야겠다." 그녀가 말하고, 손날을 이용해 그 전부를 식탁 위로 밀었다. "그렇게 하는 게 더 좋을 것 같아."

프래니는 지하실에서 라비와 애밋이 1인용 매트리스 크기만한 텔레비전으로 〈매트릭스〉를 보고 있는 것을 발견했다.

"그거 R등급 영화야." 그녀가 말했다.

소년들이 그녀를 쳐다보았다. "폭력성 때문이에요." 라비가 말했다. "섹스는 아니고요."

"크리스마스잖아요." 애밋이 소원을 말하는 논리를 가동시키며 말했다.

프래니는 아이들 뒤에 서서, 검은 코트를 입은 남자들이 총에 맞아 반으로 갈라지는 것을 피하기 위해 몸을 뒤로 젖혔다가 다시 일으키는 것을 보았다. 그것 때문에 아이들이 악몽을 꾼다면 그 피해는 이미 입은 것이었다.

"엄마, 이거 보신 적 있어요?" 애밋이 물었다.

프래니가 고개를 가로저었다. "내가 보기엔 너무 무서워."

"제가 같이 자드릴게요." 작은아들이 말했다. "무서우시면요."

"엄마가 우리보고 지금 그만 보라고 하면," 라비가 말했다. "무슨 일이 일어날지 우리는 절대 몰라요."

프래니는 잠시 더 보았다. 아마 그녀의 생각이 맞을 것이다. 그녀에게는 너무 무서울 것이다. "아빠가 주무시고 계셔." 그녀가 말했다. "조금 더 있다가 아빠한테 저녁식사를 갖다드려, 그래줄 거지?"

아이들은 작은 승리에 기분좋아져 고개를 끄덕였다.

"아빠한테 영화 이야기는 하지 마세요."

프래니는 다시 계단을 올라가 그 공간을 한 바퀴 다 돌아보았지만 기억나는 사람이 거의 없었다. 그녀는 집을 떠나 대학에 간 뒤로 알링턴에 살지 않았다. 잭 다인의 세 아들의 아내들 모두 그녀와 이야기하고 싶어했고, 자기들끼리는 특별히 대화를 나누고 싶어하지 않았다. 그녀가 가장 좋아한 아들의 아내는 그녀가 가장 좋아하지 않는 아내였고, 그녀가 가장 좋아하지 않는 아들의 아내는 그녀가 다른 아내들보다 훨씬 더 좋아하는 아내였다. 하지만 재미있는 사실은, 뭐든 조금이라도 재미있다는 말은 아니지만, 그녀가 기억하기 가장 힘들었던 아들과 결혼한 아내가 그녀가 가장 기억하기 힘들었던 아내라는 사실이었다.

손님이 아직 한 명도 돌아가지 않은 어느 시점에 프래니는 다시 현관에 나갔다가, 찾으려고 한 것도 아니었는데 우산꽂이 약간 뒤쪽 바닥에 떨어져 있는 자신의 핸드백을 발견했다. 집안으로 들어와 짐을 내려놓으면서 떨어뜨린 것이 틀림없었다. 그녀는 아무 생각 없이 그것을 집어들고 문밖으로 나갔다.

그녀는 파티가 이틀 뒤에 열릴 거라고 생각했었고, 파티 때 입으려고 가져온 드레스도 빨간색이 아니었다. 소매가 긴 짙은 푸른색 벨벳 드레스였는데, 추위에 적당하지 않았고 구두도 눈길에 적당하지 않기는 마찬가지였다. 그렇다고 달라질 것은 전혀 없었다. 모두에게 얼굴을 비친 뒤 그녀는 슬그머니 파티장을 빠져나왔다. "프래니는 어디 있어요?" 하고 사람들이 물을 것이고, 대답은 "부엌에 있을 거예요. 방금 거기서 봤어요"가 될 것이다.

차들은 눈을 뒤집어쓰고 있었고, 그녀의 렌터카는 이보다 덜 어둡지 않은 어둠 속에서 빌린 차였다. 제대로 본 적이 없으니 차 색깔을 알 수 없었다. SUV였다는 것은 기억났는데, 남자들의 조끼처럼 SUV가 초대 조건인 양 차들이 죄다 SUV였다. 그녀는 진입로 끝에서 언덕을 내려갔고, 얼추 주차한 곳 근처에 왔다고 생각했을 때 자동차 키를 눌렀다. 바로 왼쪽 옆에서 삑 소리와 함께 불이 들어왔다. 그녀는 손목으로 차창의 눈을 치운 뒤 안으로 들어갔다. 그리고 히터를 켜고 버트에게 전화했다.

"너무 늦지 않았다면 인사드리러 갈까 해서요." 그녀는 자신이 허둥대는 것 같아 일상적인 목소리를 유지하려고 애썼다.

버트는 늘 늦게까지 깨어 있었다. 프래니가 그에게 밤 열시 이후에는 집으로 전화하지 말아달라는 부탁도 했었다. "좋다마다!" 그가 바로 이 전화를 기다리고 있었다는 듯 말했다. "눈길 조심하고."

버트는 베벌리와 함께 마지막으로 살았던 그 집에 여전히 살고 있었는데, 그 집은 프래니와 캐럴라인이 고등학교에 다닐 때 살았던 집이기도 했고 캐럴라인이 떠난 뒤 앨비가 와서 일 년 동안 지낸 집이기도 했다. 베벌리와 잭 다인이 사는 곳에서 그리 멀지 않았다. 아마 5마일쯤. 하지만 알링턴에서는 5마일 떨어져 살면서 한 번도 얼굴을 마주치지 않는 것이 가능했다.

프래니가 차를 댔을 대 버트는 앞쪽 포치에서 기다리고 있었고,

그의 뒤로 집 앞문이 열려 있었다. 그는 바깥에 나와 있느라 코트를 걸친 채였다. 버트도 나머지 사람들만큼 나이가 들었지만, 노화는 각기 다른 속도로, 다른 방식으로 찾아왔다. 어둠 속에서 보행로를 걸어올라가며, 머리 위로 켜진 포치 등의 밝은 불빛 속에 선 버트 커즌스를 보면서, 프래니는 그가 여전히 예전 모습 그대로라고 생각했다.

"크리스마스 과거의 유령 같구나."* 그녀가 그의 품으로 다가갈 때 그가 말했다.

"더 일찍 전화를 드렸어야 했는데요." 프래니가 말했다. "늘 마지막 순간에 움직이게 되는 것 같아요."

버트는 그녀에게 들어오라고도, 가라고도 하지 않았다. 그저 프래니를 가슴에 끌어안은 채 그 자리에 가만히 서 있었다. 그녀는 언제나 픽스 키팅의 파티에서 그가 안고 다녔던 그 아기였다. 그가 봤던 아기들 중 가장 예쁜 아기. "나한테는 마지막 순간이 가장 잘 맞지." 그가 말했다.

"들어가세요." 그녀가 말했다. "얼어붙을 듯 춥네요."

그녀는 문안으로 들어가 신발을 벗었다.

"전화를 받고 나서 서재에 불을 피웠어. 아직 따뜻해지진 않았지만 훈기가 돌기 시작했다."

프래니는 이 집에 들어선 그 첫 순간을 기억하고 있었다. 열세 살 때였을 것이다. 그들이 그 집을 산 이유가 바로 그 서재 때문이

---

* 찰스 디킨스의 『크리스마스 캐럴』에 등장하는 가상의 유령으로, 에베니저 스크루지에게 나타나 그의 과거, 특히 그가 크리스마스를 싫어하게 된 사건들을 보여준다.

었는데, 거기에는 돌로 만들어진 큰 벽난로가 있었고 불 지피는 곳은 마녀의 솥을 걸어도 될 만큼 컸고 그 방에서 수영장이 내다보이는 방식도 멋졌다. 그때 그녀는 그곳이 궁전이라고 생각했다. 그 집은 한 사람이 살기에는 전적으로 너무 커서, 버트가 그 집을 계속 유지해야 할 이유는 없었다. 하지만 바로 그날 밤 프래니는 그가 그 집을 팔아버리지 않은 것에 감사했는데, 그 덕에 그녀가 집에 돌아올 수 있었기 때문이다.

"마실 것 좀 가져다주마." 그가 말했다.

"홍차 같은 게 있으면요." 그녀가 말했다. "운전해야 해서요." 그녀는 벽난로 앞 석판에 올라섰고 그 따뜻한 돌 위에서 스타킹 신은 발을 풀었다. 그녀와 앨비가 고등학교에 다니던 때, 겨울에 밖에 나가서 담배를 피우기에 날씨가 너무 추우면 둘이서 늦은 밤에 아래층으로 내려와 연통을 열었다. 그리고 담배를 들고 몸을 기울여 벽난로 안에 집어넣고 굴뚝을 통해 연기를 내뿜었다. 그들은 버트의 진을 마시고 부엌 쓰레깃더미 속에 빈병을 버렸지만 벌을 받지 않고 넘어갔다. 부모 중 주류 수납장에 넣어둔 술이 줄어가는 것이나 빈병이 쌓이는 것을 본 사람이 있었다 해도 누구 하나 언급하는 사람은 없었다.

"마셔, 프래니. 크리스마스야."

"오늘은 12월 22일이에요. 왜 모두가 오늘이 크리스마스라고 할까요?"

"바메이드*의 진토닉으로."

---

* 여자 바텐더라는 뜻.

프래니가 그를 보았다. "바메이드의." 그녀가 엄숙하게 말했다. 그녀가 소녀 시절 파티에서 바텐더 놀이를 할 때 버트가 그 요령을 알려주었다. 손님이 이미 취한 상태라면 얼음 넣은 잔에 토닉을 따른 뒤 그 위에 진을 조금만 따르되 섞지 말라는 것이었다. 첫 모금은 맛이 아주 강할 거야, 버트가 그녀에게 말했다. 중요한 건 그것뿐이지. 취한 사람들은 첫 모금 다음은 신경쓰지 않거든.

"졸음이 오면 예전 네 방에서 자고 가도 되고."

"그러면 어머니가 참 좋아하시겠네요." 그것은 늘 버트를 보면 나오는 반어법이었다. 베벌리는 자신이 그를 용서한 모든 시간들에 대해, 프래니와 캐럴라인도 그를 용서할 수 있다는 사실을 이해하지 못했다.

"네 어머니는 어떻게 지내니?" 버트가 물었다. 그가 프래니에게 술을 건넸고, 첫 모금—순수한 진—은 정확히 그 독한 맛이었다.

"예전 모습 그대로세요." 프래니가 말했다.

버트는 입술을 다물며 고개를 끄덕였다. "예상과 조금도 다르지 않구나. 그 늙은이 잭 다인의 상태가 자꾸 안 좋아져서 네 어머니가 그를 돌보느라 힘들어한다고 들었어. 네 어머니가 그 일을 겪어야 한다고는 생각하기 싫구나."

"우리 모두 조만간 그런 일을 겪어야 할 텐데요."

"내가 전화를 한번 걸어 어떻게 지내는지 알아봐야겠어."

오, 버트, 프래니는 생각했다. 그냥 내버려두세요. "아저씨는요?" 그녀가 말했다. "아저씨는 어떻게 지내세요?"

버트는 자신의 술도 만들어 들고 소파에 앉았다. 그녀의 것과는 반대로 진에다 토닉을 살짝 흘렸다. "늙은이치고 나쁘지 않지." 그가 말했다. "여전히 잘 돌아다녀. 내일 전화했으면 못 만났을 거야."

프래니는 불꽃을 키우기 위해 부지깽이로 장작을 여기저기 찔렀다. "내일 어디 가세요?"

"브루클린에." 그가 말했다. 프래니가 손에 부지깽이를 들고 그를 돌아보았고, 그는 큼지막한 미소를 지었다. "저넷이 크리스마스라고 나를 초대했어. 자기들이 사는 곳에서 두 블록 떨어진 곳에 호텔이 있대. 꽤 괜찮은 곳이야. 지금까지 그애들을 보러 그곳에 두어 번 갔지."

"정말 좋은 소식인데요." 프래니가 말한 뒤 소파로 가서 버트 옆에 앉았다. "그 이야기 들으니 저도 기뻐요."

"지난 몇 년 동안 우리는 더 잘 지내고 있어. 홀리하고도 이메일을 주고받고. 홀리는 나보고 스위스로 와서 자기가 지내는 그 공동체에서 만나자고 그러는구나. 나는 계속 파리에서 보자고 하고. 파리가 좋은 타협점 같은데. 모두 파리를 좋아하잖니. 내가 테리사를 데리고 거기로 신혼여행을 갔지. 그게 언제였더라? 오십오 년 전이었나? 이제 다시 가볼 때가 된 것 같아." 그 순간 그가 말을 멈추고 뭔가를 기억해내려고 애썼다. "테리사가 죽었을 때 네가 거기 있었다고, 맞지? 저넷이 그렇게 말해준 것 같구나."

"캐럴라인과 제가 테리사 아줌마를 병원에 모시고 갔었어요. 아빠도 같이 있었어요."

"그랬구나, 정말 고마운 일을 했구나."

프래니가 어깨를 으쓱했다. "아줌마를 두고 가지 않으려고 했었는데."

"아버지는 어떠시니?"

프래니가 아버지를 생각하며 고개를 가로저었다. 버트 그 늙은이는 어떻게 지내고 있니? 픽스는 늘 그렇게 말하곤 했다. "새해가 될 때까지 못 버티실 거라고 말씀드려야 하겠지만 틀림없이 제가 틀렸을 거예요."

"네 아버지는 강한 사람이야."

"제 아버지는 강한 분이시죠." 프래니가 아버지의 침대 옆 테이블에 있던 총을, 그리고 그가 도와달라고 했을 때 자기가 어떻게 거절했는지를 떠올리며 말했다. 그녀는 그보다 더 나쁜 짓을 했다. 나중에 그 총을 샌타모니카 경찰서에 가져가 탄약과 함께 돌려준 것이다.

"진을 조금 더 띄워줄게." 버트가 말했다.

"조금만요." 프래니가 말하고 잔을 건넸다. 그녀는 취하지 않았고, 그래서 슬프게도 잔 속의 진이 사라졌다는 것을 알았다.

"우리가 마신 건 아직 지거*만큼도 안 돼." 버트가 그 방 한쪽에 만들어둔 바로 걸어갔다.

"조심하세요."

"네 세례파티 이후 네 아버지를 다시 봤을 때가 기억나." 버트가 말했다. "법정에서 봤어. 확실하지는 않아, 늘 봤으면서도 전에는 몰랐던 걸 수도 있고. 그런데 그가 월요일에 내게 다가오더니 내 손을 잡고 악수하면서 와줘서 기뻤다고 말했어. '프래니의 파티에 와주셔서 기뻤습니다.' 그렇게 말했지." 그가 프래니에게 다시 잔을 건넸다.

---

* 칵테일 따위를 만들 때 쓰는 소형 계량컵으로, 보통 1온스 반이다.

"아주 오래전 일이네요, 버트 아저씨."

"지금도," 버트가 말했다. "그를 생각하면, 마음이 괴로워. 정말 그래. 네 아버지에 대한 반감은 가져본 적 없어."

"앨비 소식은 들으세요?" 그녀가 대화의 주제를 바꾸려고 말했다. 앨비에게 직접 해도 되는 질문이었지만 어떤 이유에서인지 그러지 않았다. 그들은 버트에 대한 이야기는 하지 않았다. 오래전 그들이 이 지붕 아래 함께 살았던 시절에도 그에 대한 이야기는 하지 않았다.

"그렇게 자주는 안 해. 가끔 한쪽이 시도는 하는데 큰 성공을 거둔 적은 없었어. 너도 알다시피 앨비는 엄마에게 애착이 강하잖니. 대개 그렇지—딸들은 아버지에게, 아들들은 어머니에게. 그애는 내가 자기 엄마를 떠난 사실을 극복할 것 같지 않아." 버트에게 과거는 늘 그 자리에 그와 함께 있었고, 그래서 다른 사람도 모두 똑같이 느낄 거라고 생각했다.

"전화 한번 해보세요. 테리사 아줌마가 돌아가셔서 지금 힘든 시간을 보내고 있을 거예요." 프래니는 내년 이맘께의 아버지에 대해 생각했다.

"크리스마스에 전화해볼게," 그가 말했다. "저넷의 집에서."

프래니는 캘리포니아가 세 시간 더 빠르니 오늘밤에 아들에게 전화해도 된다고, 지금 당장 해도 된다고 말하고 싶었지만, 버트는 앨비에게 전화하지 않을 것이고, 그러니 그 문제로 그의 기분을 나쁘게 만들 것은 없었다. 그녀는 잔을 뒤로 젖혀 두번째 한 모금을 넘겼다. 그리고 거품이 인 달짝지근한 토닉까지 쭉 들이켜 얼음과 라임만 남을 때까지 잔을 비웠다. "저도 여기서 자고 가면 좋겠어요." 프래니가 말했고, 어느 정도는 진심이었다. 2층 자기 방으로 올라가 침대에 눕고 싶었지만, 그 침대가 아직 그대로 있을 가능성은 얼마나 될까?

버트가 고개를 끄덕였다. "알아. 어쨌거나 네가 와줘서 기뻐. 정말 고맙다."

"몇시 비행기로 가세요?"

"일찍 출발해." 그가 말했다. "그래야 차가 안 막힐 거야."

프래니가 일어서서 새아버지를 끌어안았다. "메리 크리스마스." 그녀가 말했다.

"메리 크리스마스." 버트가 말했고, 그녀를 보려고 뒤로 물러났을 때 그의 눈이 젖어 있었다. "조심해서 가라. 만약 너한테 무슨 일이 생기면 네 엄마가 나를 죽이려 들 거야."

프래니는 버트가 여전히 베벌리가 무엇은 용서하고 무엇은 용서하지 않는지의 관점에서 세상을 본다고 생각하면서, 미소를 지으며 그에게 키스했다. 그녀는 앞문 옆에 벗어둔 신발에 발을 집어넣고 눈 속으로 나섰다. 집안에서는 버트가 불을 끄고 있었고, 그녀는 잠시 앞쪽 포치에 서서 벨벳 드레스 소매에 눈발이 내려와 앉는 것을 바라보았다. 그녀는 앨비가 보이지 않던 밤을 생각하고 있었다. 버트는 아래층 서재에서 일하고 있었고, 어머니는 부엌에서 프랑스어 숙제를 검토하고 있었다. 저녁식사 시간이 한참 지난 뒤였다. 바로 지금처럼 눈이 내리고 있었고, 집은 더없이 고요했다. 프래니는 앨비가 어디 있는지 궁금했다. 대체로 그때쯤이면 앨비는 그녀의 방으로 와서 숙제를 하거나, 숙제를 하는 대신 그녀와 대화를 나누곤 했다. 그녀는 침대에 가로로 누워서 AP* 영어 수업을 위해 『귀향』**을 읽고 있었다. 그가 매일 밤 그녀의 방에 오는 것은 아니었지만, 와 있지 않더라도 대체로 텔레비전을 보거나 돌아다니는 소리가 들렸다. 그녀는 계속 귀를 기울이다가 마침내 책을 내려놓고 그를 찾아나섰다. 앨비는 침실에도, 욕실에도, 서재에도, 어쨌거나 절대 가지 않는 거실에도 없었다. 그녀는 그 집에서 생각할 수 있는 모든 곳을 다 찾아본 뒤 부엌으로 갔다.

"앨비 어디 있어요?" 프래니가 어머니에게 물었다.

어머니가 고개를 가로저으며 모르겠어, 에 해당되는 말을 조그맣게 했다. 프랑스어로 말하는 건 그녀가 결코 제대로 해낼 수 없는 일이었다.

"그애를 보면 저한테 알려주실래요?"

그 순간 그녀의 아름다운 어머니가 당황했는지 아주 잠시 책에서 눈을 떼고 얼굴을 들어 고개를 끄덕였다. "그럼." 어머니가 말했다.

프래니는 버트의 서재 문을 두드려 앨비를 봤는지 묻거나, 앨비가 그곳에 그와 함께 있는지 확인해볼 생각은 하지 않았다. 그 생각은 그녀의 마음에 아예 떠오르지 않았다.

그러는 대신 그녀는 뒷문을 열고 나갔다. 학교에서 돌아온 뒤 아직 교복을 입은 채였다. 격자무늬 스커트에 무릎양말, 새들 옥스퍼드 신발, 흰색 블라우스에 체육복 셔츠. 몇 년 전이었다면 눈 오는 밤에 뒷문을 열고 나가는 프래니를 보고 어머니가 코트를 입으라

---

* Advanced Placement의 약자로, 대학 과정을 고등학교에서 미리 듣는 것을 말한다.

** 영국 소설가 토머스 하디(1840~1928)의 장편소설.

고 말하며 어디로 가는지 물었겠지만 지금은 그러지 않았다. 그녀
의 어머니는 불규칙동사의 바다에 빠져 있었다.

프래니가 차고 안을 보았지만 앨비는 차고에 없었다. 그녀는 집
주변을 한 바퀴 돌고 나서 거리로 나섰다. 한쪽 방향으로 두 집만
큼 걸어갔다가, 반대쪽 방향으로 세 집만큼 걸어갔다. 자전거 바큇
자국을 찾아 눈밭을 살폈지만 사방으로 찍힌 자신의 발자국뿐 아
무것도 없었다. 이제 그녀는 오슬오슬 추웠고 머리칼도 젖어갔다.
약간 걱정이 되었지만 약간일 뿐이었다. 그를 찾을 수 있을 거라고
생각했다. 코트를 가지러 집으로 돌아가야겠다고 생각하고 진입로
를 올라가다가 그녀는 그를 보았다. 앞문 옆 회양목 뒤로 그의 옆
얼굴이 살짝 보였다. 그는 빨간색 침낭으로 몸을 감싸고 눈이 내리
는 것을 올려다보고 있었다.

"앨비?" 프래니가 물었다. "뭐해?"

"얼어죽는 중이야." 앨비가 말했다.

"그러지 마. 안으로 들어가자." 그녀가 잔디를 덮은 부드러운 눈
위를 걸어 그의 바로 앞에 섰다.

"나 지금 아주 흥분했어." 그가 말했다.

모든 가로등 주변에, 모든 포치 등 주변에 눈의 후광이 그으윽하게
드리워져 있었다. 다른 모든 것은 어두웠다. "아무도 알아차리지
못할 거야."

"알아차릴 거야." 그가 말했다. "정말로 흥분했다니까."

"여기 바깥에 있으면 안 돼." 프래니가 몸을 떨기 시작했다. 코
트도 입지 않고 밖에 나올 생각을 하다니 자기가 무슨 생각을 하고
있었던가 싶었다.

"나는 돼." 그가 말했다. 그의 목소리는 눈의 일부인 듯 공기처럼 아주 가벼웠다.

프래니는 그를 끌어내야겠다고 생각하며 회양목 사이로 들어갔다. 당시에 앨비는 그녀보다 키가 컸지만 더 야위었고, 어쨌거나 그녀와 싸우지는 않았다. 그가 있는 뒤쪽으로 가자 그녀는 그 특별한 장소의 매력을 대번에 알 수 있었다. 거기서는 남들에게 보이지 않으면서 모든 것을 볼 수 있었다. 돌출된 지붕이 눈을 대부분 막아주었다. 그에게서 달콤하고 강렬한 마리화나 냄새가 났다. 프래니와 앨비는 이따금 같이 술을 마시고 담배를 피웠지만 마리화나를 같이 하지는 않았다. 나중에는 그것도 달라지지만.

"나도 들어가게 해줘." 그녀가 말했다.

앨비가 내리는 눈에서 시선을 거두지 않으면서 바로 그렇게 팔을 들었고, 그녀는 그의 옆으로 들어가 앉았다. 침낭은 거위털을 채운 것이었고, 그들이 함께 몸을 감싸자 놀랍도록 따뜻했다. 그들은 그곳에 그렇게, 집 건물의 벽돌에 등을 기대고 바로 앞에 손질이 안 된 산울타리를 마주한 채 앉아 있었다. 그들은 눈이 내리고 내리고 또 내리는 것을, 내리는 그것이 그들 자신이라고 생각될 때까지 지켜보았다.

"엄마가 보고 싶어." 앨비가 말했다. 그들이 아주 가깝게 지낸 그 한 해 동안 그가 그 말을 한 것은 그 한 번뿐이었고, 그날 밤 그 말을 한 것은 약에 취해 흥분한 상태였기 때문이었다.

"나도 알아." 프래니는 정말로 알았기에 그렇게 말했다. 그녀는 그게 어떤 마음인지 정확히 알았고, 그래서 그들 몸에 침낭을 더욱 단단히 감쌌다. 그녀가 발에 감각이 없어져서 안으로 들어가야겠다고 말할 때까지 그들은 그곳에 그렇게 함께 앉아 있었다.

"내 발은 감각을 잃은 지 오래됐어." 그가 말했다.

그들은 서로 부둥켜안으며 일어섰다. 앞문이 잠겨 있어서 침낭을 끌며 진입로를 걸어갔다. 프래니의 어머니는 이제 부엌에 있지 않았지만, 버트의 서재 문 밑에선 여전히 불빛이 새어나왔다.

"아까 말했듯이 아무도 네가 흥분한 상태인 걸 알아차리지 못할 거야." 프래니가 말했다. 그 말에 앨비가 무슨 이유에서인지 웃음을 터뜨렸다. 프래니가 시리얼과 우유를 꺼내는 동안 그는 바닥에 주저앉아 머리에 침낭을 뒤집어쓰고 웃었다.

프래니는 어깨에서 눈을 떨어낸 뒤 렌트한 SUV로 걸어갔다. 그 이야기만큼은 리오에게 하지 않았다. 하려고 했었다가 어떤 이유에서인지 가슴에 담아두기로 했다. 이제 그녀는 먼 훗날 어느 순간에 오늘밤과 같은 밤이 또 있을 것임을, 그런 밤에 그 이야기를 떠올리겠지만 앨비를 제외하고 이 세상 어느 누구도 그 일이 있었다는 것을 알지 못할 것임을 알았다. 어떤 것은 그녀 혼자 간직할 필요가 있었다.

나를 찾는 사람이 있다는 것

주인공 프래니는 소설의 말미에서, 남편의 전처인 사프나가 살아 있는 세상을 상상하려고 해본다. 그리고 그 상상은 곧 다른 가정들로 이어진다. 그때 그러지 않았다면. 가정해봤자 바뀔 건 없으니 쓸데없는 일이라고 막아서는 목소리들이 벌써 들리는 것 같지만, 우리의 생각은 늘 어느 순간 가정假定들로 기우는 것 같고, 가정한다는 것은 결국 상상력 없이는 안 되는 일이며, 가끔은 내게 소중한 뭔가를 확인시켜주기도 하니 영 쓸데없는 일만은 아닌 것 같다. 길은 이쪽으로도, 저쪽으로도 나 있다. 가슴속에는 늘 갈림길이 있다. 나는 선택에 의해, 혹은 불가항력적인 힘에 의해 한쪽 방향으로 걸음을 뗀다.

머뭇거리거나 단호했던, 혹은 어쩔 수 없는 힘에 떠밀렸던 갈림길의 순간이 지나고 어느 시점에 문득 '그때 만약 그러지 않았다면' 하는 생각이 떠오른다면, 그때는 우리 안에 어떤 아쉬움과 후회와 충족되지 않은 갈망이 자리를 잡을까. 혹은 아쉬움과 후회와 그 갈망에도 불구하고 이대로 괜찮다고 말할 수 있을까? 프래니가 마지막에 생각에 잠겨 가정해보는 것처럼, 만약 그런 일이 없었다면 그 소중한 다른 일이 일어나지 않았을 테니, 하며 다른 가능성을 아예 밀어버릴 수 있을까?

그날 버트가 진을 들고 나타나지 않았다면. 하지만 버트는 진을 들고 나타났고, 픽스는 버트에게 아이를 찾아달라고 부탁했고, 버트는 픽스의 아내 베벌리에게 키스했다. 그 이후 그들의 삶은 어떻게 흘러갔을까? 하지만 어떤 일과 그 이후의 일을 원인과 결과의 관계로 놓을 수는 없다. 그것이 우리가 우리 삶에 관련된 일들을 단정짓기 어려운 이유다. 버트가 진을 들고 나타났음에도, 픽스가 아이를 찾아달라고 부탁했음에도, 버트가 베벌리에게 키스했음에도, 그 이후의 일은 일어나지 않을 수 있었으니까. 한편 버트가 진을 들고 나타나지 않았다고 해도 그 일은 언젠가 일어날 수 있었으니까.

하나의 사건 뒤에 또하나의 사건은 어떻게 오는가. 그 흐름을 타고 앤 패칫의 출렁이는 『커먼웰스』를 항해하는 경험은 흥미진진하다. 두 부부와 여섯 아이가 헤어지고 다른 모습으로 합치고 다시 헤어지고 다시 다른 모습으로 뭉치면서 관계의 고정성은 점점 힘을 잃고, 프래니가 이십대가 되어 자기보다 서른두 살 많은 리오 포즌이라는 인물을 만나면서 관계의 불가항력적인 힘은 더욱 선명해진다. 이야기의 전개는 하나의 시간대에서 다음 시간대로 건너뛰면서 시간대를 종횡무진 누비지만, 앤 패칫은 그 연결점을 더없이 자연스럽게 잇는다. 1장에서는 프래니의 세례파티 장면을 보여준다면, 2장에서는 52세가 된 프래니가 병원에서 암치료를 받는 아버지 픽스 옆에서 그의 이야기를 듣고 있다. 3장에서 여섯 아이의 유년 시절을 보여준다면, 4장에서는 바에서 일하는 젊은 날의 프래니가 등장한다. 그렇게 그들의 이야기를 이리저리 쫓아가다 보면 어느새 우리는 그들의 가족 드라마에 몰입되고, 더 크게는 우리의 애틋한 삶의 모습에 몰입된다. 인생의 큰 줄기가 잡히고 작은 줄기들의 형태가 분명해진다. 오십여 년의 세월이 흐르는 사이 그들에게 도대체 무슨 일이 있었던 걸까? 키스 한 번의 결말은 결국 파국과 가정의 와해였을까, 아니면 그들의 삶은 무너질 듯 무너지지 않으면서 그럭저럭 균형을 잡으며 버텨갔을까. 아니면 균형을 잡지 못해도 그 상태로 그냥저냥 흘러가는 것이 삶인 걸까.

이 이야기를 따라가다보면 또하나의 주제가 무겁게 다가온다. 누구의 '잘못' 혹은 '탓'인가의 문제. 한 아이의 죽음과 한 아이의 방화는 누구의 잘못인가. 관계의 종말은 누구의 탓인가. 여기서 누구를 가리켜 이렇고 저렇다고 말하는 것은 의미 없는 일일 테고, 우리는 다만 이렇게 생각해볼 수 있을 뿐이다. "못은 이미 거기 박혀 있었다. 하지만 리오가 그들의 문제를 무고한 사람의 탓으로 돌린다면 프래니도 그 배우와 빌어먹게 우스꽝스러운 그 집에 탓을 돌릴 수 있었다."
하지만 기어코 못이 무엇인지 밝혀낸다 해도 그마저 누구의 잘못도 아닌 것을 알게 된다. 우리에게 일어나는 많은 일들이 그렇다. 프래니는 리오 포즌에게 그들의 이야기를 하지 말았어야 했을까? 리오 포즌은 그 이야기를 쓰지 말았어야 했을까? 하지만 그 이야기를 하면서 프래니가 얻은 것은 프래니에게 절실하고 소중한 것이었는데? 그 이야기를 쓰면서 리오 포즌은 다시 힘을 되찾은 모습으로 세상에 나올 수 있었는데? 무언가를 얻는 것이 자신이 통제할 수 없는 알지 못하는 위험을 무릅쓰는 일, 다른 소중한 뭔가를 잃을 수 있는 일임을 이미 알고 있다면, 당신은 그렇게 하겠는가, 하지 않겠는가.

그리고 또하나의 질문. 우리가 바꿀 수 없는 우리의 누적된 과거는 우리를 어떤 모습으로 만들어놓는가. 더 간단히, 우리의 과거는 우리의 현재에 어떤 영향을 얼마나 끊임없이 미치는가. 현재가 과거에 매달려 있는 것은 아니다. 어쩌면 과거는 우리 옆에서 줄곧 우리와 나란히 걸으면서, 우리가 걸음을 옮길 때마다 우리를 이쪽으로, 저쪽으로 떠밀려 하는지도 모른다. 하지만 과거와 현재 또한 원인과 결과는 아니니, 현재에 대해서도 앞날에 대해서도 예측할 수 있는 것은 없다. 똑같은 힘이 누구에게는 이쪽으로, 누구에게는 저쪽으로 작용할 수 있다. 그 '누구'의 변수가 어쩌면 가장 중요할 것이다. 버트, 테리사, 픽스, 베벌리, 그리고 캘, 홀리, 저넷, 앨비, 그리고 캐럴라인, 프래니, 그들은 어떤 순간에 어떤 힘의 작용으로 어느 방향으로 걸음을 옮겼는가.

'누구'의 변수를 이야기할 때 물론 기질과 성격을 빼놓을 수 없지만, 그것은 또한 그 사람이 자신과 주위에 대해 얼마나 깊이 알게 되는지와도 관련이 있다. 어느 날 자신의 삶의 궤적이 자신이 진정 바라는 것에서 멀어져 있다는 사실을 깨닫게 되면 자신을 제대로 바라보고 자신의 삶을 변화시킬 수 있게 된다. 프래니가 리오 포즌에게 자신의 가족 이야기를 하면서, 저넷이 아마도 포데와 아기를 낳기로 하면서, 홀리가 어느 날 병원에서 단어 하나를 잘못 알아들으면서 그랬던 것처럼. 그들은 그렇게 줄곧 갖지 못한 줄도 몰랐으나, 어쩌면 가질 수도 있는 소중한 그것이 뭔지를 알게 되었다. 이 책을 덮을 무렵 그들 각각이 어느 장소 어느 자리에서 어떤 삶을 꾸려가는지에서 우리는 그것을 확인해볼 수 있다.

그런 맥락에서 몇몇 장면이 크게 다가온다. 앨비가 어느 날 갑자기 저넷의 집에 나타나, 저넷이 포데와 꾸려가는 가정의 모습을 경험하고, 서서히 가정이란 어떤 것인지를 배워갈 때 앨비는 자신이 그런 가정의 모습을 갖고 싶다고 생각했을 것이다. "그 감정에 이름을 붙일 수는 없었지만, 늦은 밤 아파트 건물 앞 계단에서 맥주를 들고 자기를 기다리는 포데를 보는 게 좋았다. (중략) '어젯밤에 어디 있었어?' 저넷이 물으면 앨비는 생각할 것이다. 나를 찾았었구나." 홀리는 자신이 열세 살이던 어느 한때를 회상하고, 작가는 그것을 이렇게 표현했다. "모두를 돌보는 것을 자신의 일로 삼았던 홀리였는데, 그 황금 같은 한순간에는 보호를 받았다. 자신의 오빠에게." 홀리는 누군가에게 사랑받고 보호받고 싶었을 것이다. 우리는 누구나 우리를 찾아줄 누군가가, 기다려줄 누군가가, 보호해줄 누군가가 있기를 바란다. 때로는 나 스스로 그 욕구를 포기해 타인에게 마음을 닫고, 때로는 주위에 그렇게 해줄 수 있는 사람이 없어 혼자 쓸쓸히 방치되고, 혹은 그게 가능하다는 것조차 모르고 살지만.

『커먼웰스』의 이야기 하나하나가 우리 삶에 질문을 던진다. 가족으로 함께 산다는 것은 어떤 모습이어야 하는가? 우리는 선택의 순간에 어떤 것들을 돌아보아야 하는가? 이런 큰 질문부터, 잭이 쿠마에게 가방을 2층으로 옮기라고 하는 장면 어땠어? 버트 커즌스가 침대 위로 아이들을 집어던지는 장면은? 이런 작은 질문들까지. 그 내용 하나하나를 질문으로 만들어 함께 이야기해보고 싶어지는 흔치 않은 소설이다. 그리고 그 질문은 멀게 느껴지는 존재론적인 질문이 아니라, 우리가 매일 마주하는 삶의 공간과 시간 속에서 주어지는 가까운 질문이 될 것이다. 어쩌면 식상한 질문일 수도 있겠지만, 그런 질문일수록 그 답은 우리의 깊이를 반영한다. 우리의 대답 속에 삶과 사람에 대한 깊은 이해가 담겨 있을 때 우리는 문학이 우리를 성장시켰다고 말할 수 있을 것이다.

『커먼웰스』는 2016년에 출간된 앤 패칫의 일곱번째 소설이다. 한국에 소개되어 있는 그녀의 작품은 『벨칸토』와 『경이의 땅』이다. 『커먼웰스』는 다른 작품들과 달리 자전적 소설이다. 그래서 우리의 삶과 만들어내는 교집합과 공감의 요소가 더 많다. 그녀의 소설들은 한 무리의 사람들이 낯선 상황에 던져져 묘하게 하나의 공동체가 되는 내용이 주라고 하는데, 자전적인 경험에서 만들어진 그런 상황은 이 소설에서도 예외는 아니다. 앤 패칫의 부모가 이혼을 했고 어머니가 자식이 넷 있는 남자와 재혼을 하여, 그녀 또한 어느 날 낯선 가정에 던져졌다.

소설의 마지막에서 프래니의 나이도 쉰둘, 작가가 이 소설을 낸 것도 쉰둘이다. 문학을 좋아했으나 작가가 될 생각은 없었던 프래니의 일부에 작가가 녹아 있을 것이다. 그리고 작중 소설가인 리오 포즌의 모습에도 작가가 녹아 있을 것이다. 역시 소설가인 앤 패칫의 어머니는 이 소설에 대해 "어떤 일도 일어나지 않았지만 모든 것이 사실이다"라고 말한다. 앤 패칫은 "이 책에 실제로 일어났던 일은 하나도 없지만 감정은 아주 흡사하다"고 말한다.

　대개는 자전적인 소설이 소설가의 첫 결과물이기 쉬운데, 앤 패칫은 오히려 그 순간을 뒤로 미루었다. 그녀는 자신과 관계있는 이야기를 쓰지 않는 것은 미덕이라기보다 오히려 비겁한 일임을 깨달았다고 말한다. 작가 안에서 생명을 얻어 이야기가 되어 나오려고 펄떡이던 그 경험, 그 감정들이 오랜 시간을 기다려 이제야 세상의 빛을 받은 셈이다.

　『커먼웰스』 안에는 『커먼웰스』라는 동명의 소설이 등장한다. 작가는 아마도 동명의 소설을 작품 속에 넣음으로써 주변 사람들을 가공하여 작품 속에 등장시키는 것에 대한 자신의 생각과 마음을 밝히고 싶었던 것 같다. 이 소설에서 그에 대한 작가의 입장과 관련 인물의 입장을 모두 느껴볼 수 있다. "소설이 뭔가를 숨기는 데 최악의 장소는 아니더라고." 앨비의 말이 떠오른다.

　그리고 앤 패칫이 이 소설을 헌정한 '마이크 글래스콕'은 앤 패칫의 새아버지다. "내가 작가가 되기를 늘 바랐고" "내 능력을 의심 없이 믿어준" 새아버지는 그녀가 열 살 때, 언젠가 그녀가 쓴 책을 폈을 때 헌정사에 '마이크 글래스콕에게'라고 쓰여 있는 것을 보고 싶은 바람을 말했었다고 한다. 앤 패칫은 친부가 살아 있을 때는 차마 그러지 못하다가 돌아가신 뒤 그렇게 했다. 친부는 앤 패칫이 이 소설을 집필하던 중 병세가 악화되어 집필을 끝내기 전에 병으로 돌아가셨다.

마지막으로 소설의 제목에 대해 언급하자면, 본문에 주로도 나오지만, 커먼웰스는 미국의 켄터키, 매사추세츠, 펜실베이니아, 버지니아 네 개 주를 통칭하는 단어다. 우리에게는 생소하거나 오히려 영연방을 지칭하는 의미로 좀더 친숙하지만, 미국인에게는 그 단어가 주창하는 가치와 네 개의 주가 결부되어 자동적으로 떠오르는 것 같다. 제목에 대해서만큼은 우리가 미국 독자들과 똑같이 느끼지는 못할 것 같지만, 이 책을 통해 어느 정도 짐작해볼 수는 있을 것이다.

어느 한때 흐릿하게 뭉쳐 있었으나 이제는 뿔뿔이 흩어진 가족들, 흩어졌으나 오히려 서로를 더 많이 이해하게 된 그들의 이야기를 매혹적으로 풀어낸 이 친밀한 소설 『커먼웰스』. 막상 옮긴이의 말을 마무리하려니 떠오르는 장면과 말들이 너무 많다. 더없이 통쾌했던 바닷가재의 해방. 더없이 아름다웠던, 십대이던 프래니와 앨비가 추운 날 함께 몸을 붙이고 내리는 눈을 하염없이 바라보며 보낸 시간. 일탈처럼 보이나 일탈이 아니었던, 더없이 아슬아슬하면서도 나른하게 느껴지던, 여섯 아이가 풀밭을 걸어가던 장면. 더없이 가슴 아팠던 캘의 마지막 순간과 여자아이들의 명랑한 노랫소리. 더없이 따뜻하여 가슴 뭉클해지던, 포데가 앨비를 받아주던 그 말. 그리고 더없이 애잔하고 담담하던, 테리사가 딸 홀리에게 해준 그 말. "우리 모두 그랬을 거야. 각자 자신만의 방법으로. 스스로는 그러지 못할 거라고 생각하지만 그 순간에도 우리는 그렇게 하고 있어. 우리가 여전히 살아 있다는 것. 내가 결국 깨달은 건

그거였어. 나는 여전히 살아 있다는 것. 너와 앨비, 저넷이 여전히
살아 있다는 것. 그리고 우리가 영원히 살지는 못할 테니 그 사실
을 붙들고 뭔가를 해야 한다는 것."

정연희

옮긴이 **정연희**

서울대학교 영어교육과를 졸업하고 미국 펜실베이니아대학교에서 석사학위를 받았다. 전문 번역가로 활동하고 있으며, 옮긴 책으로 『디어 라이프』 『착한 여자의 사랑』 『소녀와 여자들의 삶』 『운명과 분노』 『내 이름은 루시 바턴』 『에이미와 이저벨』 『그 겨울의 일주일』 『헬프』 『비둘기 재앙』 『사랑의 묘약』 『라운드 하우스』 『페인티드 드럼』 『안녕이라고 말할 때까지』 등이 있다.

문학동네 세계문학
커먼웰스

초판 인쇄 2019년 5월 22일 | 초판 발행 2019년 5월 31일

지은이 앤 패칫 | 옮긴이 정연희 | 펴낸이 염현숙

책임편집 윤정민 | 편집 홍유진 오동규
디자인 김이정 이원경 | 저작권 한문숙 김지영
마케팅 정민호 정진아 함유지 김혜연 박지영 김수현 | 홍보 김희숙 김상만 이천희
제작 강신은 김동욱 임현식 | 제작처 한영문화사

펴낸곳 (주)문학동네
출판등록 1993년 10월 22일 제406-2003-000045호
주소 10881 경기도 파주시 회동길 210
전자우편 editor@munhak.com | 대표전화 031) 955-8888 | 팩스 031) 955-8855
문의전화 031) 955-8862(마케팅) 031) 955-2634(편집)
문학동네카페 http://cafe.naver.com/mhdn | 트위터 @munhakdongne
북클럽문학동네 http://bookclubmunhak.com

ISBN 978-89-546-5635-1 03840

www.munhak.com

이 책에 쏟아진 찬사

『커먼웰스』가 제기하는 질문들은 본질적으로 가정법에 기반을 두었으며 철학적
이다. 만약 우리 부모들이 파멸에 이르는 선택을 하지 않았다면, 그리고 거기에
우리가 똑같이 최악으로 반응하지 않았다면, 우리는 어떤 사람이 되었을까? 어
쩌면 낮과 밤을 좀더 편안하게 보내는, 잘 적응한 인간이 되었을지도 모른다. 어
쩌면 더 형편없어졌을지도 모르고…… 읽다가 내려놓는 것이 불가능한 책.
뉴욕 타임스

부모, 형제 그리고 성장한다는 것과 놓아둔다는 것의 의미가, 강렬한 문장으로
가득한 이 책의 모든 페이지에서 드러난다. 타임

한 가족의 '커먼웰스', 그 공유된 애착과 갈등, 상실, 사랑을 날카로운 유머와 냉
정함, 그리고 깊은 애정으로 그려낸다. 북리스트

눈부시다…… 예리한 관찰과 풍부한 유머, 의미로 가득하다. 앤 패칫은 복잡한
구성을 엮으면서도 늘 자신에 차 있으며, 설명하지 않고 보여주는 데 능숙하다.
현실에 존재하는 듯한 등장인물들은 희미하게 빛나고 작가는 너무도 손쉽게 소
설 속 장면으로 독자를 끌어들인다. 부드러움, 따뜻함 그리고 놀랄 만한 예리함
이 결합돼 삶을 낙관하는, 손에서 놓기 어려울 정도로 재미있는 소설을 만들어냈
다. 선데이 타임스

소설의 화자가 자연스럽게 바뀌고, 과거와 현재가 계속해서 교차하며 그해 여름
정말로 무슨 일이 일어났는지가 천천히 드러난다. 기억과 관점을 자유자재로 가
지고 놀면서 앤 패칫은 놀랍도록 감동적인 효과를 만들어낸다. 『커먼웰스』는 관
계와 그 관계에 따라오는 의무에 대한 소설이며, 예리한 관찰력, 아름다운 문장
과 설득력 있는 대화로 쓰인 플롯은 독자를 이 매력적인 소설로 곧바로 끌어들
인다. 이야기가 끝나면 소설 속 등장인물들이 그리워질 것이다. 이브닝 스탠더드

패칫은 솔직하고 탁월하게 썼다. 작은 물길들이 하나의 시내를 이루는 것처럼 부차적인 이야기들이 이리저리 서로 엮인다. 어떤 등장인물들은 눈부신 중심으로 헤엄쳐 가고, 다른 등장인물들은 불빛이 어둑한 그늘에 남아 있지만, 패칫은 대담하게도 그중 어느 것도 변화시키지 않고, 그 결과 가차 없는 삶의 리듬이 고동치는 매혹적인 소설이 탄생했다. 데일리 메일

앤 패칫의 가장 천재적인 면은 이 소설을 퍼즐처럼 구성했다는 것이다. 어쩌면 이 소설은 잘 알려진 격언 "아는 것에 대해 쓰라"를 증명하는 또다른 케이스일지도 모르겠다. 왜냐하면 이 책은 정말로 굉장하기 때문이다. 샌프란시스코 크로니클

이렇게 담담하고 무심하게 소설을 쓰는 건 작가가 단어 하나하나를 모두 통제하고 있을 때만 가능하다. 앤 패칫은 작품을 완벽하게 장악했다. 옵서버

문장이 간결하고 마음을 끈다. 가장 뛰어난 작가 중 한 사람이 쓴 가족에 대한 가장 핵심적인 소설. 커커스 리뷰

평범한 삶들을 빛나는 문학으로 재탄생시켰다. 시애틀 타임스

흠잡을 데 없이 아름다운 장면으로 시작된 이 소설은 부글부글 끓어오르는 어린 시절의 분노와 위태롭게 분출되는 에너지를 솜씨 좋게 끄집어냈다. 타임스

감정으로 꽉 차 있는, 앤 패칫의 가장 복합적이고 가장 감정적 서스펜스가 넘치는 소설. 작가는 단 한 번의 실수도 없이, 영리하게 묘사된 여러 등장인물들로 마법을 부린다. 첫 챕터의 세례파티 장면은 지금까지 쓰인 파티 장면 중 가장 매력적이다. 루이스 어드리크(소설가)